U0115262

文學研究叢書・現代詩學叢刊

創世紀60社慶論文集

蕭　蕭　主編

目次

編序

　　一九五四，我七歲，不認識基督教《聖經》裡的《創世紀》，當然也不認識臺灣現代詩壇剛剛冒出頭的《創世紀》。一九六四，我十七歲，員林高中的學生，初次見識到《創世紀》詩人的抒情詩，還好，並不駭人，從此我跌跌撞撞進入臺灣現代詩創作、研究、導讀與論述的長巷；這一年，《笠》詩社創立，我還曾隨著朋友參加在林亨泰先生舊家的一次詩友聚會；早一年，我參加中華文藝函授學校新詩班，編寫講義的導師就是覃子豪先生，因而我與藍星詩社也繫有深厚的因緣，我常戲言自己可能是覃子豪先生的關門弟子，一九六三年十月覃先生過世。

　　從我認知文學、喜歡文學開始，我同時閱讀這些前輩詩刊，兩兩相比，她們都像兩條平行的鐵軌從不交會，年輕的我拿著詩刊，遠遠望著遠方，錯覺似地認為鐵軌會交會，交會在臺灣這塊土地遠方的某處，列車會交會，交會在有待釐清的可以相互領會的人性上。

　　當二〇一四年來到，《創世紀》詩刊穿越一甲子，跨越兩世紀，我與現代詩的因緣滿五十年，《笠》詩社創立五十年，臺灣新文學之父賴和先生一百二十歲冥誕，我腦海中轉著許多念頭，豐碩的這一年，在我性命還算安康的時候，自我生命的認知裡，我應該擔負起什麼使命？

　　在我任教的明道大學中文系裡，我們有著一群「熱情、理想、實踐」的好夥伴，我們開始展開這一年的文化活動：四月，推展以詩、茶、閩南文化為主軸的「閩南文化詩歌節」；六月，《笠》詩社

五十社慶彰化、臺北兩場大型活動；八月，閩南師大師生來訪，我們
以「二〇一四臺灣藝文暨文化巡禮研習營」歡迎他們；十月，出版
《創世紀60社慶論文集》，假臺北市張榮發基金會大樓舉辦十四場演
講會，慶賀一甲子的壽星繼續輝耀在詩的星空裡；十二月，感謝彰化
文化局的贊助，展開一系列賴和一百二十歲冥誕紀念活動，主場「賴
和，臺灣魂的迴盪」學術研討會將會在十二月五至六日召開。

　　節氣走到秋分，我定下心來校正《創世紀60社慶論文集》的論
文，回想這六十年來，《創世紀》如何成為臺灣最重要的詩刊之一，
影響兩岸三地、世界華文新詩？從這些論文中，我們可以找到蛛絲馬
跡。

一　生命意象霍霍湧動的原創力

　　跟我同年出生的姜耕玉（1947-），生於江南東壩，長於江蘇鹽
城，現在是南京東南大學藝術學院教授，很少在臺灣詩壇論述臺灣新
詩，但他在〈原創力之於《創世紀》「三駕馬車」〉裡說：「張默揮
毫寫出『生命意象霍霍湧動』，令我悄然矚目。」他認為「『生命
意象霍霍湧動』，可以理解為對原創力的表現之一。原創力，是詩人
創造力的內核，它支撐著《創世紀》「三駕馬車」的探索之路，開啟
了《創世紀》純正的詩風，在中國新詩壇獨樹一幟。」這樣的言論，
一針見血，如果不是這生命意象霍霍湧動的原創力，這一口「氣」，
《創世紀》如何橫跨兩世紀！

二　文化時空與世界格局的體認

　　相對於姜耕玉，祖籍河南許昌市的白楊（1968-），年紀輕了

二十歲，主要研究專長卻是臺港澳及海外華文文學研究，目前是吉林大學文學院教授、博士生導師，著有《創世紀》詩社的研究專著《穿越時間之河——臺灣《創世紀》詩社研究》，在這本專著之後，她又撰寫了〈背離與回歸：「先鋒」探索的一體兩面——1970年代後《創世紀》的詩論建構及其思想意義〉，指出「取火於西方『超現實主義』的詩學實驗，不僅幫助《創世紀》詩人實現了對詩歌『審美現代性』的追求，也在時空觀念上打開了詩人的視野，使他們獲得了世界性眼光與胸襟，它更是對文化時空與世界格局的一種體認。」一個研究創世紀的大陸學者，隔海所見，或許有助於我們對創世紀與超現實主義糾葛後的省思。

三　翻譯的廣度＋論述的深度＝詩學的高度

　　須文蔚（1966-），法律系比較法學組學士、新聞研究所碩博士，現任臺灣國立東華大學華文文學系教授兼系主任，《創世紀》詩社同仁，這樣的成長背景，從社史的發展，檢驗《創世紀》詩刊在臺灣與香港之間的歷史互動軌跡，在〈1950-1960年代《創世紀》同仁在港臺跨區域傳播研究〉論文中，坦承：「葉維廉的加入，《創世紀》的詩學理論陣容開始堅強起來，除了原有的林亨泰、瘂弦、洛夫、秀陶、季紅、白萩、葉泥、張默等筆陣外，在葉維廉的引介下，《創世紀》加入來自香港的王無邪、崑南、李英豪、戴天、馬覺、蔡炎培等人的創作、翻譯與評論，大幅度提高了內容的品質，當代西洋詩翻譯的廣度與論述的深度。」我將這種認知演成算式：翻譯的廣度＋論述的深度＝詩學的高度。尋探根源，開向天空的胸懷，不僅是一個大詩人所要擁有的，更是一個長命詩社所必須具備的。

四　攀登現代顛峰　獨領詩壇風騷

　　曾進豐（1962-），臺南人，傳統的臺灣師範大學文學博士，長期任教於臺灣南部，現任職高雄師範大學國文系，是臺灣論壇專門研究周夢蝶的不二人選，編選《臺灣古典詩詞讀本》、《周夢蝶詩文集》，出版《聽取如雷之靜寂——想見詩人周夢蝶》，他從《創世紀》詩社發展的根源地左營去考察，從最受矚目的新民族詩型與超現實主義的矛盾著眼，寫出〈從新民族詩型到超現實主義——《創世紀》詩社在左營的歷史考察〉，從「小」看大，他說：

> 「創世紀詩社」在偏僻的左營扎根、成長與蛻變，不但在一九五〇年代末至六〇年代之間，與「現代詩」、「藍星」三足鼎力，又憑藉勇於探索的精神與強大的批判論辯力，於七〇年代之後，攀登現代派顛峰，獨領詩壇風騷。

　　肯定周夢蝶的曾進豐也不忘肯定《創世紀》，感於宣稱：《創世紀》「攀登現代派顛峰，獨領詩壇風騷」，這是評論者的眼光、決斷與氣魄！

　　從這四個大面向所發展出來的《創世紀》詩刊，才有可能發展出李翠瑛所論述的洛夫與商禽「超現實」之異同的兩方印記，楊晉綺所探向的瘂弦詩歌內在時間意識與日常經驗性質，解昆樺從葉維廉〈沉淵〉、〈孕成〉現代詩手稿中耙梳的詩語言濾淨美學，白靈以左右腦所解析的《創世紀》兩位重要女詩人朵思與羅英詩中情與欲的比較，年輕的香港學者余境熹則從上升下降到駕馭兩極，去故意「誤讀」辛牧新詩的想像，王文仁、李桂媚合作完成須文蔚與嚴忠政詩作色彩美學的析論。

　　比較性的論文如是豐富，綜合性的考察，如謝三進：〈解嚴前後

《創世紀》詩刊的中國想像〉，盼耕：〈《創世紀》詩社詩刊與香港詩社詩刊比較〉，陳素英：〈敘事筆法在詩中運用及藝術呈現——以《創世紀》張默等詩人為例〉，嚴敏菁：〈試論首二屆「創世紀詩獎」得主書寫風格之異同〉。不論是大方向的國族解讀，友刊比較，還是細微處的敘事筆法、書寫風格，都有特出的著墨點、詳盡的論述空間。

這個十年、六十年，《創世紀》參與了、創造了，下個十年、六十年，我們仍要繼續觀察。臺灣新詩的歷史長河，我們愉快地泛游其上。

蕭蕭

二〇一四年秋分之日寫於明道大學

從新民族詩型到超現實主義
——「創世紀」詩社在左營的歷史考察*

曾進豐

摘要

　　歷史地考察，《創世紀》與左營的關係持續至一九六〇年代末，前後十五年，共發行二十九期。前十期研習階段，提出「新民族詩型」為核心，艱難出發，未能激起波瀾；革新擴版以迄二十九期，標舉「超現實主義」大纛，以此站上了臺灣現代主義浪潮尖端，主導後期現代派。「創世紀」如何在「現代派」和「藍星」夾縫中異軍突起？如何從帶有濃厚反共、戰鬥氣息的「新民族詩型」中脫胎換骨，並巧妙而適度地接軌「西化」？如何在現代主義的驚濤駭浪中，擷取超現實主義的精神與技巧，形塑了「比現代還更現代」的風貌？其發展進路和轉變軌跡，一一印記在偏鄉左營，呈顯於第一至二十九期的《創世紀》詩刊。

關鍵詞：現代派、創世紀、新民族詩型、超現實主義

---

* 本文係舊作〈從新民族詩型到超現實主義——「創世紀」在左營的歷史考察評述〉之修訂增補。

一　問題意識

　　一九五〇年代，張默和洛夫於左營相識，合辦《創世紀》首期，瘂弦自第二期起加入。《創世紀》與左營的關係，從一九五四年十月至一九六九年一月，長達十五年，共出版了二十九期。[1]本文首先進行史料鉤沉，還原久遠的資料作為佐證。其次，處於「戰後」、「白色恐怖」的時空背景，在那樣惶惶不安、令人窒息的年代，《創世紀》詩人曲折刻劃臺灣現實，迂迴演繹時代意識，皆亟需辯證、澄清，進而予以肯定。

　　《創世紀》詩社歷經了摸索試驗、轉折蛻變以至於茁壯發展，迄今一甲子的歷程，論者各有不同的分期。張默粗略地分做前、後期，將詩刊一至十期的「新民族詩型」稱為「研習階段」，作為前期；第十一期後改以「世界性、超現實性、獨創性與純粹性」為追求目標，作為後期。郭楓認為這種分法值得商榷，因為「四性」路線自第三十期即已產生變化，不足以代表《創世紀》走向，於是乃在其基礎上，更細膩地劃分為：「研習時期：第1期至第10期；黃金時期：第11期至第29期；尋根時期：第30期起迄今。」[2]而在此之前，洛夫就嘗從實際參與創作者的視角，區別為「試驗期」、「創造期」、「自覺

1　張默說：「《創世紀》自第三十期（1972年9月），從左營移師臺北內湖。」見〈創世紀‧左營打樁‧內湖開花──為臺北市文化局舉辦譽揚活動而寫〉，《創世紀》第144期（2005年9月），頁20。二〇〇八年五月七日於珠海北師大分校演講：〈開窗放入大江來──簡說《創世紀》與臺灣新詩〉，又說了一次。一九六九年《創世紀》二十九期出版後，停刊三年多，才有三十期的復刊，同時也進入了另一階段。

2　郭楓：〈論《創世紀》的發展座標與經營策略〉，《創世紀》第139期（2004年6月），頁39。

期」；[3]蕭蕭也以頗具文學性的語言，稱第一至十期為「草萊時期」；第十一期至二十九期為「繁花時期」；復刊之後的《創世紀》（第三十期以後）為「綠蔭時期」。[4]各家分期詳略不一，但差異並不大。唯不論是「研習」或「草萊」階段，至「黃金」或「繁花」時期，亦即《創世紀》詩刊從孕育創生至「鼎盛」[5]的過程，一切都發生在左營，並在此完成。

　　歷史地考察，《創世紀》的出發，處境可謂艱難，它如何在紀弦倡導的「現代詩社」及覃子豪領軍的「藍星詩社」夾縫中異軍突起？如何從帶有濃厚反共、戰鬥意識的「新民族詩型」政治印記中脫胎換骨，巧妙接軌「西化」？又如何在「現代主義」思潮的驚濤駭浪中，始由遲疑觀望，轉而積極介入，乃至於擷取了「超現實主義」的精神與技巧，形塑了「比現代還更現代」[6]的風貌？類此進路軌跡及其轉變，更是本文關注的焦點。

3　洛夫：〈詩壇春秋三十年〉，《中外文學》第120期（1982年5月），頁16。

4　蕭蕭：〈創世紀風雲：為文學史作證・為現代詩傳燈〉，原載《臺灣時報》副刊，1981年8月19-21日。再刊《創世紀》第65期（1984年10月），頁44-54。

5　許世旭將《創世紀》三十五年的發展分做「初期、中期、後期」，後又參酌洛夫、蕭蕭分期，進一步分析道：「試驗期的前期（一至四）係研習階段，後期（五至十）係正式標榜『新民族詩型』階段；創造期的前期（十一至二十一）係頂峰階段，後期（二十二至二十九）係共同經營階段；自覺期的前期（三十至六十五）……。」概括指稱：「《創世紀》的鼎盛時期，就是創造期的前期，即從1959年到1964年。」〈「創世紀」在臺灣詩壇之地位——寫在「創世紀」詩刊三十五歲生日〉，《創世紀》第77期（1989年11月），頁7。

6　林亨泰說：「《創世紀》詩刊直到第十期仍一再主張『新民族詩型』。在現代派運動發起之初，他們抱持觀望的態度，但三年之後的第十一期《創世紀》竟大幅轉向現代主義，甚至比現代派更現代派。」〈立體的存在——論臺灣現代派運動的實質及影響〉，《中時晚報》第10版，1992年5月31日。

二　史料鉤沉及考察範疇界定

　　為了更清楚地說明《創世紀》與左營的關係，茲根據詩刊上登載資料翔實整理。將《創世紀》第一至二十九期[7]的「出刊年月、主編、編輯者、社址、編輯部」等，製成表格呈現如次，並略做說明：

期別／發行日期	主編或執行編輯	編輯者或編輯委員	社址	編輯部
一期 民國四十三年十月 （創刊號）		本刊編輯委員會	左營凱旋路〇五四七附九之四號	
二期 民國四十四年一月	張默、洛夫	同上	左營自治新村二三九號	
三期 民國四十四年六月	同上	同上	同上	
四期 民國四十四年十月	同上	同上	左營明德新村四〇號	
五期 民國四十五年三月	同上 （封面標明洛夫主編）	同上	同上	
六期 民國四十五年六月	張默、洛夫	同上	同上	
七期 民國四十五年九月	張默	同上	同上	

7　資料來源：韓國外國語大學校「德溪藏書」，珍藏《創世紀》第一至三十期正本（詩人許世旭教授捐贈），筆者前往該校借出影印。又，張默先生慨贈第一至十期及第二十四至二十七期影本。

期別／發行日期	主編或執行編輯	編輯者或編輯委員	社址	編輯部
八期 民國四十六年三月	同上	同上	同上	
九期 民國四十六年六月	同上	同上	同上	
十期 民國四十七年四月	同上	王嵐、金刀、林間、洛夫、葉舟、葉笛、張默、瘂弦	同上	
十一期 民國四十八年四月	同上	林間、蔡甫、季紅、洛夫、葉笛、葉珊、葉舟、瘂弦	同上	
十二期 民國四十八年七月		本刊編輯委員會	同上	
十三期 民國四十八年十月		同上	同上	
十四期 民國四十九年二月		同上	同上	
十五期 民國四十九年五月		同上	同上	
十六期 民國五十年一月	張默、瘂弦	白萩、季紅、洛夫、彩羽、商禽、黃用、張默、葉泥、葉珊、葉維廉、瘂弦、鄭愁予	同上	

期別／發行日期	主編或執行編輯	編輯者或編輯委員	社址	編輯部
十七期 民國五十一年八月	張默	本刊編輯委員會	同上	
十八期 民國五十二年六月	同上	白萩、季紅、洛夫、商禽、葉維廉、葉珊、葉泥、瘂弦、鄭愁予	同上	
十九期 民國五十三年一月	同上	李英豪、洛夫、白萩、季紅、商禽、葉泥、鄭愁予、葉珊、崑南、瘂弦、葉維廉、張默	左營自治新村四〇三之二號	
二十期 民國五十三年六月	同上	同上	同上	臺北內湖影劇五村一一八號
二十一期 民國五十三年十二月		本刊編輯委員會	同上	同上
二十二期 民國五十四年六月		同上	臺北內湖影劇五村一一八號	
二十三期 民國五十五年一月		同上	同上	
二十四期 民國五十五年四月		同上	同上	臺北內湖影劇五村二〇〇號

期別／發行日期	主編或 執行編輯	編輯者或 編輯委員	社址	編輯部
二十五期 民國五十五年八月		同上	同上	左營海光三村七十五號
二十六期 民國五十六年三月		同上	同上	臺北吉林路三七二號
二十七期 民國五十六年六月		同上	同上	
二十八期 民國五十七年五月		同上	臺北內湖紫陽村三〇之三八號	
二十九期 民國五十八年一月		同上	同上	

　　由上表得知，《創世紀》在第二十一期之前，詩社社址始終在左營自治新村與明德新村間遷徙，[8]有十年的時間（1954年10月至1964年12月），《創世紀》完全屬於左營，而與北部的《藍星》、《現代詩》形成南北的版圖平衡。第二十期開始，編輯部設於臺北內湖，到了第二十二期，社址改在臺北，因為洛夫早在一九五九年北調，接著離臺赴越（1965年底），瘂弦也於一九六六年赴美國愛荷華大學「國際作家工作坊」，《創世紀》重心出現位移現象，也漸漸疏離了左營。此時，南臺灣只剩張默一人獨撐，與左營維繫著藕斷絲連的關係，直到第二十五期（1966年8月），又忽然出現編輯部登載在「左

8　《創世紀》第四期登社址遷移啟事：「本社頃為擴展詩路線，特由左營自治新村二三九號遷至左營明德新村四十號。」，頁24。

營海光三村」的狀況。根據詩刊資料顯示，第二十六期之後，《創世紀》陣地已全部北移，若論其與左營的關係，理當至此劃下句點。但是，張默不只一次提及：「《創世紀》自第30期（1972年9月），從左營移師臺北內湖。」[9]這並非純粹記憶拼湊，而是信而有徵的，因為，張默在一九七二年六月離開左營，舉家遷至內湖，九月即推出《創世紀》三十期復刊號；而且，〈《創世紀》五十年大事記〉於「民國五十八年」條下明載：「『創世紀』詩刊第二十九期出版，本期由沈臨彬在左營編校，成書後郵寄澎湖。」[10]可知，《創世紀》與左營的關係，隨著張默的北調才徹底終止。換言之，本文考察討論的範疇，界定在第一至二十九期（1954年10月至1969年1月），含括了《創世紀》十五年間兩大階段的發展。

三　民族路線與新民族詩型

　　《創世紀》與「現代派」、「藍星」一樣，都出現於戰後，正值臺灣「白色恐怖」的戒嚴時期；三大詩社又都以大陸渡海來臺的年輕人為群體核心。相較於紀弦延續大陸時期的「現代派」、覃子豪領銜的「藍星」，雖然時代背景大致相近，但《創世紀》既以軍中為根據地，以青年軍人為主體，則其出發之時，不僅具有高昂的「戰鬥」精

9　張默說：「《創世紀》自第三十期（1972年9月），從左營移師臺北內湖。」見〈創世紀‧左營打樁‧內湖開花──為臺北市文化局舉辦譽揚活動而寫〉，《創世紀》第144期（2005年9月），頁20。二〇〇八年五月七日於珠海北師大分校演講：〈開窗放大江來──簡說《創世紀》與臺灣新詩〉，又說了一次。一九六九年《創世紀》二十九期出版後，停刊三年多，才有三十期的復刊，同時也進入了另一階段。

10　〈《創世紀》五十年大事記〉，《創世紀》第140-141期（2004年10月），頁400。

神，同時背負著「民族」的神聖使命，軍、政色彩不免更加強烈；再者，《現代詩》在創刊號「宣言」大談反共抗俄，到了一九五六年一月成立「現代派」，次月所發行的《現代詩》第十三期，正式揭櫫「現代派六大信條」，第六條也還保留「愛國，反共，擁護自由與民主」等政治修辭。當時反共文學躍居主流，許多浪漫的抒情詩人，也創作了不少歌頌革命及偉大民族的詩篇，準此以觀，《創世紀》於第一至十期，倡議「新民族詩型」、標舉「戰鬥文藝」，既是順應時代潮流，洵屬不得不然。

一九五四年十月《創世紀》詩刊誕生了，〈創世紀的路向——代發刊詞〉一文，明確標誌詩社、詩刊宗旨與立場：

一　確立新詩的民族路線，掀起新詩的時代思潮。

二　建立鋼鐵般的詩陣營，切忌互相攻訐，製造派系。

三　提攜青年詩人，徹底肅清赤色黃色流毒。（頁2）

緊接著又提出三大主張，首先，強調「人不能離開政治而生活，詩亦不能脫離政治而孤立，尤其際此民族存亡艱苦奮鬥的年代，我們這一份對民族起碼的愛是不能抹殺的。詩是最崇高的藝術，而詩人乃是民族正氣的象徵。……我們亦應創造偉大的民族詩篇。」（頁3）倡議詩的民族路線，展現詩刊的政治性格、取向，已為日後的「新民族詩型」，立下發展礎石。其次，認為詩壇一片雜蕪，甚至於產生「詩壇霸主」[11]的怪現象，又體認到「詩是群眾的藝術」，務求打破藩籬，走入群眾，統一詩陣營。此一主張顯係針對紀弦而發，頗有挑

---

11 指紀弦及其所領導的「現代派」。

戰詩壇前輩的意味。[12]第三條則奉行政府「文化清潔運動」[13]，主張掃除吟風弄月的「消閑詩」，無病呻吟的「訴苦詩」，指桑罵槐的「牢騷詩」，自我陶醉的「戀詩」，無的放矢的「謾罵詩」，流行歌式的「自由詩」，盲目附和的「口號詩」，生硬枯澀的「教條詩」等毒素渣滓，試圖營造詩壇的純淨清新。

第二期社論〈論詩的時代性〉，延續創刊號路向，高喊詩的民族精神、歷史傳統，強調新詩的文字語言等特色，呼籲詩人「直接參與戰鬥，主宰時代，深入生活內層」，「真正做到詩的時代性、戰鬥性、革命性。」（頁2）慷慨陳詞，標舉「三性」民族路線。第四期「戰鬥特輯」則作更淋漓之展現，在〈詩人的宣言〉裡毫不避諱地說道：「為響應當前自由中國正在積極推行的戰鬥文藝，本刊特於這期出刊『戰鬥特輯』。」同時倡言：

> 詩的本質原就是戰鬥的，因為它與生俱來就具備了一種反黑暗、反殘暴、反醜陋、反虛偽的本能。凡是美的、人性的、自由的都是詩的，都是戰鬥的。
>
> 一個民族的詩代表這個民族的精神與氣質，詩的聲音是民族靈魂的呼喊，……因此戰鬥詩必須是以民族意識為中心。
> （頁4）

以民族意識為中心，洋溢著昂揚的戰鬥氣息，詩因而肩負起鼓舞愛國情操的責任。強調詩的本質在於戰鬥，而其內涵包括美的、人性的、

---

12 當時紀弦在詩壇可謂是舉足輕重、動見觀瞻的人物，而洛夫、張默、瘂弦皆才二十出頭。

13 一九五四年五月四日，「中國文藝協會」主導者陳紀瀅率先發動「文化清潔運動」，嚴厲進行思想檢查。所聲討的對象包括「赤色的毒」、「黃色的害」、「黑色的罪」。

自由的；詩要能表現民族精神和氣質，傳達民族靈魂的聲音。凡此在在傳達擁護、支持「反共、戰鬥文藝政策」[14]，同時，彰顯了詩的實用功能與價值。王岩〈談民族新詩〉一文，配合「戰鬥特輯」刊出，揭示六項準則[15]，再次呼應詩社、詩刊的民族路線。

　　「新民族詩型」論調之正式成立，首見於《創世紀》第五期洛夫（主編）執筆的〈建立新民族詩型之芻議〉。何謂新民族詩型？分從形式、技巧及本質詳予說明。首先，「新民族詩型」形式要素有二：

> （一）藝術的──非純理性之闡發，亦非純情緒之直陳，而是美學上的直覺的意象的表現，主張形象第一，意境至上。
> （二）中國風，東方味的──運用中國語文之獨特性，以表現東方民族之特有情趣。（頁3）

將王岩的六準則濃縮、簡化為二要素。前一要素所「非」者，包括現代詩社的「主知」強調與藍星詩社的「抒情」主張；後一要素更與紀弦「橫的移植」論針鋒相對，傾向傳統承祧，而與藍星較為接近。

---

14 反共文學於五〇年代之所以成為臺灣的主流文學，實乃政府的強行政策所致。都是官方主導，文人配合演出。一九五〇年四月，當時的立法院長張道藩成立「中華文藝獎金委員會」，同年五月四日定名為文藝節，並以陳紀瀅為首，組成「中國文藝協會」，以「實踐三民主義文化建設，完成反共抗俄復國建國任務為宗旨」（會章第二條）。蔣中正於一九五三年頒佈〈民生主義育樂兩篇補述〉，成為文藝政策的最高指導原則，張道藩在一九五四年四月根據〈補述〉，予以擴充闡述，撰寫了〈三民主義文藝論〉長文，強調文藝創作都應該以民族意識、民權意識、民生意識為依歸。蔣中正又於一九五五年提出「戰鬥文藝」口號。

15 王岩於〈談民族新詩〉一文指出：「一、民族新詩要負起培養民族生機，喚醒民族靈魂的使命。二、民族新詩必須肩負起指導時代促進人生的任務。三、民族新詩必須是在大眾化的需求而產生，從群眾中來，也要歸向群眾中去。四、民族新詩必須是我國文字高度美的表現。五、民族新詩必須是承繼我國往昔白話文學的血流。六、民族新詩必須是大時代中代表我們民族的聲音的，一切都以善良人性同胞愛及祖國愛出發。」《創世紀》第4期（1955年10月），頁34。

《創世紀》詩社「堅持反對詩是泥古不化的縱的繼承，也不主張詩是移花接木式的橫的移植之說。」（同上）抱殘守缺、不知變通固然不當，邯鄲學步、一味模仿西方亦為不妥。

其次，就技巧而言，「新民族詩派接受民族詩遺產的精髓，也接受西洋新舊詩派技巧的英華。」有所闡發亦有所揚棄，不鄙棄傳統也不盲目崇洋，創新同時不媚俗。再次，新民族詩型之本質，「乃屬於美感的，亦即意境至上主義。……所追求的是一種入世的，愛心的精神，做到以詩來審判世界，教育世界，美化世界。」（同上）最後歸納說：「新民族詩型……就是一種富有建設性，戰鬥性，中國味的新興詩型。」（同上），這種詩型是知感交融、藝術的；是能充分發揮中文特色、表現真正屬於「中國」詩美學和情趣的。此外，延續上期「戰鬥特輯」，又一次強調詩的「戰鬥性」，突顯詩的時代意義與現實作用。〈建立新民族詩型之芻議〉出現於紀弦「現代派六大信條」刊出後的隔月，因此，可視為現代派「激進西化」後的回響與反撥。

第六期〈再論新民族詩型〉，重在詮釋「新」和「民族」之意涵。所謂「新」，乃在於「融合各家各派新的表現手法，而成為一種新的有機統一體，並進而為新的境界創造新的形象，為新的表現創造新的形式，因這新的形象與新的形式而產生一種新的風格，新的傾向。……我們要求形式的統一，詩素的提煉。……我們的理想是要求成為一個具有獨立性，包容性，完整性的化合體，這就是『新民族詩型』之所謂『新』者。」包括表現手法、形象和形式的新穎，乃至於風格上的一新耳目，都是他們執著追求的理想。至於「民族」一詞之意，「即以中國特有的語言文字，及中國人特殊的生活經驗，來表達出我民族的精神與氣質。」（頁2-3）要言之：

　　新民族詩型並不是指一固定的型體而言，乃是一種對詩的新

觀念之確立，新風格之創造。凡用新的表現手法，……用感性來寫，且具有中國味的詩，都是合乎新民族詩型的範疇的。（同上，頁3）

游喚以為：「《創世紀》揭示的民族，加一『新』字，乃是要與三、四十年代共產黨講的『民族』劃清界線，另外，這個『新』字扣在民族之上，又是與『非中國』、『非東方味』的西方不同，有著反抗標榜世界主義與『橫的移植』之企圖。」又說：「新民族路線作為雙重的反擊，反西與反共黨民族論，……確信它是文化中國的民族。」[16]將「民族」聯結上厚實的文化傳統，從文化層面解讀詩作，認定創刊號登載的周夢蝶〈露宿二首〉，乃不折不扣的「民族詩型」，是真正的「文化型的民族詩路線」。[17]此一觀點顯然比單從「政治」層面分析考量，來得周延而深刻。

〈再論新民族詩型〉文中，還特別指出新民族詩型必須用「感性」創作：「詩的創作必須融會貫通作者的意識和經驗，以及對人生的態度和對生活的信仰，這些都是因『感性』作用而攝取的。」呼應〈芻議〉裡之「非純理性之闡發」一語，再度否定了現代派信條的「知性的強調」。第八期，張默〈論中國詩中應有的感性〉又一次申說：「詩與感性，為我們的『新民族詩型』所強調，也是『新民族詩型』的特性之一。」（頁27-29）直到第十期，又見張默〈新民族詩型之特質〉，分從「內容之強調」、「感性之塑立」與「深真純新之探求」三方面，闡明新民族詩型的實質意涵。前後三文，一致以「感性」作為新民族詩型的特質之一。

《創世紀》第五至十期，被稱為「新民族詩型」階段，除了以上

---

16 游喚：〈創世紀與傳統〉，《創世紀》第100期（1994年9月），頁65。

17 游喚：〈創世紀與傳統〉，《創世紀》第100期（1994年9月），頁62-63。

所舉數篇論述外，尚有第七期〈新民族詩型筆談會〉（頁3-5）、張默〈關於詩的民族性〉（頁24-25），以及第八期的〈詩人詩箋〉標明「含新民族詩型筆談會」（頁5-8）。整理這些史料，可見從「民族路線」的提出，經「戰鬥特輯」的設計，到標舉「新民族詩型」的大旗，構成《創世紀》研習階段的發展軌跡。然而，《創世紀》詩人們擁抱民族主義，聲嘶力竭地感性演出，眾多作品儼然只是「反共文藝」、「文化清潔運動」魔下的產物，難以擺脫政治色彩。雖然他們旦旦信誓，絕不作統戰工具，宣稱負起制衡、調整「反共八股」的責任，標榜「以民族為背景，以三民主義的本質為其主題」、「肅清赤色流毒」等；[18]強調「詩有它的獨立性與創造性，詩不是論文、口號、歌詞、政策宣言、思維的概念。」[19]卻在前幾期刊登了彩羽〈這地方容許我們這樣〉（二期）、林潤〈北望集〉（二期）、張默〈臺灣，復興中國的城〉（三期）等作品，而第四期「戰鬥特輯」，更是充斥著反共式、宣洩性的口號，類此未加修飾、未予沉澱的情緒狂洩，恐「不免陷於意義僵化的另一種八股之境地」[20]。

將《創世紀》這樣一個「體制」內的團體，置於「戰後」的時代現實來看，在一片瀰漫反共抗俄及文化清潔運動的喧囂聲中，上述的宣示與表現，毋寧是必然的。這四年間（第一至十期），刊登的理論，失之空泛粗疏，不少詩作配合政策需要、附和政治期待，多「應時」、「應景」之篇。郭楓論及《創世紀》此一階段，就以貶抑的口吻說道：「（《創世紀》）不僅是介入生活的現實主義，而且是介入政治的民族主義，是名副其實的民族新詩守衛者。」毫不客氣指出，

18　〈創世紀的路向──代發刊詞〉，《創世紀》創刊號（1954年10月），頁2。

19　本社：〈建立新民族詩型之芻議〉，《創世紀》第5期（1956年3月），頁2。

20　蕭蕭：〈「創世紀」風格與理論之演變──「新民族詩型」與「大中國詩觀」之檢討〉，《創世紀》第100期（1994年9月），頁41。

《創世紀》的現實主義、民族主義,「在五〇年代的臺灣政治氛圍是注定無法生存發展的。詩人除了『咒罵中共』、『懷舊憶往』這兩個範疇外,還能寫什麼現實題材?」[21]此番評述傾向負面,卻又合乎實情。一九五〇年代的《創世紀》,服膺民族主義,追隨現實的、戰鬥的、反共的路線;處於風聲鶴唳的時代,滿是不容碰觸的禁區,「感性」只能投向思鄉一途,循此發展下去(或為了詩刊的「生存」著想),淪為稍具貶意的「軍中文藝」,或被稱作「研習階段」,就不足為奇了。

四 超現實主義的汲取、制約與修正

一九五四年至一九五九年間,是「現代派」現代主義與「藍星」傳統抒情對陣的時代,特別是在「縱承」、「橫移」間爭論不休、壁壘分明,「創世紀」詩社積極介入,高倡「新民族詩型」,嚴詞批判絕對的西化,卻顯得聲弱氣薄,未能激起波瀾。關於這點,張默等人頗有自知之明,第十期〈編輯人語〉寫道:「強調『新民族詩型』僅是我們推行詩運中的初步工作,跟著而來的(也就是我們的理想)是現代中國新詩運動的展開。」(頁38)回顧且檢討,隱約醞釀了一股破繭勃發的能量。《創世紀》正從這一期開始臚列「編輯委員」名單、於首頁出現「目錄」。[22]種種跡象顯示,一如張默所說:「已露出變貌端倪」(同上)。巧的是,余光中第一次為《創世紀》寫稿,

---

21 郭楓:〈論《創世紀》的發展座標與經營策略〉,《創世紀》第139期(2004年6月),頁35、37。

22 《創世紀》在第十期始列「編輯委員」,此後或列或不列,第二十一期起恢復不列。一至九期裡只有五、六期封面出現「本期要目」,其餘各期均空白,到第十期始在首頁列出完整目錄。

也在這時候。[23]

　　《創世紀》的擴版革新，經三人協商決定。[24]主要由張默、瘂弦二人負責校對（洛夫於臺北受訓），形式上從三十二開本改為二十開本，內容更做大幅度改變。「詩創作」部分由洛夫負責，於詩社同仁外，還分別向「現代詩」、「藍星」詩友邀稿，「理論」、「翻譯」則由季紅、葉泥、葉笛三人執筆。《創世紀》第十一期的狂飆突進，造成詩壇不小騷動，引來批評聲浪，也點燃了臺灣現代詩第一次論戰戰火。[25]轉捩之關鍵，就在於有所揚棄（新民族詩型）與發揚（現代主義）；《創世紀》吸納「現代派」理論，接收其餘緒，[26]將詩的民族主義和現實性讓渡給超現實主義，且廣泛地進行各種前衛、先鋒試驗，竭力掙脫束縛，走出狹隘仄徑，終能取代「現代派」位置，而與「藍星」分庭抗禮。

　　一九三〇年代，以楊熾昌為首的「風車詩社」，曾從日本引進法國超現實主義，但因臺灣正處於被日本殖民時期，「皇民化」雷厲風行，所有的文學活動皆遭受殘酷箝制與迫害，超現實主義乃隨著窒悶的臺灣文學偃旗息鼓，以至於銷聲匿跡。戰後，歷經四〇年代的沉

23　余光中：〈西螺大橋〉，《創世紀》第10期（1958年4月），頁12。

24　張默在〈發現好詩・向超現實借火——追述《創世紀》擴版革新始末〉中，謂：「《創世紀》真正改革的意圖，從第十期已經悄悄開始了。」文中並載明他與瘂弦、洛夫三人，於一九五八年十二月聖誕節前夕，商討決定《創世紀》改版的詳細情形。《創世紀》第145期（2005年12月），頁188-189。

25　言曦以〈新詩閒話〉、〈新詩餘談〉為題，連續於《中央日報》（1959年11月20至23日）撰文批判新詩，文中引述夐虹詩句：「用晨雲金的瓶子供養」及余光中詩句：「下午與夜的／可疑地帶」，指為艱深費解、晦澀怪異，因而論斷「中國新詩是法國象徵派的末流」。其後，余光中、張健、吳宏一等人，提出強烈反駁。所引夐虹〈索影人〉、余光中〈呼吸的需要〉二詩，出自《創世紀》第11期（1959年4月），分見頁11、15。

26　在吸納「現代派」理論之餘，廣邀「現代詩」、「藍星」詩人加入陣容，如林亨泰、鄭愁予、白萩、商禽、管管、葉珊、葉維廉等。

寂階段，[27]於五〇年代中後期，超現實主義又在「現代派」的帶動下死灰復燃。「現代派六大信條」第一條謂：「我們是有所揚棄並發揚光大地包容了自波特萊爾以降一切新興詩派之精神與要素的現代派之一群。」[28]按照紀弦個人的釋義，統稱為「現代主義」的詩派中，包括了超現實派。[29]之後，超現實主義分別透過原文（胡品清）或翻譯（李英豪、葉笛、葉泥）介紹到臺灣詩壇，「創世紀」詩社成員則在大量研讀相關作品、理論後，汲取其精神並進行創作實踐，而得到引人注目的成績。其中，商禽被認為是涉獵最早且最具代表性的一位，[30]〈長頸鹿〉、〈滅火機〉和〈天河的斜度〉，皆為超現實主義經典之作。

　　瘂弦從《創世紀》第十四期[31]起撰寫〈詩人手札〉，積極引介超現實主義思想、理論及重要詩人。其對於超現實主義的認知、理解，以及心儀神往，可從以下這段文字讀出：

27　一九四五年國民政府接收臺灣，一九四七年發生二二八事件，臺灣隨即進入白色恐怖的戒嚴時期，人人噤若寒蟬，臺灣文學陷入停頓、窒息狀態，沉寂得近乎空白。

28　紀弦：〈現代派信條釋譯〉，《現代詩》第13期（1956年2月），頁3。

29　〈現代派信條釋義〉第一條：「這些新興詩派，包括了十九世紀的象徵派，二十世紀的後期象徵派、立體派、達達派、超現實派、新感覺派、美國的意象派，以及今日歐美各國的純粹詩運動，總稱為『現代主義』。」《現代詩》第13期（1956年2月），頁3。

30　此從瘂弦一九五八年春贈詩可知：〈給超現實主義者——紀念與商禽在一起的日子〉，《南北笛》第18期（1958年2月）。不久，商禽即回贈：〈透支的足印——紀念和瘂弦在左營的那些時光〉一詩。

31　此期為「詩論專輯」，除了社論〈第二階段〉外，還有白萩：〈由詩的繪畫性談起〉、張默：〈現代詩藝術的潛在面〉、季紅：〈詩之諸貌〉（連載三）、邵析文：〈從新詩閒話到新詩餘談〉、瘂弦：〈詩人手札〉及艾略特著、秀陶譯：〈傳統與個人才能〉。創世紀詩社第二階段的主要理論，幾乎囊括其中，此後的創作路線至此確立。

　　　　現代詩確已走進一個被那自覺性較少之十九世紀詩人們所疏
　　　　漏的經驗世界，……一種較之任何前輩詩人所發現或表現
　　　　過的更為原始的真實，存在於靉靉主義與超現實主義（Sur-
　　　　realisme）者底詩中，一種無意識的心理世界（The world of
　　　　unconscious mind）的獨創表現，使他們底藝術成為令人驚
　　　　悚（有時也令人愉悅）的靈魂探險的速記。[32]

瘂弦激賞超現實主義詩作，卻不屑於一味地效顰盲從，或者一成不變
地接受。前此他曾批評說：「假冒的，人工的靉靉主義（Dadaism）
和超現實主義徒令我們陷入混亂。舊聯想系統固然有切斷之必要，新
聯想系統亦當自作品中予以建立。」[33]認為詩的聯想不能完全抽離現
實，而必須是「真實的」、「感性的真實」、「超出現實之外的那個
『真實』」。瘂弦不滿足於直接移植超現實主義，而提出「制約」[34]
修正的主張。

　　《創世紀》詩人第一個有系統地引進超現實主義，實踐超現實主
義思潮，因而招惹多方挑戰攻訐的，當推有「詩魔」之稱的洛夫。洛
夫早在〈天狼星論〉[35]一文即提及超現實主義，三年後，發表〈詩人

32　瘂弦：〈詩人手札〉，《創世紀》第15期（1960年5月），頁38。

33　瘂弦：〈詩人手札〉，《創世紀》第14期（1960年2月），頁12-13。

34　瘂弦將「制約」一詞加在超現實之上，要到一九六九年〈美國詩壇的新流向〉
　　一文才正式出現，此後，又於〈新詩運動一甲子〉中，再度提到「制約的超現
　　實」。《創世紀》第65期（1984年10月），頁75。

35　此文旨在論余光中的〈天狼星〉，文中提到有人認為〈天狼星〉某些部分頗有超
　　現實主義的趨勢，但洛夫並不贊同，他指出〈天狼星〉或有些詩句較為抽象，意
　　象的聯想偶然脫鍊，但「這只是作者技巧的變化，而不是作者基本精神的傾向。
　　從作者任何一個作品中，我們都可發現作者所表現的是一個『意識心理世界』
　　（The World of Conscious Mind），與超現實主義的『無意識心理世界』（The
　　World of Unconscious Mind）相較，不僅過去與後者毫無關聯，今後也不可能成為
　　它的後嗣。」洛夫：〈天狼星論〉，《現代文學》第9期（1961年7月），頁81。

之鏡──《石室之死亡》自序〉更絲毫不掩其嚮往之情地說：「超現實主義之影響正方興未艾，而且我們認為它的精神統攝了古典、浪漫、象徵等現代諸流派。」又說：「超現實乃一集大成之流派，只要你自詡為一個現代詩人或畫家，就無法完全擺脫超現實的影響。」[36]文中引述勒夢特（George Lemaitre）《從立體主義到超現實主義的法國繪畫》（*From Cubism to Surrealism in French Painting*）一書觀點：「正確地說，超現實主義並不是一種美學或文學上的派別。在根本上它是對整個人類的生存所採取的一種形而上的態度。」強調超現實主義的精神、一種形而上的態度，其作用乃在於幫助我們達到超越有限。至於對於文學的具體功能，尤呈顯在表現技巧方面：

> 超現實主義對詩最大的貢獻乃在擴展了心象的範圍，濃縮了意象的強度，而使得暗喻，象徵，暗示，餘弦，歧義等重要詩的表現技巧能發揮最大的效果。[37]

詩人以心眼觀照萬物，透視現實，並運用直覺暗示、擴展想像的技巧，以掘發心靈深處的奧秘，帶領讀者進入一種神秘的、從未經驗過的感覺，這都藉助於超現實主義手法，至於「自動語言」，則「並非超現實作者必具之表現技巧」。《創世紀》第二十一期同時刊載了洛夫摘譯Wallace Fowile：Age of Surrealism部分內容，題為〈超現實主義之淵源〉（The Source of Sur-realism），稱Fowile的超現實主義「其內含遠較在年序上繼承一九二四年達達主義（Dadaism）的布洛東派

---

36 洛夫：〈詩人之鏡──《石室之死亡》自序〉，《創世紀》第21期（1964年12月），頁8。

37 洛夫：〈詩人之鏡──《石室之死亡》自序〉，《創世紀》第21期（1964年12月），頁9。

（Andre Breton Group）為廣。」[38]（頁21）它與古典主義、浪漫主義頗有淵源，同時也含括了象徵主義思想。換言之，洛夫接受廣義的超現實主義，贊同超現實主義「成為超越時空的國際性藝術思想」，進而聯結東方禪宗思想，努力從古典文學裡尋找屬於中國的超現實傳統，並延伸至現代詩作，歸納出「我國重要詩人的作品中幾乎都具有超現實主義的精神傾向」[39]之驚人發現。

「研習階段」的《創世紀》，並非完全隔絕現代主義，例如第八期刊登過孫藜譯路易士・阿拉貢（Louis Aragon, 1897-1982）的〈荊棘之歌〉（頁31），第十期又有馮蝶衣譯許拜維艾爾（Jules Supervielle, 1884-1960）詩抄（頁8-11）。前者曾參加當年布洛東的超現實主義運動，兩人皆被視為法國超現實主義重要詩人。第十一期之後，除了瘂弦、洛夫撰文引介超現實主義外，更積極地翻譯相關理論、詩評與詩作，重要的有保羅・梵樂希（Paul Valery, 1871-1945）、里爾克（Rainer Maria Rilke, 1875-1926）、聖約翰・濮斯（Saint-John Perse, 1887-1975）、昂利・米修（Henri Michaux, 1899-1984）、威斯坦・休・奧登（Wystan Hugh Auden, 1907-1973）等人。此外，最足以突顯《創世紀》鮮明形象的，應屬十三、十四期兩篇社論和十七、二十一期兩篇代社論，[40]自此，《創世紀》幾乎與超現實主義劃上等號。

超現實主義詩人樂於放逐理性、切斷聯想以書寫孤絕心靈，偶有逃避現實的傾向；善於堆砌繁複意象，扼殺文法以自製新詞，往往造

---

38 Wallace Fowlie著，洛夫譯：〈超現實主義之淵源〉，《創世紀》第21期（1964年12月），頁21。

39 在洛夫的實際詩評中，周夢蝶、商禽、管管、碧果、瘂弦和他自己，都被歸為廣義的超現實主義詩人。〈超現實主義與中國現代詩〉，《洛夫詩論選集》（臺北市：開源出版社，1977年），頁83、94，

40 兩篇社論為〈五年之後〉（十三期）、〈第二階段〉（十四期）；兩篇代社論包括葉維廉〈詩的再認〉（十七期）、洛夫〈詩人之鏡〉（二十一期）。

成意象荒誕、詩意含混、詩風朦朧，陷入晦澀、虛無的泥淖中，因而備受詬病。《創世紀》詩人對於超現實主義一向即採取寬鬆、開放的態度，並在吸收學習的過程中作了適度的修正和改變。多年之後，瘂弦回憶當時情況，他說：「我們介紹了法國超現實主義的詩，也熟讀了布魯東的〈超現實主義宣言〉，但也很快發現了超現實主義的歷史侷限和美學上的缺失。洛夫提出了『中國超現實主義』，我也以『制約的超現實主義』來修正法國式超現實主義的偏頗。張默則說『《創世紀》同仁所強調的是超現實的精神，而非某種主義』。」[41]換言之，超現實主義透過《創世紀》之中介進入臺灣詩壇，並非直接複製，而是被變形地接受，或者說在接受中進行變形。

　　《創世紀》第十三期為「創刊五週年暨里爾克紀念號」，社論〈五年之後〉寫到：「由幼弱的創始階段，通過新民族詩型的誘導階段，而進入今日碩壯的，統一的，純粹的收穫階段。」（頁1）意謂擴大版圖，放棄新民族詩型，轉而高舉超現實旗幟，漸向「西化」傾斜，呈現不同以往的風姿。至於為何調整方向？洛夫在接受訪問時說：「好像是自然而然，當時存在主義等西方各種思潮紛紛引進，只強調民族的東西就過於狹隘了。」[42]張默敘述得較為明白，既指出轉向的緣由，亦詳述了「方向」的具體內容：

　　　　我們抖落早期那種過於偏狹的本鄉本土主義，實因我們對中
　　　　國現代詩抱有更大的野心，即強調詩的世界性，強調詩的超
　　　　現實性，強調詩的獨創性以及純粹性。換言之，這裡所指的

---

41 瘂弦：〈為永恆服役——張默的詩與人〉，收錄於張默：《愛詩》（臺北市：爾雅出版社，1988年），頁1。

42 洛夫語。轉引自朱立立：〈關於中國現代詩的對話與潛對話——秋日訪洛夫〉，《華僑大學學報》1999年第4期，頁77。

「世界性」、「超現實性」、「獨創性」與「純粹性」，就
是後期《創世紀》一直提倡的方向。[43]

　　《創世紀》轉向「四性」之強調，受到郭楓的高度肯定。郭楓進
一步將「四性」化約為「現代派」張揚的西化與前衛二軸，而有如下
的論斷：

> 西化與前衛的座標，正是紀弦所高喊過的「新詩再革命」。
> 不同的是，紀弦喊聲震天，成績有限；《創世紀》的「四
> 性」付諸實踐，真正奠定了現代詩的江山。[44]

一九五〇年代末，反共文藝、戰鬥文學皆已成強弩之末，乏人問津，
文學發展必須另闢蹊徑，此時的臺灣詩壇疲態畢現，《現代詩》嚴重
脫期、逐漸萎縮，《藍星》只以薄薄的詩頁面世，《創世紀》乘勢崛
起，以勇於吸收嘗試、不斷追求突破的前衛性格與實驗精神，彌縫了
現代詩運動的嚴重斷層，進而締造了六〇年代臺灣詩壇「盟主」地
位。《創世紀》的成功，絕大部分得力於「超現實的精神」之實踐，
悠遊潛意識的無窮空間，陶醉於純藝術的浩瀚天地，其所引發的新詩
再革命，西化乎？前衛乎？總之，延續現代派運動，站上了浪潮尖
端，主導「後期現代派時期」[45]，激揚臺灣詩史現代主義思潮的第二

43　張默：〈「創世紀」的發展路線及其檢討〉，《現代文學》第46期（1972年3
　　月），頁121-122。

44　郭楓：〈論《創世紀》的發展座標與經營策略〉，《創世紀》第139期（2004年6
　　月），頁37。

45　林亨泰認為臺灣現代派共歷經十三年，於一九五六年一月十五日正式成立，當
　　年二月發行的《現代詩》季刊第十三期被指定為「現代派詩人群共同雜誌」，
　　且於雜誌封面揭櫫了「現代派六大信條」，延續了三年，是屬於「前期現代派
　　時期」；後十年則是以《創世紀》季刊為主體的「後期現代派時期」。〈立體的存
　　在──論臺灣現代派運動的實質及影響〉，《中時晚報》，第10版，1992年5月31日。

次高峰。

　　林亨泰於〈立體的存在──論臺灣現代派運動的實質及影響〉一文，主張以「批判感覺」的濃淡有無，作為是否符合「現代詩」的辨認標準，他在仔細檢視《創世紀》第十一期之後刊登的詩篇，與之前作品對照比較，發現包括洛夫、瘂弦、張默、葉珊、辛鬱、葉維廉、梅新等人，皆已擺脫既有窠臼，感覺新穎，意象多樣突出，「現代性」展現淋漓。[46]再者，觀諸後來詩史上一些被歸為「現代主義」優秀作品，確實陸續出現在改版後的《創世紀》各期，諸如夐虹〈索影人〉（十一期）、葉珊〈夢中〉（十一期）、洛夫〈我的獸〉（十一期）及《石室之死亡》（十二期起）、瘂弦〈從感覺出發〉（十一期）及〈深淵〉（十二期）、張默〈攀〉（十二期）、商禽〈長頸鹿〉（十二期）及〈遙遠的催眠〉（十七期）、鄭愁予〈清明〉（十二期）、錦連〈轢死〉（十三期）、林亨泰〈風景〉（十三期）、周鼎〈終站〉（十三期）、紀弦〈阿富羅底之死〉（十五期）、朵思〈沉寂以後〉（十七期）、白萩〈雁〉（二十三期）、沙牧〈死不透的歌〉（二十三期）、管管〈荒蕪之臉〉（二十八期）等。此一階段的《創世紀》，舉凡詩作、詩論、詩評皆作金石之聲，即便是外國詩作的評論、翻譯，也都鏗鏘有力、重要而紮實，[47]因此被稱為「黃金時期」或「繁花時期」。

46　林亨泰認為臺灣現代派共歷經十三年，於一九五六年一月十五日正式成立，當年二月發行的《現代詩》季刊第十三期被指定為「現代派詩人群共同雜誌」，且於雜誌封面揭櫫了「現代派六大信條」，延續了三年，是屬於「前期現代派時期」；後十年則是以《創世紀》季刊為主體的「後期現代派時期」。〈立體的存在──論臺灣現代派運動的實質及影響〉，《中時晚報》1992年5月31日，第10版。

47　相關論述可參閱蕭蕭：〈創世紀風雲：為文學史作證‧為現代詩傳燈〉一文，《創世紀》第65期（1984年10月），頁44-54。

　　《創世紀》超現實主義的大張旗鼓，也遭到普遍的誤解，來自四面八方的撻伐和圍剿不曾間斷。如李敏勇嚴詞批判說：

> 事實上，「創世紀」詩社所標榜的「超現實主義」，與其說是理論和實踐的吸收和展開，不如說是概念的模糊借用。是「《創世紀》詩社」的軍人群詩人在反共抗俄的戰爭氣息裡虛無主義的超脫。[48]

指斥之為「概念的模糊借用」、「虛無主義的超脫」，而《創世紀》詩人以推廣「中國現代詩運動」自命，不守章法而大膽、潑辣、炫奇的詩風，瀰漫著矯飾、虛浮而空洞的煙霧。類此斬釘截鐵般的否定，多少源於偏頗的意識型態，而有籠統含糊之失。韓國詩人許世旭則從時空環境的疏離阻隔、詩人內在情感的變化等多重視角，嚴謹審辨諸多內外因素，提出較為客觀的論點。他說：

> 六十年代，臺灣離開大陸母體文化，已有十年之久，由於政治變化，詩人都有一種漂泊無根的失落感，而一個詩人強烈的藝術信仰，卻在游離的精神狀態中更見內燃，因此正是易於將孤絕與鬱苦溶解於超現實主義。他們所運用的超現實手法，並非逃離，而是借來的一種表現方法。[49]

　　瘂弦也概括式地說過：「超現實主義朦朧、象徵式的高度意象的語言，正適合我們，把一些對社會的意見、抗議，隱藏在象徵的枝葉

---

48 李敏勇：〈戰後詩的惡地形——試述「藍星」和「創世紀」的活動及影響〉，《戰後臺灣文學反思》（臺北市：自立晚報社，1994年），頁65。

49 許世旭：〈「創世紀」在臺灣詩壇之地位——寫在「創世紀」詩刊三十五歲生日〉，《創世紀》第77期（1989年11月），頁8。

後面，這也是當時我們樂於接受西方影響的重要因素。」[50]要之，處於惶恐、黑暗的時代，現實既是無法碰觸的禁忌，詩人只好自我放逐於「超現實」天地，「感性」只能曲折、隱約地表現，甚至是變調、病態地抒發。

五　餘論

洛夫於二十世紀末提出「大中國詩觀」[51]，被認為是「新民族詩型」的復活。論者穿越半世紀時空，接通前後兩大主張，既熟稔《創世紀》的發展軌跡，且全面觀照洛夫詩學及其實踐，杜榮根首先扼要指出「大中國詩觀」乃是：「當年的『新民族詩型』理論的繼續和深化」。[52]蕭蕭則微觀細析，深入評述謂：「『新民族詩型』是《創世紀》唯一以社論方式標舉出來的奮鬥目標，……這五個字的潛在影響力，不僅在一至十期中處處迴盪，而且孕生了六十一期以後的大中國詩觀。」又說：「至此（筆者按：指洛夫發表〈建立大中國詩觀的沉思〉一文），《創世紀》風格與理論之演變，顯然形成一個弧形的軌跡，從『新民族』而回到『大中國』。」[53]其後，又有大陸學者古遠清桴鼓相應說道：「洛夫……到了20世紀末，他提出『大中國詩觀』

50　瘂弦：〈西方文學與中國現代詩〉（詩人座談），《中外文學》第109期（1981年6月），頁147。

51　洛夫的「大中國詩觀」其內涵要點有二：第一，追求詩的現代化，創造現代化的中國詩；第二，開創詩的新傳統。企圖整合大中國詩歌版圖，其實就等於「一個中國詩觀」。洛夫：〈建立大中國詩觀的沉思〉，《創世紀》第73、74期合刊本（1989年8月），頁8-25。

52　杜榮根：〈試論早期「創世紀」的詩〉，《創世紀》第89期（1992年7月），頁120。

53　蕭蕭：〈「創世紀」風格與理論之演變——「新民族詩型」與「大中國詩觀」之檢討〉，《創世紀》第100期（1994年9月），頁39、45。

這一很具有創意和建設性的主張。這應視為『創世紀』過去捨棄的新民族詩型的再度出發。」[54]三人皆重估「新民族詩型」的歷史意義及其影響,一致肯定《創世紀》第一階段(一至十期)路線的正確性;而「繼續和深化」、「弧形回歸」或「再度出發」等洞見,不僅梳理出二者的源流遞變關係,亦兼嘆服「大中國詩觀」視角之恢宏和寬廣。

「創世紀」詩社一九五〇年代強調的「新民族詩型」,堅持數十年不曾改弦易轍,他們致力於追求一種「新的」民族風格之塑造,[55]「大中國詩觀」從尋求文化時空中的自我定位出發,而歸止於文化歷史的認同整合,二者自然不互相衝突和牴觸,但彼此之間似又未必如上述學者所見之承傳密切。參照洛夫對於《創世紀》這一階段的歷史檢討、反思,當可了然:

> 創刊號上〈代發刊詞〉中的所謂「政治性格」和「戰鬥詩」的言說,只是當時(五〇年代)大環境中社會脈動的一種不自覺的「跟風」,一種出於無奈的政治表態⋯⋯,而我們不斷蛻變而不離其宗的核心理論,仍屬張默在〈代發刊詞〉中提出的「民族路線」,以及繼而由筆者提出的「新民族詩型」。我們的主張⋯⋯一方面是對「反共八股」的制衡與調整,一方面也是對紀弦「橫的移植」論的及時反應。[56]

54　古遠清:〈臺灣三大詩社互動而衝突的關係——以笠、藍星及創世紀為例〉,《當代詩學》第1期(2005年4月),頁99。

55　洛夫在《創世紀》出刊十八年後,嘗檢討說:「我們在批判與吸收了中西文學傳統之後,將努力於一種新的民族風格之塑造,唱出真正屬於我們這一時代的聲音。」洛夫:〈一顆不死的麥子〉,原刊《創世紀》第30期(1972年9月)。收錄於瘂弦等編:《創世紀詩選:一九五四～一九八四》(臺北市:爾雅出版社,1984年),頁603。

56　洛夫:〈創世紀的傳統〉,《創世紀》第140-141期(2004年10月),頁27。

洛夫自承當時《創世紀》路線上盲從跟風，立場上被動表態，是配合政策下的產物。質言之，「新民族詩型」當時係出於政治現實的「無奈」和文學氛圍的考量，其目的在於「新」的建構；至於「大中國詩觀」則體現出完全的「自覺」，發想於文化「大中國」，而不在「大」字，前後時空背景及其實質意涵之差異，不啻天壤之遙。

《創世紀》第二階段（十一至二十九期）高舉「超現實主義」大旗，其所引發的效應，對於臺灣現代詩的發展居功厥偉，《創世紀》也成為臺灣現代派運動的最大受惠者，很顯然的，如果一九五九年《創世紀》未能毅然決然地革新改版，必然不會有往後超過五十年的詩壇版圖。蕭蕭嘗分析《創世紀》與臺灣現實的「疏密」關係，他說：「越是苦悶的時代（如白色恐怖）切得越近，即如『新民族詩型』的倡導都與臺灣現實相關，⋯⋯而越是開放的空間，《創世紀》與『臺灣現實』的切合點就越疏離。」[57]與臺灣現實或疏或密的交錯切合，隨著《創世紀》發展座標的轉移而流動，唯「超現實主義」的書寫，在素材擷取上或許疏離，卻在主題精神方面，緊密貼合「現實」。

《創世紀》詩社偏鄉左營扎根、成長與蛻變，不但在一九五〇年代末至六〇年代之間，與「現代詩」、「藍星」三足鼎力，又憑藉勇於探索創新的精神與強大的批判論辯力，於七〇年代攀登現代派巔峰，獨領詩壇風騷，[58]持續八、九〇年代乃至於跨入廿一世紀，則與

---

57 蕭蕭：〈「創世紀」風格與理論之演變——「新民族詩型」與「大中國詩觀」之檢討〉，《創世紀》第100期（1994年9月），頁45。

58 紀弦於一九五三年二月發行《現代詩》季刊，一九五六年一月組織「現代派」，於一九五九年三月出版了第二十三期後，因嚴重脫期而漸歸沉寂，乃在一九六二年宣布解散「現代派」，一九六四年二月停刊《現代詩》；「藍星」詩社於一九五四年三月成立，三個月後（1954年6月）《藍星週刊》創刊，由於群體屬性薄弱，因此在覃子豪過世、余光中出國後，數度停擺，之後雖陸續復刊，但氣勢總

「笠」詩社形成南北涇渭、「現實」與「現代」二分天下的態勢。瘂弦說：「《創世紀》創造了屬於自己的文學盛世，說是創造了現代詩的文學盛世也不為過！」[59]誠然，《創世紀》一甲子的發展，成就及影響早為學術界所肯定，[60]相關研究熱潮方興未艾。[61]試溯求源本端始，知其開創文學盛世之種子，早在左營時期已深深埋下。

是大不如前。唯有《創世紀》同時成立詩社、發行詩刊，持續迄今而不墜。

59 瘂弦於「創世紀詩社五十年紀念聚會」發言。二〇〇五年十二月二十八日。

60 李歐梵說：「對現代詩的主張貢獻最大的該是創世紀諸人。」李歐梵著，吳新發譯：〈中國現代文學的現代主義〉，《現代文學》復刊第14期（1981年6月），頁21、22。

61 目前針對「創世紀」個別詩人的論述甚夥，包括洛夫、瘂弦、張默、商禽、葉維廉、辛鬱等，對於詩社群體的研究或比較，海峽兩岸亦正積極展開。如二〇〇八年四月，任教於吉林大學的白楊，跨海來臺廣搜資料，進行《創世紀詩社研究》，歷數年而竟其事。並由吉林大學於二〇一三年出版《跨越時間之河──臺灣「創世紀」詩社研究》專書。

參考文獻

王　岩　〈談民族新詩〉　《創世紀》第4期　1955年10月　頁34

本　社　〈建立新民族詩型之芻議〉　《創世紀》第5期　1956年3月　頁2-3

本　社　〈再論新民族詩型〉　《創世紀》第6期　1956年6月　頁2-3

古遠清　〈臺灣三大詩社互動而衝突的關係——以笠、藍星及創世紀為例〉　《當代詩學》第1期　2005年4月　頁86-101

朱立立　〈關於中國現代詩的對話與潛對話——秋日訪洛夫〉　《華僑大學學報》1999年第4期　頁75-80

李歐梵著，吳新發譯　〈中國現代文學的現代主義——文學史的研究兼比較〉，《現代文學》復刊第14期　1981年6月　頁7-33

李敏勇　〈戰後詩的惡地形——試述「藍星」和「創世紀」的活動及影響〉　《戰後臺灣文學反思》　臺北市　自立晚報社　1994年　頁60-68

杜榮根　〈試論早期「創世紀」的詩〉　《創世紀》第89期　1992年7月　頁118-124

林亨泰　〈立體的存在——論臺灣現代派運動的實質及影響〉　《中時晚報》　第10版　1992年5月31日

洛　夫　〈天狼星論〉　《現代文學》第9期　1961年7月　頁77-92

洛　夫　〈超現實主義與中國現代詩〉　《洛夫詩論選集》　臺北市　開源出版事業公司　1977年　頁83-105

洛　夫　〈詩壇春秋三十年〉　《中外文學》第120期　1982年5月　頁6-31

洛　夫　〈一顆不死的麥子〉　收錄於瘂弦等編《創世紀詩選：

一九五四～一九八四》　臺北市　爾雅出版社　1984年　頁
601-604。

洛　夫　〈建立大中國詩觀的沉思〉　《創世紀》第73、74期合刊
1989年8月　頁8-25

洛　夫　〈創世紀的傳統〉　《創世紀》第140、141期合刊　2004年
10月　頁25-29

許世旭　〈「創世紀」在臺灣詩壇之地位——寫在「創世紀」詩刊
三十五歲生日〉　《創世紀》第77期　1989年11月　頁7-9

游　喚　〈創世紀與傳統〉　《創世紀》第100期　1994年9月　頁
60-73

張　默　〈「創世紀」的發展路線及其檢討〉　《現代文學》第46期
1972年3月　頁113-135

張　默　〈創世紀・左營打樁・內湖開花——為臺北市文化局舉辦譽
揚活動而寫〉　《創世紀》第144期　2005年9月　頁20-22

張　默　〈發現好詩・向超現實借火——追述《創世紀》擴版革新始
末〉　《創世紀》第145期　2005年12月　頁188-195

郭　楓　〈論《創世紀》的發展座標與經營策略〉　《創世紀》第
139期　2004年6月　頁33-44

瘂　弦　〈西方文學與中國現代詩〉（詩人座談）　《中外文學》第
109期　1981年6月　頁144-147

瘂　弦　〈新詩運動一甲子〉　《創世紀》第65期　1984年10月　頁
75-76

瘂　弦　〈為永恆服役——張默的詩與人〉　收錄於張默《愛詩》
臺北市　爾雅出版社　1988年　頁1-3

瘂　弦　〈詩人手札〉　《創世紀》第14期　1960年2月　頁12-16

瘂　弦　〈詩人手札〉　《創世紀》第15期　1960年5月　頁38-42

蕭　蕭　〈創世紀風雲：為文學史作證・為現代詩傳燈〉　《創世紀》第65期　1984年10月　頁44-54

蕭　蕭　〈「創世紀」風格與理論之演變——「新民族詩型」與「大中國詩觀」之檢討〉　《創世紀》第100期　1994年9月　頁38-46

解嚴前後《創世紀詩刊》的中國想像

謝三進

摘要

　　一九八〇年代後期，接連開放探親、解嚴之後，面對著地理鄉愁上的中國大陸，《創世紀詩刊》作為影響臺灣新詩讀者群的指標刊物，且長期處理著詩與民族的問題，如何處理此際兩個「中國」並存的現況？該如何重新整理、容納或排除他們認同中的「中國」詩壇。所謂「中國想像」乃指此刊物中所載有關「中國」之論述，其內容涉及「中國詩人」之責任、中國詩史脈絡，或「中國詩壇」之組成與範圍。本文將從解嚴前後《創世紀》詩刊的用語、態度之改變，探討詩社的國族觀念。

關鍵詞：創世紀詩刊、解嚴前後、中國想像、國族認同

一　前言

　　「創世紀」詩社自一九五四年創辦詩刊以來，從翻譯外國詩人作品、新詩史料編纂、編輯詩選，到製作介紹詩壇新人的專欄，甚至跨足其他詩集與刊物勘誤，都可見「創世紀」詩社成員們對於所處詩壇疆界的探索與掌握，並持續呈現對整個臺灣詩壇的影響與主導的企圖心。因而，在一九八〇年代後期，接連開放探親、解嚴之後，面對著地理鄉愁上的中國大陸，《創世紀詩刊》作為影響臺灣新詩讀者群的指標刊物，且長期處理著詩與民族的問題，如何處理此際兩個「中國」並存的現況？該如何重新整理、容納或排除他們認同中的「中國」詩壇。

　　一九八七年十一月二日開放兩岸探親，一個月後出刊的《創世紀詩雜誌》第七十二期，立馬推出「大陸名詩人作品一百二十首」，大量引介大陸詩人作品；緊接著的第七十三、七十四期也製作為「兩岸詩論專號」，欲積極進行兩岸詩歌意見的交流。事實上，「創世紀」詩社對於大陸詩人的高度注意，早在一九八三年《創世紀詩雜誌》第六十期開始，就已零星出現來自「大陸地區」的消息。

　　值得注意的是，隨著解除戒嚴與開放兩岸探親的時刻逐漸逼近，《創世紀詩雜誌》內來自大陸的消息逐漸增加，也製作了專輯介紹，然而依舊存在著相當的防備與批判。直至解嚴後不久，幾位詩社成員返鄉探親，並與大陸詩人們搭上線，此時詩雜誌編務雖已交由侯吉諒等年輕一代詩人接棒，但大量來自大陸的詩作、評論，還是逐漸改變了《創世紀詩雜誌》的組成。

　　在正式進行討論之前，部分重要名詞的使用需要先進行說明，以避免混淆：

（一）《創世紀詩刊》、《創世紀詩季刊》與《創世紀詩雜誌》

　　首先，本篇論文將出現《創世紀詩刊》、《創世紀詩季刊》與《創世紀詩雜誌》三種名稱，因《創世紀》詩社所發行之詩刊曾有兩次更名，創刊時是以《創世紀》「詩刊」為名，長期使用此名稱直到第五十九期改為「詩季刊」，然而一年後，發行第六十二期時又改稱「詩雜誌」。因此，本論文將因討論的時期不同，而配合使用當時詩刊的名稱。

　　而就所謂《創世紀》詩社發行之刊物本身來討論其「中國想像」，刊物本身刊載之文章或詩作並非全都是社員之作，亦有其他來自社外的投稿，甚至來自中國大陸的詩人與詩評家的作品，是以本論文所討論的《創世紀詩雜誌》所包含的並非僅只《創世紀》社員之意見，而應視為刊物發表作品之作者們意見的整合。

（二）中國想像

　　本篇論文核心為《創世紀詩雜誌》之「中國想像」，所謂「中國想像」乃指此刊物中所載有關「中國」之論述，其內容涉及「中國詩人」之責任、中國詩史脈絡，或「中國詩壇」之組成與範圍。

　　由於解嚴後兩岸詩人的意見交流增多，《創世紀詩雜誌》常轉載大陸地區詩人之文章，或向大陸詩評家邀稿，來自海峽對岸的論述文章中有時出現「中國」一詞，為避免造成混淆，在本篇論文中遵照

《創世紀詩雜誌》之用詞，依照發表者所處之地理區域，以「臺灣」與「大陸」區分之。

二 解嚴前，《創世紀詩刊》中的「中國」詩壇版圖

「新民族詩型」作為《創世紀》詩社最早提出的重要主張，且觸及新詩與民族間的必要關聯，自然不能錯過此階段的討論。《創世紀》詩社於一九五四年十月創辦詩刊時，首篇文章〈《創世紀》的路向（代發刊詞）〉曾揭示詩社宗旨：

　　一、確立新詩的民族路線，掀起新詩的時代思潮。
　　二、建立鋼鐵般的詩陣營，切忌互相攻訐，製造派系。
　　三、提攜青年詩人，徹底肅清赤色、黃色流毒。[1]

創社與創刊之初即已確立新詩與民族的密切關係，然而《創世紀詩刊》初期的民族路線，實際是與政府的文藝政策密切呼應，代發刊詞文中也提到「最近，自由中國文藝界正熱烈推行文化清潔運動。詩，當然也在清潔之列……」[2]對當時文壇的文藝政策表示認同，此外，一九五五年十月發行的第四期「戰鬥詩特輯」，一篇以詩社名義發表的〈詩人的宣言〉文中也直言：「為響應當前自由中國正在積極推行的戰鬥文藝，本刊特於這期出刊戰鬥特輯……」[3]，解昆樺分析〈《創

---

1 張默：〈創世紀的路向（代發刊詞）〉，《創世紀四十年總目——1954-1994》（1994年9月），頁153。
2 張默：〈創世紀的路向（代發刊詞）〉，《創世紀四十年總目——1954-1994》，（1994年9月），頁154。
3 蕭蕭：〈創世紀風雲——為文學史作證‧為現代詩傳燈〉，《創世紀詩雜誌》，（1984年10月），頁45。

世紀》的路向——代發刊詞〉一文有三個重點:「第一、認為詩歌具有實用性。第二、詩人必須體認時代局勢。第三、詩人不應規避與世俗政治與民族間的關係。」這種對政治時局的直視與責任感,使得《創世紀詩刊》發行初期,多次闡述「新民族詩型」的建立。

　　《創世紀》詩社的「新民族詩型」應不僅是對官方文藝政策的呼應,蕭蕭認為以紀弦為主的「現代派」提出的六大信條,亦對《創世紀》造成影響。現代派六大信條中第二條「我們認為新詩乃是橫的移植,而非縱的繼承。」引起了臺灣詩壇一片論戰,而洛夫當時雖代表《創世紀》詩社出席現代派的創立年會,但以他為首的《創世紀》詩社成員們亦無人加入現代派,反而是在現代派成立不久後發行的《創世紀詩刊》第五期,洛夫以詩社名義發表了〈建立新民族詩型之芻議〉一文,其中闡述新民族詩型的形式要素有二:「藝術的」與「中國風、東方味的」,相較於否定「縱的繼承」的現代派,《創世紀》詩社立即強調傳統養分的重要性。蕭蕭指出〈建立新民族詩型之芻議〉一文:「此文中有部分詞語如『我們是有所闡發也有所揚棄的』、『新興詩派』、『橫的移植』等,均在『現代派信條釋義』中剛剛出現過,此議應可視為針對『現代派信條』的一種反應行為。」[4]而文末洛夫如此概述:「總括一句,新民族詩型就是吸取各家各派之思想、精神、要素與技巧……而鎔鑄成一種富有建設性、藝術化、中國味的新興詩體……」[5]言下之意也並非全然否定現代派代來的「橫的移植」,只是也因此挑起對「縱的繼承」的重視。

　　從創刊號以「確立新詩的民族路線」為詩社基礎,到第五期〈建

4　蕭蕭:〈創世紀風雲——為文學史作證・為現代詩傳燈〉,《創世紀詩雜誌》（1984年10月）,頁46。

5　洛夫:〈建立新民族詩型之芻議〉,《創世紀四十年總目——1954-1994》（1994年9月）,頁159。

立新民族詩型之芻議〉、第六期〈再論新民族詩型〉，企圖為新民族
詩型樹立更明確的旨意與藝術價值，而解昆樺指出張默與洛夫其實在
新民族詩型的構想上略有差異：「張默認為詩歌有其實用性，洛夫講
究的是偏屬藝術性的探求……」[6]張默重視新詩對於政治與民族的作
用，而洛夫則更重視藝術技巧的達成，或許便在於這微妙的落差，
使得洛夫在第十期發表〈新民族詩型之特質〉之後，便再也沒有相關
的討論。多年後，洛夫在第六十五期發表一篇〈且領風騷三十年〉一
文表示：「早期我們倡導過的『新民族詩型』，雖成效不彰，但追求
『中國風與東方味』的努力並未放棄……」也承認新民族詩型的影響
不如理想，然而在此摸索過程中，卻也確立了所謂民族性建立在「中
國風與東方味」之上。

自《創世紀詩刊》第一期到第十期之間，此「新民族詩型」的探
索階段，相較於現代派，《創世紀》詩社認為「民族性」是當代詩人
創作的必要養分，圍繞著這民族性建立的可能，而不斷討論詩人創作
的職責與內涵。既然是對一整個環境的討論，不可避免的也透露出
《創世紀》詩社成員們對於詩壇範圍——亦即當時所謂的「中國」詩
壇——的界定。

代發刊詞〈《創世紀》的路向〉一文中，張默提到：「我們有鑑
於今日自由中國詩壇仍有待於不斷地發掘屯墾和光大……」[7]可看出詩
社企圖影響與論述的範圍為中華民國政權影響所及的「自由中國」地
區，然而三大主張中的第三點「三、提攜青年詩人，徹底肅清赤色、

---

6 解昆樺：〈創世紀與笠詩社的發展與社群性格〉，《臺灣現代詩典律的建構與推
   移：以創世紀與笠詩社為觀察核心》（臺北市：鷹漢文化企業公司，2004年），
   頁40。

7 張默：〈創世紀的路向〉（代發刊詞），《創世紀四十年總目——1954-1994》
   （臺北市：創世紀詩雜誌社，1994年），頁153。

黃色流毒。」[8]卻也反映了一個終極敵人的存在——亦即大陸地區的共產政權底下的文壇——只是這敵人是存而未論的，雖《創世紀》詩社對官方反共文藝政策表示呼應，但也多是表態以保身，當時《創世紀》處理的猶是現代派所帶來的，臺灣詩壇的「西化」與「傳統」的拉鋸。與其說《創世紀》企圖處理「反共」議題，更多的是對民族未來的想像，而這想像，是限於「自由中國」，也就是臺灣的。

三　解嚴前夕的「大陸」浮現時期

兩岸因政治情勢而造成長達三十餘年的斷訊，隨著國際政治局勢與臺灣內部社會氛圍的改變，逐漸有來自大陸地區的訊息流入。此時《創世紀詩刊》先後改名為《創世紀詩季刊》（第五十九期到第六十一期）、《創世紀詩雜誌》（第六十二期以降），雖然尚未解嚴，但也以陸續刊登輾轉得知的大陸詩壇零星消息。一個過去避之唯恐不及的敵人，隨著解嚴前夕的開放氛圍，而逐漸變為《創世紀》詩社欲拒還迎的對象。一直處於空白狀態的大陸詩壇，正透過《創世紀》詩社的轉載而慢慢出現輪廓。

（一）解嚴前的不安（第六十期至第六十三期）

終歸在解除戒嚴之前，政治局勢猶在相當敏感的時刻，然而，一九八三年一月出刊的第六十期《創世紀詩季刊》，在刊登詩壇訊息的「詩壇掃描」以斗大標題寫著「詩的光芒照亮海峽對岸」，此乃詩

8　張默：〈創世紀的路向〉（代發刊詞），《創世紀四十年總目——1954-1994》（臺北市：創世紀詩雜誌社，1994年），頁153。

壇掃描底下的「漏網詩訊」出現一則訊息：「大陸青年詩人爭閱臺
灣現代詩集」，其內容是指一位於香港任教的人士，將購買自臺灣的
詩集、詩刊寄給大陸青年詩人顧城，還收到顧城回信：「大意是這樣
的：臺灣的現代詩選編得太好了……許多年輕詩人聽說顧城那兒有臺
灣現代詩選，他們心靈的眼睛都亮了，於是一個傳一個……」[9] 從這則
消息來看，當時臺灣與大陸詩壇尚未建立直接的聯繫，但透過香港可
以輾轉得到一些消息，由於這位不願具名的香港人士當時購買的詩選
《剪成碧玉葉層層——現代女詩人選集》與《感月吟風多少事——現
代百家詩選》是由張默主編的，因此這則消息便由《創世紀》刊登出
來。這是兩岸長期封鎖之下，《創世紀》詩社透過刊物首次揭露來自
大陸詩壇的消息，並且可看出無論是《創世紀》詩社或者張默個人，
都對此消息感到相當驕傲的，透露出一個相當優越的臺灣詩壇，與渴
望突破封鎖的大陸青年詩人們。

　　相隔九個月後出刊的第六十二期，此期開始定名為《創世紀詩雜
誌》，「漏網詩訊」再次出現來自海峽對岸的訊息，標題為〈大陸詩
人艾青序介『臺灣詩選』（二）出版〉，文章表示詩社輾轉從香港取
得此書，發現艾青的序言「充滿統戰意味」，因為「艾青接著在序言
中引述舒蘭、彭邦楨、方明、蓉子、楊喚……等十餘人懷鄉的詩句，
加以編織與串連，彷彿整本詩集就是一縷縷的鄉愁堆積而成的……」
而且《創世紀詩雜誌》編輯們也發現：「這本『臺灣詩選』，前面
十三位作者，則不按筆劃，後面七十七位作者自上官予到羅門，則按
筆劃，究其緣由，蓋前面十三家作品，都是充滿濃郁的鄉愁……編輯
人的用心與企圖，於此也暴露無遺。」[10] 這則長逾半頁的訊息，可見

9　本社：〈詩的光芒照亮海峽對岸〉，《創世紀詩雜誌》第60期（1983年1月），頁4。
10　本社資料室：〈「新詩週刊」重現江湖及其他〉，《創世紀詩雜誌》第62期
　　（1983年10月），頁6。

編輯們對該則消息的重視，以及對此本詩選的不滿，遂進行了查驗與駁斥，可見長期的封鎖之下，兩岸詩壇對於彼此的陌生，衍生出相當多的誤解與戒備，甚至在官方政策底下，懷藏一定目的來闡述對方。

此外，本期亦刊登一篇作家無名氏（卜寧）的〈出獄詩抄〉，無名氏在一九四五年因《北極風情畫》、《塔裡的女人》兩書而一躍而為暢銷小說家，一九四九年後留在大陸，一九六八年「被綁架入獄」[11]，一年後在批鬥大會上被宣判為「反革命分子」，遭遇了人生中極困難的時期，使得他在這段期間內的創作充滿對共產政權的不滿，他稱之是「對中共的血腥統治的一種精神反抗」[12]。一九八二年離開大陸，自香港輾轉來到臺灣定居，從此以「反共作家」著名。發表於《創世紀詩雜誌》第六十二期的〈出獄詩抄〉發表了無名氏在獄中與下放農場勞動期間所寫的六首詩作，並在詩之前輔以文字交代寫作背景，有記錄遭批鬥時所受到汙辱的〈奇異的宴會〉，也有此期間妻子來信與他劃清界線的〈一九七一年除夕〉。無名氏的這些詩作，在解嚴前夕的臺灣，再次提起了對中共政權底下大陸地區人民生活的苦難想像。

然而此時雖然對於大陸人民的生活仍有各種苦難想像，也對官方文藝作為充滿防備，但在第六十三期的「詩創作」部分中，依然刊登了一首大陸詩人傅天虹的詩作〈不能忘記……〉，此乃首次刊登大陸詩人的詩作，並在詩後附上「編者按」特別說明：「這首詩是大陸詩人傅天虹去年九月間由大陸寄到海外，輾轉傳到臺北本刊編輯部。作者的自由意欲似乎十分強烈，讀之令人雀躍。」[13]雖然其中仍有藉此詩表示兩岸政權此是彼非之意，但明顯可見對於大陸詩人充滿認識

11　無名氏：〈出獄詩抄〉，《創世紀詩雜誌》第62期（1983年10月），頁56。
12　無名氏：〈出獄詩抄〉，《創世紀詩雜誌》第62期（1983年10月），頁56。
13　傅天虹：〈不能忘記……〉，《創世紀詩雜誌》第62期（1983年10月），頁64。

的意願。本期的《創世紀詩雜誌》亦在刊頭下期重要內容預告告知讀者，第六十四期將刊出「大陸朦朧詩特輯」，雖然兩岸詩人此時尚未建立直接溝通的管道，但資訊與作品的輾轉交換已是無法停下的時代發展了。

（二）轉載與辯駁（第六十四期至第七十一期）

繼六十三期首次刊登大陸詩人傅天虹一首詩作之後，第六十四期緊接著製作了「大陸朦朧詩特輯」，此乃《創世紀》重要成員葉維廉所策畫。葉維廉自一九八〇年至香港中文大學任教後，曾多次至北京大學、清華大學講課，應是在此機緣下，與部分大陸詩人們建立起聯繫管道。先前詩雜誌中多次提到「輾轉」得知大陸詩壇消息或詩作，極可能便是透過當時人在香港的葉維廉。

發刊於一九八四年六月的《創世紀詩雜誌》第六十四期，以「大陸朦朧詩特輯」，首次以大陸詩人們為主題製作專輯，共收錄詩人顧城、北島、舒婷等二十二家，共四十四首。此外，亦轉載了詩評三篇，分別是謝冕〈在新的崛起面前〉、孫紹振〈新的美學原則在崛起〉與徐敬亞〈崛起的詩羣——評當前新詩的現代傾向〉一文片斷，作為對大陸詩壇現況的惡補。並且在最末，自大陸詩刊《詩探索》轉載顧城等八位青年詩人對於當前大陸地區詩創作的觀點。或許由於是轉載的關係，對於作者們的原文都不作變動，遂也出現臺灣與大陸兩個平行的「中國詩壇」的論述。

至於為何會在此時製作這期「大陸朦朧詩特輯」？或許能從本期「漏網詩訊」中看出端倪，在一則「臺灣詩人十二家／重慶出版社出版」的訊息中，提到一九八三年八月重慶出版社出版了由大陸詩人流沙河主編的《臺灣詩人十二家》，這本書的主要資料來源，是

一九七七年張默、張漢良等編的《中國當代十大詩人選集》，然而在評論的部分《創世紀》認為是「批判多於分析，詼諧多於肯定」[14]，而編者流沙河在序言中講道：「海峽那邊，想來不乏卓識之士，也該有人寫篇文章介紹當代大陸詩人，比方說，也印一本《大陸詩人十二家》吧，以便互相認識，交流詩意」[15]，《創世紀》詩社便也在此回應：「本期《創世紀》出刊的『大陸朦朧詩特輯』，共選了廿二家的詩以及大陸年輕一代的談詩文字，這能不能算是一種回敬呢？」[16]是以這麼一期前所未有的大陸詩人群介紹專輯，便也有這麼一點「較勁」的意味在裡面了。

　　一九八四年十月，《創世紀》迎來創社三十週年，《創世紀詩雜誌》第六十五期即為「創刊三十週年紀念特大號」。或許是因為同時面對著未來兩岸關係改變的可能，以及回顧既往創社的宗旨，於是洛夫在本期發表〈且領風騷三十年〉回顧《創世紀》社史的同時，並順便討論當前詩壇現況：「然而今天的詩人，在社會寫實的口號下，不但否定了現代詩中的傳統要素……同時也不接受西方的詩學基本原則……」[17]此處所指接受「社會寫實」口號的詩人，乃是特指鄉土文學論戰過後，以書寫臺灣鄉土與現實議題為創作主題的詩人們，從文章中可以看出洛夫對當時此類詩人充滿憂心，乃是因為：「在對當前社會的關懷方面，他們的熱情雖然可感，可是他們對中國人當前最大的悲劇性的現實 —— 反共和促使中共異化，而逐漸光復神州，重建

14　本社：〈臺灣詩人十二家／重慶出版社出版〉，《創世紀詩雜誌》第64期（1984年6月），頁9。

15　本社：〈臺灣詩人十二家／重慶出版社出版〉，《創世紀詩雜誌》第64期（1984年6月），頁9。

16　本社：〈臺灣詩人十二家／重慶出版社出版〉，《創世紀詩雜誌》第64期（1984年6月），頁9。

17　洛夫：〈且領風騷三十年〉，《創世紀詩雜誌》第65期（1984年10月），頁9。

一個強大的新中國——，却如此冷漠，對詩藝本身的追求又如此忽視……」[18]洛夫認為兩岸關係的改變，使得「中國」這個巨大的詞彙再次浮現於眼前，相較於書寫臺灣鄉土，洛夫認為更應該在意如何促成一個強大的「中國」。姑且不論洛夫對於鄉土文學的看法是否公允，但對於一九四九年隨國民政府來臺的外省籍作家們，確實無法忽略眼前兩岸關係正在解凍的事實。洛夫的這篇文章也說明了《創世紀詩雜誌》為何會興致勃勃製作第六十四期「大陸朦朧詩特輯」，以及之後以大陸詩人群為主題製作的專輯。

而本期「漏網詩訊」中依舊出現了來自大陸詩壇的訊息，得知北京《人民日報》轉載《聯合報》副刊「美感的疊現」特輯，其中便有洛夫與張默的詩作。然而重點不在作品的轉載，而是北京《人民日報》編輯為作品下的按語：「祖國還未統一，親人無從團聚，故國山水，只能夢裡隱現……臺灣『聯合報』刊登的『詩與畫聯展』——『夢裡江山，寂然無聲』，充分表達了臺灣人民對祖國大陸的深情懷念」[19]這逼得《創世紀》詩社忍不住藉由刊物版面為此發表回應：「該報編者這番話是話中有話，我們深信有一天中國會統一，那必定是統一在青天白日滿地紅的旗幟之下。」[20]因著此種時興的政治宣告，兩岸詩人間免不了打幾場小規模的口水仗。

或許是因為大陸也開始積極引介臺灣詩人的作品，多本詩選陸陸續續都相當快速的進行中，十一個月後出刊的第六十八期詩雜誌，幾乎已經成為刊登大陸詩壇訊息專用的「漏網詩訊」，提到了由大陸青

---

18 洛夫：〈且領風騷三十年〉，《創世紀詩雜誌》第65期（1984年10月），頁9。

19 本社：〈現代詩卅年資料特展及其他〉，《創世紀詩雜誌》第65期（1984年10月），頁33。

20 本社：〈現代詩卅年資料特展及其他〉，《創世紀詩雜誌》第65期（1984年10月），頁33。

年詩人翁光宇編選的《臺灣新詩》一書已出版，翁光宇寫的前言中如此說：「『臺灣新詩』是中國新詩的一個組成部分……對臺灣詩人不同流派，不同詩人，我們不抱任何偏見，十分珍視他們對中國新詩所做的努力……」[21]執筆本篇的張默便直接發表了他的看法：「對此我們必須加以駁斥：『臺灣新詩才是中國新詩的真正的主流。』目前大陸廣泛蒐集研究臺灣現代詩，就是一個最佳的例證。」[22]事實上，一九四九年以降，到兩岸詩壇重新搭上線之前，欲找到互相影響的根據都頗為困難，更不必談何方為主流，誰為分支。只是處於資訊有限，也欠缺直接溝通管道的彼時，論述主導權的爭奪戰已經提前開打。

（三）小結

解嚴前夕的《創世紀詩雜誌》，從六十期首度出現來自大陸詩壇的消息，到第七十一期單獨刊出邵長武作品——亦即一九八三年一月到一九八七年八月——共十二期之中，僅三期沒有出現來自大陸的消息。第七十期更從來自大陸的消息「漏網詩訊」獨立出來，另闢「大陸詩訊」專屬版面。

至於為何會在解嚴前便與大陸詩人建立間接的聯繫管道，或許與一九八〇年赴香港中文大學任客座教授的葉維廉有關。許悔之一篇評論葉維廉詩作的文章中曾提到：「一九八一年五月，詩人因職責上的需要，去了三十多年未見的大陸一次」[23]或許便在此時與部分大陸詩

---

21 洛夫：〈大陸介紹「臺灣新詩」〉，《創世紀詩雜誌》第68期（1986年9月），頁118。

22 洛夫：〈大陸介紹「臺灣新詩」〉，《創世紀詩雜誌》第68期（1986年9月），頁118。

23 許悔之：〈斷層與黃金的收成——略論葉維廉的詩〉，《創世紀詩雜誌》第72期（1987年12月），頁33。

人建立聯繫管道。

　　然而此時並非僅只有與大陸詩壇的接觸機會。第六十一期《創世紀詩季刊》因洛夫受邀參加新加坡國際華文文藝營,遂製作了「新加坡詩選」海外特集,此外,還有菲律賓華僑「耕園文藝社」一行十五人來訪;第六十五期製作「八十年代香港現代詩特輯」;第六十六期開闢了「海外詩頁」,刊登來自美、日、菲、星、港等地九位詩人的作品;一九八四年十二月,也曾與義大利詩人共同在臺北發表「中義視覺詩聯展」;七十期「詩壇掃描」也記錄了洛夫、管管、辛鬱等九位詩人應菲華四個文藝社團之邀,至馬尼拉訪問。以上資訊可以得知,此時的《創世紀》詩社與海外華人文壇互動良好,甚至還有國際合作,並非僅只有面向大陸一途。

　　此前《創世紀詩季刊》、《創世紀詩雜誌》一再透露對於大陸詩壇的重視,但也夾雜著相當的防備。解嚴之前的兩岸詩壇處於既是切望互窺究竟,又極容易落入政治宣告的攻防之中。而隨著解嚴與開放探親的時間迫近,在此時代的風口面前,《創世紀詩雜誌》也逐漸將注意力移到大陸詩壇的介紹上,逐漸邁向了兩岸詩壇的互動階段。就這麼一路探索「大陸地區」詩壇,直至第八十七期「臺灣中堅詩人作品展」才將目光移回臺灣詩壇。

四　解嚴後,《創世紀》的「大陸」融合期

　　一九八七年七月十五,蔣經國總統宣布解除戒嚴,長達三十八年的政治高牆終於倒下。接著,三個多月後,十一月二日開放兩岸探親。這些政治社會氛圍的改變,以及兩岸民間互動展開的新頁,對於《創世紀》詩社將帶來怎樣的衝擊?而《創世紀詩雜誌》自第六十六期開始逐步展開編輯團隊的世代交替,至解嚴後出刊的《創世紀詩雜

誌》第七十一期，已經是交由青年世代的侯吉諒主編，雖然此後接任主編的青年詩人們並沒有像前輩一般，遠離故土的懷鄉之情，但卻也沒有中斷大陸詩人的專輯製作與引介，反而更進入更深度的交流，大陸詩壇從一個片面的想像對象，變成更為一個龐大的群體，甚至進一步成為構成《創世紀詩雜誌》內容組成的固定成員。

（一）作品的鋪陳（第七十一期至第七十二期）

解嚴後一個月出刊的《創世紀》第七十一期，在詩刊末段特闢版面，刊登了「大陸詩人邵長武作品」詩作四首與文章一篇。邵長武為《中國大學生詩報》主編，屬大陸第三代詩人，比北島、舒婷還要更年輕，《創世紀》在介紹文當中還特別指出：「邵長武自己也認為：『我們也許和臺灣的詩人較接近。』」[24]這或許便是《創世紀詩雜誌》特別於本期引介這位年僅二十二歲的年輕詩人的原因。或許是編務世代交替的關係，本期並無說明邵長武作品的來源管道，亦無標示是否為轉載，但由於邵長武〈現代詩的雕像〉一文已於一年前出版，推測此期所載文章與詩作應該也都是《創世紀》編輯們所選錄轉載。

一九八七年十二月出刊的《創世紀詩雜誌》，大規模製作了「大陸名詩人作品一百二十首」專輯，此專輯的前言〈整合中國現代詩史〉一文說明此專輯：「介紹二十二位五十年代即已成名的大陸第二代詩人作品。作者大多是大陸各詩刊，文藝雜誌，或文藝團體的負責人。」[25]本期介紹的多是當時大陸詩壇重要的詩人，亦是握有權力與

---

24 邵長武：〈大陸詩人邵長武作品〉，《創世紀詩雜誌》第71期（1987年8月），頁106。

25 未署名：〈整合中國現代詩史〉，《創世紀詩雜誌》第72期（1987年12月），頁20。

影響力的世代，約略等同於《創世紀》詩社崛起的年代，可見《創世紀》欲透過此專輯達到對大陸詩壇最立即、最大程度的了解，並且是一個平等的凝視，以一個權力核心正視另一個權力的核心。

而此篇前言，也透露了《創世紀》詩社對當代中國詩壇版圖的想像：「這當然是整合中國現代詩史的起步……我們希望，從此以後的《創世紀》，會有更多大陸詩人的作品，『來臺探親』……」[26]原先因政治情勢而存而不論、幾近於空白的大陸詩壇，此期後成為《創世紀》刊物內容組成的一個部分，此文可視為解嚴與開放探親之後，《創世紀》詩社就所謂中國詩壇版圖的重新確認與宣告。

（二）論述的展開（第七十三期、第七十四期合刊）

完成了詩作的引介之後，長達八個月編輯期的第七十三、七十四期合刊，製作了「兩岸詩論專號」，本專號依作者與內容分為「臺灣之部」、「臺灣看大陸」及「大陸之部」。

繼「大陸名詩人作品一百二十首」出刊的本合刊相當重要，一方面前一期已經提供了不少可供討論的詩作，且《創世紀》詩社也宣告了對於中國詩壇版圖的想像，本期「臺灣看大陸」版面底下，便出現了詩人們對此傾向的正反回應；另一方面，由於本期所收內容為評論，則大陸詩人們由被動的被詮釋作品，轉為主動的論述，雖然文章依舊是轉載而來，但對於這群來自海峽對岸的詩人們，當前所關心的議題，臺灣詩人們得以有更明確的瞭望，不再是朦朧的猜想。

關於《創世紀詩雜誌》策畫此專題的想法，應能從主編侯吉諒寫

26　未署名：〈整合中國現代詩史〉，《創世紀詩雜誌》第72期（1987年12月），頁21。

的編前語〈見證時代〉，以及洛夫〈建立大中國詩觀的沉思〉，兩篇文章可見端倪。侯吉諒在編前語〈見證時代〉如此說明：「『兩岸詩論專號』的功能，可以想見不會只限於『提供了解』的管道，它的意義應該是：在現在這樣的一個關鍵性時刻，還給中國現代詩一個完整的面貌。」[27]而這所謂的「中國現代詩一個完整的面貌」，指的便是《創世紀》所在的臺灣詩壇，再加上《創世紀詩雜誌》數期以來陸續引介的大陸詩壇。而此期同時集結臺灣詩人與大陸詩人的評論，侯吉諒認為這是「對『整個中國』的現代詩而言，更是一次全面性的觀照。」[28]似是將兩岸詩壇視為能夠合併在同一脈絡底下討論。

而臺灣詩人發表詩觀的「臺灣之部」，開篇第一首是洛夫的〈建立大中國詩觀的沉思〉，洛夫詳細的爬梳了兩岸詩壇在過去近四十年以來，個別經歷的論戰與衝突，一方面建立兩岸認識、比對的基礎，另一方面，也試圖歸結出臺灣詩壇當前問題的解決方案：「如何再提昇呢？『放眼大陸』可能是一個較為具體的建議……」[29]究其理由，洛夫放眼過去孕育中國文化的大陸土地，「讓那萬古情懷，萬里河山，十億人的鮮血，眼淚，無數次的挫折與生悔，取代一些小兒女，小情緒的雕繪琢磨……」[30]就鄉土文學論戰以來，關於寫作題材、對象的選擇便多次成為討論的主題，題材與對象是否真的會影響創作的成就？這問題尚無確切可信的解答，但從文中已可見到洛夫對於大陸土地、中華文化的傳續充滿熱情與期待，這大抵也是《創世紀詩雜誌》持續轉載大陸詩人作品的持續推力。

---

27 侯吉諒：〈見證時代〉，《創世紀詩雜誌》第73、74期合刊（1988年8月），頁7。
28 侯吉諒：〈見證時代〉，《創世紀詩雜誌》第73、74期合刊（1988年8月），頁7。
29 洛夫：〈建立大中國詩觀的沉思〉，《創世紀詩雜誌》第73、74期合刊（1988年8月），頁16。
30 洛夫：〈建立大中國詩觀的沉思〉，《創世紀詩雜誌》第73、74期合刊（1988年8月），頁16。

　　當然，並非所有的臺灣詩人都會認同這樣的觀點，李敏勇發表於「臺灣看大陸」的文章〈臺灣詩史有臺灣的傳統〉，便明確表示不同意上一期提出的「整合中國現代詩史」，李敏勇指出：「即使一九四五—四九年間，臺灣和中國大陸亦未必真正一體，臺灣的詩史畢竟仍有臺灣的傳統……」[31]乃指臺灣經歷日治時期由日本而來的，由臺灣本土詩人累積創造的臺灣傳統，不是僅有五四的養分。李敏勇欲借此脈絡，提出當前臺灣詩人雖以中文創作、也同樣享有中國文化的養分，但未必得與大陸相併攏，實是因為臺灣已經創造出自己的傳統。因為專號中的「臺灣看大陸」部分，參與發表者近半數不是《創世紀》成員，因而也較容易觀察到此際臺灣詩人們對於大陸詩壇浮現的各式意見。

　　至於在轉載的大陸詩人評論中，從這些文章可以看到此時的大陸詩壇正開始活躍，密集的討論關於「中國詩」的未來。然而多數的評論者文中的「中國詩」範圍是以其身處的大陸詩壇而言的，並無附加政治意見於其中，可見到許多寶貴的、純粹的詩藝思索。然而免不了也有少數評論者，在論述中將臺灣詩人們一併納入討論，企圖營造一個以大陸為主，且包含臺灣的中國詩脈絡。如任洪淵〈對西方現代主義與東方古典詩學的雙重超越〉一文，談大陸詩壇在朦朧派以降的「西化」之後，重又發現中國傳統詩歌美學的歷程。思考大陸的同時，任洪淵也不忘發表他對臺灣發生「橫的移植」的理解：「漂泊在海上的詩歌，便漸漸遠離自己幾千年的文化母體，而靠向歐美的另一岸……」[32]這樣因政權流離而推斷文化根源也流離的看法，其立論是

31　李敏勇：〈臺灣詩史有臺灣的傳統〉，《創世紀詩雜誌》第73、74期合刊（1988年8月），頁77。

32　任洪淵：〈對西方現代主義與東方古典詩學的雙重超越〉，《創世紀詩雜誌》第73、74期合刊（1988年8月），頁167。

有瑕疵的，恐怕也是《創世紀》詩社成員們所不能認同的，任洪淵還表示：「目前，還很難預見大陸詩與臺灣詩將有怎樣合流的趨勢，但總會再有一次詩史上北朝詩與南朝詩那樣的大匯合……臺灣詩歌畢竟是當代中國文學的一個同源的不會流失的支流。」[33]任洪淵如同先前翁光宇編選《臺灣新詩》時所寫的序一般，將臺灣新詩發展視為中國新詩的支流，然而，本期卻不見張默等人再跳出來重申「臺灣新詩才是中國新詩的真正的主流。」[34]了。

（三）小結

接任主編的新世代成員侯吉諒，於第七十六期發表〈超穩定與多元化〉一文，或許可以視為接任主編以來，處理了多期大陸詩人群專輯或零星作品的心得。

侯吉諒認為解嚴與開放探親對臺灣詩壇的兩個世代造成不同衝擊：「首先產生變化的，是大陸來臺的詩人們。開放探親使他們長期的鄉愁得以舒解，但也意識到長期分離後她們自己與那一片土地的差距……在他們的詩裡，大陸不再是傾訴鄉愁的題材，而生活四十年的臺灣則成為另一個故鄉……」[35]然而這是就詩作而言，但從洛夫的〈建立大中國詩觀的沉思〉以及「兩岸詩論專號」來看，大陸這個已改變面貌的「故土」，依舊在《創世紀》元老詩人們佔有一定的位置。

至於對新生代詩人而言，侯吉諒認為：「解嚴使他們懂得『自

---

33 任洪淵：〈對西方現代主義與東方古典詩學的雙重超越〉，《創世紀詩雜誌》第73、74期合刊（1988年8月），頁167。

34 洛夫：〈大陸介紹「臺灣新詩」〉，《創世紀詩雜誌》第68期（1986年9月），頁118。

35 侯吉諒：〈超穩定與多元化〉，《創世紀詩雜誌》第76期（1989年8月），頁94。

我』的重要，而開放探親使他們明白海峽兩岸的不相等同，因此，在
教育與政策有意導引的文化故鄉的假象部分被揭開了以後，詩已開始
出現過去被視為禁忌、大逆不道的改革呼聲，其中詩觀、題材、思想
的丕變尤較權力核心的轉變為強為烈。」[36]揭示的是前行一代詩人推
崇的傳統，至此產生了動搖，打破禁忌與革新對新生代而言更具說服
力。而至於對岸詩壇的浮現，一方面存在著巨大的差異感，另一方面
似乎也並非他們眼前最重要的課題，於是在此後展開的交流過程中，
也大多扮演被動的角色。

解嚴後，《創世紀詩雜誌》將大陸詩壇融入其中國想像的過程，
其實持續了相當長的時間。然而因為都是詩作或評論的刊登，各期刊
登內容的影響並無太大差異，遂將第七十一到第七十四期分為「作品
的鋪陳」與「論述的展開」兩小節，就此兩方面來討論解嚴後造成的
影響。「作品的鋪陳」指的是大陸詩人詩作的刊登，提供了臺灣詩人
們對彼岸詩風的認識基礎，然而這種作品轉載畢竟是被動的，兩岸詩
人互相交換作品的初期，便經常出現夾帶偏見的誤讀。而評論的引介
便能大幅降低這種誤讀的情形了，然而那卻又敞開了兩岸詩觀與詩史
觀議論的大門，大陸詩人在評論文章中提出的主張，雖是經過轉載才
來到臺灣詩人面前，但當詩雜誌編輯決定採用文章的時候，詮釋的主
導權猶是握在作者手中，大陸詩人、詩評家如何想、如何定義，便成
為臺灣詩人直接面對的問題。遇到不認同的意見的時候，選擇提出批
判，或者漠視，在刊登評論文章的同時，這樣的選擇──論述的權
力──已經開始。

大陸詩壇成為《創世紀》詩社想像中「中國詩壇」的一部分，除
了從轉載的作品來看以外，更可從《創世紀詩雜誌》這本刊物中的版

36　侯吉諒：〈超穩定與多元化〉，《創世紀詩雜誌》第76期（1989年8月），頁94。

面配置變化窺見一二。

最初產生變化的版面是自「詩壇掃描」獨立的「大陸詩訊」。「大陸詩訊」曾短期作為《創世紀》詩人駁斥大陸詩人可疑編輯企圖的重要版面，但隨著兩岸交流愈顯密切，這版面的訊息量大增，且對大陸訊息逐漸變得友善，皆可看出《創世紀詩雜誌》在此階段對大陸詩壇的接受過程。除了「大陸詩訊」，詩雜誌內固定刊登詩作的版面，也特闢出專屬大陸詩人發表的「大陸詩頁」。第七十五期以「故國之旅詩抄」製作專題詩頁後，首次將「大陸詩頁」獨立呈現。雖然七十六期仍併回「海外、大陸詩頁」，但第七十七期「大陸女詩人專輯」之後，來自中國的來稿量業足以讓「大陸詩頁」自海外詩頁獨立，長期的自成天地。甚至到第七十八期之後，臺灣詩頁反而與海外、港澳合併，變為「臺、港、海外詩頁」、「臺灣、海外詩頁」，直至第一〇六期方改為「詩創作」，不再區分臺灣、大陸、海外。

此外，《創世紀》詩社與大陸詩壇密切交流的結果，也有大陸詩人加入了詩社。第八十、八十一期合刊在「本社同仁・社務委員」名單當中，出現了任洪淵、李元洛、呂進、劉登翰等四位大陸詩人、學者；八十三期更增加了舒婷、白樺、謝冕、歐陽江河、龍彼得等五名；第一〇一期呂進換為葉坪……從這些方面都能看到大陸詩壇的融入，一個更為巨大，且無法由單方面掌握的「中國詩壇」，在《創世紀詩雜誌》蔓生枝枒。

五　結論

《創世紀》詩社自創社主張「確立新詩的民族路線」、「徹底

蕭清赤色、黃色流毒。」[37]，「新民族詩型」的提出，再到洛夫發表
〈建立大中國詩觀的沉思〉。一路走來明顯能看出《創世紀》詩社認
為中華文化的傳統是現代詩創作不可或缺，甚至是最核心的元素。

　　然而，緊握民族、傳統的繫繩，橫渡了歷史的大河之後，面對著
過去批判為「赤色流毒」或「工農兵文學」的假想敵人——大陸詩
壇——以全新的世代與面貌再次出現，甚至於，兩岸當前所面臨的文
學論戰都有那麼一絲相似。面對著對手突然也可能變成夥伴的情況，
《創世紀》詩人們心中那個不可撼動的中國詩壇版圖，便也悄悄的融
入了大陸詩壇。甚至刊物《創世紀詩雜誌》的視野也從臺灣與海外華
人圈，分出相當大的版面給大陸詩壇。

　　從解嚴前後，《創世紀詩雜誌》各期大陸詩專輯的製作，與詩雜
誌內各固定專欄皆先後特闢專屬大陸詩人的獨立版面。與早先《創世
紀詩刊》時期，著力於臺灣詩壇史料的整理，與海外華人文藝社團或
各國詩人群的往來互動相比，此時的《創世紀詩雜誌》明顯將放了不
少注意力在引介大陸詩壇。除了前面提到各期大陸詩專輯之外，尚有
第七十七期「大陸女詩人專輯」、第八十二期「大陸第三代現代詩人
作品展（1）」、第八十三期「大陸第三代現代詩人作品展（2）」、
第一〇三期「昌耀詩選」、第一〇五期「福建詩人專輯」、第一〇七
期「內蒙古四家詩選」、第一〇八期「浙江青年詩人專輯」……各種
規模或大或小的專輯，儼然將大陸詩壇列入必須關注的範圍之內。

　　洛夫在《創世紀詩雜誌》第七十七期「大陸女詩人專輯」發表
〈現代詩新的困境與蛻變〉一文，面對著當時臺灣詩壇「詩人愈來愈
多，而讀者愈來愈少」的困境，洛夫認為是詩的熱度冷了，而他認為

37　張默：〈創世紀的路向（代發刊詞）〉，《創世紀四十年總目——1954-1994》
　　（臺北市：創世紀詩雜誌社，1994年），頁153。

臺灣詩人找回寫作熱度的方式應當仍是以民族為核心的:「誠然,
現代詩的特徵之一就是對情感的冷卻處理,但不能沒有人味,不能
不對大民族的憂患心存關切。由於近年來兩岸關係的解凍,對大陸
十一億同胞命運的關懷,勢必成為一海之隔的臺灣詩人今後所面對的
主題⋯⋯」民族與傳統始終是《創世紀》詩社重要的解答,而大陸詩
壇也將持續會是《創世紀詩雜誌》所呈現的「中國想像」的一部分。

1950-1960年代《創世紀》同仁在港臺跨區域傳播研究

須文蔚

摘要

　　本文從文學傳播的角度，觀察一九六〇年代以降，臺灣《創世紀》詩社同仁葉維廉、洛夫、瘂弦、張默、辛鬱、李英豪等人，在臺灣與香港詩壇與繪畫界交互影響、扶持以及跨藝術互文的現象，理解他們在臺港跨區域從事文學傳播的歷程。焦點放在一九五八年十二月葉維廉、崑南與王無邪組成「現代文學美術協會」，次年一月草擬〈現代文學美術協會宣言〉之後，《創世紀》與「現代文學美術協會」、《新思潮》與《好望角》遙相呼應的事實與現象，以及一九六〇年代以降臺灣超現實主義詩畫互文的重要活動與要義。最後檢視超現實主義、詩畫互文乃至於刊物的投稿與編輯，確立《創世紀》的理論建構與發展，乃至於文學場域象徵資本的累積上，因為有葉維廉、李英豪與崑南的加入，臺港兩地相互唱和，增強了超現實主義論述的深度與能量。

關鍵詞：互文性、臺灣超現實主義、葉維廉、李英豪、
　　　　　現代文學美術協會

一 前言

在一九六〇年代，學院對當代美學論述能力還沒興起，來自民間，特別是軍中的文學、繪畫環境裡，卻騷動著一股充沛的活力，鼓動著現代主義美學創作，早於理論的提出，由畫家與詩人不斷實驗與嘗試。楚戈（1973年：37-38）就曾鉅細靡遺地把當時文藝圈的脈絡關係勾勒出來：

> 在軍中的詩人或作家當時都有一些小團體，互相切磋終於形成一種氣候，如在金門的辛鬱、梅新、沙牧、大荒；在南部的司馬中原、朱西寧、段彩華、張拓蕪等；在左營的瘂弦、洛夫和張默；在空軍總部的現代畫家李元佳、夏陽、吳昊、歐陽文苑；在海軍的馮鍾睿、胡奇中、曲本樂、孫瑛等，都是很好的例子。這些人後來差不多都集中在北部地區來了，並匯合了當時在北部的學校青年或社會青年，如葉維廉、葉珊、余光中、鄭愁予、羅門、林泠、秦松、羅行、楊允達、白萩、向明、葉泥、尉天聰、黃荷生等這些人和畫家們都有很密切的來往，大家天真的、沒有保留的放言豪論，有時甚至大打出手，對當時藝壇的風氣，激盪成一壯闊的波瀾，可說極一時之盛。

而這場別開生面的文學運動中，我們不難發現許多《創世紀》的同仁，顯然是透過「跨藝術互文」（interart intertextuality）的模式推展，畫家和詩人辯論美學的概念，再從彼此創作上吸收創新的元素，加以轉化後，形成嶄新的創作。

一九六〇年代中期之後，法國Tel Quel學派開始對於文本的看法，漸漸進入了比較思辯性的討論。Kristeva 介紹 Bakhtin 時提出了互

文性（intertextuality）的概念，用以描述所有文本都是由無數引文鑲嵌拼貼而成，而文本也吸收轉化了眾多其他文本（Kristeva, 1987年：37）。這個十分生動的解釋，讓人們發現了文本不是一個封閉的、穩定的、實際存在的系統，轉而變成一種開放的、不定的、自我解構的一種創造力。每一篇原來自以為是的文本都成了其他無數個文本的吸收與轉換，文本因而成為一種相互文本的結構（張漢良，1986年）。劉紀蕙（1995年）指出，在把圖像、文字與音樂視為個別自成體系的符號系統時，當一個文本引用、模仿其他藝術形式、文本甚至改寫時，就包含複數的符號系統的藝術形式，其中自然會牽涉複雜的再現與指涉過程。例如，以電影再現小說，現代詩再現繪畫，或是以音樂再現詩，文本中都不斷發生互文過程，這種現象可稱為跨藝術互文現象。而繪畫界與詩壇的互動，不僅在臺灣一地發生，一九六〇年代臺、港現代主義文學跨藝術互文的發展，更是一個跨區域傳播的共同現象，殊值矚目。

　　本文擬從文學傳播的角度，觀察一九六〇年代以降，臺灣《創世紀》詩社同仁葉維廉、洛夫、瘂弦、張默、辛鬱、李英豪等人，於臺灣與香港詩壇與繪畫界交互影響、扶持以及跨藝術互文的現象，理解他們在臺港跨區域從事文學傳播的歷程。

二　葉維廉與洛夫為《創世紀》詩刊引進超現實主義詩學

　　一九六〇年瘂弦、洛夫、張默等人正在編輯《六十年代詩選》時，編輯委員閱讀到葉維廉在《新思潮》上發表的詩作〈賦格〉後，由瘂弦發函邀稿，並為《創世紀》詩刊約稿。當時在師大研究所就讀的葉維廉，在一九六〇年四月三日回函瘂弦，答應了雜誌與詩選的稿

約[1]。旋以〈追〉、〈逸〉與〈元旦〉三首詩，現身在一九六〇年五月的《創世紀》詩刊第十五期上，從此與《創世紀》結下了近半世紀的情誼。

葉維廉回憶加入《創世紀》詩刊的經過，充滿了青年作家的相知相惜：

> 我在《新思潮》上發表了〈賦格〉。這首詩給正在編《六十年代詩選》的編者瘂弦、洛夫、張默看上，被編入這本後來為臺灣現代詩定調而對後來者影響極大的集子裡。這樣不但把我放入他們推動的現代主義詩的運動裡，還特地從南臺灣的左營北上與我相會，真是「迴山轉海不作難」，並與商禽重見，談了幾個日夜，又介紹《創世紀》詩刊其他的詩人群如辛鬱、碧果、管管、大荒等，成為忘年之交，並加入《創世紀》詩社。[2]

葉維廉在《創世紀》上發表了許多重要的詩作，如前所述，翻譯〈荒原〉與一系列新批評的論文，都引發熱烈的迴響。更因為葉維廉的加入，《創世紀》的詩學理論陣容開始堅強起來，除了原有的林亨泰、瘂弦、洛夫、秀陶、季紅、白萩、葉泥、張默等筆陣外，在葉維廉的引介下，《創世紀》加入來自香港的王無邪、崑南、李英豪、戴天、馬覺、蔡炎培等人的創作、翻譯與評論，大幅度提高了內容的品質，當代西洋詩翻譯的廣度與論述的深度。

1　葉維廉：〈快樂因孤獨而哭了：致瘂弦．四十九年四月三日〉收錄於張默主編《現代詩人書簡集》（臺中市：普天出版社，1960年），頁86-87。

2　葉維廉：〈比較文學與臺灣文學〉，《臺灣文學研究集刊》創刊號（2006年），頁1-33。

　　《創世紀》在一九六一年邀請葉維廉為同仁[3]。從一九六三年六月《創世紀》第十八期開始，香港評論家李英豪開始供稿。該雜誌一九六三年邀請香港的評論家與編輯李英豪與崑南加入，一九六五年九月李英豪更成為《創世紀》編委。一九六二年，李英豪和胡品清在《創世紀》十七期引介超現實主義詩人聖・約翰・濮斯（Saint-John Perse），比洛夫翻譯《超現實主義之淵源》還要早兩年。

　　在超現實主義理論的推動與建構上，過去的研究多半為能指出臺灣與香港文人互動的影響。如余欣娟[4]就認為，洛夫、商禽和瘂弦在尚未正式研究法國超現實主義理論前，以透過法國超現實詩翻譯與閱覽畫作，直接吸收其內涵與技巧，當時詩壇極少人能直接閱讀法文，因此洛夫等人所接觸的超現實理論多為英文單篇譯介或是西方流派的片段簡介，而缺乏超現實主義的第一手資料以及全面且深入的了解。洛夫等人早期撰文介紹超現實主義文學技巧，只知「潛意識」與「自動書寫」的粗框，而不知其究竟。葉維廉指出：

> 約略在一九五六至一九五七年之間，我在香港買到一本Wallace Fowlie 編譯的Mid-Century French Poets，我本來只是利用他的英譯，閱讀裡面的超現實主義詩人白略東（André Breton）和其他的超現實詩人群，我一時好奇對著原文看，發現他有一大段漏譯了，我就給他寫信，他極為興奮，說很少人看得這麼仔細，問我的教育背景，說如果我是詩人則更好，這樣我們開始通信，成為第一個外國的文友，他繼續寄

3　解昆樺：《臺灣現代詩典律的建構與推移：以創世紀詩社與笠詩社為觀察核心》（臺北市：鷹漢文化企業公司，2004年），頁455-456。

4　余欣娟：《一九六〇年代臺灣超現實詩——以洛夫、瘂弦、商禽為主》（臺中市：東海大學中國文學研究所碩士論文，2003年）。

給我書，其中一本就是《超現實主義時代》，我按照這裡面
的文章做了一些介紹，後來認識洛夫後，就把書送給他。他
後來翻了裡面的一章《超現實主義的淵源》。[5]

固然Wallace Fowlie是從比較文學的角度觀察超現實主義詩學的意涵，
不以法國的「超現實主義」主張為限，更兼容並蓄了浪漫主義與象徵
主義思想，或有過於廣泛的弊端[6]。但無論如何，李英豪與胡品清跨海
的合作，葉維廉和洛夫在理論與翻譯文本的交流，都可以發現在超現
實主義論述的建構上，葉維廉跨區域文學傳播的影響力，不容小覷。

三 《創世紀》與「現代文學美術協會」、《新思潮》與《好望角》遙相呼應

　　一九五五年葉維廉離開香港，到臺灣大學外文系就讀。葉氏在臺
灣期間，依然與王無邪、崑南等人通信聯繫，他們談論內容包括文學
創作、生命體驗、組織文藝團體或出版文學刊物的細節，或偶爾在寒
暑假返港相聚，依舊與香港文壇保持緊密的互動。其中李英豪與崑南
先後加入《創世紀》，並與臺灣的現代主義遙相呼應。

　　一九五八年十二月葉維廉、崑南與王無邪組成「現代文學美術協
會」，一九五九年一月一日草擬〈現代文學美術協會宣言〉，期待
「號召所有文學美術工作者組成鋼鐵的行列」，創造出一股新的思
潮。根據盧因[7]的回憶，「現代文學美術協會」成立，屬不牟利非政治

5　葉維廉：〈比較文學與臺灣文學〉，《臺灣文學研究集刊》創刊號（2006年），
　　頁1-33。
6　張漢良：〈中國現代詩的「超現實主義風潮」：一個影響研究的仿作〉，《中外
　　文學》第10卷1期（1981年），頁148-165。
7　盧因：〈從《詩朵》看《新思潮》——五、六十年代香港文學的一鱗半爪〉《香

性團體。一九六三年三月，在李英豪會長任內，曾以英文出版過《香港現代文學美術協會》會員名錄，發表協會四大任務：一、推展香港文學藝術運動；二、發揚現代文學藝術的真正價值；三、與香港各文學藝術團體緊密合作，共同推動文運，四、聯絡全港職業及業餘畫家及文學工作者。會員名錄共三十人，當中不乏今天飲譽臺港文壇的詩人名家。畫家、作家平分春色，各領風騷，不少臺灣東方畫會、五月畫會的成員都名列其上。

這波由「現代文學美術協會」發起的現代主義文藝運動有兩大特色：一、承接了馬朗《文藝新潮》的現代主義文學主張，擴大結合臺、港兩地詩人、小說家的交流。二、以詩畫互文的方式進行文藝革命，亦即以「跨藝術互文」（interart intertextuality）的模式推展，畫家和詩人辯論美學的概念，再從彼此創作上吸收創新的元素，加以轉化後，形成嶄新的創作[8]。

港文學》第13期（1986年），頁58-61。

8　詩畫互文中的「互文性」（intertextuality）觀念，導因於一九六〇年代中期之後，法國Tel Quel學派開始對於文本的看法，漸漸進入了比較思辯性的討論。Kristeva介紹Bakhtin時提出了互文性的概念，用以描述所有文本都是由無數引文鑲嵌拼貼而成，而文本也吸收轉化了眾多其他文本（Kristeva, 1987：37）。這個十分生動的解釋，讓人們發現了文本不是一個封閉的、穩定的、實際存在的系統，轉而變成一種開放的、不定的、自我解構的一種創造力。每一篇原來自以為是的文本都成了其他無數個文本的吸收與轉換，文本因而成為一種相互文本的結構（張漢良，1986）。更具體的觀察，一個文本裡面，可以用很多方式提到另一個文本，謔仿、拼貼、呼應、暗指、直接引用、結構對位、評論等，參見：Genette, G. 史忠義譯：《熱奈特論文集》（天津市：百花文藝出版社，2001年），頁69-80；以及Lodge, D. *The art of fiction: illustrated from classic and modern texts* (New York: Penguin.1994), p.98。為了更具體描述詩畫互文，或是各項藝術間互文的現象，劉紀蕙提出「跨藝術互文」（interart intertextuality）的理論，嘗試分析不同藝術作品間異質符號系統交織而牽涉的指涉與再現問題，也就是把圖像、文字與音樂視為個別自成體系的符號系統時，當一個文本引用、模仿其他藝術形式、文本甚至改寫時，就包含複數的符號的藝術系統，其中自然會牽涉複雜的再現與指涉過程。

　　在文學傳播上，在崑南的主導下，以「現代文學美術協會」機關刊物姿態出現的有《新思潮》、《好望角》等文藝刊物，影響更波及臺灣的現代主義思潮。一九五九年，《新思潮》由崑南、王無邪、盧因等人創辦。《好望角》則於一九六三年三月一日創刊，至一九六〇十二月止，共發行十三期，由崑南、李英豪主編。根據葉維廉的回憶：

> 當時我們組織了「現代文學美術協會」，辦現代繪畫沙龍，展出現今響噹噹的臺港畫家的作品（香港的呂壽琨、王無邪、張義等，臺灣的五月和東方畫會的畫家）同時連續辦了兩本文學雜誌，其一是《好望角》（《好望角》就是我取的名字）刊登有新創意的作品，崑南很多重要的短篇小說，美國「被擊敗疲憊的一代」（Beat Generation）和歐洲現代的作品都曾在這裡出現，另一是稍早的《新思潮》。[9]

可以發現，在這兩本刊物發表作品的作者群大多可以歸入寬泛定義的「現代主義」支持者，再者也可以觀察到這些刊物是香港和臺灣文學、藝術等的論述匯聚地之一。[10]

　　葉維廉在《新思潮》上發表了重要的詩作〈賦格〉，這首詩見證成為葉維廉青年時期的代表作，吸納了西方現代派詩歌的精神與技

詩人可能從繪畫、小說、詩乃至電影得到靈感，透過交互指涉，編織出一篇意味深長的作品。參見劉紀蕙（1995）：《故宮博物院vs.超現實拼貼：臺灣現代讀畫詩中兩種文化認同之建構模式》（收錄於 http://www.fl.nctu.edu.tw/~joyceliu/works/mw-taiwanlit/PalaceMuseum/PalaceMuseum.html）

9　葉維廉：〈比較文學與臺灣文學〉，《臺灣文學研究集刊》創刊號（2006年），頁16-17。

10　陳國球：〈香港五、六十年代現代主義運動與李英豪的文學批評〉，《中外文學》第34卷第10期（2006年），頁7-42。

法，重在敘述和分析，同時儘量採取複雜與多角度的呈現，追求自我對物象的鮮活感受，尋求略為離開日常生活的觀看方法[11]。〈賦格〉一方面出於詩人對中國古典詩歌中不依賴敘述，由意象構成多層次意味氣氛，抒情美感的特質，在詩中能夠靈活地採用；另一方面出於把握現代社會急遽龐大的變動，在個別意象的構成上，試圖和傳統對話，不過在整體交響樂式的結構，始終接近西方音樂的構成方法[12]。

葉維廉同時在《新思潮》第二期上登出了重要的文學評論〈論現階段中國新詩〉一文，介紹臺灣現代詩兩種前衛的方向：存在主義式的感覺至上主義（舉瘂弦的〈從感覺出發〉與〈深淵〉為例）和具象詩的試驗（舉白萩的〈流浪者〉為例）[13]，將臺灣詩壇的重要前衛實驗介紹到香港，激盪出更多現代主義詩創作的火花。同時，文章中所揭示情意我世界為中心、孤獨或遁世（以內心世界取代外在世界）、自我存在的意義等「意義」，都是在中國傳統詩歌語境中鮮見的內容，彰顯出西方現代主義詩學的重要主題[14]，也可展現出葉維廉在香港推動現代主義詩學的論述能量。

葉維廉擔任過現代文學美術協會副會長的職銜，為兩地作家與畫家擔任引介的角色。以一九六三年三月一日文藝雜誌《好望角》創刊為例，這一期作者包括：大荒、于還素、王無邪、司馬中原、呂壽琨、李英豪、汶津、李歐梵、洛夫、金炳興、朵思、季紅、莊喆、陳映真、張默、商禽、管管、鄭愁予、秦松、雲鶴、葉泥、戴天、崑

---

11 樂黛雲：〈為了活潑潑的整體生命——《葉維廉文集》序〉，《廣東社會科學》2003年第4期，頁141。

12 張志國：〈在香港發現大陸的詩國——葉維廉的詩路起點〉，《香江文壇》總第29期（2004年），頁36。

13 葉維廉：〈論現階段中國新詩〉，《新思潮》1959年第2期，頁5-8。

14 許祖華：〈從現代到古代——葉維廉及其詩歌創作論〉，《華中師範大學學報》（人文社會科學版）第42卷第1期（2003年），頁101。

南、穎川、畢加。可以說把臺港當時重要的詩人、畫家與小說家都聚
集起來，其中應當以《創世紀》雜誌同仁為主力。在兩地難以出境互
訪的狀況下，當時幾乎沒有見過面的年輕人，竟能跨海組成一個緊密
的社群，都要歸功於葉維廉的穿針引線。

四　一九六○年代以降，臺灣超現實主義詩畫互文的重要活動

在臺灣的現代主義美學發展的歷史上，詩人和畫家互動頻仍，紀
弦本身就是畫家與教育家，對現代主義繪畫的支持不遺餘力。詩人與
「東方畫會」畫家跨藝術互文的現象，更促進超現實主義美學與創作
的萌發。

一九五七年，由夏陽和李元佳、吳世祿（即吳昊）、陳道明、歐
陽文苑、霍學剛、蕭明賢、及蕭勤八人組成的東方畫會，十一月九日
至十二日，在臺北新生報新聞大樓舉行首屆畫展。針對這次畫展文
學圈給予大力的支持，作家何凡（1957年）在《聯合報》副刊以專
文〈「響馬」畫展〉予以推介，戲稱八位前衛畫家「八大響馬」，讚
許他們「放棄傳統的狹窄的自然主義，形成廣闊的觀念主義。」同
時，《自由青年》、《文星》、《藝術雜誌》、《中外畫刊》也多
所揄揚，而最大力支持東方畫會的是現代詩人（程延平，1991年：
264）。不過東方畫展到第六屆以後，主要成員紛紛出國，逐漸沒落
（楚戈，1973年）。加以東方畫會會員也是著名詩人秦松，他的版
畫，在一九五九與一九六○年，先後獲得美國國際版畫藝術協會的收
藏獎，和巴西聖保羅榮譽獎，但在一九六一年國立歷史博物館的展覽
中，遭到誣指有「倒蔣」之嫌，不但現代畫作品〈春燈〉與〈遠航〉
遭移走，連巴西聖保羅榮譽頒獎儀式也因之停止，畫壇與文壇一時風

聲鶴唳，氣氛低迷多年（楊蔚，1965年）。辛鬱（2008年）指出：

> 「現代藝術季」活動的原始想法，起因於顧獻樑先生的一句
> 話：「藝術界太沉悶了。」顧先生那時從美國返國定居，在
> 清華大學歷史系教美術史，是位現代主義的服膺者。經常約
> 畫家詩人到他位在信義路二段的住所小聚，欣賞畫冊、幻
> 燈片，喝著咖啡海闊天空的談這說那。這一天，他說了下面
> 這句話：「我們來辦一個詩畫聯展怎樣？」好像是楚戈的聲
> 音，在場諸君立即響應。

於是由秦松、辛鬱、楚戈、李錫奇、姚慶章等人成立籌備小組，請于
還素、紀弦擔任顧問，一九六五年的「第一屆現代藝術季」，是詩人
與畫家共同展演的一個跨藝術互文活動。

　　活動的催生者「前衛雜誌社」及「創世紀詩社」之外，參與的還
包括「幼獅文藝社」、「藍星詩社」、「現代詩社」、「現代文學
社」、「劇場季刊社」、「笠詩社」、「這一代雙月刊社」、「五月
畫會」、「東方畫會」、「現代版畫會」、「年代畫會」、「南聯
畫會」、「太陽畫會」、「形象雕刻會」、「前衛畫廊」、「現代畫
廊」（賴瑛瑛，2007年），是文學界和藝術界匯流的一次大型行動。
在一九六五年三月在臺北市火車站附近「中美文經協會」舉辦「第一
屆現代藝術季」展覽，以展出現代詩、畫、雕塑等作品，並舉辦了
「現代藝術之夜」，節目有詩歌朗誦、民謠演唱、幻燈欣賞及追念故
詩人楊喚（聯合報，1966年3月28日：08版）[15]。賴瑛瑛（2007年）評

---

15 活動的第三天是週末，晚上在紀弦出面借到的成功中學一間大教堂，舉行「痛苦
　與狂喜」慶功活動，凡參展者都得表演或說一段自身痛苦與狂喜的經歷。輪到秦
　松上臺，他先是輕聲笑出，然後轉為喜極而泣，最後竟至號咷大哭。在場諸君都
　能領會，這一大哭，哭出了多年怨氣（辛鬱，2008年）。

價這次展出的特色在於「詩」、「畫」的配合，並結合了其他媒體的複合性創作，極具當時時代文藝精神的特色。

隔年的「第二屆現代藝術季」在臺北市耕莘文教院舉辦，藝術季內容涵蓋了詩畫聯展、幻燈片欣賞、朗誦詩、小說與散文朗讀、現代舞蹈表演、現代戲劇演出、座談會等活動，參展者包括辛鬱、碧果、張拓蕪、張默、秦松、大荒、羊令野等人，這場前衛的互文運動將臺灣現代派運動推向高峰（佘佳燕，2006年；辛鬱，2008年）

一九六六年《現代文學》、《幼獅文藝》、《笠》與《劇場》等刊物，原預計在青年節於西門圓環舉辦「現代詩展」，其特點是以詩畫交流的藝術品，開創現代詩與現代畫的新境界（聯合報，1966年3月29日：08版）。詎料遭到軍警驅趕，被迫撤到臺大校園傅鐘前，草草拉起展覽的布條，又被校警制止，最後在臺大活動中心前廣場一角展出，驚鴻一瞥，但此一展覽的意義卻是非凡的。

據莊靈（2003年）的回憶，畫家龍思良、黃永松和攝影家張照堂均曾參加「現代詩展」。參與的詩人計有瘂弦、周夢蝶、黃荷生、邱剛健等。策展人張照堂參展的作品以洛夫《石室之死亡》為題材，利用重複曝光的效果，將一雙瞪大的眼睛重疊置放在一錯綜交織的電線杆網下，呈現出荒誕、奇異的迷惑情境，再用玻璃罩蓋住，作成立體化的作品，可以發現張照堂摒棄早期重構圖的沙龍攝影，以超現實的手法從事靜物攝影（賴瑛瑛，2007年）。

另一個引發矚目的作品，讓韓湘寧（2006年）讚譽像一九一三年杜象拿出小便器「噴泉」擺在展覽場上，一九五二年蓋吉寫下沒有音符的「4:33」，具有顛覆時代意涵的創作，是師大美術系的黃華成設計的現代詩與行動藝術創作《洗手》。黃華成把一臉盆水放在一把破椅子上，然後在椅背上貼著邱剛健的詩〈洗手〉，讓讀者一邊讀詩，一邊洗手，體驗詩中超越膚觸的意涵（張照堂，1966年）。

五 一九六〇年代《淺水灣》副刊上《創世紀》 同仁的聲音

　　香港作為大陸與臺灣政治文化交戰的灘頭堡，可以見到國民黨在香港辦的機關報《香港時報》，也可見到中共的《文匯報》。《香港時報》是一九四九年以來國民黨在海外辦的唯一機關報。在大陸解放前夕，國民黨便派上海《國民日報》董事長許孝炎和李秋生到港辦報，八月正式創刊，並在臺北設有分社，報紙半數銷往臺灣。社長許孝炎為資深國民黨幹部，曾任中國國民黨中宣部副部長等職，並曾在一九四六年十月二十一日帶領京滬平昆記者團來臺參訪，和臺灣關係密切。《香港時報》作為國民黨在港宣傳反共意識的作用幾乎顯而易見，根據《黨營文化事業專輯之四：香港時報》，陳訓念的序言中，香港為英國屬地，「與匪區接壤，是大陸人民投奔自由的捷徑」，因此「全世界大眾傳播事業，要採訪鐵幕的消息，都可以在香港取得第一手資料」[16]，《香港時報》的任務就是宣傳國民黨在臺灣的國策，號召南來份子參加臺灣反共陣營。

　　劉以鬯在一九六〇年接掌《香港時報》副刊《淺水灣》後，就與國民黨在香港辦的文化活動關係密切，也頗能吸引臺灣作者投稿，劉以鬯就指出：

> 當時《香港時報》有兩位副總編輯，一個是劉念真，另一個是張繼高。張繼高是從臺灣來的，他對我比較好。因為他看到紀弦、張默等人的稿，也覺得這些文章很好。（何杏楓、張詠梅、鄧依韻，2004）

---

16 黨營文化事業專輯編纂委員會：《黨營文化事業專輯之四：香港時報》（臺北市：中國國民黨中央委員會文化工作會，1972年），頁3-4。

　　《香港時報》副刊成為臺港兩地重要的現代主義文藝園地，恐非國民黨的宣傳機構所能預料的。

　　在劉以鬯主編下的《淺水灣》，不論有意無意，投稿者投其所好，主編也透過審稿的特定堅持，如退報館主筆馬五詩稿、採用現代主義文學的翻譯文章，向十三妹邀寫現代主義文學的稿，以及刊登盧因等人介紹現代主義、存在主義等前衛文學的篇章（何杏楓、張詠梅，2004年），另有一名年輕學者潘學工專門介紹法國新小說，在香港推動現代主義創作的風潮。

　　此外，值得注意的是，《淺水灣》上大量的刊登了臺灣作家的作品。因為劉以鬯認為在香港很難找到適合的作品，加上《香港時報》為臺灣出資的報紙，能夠被臺灣讀者閱讀，有大量的臺灣作家，如魏子雲、葉泥、紀弦、張默等的投稿，王無邪因為作品幾乎都是現代文學，符合劉以鬯的要求，又懂得畫畫，因此成為《淺水灣》的特約作家之一；後又有秦松將畫作和文字稿寄給劉以鬯，使副刊在文字以外，還有了臺灣畫家的插圖，形成了特殊的詩畫互文現象。而《創世紀》同仁辛鬱所經手的「十月出版社」就曾將刊登於《淺水灣》上的二十五篇有關現代小說論文編印成《現代小說論》，在臺灣出版。《淺水灣》作為臺灣出資在香港辦的副刊，和臺灣文壇之間緊密的互動可見一斑。

　　據張默表示：「我一九五七年在左營陸戰隊，我們有訂《香港時報》，《香港時報》有「淺水灣」副刊，我讀後就興起寫稿的想法，寫的不多，也沒什麼通過信，看了好幾年。那時候和劉以鬯沒聯繫，但是丁平編那個《文藝》（前身是《華僑文藝》），每一期封面都是畫畫，談不上什麼影響，只能算是交流。」呈現出臺港兩地當時雖然文人是相隔的，但兩地互動是頻繁的。尤其是張默發表一個系列「現代詩的技巧」，以及評介女詩人作品、方思與秀陶的創作，大力將臺

灣創作的觀念與成果，與香港文壇分享，自然是功不可沒的。

此外，副刊的權力場中也會形成埃斯卡皮所謂「班底」（group），也就是由劉以鬯領軍，十三妹、紀弦、張默、王無邪、崑南、秦松等組成的現代主義創作班底，又另有介紹現代主義、存在主義理論的研究者，鄭樹森也肯定了其推動現代派文學發展，「能夠自香港進口臺灣，與臺北現代派互動，都是較顯著的貢獻」（何杏楓，張詠梅，2004年）。 其中介紹超現實主義美學的論述，多從繪畫理論入手，無論是崑南翻譯〈論五十年現代藝術〉，或是李英豪介紹超現實主義繪畫與精神分析都不難發現要比本地文學圈的具體論述要早。由於編輯支持，又《香港時報》半數以上銷售至臺灣，可被臺灣讀者接收，該報副刊作為現代主義的推手，必定和臺灣的現代主義風潮有著緊密的聯結。

表一 張默在《淺水灣》副刊發表評論一覽

篇名	刊物版次	日期
〈現代詩的技巧（一）〉	《香港時報》副刊《淺水灣》第三張第十版	一九六二年四月一日
〈現代詩的技巧（二）〉	《香港時報》副刊《淺水灣》第三張第十版	一九六二年四月二日
〈現代詩的技巧（三）〉	《香港時報》副刊《淺水灣》第三張第十版	一九六二年四月四日
〈現代詩的技巧（四）〉	《香港時報》副刊《淺水灣》第三張第十版	一九六二年四月五日

〈現代詩的技巧（五）〉	《香港時報》副刊《淺水灣》第三張第十版	一九六二年四月六日
〈現代詩的技巧（六）〉	《香港時報》副刊《淺水灣》第三張第十版	一九六二年四月八日
〈現代詩的技巧（七）〉	《香港時報》副刊《淺水灣》第三張第十版	一九六二年四月九日
〈奇妙纖美的華彩——評介現代中國女詩人的詩〉	《香港時報》副刊《淺水灣》第三張第十版	一九六二年四月十八日
〈方思的豎琴與長笛〉	《香港時報》副刊《淺水灣》第三張第十版	一九六二年五月四日
〈秀陶的詩〉	《香港時報》副刊《淺水灣》第三張第十版	一九六二年五月六日

六　結語

　　過去觀察《創世紀》的影響，多半從臺灣或中國大陸詩壇的角度出發，忽略了其實在一九五〇到一九六〇年代，臺港的現代主義文學思潮傳播，《創世紀》扮演了相當重要的角色。

　　解昆樺（2004年：97）就已經注意到香港詩人與批評家李英豪與崑南加入《創世紀》外，促動兩地詩壇互動。楊宗翰曾兩度撰文，探討香港作家與文論家馬朗、貝娜苔、崑南（楊宗翰，2003年），以及李英豪（楊宗翰，2006年）等人，在臺灣發表作品，並且倡議新批評理論的巨大貢獻。相形之下，香港學界在建構香港文學史的系列

討論中，則十分重視香港與臺灣兩地作家與評論家的互動，跨區域發表與出版等現象（鄭樹森，1998年：2-3；梁秉鈞，2005年；陳國球，2006年）。有趣的是，隨著史料不斷的挖掘與體系化，歷來提及一九五〇年代中葉前後的香港文學，多半認為香港是受到臺灣現代派的影響，但是一九八〇年代後，隨著劉以鬯（1984年、1984年）提出異見後，港臺兩地現代主義美學「互有影響」的說法，較為一般學者接受（盧瑋鑾，1998年：65）。

　　基於較為對等的角度，本文檢視了超現實主義、詩畫互文乃至於刊物的投稿與編輯，在在發現當時《創世紀》的理論建構與發展上，乃至於文學場域象徵資本的累積上，因為有葉維廉、李英豪與崑南的加入，兩地相互唱和，增強了超現實主義論述的深度與論述能量。

　　同時，《創世紀》雜誌的崛起不僅是創作精彩，更有賴強大的活動能量，捲動了當時的繪畫與藝術環境，才能夠使得文藝美學的思潮，影響了臺港兩地的青年，創造了文藝的新世紀。

參考文獻

也　斯　〈從緬懷的聲音裡逐漸響現了現代的聲音——試談馬朗早期
　　　　詩作〉　收錄於馬博良《焚琴的浪子》　香港　素葉出版社
　　　　頁5-6　1982年

中國國民黨中央委員會文化工作會　《黨營文化事業專輯之四：香港
　　　　時報》　臺北市　中國國民黨中央委員會文化工作會　1972年

王石番、劉少康、須文蔚　《我國主要報紙色情廣告之內容分析》
　　　　行政院新聞局委託研究報告　1996年

王宏志、李小良、陳清僑　《否想香港——歷史·文化、未來》　臺
　　　　北市　麥田出版公司　頁95-130　1997年

王梅香　《肅殺歲月的美麗／美力？戰後美援文化與五、六〇年代反
　　　　共文學、現代主義思潮發展之關係》　臺南市　成功大學臺
　　　　灣文學研究所碩士論文　2005年

王劍叢　《香港文學史》　南昌市　百花洲文藝出版社　1995年

王劍叢　《二十世紀香港文學》　濟南市　山東教育出版社　1996年

代　迅　〈中西文論異質性比較研究——新批評在中國的命運〉
　　　　《西南大學學報》（社會科學版）第33卷第5期　頁130-136
　　　　2007年

本刊訊　〈西門圓環今舉行「現代詩展」〉　《聯合報》　08版
　　　　1966年3月28日

本刊訊　〈慶美術節青年節：臺北市舉行一連串展覽〉　《聯合報》
　　　　08版　1966年3月29日

向天淵　〈葉維廉比較詩學的貢獻與侷限〉　《四川外語學院學報》
　　　　第23卷第2期　頁28-32　2007年

朱國華　〈經濟權力與文學：文學場的符號鬥爭〉　《世紀中國》

（http://www.cc.org.cn/）　上網日期2001年12月21日

朱崇科　〈淺評楊松年《戰前新馬文學本地意識的形成與發展》〉
　　　　《南洋商報》　2001年11月30日

朱崇科　〈文學空間詩學與區特質論綱——以新馬華文文學為例加以
　　　　說明〉　《香港文學》總第272期　頁90-94　2007年

江寶釵　〈雲嘉地區文學調察與觀察〉　跨世紀第一屆臺灣文學史料
　　　　編纂研討會　2000年

何　凡　〈「響馬」畫展〉　《聯合報》聯合副刊6版　1957年11月
　　　　5-6日

何杏楓，張詠梅　〈劉以鬯主編《香港時報・淺水灣》（1960.2.15-
　　　　1962.6.30）時期研究計劃〉附〈訪問劉以鬯先生〉　頁267
　　　　2004年

何懷碩　〈藝術上的臺灣經驗〉　《自由時報》　1998年1月17-20日

何懷碩　〈我們沒有「我們」〉　《中國時報》人間副刊　2002年9
　　　　月26-27日

佘佳燕　〈從跨藝術互文現象考察臺灣50、60年代詩人與畫家對話鎔
　　　　鑄而成的超現實風潮〉　發表於「2005青年文學會議——異
　　　　同、影響與轉換：文學越界學術研討會」　臺南市　國家臺
　　　　灣文學館籌備處　2005年

余欣娟　《一九六〇年代臺灣超現實詩——以洛夫、瘂弦、商禽為
　　　　主》　臺中市　東海大學中國文學研究所碩士論文　2003年

吳佳馨　《1950年代臺港現代文學系統關係之研究：以林以亮、夏濟
　　　　安、葉維廉為例》　新竹市　國立清華大學臺灣文學研究所
　　　　碩士論文　2008年

呂正惠　〈四十年代的現代詩人穆旦〉　收錄其著《文學經典與文化
　　　　認同》　臺北市　九歌出版社　頁217-252　1995年

呂正惠　《文學經典與文化認同》　臺北市　九歌出版社　1995年

李仲生　〈超現實主義與法蘭西新興繪畫〉　《美術雜誌》第1卷第1
　　　　期　頁1-4　1937年

李仲生　〈超現實主義繪畫〉　《聯合報》　06版　1953年6月10日

李仲生　〈近年來的法國繪畫〉　《聯合報》　06版　1954年2月9-11日

李仲生　〈西洋美術的奇葩：貼畫〉　《聯合報》　06版　1955年8
　　　　月5日

李仲生　〈超現實派繪畫〉　《聯合報》　06版　1955年4月30日

李東平　〈什麼叫做超現實主義〉《藝風》3期　頁24-25　1935年

李東平　〈超現實主義美術之新動向〉　《藝風》3期　頁30-34
　　　　1935年

李英豪　〈論現代詩之張力〉　《創世紀》第21期　頁12-20　1964年

李英豪　《批評的視覺》　臺北市　文星書店　1966年

李維陵　〈文藝新潮〉　《快報》　1980年

李歐梵　〈臺灣文學中的「現代主義」和「浪漫主義」〉　收錄於
　　　　《現代性的追求》　頁175-190　臺北市　麥田出版公司
　　　　1996年

杜十三　〈當舖與防空洞——寫在「東方'創世紀回顧聯展」之前〉
　　　　《創世紀》第113期　頁6-11　1997年

芒　　　〈超現實主義〉　《東方雜誌》第29卷第2號　頁94　1932
　　　　年

辛　鬱　〈前言〉　《創世紀》113期　頁14-35　1997年

辛　鬱　〈現代詩畫雙棲的前行者：略說老友秦松〉　《文訊》第
　　　　276期　頁53-56　2008年

梁秉鈞　〈一九五○年代香港新詩的傳承與轉化——論宋淇與吳興
　　　　華、馬朗與何其芳的關係〉　收錄於陳炳良、梁秉鈞、陳智

德編《現代漢詩論集》　香港　嶺南大學人文學科研究中心
2005年

周文彬　《當代香港寫實小說散文概論》　廣東市　高等教育出版社
1998年

季　紅　〈詩之諸貌：傳統的真諦‧它的價值‧它與創造的關係〉
《創世紀》第20期　頁2-7　1964年

岳　瓏　〈試論口述歷史研究的功用與難點〉　《西北大學學報》
（哲學社會科學版）1998年01期　頁94-97

易明善　《香港文學簡編》　成都市　四川大學出版社　1995年

林以亮　《美國文學批評選》　香港　今日世界社　1961年

林芳玫　《解讀瓊瑤愛情王國》　臺北市　時報出版社　1994年

俞兆平　〈臺灣詩學中意象概念的追尋〉　《臺灣研究集刊》第4期
頁77-82　1997年

施建偉、汪義生　〈當代香港文學的鑄形──回首五六十年代的香港
文學〉　《香港文學》第147期　頁4-7

施翠峰　〈現代美術思潮論〉　《聯合報》　06版　新藝　1961年1
月21日

柯慶明主編　《臺大八十，我的青春夢》　臺北市　臺灣大學出版中
心　2008年

柯慶明　《現代中國文學批評述論》　臺北市　大安出版社　1987年

段俊暉、路小明　〈洞見與盲視：對葉維廉中國文論思想的幾點反
思〉　《西南大學學報》（社會科學版）第33卷第5期　頁
137-142　2007年

洛夫　〈超現實主義與中國現代詩〉　《幼獅文藝》6月號　頁164-
182　1969年

紀　弦　〈六點答覆〉　收錄於紀弦《紀弦論現代詩》　臺中市　藍

燈出版社　頁91-94　1970年

紀　弦　〈野蠻的時代〉　《現代詩》第33期　1971年

席德進　〈臺灣的新繪畫運動〉　《聯合報》　8版　1962年3月25日

徐放鳴、王光利　〈文化身分與學術個性──論留美學者葉維廉關於
　　　　中西詩學的匯通性研究〉　《徐州師範大學學報》（哲學社
　　　　會科學版）第33卷第4期　頁1-8　2007年

徐明德　〈區域文化與文學關係斷想〉　收錄於靳明全編《區域文
　　　　化與文學》　頁180-187　北京市　中國社會科學出版社
　　　　2003年

班　鹿　〈免徐速的詩籍〉　《詩朵》創刊號　頁7-10　1955年

翁秀琪　《大眾傳播理論與實證》　臺北市　三民書局　1992年

袁良駿　《香港小說史》　深圳市　海天出版社　1999年

馬　覺　〈釋論葉維廉之「追」〉　《中國學生週報》第593期
　　　　1963年

商　禽　〈穿越彩色防空洞〉　《創世紀》第113期　頁4-6　1997年

張大為　〈古典境界的現代生長──論葉維廉的學術理路及其啟示意
　　　　義〉《陰山學刊》第20卷第1期　頁5-11、24　2007年

張志國　〈在香港發現大陸的詩國──葉維廉的詩路起點〉　《香江
　　　　文壇》總第29期　頁35-36　2004年

張松建　〈「新傳統的奠基石」：吳興華、新詩、另類現代性〉
　　　　《中外文學》第33卷第7期　頁167-190　2004年

張海明　〈中西比較詩學的歷史與發展〉　《北京師範大學學報》
　　　　（社會科學版）第1期　總第145期　頁72-79　1998年

張照堂　〈現代詩展畫頁〉　《幼獅文藝》第148期　頁237　1966年
　　　　4月

張漢良　〈中國現代詩的「超現實主義風潮」：一個影響研究的傲

作〉 《中外文學》第10卷1期 頁148-165 1981年

張漢良 《比較文學理論與實踐》 臺北市 東大圖書公司 1986年

張學玄 〈王無邪其人其畫〉 《中國學生周報》第466期 1961年6月23日

張默主編 《現代詩人書簡集》 臺中市 普天出版社 1969年

梁秉鈞 〈「改編」的文化身分：以五十年代香港文學為例〉 《文學世紀》第五卷第二期 總47期 頁53-64 2005年

梁錫鴻 〈超現實主義論〉 《藝風》3期 頁26-27 1935年

莊 靈 〈驀然回首〉 《聯合報》 聯合副刊E7版 2003年8月22日

許俊雅 〈回首話當年（上）──論夏濟安與《文學雜誌》〉 《華文文學》第6期 頁13-20、40 2002年

許俊雅 〈回首話當年（下）──論夏濟安與《文學雜誌》〉 《華文文學》第1期 頁55-69 2003年

許祖華 〈從現代到古代──葉維廉及其詩歌創作論〉 《華中師範大學學報》（人文社會科學版）第42卷第1期 頁98-103 2003年

許翼心 《香港文學觀察》 廣州市 花城出版社 1993年

陳 林 〈新批評在中國的命運〉 《中山大學研究生學刊》（社會科學版）第20卷第3期 頁22-31、74 1999年

陳芳明 《後殖民臺灣：文學史論及其周邊》 臺北市 麥田出版公司 2002年

陳芳明 《殖民地摩登：現代性與臺灣史觀》 臺北市 麥田出版公司 2004年

陳厚誠、王寧 《西方當代文學批評在中國》 天津市 百花文藝出版社 2000年

陳炳良、梁秉鈞、陳智德編 《現代漢詩論集》 香港 嶺南大學人

文學科研究中心　2005年

陳國球　《香港五、六十年代現代主義運動與李英豪的文學批評》
　　　　《中外文學》第34卷第10期　頁7　2006年

陳國球　《文學史書寫形態與文化政治》　北京市　北京大學　2004年

陳智德　〈李金髮、《現代》雜誌與三〇年代香港新詩〉　收錄於陳
　　　　炳良、梁秉鈞、陳智德編《現代漢詩論集》　香港　嶺南大
　　　　學人文學科研究中心　頁73　2005年

陳義芝　《臺灣現代主義詩學流變析論》　臺北市　九歌出版社
　　　　2006年

陳　慶　〈中華獨立美術協會觀念中的超現實主義〉　2010年7月6日
　　　　（https://www.douban.com/group/topic/12502936/）

陳慶元　〈區域文學與地理環境〉　《涪陵師專學報》01期　1999年

陳　澄　《陳澄美術文集》　廣州市　廣東人民出版社　1995年

單德興　〈冷戰時代的美國文學中譯：今日世界出版社之文學翻譯與
　　　　文化政治〉　《中外文學》第36卷第4期　頁317-346　2007
　　　　年

彭瑞金　《臺灣新文學運動四〇年》初版　臺北市　春暉出版社
　　　　1997年

普利東　〈超現實主義宣言〉　《藝風》3期　頁18-23　1935年

曾　鳴　〈超現實主義的批判（LE SUR REALIRME）〉　《藝風》3
　　　　期　頁28-29　1935年

曾　鳴　〈超現實主義的詩與繪畫〉　《藝風》3期　頁37-38　1935年

游勝冠　《臺灣文學本土論的興起與發展》　臺北市　前衛出版社
　　　　1996年

程延平　〈通過東方、五月的足跡〉　收錄於郭繼生編　《當代臺灣
　　　　繪畫文選，1945-1990》　臺北市　雄師圖書公司　1991年

程曉飛　〈試論臺灣《文學雜誌》對新批評的介紹和運用〉　《世界華文文學論壇》第04期　頁38-42　2002年

須文蔚　《不實廣告管制社會科學化之研究》　臺北市　政治大學新聞所博士論文　2000年

須文蔚　〈臺灣網路文學社群特質之初探——以《晨曦詩刊》為例〉《東華人文學報》第4期　頁181-211　2002年

須文蔚　〈臺灣文學傳播者之特質分析〉　收錄於國立東華大學編《文學研究的新進路——傳播與接受》　臺北市　洪葉文化事業公司　頁511-544　2004年

須文蔚　〈臺灣數位文學社群五年來的變遷（2000-2004）〉　《文訊》第229期　頁59-66　2004年

須文蔚　〈臺灣網路文學傳播之傳播者特質初探〉　收錄於羅鳳珠主編《語言，文學與資訊》（教育部大學學術追求卓越計畫）頁599-629　新竹市　國立清華大學出版社　2004年

黃傑瑜　〈王無邪·尋根問道·山水遊〉　《文匯報》　2006年12月24日

黃繼持、盧瑋鑾、鄭樹森編　《追跡香港文學》　香港　牛津大學1998年

愛倫堡作　黎烈文譯　〈論超現實主義派〉　《譯文》第1卷　第1-6期　1934年

楊宗翰　〈臺灣「現代詩」上的香港聲音——馬朗·貝娜苔·崑南〉《創世紀詩雜誌》第136期　頁140-148　2003年

楊宗翰　〈李英豪與臺灣新詩評論的首度轉型〉　發表於《苦悶與蛻變：60、70年代臺灣文學與社會國際學術研討會》　東海大學中文系主辦　2006年11月11-12日

楊雁斌　〈重現與印証歷史的歷史學——口述歷史學的客觀性質管

窺〉 《國外社會科學》2002年04期 頁2-8 2004年

楊　蔚 〈太陽節的陰影〉 《聯合報》08版 新藝 1965年1月12日

楚　戈 《審美生活》 臺北市 爾雅出版社 頁10 1973年

瘂　弦 〈踩出來的詩想〉 《現代詩復刊》14期 1981年

瘂　弦 〈開頂風船的人——「手掌集」的作者辛笛〉 《創世紀》
第31期 後收錄瘂弦一九八一年《中國新詩研究》 臺北市
洪範書店 頁87-89 1972年

葉石濤 《臺灣文學史綱》 高雄市 文學界雜誌社 1987年

葉維廉譯 〈荒原〉 《創世紀》第16期 頁28-39 1961年

葉維廉 〈為友情繫舟〉 《聯合報》聯合副刊8版 1983年11月8日

葉維廉 〈現代主義與香港現代詩的興發〉 收錄於《第六屆香港
文學節研討會論稿匯編》 香港 香港藝術發展局 頁105-
138 2006年

葉維廉 《雨的味道》 臺北市 爾雅出版社 2008年

葉維廉 〈比較文學與臺灣文學〉 《臺灣文學研究集刊》創刊號
頁1-33 2006年

葉維廉 〈回憶那些克難而豐滿的日子——懷念夏濟安老師〉收錄於
柯慶明主編《臺大八十，我的青春夢》 臺北市 臺大出版
中心 2008年

葉維廉 〈快樂因孤獨而哭了：致瘂弦‧四十九年四月三日〉 收錄
於張默主編《現代詩人書簡集》 臺中市 普天出版社 頁
86-87 1960年

葉維廉 〈我和三、四十年代的血緣關係〉 《中外文學》第6卷第7
期 頁4-35 1977年

葉維廉 〈被迫承受文化的錯位——中國現代文化、文學、詩生變的
思索〉 《創世紀》第100期 頁8-22 1994年

葉維廉　〈詩的再認〉　《創世紀》第17期　頁1-12　1962年

葉維廉　〈論現階段中國新詩〉　《新思潮》第2期　頁5-8　1959年

葉維廉　《中國現代小說的風貌》　臺北市　晨鐘出版社　1970年

葉維廉　《中國詩學》　北京市　人民文學出版社　2006年

葉維廉　《雨的味道》　臺北市　爾雅出版社　2006年

解昆樺　《臺灣現代詩典律的建構與推移：以創世紀詩社與笠詩社為觀察核心》　臺北市　鷹漢文化企業公司　2004年

臧運峰　《新批評反諷及其現代神話》　北京市　北京師範大學文藝學博士論文　2007年

趙稀方　《小說香港》　北京市　生活‧讀書‧新知三聯書店　2003年

齊小新　〈口述歷史在美國芻議〉　《北京大學學報》（哲學社會科學版）第39卷第3期　頁69-74　2002年

劉以鬯　〈三十年來香港與臺灣在文學上的相互聯繫〔上〕〉　《星島晚報‧大會堂》　1984年8月22日

劉以鬯　〈三十年來香港與臺灣在文學上的相互聯繫〔下〕〉　《星島晚報‧大會堂》　1984年8月29日

劉紀蕙　〈超現實的視覺翻譯：重探臺灣現代詩「橫的移植」〉　《中外文學》第24卷8期　頁96-125頁　1996年

劉紀蕙　〈前衛的推離與淨化運動：論林亨泰與楊熾昌的前衛詩論以及其被遮蓋的際遇〉　《書寫臺灣：後殖民、後現代與文學史》　臺北市　麥田出版社　頁141-168　2000年

劉紀蕙　〈變異之惡的必要——楊熾昌「異常為」書寫〉　收錄於李瑞騰編　《中華現代文學大系（二）》　頁869-896　2003年

劉紀蕙　《文學與藝術八論——互文‧對位‧文化詮釋》　臺北市　三民書局　1994年

劉紹瑾、同　壯　〈葉維廉比較詩學中的莊子情結〉　《文史哲》

2003年第5期　總第278期　頁124-130　2006年

劉登翰主編　《香港文學史》　香港　香港作家出版社　1997年

劉　鵬　〈本土化‧內在化‧跨文化傳遞——葉維廉比較詩學研究一例〉　《中國比較文學》總第48期　頁78-89　2002年

樂黛云　〈為了活潑潑的整體生命——《葉維廉文集》序〉　《廣東社會科學》第4期　頁139-144　2003年

潘亞暾、汪義生　《香港文學概觀》　廈門市　鷺江出版社　1993年

鄭煒明　〈香港文學的歷史考察——一個文學工作者的觀點〉　收錄於《文訊》第217期　頁37-39　2003年

鄭瑞城　《透視傳播媒介》　臺北市　天下文化出版公司　1988年

鄭樹森　〈遺忘的歷史，歷史的遺忘——五、六十年代的香港文學〉　《素葉文學》第61期9月　頁30-33　同時收錄於黃繼持、盧瑋鑾、鄭樹森編之《追跡香港文學》　香港　牛津大學出版社　頁1-9　1996年

鄭樹森　〈五、六十年代的香港新詩〉　收錄於黃繼持、盧瑋鑾、鄭樹森編之《追跡香港文學》　香港　牛津大學出版社　頁41-51　1998年

鄭樹森、黃繼持、盧瑋鑾　〈早期香港新文學作品三人談〉　收錄於鄭樹森、黃繼持、盧瑋鑾編之《早期香港新文學作品選》　香港　天地圖書公司　頁1-42　1998年

鄭樹森　〈五、六十年代的香港新詩〉　收錄於《現代中文文學學報》第1、2期　頁149-158　1998年1月

黎湘萍　〈族群、文化身分與華人文學——以臺灣香港澳門文學史的撰述為例〉　《華文文學》1期　2004年

盧　因　〈從《詩朵》看《新思潮》——五、六十年代香港文學的一鱗半爪〉　《香港文學》第13期　頁58-61　1986年

盧建榮　《臺灣後殖民國族認同》　臺北市　麥田出版社　2003年

盧瑋鑾、鄭樹森、黃繼持　〈香港新文學年表（一九五〇至一九六九年）三人談〉　收錄於鄭樹森、黃繼持、盧瑋鑾編之《香港新文學年表（一九五〇至一九六九年）》　香港　天地圖書公司　2000年

盧瑋鑾　〈香港文學研究的幾個問題〉　收錄於黃繼持、盧瑋鑾、鄭樹森編之《追跡香港文學》　香港　牛津大學出版社　頁57-75　1998年

蕭　勤　〈超現實主義的大師 達利的近況〉　《聯合報》聯合副刊06版　1957年10月23日

蕭瓊瑞　《五月與東方：中國美術現代化運動在戰後臺灣之發展》　臺北市　東大圖書公司　1991年

賴瑛瑛　〈臺灣六〇年代的新影像實驗〉　《影像筆記》　臺南市　國立臺南藝術大學　頁163-179　2007年5月

閻月珍　〈葉維廉對道家美學的現代闡釋〉　《暨南學報（哲學社會科學版）》2007年第1期　總第126期　頁4-11

濱下武志　〈網絡城市香港之歷史作用（一八四〇～二〇〇〇）〉　《港澳與近代中國學術研討會論文集》　臺北市　國史館　頁261　2000年

謝常青　《香港新文學簡史》　廣州市　暨南大學出版社　1990年

韓湘寧　〈大臺北歲月〉　收錄於網址http://blog.sina.com.cn/s/blog_590fad30010004m8.html　2006年

譚處良　《中國現代派文學史論》　上海市　學林出版社　1996年

Brooks, C. *The well wrought urn: studies in the structure of poetry* (London: Methuen, 1947)

Genette, G. 史忠義譯：《熱奈特論文集》　天津市　百花文藝出版

社 2001年

Kristeva, J. *Word, dialogue and novel, in Toril Moi* (ed) *Kristeva Reader* (UK: Basil Blackwell.1987). pp. 35-61

Lodge, D. *The art of fiction: illustrated from classic and modern texts* (New York: Penguin.1994).

Moi, T. *Kristeva Reader.* (UK: Basil Blackwell, 1987)

Ransom, J. C. *The new criticism, Westport, Conn* (Greenwood Press, 1941).

Rothenberg, J. 蔣洪新譯 〈龐德、葉維廉和在美國的中國詩〉 《詩探索》 第1-2輯 頁320-326 2003年

Yip, Wai-lim *Lyrics from Shelters: Modern Chinese Poetry 1930-1950.* （New York：Garland：1992）.

訪談

張默訪談，時間：二〇〇八年十一月二十二日上午十點至十二點，地點：臺北張默先生家中，須文蔚訪問。

背離與回歸：「先鋒」探索的一體兩面

——1970年代後《創世紀》的詩論建構及其思想意義*

白　楊

摘要

　　儘管《創世紀》一九六〇年代倡導「超現實主義」曾引發諸多爭議，但文學史敘述仍顯得過於偏愛這一時期，而忽略了此後《創世紀》在詩論建構及文化立場上的探索。本文嘗試從「先鋒性」探索視角梳理其發展歷程，闡發在對傳統的背離與回歸過程中，《創世紀》詩人為建構臺灣現代詩典律而做出的努力。

　　經歷了一九六〇年代狂飆突進式的「超現實主義」發展期後，《創世紀》詩刊經過短暫的調整，在復刊號中將未來的發展路向確定為：「在批判與吸收了中西文學傳統之後，將努力於一種新的民族風格之塑造」[1]，並在七十年代後積極倡導「融合現代與傳統」的新詩現代性道路。不過，儘管「超現實」時期在《創世紀》六十年的發展史上僅僅佔據了六分之一強的比重，而且那也是詩壇內外爭議頗多的一個時期，但「超現實」時期的《創世紀》還是以巨大的光環效應使其之前之後的詩藝探索顯得黯然失色。值得注意的是，「超現實」顯然

---

* 本文為二〇一三年度中國教育部新世紀優秀人才支持計畫；國家社科基金專案（專案編號：14BZW130）資助成果。
1　本社：〈一顆不死的麥子〉，《創世紀》第30期（1972年9月），頁5。

不能涵括《創世紀》詩人們的全部詩學特質,而且在不同的歷史時期
中,《創世紀》詩人們也曾不斷修正他們的「超現實」觀念;那麼,
在歷史視域中重新審視《創世紀》的發展歷程,我們究竟應該如何認
識「超現實之後」《創世紀》的理論建樹及其文化價值,就是一個有
必要深入探究的問題,它不僅能夠重現歷史現場,也在方法論意義上
對當下的文化建設具有借鑑價值。

關鍵詞:創世紀、超現實主義、背離與回歸、文化時空與世界格局

一　「超現實」之後：《創世紀》的文學史命運

　　大陸出版的文學史中，談及一九五〇年代以後臺灣文學的發展特色，都會重點評介《現代詩》、《藍星》和《創世紀》在推動現代主義詩歌運動中的詩學主張及其創作實踐。討論重點側重思潮流派發展脈絡的梳理，或是評述相關文學論爭的觀點，品鑒代表性詩人詩作的特徵。與此相應地，同《創世紀》相關的部分，大多是濃墨重彩地評介其對超現實主義的接受與寫作試驗，同時作為詩藝探索發生轉折的前提，提及《創世紀》早期「新民族詩型」的口號及其侷限，而對其在一九七〇年代以後的詩論建樹及創作轉型則語焉不詳。比較有代表性的一些文學史著，如白少帆、王玉斌等主編的《現代臺灣文學史》，呂正惠、趙遐秋主編的《臺灣新文學思潮史綱》[2]等，都採取依照時序與文類，在某一時期中選取最突出的「文學事件」來描述文學史面貌的寫作策略，二十世紀六、七〇年代的臺灣文壇，自然是要由現代主義與鄉土文學思潮平分秋色，因此對「超現實」之後《創世紀》詩人的觀念轉型只能給予少量篇幅的觀照，難免給人繁華過後，歸於沉寂的印象。

　　文學史寫作近似大浪淘沙，而且受歷史觀、美學觀等因素影響，文學歷史的版圖不斷地被研究者以做「加法」或「減法」的方式進行修正，因此，如此呈現《創世紀》在臺灣現代詩發展中的歷史位置，也是著述者的一種歷史態度。不過，當鮮活飽滿的歷史樣態被擠進歷史敘事的軌道，為適應軌跡的需要而不得不做出某些取捨時，我們還是需要對那個塑造過程保持反省的能力，因為「文學史敘述的癥結之

2　白少帆、王玉斌、張恒春、武治純主編：《現代臺灣文學史》（瀋陽市：遼寧大學出版社，1987年）。呂正惠、趙遐秋主編：《臺灣新文學思潮史綱》（北京市：昆侖出版社，2002年）。

一就在於常常會將歷史事實進行趨於本質化的概括，當我們試圖梳理出一條清晰的歷史發展脈絡時，註定會因對共性的統籌性考察而忽略或遮蔽了某些個性化的探求。」[3]針對《創世紀》的研究狀況，臺灣研究者解昆樺也曾提出如此疑慮：「檢閱目前數量龐大的《創世紀》研究論述，卻可發現其中實『累積』了不少問題」，而其中之一便是「對《創世紀》『超現實』的刻板印象揮之不去……其中癥結點在於論者對《創世紀》七〇年代以來之詩社史的認識不足。」[4]他分析問題的起因，認為「這或許是因為《創世紀》詩社所累積的資料太過龐大，使得相關論者在詩史論述上，往往以對《創世紀》概括式的刻板印象，便宜為之。連帶使得當前《創世紀》詩社的研究，始終難以切中其在七〇年代以後發展的事實。」[5]這的確是賦予洞見的思考。

　　不過，對於大陸研究者來說，很多時候在文學史敘述中的取捨決斷卻不是因為「資料太過龐大」，而恰恰是受政治因素影響造成的資料短缺。曾有文學史在論及《創世紀》詩人群時，嘗試評判《創世紀》一九七〇年代以後的詩學特徵，如王晉民主編的《臺灣當代文學史》[6]，列專章概述了「現代主義文學思潮」，並列專節討論「現代主義的第一個浪潮——現代詩運動」和「對臺灣現代主義的歷史評價」。考慮到此前兩岸文化交流受政治歷史因素影響，在資料資訊管道方面有諸多不便，著者特別詳盡地引用了紀弦〈現代派信條釋義〉

3　白楊：〈臺灣現代詩風潮中的「瘂弦」——論瘂弦「新詩史料」整理工作的價值與意義〉，《芒種》2013年第6期，頁50。

4　解昆樺：〈隱匿的群星：八〇年代後創世紀發展史與1950年世代詩人的新典律性〉，《創世紀》第140-141期（2004年10月），頁68。

5　解昆樺：〈隱匿的群星：八〇年代後創世紀發展史與1950年世代詩人的新典律性〉，《創世紀》第140-141期（2004年10月），頁68。

6　王晉民主編：《臺灣當代文學史》（南寧市：廣西人民出版社、廣西教育出版社，1994年）。

和洛夫的〈超現實主義與中國現代詩〉兩篇文章，並評價說：「《創世紀》初期提倡「新民族詩型」。……但是，從第十一期開始，《創世紀》卻來了一個一八〇度的大轉彎，高高地舉起現代主義的旗幟，而且青出於藍勝於藍，公開地提倡和引進超現實主義。」[7]繼而從思潮溯源、哲學背景和寫作技巧等方面對洛夫的超現實主義詩觀進行了詳細評價。雖然在討論一九七〇年代以後臺灣文壇的面貌時，論述重心也轉向鄉土小說論戰，但在後面專論「洛夫詩歌」的一章中，刻意增加了一節：「從『超現實主義』到『回歸傳統，擁抱現代』——洛夫的詩論」，從「接近自然」、「學習『靜觀』」、「境界」等幾個層面，闡述洛夫詩論同傳統精神的相通之處，是嘗試補充「超現實」之後《創世紀》詩人寫作面貌的一種努力，可惜立論主要依據洛夫的《詩人之鏡》、《超現實主義與中國現代詩》和《回歸傳統，擁抱現代》等幾篇理論文章闡發而成，未能透澈闡明所謂回歸以後的「傳統」——「已經是在『現代』基礎上的傳統」[8]——究竟提供了哪些新的詩學質素？概因資料受限，未能給闡釋者提供更多的考察空間。此外，劉登翰、莊明萱主編的《臺灣文學史》[9]，在評介《創世紀》詩人群時側重闡述了洛夫、張默、葉維廉等人在一九七〇年代以後的創作面貌，也表現出完整呈現臺灣現代詩發展軌跡的意願，但在眾多需要整合進文學史視野的研究對象面前，仍然無法給予《創世紀》更詳盡的論述。

　　比較而言，臺灣的一些研究者因為曾見證現代詩的發展歷程，

7　王晉民主編：《臺灣當代文學史》（南寧市：廣西人民出版社、廣西教育出版社，1994年），頁53。
8　王晉民主編：《臺灣當代文學史》（南寧市：廣西人民出版社，1994年），頁536。
9　劉登翰、莊明萱主編：《臺灣文學史》（北京市：現代教育出版社，2007年）。

在做史論時能夠持有歷史整體觀的視野，如蕭蕭的文章〈創世紀風雲——為文學史作證‧為現代詩傳燈〉[10]，用「《創世紀》年輕時的氣質」、「『新民族詩型』的初議與檢討」、「《創世紀》的性格」、「草來初辟，繁花旋生」和「『綠蔭時期』的作為」、「《創世紀》走進八十年代」等概述界定《創世紀》不同時期的歷史特徵，將「超現實」之後的《創世紀》界定為「綠蔭時期」，是形象並具有歷史感的觀察；時隔十年之後，他在另一篇文章《《創世紀》風格與理論之演變——「新民族詩型」與「大中國詩觀」之檢討》[11]中，將《創世紀》八十年代以後的詩論觀點進行歷史脈絡的追溯和比較研究，是對此前研究的一種豐富和補充。楊宗翰在《臺灣新詩史：書寫的構圖》一文中，辨析了文學史書寫中面臨的三個層次（文學實踐史、文學史實踐、文學史學）之間的關係，強調「任一部文學史（書寫）要達到真正的可能，唯有先清理掉以下三個怪獸：民族國家、演化／目的論、起源迷戀」[12]，主張「把歷史還原為文學本身」，「入史的準則——1. 創新、2. 典型、3. 影響」[13]，據此原則開列的臺灣新詩史書寫構圖中，洛夫等人的創作被分別置於不同的歷史時段中，以呈現其創作的變化及動態連續性。如此佈局謀篇，當然也是為反撥文學書寫中對作家的評介重前期輕後期、顧此失彼等問題。上述兩位研究者都有追蹤研究臺灣現代詩的經驗，所提問題可謂切中肯綮，但

---

10 蕭蕭：〈創世紀風雲——為文學史作證‧為現代詩傳燈〉，《創世紀》第65期（1984年10月），頁44-54。

11 蕭蕭：〈「創世紀」風格與理論之演變——「新民族詩型」與「大中國詩觀」之檢討〉，《創世紀》第100期（1994年9月）。

12 楊宗翰：〈臺灣新詩史：書寫的構圖〉，《創世紀》第140-141期（2004年10月），頁111。

13 楊宗翰：〈臺灣新詩史：書寫的構圖〉，《創世紀》第140-141期（2004年10月），頁114。

要把設想融入具體的文學史寫作實踐，顯然還需要詩歌研究者們做更多的工作。

二　在闡釋中成長的「傳統」觀

　　處在被闡釋話語場中的《創世紀》詩人，如何評價和定位「超現實」之後的《創世紀》呢？其七十年代以後所倡導的「現代詩歸宗」理念，究竟是浪子回頭意義上的迷途知返？還是繁華過後，重新出發的自主選擇？

　　作為《創世紀》主創人之一和詩刊理論路向的重要闡釋者，洛夫曾在不同的文章中談到他對《創世紀》發展歷程的評價。在〈臺灣現代詩的發展與風格演變〉一文中，他這樣談到：「七十年代在經過對傳統與現代、東方與西方的反思辯證之後，他們（《創世紀》）全力追求一種融合中國人文質素和現代精神的詩歌，但並不放棄創新求變的立場，因而為具有原創力的詩人提供一個創作實驗室，歷年來培植詩壇新人甚多。」[14]在另一篇文章中，他回顧《創世紀》五十年的行進步履，也飽含深情地寫到：「傳統是智慧與時間的累積，實際上傳統也就是歷史，對一個像《創世紀》這樣的詩刊而言，更是一段從走過荊棘，突破困境，回應改革，力主創新，以至漸趨成熟的求索過程。」[15]在他的描述中使用了「創新求變」、「漸趨成熟」等評價語言，顯然並未將「超現實時期」與「超現實之後」做斷裂式的理解，對於將生命融入現代詩寫作的《創世紀》詩人們來說，在詩藝探索的道路上他們從未停滯，從「新民族詩型」到「超現實主義」再到「現

14　洛夫：〈臺灣現代詩的發展與風格演變〉，《臺港與海外華文文學評論和研究》1995年第1期，頁15。

15　洛夫：〈創世紀的傳統〉，《創世紀》第140-141期（2004年10月），頁25。

代詩歸宗」，以及建立「大中國詩觀」的提出，《創世紀》詩人們更願意把方向的調整視為是詩歌觀念「成長」的一個過程，也正是在這個意義上，我們有必要認真審視「超現實」之後《創世紀》的詩論主張。

如果以二元對立的思維方式看待中外文化的關係，我們很容易將《創世紀》從「超現實主義」到「回歸傳統」的轉型看做是一種對抗性關係的變化，而忽略了兩者之間相生相剋、互為促進的過程。事實上，在一九五〇年代以後政治集權專治的文化場域中，借鑑西方或依託傳統都是現代詩人們處理自身精神訴求與外部世界衝突的方式。標舉「傳統」的口號，有時並不是「復古」，卻恰恰是「先鋒」意識的一種呈現。《創世紀》創刊之初，在理論上嘗試建樹「新民族詩型」觀念，意欲矯正紀弦在〈現代派的信條〉中提出的「新詩乃是橫的移植，而非縱的繼承」的偏向。「新民族詩型」強調的是「新」的「民族詩型」[16]，洛夫以「藝術的──非純理性之闡發，亦非純情緒之直陳，而是美學上的直覺的意象的表現」，和「中國風，東方味的──運用中國語文之獨特性，以表現東方民族生活之特有情趣」等闡發來界定「新民族詩型」的內涵，藉以反思當時現代詩創作中出現的「泥古不化的縱的繼承」和「移花接木式的橫的移植之說」[17]，實際是表達了一種站在潮流之外的冷靜立場。

也是在求「新」的追求中，對當時而言極具先鋒色彩的「超現實主義」思潮進入《創世紀》詩人的視野。「新」的「民族詩型」理論重在詩歌藝術形式的探索，而六十年代提出「世界性」、「超現實」、「獨創性」與「純粹性」口號，則是冀望在新詩現代化的路程

16　洛夫：〈創世紀的傳統〉，《創世紀》第140-141期（2004年10月），頁28。

17　本社：〈建立新民族詩型之芻議〉，《創世紀》第5期（1956年3月），頁3。該文實際為洛夫執筆。

中，超越單純以抗衡為目的「破壞」，能夠有所建樹。洛夫在《六十年代詩選》〈緒言〉中論及對現代主義本質精神及形式技巧等問題的認識：「在現代主義實驗階段已漸趨尾聲的今天，作為一個前衛藝術家的職責並非僅在消極的反傳統，而是要創造更新的現代精神與秩序」，並從現代新詩的特質闡發說：「以作為中國現代文學藝術主流的新詩來說，它的勝利並非表現在它本身已獲得事實上若干的承認上，而是它已逼著人們日漸對它的需要性加以重視，因它正在提醒人類重新認識自己，並如何使他們與包圍他們周遭的外界取得新的適應。」[18]「我們深信，只要是一個了解自由意志與純粹性在詩中的重要性的評論家或文學史家，他對於目前現代詩人所作的由破壞到建設的工作，必將予以嚴密的考察與慎重的評斷。」[19]不能不承認，當「現代派」、「藍星」在現代主義潮流中日漸式微時，是《創世紀》詩人通過對一九五〇年代以來臺灣現代詩的歷史性檢視，倡導「一種新的、革命的、超傳統的現代意義」的新詩路向，將臺灣現代詩的「先鋒」實驗延續了下去。

值得慶幸的是，即便在「超現實主義」創作開展得風生水起之際，《創世紀》詩人們也沒有喪失自我反省的能力。《創世紀》第十九期曾刊發香港同仁李英豪的文章〈剖論中國現代詩的幾個問題〉，直陳現代詩的發展狀況和癥結性問題。他敏銳地意識到「近一年來的現代詩壇，顯得有一種拖拖沓沓的現象，好像經過了幾百米的賽跑後，已開始暗暗露出些兒『疲態』」[20]，探究其中的原因，他認

18　張默、瘂弦主編：〈緒言〉，《六十年代詩選》（高雄市：大業書店，1961年），頁4。

19　張默、瘂弦主編：〈緒言〉，《六十年代詩選》（高雄市：大業書店，1961年），頁6。

20　李英豪：〈剖論中國現代詩的幾個問題〉，《創世紀》第19期（1963年12月），頁24。

為現代詩的「負荷」不是存在於外在，而在於內在本身。他從現代詩人內在的問題入手進行思考，提出一種現象：在追求前衛詩學的實踐中，「現代詩人都經過一種無形的蛻變：從『創造的我』蛻變到『以我為中心的自我』。」這種主觀意識的蛻變，落實在創作中則導致詩作從表現「創造的情緒」演變為注重表現「野蠻的主觀的情緒」，因此而導致現代詩「在陷於低潮的過渡期間，蒙受了雙重病害的侵寇：一為『情緒至上論』，一為淺薄的知性主義……前者全憑情緒所支配，盲目追求獸性情緒的傳達，淹沒了取代了『知性』的創造力和詩的直覺底純粹性。後者重新跌入空洞的結構，由於過重造型的外貌和推理的方法，每使詩變成失去感性的頹敗軀體，甚至在文字方面玩把戲，形成堆砌或形式至上。」[21]事實上，在此前後詩社中的同仁商禽和季紅都曾對現代詩發展中暴露出來的問題提出質疑，因此，即便一九七〇年代沒有政治歷史等外部因素的促動，《創世紀》的詩學轉型也必然會發生。

一九七二年九月，《創世紀》在休刊三年之後復刊。由洛夫執筆的復刊詞〈一顆不死的麥子〉重新提出「將努力於一種新的民族風格之塑造」[22]問題。文壇內外多以「回歸傳統」視之，但何為「傳統」？如何「回歸」？仍有待進一步的思考。洛夫隨後在另一篇文章中表達了自己對「回歸性偏誤」的反思：「嚴格說來，我們的現代詩今天仍處於一個探索方向，塑造風格的實驗與創造時期」，「無論如何，回到民族文學傳統的浩浩長河中來，是一個詩人必然的歸向」，但是「什麼是民族性的詩？」「非寫『長安洛陽』、『古渡夕陽』不足以言中國，凡寫登陸月球，巴黎鐵塔，或西貢戰爭一概目如西化，

---

21 李英豪：〈剖論中國現代詩的幾個問題〉，《創世紀》第19期（1963年12月），頁24。

22 洛夫：〈一顆不死的麥子〉，《創世紀》第30期（1972年9月），頁4。

這是我們批評界最流行而膚淺的看法。這種文學中的狹隘民族意識講究的是魂游故國，心懷唐宋，尤其重視地域性……但一個詩人的民族意識應是全面的，時空融會，古今貫穿的整體意識。」[23]這些氣勢凌厲的論述顯示出他在詩學觀念反思中的思考，也呈現出超越同時代更多的泛泛而論的思想深度。他反對攜古語以自持、盲目復古的應景之作，在轟動一時的所謂「復古派」影響下，「某些詩人為了刻意表示繼承古典詩的餘韻，凡寫景必小橋欄杆，寫物必風花雪月，寫情則不免傷春悲秋，其遣辭用句多為陳腔濫調，寫出來的都是語體的舊詩，我則直指為『假古典主義』」[24]。

對洛夫等《創世紀》詩人來說，在探索新詩現代性的進程中，無論是背離傳統，還是回歸傳統，都同他們不肯隨同流俗，決意引領時代潮流的先鋒意識有關，背離與回歸實為先鋒探索的一體兩面。正如有研究者指出的那樣：「反思的現代性如果能自身包含文化尋根的需求與滋養作用，那麼如何有效地開發利用文化之根的資源去為現代社會糾偏補缺，就成為最現實的課題。」[25]在大歷史走向現代化的進程中，單純的背離與單純的回歸並無太大意義，問題的關鍵在於破壞、消解中的重建。對傳統的重估，將超現實主義中國化，並探求用「超現實主義手法來表現中國古典詩中『妙悟』，『無理而妙』的獨特美學觀念的實驗」[26]，最終為彷徨於前路的臺灣現代詩找尋到新的方向。基於此種情況，洛夫曾將《創世紀》對臺灣新詩的影響概括為兩點：「追求詩的獨創性，重塑詩語言的秩序」和「對現代漢詩理論和

23　洛夫：〈請為中國詩壇保留一份純淨〉，《創世紀》第37期（1974年7月），頁7-8。

24　洛夫：〈創世紀的傳統〉，《創世紀》第140-141期（2004年10月），頁28-29。

25　葉舒憲：《現代性危機與文化尋根》（濟南市：山東教育出版社，2009年），頁219。

26　洛夫：〈創世紀的傳統〉，《創世紀》第140-141期（2004年10月），頁28。

批評的探索與建構」[27]，關於後者，他特別強調了在民族與西方、現代與傳統之間進行調適的必要性，「不錯，『民族』是我們的基調，但『新』是指什麼？……原來就是長時期的涉足西方現代主義，繼而又長時期的對中國古典詩學作深層次的探索，然後通過審慎的選擇，進而使兩者作有機性的調適與整合，終而完成一個現代融合傳統，中國接軌西方的全新的詩學建構。」[28]這一看似刻板中庸的論斷，卻是臺灣現代詩人們在被迫承受文化失根之痛的歷史語境中，以大膽的叛逆精神艱苦實踐得來。它不僅對一九七〇年代以後臺灣現代詩的發展具有引導作用，對八〇年代以後中國大陸文學面臨現代主義與文化尋根思潮激蕩中的價值判斷也具有啟示意義。

三　「世界」文化格局中民族性轉向的價值啟示

在很大程度上，取火於西方「超現實主義」的詩學實驗，不僅幫助《創世紀》詩人實現了對詩歌「審美現代性」的追求，也在時空觀念上打開了詩人的視野，使他們獲得了世界性眼光與胸襟。當《創世紀》打出「世界性」、「超現實」、「獨創性」與「純粹性」口號時，「世界性」並不僅僅是對應於「民族詩型」的一個概念，它更是對文化時空與世界格局的一種體認。

近代以來，被迫承受歐風美雨文化洗禮的現代中國知識份子，時常會陷入東西方文化對峙的困境中，被喻為「世界」的「西方」既是我們圖強求變、開啟民智的思想溯源地，也常常是造成民族文化被異化乃至處於邊緣化境地的罪魁禍首。原本是「世界」空間之一員

27　洛夫：〈創世紀的傳統〉，《創世紀》第140-141期（2004年10月），頁25、27。

28　洛夫：〈創世紀的傳統〉，《創世紀》第140-141期（2004年10月），頁28。

的「中國」，卻總是讓人產生「自外於世界」的感受，因此「走向世界」成為一個具有目標感召力的口號，並且因為恐懼被「強大」的世界所吞噬，反而更固守「民族」特色，使世界與民族的關係成為難解的問題。應當看到，在政治視野中強調民族與世界的邊界是一種客觀需要，但在文化領域卻恰恰需要突破隔閡，將民族性與世界性有機融合。「在人類文化觀之下，沒有異己文化，都屬於自己的文化，文化的時間性（傳統與現代）、文化的空間性（民族與地域），都具有新的意義」。[29]處在二十世紀五、六〇年代歷史場域中的臺灣現代詩人，因為政治因素的制約被動地疏離了中國新文學傳統，在「別求新聲於異邦」的探索中與「超現實主義」相遇，激發了他們詩藝創新的靈感，六十年代的《創世紀》大量刊登譯介西方文學思潮的文章，艾略特、里爾克、保羅‧梵樂希等人的詩論及創作，為他們示範了如何將個人苦痛提昇為對人類命運的思考，他們通過汲取世界文化中的優秀質素而使自己獲得了世界性意識。我們注意到，在東西方文化的巡禮中，瘂弦由對現實的反思進入具有普泛意義的人類命運的思考，他以內涵複雜的「深淵」意象表達自己的認識，嘗試「說出生存期間的一切，世界終極學，愛與死，追求與幻滅，生命的全部悸動、焦慮、空洞和悲哀！」[30]其詩作在臺灣文壇受到普遍好評，張默評價其詩的特點是「有其戲劇性，也有其思想性，有其鄉土性，也有其世界性」[31]，事實上，這也是《創世紀》代表詩人普遍具有的寫作特徵。「作為一個心理過程，一種特殊的思維方式，文學想像與一個作家內

---

29 張福貴：《「活著」的魯迅——魯迅文化選擇的當代意義》（北京市：社會科學文獻出版社，2010年），頁180。

30 瘂弦：〈詩人手箚〉，《創世紀》第14期（1960年2月），頁14。

31 蕭蕭：〈編者導言〉，《詩儒的創造——瘂弦詩作評論集》（臺北市：文史哲出版社，1994年），頁2。

在的生理心理機制有關，也與該作家的人生經歷，以及他所處時代的社會現實、社會風尚有關。」[32]在探索現代新詩審美現代性的過程中，儘管存在諸多爭議，但《創世紀》詩人還是以引領詩歌風尚的創作，為中國傳統詩歌的演進注入了新的富有活力的質素與風格。

在世界格局的意義上審視《創世紀》一九七〇年代以後向「傳統」的回歸，洛夫對「傳統」意涵中包括的「民族意識」有所思考，他反對狹隘的民族意識，強調「一個詩人的民族意識應是全面的，時空融會，古今貫穿的整體意識。」[33]並在此基礎上進一步提出「大中國詩觀」與「漂泊的天涯美學」思想。「大中國詩觀」意在倡導「消除狹隘的地域性、族群性的意識形態陰影」[34]，使兩岸三地及海外華人的創作既能保留其精神上的獨特性，又能在文化中國的意義上整合為完整的版圖；而「漂泊的天涯美學」則著力於將個體性、民族性經驗提昇為具有世界意義的哲理境界，洛夫用「悲劇意識」和「宇宙境界」來描述「漂泊的天涯美學」的內涵，他認為：「廣義地說，每個詩人本質上都是一個精神的浪子，心靈的漂泊者。」「我們已有很多優美的抒情詩和代表民間性的敘事詩，但詩人較少在捕捉形而上意象這方面去努力，以至他們的作品缺少哲學內涵和知性深度。這其中，是否沉溺於當下境遇，尚來不及去關照更大範圍及世界性的問題？」[35]因此，在創作長詩〈漂木〉時，他有意識地將其「定性為一種高蹈的、冷門的，富於超現實精神和形而上思維的精神史詩。詩

---

32 韓春燕：《文字裡的村莊》（上海市：人民出版社，2011年），頁37-38。

33 洛夫：〈請為中國詩壇保留一份純淨〉，《創世紀》第37期（1974年7月），頁8。

34 沈奇、洛夫：〈從「大中國詩觀」到「天涯美學」——與洛夫對話錄〉，《沈奇詩學論集》（北京市：中國社會科學出版社，2005年），頁260。

35 沈奇、洛夫：〈從「大中國詩觀」到「天涯美學」——與洛夫對話錄〉，《沈奇詩學論集》（北京市：中國社會科學出版社，2005年），頁262。

中的『漂泊者』也好，『天涯淪落人』也罷，我要寫的是他們那種尋找心靈的原鄉而不可得的悲劇經驗，所以我也稱它為『心靈的奧德賽』。」[36]真正偉大的作家和作品都是無國界的，正如艾略特所言：「任何一位在民族文學發展過程中能夠代表一個時代的作家都應具備這兩種特性——突發地表現出來的地方色彩和作品的自在的普遍意義」[37]，因為有了世界性的視野，《創世紀》詩人在融匯傳統與現代的過程中表現出文化自信與主體自覺，而這恰恰是近代以來中國文化在融入世界格局過程中最渴求的一種意識。

有研究者曾痛切地指出，「典律的缺席，形式範式機制的缺失，造成百年中國新詩的發展，越來越倚重於詩人個人才具的影響力和號召性，而非詩歌傳統的導引。」[38]考察《創世紀》的詩路歷程，至少我們可以說其在六〇年堅韌求新的發展過程中，始終秉持先鋒意識，為建構現代詩的典律機制孜孜以求、篳路藍縷，它的成功與偏誤，在世界一體化趨勢的今天，都提供了極為重要的參考和示範價值。

---

36 沈奇、洛夫：〈從「大中國詩觀」到「天涯美學」——與洛夫對話錄〉，《沈奇詩學論集》（北京市：中國社會科學出版社，2005年），頁262。

37 （英）艾略特：〈批評批評家〉，《美國文學和美國語言》（上海市：上海譯文出版社，2012年），頁57。

38 沈奇、洛夫：〈從「大中國詩觀」到「天涯美學」——與洛夫對話錄〉，《沈奇詩學論集》（北京市：中國社會科學出版社，2005年），頁268。

《創世紀》詩社詩刊與香港詩社詩刊比較

盼　耕

摘要

　　對於詩社詩刊，活躍而明朗的靈魂、堅定而頑強的生存意志是生命之源。有了旺盛而持久的生命力，才能為專注力贏得時間與空間；有了專注的探索，才能挖掘出創造力；而詩刊的編輯力體現了創造力，產生了凝聚力與影響力，最終成為持續發展的能力。這是從《創世紀》與香港詩社詩刊的比較中，得到的啟迪。這個收穫，不但對詩社詩刊，而且對所有文學團體與文學刊物也都有意義。

關鍵詞：詩歌、詩社、詩刊、創世紀、香港

　　本文選擇近三十年的香港詩社詩刊，與《創世紀》作生命力、專注力、創造力、編輯力、凝聚力、影響力、發展力等多角度的比較。以臺灣一家成功的詩社與整個香港詩歌界作比較；以一家六十年的刊物與一批近三十年的刊物作比較，是不對等的。與《創世紀》同年代問世的香港詩社詩刊，早已消失在地平線下；與《創世紀》同在今天詩國天空下的香港詩社詩刊寥若晨星，其中堅持最久的還不及《創世紀》之一半。比較雖然不對等，但可以了解雙方的生態，顯示各自的亮點，從中獲得借鑑與啟發，以推動詩歌的發展。這對詩社詩刊、對所有文學團體與文學刊物都有意義。

一　生命力比較

　　本文的比較對象以《創世紀》詩社與香港擁有詩刊的詩社為主。詩社詩刊的生命力表現在兩方面：一是生命期，二是生存意志。生命力的比較，不只是比壽齡，主要是對詩歌的信念、堅守的意志與苦行的毅力進行比較。

（一）生命期比較

　　生命期即生命的長度，是生命持久力的體現。臺灣的詩社詩刊中，有多個堅持了三十年以上，如《秋水詩刊》四十年，《創世紀》更以六十年之久創造了詩社詩刊生命的奇蹟。《藍星詩刊》雖有過多年中斷，但同系的姊妹刊物仍有相沿，詩社活力累計也超過三十年。

　　香港的詩社詩刊到目前為止，沒有一家在三十年以上，更遑論六十年。堅持最久的、現在仍有活力的也只接近三十年。本文無法在六十年時間跨度上，對雙方進行對等的比較，只能以近三十年的詩社

詩刊，包括三十年前立社創刊、出版活動延至近三十年者，與《創世紀》作活力的比較。

近三十年，香港有過二十多家詩社，此起彼落。其中十六家辦過紙本詩刊，有過各自的風采，留下深淺不一的腳印。以下依創刊時序，將生命期作一比較：

香港詩刊生命期比較一覽表

刊名／創刊時間		創辦者／主編	刊型	期數	生命期
秋螢詩刊	一九七〇年四月	秋螢詩社（先後由關夢南、葉輝主編）	月刊／不定期（初為報紙／後為明信片／再後冊裝）	一九八八年停刊，期數不詳；二〇〇三至二〇一〇年復刊再出八十四期	兩階段共二十五年
詩風	一九七二年六月	詩風社	初為月報／後為雙月刊／半年刊	一九八四年六月停刊，共一一六期。	十二年
羅盤	一九七六年十二月	羅盤社（葉輝主編）	雙月刊	一九七八年十二月停刊，共三期。	二年
新穗詩刊	一九八一年	新穗文社／新穗出版社（陳德錦主編）	不定期	一九八六年停刊，期數不詳。	八年

刊名／創刊時間		創辦者／主編	刊型	期數	生命期
九分壹詩刊	一九八六年十二月	林夕、吳美筠、洛楓、朔方等創辦	不定期，開本大小也不統一定	一九九〇年四月停刊，共六本八期	四年
當代詩壇	一九八七年九月	當代詩學會（傅天虹主編）	一九九二至一九九三年為季刊，其餘不定期	至今已出版六十二期	二十七年，仍運作
詩雙月刊	一九八九年八月	詩雙月刊出版社（羈魂等主編）	一九九八年前為紙本刊物；後停刊；二〇〇二年改出網絡版	紙版刊物四十三期；網絡版二〇〇二至二〇〇六年，共三十期	兩階段共十五年
呼吸詩刊	一九九四年四月	呼吸詩社（陳智德、劉偉成等主編）	半年刊／不定期	一九九八年至二〇〇〇年停刊，二〇〇一復刊再出一期。共七期	兩階段共四年
詩世界	一九九五年	國際華人詩人筆會（犁青、野曼主編）	不定期（每屆筆會的會刊）	至今已出十二期	十九年，仍運作
我們詩刊	一九九六年四月	我們詩社	半年刊	二〇〇〇年停刊，共九期	四年

刊名／創刊時間		創辦者／主編	刊型	期數	生命期
新詩人	一九九八年十二月	洪葉書店（凌越、廖偉棠編）	年刊	二〇〇〇年停刊，共二期	二年
香港詩刊	二〇〇〇年	香港詩人協會（藍海文主編）	年刊	至二〇〇二年共二期	二年
星期六詩刊	二〇〇〇年十二月	星期六詩社	不定期	二〇〇二年停刊，共三期	二年
詩潮	二〇〇一年	詩潮社（陳智德等編）	月刊	二〇〇三年三月停刊，共二十四期。	二年
圓桌詩刊	二〇〇二年	香港詩歌協會（秀實主編）	季刊	至今已出四十三期	十二年，仍運作
聲韻詩刊	二〇一一年七月	石磬文化公司（何自得等編）	雙月刊	紙版及網頁，至二〇一四年已出十七期	三年，仍運作

（說明：香港有些詩社，沒有詩刊，只出版成員選集或專題詩集，如吐露詩社、零點詩社、清水灣詩社、大學詩會、詩作坊同學會、港大詩社等，這些詩社不列入比較表中。還有近年出現的一些網絡詩刊，如「新詩.com」、「香港詩網hkpoem.org」等，因不是紙版刊物，也不入列。）

　　表中所見，近三十年中，能堅持十年以上的香港詩刊有六家：《詩風》（12年）、《圓桌詩刊》（12年）、《詩雙月刊》（16年）、《詩世界》（19年）、《秋螢詩刊》（25年）與《當代詩壇》（27年），至今仍在運作的只有《當代詩壇》、《詩世界》與《圓桌詩刊》三家；其中，刊齡二十七年的《當代詩壇》居冠。如果把其他文學社團的刊物也統計進來，也沒有長達三十年的。與《當代詩壇》刊齡相近的、能堅持二十五年以上的現有文學刊物，只有四家，除《當代詩壇》外，另有：

一、《香港文學》，一九八五年元月創刊，月刊，堅持了二十九年，已出版三百五十七期。先後由劉以鬯、陶然主編。

二、《文學報》，香港文學促進協會（前為龍香文學社）一九八八年春創辦，張詩劍主編，堅持近二十七年，已出版一百三十二期（平均每年五期）。

三、《香港作家》，香港作家聯會一九八八年創辦，文學月刊，至今也近二十七年，已出版三百一十八期，先後由陶然、周蜜蜜、蔡益懷等主編。

　　香港文學社團中，歷史最久的當數「鑪峰雅集」，會長羅琅，一九五九年成立，至今已五十五年。該會以「雅集」茶敘為主，基本沒有刊物；二〇〇〇年曾創辦《鑪峰文藝》雜誌，但只出版五期，一年後就不繼。所以，不在長壽刊物比較之列。

　　上述四家生命期超過二十五年的文學刊物中，《香港文學》並非以香港社團為依托之文學刊物，其經費由香港中旅集團提供，從屬於內地駐港企業管理；《香港作家》雖是民間社團香港作家聯會的文學刊物，但經常性的辦公與出版費用主要由內地駐港機構支付。這兩家暫無「柴米油鹽」之憂，生存無礙，今後仍可繼續營運。只有香港《文學報》與《當代詩壇》要為每頓（每期）的「柴米油鹽」發愁，

除了一九九二至九三年兩家都曾獲香港藝術發展局贊助外，其餘各期都要靠主持人或同仁籌措。所以，就整體香港文壇來說，香港《當代詩壇》與《文學報》是民間性較純粹的、能堅持二十五年以上的、自我生命力較強的刊物；而詩社詩刊中，則只有《當代詩壇》一家了，可以說是鳳毛麟角。在與《創世紀》生命力的比較中，《當代詩壇》理所當然成了香港詩社詩刊的主角。

（二）生存意志比較

刊物的生存意志，就是對刊物的堅守精神與苦行毅力。在艱難的環境下，刊物生命期的長短，取決於辦刊者生存意志之強弱。

高壽是令人羨慕的，但高壽並不等於就有高品。高壽者中，有的在順景中出生，在飯來張口、衣來張手的溫牀中成長；有的則在逆景中問世，在掙扎中求生、在困苦中自強。後者的生存意志令人敬重，使人仰視。《創世紀》就是其中者，既有令人羨慕的高壽，又有使人仰視的高品。

《創世紀》初始沒有經費，創辦者自掏腰包貢獻工資，典當腳踏車、手錶解決印刷費用。詩刊大部分送給詩友，難以在書店寄售，書籍被人扔到街上，詩人流了汗也流了眼淚。但是《創世紀》的「鐵三角」——詩人洛夫、張默、瘂弦以及加盟的詩人們，在這樣的艱難中，緊緊擰成一團，堅守信念，堅持開拓，以堅強的毅力，打開局面。後來，雖然獲得政府資助，但同仁們仍要彌補不足之費用。六十年的堅持，需要多大的生存的意志啊！白先勇形容《創世紀》是「九命貓」，就是讚揚《創世紀》這種在煎熬苦難中仍能挺立生存的意志。

今天，對《創世紀》鞠躬，不只是對六十秩壽鞠躬，更是對他

六十年在詩壇的貢獻鞠躬，是對拓荒精神、對頑強意志的鞠躬。

　　《創世紀》的生存意志對香港堅持最久的詩刊《當代詩壇》不無影響。《當代詩壇》是在洛夫、張默、犁青及路羽的資助下創刊的。傅天虹耳濡目染洛夫、張默及《創世紀》的拓荒精神與生存意志，再加上他「詩癡」的倔強，成就了他對《當代詩壇》的堅守。

　　《當代詩壇》初期的景況與《創世紀》相似，第二期開始就為「柴米油鹽」發愁。第三期後，張詩劍、王心果、我等八位詩友加盟，大家像《創世紀》同仁一樣，分攤出版經費。初時，十個編委，每期每人港幣一千元；後來編委擴大到二十人，每期每人五百元。那時，大家的經濟都不寬裕，多是「打工仔」，有的連「打工仔」都不是，傅天虹沒有工資收入，王心果久病在家，聶適之長期失業、偶打散工、曉帆生意失敗……許多人都沒有正常收入，但大家都咬緊牙關，苦撐《當代詩壇》。這一段情景，與《創世紀》初期十分相似。

　　一九九二至九三年，《當代詩壇》也獲得香港政府贊助，有過兩年的輕鬆日子，出版經費之外，還可以發放編輯費、校對費與稿酬。但兩年後，又打回原形，而且景況更糟糕，一些編委因政府斷供而熱情受挫，再難重燃舊情，再難分攤經費，另一些編委也只能偶爾助之。此後的困景，所受的考驗，遠超於《創世紀》。此中的生存意志，可能比《創世紀》更受考驗。

　　香港文學刊物的生態，是一個值得研究的課題。一些辦得有聲有色、頗有檔次的刊物，正在成為亮點時，卻一下子消失了，輕易地退出舞臺。如一九九四年四月創辦的《呼吸詩刊》（年刊），頗受青年詩友的青睞，但第六期後就停刊了；又如二〇〇〇年四月創辦的《文學世紀》，也是頗有生氣的文學雜誌，但第九期後也停了。一兩年後，兩者雖然都復了刊，但斷斷續續，最終回天乏力。上世紀九〇年代至現在，香港誕生了九家新詩刊，其中四家挨不過兩年，兩家也

只有四年，似乎都中了「宿命」的魔咒。梳理這些刊物的興衰史，發現多卡在同一個瓶頸上，那就是都被香港藝術發展局斷了糧道，用香港話說是被「拔喉」（拔掉維持生命的喉管）了。原來，九〇年代刊物向香港藝術發展局申請資助多能獲批，刊物的經費可以依賴政府撥款。但政府在贊助兩三年或若干期後，希望這些刊物能夠自立，不再繼續撥款，這就是被「拔喉」了。這一「拔喉」，使刊物立即崩潰。

當時，香港《文學報》與《當代詩壇》也獲得兩年贊助，被「拔喉」後，也一度陷入困境，但後來又堅持下來。同樣被「拔喉」，為什麼會有兩種不同的結局。究其原因，主要是多數詩社一開始就在政府資助下萌起，並沒有自立自強的思想準備，更沒有「苦行」的歷練。他們或是抱著僥倖的心理，期望政府能一直「泵」水，或者抱著臨時觀念，給一天糧就撞一天鐘。機會主義心態所產生的意志是脆弱的，當然經不起「拔喉」的「打擊」，所以刊物很快就出現了「休止符」。而香港《文學報》與《當代詩壇》的經歷不同，一開始是在艱難中起步的，就在掙扎中求生，同仁已有「苦行」的歷練，所以，被「拔喉」後，雖然熱情被澆涼了，也有的同仁退出了，但骨幹並沒有失去生存意志，很快又恢復了信心，重振了「苦行」的精神，使刊物又抽枝展葉。

這類案例說明，創辦刊物首先要建基於自立自強的意識上，要有捱苦的準備，要有掙扎的能力。刊物經費是刊物維生的糧草，草創時至少要有三、四期的經費準備，刊物如果能爭取到政府贊助，那是錦上添花，如果爭取不到贊助，也可以「苟延殘喘」一陣，或有其他生存之道，不至於措手不及。那些才辦一兩期就收攤的刊物，或政府一斷供就倒閉的刊物，多是沒有這種捱苦的準備，沒有掙扎的能力。適者生存、抗爭者生存，堅強者生存，這種生存的鐵律，對臺灣、對香港的文學社團及其刊物是一樣苛刻無情的。《創世紀》是這樣走過來

的，《當代詩壇》與香港《文學報》也是這樣走過來的。雖然雙方刊物生存的地域不同，社史與刊齡不同，但生存之道是相通的。不同的是，《創世紀》歷練的時間更長，毅力更久，意志更強。

　　小結：生命力比較，顯示《創世紀》具有高壽高品的優勢，有著持久的、自立自強的生存意志。而香港詩社詩刊的生存意志，除《當代詩壇》等少數幾家外，多數是脆弱的，缺乏涯苦的精神或掙扎的能力，所以夭折得快。

二　專注力

　　本文的專注力指對詩刊靈魂與路向的深入探索，對詩刊功能與形象建設的投入度或聚焦度。

　　上世紀五十年代，臺灣《現代詩刊》、《藍星詩刊》與《創世紀》三大詩社爆發的詩論詩觀之爭，也是詩刊靈魂與路向之爭。五十年代之前，臺灣詩壇的主流是傳統詩歌，政治環境是禁錮的。三個詩社創辦時，都希望反抗傳統社會道德與文化的舊有規範，希望從詩歌中對現狀進行抗爭。本著掙脫束縛的強烈願望，詩社詩刊一開始就有使命感，顯示出戰鬥格，擺開了挑戰的姿態，希望能主導臺灣詩歌的流向。這種使命感與導向感，使三家詩社各有探索，各有專注，並開拓出各自的天空。

　　《現代詩》專注新現代主義，呼喚新詩再革命，後來成為臺灣現代新詩發端點，倡導者紀弦被視為臺灣詩歌現代主義思潮的先驅者。

　　《藍星詩刊》提倡以鄉土情結作為詩歌的創作精神，專注傳統的嚴謹與浪漫的抒情相結合的風格，後來成為臺灣鄉土詩的重鎮。

　　《創世紀》在三大詩社的論爭中，捲入不深，她把專注力長期聚焦在自己詩刊靈魂基石的建設上。專注的探索引發了三次反思、三次

洗牌、三次調整詩學路標和實踐策略。先是「戰鬥詩」，後轉向「新民族詩型」；一九五九年後改弦易轍，樹起激進的「超現實主義」大旗，席捲整個六十年代；一九七二年九月後，回歸傳統，親近現實，堅定地走西方現代主義與中國傳統美學相結合的路向，奠定了此後發展的理論──《創世紀》立世的靈魂基石。三次轉折不是心猿意馬，恰恰相反，正是《創世紀》專注的體現。專注，不等於固執；專注中的反思，充滿了進取性，使詩社詩刊脫胎換骨；專注後奠定的靈魂基石，成為今天《創世紀》雄視詩壇的高臺。《創世紀》專注探索的理論成果，不僅對《創世紀》具有長遠的導向意義，而且對臺灣詩壇、對華文詩歌的發展也有著宏觀的啟迪意義。

香港近三十年來，詩壇的空間是自由的，並沒有像《創世紀》問世時充滿了束縛感。因此，詩刊創辦時，沒有那種在壓抑下急需突破的爆發力，也沒有太大的使命感，缺乏長遠的、戰略的對華文詩壇的投視。詩社中，有希望自己擁有發表作品園地的；有意在以刊會友、切磋詩藝的；有一時激情、投趣把玩的；有附庸風雅、圖嚐新鮮的；當然也有想在詩國經營出一片藍天，等等，創刊理念不一。不同的辦刊理念，產生了不同的專注力。有的專注打造活潑的形象，欄目林林總總，不斷變更；有的專注經營特輯模式，如話題專輯、風格（或流派）專輯、族群專輯，或時段專輯等，各期多以特輯出現；有的專注文學與社會政治的關係，刻意打造熱血詩刊……他們都希望所專注的成果，能給詩壇帶來新的氣息。《圓桌詩刊》就是欄目經常變更、甚少常設聚焦性的欄目，是很有活性的詩刊之一。中文大學的吐露詩社，就是一個重視文學與社會政治關係的詩社。詩社倡導詩的洞察、覺醒和反抗，經常參與社會政治，每年「六・四」期間，都是詩社的活躍期：如二〇一〇年的「沉默的吶喊」街頭詩歌朗誦會及聲討校方禁止擺放民主女神；二〇一一年的「六四事件二十二週年，我們不會

忘記」的詩聚；二○一三年推出電子版「六四詩聚詩刊」，等等，使
詩社成為熱血的社團……。

　　走過二十七年路程的《當代詩壇》，創辦初期，也沒有像《創世
紀》那樣，對個詩路、詩觀、詩藝作戰略性、深度性的專注，但漸漸
有了自己的特色的關注。如在詩刊上開設英詩中譯的對照詩頁，既
介紹西方的詩作，又能活潑版面。但後來希望借重對照詩頁，推出
中詩英譯，把國人優秀的詩作介紹出去，推向世界。這一反向思維，
很快在傅天虹腦海中醞釀出一個龐大的計劃：不僅在《當代詩壇》上
設立中詩英譯專欄，而且要出版一套中詩英譯的叢書。最初的目標希
望一百冊，每名詩人一冊，每冊四十八頁，這在當時可是個「野心勃
勃」的計劃。這位詩壇的「拼命三郎」，說幹就幹，迫不及待地挑選
詩人，確定詩歌，聘請譯者。首批叢書很快就出版了，並且在詩壇引
起關注，許多詩人都有興趣加入。反應不俗，首仗告捷，大大鼓舞了
傅天虹。從此，他潛心經營中詩英譯事業，使之成為中國詩歌走向世
界的具有戰略意義的舉措。在他刻苦經營下，中詩英譯叢書像滾雪球
一樣越滾越大，一百冊、兩百冊、六百冊……。對中詩英譯的專注，
體現了廣闊的視野，也影響著《當代詩壇》的建設。詩刊第三十五期
始，開設了中詩英譯固定的欄目，有時還出版中詩英譯的專號。他的
專注取向，不僅改變了《當代詩壇》的風格，樹立了《當代詩壇》在
出版界中詩英譯的主導地位，而且填補了中國詩歌在譯文出版中的大
量空白。儘管中詩英譯各冊的水準參差不齊，有待提昇，但仍是前無
古人之舉。

　　進入新世紀，傅天虹及《當代詩壇》的專注漸入佳境。除了中詩
英譯外，二○○五年後，在「當代詩學論壇」機制、「中生代詩歌」
與「漢語新詩」等研究方面也投放了不同的專注力，連續五年推動相
關的活動並出版專輯。這些在詩壇、在學界，都是工程性的舉措，廣

受注目。

　　小結：從專注力比較中，可以看到《創世紀》專注詩社詩刊的靈魂建設，對詩歌發展路向、詩歌創作方法的探索，具有戰略眼光與長遠的意義，是香港詩社詩刊應該學習的。香港也有亮點，《當代詩壇》對中詩英譯的專注，填補了出版的空白；對「中生代詩歌」、「漢語新詩」等課題的專注，拓擴了詩學的視野。這些也是詩壇的大型工程，與《創世紀》的貢獻比較，各有建樹。

三　編輯力

　　編輯力表現為刊物的編輯理念、組稿理稿的效率、作品質量把關、版面設計的能力以及詩刊之外的延伸出版能力。

　　詩刊的編輯理念是詩社路向在文本建構上的體現。《創世紀》詩社早期推崇超現實主義，後來倡導西方現代主義與中國傳統美學相結合，不同的路向，產生了不同階段的編輯理念。編輯的組稿理稿、作品質量的把關，基本上體現了各階段的編輯理念。

　　儘管如此，先後擔任過主編的張默、洛夫、簡政珍、辛牧等人，仍有各自的風格，表現出不同的編輯力。洛夫屬於精粹型的主編，強調詩的現代性，即世界性、超現實性、獨創性和純粹性。拒絕平庸，不符合這一標準的詩要退稿。一定要成熟的作品，不想使詩刊變成年輕人習作的園地。所以，他主編《創世紀》的二十年期間，刊物的現代性較強。張默先後主編《創世紀》也超過二十年，他重視經營作品的張力，經常通過導引小語使讀者很快走進作品世界，並借此進行增強詩刊魅力的探索。簡政珍時期，詩刊的美學性探索較強。辛牧時期，詩歌與詩人影像、書法的版面組合，體現出對視覺藝術融入詩刊形象的探索。不同的風格，不同的優勢，都表現出優秀的編輯力。他

們接力經營六十年，使《創世紀》成為臺灣的主流詩刊、維護詩歌現代性的重鎮，成為民間漢語詩壇中樹齡最長、樹幹最高、枝葉茂盛的長青樹。

《創世紀》同仁的編輯力還表現在詩刊以外延伸性的編輯出版能力。如張默編著的《現代百家詩選（新編）》、主編的《中華文藝》月刊；瘂弦主編的《詩學》、《幼獅文藝》與《聯合報》副刊；簡政珍主編的《當代臺灣文學評論大系文學理論卷》、《新世紀詩人精選集》、和林耀德共同主編《新世代詩人大系》、和瘂弦共同主編的《創世紀四十週年紀念評論卷》，都有重要的學術價值，進一步體現出《創世紀》同人優秀的編輯力。

香港詩社中也不乏優秀的編輯。在詩刊的編輯中，由於詩社的路向並沒有像《創世紀》那樣有著維護詩歌現代性的使命感，所以在組稿、理稿時也沒有洛夫那種嚴格至拒絕詩刊成為年輕人習作園地的門檻。香港詩社相反，多數詩刊都比較寬容，向年輕的習作者開放。《當代詩壇》就開闢過「校園詩草」專欄，鼓勵大學生甚至中學生投稿，以培養新血。對於有潛質的學生，編輯還會與他們一起推敲詩句，使作品達到刊出的要求。其他詩刊也都類似。香港詩人協會會長藍海文，吸收了不少中文大學的學生入會，還讓他們在《香港詩刊》上自己組編學生詩作專輯。這些學生作品，雖然多數內涵不深，但創意性強，詩風活潑，在編輯指導下提高很快。香港詩刊的編輯還重視多元探索，不拘限於某一詩觀、某一理念或某一風格，所以，詩刊內容與形式也較活潑。香港的詩社中，沒有形成明顯的風格流派，與詩刊編輯的這種編輯意念不無關係。香港詩人葉輝除了主編自己所創辦的《羅盤》詩刊外，還先後擔任《秋螢詩刊》、《詩潮》等詩刊主編，之所以能夠行走諸刊，就是因為這些詩刊編輯理念相若，沒有流派之分，因而編輯起來得心應手。

　　詩社詩刊的詩人的編輯在詩刊編輯外，多有其他編輯成果。限於文章篇幅，略舉數個代表性例子。如上面提到的葉輝，除了主編多個詩刊外，還曾主編過《大拇指》、《文學世紀》及《小說風》等文學雜誌，表現出多面手的才華。藍海文主編的詩刊雖然期數不多，但在《中華史詩》、《今本楚辭》、《新儒學》、《唐詩典故大全》、《新古典主義詩學》等三十餘種書籍中，展現了他博學、嚴謹的編輯素養與勤奮、勇於開拓的精神。

　　《當代詩壇》傅天虹是編輯力很強的出版人，他策劃出版的《中外現代漢詩名家集萃》（中英對照）大型詩學工程，已結集六百餘部。他主編的《當代詩壇》詩刊，設有「特別推薦」、「實力方陣」、「八方蹄聲」、「詩評詩論」、「詩路留痕」、「詩壇簡訊」六大欄目，既有點又有面，既有詩作又有學術，既有當下力作又有經典回顧，還有詩壇信息。而每一期中，地域性、代際性、詩風性相對集中。這些都體現了優秀的編輯力。《當代詩壇》副主編張詩劍，也是卓越的編輯。二十多年來，除了主編一百三十二期《文學報》外，他還主編了《龍香文學叢書》、《香港當代文學精品》、《香港作家作品研究》等二十多套叢書，超過五百冊，八千多萬字，包括與中國文聯出版公司、中國作家出版社、中國青年出版社、長江文藝出版社、福建海峽文藝出版社、百花洲文藝出版社、鷺江出版社等出版機構的聯合出版。在香港當下的詩人編輯中，傅天虹與張詩劍的這種編輯能量、編輯強度，是無人能及的。

　　小結：在編輯力比較中，《創世紀》在維護詩歌的現代性中，嚴格把關、拒絕平庸的編輯力尤其突出。而香港詩刊則表現出寬容、多元的編輯力。在詩刊外的編輯出版力比較中，兩方各有成果，香港詩人編輯的能量更引人注目。

四 創造力

　　創造力主要指詩刊的開拓性、創意性與達標能力。

　　詩刊的開拓性、創意性，涵蓋面很廣。宏觀的有：詩刊的理念、詩刊的風格、主導詩流的策略、拓展市場的模式、詩歌的配套活動等，都有一攬子長遠、獨特的開拓思維；中觀的有：開本的形態、版式的佈局、圖文搭配的模式、封面的形象性、裝訂的亮點以及欄目、專輯的聚焦性，等等，都能不落俗套、令人耳目一新的構思；微觀的有：版面上線、點、網、色、字型、顏色、標識等版面語言，有與眾不同的創意設計。

　　有了上述開拓性、創意性思維還不夠，如果只是宏論美談，只有空頭設計方案，但根本沒有付諸實踐，無實質成果，或者沒有達至目標的能力，那都不是真正的創造力。只有既有開拓性、創意性的思維，又有付諸實踐、達至目標的能力，並有實質成效，那才是名副其實具有創造力。成果是檢驗創造力的硬件，有創造力的詩社詩刊，刊史越長，創造力的積蓄越強，創造的成果越豐碩。

　　《創世紀》與香港詩社詩刊，都有不同的創造力。在宏觀創造力方面，《創世紀》十分突出，前面提到的詩論探索，三次詩刊方向的調整，都體現出持續開拓的創造力。每一階段的創造性，都催生出累累碩果，都影響著臺灣詩壇的格局。

　　香港《當代詩壇》的六百冊中英對照叢書，也是宏觀創造力的成果；藍海文的《中華史詩》、《今本楚辭》、《新古典主義詩學》等詩史詩學專著中，也具有宏觀創造性。但其他詩社詩刊，大多數缺乏此類創造力，宏觀性的成果甚少。

　　在中觀與微觀創造力方面，《創世紀》也有長期性的成果，如詩刊的方形開本，在傳統的三十二開載本中脫穎而出，一開始就對讀者

的眼球產生聚焦性,給人反傳統的形象。在當時是創新性眼光與勇氣的結合體,今天在眾多的詩刊中,仍具獨特的品牌標識。還有,詩頁中重要作品附有張默等的首言,精要的導引,畫龍點睛,提高了讀者閱讀的興趣與融入意境的效率,叫人耳目一新。這些設計,都體現了詩刊編輯中觀或微觀的創造力。

　　香港的詩社詩刊在中觀與微觀的創造力方面,相對活躍,各有自己的創意設計。如《秋螢詩刊》曾印成明信片式,一期六至八頁,串成一套,可以單獨取下當名片贈送,可以當書籤用,也便於郵寄傳閱。詩刊這種獨特的形態,成為青年詩友喜歡的收藏品。香港大學吐露詩社也是一個很有活力的詩社,多年來在校內推行黑板詩,先在專設的黑板上刊登詩作,然後再集結成書,該模式稱為「書寫力量」。該社集結的詩集,也有創意,如二〇〇〇年出版的年度詩集《吃掉一個又一個水果》,編者以多種不同水果,作為不同分輯的標誌。水果的赤、橙、黃、青、紫的顏色,甜、酸、苦的口感,燥、溫、涼、冷的果性,都與詩歌的溫馨、激烈、冷靜及悲苦等情緒相對應。編輯同時還在詩作旁加上點評,編法新鮮,很受讚賞。其他詩刊,間中都有一些出人意表式的設計,這些都體現了香港的詩社詩刊在中觀或微觀的創造性方面,都具有不同程度的活力。

　　小結:創造力比較之下,《創世紀》的宏觀創造力十分突出,中觀創造性也有長期性的成果。香港的詩社詩刊中,《當代詩壇》中英對照叢書也是宏觀創造力的體現;大多數詩社詩刊都有不同程度中觀或微觀創造性的活力。

五　凝聚力

　　凝聚力包括:詩社對同仁的凝聚力、詩刊對作品及對讀者的凝聚力。

　　詩社對同仁凝聚力的大小，表現在詩社規模的大小、成員的多少、骨幹（包括編委）人才素質的高低，但更重要的是同仁對靈魂性詩論共同實踐力的有無與強弱。一個詩歌團體如果成員零落、經常流失；或成員頗眾但無高手加盟，或編委平庸，缺乏有出擊力的主帥，那就說明這個團體沒有吸收人才、凝聚人才的活力。但有了如雲的高手，卻缺乏對靈魂性詩論共同實踐的成果，同步力弱，那麼凝聚力也是有限的。

　　詩刊對作品及對讀者的凝聚力中，對作品的凝聚力是凝聚讀者的主因。詩刊如果不能凝聚優秀作品，自然不能對讀者產生魅力。

　　上世紀五十年代先後成立的「現代派」、「藍星」和《創世紀》的三個詩社，在臺灣形成三足鼎立的格局。三個詩社同屬現代派，但詩歌主張和理論觀點各異，各有凝聚力。

　　紀弦創辦的「現代派」詩社，主張詩歌「全盤西化」，吸引了鄭愁予、葉泥、林泠、小英、季紅、林亨泰、蓉子、羅門、白萩、楊允達、方思等八十三人加盟。

　　覃子豪成立「藍星」詩社，主張既自由創作也尊重傳統的路線，同盟者有余光中、鐘鼎文、羅門、鄧禹平、蓉子、敻虹、夏菁、周夢蝶、葉珊、向明、方莘、黃用、張健、吳宏一、吳望堯、梁雲坡、阮囊、曠中玉、王憲陽等人。

　　《創世紀》詩社富進取和探索精神，不論是「超現實主義」創作觀，還是「西方現代主義與中國傳統美學相結合」的路子，都凝聚到一批詩人。詩社的洛夫、張默和瘂弦的「鐵三角」核心，是磁性很強的組合，磁心周圍凝聚了季紅、商禽、葉維廉、葉珊、白萩、管管、大荒、菩提、碧果、羊令野、鄭愁予、李英豪、彩羽、朵思、辛牧等。這些臺灣聲響鏗鏘的詩人陸續加入，不斷壯大《創世紀》的陣容，使之成為今天臺灣詩壇凝聚力最強、一家獨大現代詩社。

　　上述詩人中，有些先後成為不同詩社的成員，說明三大詩社在不同階段對這些詩人有著不同的凝聚力。其中，《創世紀》的凝聚力尤為強勢而長久。

　　這種凝聚力使詩社靈魂性的詩論，有了更多人的共識，得到更多人的實踐，從而不斷完善、不斷優化。共識的創作、共力的實踐，共震的步音，匯成強大的詩流，產生了波浪式的造勢效應，不斷擴大詩社詩刊影響力，最終把詩社推向實力重鎮的高位。

　　近三十年來，在香港登記註冊的詩歌團體中，對詩人與媒體最有凝聚力的是「國際華人詩人筆會」。該筆會由犁青、野曼任主席，張詩劍、熊國華任秘書長，已堅持了二十一年，先後在惠州、深圳、桂林、三亞、大理、珠海、金華、南京、安慶、香港、東川等地成功舉辦了十五屆會議。每次會議，都凝聚了一批世界各流派頂尖的華文詩人，多時一百三十人以上，少則也有六、七十人。洛夫、余光中、鄭愁予、張默、賀敬之、徐遲、犁青、野曼、張詩劍、傅天虹、柯岩、吉狄馬加、岳宣義、鄒荻帆、曉雪、劉章、高瑛、柯原、綠蒂、涂靜宜、管管、簡政珍、向明、杜國清、舒婷、陳劍、吳岸、嶺南人、綠原等三百多位世界各地著名詩人，先後出席過會議。

　　香港的詩刊中，創辦時凝聚力最大的是葉輝主辦的《羅盤》。一九七六年十二月創刊時，就吸引了西西、張景熊、馬若、何福仁、迅清、梁秉鈞、馬覺、蔡炎培、葉輝、康夫、周國偉、靈石、關夢南等人，其中不少是當時文壇名氣人物。這班成員，既是編委，又是創刊號的作者，使《羅盤》風頭一時無兩。《羅盤》的發刊辭說「航海要羅盤定方位，寫詩也像航海，須辨明方位，認知本體。」詩刊主張「中國的與外國的，我們主中國的；傳統的與現代的，我們取現代的。我們相信，中西可以交流，取別人之長，能濟自己之短；傳統現代，其實薪火相傳，一脈相承。」在這個清晰的理念下，《羅盤》每

期雖然都有譯介外國詩人詩作專輯，但著重本土創作，經常設有推介本地詩人的專輯，力作頗多。詩刊團隊強大的陣容與明確的詩歌路向，對作者、特別是本土詩人產生了很大的凝聚力。陶傑、戴天、古蒼梧、羈魂、鍾玲玲、吳煦斌、康夫、陳炳元、陳德錦、惟得、禾迪、溫乃堅、冷雲、淮遠、凌冰、秀實等紛紛加入，可謂鼎盛。可惜詩刊只堅持了兩年，辦了三期後，於一九七八年十二月停刊。

香港的詩刊中，堅持最久的是《當代詩壇》。刊物創辦時，由傅天虹與路羽二人搭檔編輯出版，但到第二期就感到心有餘而力不足。一九八九年第三期開始，詩刊與張詩劍主持的「龍香文學社」（後改為香港文學促進協會）結盟，以「龍香文學社」詩人為骨幹組建了編委。香港《文學報》的主編張詩劍是《當代詩壇》的副主編，《當代詩壇》的主編傅天虹也是《文學報》的副主編，而我則同時是這一報一刊的副主編。兩家編委是重疊的，兩份報刊是一個團隊的兩個掎角。新建的編委，使《當代詩壇》進入同仁詩刊時期。團隊壯大了，經費大家分攤，刊物元氣漸強，凝聚力也大了，而後陸續又有詩友加入。陣容最強時有：傅天虹、張詩劍、路羽、盼耕、王心果、吳正、秦嶺雪、楊賈郎、王諧、林子、春華、曉帆、夏智定、鄞北荻、西彤、蔡靈淵、李剪藕、夏萍、秀實、譚帝森、談耘、聶適之、逸靈、劉一泯、鄒宗彬等；香港本土詩人、時任香港大學比較文學系主任黃德偉教授和中文大學哲學系主任李天命教授分別擔任顧問和名譽社長。這些同仁，先後擔任編委，規模最大時，除了社長犁青外，編委多至二十位。編委們不但出錢，還參與組稿、編輯、校對。記得有一次，詩人王心果做了直腸癌手術，才休息七天，聽說詩刊在校對，就趕了過來，不理大家的勸阻，校對了兩個多小時。那時，大家同心協力，詩刊是名副其實的同人刊物。那段日子，是《當代詩壇》最有凝聚力的日子，人氣最旺的日子，最溫馨的日子。

　　當代詩學會成立後，《當代詩壇》成為學會的機關刊物。學會雖然在香港註冊，實際上是跨越地域的團體，會員來自五湖四海，有一百多人。二○○五年後，傅天虹在北京師範大學珠海分校任教，促成當代詩學會與該校華文文學發展研究所合作，《當代詩壇》平臺也隨之西移，與分校的文學院結盟。不久，「當代詩歌論壇機制」在該校成立時，《當代詩壇》轉為該機制的機關刊物，由傅天虹和老詩人、翻譯家屠岸先生聯合主編。詩刊的形象也有重大轉變，以中英對照詩頁與「當代詩歌論壇機制」的學術活動專輯為主。由於平臺西移，原有編委同仁不再參與，《當代詩壇》的香港色彩日淡，對香港詩友的凝聚力也日弱，但對內地、對國際華文詩人的凝聚力增加了。編委陣容重新洗牌，世界各地都有詩人入列。

　　《當代詩壇》淡出香港，對現在仍在運行作的香港詩刊如《圓桌詩刊》與青年性較強的網絡詩頁的凝聚力影響不大，並未令其增強。因為《當代詩壇》的編委大多來自香港文學促進協會，這些編委仍是該協會的中堅，流向並無變化，仍然凝聚在香港《文學報》周圍。所以，當下香港詩壇的凝聚生態沒有多大變化，凝聚的格局大致如前。

　　香港其他詩社，也各有自己的凝聚力，但由於大多停擺，凝聚力也隨之消失。目前，可凝聚本地詩友與讀者的詩社詩刊寥寥無幾，而且力度差強人意。反而一些文學團體，如香港文學促進協會、香港作家聯會，對本地中、老年詩友仍有凝聚力，都有五、六十位詩人，陣容不弱。近年興起的網絡詩頁，對青年詩歌愛好者雖然有一定的凝聚力，但因為多數網絡詩頁是個人網頁，並非詩社所主持，而且上載的詩歌多為即興之作，缺乏推敲，因此對詩友凝聚力有限。香港中文大學的吐露詩社雖有團體的網頁，但詩歌作品不多，詩社重視社會活動，網頁內容多為活動的信息或相關的「博客」，由於詩性不強，對學生的凝聚力也不大，對社會上的詩人更沒有凝聚力。

香港詩社詩刊的凝聚力，不論大小，都有脆弱的軟肋，那就是由於普遍缺乏靈魂性詩論的建設，同仁沒有共同的創作方向，即使人多勢眾，也沒有凝聚出長期的、共同的實踐力。有的同仁也有些創作新思維，但無法成為團體的靈魂，實踐者多是思維者自己一人，未能吸引同仁加入；雖有成果，只屬於個人，不屬於詩社，同仁沒有成就感；在詩社裡已是單槍匹馬，在社會上更難呼風喚雨，只能寂寞清冷於一角。

　　小結：從凝聚力的比較中，可以看到《創世紀》詩論的凝聚力、魅力詩人的凝聚力、詩刊品質的凝聚力，加上對同仁實踐力的凝聚，匯合成持久不衰的凝聚力。香港的詩歌社團中，「國際華人詩人筆會」對世界著名華人詩人與媒體最有凝聚力。其他詩社則缺乏持久的凝聚力，力度差強人意。他們的凝聚力不論大小，都缺乏對共同實踐力的凝聚。

六　影響力

　　本文的影響力指詩社詩刊的詩風、詩論、詩作對詩壇或社會的貢獻與衝擊力。貢獻主要體現在導向力、學術地位及其所獲得的評價。影響力的大小取決於貢獻或衝擊力的大小。

　　臺灣六十年來對詩壇有著長遠影響的詩社，首三名不離「現代派」、「藍星」與「創世紀」。他們對臺灣詩歌的發展與文化的態勢，都產生巨大的影響。

　　「現代派」詩社的擎旗者紀弦一九五六年宣揚「新詩乃橫的移植，而非縱的繼承」，主張詩歌的「全盤西化」，在詩壇產生很大的震盪，受到「藍星」詩社覃子豪與其他學者的猛烈批評，引發了一系列論爭。這場論爭，激發了臺灣現代詩運動的浪潮，影響久遠，引發

論爭的「現代派」詩社成為臺灣現代新詩的發端點與核心。

　　「藍星」詩社在與「現代派」的論爭中，廓清了自己的路向，逐步形成鄉土情結詩歌創作精神以及傳統的嚴謹與浪漫的抒情相結合的風格。詩社的掌門人覃子豪積極從事新詩推廣活動，長期主持「中華文藝函授學校」的新詩講習班，辦了《藍星詩刊》、《藍星週刊》、《藍星叢刊》、《藍星詩頁》、《藍星年刊》等系列詩歌刊物，為臺灣新詩成長做出了極大貢獻，被譽為「詩的播種者」。

　　「創世紀」詩社在「現代派」引發的論爭中介入不深，影響不大，但在一九五九年高擎「超現實主義」的大旗，強調詩的「世界性」、「超現實性」、「獨創性」和「純粹性」，在詩壇產生了第二次震盪，將臺灣現代詩運動推向了第二個高潮，後來取代了「現代派」詩社成為臺灣現代派的核心。而後，詩社掉頭轉向「西方現代主義與中國傳統美學相結合」的路子，又成為臺灣詩歌的主流。《創世紀》發表、出版的詩集、詩論集、史料集，是臺灣現代派三大詩社中最多的，再加它長盛不衰的持久力，使之成為對臺灣詩壇影響最廣、最深、最久的詩社詩刊。

　　除了詩社整體的影響外，各詩社詩人的個人成就，個人魅力或導向力，對臺灣現代詩的創作發展也產生了不同程度的影響。以下略舉數位代表性詩人為例：

　　「現代派」詩社的中堅、後來也是《創世紀》成員的鄭愁予，善於運用西方的藝術形式來表達現代與傳統相融合的中國文化精神。《夢土上》是他最有影響的詩集，其中〈錯誤〉、〈水手〉、〈如霧起時〉等詩均為人們廣為傳誦。

　　「藍星」詩社骨幹余光中拋棄了「惡性西化」的創作觀後，走上藝術回歸之路，而後的詩對家國和傳統文化有著深層次的感悟，無論在思想內容，還是詩歌藝術方面，都有卓越的成就，代表作〈鄉

愁〉、〈白玉苦瓜〉等深受讀者喜歡，特別令內地讀者感動。

《創世紀》詩社的靈魂人物、被譽為「詩魔」的洛夫，善於運用奇特的想像與生動的語言，在主題中演繹出藝術世界。不論是「超現實主義」時期的作品，還是回歸傳統後的作品，都有引起詩壇震撼的力作。代表作《石室之死亡》、〈邊界望鄉〉、〈金龍禪寺〉、〈長恨歌〉等，都令人著迷，至今在讀者與學術界中仍迴盪不息。

《創世紀》瘂弦的詩作重視文學的社會意義、人性的關懷。他那戲劇性的構思、音樂性的格調，生命之甜美與對現代人生命困境之探索，給人深沉的感受。詩作雖然不多，但一首九十八行的抒情長詩〈深淵〉，成為他經久不倒的形象旗幟，使讀者經常想起他。

《創世紀》成員葉維廉，除了詩歌創作、詩歌翻譯的成就外，在比較詩學領域的貢獻甚受到西方學術界的關注，論著《比較詩學》與《中國詩學》是比較詩學必修的讀本。

香港詩壇，近三十年來，在詩歌創作方面缺乏理論型旗手，沒有爆發新論，沒有引發激爭；不同詩社之間偶有藐視之眼外，基本上相安無事。各自為政，各自精彩，雖然也有些成就，但沒有在詩壇或文學界產生震盪性的影響。不僅詩壇如此，整個文學界，亦沒有大風大浪，除了新世紀初的一陣小漣漪外。那是有人為文嘲諷自資出版作品為低檔行為、指責家庭婦女不應寫詩弄墨而應相夫教子，怪論遭到香港《文學報》抨擊後，很快就偃旗息鼓，文學界又恢復了平靜。所以，不論是詩壇還是文學界，香港都沒出現旗幟性的、導向性的或衝擊性的團體與刊物，當然談不上「流派」與影響力。再加上大多數詩社詩刊旋起旋滅，即使有高手高論，也難以施展，無從影響詩壇。

儘管如此，在詩歌活動、詩歌出版及其他學術方面、還是有建樹的，較突出的有：

「國際華人詩人筆會」每屆會議都成為世界詩壇一件盛事，也是

舉辦地的盛事，吸引眾多新聞媒體追蹤報導。來自世界各地的著名詩人共聚一堂，交流各地詩歌發展的態勢，探討詩歌發展的路向，對世界華文詩歌有著廣泛與深遠的影響。

香港詩人協會藍海文「新古典主義」的詩歌創作中，融通詩經、楚辭、唐詩、宋詞的風采和神韻，以及儒教的敦厚、道家的空靈，具有特獨的魅力。

《當代詩壇》同仁的個人成果也各有魅力。傅天虹的「漢語新詩」理論，在學界中激起了波浪；所主編的中英對照詩叢，對華文詩歌走向世界也有著長遠的意義。他的詩集《咖啡座》與張詩劍長詩〈香妃夢迴〉，一起入選《北京開放大學經典讀本》系列叢書之《臺港名家名作選讀》，感染著一眾學子；犁青山水詩中的大地情懷和反戰詩中的強烈意象，打動著讀者人性的深處；曉帆的漢俳詩，以十七個字承載別致的意景與細膩的感覺，深受讀者的喜愛……。

他們的成就散發出個人魅力，具有個人的影響力。

小結：在影響力比較中，《創世紀》是創作理論的旗手、作品的重鎮，是對臺灣詩壇影響最廣、最深、最久的詩社詩刊。但香港缺乏這種旗手型的、有強勢導向力的詩社詩刊。不過《當代詩壇》同仁另有影響力，傅天虹「漢語新詩」理論在學界激起了波浪，中英對照詩叢對華文詩歌走向世界也有著長遠的意義。其他詩人個人的成就，也都有不同的魅力。

七　發展力

發展力指詩社詩刊本身可持續發展的潛力。

《創世紀》有目共睹的成就及其對詩壇、對社會的影響力，使它不只是一家詩社的品牌，而成為臺灣文化的一張名片，是臺灣社會軟

實力的一部分，甚至是社會共公的文化財富。臺灣政府看到了這一點，認同這一點，相應的重視，經費的支持，使《創世紀》在未來一段時間內，少了後顧之憂。政府的這一功德，是《創世紀》可持續發展的一個重要的外部因素；而《創世紀》自己長期厚積的底蘊、強勢的陣容，可以使詩社詩刊仍能雄踞高地，這是可持續發展的內在潛力；另外，學術界的盛譽、讀者的簇擁、同行的仰視等，也給《創世紀》可持續發展的信心。所以，《創世紀》在未來一段時間內仍有可持續發展的空間。

但有潛力、有空間不等於有持續發展的新成果。當引導潮流的、曾經的新思維，在長時間平靜流淌之後，漸漸地會失去新意，歸於平淡，成為傳統，而後如果沒有新的思維、新的貢獻，不能掀起詩歌的又一波浪潮，那麼總有在讀者心中淡化的一日，這是《創世紀》可持續發展的內質隱憂；另外，如果臺灣政局動態，政府資助中斷，詩刊又要掙扎生存，將會造成可持續發展的外部隱憂。所以，《創世紀》雖有可持續發展的空間，但不無隱憂，詩社同仁要未雨綢繆。

香港的詩社詩刊本身也有可持續發展的潛力，但比較孱弱。香港政府在文化上的關注，多聚焦在影視與旅遊文化上，缺少精神文化建設的長遠目光，在文學尤其是詩歌上投放的資源極少，使香港詩歌發展缺乏先天不足的外部因素。再加上詩社詩刊本身沒有太大的品牌效應，作品沒有衝擊力的亮點，凝聚力有限，掙扎生存能力有限，缺乏市場的開拓力等，都是許多詩社詩刊旋起旋滅的內部因素，也是現存詩社詩刊的隱憂。這些隱憂難望改善，因此難以出現「柳暗花明又一村」的前景。這種發展態勢、這種隱憂比《創世紀》來得嚴峻。

小結：發展力大小取決於詩社內質的強弱與外部支持的有無。比較顯示，《創世紀》內外條件都較為優越，可持續發展的空間較大；而香港的詩社內外條件參差不全，持續發展的隱憂較多。

八　結語

　　從《創世紀》身上，我們看到詩社詩刊的靈魂建設與生存意志是生命之源，也是各種力量的存在之本。靈魂建設就是團體核心詩論詩觀的建設，生存意志則是堅守的信念與苦行的精神。有了活躍而明朗的靈魂，有了頑強的生存意志，才有了持久而旺盛的生命力；有了持久而旺盛的生命，才能為專注探索贏得充裕的時間；有了專注的探索，才能挖掘出創造力；而詩刊的編輯力體現了創造力，產生了凝聚力與影響力，最終成為持續發展的能力。這一連串效應，是《創世紀》走向今天、走上詩壇高臺的腳印。這也是香港詩社詩刊從中得到的借鑑與啟迪。

　　近三十年來，香港詩社詩刊生存的環境比過往優越得多，詩歌創作自由，也吸收了新的手法，個別詩社詩刊也有一定的創意與貢獻，但詩壇整體發展滯悶。許多詩社詩刊剛起步就退陣了；有的也走了一段時間，但路向不明，步履猶疑。究其原因，主要是缺乏像《創世紀》那樣的靈魂建設與頑強的生存意志。

　　香港詩社詩刊要向《創世紀》汲取此中成功的經驗，強化自己的生命。而《創世紀》也要不斷優化詩論建設、維持團隊的同步力，否則也有弱化的隱憂。

原創力之於《創世紀》「三駕馬車」

姜耕玉

摘要

　　《創世紀》詩刊或「創世紀」詩社是詩人自由發起創辦。原創力，支撐著《創世紀》「三駕馬車」及許多同仁的探索之路，由此開啟和維繫《創世紀》純正的詩風，在中國新詩壇獨樹一幟。自由精神，作為《創世紀》的靈魂，自然是洛夫、瘂弦、張默詩歌原創力的第一要素。原創理論還包括經驗（體驗）、技法、創造力等，這在三人詩歌創作中都有其獨特表現。新詩，需要一代代詩人不停地創造。

關鍵字：創世紀、現代詩、原創力、洛夫、張默、瘂弦

一

　　《創世紀》詩刊與「創世紀」詩社已走過六十年生涯，這輪升起在海峽那岸的詩歌太陽，依然新鮮，充滿活力。究其原因之一，是《創世紀》詩人堅守著詩的原創力。本文以洛夫、瘂弦、張默為例。三位詩人是《創世紀》的創始人，被稱為《創世紀》的「三駕馬車」。張默是最後的守門人，他揮毫寫出「生命意象霍霍湧動，84歲的張默，60歲的《創世紀》」，令我悄然矚目。「生命意象霍霍湧動」，可以理解為對原創力的表現之一。原創力，是詩人創造力的內核，它支撐著《創世紀》「三駕馬車」的探索之路，開啟了《創世紀》純正的詩風，在中國新詩壇獨樹一幟。

　　傳統意義上的文學社團，往往是寫作際遇相似，美學觀點與藝術風格接近。《創世紀》不一樣，是開放的，自由的，包容的，旨在尊重詩人的原創力與創新實驗。這一認識或意念，並非一九五四年創刊詞中所有，而是在創作實驗中形成的，在三位年輕詩人自由組合及其藝術探索過程中，使詩擺脫了任何教條包括政治的束縛，回到詩的自由創造的本體上來。瘂弦在《創世紀》三十年詩選編選後記中說：「理想的文學社團應該是開放的，自由的，有包容性而無排他性的；在人際上，它不自樹樊籬黨同伐異；在主張上，它不訂立教條，拘於形式，尊重個別和殊相，在一種『無政府主義』狀態下自然發展。惟如此，這社團才能可大可久。」[1]這段話可以理解為《創世紀》三十年的經驗概括，其理論核心，是開放自由與尊重個別和殊相。後來，張默還宣稱：「詩是始，詩是終，請勿誤入任何主義與教條的框框。讓

1　瘂弦：〈編選後記〉，《創世紀詩選》（臺北市：爾雅出版社，1984年）。

它像行雲流水，自在自適徜徉於人間。」[2]這即是「在一種『無政府主義』狀態下自然發展」，使詩人獲得最大的創作自由，進入「無為而治」的大境界，「無為」而無不為，有大為也。

從詩本體考察，詩人能否獲得自由無礙的心理環境，直接關涉到原創力的發揮。原創力是詩人的生命精神與才華的迸發，也包括對潛意識的發掘與潛能的展現，這往往是對自由無為的創造境界的詩性實現。而原創，帶有實驗性，是「個別和殊相」的詩性創造。洛夫、瘂弦、張默三人的創作路向不同，創作風格的差異也很大，正是開放自由與相互包容使他們緊密結合到一起，形成「三駕馬車」的《創世紀》探索之路。同時，這一理論原則，已超越《創世紀》詩社或詩刊，具有新詩創造與發展的普遍意義。正如洛夫在〈一顆不死的麥子〉（1974年）中所說：「中年一代詩人如果有所驕傲的話，那就是他們以拓荒與播種者自任此一精神的表現，僅以此點而言，他們之於中國詩壇，亦如阿波裡萊爾、波特萊爾、梵樂希之於法國的詩壇，葉芝、艾略特、龐德之於英美詩壇，而《創世紀》的一群，其特出之點就在始終秉持此種精神，對詩藝詩學作一種無窮盡的追求，追求是他們創造的過程，也是他們創造的目標。」[3]新詩在五四詩體革命的一張白紙上誕生，新詩的生長與成熟，依賴於兩岸詩人對詩藝詩學的追求與創造。洛夫以新詩壇拓荒與播種者的原創姿勢與恢弘氣度，呈現《創世紀》的精神氣度，凸現詩人目光的敏銳與深邃，探索之維在時空中的延伸與穿透力。比如，在創刊初期，洛夫、張默都強調確立新詩的民族路線，建立「新民族詩型」，而到了三年後第十一期《創世紀》大步轉向現代主義，《創世紀》詩人的這一調整與轉變，正體現

---

2 張默：《世紀詩選・張默詩話》（臺北市：爾雅出版社，1990年）。
3 洛夫：〈一顆不死的麥子〉（代社論），《創世紀詩刊》第30期復刊號（1972年9月）。

了對詩藝詩學探索的去前瞻性。張默曾做過闡釋：「我們認為一個中國現代詩人，儘管他從外國詩人那裡吸取多方面滋養，可是他的血液、情感、生活、語言習慣等還是中國的，所以在他的作品中不管如何飛躍，一定有其作為一個中國人的本然的面貌與特質，因此我們抖落早期那種過於偏狹的本鄉本土主義，實因為我們對中國現代詩抱有更大的野心，即強調詩的超現實性，強調詩的獨創性以及純粹性。換言之，這裡所指的『世界性』、『超現實性』、『獨創性』與『純粹性』就是後期《創世紀》一直提倡的方向。」[4]《創世紀》詩歌的「超現實性」、「獨創性」與「純粹性」，都與原創力相關，《創世紀》提倡的方向，亦是尊重和發揮原創力的方向。《創世紀》六十年，足以印證洛夫、張默、瘂弦這一代拓荒與播種者的春天的腳印與秋天的收穫。

在二十世紀五、六〇年代，當《創世紀》及臺灣現代、藍星等詩社異軍突起時，中國大陸詩壇處於封閉狀態並被左的政治籠罩，因此，洛夫、張默、瘂弦等這一代詩人在中國新詩壇起有特殊作用。我在一篇文章中說過，「在中國當代詩歌發展史上，臺灣詩歌不僅填補了『文革』期間詩苑的空白，同時也最早進入與西方詩歌的對話和融合，在處於新詩發展的前沿充當了承上啟下的角色」[5]。所謂「承上」，指承接三十年代詩人卞之琳、戴望舒與徐志摩等新月派詩人；所謂「啟下」，是說八〇年代中國大陸改革開放後，臺灣詩歌對大陸年輕詩人的影響。

4　轉引蕭蕭〈創世紀風雲〉，《創世紀》第65期（1984年10月）。
5　姜耕玉：〈論二十世紀漢語詩歌的藝術轉變〉，《文學評論》1999年第5期。

二

詩人的原創力，根於經驗或體驗。一首詩的創造，是一次創新的實驗，不單單指方法與形式上，首先是「一個經驗」。杜威說：「這一個經驗是一個整體，其中帶有它自身的個性化的性質以及自我滿足。」[6] 杜威所說「經驗」，是現代意義上的體驗。真正的詩歌意象，是由生命過程本身所預示，是純粹的、本源的，語言的物性只有被生命意識與靈魂照亮，才能變得充盈和飽滿。現代詩人的原創力，首先得力於引發創作衝動的詩性體驗，詩人對生命與靈魂的訴求。

《創世紀》詩人是在進入與西方現代詩對話的語境，才獲得現代經驗表現的詩性自覺。具體而言，五〇年代後期，《創世紀》詩人進入世界詩歌王國，對異域詩歌和文化的新異感，對現代詩歌藝術潮流的感應，一束亮光直逼遮蔽著的生命與內心深處，沉睡或半沉睡的一個完整的內陸真正被喚醒，「一個經驗」呼之欲出，由此引發新的創作衝動。《創世紀》詩人的原創力，突出表現在這種對現代詩的實驗。洛夫的《石室之死亡》，便是有力的佐證，不管它如何極端，如何虛幻，卻使洛夫的詩性體驗與想像力有了新的高度。洛夫自稱，「這是一個空前的、原創性極強的藝術實驗之作」，並且說：

> 重要的是，我用前所未見的詞語喚醒了另一個詞語——生命，或者說，我從骨髓裡、血肉中啟動了人的生命意識……[7]

洛夫在《石室之死亡》初版自序開頭便說：

6　杜威：《藝術即經驗》（北京市：商務印書館，2005年），頁35、60。

7　洛夫：〈鏡中之象的背後〉，《洛夫詩全集》上冊（南京市：江蘇文藝出版社，2013年）。

　　攬鏡自照，我們所見到的不是現代人的影像，而是現代人殘酷的命運，

　　寫詩即是對付這殘酷命運的一種報復手段。

　　《石室之死亡》的創作衝動，起於詩人喚起被壓抑的生命意識，或者說，《石室之死亡》是深入血肉與骨髓的生命經驗（體驗）的呈現。這種創作衝動對於《創世紀》詩人來說，無疑是新鮮的、陌生的，彷彿生命在被司空見慣的遮蔽與禁錮中突然喊出痛苦，使人的生命精神的真實內陸無序卻自由地高迴。《創世紀》在詩歌功能上擺脫政治的束縛，而生活在社會中的詩人卻不可避免的受到社會政治的影響，詩人的生命經驗折射著一定的社會意識形態，比如對中國傳統政治社會留下來的反自然反人性的專制排他思想的反響。「我只是歷史中流浪了許久的那滴淚／老找不到一副臉來安置」。洛夫在一九五九年戰火硝煙中開始寫《石室之死亡》，是李白式的天馬行空、對內心塊壘一吐為快的抒寫，還是追求現代人的生命自由與尊嚴，對特定生存處境中殘酷的命運與孤絕的叛逆姿態的表現？

　　　　我以目光掃過那座石壁，
　　　　上面即鑿成兩道血槽　　　（第1首）

　　　　我卑微亦如死囚背上的號碼　　　（第3首）

　　　　我把頭顱擠在一堆長長的姓氏中
　　　　墓石如此謙遜　以冷冷的手握我　　　（第12首）

　　　　當一顆炮彈將一樹石榴剝成裸體
　　　　成噸的鋼鐵假我們的骨肉咆哮　　　（第38首）

假如百花忠於春天而失貞於秋天
我們將苦待，只為聽真切
果殼迸裂時喊出的一聲痛　　（第40首）

天啦！我還以為我的靈魂是一隻小小水櫃
裡面卻躺著一把渴死的勺子　　（第59首）

有人擁抱一盞燈就像擁抱一場戰爭
唯四周肅立如神
穩穩抓住了世界的下墜（第60首）

　　這首長詩以人本主義視角，揭示人的生存狀態的詩歌意象，雖然帶有極端主義色彩，卻是陌生的，具有充滿震撼力的深刻。長詩通篇語言還不如讀者所期待的那樣暢達，但具體情境中妙語連珠，且都是從血液裡流出，從靈魂中拖出，如上所錄，或能掂出靈魂的重量，或呈現內心的箭傷，或充滿歷史的迴響，或顯露孩童的天真，或回到沒有淚的絕望。詩中出現的「樹」、「石」、「水」、「金屬聲」、「燈」、「雪」之類，都具有象徵性，或稱為中國現代詩的原型意象，為後來大陸後新詩潮大量引用。對《石室之死亡》不管有什麼爭議，不管詩自身有什麼不足，洛夫以一次經驗的歷險與顛覆，影響和推進了《創世紀》的現代詩風的流變，論中國現代主義詩歌不能不談洛夫的《石室之死亡》。

　　驀然回首
　　遠處站著一個望墳而笑的嬰兒

這句驚人之語，也可以理解為詩人創作的境界，詩人所潛入的東方式的「經驗」特徵。洛夫此後四十多年的創作，改變或修正了《石室之死亡》的極端主義傾向，但仍可見那個「望墳而笑的嬰兒」。只有從洛夫《石室之死亡》創造的靈魂中解釋他所說的，「日後的若干重要作品可說都是《石室之死亡》[8]詩的詮釋、辯證、轉化和延伸」，才不至於把詩歌藝術狹隘化。

〈漂木〉既是對《石室之死亡》的執意反撥，又是其「孤絕」情結的延伸，是從時代、歷史與宗教更廣闊的背景下的精神探索，詩行之間瀰漫著歷世的悲涼與絕望。在語言表達上，〈漂木〉既保持《石室之死亡》的張力與純度，又擺脫了那種過度緊張與艱澀難懂的傾向。〈漂木〉沒有像當年《石室之死亡》引發爭議與關注，有時代變遷的緣故，也由於缺乏詩歌思想的碰撞，但並不影響它的史詩性價值。杜威十分讚賞「威廉·詹姆士巧妙地將一個意識經驗的過程比作一隻鳥的飛翔和棲息」，認為「經驗的每一休止處就是一次感受，在其中，前面活動的結果就被吸收和取得，並且，除非這種活動是過於怪異或過於平淡無奇，每一次活動都會帶來可吸取和保留的意義」[9]。〈漂木〉是洛夫在尋求現代與傳統的平衡中的飛翔。

幾乎沒有文類比詩性經驗更具個性化與自我滿足，每位詩人都有自己的「一個經驗」。和洛夫一樣，六十年來堅守在《創世紀》前沿、一直筆耕不輟地張默，擁有自己的詩歌世界。張默稱：「詩是個人內在獨特、繽紛、悲壯的演出。」「一首詩絕對是某些特殊經驗的綻放。它來自各種不同樣的生活，深刻觀察之所得。故必須不斷挖掘現實生活的素材，吸納四面八方感覺的風雨，任它們在內心停駐、發

8　洛夫：〈鏡中之象的背後〉，《洛夫詩全集》上冊（南京市：江蘇文藝出版社，2013年）。

9　杜威：《藝術即經驗》（北京市：商務印書館，2005年），頁35、60。

酵、萌芽，以致開花結果。」[10]如此強調詩性經驗的個性與凝聚性，揭示了經驗理論的重要內涵，具有很好的可操作性。縱覽數十種張默詩集，其詩歌世界豐富多樣，撲朔迷離。聚焦詩性經驗，更切入現實人生，落拓不羈，自在自適徜徉於人間。

寫於一九七二年年初的〈連續的方程式〉是獨具一格的一首，也最能表現張默不入世俗、孤身兀立的詩人情懷。「門裡是無無限限的宇宙／門外是灰灰濛濛的天空／怎麼得了啊」。這首詩以彰顯「門裡」（內心世界）、「門外」（外在世界）的反差，構建意象與詩的張力，頻頻出現的「推開」一詞，因凝聚詩人的情緒而耀然生色，「推開」造成整首詩起伏跌宕的旋律，頗有陳子昂〈登幽州臺歌〉之氣勢。

戰爭仍然在遠方偵伺著
偵伺著
偵伺著
偵伺著

門裡是搖曳呀搖曳呀
搖不盡的情語
門外是漂泊呀漂泊呀
飄不盡的煙雲

依舊如此啊

推開推開推開

---

10 張默：《世紀詩選・張默詩話》（臺北市：爾雅出版社，1990年）。

推開推開推開

推開推開推開

俺要使眼無遮攔腳無阻擋手無界限

愛怎麼著就怎麼著

俺要不費力的

一口氣（僅只小小的一口氣）

吹熄天邊所有的野火

然後　坦坦蕩蕩無牽無掛

大搖大擺地走進

一片自由自在，熊熊燃燒的

歷史

　　詩中「推開」成了詩人剝離一切形形色色的障礙或遮蔽內心自由
世界的特指性動詞，具有親近靈魂的親和力，在閱讀中感到痛快而沒
有重複感。

　　尼采有靈魂三變說，即「駱駝」——「獅子」——「赤子」，
「駱駝」標示人生在負重與艱難跋涉中的靈魂痛苦，「獅子」標示人
的反抗與創造精神，「赤子」標示創造者的真誠、激情與超脫的自由
心靈。「赤子若狂也，若忘也，萬事之源泉也，遊戲之狀態也，自轉
之輪也，第一之運動也，神聖之自尊也。」[11]駱駝式痛苦，獅子式奮
起，只是藝術與詩歌之起因，而赤子之心，才切入藝術本性，赤子若
狂若忘的狀態，才接近激發靈感的詩性狀態。詩人獲得赤子之心，不

11　尼采：《察拉圖斯德拉》，轉引王國維《叔本華與尼采》、《王國維文學美學論
　　著集》（太原市：北嶽文藝出版社，1987年）。

是很難，而要進入赤子若狂若忘的狀態，並不容易。前者屬於詩心，
後者屬於詩性體驗的創造力。詩人進入「一個經驗」或體驗的創造狀
態，直接決定作品的高下，詩意的深與淺、明朗與朦朧。因為寫作匆
忙，我對張默作品，不能逐一細讀，憑以往印象，又拜讀了〈三十三
間堂〉。這首詩構思奇異，狂而不露，似有其赤子若狂若忘之態。詩
中意象涉入上下幾千年，歷朝歷代，地理名勝，名人浪人親人，而有
一半詩行是點數房間，乍看有些語無倫次，權當意識流敘事，充滿內
在張力。尤其是在連續點數了第二十一間──第三十二間之後，起行
綜述的一節：

> 黃河，長江，青海，八達嶺，塔克拉瑪干，大雁塔，岳陽
> 樓，滄浪亭，杜甫草堂，樂山大佛……
> 它們全然東倒西歪黏在一起，說長道短，但
> 是都不敢問
> 今年是何年，今年是何夕？

這裡可謂若狂若忘之至，對物像的擬人化，明加括弧，暗渡陳
倉，張而不發，別有深意。這首詩寫於八〇年代，是張默對民國、二
〇年代、五〇年代、八〇年代的不同經驗的碰撞中的心靈幻象。若狂
若忘的詩性狀態，「狂」在藝術才情與想像力的充分發揮，「忘」在
去棄俗常而取其新異的經驗意象。其實詩人的情緒是內斂的，因而其
經驗意象有很高的審美價值。難得張默將詩情這般收斂，而在若狂若
忘之後，他那赤子之心，又躍然欲出：

> 話說
> 第三十三間
> 直挺挺地站在那裡，一動也不動

　　像一尊怒目蹙眉的巨獅

　　對著煙塵滾滾川流不息的

　　現代

　　　突然放聲大哭

　　瘂弦詩歌經驗發生於青年時期內心深處的一種召喚，一種追求夢想的痛苦與空幻，有對個體生命的體驗，有對社會下層各色人的命運的體恤，留下像〈深淵〉這樣現代詩性體驗的代表性作品，本節不再展開。

　　洛夫、瘂弦、張默三人詩歌，從不同的詩性體驗與審美經驗的向度，展示了《創世紀》現代詩的原創力，其凝聚成的思想之星，燦亮的劃過世紀之維。

三

　　三位詩人的原創力，還突出表現在對創作方法的革新與探求之中。三位詩人從小在大陸受到二、三〇年代新詩藝術的影響，並有良好的中國傳統文化的涵養。他們在接觸西方詩歌與文化的特殊環境裡，他們從有意模仿與輸入西方現代主義詩歌的觀念和技巧，到在西方現代主義詩潮、方法技巧與中國古典詩歌、二、三〇年代新詩的交匯和撞擊中，立穩腳跟。他們正是在這種開放的、豐富複雜的文化背景下，尋找並建構新鮮的、適合自身的現代詩歌的表現方法。

　　瘂弦在詩集序中說：「寫作者的青年期是抵抗外來影響最弱的年齡，免不了有模仿的痕跡，有些是不自覺的感染，也有自覺的。」[12]瘂弦謙遜地評估自身作品的真實面貌，不少文學大家都是從模仿大家

12　瘂弦：〈序〉，《瘂弦詩集》（臺北市：洪範書店，1981年）。

的作品開始。青年瘂弦癡迷於西方詩歌和藝術，受其薰陶至深，這對他井噴式的創作，打下良好的基礎。一本《瘂弦詩集》，卻是厚實的、沉甸甸的，大多詩篇凝聚著青年瘂弦雄厚的原創力與對詩藝詩學探索的自覺。瘂弦深受里爾克、艾略特等現代詩歌藝術的影響，也吸取了新月派及何其芳的詩歌的特長，形成了自由舒展而富有智趣的口語敘述的詩風，與卞之琳的現代詩風一脈相承。

艾略特曾稱現代最佳的抒情詩都是戲劇性的，這大概要從詩的戲劇性的巧妙結構、意味情境（語境）、口語化敘述諸方面去理解。瘂弦專修過戲，演過戲，他擅於把「戲劇性」化為詩的因素，活用為一種睿智技巧的口語敘述方式。卞之琳曾把西方「戲劇性處境」、「戲擬」與中國舊說的「意境」相融合，化為非個人化與人稱互換的詩性敘述方式。瘂弦在詩中更多吸取西方喜劇的因素，又把喜劇性因素自然融匯於民謠寫實的詩風之中，於平實淳樸的口語敘述之中營構諧謔或嘲諷的喜劇性效果，而帶有諧謔或嘲諷的口語敘述，又自然寓於優美的現代抒情腔調之中。這正是瘂弦不同於卞之琳的詩藝探索。且以〈乞丐〉為例。首先，詩人不單是敘述者或抒情主體，他進入「乞丐」的體驗角色，又充當被敘述者。

　　不知道春天來了將怎樣
　　雪將怎樣
　　知更鳥和狗子們，春天來了以後
　　　　以後將怎樣

　　春天，春天來了以後將怎樣
　　雪，知更鳥和狗子們
　　以及我的棘杖會不會開花

　　開花以後又怎樣

　　從開頭、結尾的兩節，不難看出詩人和乞丐是互換的，融為一體的。詩中僅出現第一人稱「我」，「我」，既能理解為被敘述的「乞丐」，又可以理解為敘述者詩人。這樣詩中第一人稱就有了戲劇角色的表現力，增強了抒情的的平實性和詩意結構張力。

　　而主要的是
　　一個子兒也沒有
　　與乎死虱般破碎的回憶
　　與乎被大街磨穿了的芒鞋
　　與乎藏在牙齒裡城堞中的那些
　　　　那些殺戮的欲望

　　每扇門對我關著，當夜晚來時
　　人們就開始偏愛他們自己修築的籬笆
　　只有月光，月光沒有籬笆
　　且注滿施捨的牛奶於我破舊的瓦缽，當夜晚
　　　　夜晚來時

　　誰在金幣上鑄上他自己的側面像
　　（依呀呵！蓮花兒那個落）
　　誰把朝笏拋在塵埃上
　　（依呀呵！小調兒那個唱）
　　酸棗樹，酸棗樹
　　大家的太陽照著，照著
　　　　酸棗那個樹

　　瘂弦詩歌打破了傳統詩的單一抒情主體，又保持詩行排列的錯落有致與節奏、音韻的跌宕迴旋，體現了聞一多所宣導的新詩的建築美、音樂美。如此在口語敘述中保持詩行的整齊美，在諧謔或嘲諷的戲劇性氛圍裡的晃蕩著民謠腔調，即在融有喜劇因素的現代口語敘述中保持詩的抒情本性，確是瘂弦對中國新詩的獨特貢獻。

　　抒情詩的戲劇性在於追求詩意效果。瘂弦詩歌於俗常的喜劇調侃中構成諷喻人生的無奈和悲劇的深刻意味。

　　一件藝術品、一首詩，應該是自足的存在。瘂弦自謙地說到：「對於僅僅一首詩，我常常作著它本身無法承載的容量；要說出生存期間的一切，世界終極學，愛與死，追求與幻滅，生命的全部悸動、焦慮、空洞和悲哀！總之，要鯨吞一切感覺的錯綜性和複雜性。如此貪多，如此無法集中一個焦點。」[13]這可謂深刻的經驗之談，瘂弦有了這一認識，才有了創作的自覺。實際上，瘂弦的詩歌意象跳躍性大，境界開闊，營造了充實自足的詩意結構。比如〈紅玉米〉，「宣統那年的風吹著／吹著那串紅玉米／／它就在屋簷下／掛著／好像整個北方／整個北方的憂鬱／都掛在那兒」，一開頭便把「那串紅玉米」推向廣闊的時空，使這首詩的焦點「那串紅玉米」耀然生色，飽滿結實。瘂弦在戲劇性隱喻修辭中，總是一定難度上採用「遠距原則」（恰·瑞茲語），造成詩的陌生化效果。比如〈傘〉：「我擎著我房子走路／雨們，說一些風涼話／嬉戲在圓圓的屋脊上／沒有什麼歌子可唱／／即使是秋天／即使是心臟病／也沒有什麼歌子可唱／兩只青蛙／夾在我的破鞋子裡／我走一步它們唱一下／／即使它們唱一下／我也沒有什麼可唱」。這首詩似運用了現代派畫的手法，營造「雨傘和我／和心臟病／和秋天」的喜劇化情境。瘂弦在藝術想像的

13　瘂弦：〈詩人手箚〉，《創世紀》第14、15期（1960年2月、5月）。

陌生化追求中而表現自身的原創力。

　　瘂弦獨特的敘述口語方式，表面上通俗輕鬆，且帶有一種甜味，而骨子裡卻是深沉的，包含著傳統的憂苦精神。

　　詩人對表現方法與技巧的實驗與創新，同樣有一個價值取向的問題。新詩歷經過從模仿到獨創的過程，而每次學習西方，往往也有一個從模仿到融化的過程。中國詩人借鑑西方與古典詩歌藝術，如何在「化西」（「化歐」）與「化古」中創造出現代漢語詩歌的表現方法與修辭，當是檢驗詩人原創力的有效性的重要環節。洛夫對超現實主義的實驗，頗能標示《創世紀》的詩路歷程。洛夫開始選擇超現實主義手法，旨在「尋找一個表現新的美感經驗的新形式」，《石室之死亡》可為典型的創作實驗。後來，洛夫不滿其「自動語言」，不贊同馬拉美的唯語言論，而當他回眸傳統，有了建構切入漢語特性的超現實主義的企圖。他從李白、李商隱、孟浩然、李賀等古典詩人的作品中，發現了一種與超現實主義同質的因數。古典詩歌的「無理而妙」與西方超現實主義的「自動語言」，有驚人的相似之處。而「無理而妙」的哲學源頭，當追溯到禪宗，更遠在莊易。慧能禪宗傳教「不立文字」，而採用「拈花微笑」，卻是形而上的詩意方式，孕育了一批中國古代詩畫大家。洛夫涉足並迷戀於中國古老的文化源頭，有了將西方現代詩的超現實主義融入東方美學與漢語詩美創造的自覺，開始新的詩歌實驗。

　　促使禪宗這一東方智慧的神秘經驗與西方超現實主義相互碰撞交融，使其轉化為一種具有中國哲學內涵，也有西方現代美學屬性的現代禪詩。[14]

---

14 洛夫：〈鏡中之象的背後〉，《洛夫詩全集》上冊（南京市：江蘇文藝出版社，2013年）。

寫七〇年代的〈金龍禪寺〉，是具有代表性的一首。

　晚鐘
　是遊客下山的小路
　羊齒植物
　沿著白色的石階
　一路嚼了下去

　如果此處降雪

　而只見
　一隻驚起的灰蟬
　把山中的燈火
　一盞盞地
　點燃

　　詩的隱喻結構，喻體由看似互不相干的事物連接而成，依然是超現實主義的，只是「晚鐘」、「降雪」、「灰蟬」、「燈火」等意象，都帶有禪意。正是禪意注入互不相干的事物，使之有了內在邏輯。如此以禪意，修正超現實主義的非邏輯性之不足，賦予「自動語言」以意義，取得點鐵成金的效果。這對詩的語言傳導系統而言，不僅僅是一般的修復，而是全面升級，是禪宗這一東方智慧的神秘經驗與西方超現實主義的碰撞融通中得以啟動。禪意使複雜語義的陌生世界變得親近起來，不再艱澀難懂。雖仍然難解，卻有經驗美學的神秘魅力，是形上的東方詩意。
　　洛夫探足莊禪與古典詩歌，對於「現代禪詩」的創作實驗，標舉他對詩歌藝術追求的變化，即進入「化歐」與「化古」的七〇年代創

作生涯的《魔歌》時期，出現〈金龍禪寺〉、〈月落無聲〉、〈大悲咒〉、〈背向大海〉等一大批面目一新的作品。

八〇年代以來，在洛夫、張默的詩歌中，出現對對偶、拈連、排比、層遞與反覆等漢語修辭手法的獨特運用，增強了新詩的漢語審美特徵。詩，是對語言形式的不斷創新或重建。洛夫在長年對詩藝的探索中，一向喜歡在結構和語言形式上做一些別人不願、不敢、或不屑於做的實驗。這已是多年來他對詩的語言創新追求的自覺。洛夫在一九九一至九三年的隱題詩實驗，自己視為詩歌語言上的一次破壞和重建。隱題詩帶有遊戲性質，如同中國民間的藏頭詩、回文詩、寶塔詩等，詩句疊列鋪陳，貴在造成自然有機整體結構，它與前人的藏頭詩大異其趣。洛夫隱題詩之「隱」，藏有玄機，從古典美學中吸取靈感並點染成現代詩意，頗有文人雅品、諧謔之風。它是詩人「在美學思考的範疇內所創設而在形式上又自身具足的新詩型」[15]，〈我在腹內餵養一隻毒蟲〉、〈我跪向你向落日向那朵只美了一個下午的雲〉、〈買傘無非是為了丟掉〉等篇什，構思新穎，用詞煉字聯句，自然獨到，不留斧痕，意趣自出，足見洛夫非凡的原創力與隱題詩實驗的成效。隱題詩創作也因人而異，由於形式規定過於嚴謹，不是所有詩人都能駕馭，想像力都能得到發揮。再則，隱題詩寫長了，則題目冗長，詩題是否可以破規從減，仍有待討論與實驗。

張默的詩帖，近年來又配之筆墨，這一富有古意的形式，在臺灣詩壇與文化界頗為流行。張默詩帖，有三行、四行、五行、七行、十行不等。一九七五年，張默寫下的十行詩〈無調之歌〉，已顯露他的短製才情。八、九〇年代以來，張默與洛夫一道回歸古風，洛夫潛入

---

15 洛夫：〈隱題詩行構的探索〉，《洛夫詩全集》下冊（南京市：江蘇文藝出版社，2013年），頁59。

古典詩歌與哲學，張默更多的是投向中國筆墨與古樸的鄉土文化。詩帖的命名，從張默詩記中可查到「無為詩帖」，即在抒寫童年鄉野情趣的小詩時所得。「常在我衰老的夢中／悄悄翻身的／可是那些顛三倒四的兒歌」（〈時間水沫小紮1〉）。張默詩帖，是一種性情，一種即興的自由揮灑，顯現中國詩人率真與子立的精神背影；張默沒有自覺的文體意識，僅是一種文人筆墨，一位現代遊子的真實存在。「只是／一片蒼茫／／遠方／啥也沒有」（〈林〉）以有寫無，隨意揮灑中卻向老莊哲學借了力，卻又是對老莊之「無」的消解。詩帖文字乾淨而充滿詩意張力。「愈是緩慢，彷彿重量離咱們愈近／愈是神速，依稀光陰總站在前頭／一會兒山，一會兒水」（〈秋千十行〉），兩兩如民間蟬聯，富有現代生活哲理，意象跳躍有趣，這樣的詩帖，想必會受到更多人群的喜歡。對於詩帖，尚無形式界定。它以漢字筆墨見長，講究語言工整洗練，灑脫有趣，意理獨出。張默詩帖作為一種新詩體，仍有待更多詩人的實驗。

詩人總是在吸取與探索之中而彰顯自身的原創力。當《創世紀》「三駕馬車」駛向落日，彷彿慢了下來，他們迷戀並敬畏那輪渾圓的落日。——那是大漠的落日，也是唐朝的落日，王維筆下的落日，也是阿恩海姆讚歎難以畫出的地中海的落日。

張默在《創世紀》代發刊詞中提出「建立新詩的民族路線」，洛夫更明確定為「建立新民族詩型」。時隔六十年，這一主張日漸顯現其光澤。洛夫稱「在近二十年中，我的精神內涵和藝術風格又有了脫胎換骨的蛻變，由激進張揚而漸趨緩和平實，恬淡內斂，甚至達到空靈的境界」[16]。洛夫在探足莊禪哲學和古典詩詞之後，在將現代與傳

---

16 洛夫：〈鏡中之象的背後〉，《洛夫詩全集》上冊（南京市：江蘇文藝出版社，2013年）。

統、西方與中國的詩歌藝術整合、交融之後，而實現了這種「脫胎換骨的蛻變」。青年洛夫的「新民族詩型」抱負，似有了著落。我讀洛夫《唐詩解構》，愚見泛出腦際，解構便是建構，不僅是現代精神的建構，也是其語言形式的建構。現代詩人往往得意於思想與哲學的先知先覺，而自胡適推倒了古詩詞之後，新詩百年有哪些詩篇的語言形式立得住腳，在新異於古詩中摘取語言藝術皇冠？六十年後「新民族詩型」，勢必推到台前。

新詩，仍處於實驗與不斷完善之中，需要一代代詩人不停地創造。本文借用張默詩句結尾：

圓圓的，那些喜愛沐浴的嬰孩
撥開宇宙的光，連同一些雲霧
連同一些滔滔聲
連同一些彎一些彎

二〇一四年七月二十日於南京秣陵

敘事筆法在詩中運用及藝術呈現
——以《創世紀》張默等詩人為例

陳素英

摘要

本文將透過數位《創世紀》詩人，主題貼近生活、人生、生命等代表作品，談敘事美學在其詩中運用及藝術呈現。

篇章結構：

一　前言

（一）敘事美學意涵範疇特色

（二）文體特色與敘事美學應用

二　《創世紀》詩人詩歌敘事背景

三　詩歌主題類型與敘事筆法

（一）生命圖像與敘事筆法

　　1　碧果——〈人形美學〉、〈物象世界〉

　　2　丁文智——〈以太陽能為生命的那兩片人造葉〉

（二）生活文化與敘事筆法

　　1　張默——〈清水寺〉

　　2　丁文智——〈餅說〉及其他

　　3　辛牧——〈從雙連坐捷運到淡水〉

　　4　張堃——〈後山埤有感〉

（三）時空情境與敘事筆法

關鍵詞：創世紀　敘事美學　生活詩　時空情境　生命圖像

一　前言

（一）敘事美學意涵範疇特色

　　二十世紀關注文本研究，文本敘事是文學研究重要的一環。

　　敘事學，簡單的說是「關於敘事文本或敘事作品的理論，研究敘事文本內在的構成機制，以及各部分之間的相互關係與內在關聯，同時也研究敘事、敘事性，及何種因素構成敘事，使作品具有敘事性等方面的內容。……在保持以語言媒介為核心的敘事文本作為研究基礎的情況下，將研究領域擴展到由其他媒介所構成的敘事文本中。」[1]

　　一九六八年，法國文藝理論家托多羅夫（T. Todorov）發表了《詩學》，他以討論敘事形式作為關注中心，對於此後在敘事研究中引起人們關注的「敘事作品的視角、文本結構、敘述的句法轉換、語式等問題進行了探討。」[2]

　　美國學者普林斯（G. Prince）在《敘事學辭典》概述研究包括三方面：

　　一、研究敘事的性質、形式以及功能。尤其考察故事層次、敘事過程層次，以及關係之間共同擁有哪些特徵。

　　二、將敘事作品作為在時間上組合起來的事件與狀態所形成的言語表現樣式研究，如語勢、語態與聲音等問題。

　　三、它是對一系列確定的敘事作品，按照敘事的模式與範疇所進行的研究。[3]

1　譚君強：《敘事學導論》（北京市：高等教育出版社，2013年），頁1-2。

2　托多羅夫著，沈一民、萬小器譯：《詩學》，收入趙毅衡編：《符號學文學論文集》（天津市：百花文藝出版社，2004年），頁185-258。

3　Gerald Prince, *Dictionary of Narratology*. Revised Edition. Lincoln：University of

敘事研究對象，包括小說、戲劇、史詩、敘事詩、神話、童話、民間故事、以及電影、連環畫、舞蹈、雕塑、音樂等。語言媒介外的色彩聲光線條動作，或幾種媒介的混合，只要存在內在的敘事。就是研究的對象。

「敘事學」（法語原文narratologie），指涉所有「敘事理論」流派，一九七〇年代廣為傳播，結合二十世紀初俄國、捷克形式主義（formalism）、六〇年代法國結構主義（structuralism）等等歐陸知識傳統，形成對文本敘述結構進行剖析與研究的專門學科。美國的學者浦安迪提出「敘事」是中國文論中早就存在的術語，又稱為「敘述」，「narrative」一詞。[4]

楊義《中國敘事學》考察歷史上將「敘事」作為一種文類術語，是唐宋時代的事情，唐人劉知幾的《史通》特設〈敘事〉篇，用以探討史書的撰寫方法。至於之前中國人的「敘事」觀念為何？楊氏則以《周禮》中所謂的「序事」，及《說文解字》中所謂「序為緒之假借字」的說法，從語義學的角度提出了他的看法：

> 由於在語義學上，敘與序、緒相通，這就賦予敘事之敘以豐富的內涵，不僅字面上有講述的意思，而且暗示了時間、空間的順序，以及故事線索的頭緒，敘事學也在某種意義上是順序學、或頭緒學了。[5]

這段討論涉及了敘事筆法，敘事筆法運用其來有自，其實劉知幾《史通》讚美《文心雕龍》是論文專書。六朝劉勰《文心雕龍》的文體論，區分文類為文、筆兩類，並界定有韻文、無韻筆，可見韻文需有

Nabraska Press，2003.p66.

4　浦安迪：《中國敘事學》（北京市：北京大學出版社，1996年3月），頁4。

5　楊義：《中國敘事學》（嘉義縣：南華管理學院，1998年6月），頁12。

集中的華彩。《文心雕龍》論文體，每類有原始以表末、釋名以彰義、選文以定篇、敷理以舉統，來說明類別源流、文體名義、各體範例、根據各種文體不同特色提出不同寫作要求，是對每種文體本質特徵的理論概括和創作方法的總結。如《詩經》到《楚辭》的敘事模式變遷、奇正敘事風格的位移、地域環境習俗的陶染、史傳文學的精神，諧讔雜文諸子類的敘事表現、寓言趣味等，都有所提示。

一般而言，現代文學體裁分詩歌、散文、小說、戲劇等大類。詩歌主要在抒情，散文、戲劇、小說，就敘事文學而言，都更易發揮。然而自古以來，不同的體類相互借鑑，形成不同的體裁流變。同一體裁敘事模式的轉變，也產生文體不同的美學。

詩中有抒情詩，有敘事詩。唐詩主於抒情，宋詩長於敘事，都形成時代詩筆特色。《詩經》中有傳說神話虛幻想像、民族英雄開天闢地艱辛紀實史詩，《楚辭》則以失志強烈情感鋪陳方式抒情達意。除《詩經》比興技巧，更加強賦的技巧。漢代古詩十九首篇幅短小，意象集中，寫漢末時空亂離心聲。漢樂府則寫時代動亂，主題故事昭然若揭、人物呼之欲出、情節變化多端，對話真切自然。郭茂倩《樂府詩集》以樂器為主，分門別類收錄詩歌，可見音樂節奏加強了亂世新聲的張力。唐代杜甫稱詩史，由杜甫到宋代江西詩派，更有一祖三宗（「一祖」指杜甫，「三宗」指黃庭堅、陳師道、陳與義三人），隔代向杜甫學習，蔚為敘事詩作創作風格。明清有史詩圓圓曲等，以女性為主角，書歷史之情，定位人生意義等。

因此，在詩歌歷史中，我們看到詩本身的書寫模式，都因不同主題選擇、個人情志表達、時代環境影響而產生變遷。如《詩經》而《楚辭》，如古詩十九首與漢樂府分流。如魏晉詩融入哲理敘事因素，使山水與玄言各見風貌。如唐代史詩樂府與山水田園各成風采，但唐樂府詩的音樂性與前代又不同。

　　主題規劃上，專門寫歷史的稱史詩，關心時事議論現實的稱諷論詩。結構上加入人物對話情節，有了角色扮演。人稱上有了第三人稱旁白，或當事人敘事的第一人稱，變得親切，用第二人稱，有互動，第三人稱無所不知加上不同場景，整個敘事文學更為豐富。如果在時間上有了明顯的處理，故事就產生過去、現在、未來。古詩十九首的時空性很強，所以有些學者便從時空角度去研究，難道時間也是一個角色嗎？

　　文類相互融合交錯筆法，是常見現象。如《史記》以傳記小說方式，寫成以代表各階層「人物」為中心的傳記文學，太史公以人物為歷史中心，人物生活行為舉止活動，都是歷史前進的方式。唐柳宗元〈梓人傳〉以唐傳奇小說筆法寫新興城市的工程師，時間場景人物對話語氣性格心理揣摹俱全。讓關心唐代治國聯結社會生活的主題產生立體的敘事效果。同時寫作還加入詩歌意象，工程師一張方形床壞了一腳，不知打理，卻生活在井然有序的棋盤式長安謀事。然而他圓型的工作場域，是城市時空的核心人物，屋蓋好後留名樑柱上，是城市重要支撐梁柱，然而名叫楊潛，彷彿隱形的存在。梓人傳的政論時事，因小說敘事筆法而生動活潑，論時政卻表現貼近人生的藝術風格。除了古文家而外，哲學家莊子若不是借助寓言故事敘事筆法，哲學理念，恐怕尚未出口，早已束之高閣。

（二）文體特色與敘事美學應用

　　詩歌結構以「瞬息的感覺」為基本單位，通過符合一定格律的文字組合，側重表現作者主觀情感，努力創造情景交融意境，暗示、誘

導、讀者去發現一個具有深刻意義境界。[6]

　　戲劇「以動作為基本單位」，在嚴格時空限制內，通過高度集中矛盾衝突來編織動人心弦藝術情節，在獻出滲透著作者思想情感現實生活，讓觀眾直接去感覺而一刻也不允許作者出面解釋；小說結構，是以細節為最小單位，縱可以事件為結構重心沿事件的時間關係串連細節，體現各種社會現象之間的因果聯繫；橫可以場面為結構重心，按場面的空間關係並連細節，突出各種社會現象的特徵對應；還可以縱橫交錯，在時空中並進。人物與情節的交相發展中，上下幾千年，縱橫萬里，自由地表現生活的各個方面，在非常廣闊的生活場面、非常複雜的社會關係以及非常隱密的心理活動等各層面上，調動各種表現手法進行藝術組接，而這些組接，又被貫徹到每一部具體的創作實踐上去。

　　列夫托爾斯泰在布羅茨基主編的《俄國文學史》上說：[7]「正確的道路是這樣的：『吸取你的前輩所做的一切，然後再往前走。』」

　　詩歌藝術發展在現代詩中，越來越想深刻整體的從感性上審美地把握世界的發展過程。除了詩歌本身的敘事、朗誦、音樂、節奏等藝術呈現，更想融入戲劇表演、電影的手法、報導文學的方式、廣告的畫面等。也想融入小說多側面、多層次的結構文體，借助小說的情節，精微細緻的感情，不斷轉換的場面，使敘事中心的內移等方式，讓筆觸由粗趨精等，由敘事結構推動展現詩歌藝術。敘事筆法中的外景外象社會現象，自成段落的事件，人物性格的聯絡，角色扮演等方式，足以擴大詩歌對材料組成方式的包容量。

　　由於詩是「抒情文學」，基本上是「像風飄過琴弦一樣震動詩人

6　金健人：《小說結構美學》（臺北市：木鐸出版社，1988年），頁7。
7　布羅茨基主編：《俄國文學史》下卷（北京市：作家出版社，1962年），頁1046。

心靈的瞬間感覺」[8]因此基本上篇幅較短。加上詩人創作時激情噴湧的方式和感情起伏的層次，本身就是一種美學的結構。史詩是「特別擅長出色的講述生活片斷中所發生的事件。」特別主題是專注在歷史。

「戲劇」是「使各種各樣人物在我們面前呈現出來，促使他們講話，並且促使他們互相之間展開這種不同的關係」[9]

史詩基本結構單位是事件，戲劇基本結構單位是動作；抒情文學是感動人，像鍾嶸《詩品》說的：「一字千金，驚心動魄。」基本上敘事文學比抒情文學較能更豐富的提供新鮮的經驗。

在詩中加入其他文類的敘事方法，主要應該包括散文、小說、戲劇，但散文詩討論的很多，戲劇詩，《創世紀》四十二期有專題紙上搬演的劇詩，就如音樂劇的「康塔塔」是指清唱不搬演的，在這篇文章中暫不討論。

二 《創世紀》詩人詩歌敘事背景

二○一四年，華文國際詩歌會議，我已就《創世紀》的天涯美學作品之三位創辦人為例，做了探討。因此這篇文章想以敘事美學在詩歌中的運用為題。瘂弦的詩，以劇場走入時代史詩，當另行探討，洛夫作詩史的長篇，詩中角色扮演，對話都自成風格，哲學的思維等也可另以專文討論。

大抵而言，《創世紀》詩人早期以敘事筆法寫歷史政治時事，鄉懷、土地之戀，以大時代人物為中心，以時空大劇場，寫歷史變遷情境。之後寫生命生活旅行，寫內心世界，或表現個性化的個人觀感等

8　別林斯基：《詩的分類和分型》（上海市：新文藝出版社，1958年），頁174。

9　杜勃羅留波夫：〈阿・瓦・柯爾卓夫〉，《杜勃羅留波夫選集》第一卷（上海市：上海譯文出版社，1983年），頁10。

主題書寫。

在這篇文章中，就主題而言，我選定幾位《創世紀》詩人，貼近生活、人生、生命等代表作品，談敘事美學在他們詩中的運用，兼談藝術呈現。主題分生命圖像、生活文化、時空情境。就作家而言，希望在這些主題下，選擇幾位詩人，相互對照觀察他們敘事筆法的運用，可以看出文學敘事性，在不同媒介之間的共生和轉化。

就作家而言，詩人跨文類寫作的背景如下：

部分詩人跨文體寫作，如：

丁文智先寫詩，婚後寫小說，退休後再寫詩。他在中央日報寫的〈母與子〉、〈記得當時年紀小〉賺得許多人的熱淚，甚至旅維也納的音樂人也寫信來，退休後寫詩。文學領域也跨散文與小說寫作，他曾組過出版社。一九九九年接任《創世紀》詩社社長，寫作從生命本質探討為基，延伸到戰爭、世界或生命永恆等議題。「夢雷」筆名有雷聲響起驚醒夢中人之意，新詩創作觀融知性與感性理念。

詩集有采風出版《再看他一眼》（1993）、文史哲出版《葉子與茶如是說》，退休後才從小說行列回到詩壇，以十一年光陰，在爾雅出版三本詩集。《能停一停嗎，我說時間》、《花也不全然開在春季》、《重臨》，白靈說：「他讓自己年輕歲月未盡釋的詩性，臨老一次性地噴湧，達至了做為一個詩人最真誠最透亮的展演……他的詩是他生命的宣告，也是他向那多災多難時代投遞的一張張抗議書，同時也可視為一次次伸掌與過去握手的和平之書，其間滿地躺著的，是被理性和智慧抖落的掙扎與矛盾。」[10]談到了寫錯主題，與詩性敘事風格。

碧果著有詩集《秋・看這個人》、《碧果自選集》、《碧果人生》、《一個心跳的午後》、《愛的語碼》、《碧果中英短詩選》、

---

10 丁文智：《重臨》（臺北市：爾雅出版社，2013年），頁17。

《說戲》、《一隻變與不變的金絲雀》、《肉身意識》、《詩是屬於夏娃》、《驀然發現》等。及編撰中國大歌劇《雙城復國記》、《萬里長城》等。曾為洛夫詩集《眾荷喧嘩》、司馬中原散文集《思想井》、《八十年代情詩選》配插圖。創作版圖橫跨詩文、歌劇和插圖，相當多元且都有出色的成績。《創世紀詩雜誌》第一三六期，發表〈詩劇〉、〈在一個恍然大悟的瞬間〉。

二〇〇四年以後，持續創作「二大爺」系列短詩。

二〇一三年詩集《驀然發現》，他的敘事筆調充滿畫面場景，豐富卻又孤獨的散步所獲，表達內視鏡一樣的心理世界。

張默是《創世紀》的火車頭，出版詩集十餘種，詩評集五種。著有詩集《紫的邊陲》、《上昇的風景》、《無調之歌》、《陋室賦》、《光陰‧梯子：張默詩集》、《落葉滿階》、編年詩選《愛詩》等。詩評集《現代詩的投影》、《飛騰的象徵》、《無塵的鏡子》等。編有《中國現代詩選》、《中國現代詩論選》、《現代詩人書簡集》、《小詩選讀》、《剪成碧玉葉層層》、《感月吟風多少事》、《八十一年詩選》、《中華現代文學大系》、《他們怎麼玩詩‧《創世紀》五十週年精選》《現代詩筆記》等。

他編寫不輟，老而彌堅、推陳出新，晚近毛筆詩抄，簡筆抽象水墨繪畫題詩亦令人注目：在九歌明道大學展出。詩歌與攝影《獨釣空濛》集，為其駐足天涯海角相互輝映。他的敘事文學筆法仍充滿動與感，他的〈清水寺〉是新詩的神話想像，神的思維話語行為是人間式的即席演出，帶來意想不到的意趣效果。

辛鬱初期在狂飆激進的現代詩潮間吶喊，後轉向個性化的寫作，但始終堅持著抒情和現實性。寫詩外，也寫小說、雜文、電視劇本。已出版五本詩集，四本小說集，一本訪談錄。《在那張冷臉背後》有辛鬱生活的見聞感悟、歷次返鄉的探親心得，以及旅行途中的所見所

思，是他生命的最真實呈現。《在那張冷臉背後》其實充滿了柔情與生命力，是辛鬱寫詩四十年的見證。

辛鬱的敘事經歷，初任中華電視台編劇，並受聘《科學月刊》任職，歷時三十五年，為推廣科學普及盡力。敘事美學筆法，可從他對詩與敘事中理解：見二〇〇〇年出版的辛鬱《世紀詩選》[11]所述：

> 我在我的詩中說人生是一面掛在一間蒸氣房中的鏡子，永遠擦拭不淨；而詩負有使這面鏡子清淨的責任。

以詩為載體敘事，強調語言藝術，肩負人生藝術兩個層面。又說：

「詩是語言藝術，詩的語言機能，在實踐詩創作的意義，它是躍動的，就好像鮮血對於人體。」強調有機體的結構，而非片段割裂的。

「詩的語言機能，由主觀陳述到客觀描寫，或兩者交替，它的基本要求在於「正確性」的絕對把握，語言的正確性對某些文類來說，往往與「實用性」夾纏在一起，對詩而言，卻必須排除「實用性」，而致力於人性、事象、物界「真相」的發掘；寫出內心的感應是詩人的要務。」這些正是敘事美學在詩中運用觀念的說明。

辛牧，本名楊志中，一九四三年生，臺灣宜蘭人，曾任職台塑關係企業二十七年退休，長期主編《台塑月刊》，十九歲開始發表詩作。一九七一年出版第一本詩集《散落的樹羽》，二〇〇七年第二本詩集《辛牧詩選》由《創世紀》詩雜誌出版，晚近大部分詩在《創世紀》發表，作品入選《七十年代詩選》等多種選集。他有一系列寫公車、馬路、捷運、交通號誌、與我的聞見詩。他應常徘徊十字路口，觀察來往景物，以簡短的小品。結構常用正反雙面結構顛覆景物所見

11　辛鬱：《辛鬱·世紀詩選》（臺北市：爾雅出版社，2000年），頁6。

的現象。

張堃，本名張臺坤，一九四八年出生於臺灣臺北。一九八九年旅居美國，目前寓居加州Tracy市。早年曾參與《盤古詩頁》，並創辦主編《暴風雨詩刊》，一九七〇年代加入《創世紀》詩社。從事國際貿易，旅行世界各地，詩有漂泊旅人精神特質。作品富於異國情調懷舊色彩。近年來，關懷視角常投射弱勢族群，反映同情與關注。著有詩集《醒·陽光流著》（1980年，創世紀詩社），二〇〇七年唐山出版社詩集《調色盤》。《調色盤》後記〈也算是詩路歷程〉中說：「詩是一種追求、一種探索。那麼，我的作品在一定程度上，保留了生活的紀錄，呈現了對世界的熱愛與希望，應該也算是我生命中的追求與探索的一部分。」生活是他敘事筆法在詩中運用的主題，在結構上他常以言簡意賅方式進入時空核心，然後反問作結。他替古典詩人張夢機的訪問兼評論，報上簡短的發表小品，都體現了篇幅小而美，壓縮時空場景、以對話加速節奏、語言明晰、經驗以有限延伸無限詩意的敘事美學，二〇一二年出版《影子的重量》。

李進文，臺灣高雄人，成長於高雄縣茄萣鄉。現任聯合文學出版總編輯，曾多次獲時報文學獎、聯合報文學獎、中央日報文學獎、臺北文學獎、臺灣文學獎以及林榮三文學獎新詩首獎；入選九歌版臺灣文學三十年菁英選之新詩三十家、新聞局數位金鼎獎等，著有一九九八年《一枚西班牙錢幣的自助旅行》，二〇〇二年《不可能；可能》，二〇〇五年《長得像夏卡爾的光》，二〇〇八年《除了野薑花，沒人在家》，二〇〇八年《李進文短詩選》中英對照（香港：銀河出版社），二〇〇八年動畫童詩繪本《騎鵝歷險記》，二〇〇九年《油菜花寫信》，二〇一〇年《靜到突然》，二〇一一年《詩與藝的邂逅》，二〇一二年《雨天脫隊的點點滴滴》，二〇一三年《字然課》圖文詩集。詩作常以生活為題，關心現實，揉合各種元素，表達

新的視角，創意思維，作品富於現代感。他嘗試跨界創作，將不同媒介的藝術性融合在詩中，形成精緻透視的微意思。

以下章節論敘事元素，以主題內容、時間空間、情節視角、人物語言、心理世界等項，論敘事方式如何轉化。角度、視點、人稱、節奏、基調等，如何調動。因此不分戲劇或小說體裁，而是按主題內容，探討作家如何運用敘事筆法來呈現詩歌藝術。關於這些項目，也不另立章節總論，只在主題作品中運用到時再討論。在每一主題中，希望每塊材料都有自己的位置，顯露作品的深思熟慮，也顯示敘事筆法在詩歌結構中的緊密有序。

三 詩歌主題類型與敘事筆法

（一）生命圖像與敘事筆法

1 碧果──〈人形美學〉、〈物象世界〉

人，是作為感知生命的開始，身體意識，身體美學，是感知自我各層面的領域之一，人有性別與衰老，遭遇救贖與風暴行動與反思，也是認識世界的同步體。這是一個對世界對生命關懷的範疇，對照物象世界，感受人際互動與存活焦慮。維根斯坦說「人類的身體是靈魂的最佳圖畫。」[12]梅洛龐帝說：「身體不能比做物體，只能比做藝術品。」[13]文學是為了人，描寫人，表現人的。人的境況、命運、體

12　見路德維蒂・維根斯坦《哲學研究》及梅洛龐帝《知覺現象學》。美理查德・舒斯特曼著，成相占譯：《身體意識與身體美學》（北京市：商務印書館，2011年）頁8。

13　見路德維蒂・維根斯坦《哲學研究》及梅洛龐帝《知覺現象學》。美理查德・舒斯特曼著，成相占譯：《身體意識與身體美學》（北京市：商務印書館，2011

驗、期待，是文學的主要內容，敘事文學更不可能離開人。心理小說把人物內心世界作為敘事的中心，強調內心活動是流動的過程來折射經理和客觀世界。敘事不只是外部的描寫，而是直接描繪人物對世界和對自身的感覺聯想情緒慾望等。佔據心理小說的是「內部的人」。[14]

巴爾札克說：「偶然性是世界上最偉大的小說家」，中西小說很注重用巧合來編織故事情節，增加作品變化，達到使讀者意想不到的效果。」[15]在詩歌篇幅有限的方寸之地，詩人究竟如何海涵這些生命之情呢？以下分別討論之：

如鏡之詩──以〈人形美學〉[16]為例

> 與我共謀／共謀我與我之孤獨／為瓷質亮白的一樹杏花／騷然　東牆／
> 此刻正折磨已成魔性的晨
>
> 美在無法遁形的美裡／我唱了兩句野曲而　唱腔折返一種感覺／醒了／
> 唔／或許，就是就樣了／未蛹　未蝶的／直立的／乃／芽、／根、／莖、／花、／果的，／乃／好色乃焦慮乃瘋狂乃純真乃謙遜／乃　癲癇／乃／自大／乃艾怨／乃淡漠／乃膚淺／乃拜神乃可笑的／乃　滴淚的／乃　光體的／直立的／活著

年）頁8。

14　黃永林：《中西通俗小說敘事：比較與闡釋》（武漢市：華中師範大學，2009年），頁111。

15　黃永林：《中西通俗小說敘事：比較與闡釋》（武漢市：華中師範大學，2009年），頁204。

16　《創世紀詩雜誌》156期（2008年9月），頁180。

　　　的

　　活的自己／。與／不必：（二〇〇八年夏季作品）

　　〈人形美學〉這首詩有許多鏡光倒影，共謀當然是兩面的，我與我之孤獨是鏡中鏡，亮白的杏花東牆與晨光是騷然魔鏡。此段鏡影似光束，投影出視覺的亮白。

　　而「美」與「無法遁形的美」是互照的鏡子；「兩句野曲」，「唱腔折返」是聽覺的鏡子。惟有「耳鏡」具有重重包圍感，因此能在無所遁逃的回音壁中「醒了」。

　　然而鏡光是立體的，可變形可折射的。於是能容各種生命形相通過，在生命之先，在生命之後，在形形色色之前，在形形色色之後。未蛹、未蝶、在夢幻倒影之前、在具體實相之中，是矗立的樹影，是芽、根、莖、花、果、樹的生命表象一部分。「乃好色乃焦慮乃瘋狂乃純真乃謙遜」，「乃癲癇乃自大乃艾怨乃淡漠乃膚淺……」都是生命光體的特質與反映。是魔性的晨光、是自己與不必、都是也都不是。

　　詩人首先將〈人形美學〉聚焦在具生命特質的生命體上，然後又將鏡頭游移在最具生命感的生命花樹上。在陽光下，顯現著煥然的光體，也散發著與花樹同質的光鮮脆弱；當然也同具有盛衰興滅的更迭的特質。色澤質地如靜物之瓷，折射亮白的光體、生長過程、挺立之美，也隱含易碎易裂易墜的可能。然後鏡頭再回到生命現象本體的人形，內在包裹著一個同樣千變萬化的情感與性靈特質，而總歸不外「滴淚的易感」、「光體的虛幻」、直立的「未倒」、活著的「存在感」，人形美學的外象與內在情感不停止的呼應，如光影隨形興滅。

　　「不必」之後的結構，以冒號回到起始的原點，與我共謀，如鏡

鏡之相映無窮之相。建構了虛實相映，起末相連，即起即末的循環相扣聯結。

全詩開展，如底片，如X光，如超音波，音頻如一株樹可觸可感，又難以描摹殆盡。

一人獨處的時候，希望透過雙向「成對」關係來印證此時此刻的感受，或者彌補此時此刻的欠缺和不足感。彷彿在底片上觀察過程影像。在形式生活的背後，總希望能活得像自己真正生命。作品表現對實質生命內容的憧憬：

> 與我共謀／共謀我與我之孤獨／為瓷質亮白的一樹杏花／騷
> 然　　東牆
> 此刻正折磨已成魔性的晨光

齊美爾在論倫布蘭（Rembrandt Harmensz Van Rijn, 1606-1669）（1916年）的開篇，在關於「生命的持續性和表現活動」的論述中說：「生命不是依次出現和消失瞬間的總和。」「生命是絕對的持續，在這樣持續中可合成的片斷或部分都已不存在，持續本身就絕對一如，而且是在所有瞬間作為全體以不同形式表現自身的絕對一如」。[17]是的，生命的每一瞬間都是生命全體，生命不間斷的流動，本身是生命所具有的唯一形式，說亮白的一樹杏花也好，說魔性的晨光也好，說唱腔折返，一種感覺醒也好，是千姿萬態的流動感浮現，視覺、聽覺、感覺。而末段說：

> 唔或許，就是就樣了／一條　未蛹、未蝶的／直立的／乃／
> 芽、／根、／莖、／花、／果的。

---

17 初見基著，范景武譯：《盧卡奇——物象化》（石家莊市：河北教育出版社，2001年），頁55。

如果把樹的生長比作生命的話，每刻都看到不同的外形、生命生長章節，即使消失的過程，也是生命的起落構成形式：

> 乃　好色乃焦慮乃瘋狂乃純真乃謙遜／乃 癲癇乃自大乃艾
> 怨乃淡漠乃膚淺乃拜神乃可笑的／乃　　　滴淚的／乃 光體
> 的／直立的／活著的

透過外化的形式，於是內在的心靈乃被呼喚出來，然後，就立刻作客觀的存在，與引發者處於相同的獨立和自主，而要點仍在

> 活的　自己。與／不必：

詩末的標點，不僅顯現了生命一連串的外象顯現過程，在結構上回至首段的

> 與我共謀……。

　　現實的生命是渾沌的，具有不定的形式，不停留於某些確定的輪廓，但在外於形象，與內於形相之中，總對照了那些存在的種種。

　　全詩雖以人形為題，但映照了生命的內質生態的流動的過程，以光感，以音聲，以無形無象徵（未蛹未蝶）以有形有象（芽、根、莖、花、果）的紛然之情，歸結於「直立的／活著的／與不必：」

　　在細節設計上，末段「直立的」與首段「瓷質亮白」的繫聯，先有「東牆」才可有唱腔的折返。而「非花非樹」的光體是笑與淚並存的生命一體兩面的存在。詩人碧果詩章，常在抒情中展開敘事結構，發展戲劇情節。不但曲賓白、科介俱全，並且人物扮演上場、走位，獨白對話，若一小型獨幕劇。此詩景移物換後竟令觀者不知我為景，抑景為我。走位的杏花、魔性的晨光，野曲唱腔的音效，共對照「花之騷然」，與「我之孤獨」情境。

　　碧果在《驀然回首》序中說：「詩對我而言，每一首詩均是以血
肉、骨絡，心靈與魂魄攪拌而成的一種表述，內含我存活的焦慮與恬
澹、緊張與鬆懈、淚與汗水。」「詩，在我生存的序列中，等同於我
之『生命』」[18]

　　再看〈物象世界〉[19]，表現存活的焦慮：

　　　一覺醒來／我信步海邊　看海／海若一面牆。／
　　　它。站了起來／而／待我轉身　回程／且瞥見那面　牆／早
　　　已平靜為海。／
　　　霍地／有隻鷗鳥掠過／我卻驚見／達爾文式的遠方，已是／
　　　一條／灰亮的　線。／巨測 我入夜驟變為　繭／之後／葬
　　　與不葬／我／均能安然入　眠。／

　　詩四段，物象世界如變形鏡照透了生命本質，乃至生死本質。
立著躺著，乃至光感的暗灰，亮過的線條，生生死死不都是這一道光
芒，一條線嗎？可以說是電影的運鏡。畫面豎著的線條是海，坐著或
躺下的線條是海平面，變遷的線條是遠方。我與世界的關係是繭，是
立著躺下，葬與不葬的關係。末段以亡靈視角展開，是明智選擇，使
作品在出生入死世界，以冷靜方式講故事，死者世界相對比生者世界
冷靜沉寂，這是作家的想像也是抉擇。

2　丁文智—〈以太陽能為生命的兩片人造葉〉

　　詩人丁文智的〈以太陽能為生命的那兩片人造葉〉——答愚溪所
贈[20]：

18　碧果：《驀然發現》（臺北市：秀威資訊科技公司，2013年），頁6-7。
19　碧果：《驀然發現》（臺北市：秀威資訊科技公司，2013年），頁66。
20　丁文智：〈花也不全然開在春季〉，《新原人雜誌》2008年8月秋季號，頁89。

　　每次注視／那兩片寬厚而詳實的葉／都在如此不停地動之以
影／動之以律／寂然常態中／扇啊扇啊的扇」

　　既能無風而動／自然也就沒有那種漂洋過海的／水土不服／
自然也就能隨遇而安在／季節之外／馥郁之外／油油然地得
著那種得意的綠」

　　至於人世間之種種紛擾／　(類似病蟲害)／於我何干／連
明媚的春／　肅殺的秋／在我葉翼之扇動下／也無不悄然成
一種無能為力的／時間過客
只是老難以憚憚忘懷的／是血緣與太陽　那種／　親密／以
及纏綿不盡地　那種／光合

　　除此誰管我那一脈長青／該填入生命中那一格／定數中那一
頁／甚至扇動會否停／葉面會否蒼涼／這才是你們人類／一
片雲霄之上的遐思

　　說真的／能否地老天荒般安逸在這一罩之內／端看外力／以
及海涵在這一方寸之地的情份

　　若然／則讓非顯花植物者如我／定然因感動而／長存

　　詩歌的物我關係，往往是作者創造詩歌情意，能使萬物屬性改變
的因素，不僅呈現文字趣味，也呈現詩歌的內意觀照。作者「推情及
物」「睹物思情」，遂使萬物改變寂然常態，花含笑，葉帶情；進而
顛覆世態人情，流連忘返人間，無所不能。作者再推動情節，將使細

節發展更為充份具體。或者進一步將物的屬性超然人間與時間之外，無情物既化為有情物；但又不侷限於生命時空的涯限。而使讀者備感在生態之外所延伸的一份永恆感。這樣恰恰彌補了人世的短暫無常感，一種不盡不竭的盼望就在此中綿延。

這首詩中「先以我注視物」

> 每次注視／那兩片寬厚而詳實的葉／都在如此不停地動之以影／動之以律／寂然常態中／扇啊扇啊的扇

此時，我是客觀的，物雖機械式的擺動但外形寬厚詳實有形影有律動，且具物之生態感。接著物因作者的觀照，而逐漸呈現個性感：

> 既能無風而動／自然也就沒有那種漂洋過海的／水土不服／自然也就能隨遇而安在／季節之外／馥郁之外／油油然地得著那種得意的綠

「無風而動，無漂洋過海的水土不服」，是一種物的「自性」。「隨遇而安」「季節之外」，「馥郁之外」是超越他物，超越環境影響之「物」。「油油然得意」的是物的自得之性，沾染了「人間」的情緒與色彩。

「而人世間的種種紛擾，於我何干？」至此，漸漸的物已超越了人世的種種侷限，物的生命與時間相提並論，然而此時的物已超越「時間」之外。

至此，作者又將筆峰一轉，將物性繫連向人情，「難以忘懷」與太陽親密纏綿，光合作用等情節，物彷彿在自我自給自足世界裡，蟬蛻入定前，還殘留前世之人情。作者以「那種」親密，「那種」光和，作為另類思考的導向。

然而物畢竟是物，不在人類生命中打轉，頓時物擺脫去人性思考

範疇，回到物的自身，包括本質的生命「定數」外在現象動靜」「蒼涼」等等也都以「那一格」「那一頁」的語詞作為轉化空間，與人類思維撇清關係。

「物」與「我」的思維，在這首詩中何時融而為一？在「說真的」這段，「能否地老天荒般安逸在這一罩之內，端看外力，以及海涵在這一方寸之地的情份。」

彷彿是物的自思自忖告白，也是人類對人造盆栽的側面視察。

物受到外力，也許是前述的季節、馥郁的紛華，季節的明媚與蕭殺，人代物來感受物的情感，也是觀物者躍身為「物」的多情，此時物帶人性的感動，情感的本質帶動了「物性」與「人性」在詩中展開。

此詩，不僅「人」有喜哀樂，「物」亦有前世、今生、過去、未來。「人」能作用於「物」，「物」亦能擺脫人間遐想沈思。物亦曾甘願擬人之態，親密纏綿之情，時而感性留連，時而理性超越人間情懷。因此「物」與「人」便在互動對照，離離合合的生命型態中互見長短，各見真情，然而爭取生命的感動與永恆，似是彼此終極關懷。

按時間進行觀照，是詩人丁文智作品中常出現的生命物象觀照方式，按時進行的物象，使我們清楚看到前後的變化。

此詩中的兩片葉片有各種生活的假設，如「漂洋過海」「水土不服」「隨遇而安」是流浪生活的時間，「明媚的春」「蕭殺的秋」是生死的時間，太陽與光合作用，是生命血緣裡生生不息的時間，「天荒地老」是長存永恆的時間，在這些時間安排下，無生命之物，化為「生命」之感動，邁向「長存」之未來。

作者以小說的情節設定多重角色扮演。最後又以章回小說說書人的語氣作結；「說真的」「若然」分兩段展開，使全文收束。充分利用了說書敘事點的結構，讓物我關係更富變化。

劉勰《文心雕龍》〈神思篇〉說：「故思理為妙，神與物遊。」「神與物遊」指出了在藝術構思中作家的思想情感與外界物象緊密結合在一起，最後作家創造出形神兼備的藝術形象。所謂形象思維，就是以客觀事物的形象為思維元素，以觀察、體驗、概括、類比、想像、模擬等方法，經過分解、轉化、組合等過程，塑造出藝術形象或設計出某種藍圖，是人類透過思維形象和情感去傳達世界的一種方式。一般說來，具有四個基本特點，形象思維是以形象作為基本單位，在思維過程中，始終不脫離具體的感性材料，並且呈現給讀者自己主觀創造後的一系列鮮明生動的藝術形象。其次是以客觀外物為起點創造出藝術形象，透過想像來完成，聯想和幻想可補充實際經驗和感受的不足。形象思維中情感活動是思維主體和客體之間的紐帶，推動著想像的產生和發展。情感既是形象思維的核心，因此，思維主體的氣質、秉賦、思想、情感、決定了形象思維的個性和特點，使作品具有特殊的風格。

（二）生活文化與敘事筆法

敘事是一種文化理解的方式，是對文化的透視。城市的建築，人文景觀文化遺址，旅遊活動，是環境文化的主題。清水寺結合自然美、園林美、旅遊美等因素，詩人如何以敘事筆法帶入詩歌中，去詮釋環境美學。生活，較之藝術，在審美上不是那麼集中滿足人們審美要求，但卻有不可比擬的生動豐富內容，對於生活美，人們經驗的時間最多，敘事本來就是接近生活主題的。生活即使是瞬間也是包羅萬象的，但詩歌中並不照單全收這些食衣住行、飲食文化、南北奔波的敘事內容，而是通過飲食文化，物我觀照等精神層面，把過程、痕跡、體驗、紀錄，在詩間中加以深化，甚至雕鑿出背影來。生活有時

集體體驗，有時獨自探索。但重要的是「生活不僅是吃些什麼，或穿些什麼，他還讓你在無詩的日子，品味那略帶苦澀的，人生的詩意。」[21]

1 張默——〈清水寺〉

張默——〈清水寺〉，充滿戲劇張力的演出。

清水寺是京都最古老的寺院，建於西元七九八年，佔地面積十三萬平方米，日本奈良時期，由中國唐僧玄奘的第一位日本弟子慈恩大師創建於七七八年。現存清水寺為一六三三年重修。原本屬於法相宗這一宗派但目前已獨立，成為北法相宗的大本山。無論春櫻、夏瀑、秋楓、冬雪都令旅者流連忘返。寺主奉千手觀音，正殿旁山泉自羽音山而下稱羽音瀑布。又稱金色之泉，延命之水，為日本十大名水，清水與金閣寺為京都居民信仰中心。

清水寺為棟樑結構式寺院。正殿寬十九米進深十六米，大殿前為懸空的「舞台」，由一百三十九根高數十米的大圓木支撐。寺院建築氣勢宏偉，結構巧妙，未用一根釘子。寺中六層巨木築成的木台為日本所罕有。

張默寫詩，除了常用舞蹈的動感、音樂的張力，有時他也訴諸詩劇的張力，如〈清水寺〉第三段：[22]

> 哦！敲一陣千年的老鐘吧／眾神齊自釋迦堂內步出／這個廣
> 大無邊寂靜迢邐的世界／豈是你們這些旅人所能踉蹌飛渡

---

21 辛鬱：〈無詩的日子〉《辛鬱・世紀詩選》（臺北市：爾雅出版社，2000年），頁78。

22 張默：《獨釣空濛》（臺北市：九歌出版公司，2007年），頁242。

的[23]

藉著鐘聲烘托出靜靜的清水寺，同時，藉著鐘聲，「眾神齊自釋迦堂內步出」，寂靜八方中，突然出現意外舉動，帶出提示「塵世旅人所無法飛渡的界線」。結構上，由鐘聲敲響，到眾神的靜中行動，與旅人瞬間被神之語震懾住，短短詩劇，採動靜連續的節奏變化。

我們再往前看兩段，以便看出整首詩的敘事方式：

> 越過一層層的楓葉／越過一座座的石仙／木堂內黑漆漆的光澤是被夕照染紅了的／那些粉白的、青蔥的落櫻／是唯一的見證石鼓不寐／筆塚無語／三重塔的尖頂巍峨如昔／西門天井上的青苔依稀／瞧那些灰褐色的飛簷、迴廊、馬駐、經堂／隱約蜿蜒在如雲如浪的／蒼松翠柏之間

前一段寫景以色彩，中段以流動的寂靜。末段寫神的行為舉止是人化的世界，並與旅人展開對話。

全詩寫張默在接受日本京都代表性的世界文化遺產景點，接受文化洗禮之際，以你來我往的對話，刻畫細緻的心理行為，以戲劇的張力，表現神的權威，線索單一，劇情比較簡單，角色代替作者直接向觀眾說話，場景一場光影一場由近及遠的推移，場景開闊中，突然傳出鐘聲，聯結著時間與音聲，以及神的話語，人神談不上激烈衝突。但短劇決定在對話的精采度，半抒情半敘事，營造了溫馨諧趣的氛圍，傳達情緒表達意旨，一語中的宣示人類慧根所限，有條不紊地達到「說服」的信度。

如果我們再找其他角色，第一段的主角也可以是「光」，帶著時間感，折射出空間感。第二段以灰褐色建築為主體，石鼓、筆塚、三

23　張默：《獨釣空濛》（臺北市：九歌出版公司，2007年），頁242。

重塔、西門天井、蜻蜓在大自然蒼松翠柏間，也有一種在樹海中浮動流浪的錯覺。如果說第一段的時間是現在的，第二段比較是由今溯往的。眾神出現的腳步聲，由鐘聲導引，是加強「意緒」的時間流程，產生宣洩快意和韻味。按照這樣的時空，讀者可能會認為主題應是論禪的，但作者偏不以凝重的智性取勝，印證了敘事筆法中的荒謬諧趣嘲諷等都可以讓詩有不同的結局。

這首詩由冷靜的敘事到戲劇的獨白，使人與神在不同聲部之間，在境界上產生一種隔閡，而非因果關係的交代，這樣的敘事使旅遊經驗生動呈現出來，給讀者真切感，還原當下感。

從神話語出現點來說：敘事結構的變化由黑漆漆光澤，到寬闊寂靜的空間，這時再推出眾神話語，擴大了「廣大無邊寂靜迤邐世界」的無限感。

就張力而言，經過初始狀態平衡，瞬間被旅客的逼近觸發，然後神行動，發出警訊，最終狀態平衡。

就情節而言，把神最具有表現力的動作寫出，神在此已不是模仿人物，而是模仿動作與人生。

就描繪筆觸而言，由外景敘述，轉向內移省思，使描繪由表層趨於深層，內省代替了外察，使筆觸由粗趨精。

就篇幅而言，詩短，以一段來演繹足矣。

2 丁文智──〈餅說粥的反思及其他〉

〈餅說粥的反思及其他〉[24]寫粥的前世今生，及粥之所思所想，粥之前是米，米在心不甘情不願下，順從了水，然後全身熬成泥。餅

---

24 丁文智：《能停一停嗎，我說時間》（臺北市：爾雅出版社，2006年），頁223-232。《創世紀詩雜誌》第144期（2005年），頁90-94。

在全身上下都是火之前，回想在曬穀場上習習的風，然後又接受脫胎
於麥之後，努力構成於目前的種種自我。無論粥與餅被作者帶進現場
後便無一刻休息的展演著前世今生，這些都是使生命物象逼真而引人
入勝的關鍵，而非作者代其旁白。此時此刻詩歌的現場：在一粒米裡
一鍋粥裡一張餅裡，在酒裡茶裡、一桌滿滿的飯局裡。詩作裡的時間
可煮可熬可煎，亦可藉粥翻滾成時間的波浪，或者沉澱出茶的黃金歲
月，靜坐成一壺禪，燃起嘩啦啦的陽光。伸出巧手烘烤有形有狀紮紮
實實的餅，撕它一撕，撕裂出一片抓餅的狼藉。然而作為詩人，詩心
總欲在人際互動中找尋溫度，由自我分解到眾舌蓮花，一步步展現生
命底層的波瀾與豪情。

　　以〈飯局〉而言，由「秋風落葉」的因果，想到人生血痕話題不
正如陀螺自打自轉，相互循環永無了期。而禁忌的話題，一如酸菜火
鍋翻滾，在其中打撈虛浮，並對投入其中的白菜施以「逼生成熟」的
急切。〈酒〉則是催化劑，既催促「秋風落葉」的因果，並帶出「花
開花落」的一桌人情世故。當酒足飯飽之後，不免一起隨事態共隱入
傷感懷抱。飯局酒意間意象一貫，導出「冷熱心路」歷程，大體而
言，是以溫度意象來寫飯局。

　　〈酒後〉是續上篇的酒力，以杯緣與杯底的兩度空間，往復「深
度的縱身而下」「奮力的向上攀爬」。在無邊的酒意中，出入夢境與
現實浮浪，幾度欲在真理的向度上舌燦蓮花，無奈不勝酒力而止於僵
直收場，令觀者嘆息。〈餅〉與〈粥〉可合而觀之，餅具象而體圓，
圓宜以規畫；又狀似曇花，轉瞬即逝。其皮質易蛻變易輪迴易於脫胎
換骨。而餅之內在性情又得自風火焠鍊，因此慣於煎熬折磨。而粥僅
具虛幻之象，無狀之狀，因此只得以「糊化」概述，不斷結合時間點
加以變化。粥雖寄居鍋中，又不能直寫鍋性反失粥品，於是轉以精
神處境表出：煨逼、黏、膠，於是粥濤泛起螺旋式死浪，帶煙霧朦朧

之欺瞞。由夢的想像擴散到另一種千思萬想的「饞」，乃至反覆記憶煎熬再輪迴，筆筆都是粥的生活禪。尤其粥的身世在米與水之間，不甘不願不上不下，命運在百般煎熬中導出悵然若失，彷彿遇誰家小媳婦，不禁令人同情而肅然起敬。茶的主題本易推衍向禪，詩的構思可與作者《人性光明面》一書接軌，朝向正面積極意義書寫；其特出筆意總結於由泡茶跨向剔透的人生世界，由煎茶的火光突轉接理念之火，熊熊燃起，然後轉身聯結「嘩啦啦的陽光」，節奏光度甚為瀟灑明快。

綜觀五篇主題，除〈飯局〉而外，餅與粥對位，酒與茶對位。虛實兼具，濃淡合宜。整體內容富於小說的情節變化，人物塑造的性情血肉。時間正在齒頰之間分秒咀嚼，佐以確切的語言，細緻的意象，凝聚每一次相聚時光的激昂與關注。而酒飯粥餅茶竟無意中成為好友，躍入現場喧賓奪主，各具性情。遂使餐飲文化當下接軌向人性詩情互動之現場。作者把握了時間的當下，空間的現場，情感的真實，顯現真意；不參虛妄。並在心目交融處，表現主體性格，不但能與人物交流；與萬物合而為一；更能與觀眾直接對話，直會詩心。

3 辛牧——〈從雙連坐捷運到淡水〉

〈從雙連站搭捷運到淡水有感〉是一首生活詩。這首詩讓我們看見城市日常生活「行」的主題，無論鏡頭的運用、畫面的裁切、光線的變化，都簡潔俐落。尤其是關鍵詞組的使用，如車廂的環扣，把詩的意義一節節往前拉，成為進行式風景，與他平常的反問或靜態矛盾聯結不同。這首詩也見證了那個年齡層的都會變遷，城市風貌，以及小我在大我中的生活體驗，自我定位等。詩歌成為簡易自傳體小短片，融入都市風景。由城區到郊外，由陸路到海口，視線所及，也是往來小站的滄海桑田。雙連陂水塘填土，分離相連，鹹水淡水交錯。

生活環境因時間變化，各種元素交揉更替。連我（作者）與我（作者）的影子竟也可以分離出先後，透過戲水，倒有苦中作樂的小轉折插曲。全詩並不全然是滄桑的暗色調的，主調詮釋著生活況味，比起作者其他詩，採取的是樸實如實筆法。

因為捷運快速，詩歌節奏也一站站向前掃描，不容多所遲疑，竟也一筆帶過起人生來。

二〇〇〇年，第六屆公車捷運詩文首獎，〈從雙連站搭捷運到淡水有感〉[25]將車程與旅程聯結，出發點與結束點場景作對照：出發點的陽光，結束點的淡水不淡，卻是情的滋味的鹹淡。光度轉化成味覺與頭髮變白的彩度來處理。

陽光，是詩中設下的場景光線，也是開始時候人生場景。紅樹林是途中的一段，也是色彩最鮮豔段落，用在人生的中年，形象上，用詩筆來形容生態林，聯結到對人生職志最重要的追求。實際人生除了臨帖寫詩之外，也還刻圖章，剛好有個站名可以把這元素統合進去，那便是石牌，一塊石碑，記錄著當地文化的變遷，地理歷史推移，而我的人生，過了中年，是未酬的壯志嗎？又將鑴刻些什麼？

詩中除了我之外，還有陽光，是自然光影與我同車而行，它無所不在，世界因它的投射，明明暗暗，無所遁形。車窗內外風景，每一片風景，是車廂內的小世界，被壓縮過、人際互動有許多臉色與眼色交叉而過。另一方面，也是車窗外眼前過境場景與遠方存在的無限世界。

無論被壓縮過的車廂，或者車廂外每一站的風景，都有它人文與自然的屬性，而這一大片移動的風景，暗中對照著我的旅程，與生命

---

25 辛牧：〈從雙連站搭捷運到淡水有感〉，《辛牧詩選》（臺北市：創世紀詩雜誌社，2007年），頁96。

風景。因此車程與人生傳記便逐站的展開聯結對照，或分離、或形似、或神合、或明示或暗示。在好幾個段落並行中，世界與我的關係，在車廂中醞釀。生活與我的地理聯結因車廂進密，交通運輸工具與歲月的聯結因旅程顯影，人生階段在站牌中獲得提示與警戒，我的自傳在捷運列車中悄悄寫就。

這裡的人文風景有雙連，石牌，而紅樹林淡水兼具人文與自然的站名。陽光是起站的時間，淡水的鹹度是到站時的心理感受。大海是自然風景，何嘗不是巨大書本，記錄著我海海的人生，起起伏伏，波浪縱橫，難以具述。而眼前人生卻被壓縮在環環相扣的鐵罐中，就被壓縮在各流動小站裡。

全詩以較平穩冷靜口吻，說書人般敘述著逐一段落，中間當然也有起伏，但比起以往相同主題作品，則可以說是如實敘述。讓我所接觸的世界，與我的感受，讓讀者可以叫直接感受作者心聲。

結構美學

作者平常慣用音調的雙關，意義的正反聯結對照，大段落的平淡插敘突兀的離奇的片段，讓讀者感覺某段情感的變化。

而這首詩用了哪些方法來處理？這裡寫車的旅程，我的旅程，大結構而言，所用素材是一節一節車廂，統合旅程與車程是用關鍵字：連與不連，刻些什麼，寫過與否，淡水不淡，這些關鍵字是鉤鍊，一節一節勾連聯結過去的，因此車廂車程的載體，因為這些站牌的元素，而巧合地將意義附著。如果換了其他站名，恐怕很難用同樣方法聯結過去。

> 車子進站的時候／陽光便爭相來卡位／世界被壓縮成／相扣
> 的鐵罐／稍縱即逝的景色[26]

這一段，雖然寫無人車廂，實際上人是無法與自然爭雄，人終將在自
我壓縮的世界裡，成為邊陲，在自然光影裡逐漸消逝。一片陽光暗藏
稍縱即逝身影。

> 雙連相連的車廂／卻有不相連的旅程／從起站到終站／多少
> 臉色與眼色交叉而過？[27]

名為雙連，每個過客都有不相續過程，今日的我與昨日的我並不一定
有相同相續旅程，人際互動，我與我的互動，起站不一定到終站等等
情況。相連與交叉是它的結構美學，臉色與眼色是文章的情緒子字
眼，也是傳記人物對環境第二站的感受。

> 前面就是石牌了／排上究竟鑴刻著些甚麼呢／是我躊躇／未
> 酬的壯志嗎[28]

石牌站剛好有個石碑，簡述著景觀變遷，與族群居住界線，土地有它
的生活領域，一方碑記表述著土地發展，社區人文，是縮影的地理
誌。而我的里程也接近中年，眼前屹立的碑文，提醒了我與躊躇不定
與壯志未酬。同樣該鑴刻些什麼的時候我卻付諸闕如了。在實際生活
中，作者在國軍文藝活動中心鑴刻圖章也不如寫文案長久，也可以說

26　辛牧：〈從雙連站搭捷運到淡水有感〉，《辛牧詩選》（臺北市：創世紀詩雜誌
　　社，2007年），頁96。
27　辛牧：〈從雙連站搭捷運到淡水有感〉，《辛牧詩選》（臺北市：創世紀詩雜誌
　　社，2007年），頁96。
28　辛牧：〈從雙連站搭捷運到淡水有感〉，《辛牧詩選》（臺北市：創世紀詩雜誌
　　社，2007年），頁96。

另一種半途而廢。而一方石碑在作者看來，意象是什麼？為何見碑使作者躊躇呢？〈碑〉：「那是一張蝕滿皺紋的臉／在現實與生存之間／那是一張望著遠方發楞的臉」從碑中，我們可見生活的夾縫，有些碑發楞的臉，不就是未酬的壯志無從寫起嗎？

> 再下去就是／我掛滿筆桿的紅樹林了／那些曾是／我臨過帖寫過詩的／如今都交付大海了[29]

對比於上一段碑的屹立不移，我的躊躇，這一段卻與大自然紅樹林寫作，有異曲同工的齊步感。回顧一生，也寫過不少詩，几案上也掛滿筆桿，未若此間以紅樹林為筆架，以大海為寫紙的天然書房場景宏闊。但一生也算盡力於斯了。至於付諸大海是等同付諸流水，或者說交過多少詩卷，對主題來說，並不是很重要。重要的是詩給了他一生什麼？它在〈關於〉這首詩中說：「關於／詩／這種東西／小時候爺爺給我的第一顆糖／針孔攝影機延伸／無限的想像空間／一次又一次激情奔放／如雲似霧／遠看似花／近看是草／你指他為鹿／他說他是馬／詩人則說／如冰枝之炭火／在水中燃燒／漁火中冷卻／冷卻為芒刺／芒刺著快樂／快樂的死亡／死亡的再生」[30]。接下來，繼續看〈坐捷運到淡水〉詩：

> 到了淡水／竟是終站／太陽已更偏西／我的身影竟搶先去戲水了[30]

在旅程結束前，作者被夕陽美景吸引，頑皮的心性大發，另一個我搶

---

29 辛牧：〈從雙連站搭捷運到淡水有感〉，《辛牧詩選》（臺北市：創世紀詩雜誌社，2007年），頁96。

30 辛牧：〈從雙連站搭捷運到淡水有感〉，《辛牧詩選》（臺北市：創世紀詩雜誌社，2007年），頁96。

先去戲水，用插曲的方式，讓傳記有些柳暗花明，變調的曲折，隨興
而發。越在時間的壓力下，越想把握些什麼，或者索性順其自然，自
我釋放，輕鬆一下，是可能的選擇。太陽偏西給人的壓力，可參照辛
牧的〈晚景〉[31]

> 玻璃窗上的景物／在幕幃裡逐漸隱失／…………／如久久及
> 鐫刻在我心中／幅悲哀的版畫

雖然這首〈晚景〉是早年所見，詩未必寫著自己，但晚景與坐車到淡
水所見，人生處境的感受是相同的。

捷運詩，下一段是終站目的地，表達整體感受與處境。

> 淡水不淡／我的愁緒卻是越晚越鹹／鹹到黑髮都變灰／變白了

淡水不淡，插敘著鹹鹹的滋味愁緒因為愁緒，又染白髮。在海與
眺望之間，我們可以再參照他〈變調的海〉：「臨海之濱／諸般虛靜
中之咕噪中之淚水／你勢必成為眺望與等待與拒絕與不知所措之碑
石」[32]這雖然說的是海，未嘗不是詩人對於生命的投影。

從開始的陽光，到結尾詩人白了髮，彼此，相互呼應於時間變化
的元素中。他的愁緒又是什麼？可以參照〈雁〉：「人／生命中最難
寫的一個字／生命中最沉重的痛」[33]，再看〈問秋〉[34]：「我踽行在／
醫院的人行道上／一隻蟋蟀於草叢中／吱吱鳴叫／是某一往生者的今

---

31 辛牧：〈從雙連站搭捷運到淡水有感〉，《辛牧詩選》（臺北市：創世紀詩雜誌
　社，2007年），頁96。
32 《海鷗詩刊》第14期（1964年8月）。亦收入《辛牧詩選》（臺北市：創世紀詩雜
　誌社，2007年），頁34。
33 《創世紀詩刊》第148期（2006年9月）。
34 《創世紀詩刊》第124期（2000年9月）。亦收入《辛牧詩選》（臺北市：創世紀
　詩雜誌社，2007年），頁87。

生嗎／再如霜的月色中／我的身影／蕭瑟入路樹／或許明日／吱吱的
蟲鳴將是我的來生吧……」〈從雙連站搭捷運到淡水有感〉這首詩的
敘事結構美學，景物與一己身影相反相成對照中，彰顯著詩意。而有
些意義可以對照他的其他作品作為參照。

4 張堃——〈後山埤之惑〉

> 他不再回自己的家；／故土也不再認識他。——〔約伯記
> 7:10〕
> 板南線上／往南港／順著童年印象／去拼湊一幅／神祕水塘
> 的路線圖／那些早已湮沒的地方／在捷運車廂裡／慢慢清晰
> 起來
> 那些還原的景色／一站一站／在搖晃之間／卻瞬息模糊了／
> 下了車／徘徊在街角／竟又迷失了方向
> 恍惚中／回望車站站牌／後山埤／難道僅僅是一個站名？[35]

光復以前，臺北市區到處仍能看到小湖，臺灣習俗將湖稱為陂，或
埤。其中最有名的三個陂，就是今松山的永春陂、民生西路的雙連陂
和今和平東路的龍安陂，雙連陂，在今中山北路馬偕醫院的後面，靠
近淡水線雙連火車站。

　　辛牧以生活城市自我傳記方式，展開雙列車，從起點一直往淡水
開，是一種順敘。張堃因為從美國回臺灣，卻是要坐車讓時光倒回，
尋找兒時景象。與自我被融入環境中的渴望；而辛牧卻是將我的世界
與環境對照，顯影出自我在環境時空裡的模樣。每位作家有各自的世

35　《創世紀詩刊》第124期（2000年9月）。亦收入《辛牧詩選》（臺北市：創世紀
　　詩雜誌社，2007年），頁204。

界，而世界本身又豐富多面向。在詩中，作家對世界的認知，總想找
最巧妙的角度。世界的深度也從詩多種形式創造下得以窺見。敘事結
構對應著世界認知，是作家獨具匠心的發現與創造。敘事美學因為作
家經驗和想像，藝術化手法，或與環境陌生化的效果，引起不同的
閱讀體驗。敘事在詩中的展開，小到一個句子的氣息，大到整體結構
精神意態，都顯現作家的獨特風格。張堃的童年印象為何？請看張堃
〈兒童節〉：

> 一、夢會漸漸老去　再老一點　就會返老還童了　於是我趕
> 緊收集了月色　和一些稀疏的星光　在黑夜中　照亮　迎面
> 走來的童年
> 二、反方向　回不去童年　只好任由歲月的特別快車　、
> 在單行道上　超速　疾馳而去[36]

就這樣他用清晰模糊反覆顯影的時間空間印象，去回憶一個遠離的站
牌，車廂是顯影景色的暗房。有許多路線，神秘點是無法一一還原
的。生活總在和體驗中消逝又在心中累積意義，它向社會和人性更深
處挖掘美景內涵和藝術。

　　在詩中摻入一定程度的敘事性，擺脫絕對的情感，或箴言式寫
作，具有真切、還原當下感。話語標示著對生命經驗的扎根。詩歌敘
事，沒有太多的情節，只有日常生活場景，微妙的心理闡述，是對自
身生存體驗的顯現方式，是有意味的敘事。人生寫作是後現代書寫重
要景觀，成為當代敘事理論基石。

36　《創世紀詩雜誌》第172期（2012年9月），頁130。

（三）時空情境與敘事筆法

　　人，無時不置身時空情境中，省視一己，了解自我處境，定位與環境關係。詩人凝視萬象，觀照自然，感受每一動靜，體察宇宙消息，感受歲月飄忽，發出嘆息。如辛牧在一趟捷運過程感受自我影像，張堃在〈後山埤之惑〉中，感受眼「真實城市」與心中隱藏圖像的時空差距。詩表達出城市意象心靈符碼。其中有著對人生落腳安頓的討論。

　　詩人對萬事萬物每一凝視，都寓含對世界深處的探索。對現實世界的關懷也好；對抽象世界的描述也好。透過意象與敘事筆法，乃是要探索事物本質，世界本真。所謂超現實現實，都不過是一體兩面的表象。

　　時間的類型，有心理時間物理時間。空間的面向，有地域社會景物。敘事藉時空想像未來，回憶過去，體察當下。詩歌徘徊在情境中與生活協商，看事件成形。張堃的〈兒童節〉彷彿一座浮橋，通往童年之路。辛鬱則以音樂節奏貫穿詩歌的結構頻率，令讀者感受情境節奏的變化敘事。

　　關於時間，詩人用以表現物象變化，中國傳統有種時間。線性世間，如《論語》〈子罕〉「逝者如斯夫，不舍晝夜。」一去不返令人嘆息。周易有圓型時間，四時循環，可變化的時間。王隆升《周易經傳的循環觀》[37]，人們從往復模式，體現萬物之情。道家時間，是可逆轉時間，回歸原點，不是生理時間返老還童，是將生命本質找回。[38] 上述辛牧的捷運事也是線性的時間。張堃的〈後山埤之惑〉就

37　見《中華日報》，2012年3月25日。
38　王隆升：〈周易經傳的循環觀〉，收於《文學時空與生命情調》（臺北市：文史哲出版社，1998三月），頁1-9。

是變化的時間。底下舉辛鬱的兩組作品，表現現實面的〈順興茶館所見〉和超現實的〈豹〉，如何藉時空情境，以敘事筆法探索生命本質。

1 辛鬱——〈順興茶館所見〉[39]、〈讀報之什〉、〈豹〉

坐落在中華路一側／這茶館的三十個座位／一個挨一個／不知道寂寞何物／

而他是知道的

準十點他來報到／坐在靠邊的硬木椅上／濃濃的龍井一杯／卻難解昨夜酒意／醬油瓜子落花生／外加長壽兩包／

——他是知道的／這就是他的一切／

不　尚有那少年豪情／溢出在霜壓風欺的臉上／偶或橫眉為劍／一聲厲叱　招來些落塵／

他是知道的／　寂寞是／時過午夜／這茶館的三十個座位／一個挨一個……／

〈順興茶館所見〉，寫盡退休老兵的心路歷程，詩以中華路商場義棟茶館為空間，三十個座位。詩的結構以「不知道」動機牽引出三個「他是知道的」複數。三度出現，如打更一般敲出寂寞夜深的回音。用座位定位人的位置，用濃茶酒意寓難解心理世界。如果景物還有寓意，龍「井」的深，「落」花生的「落」，「長壽」菸長而難耐的悶，也是戲的氛圍。「落花生」也呼應了聲音上落塵的「落」，環繞在菸味四溢的不愉快回憶中，霜壓風欺橫厲叱的劍。他的音樂動機複

39　王孝廉：〈永劫與回歸〉，《誠品閱讀》18期「時間」專題（1994年10月），頁31。

織著結構美學，加深三十個座位的茫然性。一個接著一個的延續性，循環出日復一日，接連不斷、無盡頭無著落閒置狀態，顯然時空都不是線性的。「溢出在霜壓風欺的臉上」可參照〈猶未〉四十一詩，「天那一邊的一陣風／是怎樣威厲的吹襲／便白了頭髮的一個／猶未娶親　猶未一啊猶未。」壯志未酬，只聽到撕日曆的聲音。連日子撕下去都有聲音，卻聽不到老兵叫痛的聲音。唐詩孟浩然「欲濟無舟濟，端居恥聖明。」虛景亦實景，實情即心情。辛鬱此詩更寫「當自少年豪情，今日橫遭落塵」的感慨。辛鬱倡詩寫人生，順興茶館寫老兵，茶館，反映城市書寫中華商場所見的時空情境，十六年後作〈別了順興茶館〉[40]，但，先看〈老兵之歌〉[41]：

> 聽不見叫痛的聲音／這日子／薄如日曆那麼輕輕一撕／
> 炎炎熱流是一爐火／這坐落盆地的城市是一口爐／……
> 用一個執拗的念頭做　麵棍／製成一張張薄餅／……
> 他在尋找一個適於眺望的／方位

這裡有時間空間方位，薄的日曆薄的餅，一口爐火、一個執拗的念頭、一個適於眺望的方位。這些試煉眺望，正是昔日豪情與今日時間落塵間情境落差。再看〈別了順興茶館〉，中華商場走入歷史。辛鬱寫著：

> ………他還是踽踽走來／
> 從寂寞長苔的單人宿舍／
> 手拿一份隔月或隔日的／報紙　外加一根拐杖／一些些混濁

40　辛鬱：《辛鬱·世紀詩選》卷三（臺北市：爾雅出版社，2000年5月），頁53。原刊於《文藝月刊》96期（1977年6月）。

41　辛鬱：《辛鬱·世紀詩選》卷二（臺北市：爾雅出版社，2000年5月），頁34。

的酒意／

是的　大前年去過洛陽／牡丹花開過也謝了／這話題可得珍
惜著／說　說給落塵聽／
不　說給自個兒聽／

至於那一個挨一個的／三十個座位　在昏花的／老眼裡
就用不著／再去數它　也不用數／昔日的伙伴又弱了幾個
／………

　　老兵回家看洛陽牡丹花，算是生活中比較新鮮的變動，但也只能
說給落塵聽，歸來後老兵星散，歲月不居，也無所謂的寂寞無聊，
再去惦記著念著誰來誰沒來。再看另一首寫實的現實作品〈讀報之
什〉：

我讀著報／報讀著我／我讀著人類／人類讀著我／
我坐著讀報／讀著戰火／我立著讀報／讀著煙爐／我躺著讀
報／讀著愛之溺斃／我蹲著讀報／讀著恨之滋生／
我讀著我心的激動／在第一版／我讀著我臉的扭曲／在第二
版／我讀著我血的沸滾／在第三版／我讀著我手的顫慄／在
第四版／
我讀著我的兄弟／我讀著我的姊妹／我讀著人類／我竟日讀
著／那陌生的日漸疏離的／我的靈魂　問著報紙／我是什麼
／
讀報的我／讀著我／竟日竟夜地　讀著……／

我、報、兄弟姊妹、人類、我、我的靈魂，相互之間無限的閱讀。結

構不是線性的。我的行動與事的起落：坐立躺蹲與戰火灰燼溺斃恨深，不同位置高低起伏。情感與閱讀接受，每一版面的屬性不同，產生不同的機動扭曲沸滾顫慄。從我熟悉的家人，到人類，到我的靈魂，日漸疏離的我，作者關心現實中各種各樣的事實，現實是文藝創作的泉源，展示了社會現象狀態與本質。家庭親屬宗教戰爭社會觀現象景物都是空間。讀的對象如滾輪地轉，只有閱讀這件事的軸心不改。辛鬱以探望凝視的眼睛看自己，看周遭、看景物，這是敘事筆法的內在眼睛。正如他在〈體內碑石〉所說：「日日夜夜它成為我胸際一隻永在探望的眼。」[42] 詩歌創作必須有豹的眼睛，取視角才能深化詩歌主題內容，下面就來看〈豹〉[43]：

> 一匹／豹　在曠野之極／蹲著／不知為什麼／
>
> 許多花　香／許多樹　綠／蒼穹開放／涵容一切／
>
> 這曾嘯過／掠食過的／豹　不知什麼是香著的花／或什麼是綠著的樹／
>
> 不知為什麼的／蹲著　一匹豹／　蒼穹默默／　花樹寂寂／
>
> 曠野／消失／

以「不知為什麼」「不知什麼是香著的花／或什麼是綠著的樹」「不知為什麼的」作為音樂動機，嘯、掠食是過去的時間，蹲著是現在時間，過去景象花香樹綠蒼穹開放，涵容一切。今不知什麼是香著的花，或什麼是綠著的樹，一種不知所謂的茫然，語氣中的「什麼」「著」加深隔閡感的茫然。語勢在一切、默默消失中漸弱。可以藉〈碑面如鏡〉的話語解釋這種現象。「你讓我看見了，生命／一個溶

---

42 辛鬱：《辛鬱‧世紀詩選》（臺北市：爾雅出版社，2000年5月），頁92。

43 辛鬱：《辛鬱‧世紀詩選》（臺北市：爾雅出版社，2000年5月），頁97-99。

雪的過程」本來在豹眼神中可以反應一切的，目前如雪之溶，一無所
獲。豹的曠原野性，人的處境，都在其中。

　　生命，現象，世態本質在物象語態，在野生動物如鏡的眼神中，
反映著作者對世界的認知和探索。情節在心理意象時間中進行，總有
連貫和深入可能，但作者故意不聚焦，讓蹲居一方主角就這樣下場。
在文藝心理學說下降的乖訛，如畫面大帽然後出現一個小孩。觀者的
期望值下降。「豹」是詩人自喻，也是對整個人類生存現狀的觀照。
人面對生命的拘限，比豹更難找回生命主體性，找回自我。作者善於
凝視，其他如〈布告牌〉也是他的凝視之一。他的凝視常是由自我到
社會環境的省思。

　　長鏡頭的運用，大量靜物靜默的表演，表現無所事事的煩悶狀
態，顯出疏離效果，對人生狀態提出反問，另一位《創世紀》擅長凝
視的作家是李進文。

　　敘事空間是活動的實際場所，美感觀照必須要有視點與視角，
以引起景觀外部形態變化。「視點是視覺感知有一投射的聚焦。」[44]
「除了視點，審美角度的定位和流動性如何結合，也會影響美感經
驗的呈現。所謂定位性，是說我們在欣賞景觀時，必須找到一個準
確的視角，以掌握景觀的客觀典型特性。」[45]「如果要突現景物的高
聳，則自然是要以仰視的角度才能逼出它的氣勢來。」[46]「至於流動
性則是採取視點飄動的觀景方式，以對景觀作一種連續性的把握。這

44　辛鬱：《辛鬱‧世紀詩選》（臺北市：爾雅出版社，2000年5月），頁62。亦刊於
　　《聯合報》副刊，1987年1月7日。

45　辛鬱：《辛鬱‧世紀詩選》（臺北市：爾雅出版社，2000年5月），頁48。亦刊於
　　《現代文學》第46期（1972年3月）。

46　李清筠：《時空情境中的自我影像》（臺北市：文津出版社，2000年10月），頁
　　261。

種方式，是根源於景觀整體組合的基本特質。」[47]下面看李進文〈廣場〉[48]：

2 李進文——廣場

> 一群鴿子被拉下來／天空被拉下來／葉子和秋天以及臉被拉下來，被廣場／拉下來／沒什麼表情／

> 一架海鷗救生直升機被拉上去／幼兒美語和佈道大會的廣告看板被拉上去／拉上去，繼續／有新的臺北建築物一節一節被拉上去／被仰望拉上去，廣場看見／沒什麼表情的／

> 一切／都上去了：都／下來了。中間空掉——／像中年失業／

> 空掉的，還有廣場／廣場上匆忙的幻影，彷彿有人／曾經／來來去去一副熱中生活的樣子／

廣場寫的是生活廣場，作者就是導演劇作家，景物拉上去拉下來做為視角，鏡頭中隱藏作者的影子。在上下移動的視角中，有一些影子被拉上去，而建築物、仰望拉上去是藉眼光拉上去的，中間主訴的失業主題是用留白的方式顯影的。全詩用電影運鏡的手法完成。熱中生活卻以匆忙的幻影來作色調背景。城市活動的人事物，也像被拼貼的各種影像，一幅廣告板，各種主題主打，事過境遷就成幻影。

---

47 李清筠：《時空情境中的自我影像》（臺北市：文津出版社，2000年10月），頁261。

48 李清筠：《時空情境中的自我影像》（臺北市：文津出版社，2000年10月），頁263。

　　鴿子與海鷗救生機的關係，葉子秋天臉和表情的關係，仰望和佈道大會的關係，景物和情緒聯結都非常緊密。用天空加強廣場的寬闊，用上下連續的動作表現空間裡的時間性。主題顯出忙碌交錯的影像緊密度投影，中間空掉的段落在第三幕，是劇情轉折點。從另一角度看，廣場也是主體，容納一切，因融入入而顯得虛虛實實起起伏伏，也可看盡周遭。但連廣場本身也會消失。從人的角度看，從天空的角度看，從人生角度看，也有空掉的時候。他用敘事的細節把人生的看板，忙碌的幻影、生活的萬象壓縮在一活動的時空中。

　　李進文以上下角度寫人生起伏，命運的捉弄的，還有〈油菜花寫信〉[49]和〈尋人啟事──雨中張貼失蹤〉[50]。

3　李進文──油菜花寫信

> 這幾天天堂好靜／能上去的人更少了／
> 荒原背離出這幾道郵戳線／我耕完一生才發現天已黑／晚香
> 寫著淡淡的信／只有一句想你／
> 夢攪拌的蝶影悄悄落籍／成為黃土的後裔／
> 油菜花田像我們害羞的孩子／捏弄衣角，要弄出油似的／
> 黃月亮在鍋裡煎／炊煙像餓了許多年／
> 晚香寫著淡淡的信／只有一句想念你／
> 你吃苦，卻只有寂寞長胖／你瘦得一拉就上天堂／

桿桿油菜花是一枝枝煎熬的油彩筆，在夢與蝶影消翳後墜入黃土地的

49　李清筠：《時空情境中的自我影像》（臺北市：文津出版社，2000年10月），頁264。

50　選自須文蔚、李進文編：《Dear epoch1994-2004》（臺北市：爾雅出版社，2004年）。

宿命中，向天堂寫信何其難為，寫信的筆瘦削，呼應著「瘦得一拉就上天堂」的形象。天空天堂廣場，這樣大幅的空間，除了凝視的心理空間，再也無法在其中上下下。寫信，仰望天空，是對付命運唯一的行動，凝望世間的詩眼，終極關懷的詩心，是文字之外最有利的回音壁。

當詩人把內在視覺打開時，廣場上上下下透出的光影，便是人間生活的浮世繪了，不消幾筆拉出上下起伏的人生。中年失業的橫空一筆，匆忙來去的曾經，都如起重機，詩心便是無形的直升機，啟動各種能量。來到油菜花田瘦弱的筆桿，寫不盡社會關懷。接著順雨中張貼來到〈尋人啟事〉現場，此時詩以事件為主。母子的呼喚，雷聲雨聲，隨季節翻牆而過的聲音，集中向炮竹年節裡問候，帶著時間的壓力，雨滴遍灑面天倉皇父母心，仰望天，何處是愛兒腳蹤所在？夢是天涯唯一的被。

四　敘事筆法與詩歌藝術呈現

（一）生命圖像與敘事筆法

在詩歌當中，帶著小說和戲劇入詩的作品，與一般的詩歌敘事、或單純的舖敘情節不同。詩人常因個人的生活、寫作喜好，以及慣於寫作的文體，而使得詩有不同面貌，以下分組比較討論：

碧果〈人形美學〉由人的外形外相相觸及了生命的本質而這些外形外象又由觀照外物而內化為「物的生命」「我」的生命。人本是萬物中最靈動的感光體，如花如樹如果如葉之投影化身，是瞬間萬化的活動光體。

而「人造葉」看似無生命的外物，卻充滿生命現象與意義，能超

然於「生死」之外化作永恆。不但動之以能，行之以律，超然於「生死」情之外，創造了生命的光合作用；而兩份永恆、不盡、天荒地老，更讓時光碎片化身的人類羨慕感動。它代人類延續了停擺的蒼涼生命。然而它那份生命都卻又是人類所賜予所創造，真能獨立於生命的生死輪迴之外否？

比較兩篇詩歌詩命物象的敘事美學，約可分幾方面歸結：

連續感

作者經由持續的觀察，累積物的能量，於此刻讓「物性」、「能動」、「發光」構成了一連串顯象的過程。人形美學的「杏花」、「晨光」、「野曲」、「唱腔折返」、「未蝶」、「未蛹」，由花樹的生命各部分，到人的各種面向來顯現。

兩片人造葉在常態中進行「得意的綠」「無能為力的時間過客」歸結到「非顯花植物的常存」是順時間進行的連續感。基本上，這種連續感在穩定恆態中進行。

相較之下，〈人形美學〉多了一份游移感。「折磨」的經驗，「唱腔折返」的過程，都是「折」、「返」的過程。「未」……「乃」……「活著的」與「不必」，一組一組的動詞，肯定詞否定詞並行，猶疑的過程，使文思充滿不確定的游移感，徘徊的動向在其中產生。

發展感

敘事情節的豐富，不在於始末點，與事象描述。乃在於過程的變化。「孤獨」「杏花」「魔性晨光」「美在無法遁形的美裡」「一種感覺醒了」「未蛹未蝶」與「芽、根、莖、花、果」「乃拜神乃可笑」，中間的發展捉摸不定，一切出人意料之外，是瞬間萬化的美感

進行式。

　　兩片葉，由寂然常態中，扇啊扇的到油油然那種得意的綠，由「一脈長青」到「一片雲霄之上的遐思」甚至「天荒地老」，最後竟因感動而長存」就似乎是人們樂觀其成，「理所當然」的發展，卻點出了人始終羨慕而無能為力的遺憾，是以少搏多的敘事美學平衡感。並且最有價值的平衡點在結束時才出現。

切入點

　　〈人形美學〉由人及物，由光、樹、花開花落，由晨光、由唱腔音聲證入。〈兩片人造葉〉由物及人，以生活化的方式親切的由物我間日夜相處的情分證入。

物我關係

　　基本上，〈人形美學〉是「我與非我」的矛盾聯結，而兩片人造葉聯結著正式的「物」與「我」，「物」與「我」成互補的角度。生命的定數蒼涼無常本質，在離離合合的外化現象中，雖不能改變其質，卻可感受其情。

結構方式

　　〈人造葉〉是順序線條結構，屬於時間的線性感，這種方式集中力度而連貫。〈人形美學〉是環形結構，終始聯結，近乎空間裡的時間感。

　　色彩感：〈兩片葉人造葉〉是鉛筆黑白素描，親見每一筆畫移動的觸感，〈人形美學〉是油畫，看似繽紛嫣然，卻因薄霧而產生神祕距離感。

（二）生活文化與敘事筆法

1 張默——〈清水寺〉

2 丁文智——〈餅說粥的反思及其他〉

　　飲食文化與旅遊文化是現代寫作重要主題，丁文智以組詩方式，將飲食聚會的主角餅酒粥茶群聚，各顯性情，各自角色扮演，在劇場集體演出。張默則賦予神一個重要角色擔綱演出展演著主題性。飲食文化劇場盛況空前，世界文化劇場權威有趣，四兩撥千金方式。

　　〈餅說粥的反思及其他〉寫粥的前世今生，及粥之所思所想。粥之前是米，米在心不甘情不願下，順從了水，然後全身熬成泥。餅在全身上下都是火之前，回想在曬穀場上習習的風，然後又接受脫胎於麥之後，努力構成於目前的種種自我。無論粥與餅被作者帶進現場後，便無一刻休息的展演著前世今生，這些都是使生命物象逼真而引人入勝的關鍵，而非作者代其旁白。

　　張默〈清水寺〉只在詩的最後一段插入劇的結構，給人一種意想不到的結果。這首詩由冷靜的敘事到戲劇的獨白，使人與神在不同聲部之間，在境界上產生一種隔閡，而非因果關係的交代，這樣的敘事使旅遊經驗生動呈現出來，給讀者真切感，還原當下感。

3 辛牧——〈從雙連坐捷運到淡水〉

4 張堃——〈後山埤之惑〉

　　辛牧以時間線性結構，回顧一生，成為自傳小品，中間一段，影子又忍不下水，脫離主體，成為小變奏。由主題與站名的巧合性，帶

出詩的節奏。整首詩是前進的方向一直到目的地。

張堃〈後山埤之惑〉，以變化的時間與場景交錯，車廂是時間、空間、也是心靈迴旋處，而終極意圖想還原景色回到童年。

（三）時空情境與敘事筆法

1 辛鬱——〈順興茶館所見〉、〈讀報之什〉、〈豹〉

2 李進文——〈廣場〉

辛鬱以現實關懷之筆，茶館密閉的近鏡頭，大量靜默的表演，顯現人物存有狀態的煩悶，讀報閱讀是往內閱讀的。〈豹〉則是對自然對城市文明對自我處境對環境的追問與省思。採遠鏡頭邊陲式的影像，藉花香樹綠對照出吸引人的豹，目前主體性何在。

辛鬱用「知道不知道」寫出了被社會遺忘，自我遺忘了的種種意識，把握周邊景象，對邊緣社群邊緣處境，用靜默與道家的行為，慢速度的顯影呈現，或反覆加強印象。

李進文對人間凝視，採廣告媒體，看板方式寫都市。他嘗試不同的文類材質加入詩的實驗，帶出微意思，他能將一個廣場壓縮為一枚圖章。

五　敘事模式與詩歌藝術走向

就整體而言，他們嘗試從現實生活提煉各種經驗，找到物象本真，探索生命本質，表現不同的人生層面。雖然時代變遷，但關心現實，仍是《創世紀》作家的重要主題。

　　《創世紀》的敘事美學在詩中應用，從早期的為時代寫詩，詩史，表現歷史人物，或對存活的焦慮等。人物方面，早期古典戲曲角色扮演，到晚近主題變化，動物、時間、米酒、茶、萬物皆可做主角，甚至光影都列為主角。結構技巧由超現實現實，到生活細節展現，主要是根據不同主題，表現多元寫作技巧。時代社會環境，本是寫大背景，源於不同背景寫出不同主題歌詩，詩中敘事模式的變遷也是自然走向。敘事不僅在人類生活中具有認知功能構成功能，也是組織現實經驗的工具，融入詩中，參與了詩人對世界的觀感。

　　另一方面也與作家個人的寫作背景文類經驗有關。如何拓展詩材包容量，以最好的融合轉化方式，讓詩擁有更豐富的藝術，正是他們往前走的動力。

參考文獻

一　理論

傅柏忻　《演技教程表演心理學》　北京市　世界圖書出版公司
　　　　2014年

胡妙聖　《充滿符號的戲劇空間》　上海市　上海文藝出版社　2014年

吳麗娜、周倩雯、呂永華　《劇本寫作》　北京市　中國戲劇出版社
　　　　2012年

鄧穎玲主編　《敘事學研究理論闡釋跨媒介》　北京市　北京大學出
　　　　版社　2013年

譚君強　《敘事學導論》　北京市　高等教育出版社　2013年

美錦蘭迪寧主編、鞠育翠等譯　《敘事探究》　北京市　北京師範大
　　　　學出版社　2012年

宮英瑞　《敘事語資篇人物塑造的認知文體研究》　北京市　中國社
　　　　會科學出版社　2012年

譚君強、降紅燕、陳芳、王浩　《審美文化敘事學：理論與實踐》
　　　　北京市　中國社會科學出版　2011年

季水河　《美學理論綱要》　長沙市　湖南人民出版社　2011年

陳平原　《中國小說敘事模式的轉變》　北京市　北京大學出版社
　　　　2003年　香港　中文大學出版社　2006年

浦安迪　《中國敘事學》　北京市　北京大學出版社　1996年

金健人　《小說結構美學》　臺北市　木鐸出版社

美諾埃爾・卡羅爾著　李媛媛譯　《超越美學》　北京市　商務印書
　　　　館　2006年

別林斯基　《詩的分類和分型》　上海市　新文藝出版社　1958年

胡戈・佛里德里西希著、李雙志譯　《現代詩歌的結構》　南京市　鳳凰出版傳媒網　2010年

托多羅夫著，沈一民、萬小器譯　《詩學》　趙毅衡編　《符號學文學論文集》　天津市　百花文藝出版社　2004年

杜勃羅留波夫　〈阿・瓦・柯爾卓夫〉　《杜勃羅留波夫選集》　上海市　上海譯文出版社　1983年

路德維蒂・維根斯坦著、成相占譯　《哲學研究》　北京市　商務印書館　2011年

梅洛龐帝著　成相占譯　《知覺現象學》　北京市　商務印書館　2011年

美理查德・舒斯特曼著　成相占譯　《身體意識與身體美學》　北京市　商務印書館　2011年

黃永林　《中西通俗小說敘事：比較與闡釋》　武漢市　華中師範大學出版社　2009年

初見基著、范景武譯　《盧卡奇──物象化》　石家莊市　河北教育出版社　2001年

王隆升　《文學時空與生命情調》　臺北市　文史哲出版社　1998年

王孝廉　〈永劫與回歸〉　《誠品閱讀》十八期「時間」專題　1994年10月

李清筠　《時空情境中的自我影像》　臺北市　文津出版社　2000年

二　詩集

碧　果　《驀然發現》　臺北市　秀威資訊科技公司　2013年

辛　鬱　《辛鬱・世紀詩選》　臺北市　爾雅出版社　2000年

張　默　《獨釣空濛》　臺北市　九歌出版社　2007年

丁文智　《能停一停嗎，我說時間》　臺北市　爾雅出版社　2006年

丁文智　《重臨》　臺北市　爾雅出版社　2013年

辛　牧　《辛牧詩選》　臺北市　創世紀詩雜誌社　2007年

張　堃　《影子的重量》　臺北市　釀出版　2012年

李進文　《李進文短詩選》　香港　銀河出版社　2008年

須文蔚、李進文編　《Dear epoch 1994-2004》　臺北市　爾雅出版社

　　　　2004年

三　期刊報紙雜誌

《海鷗詩刊》　第14期　1964年8月

《創世紀詩刊》　第148期　2006年9月

《創世紀詩刊》　第124期　2000年9月

《創世紀詩雜誌》　第172期　2012年9月

《創世紀詩雜誌》　第156期　2008年9月

《創世紀詩刊》　第127期

《創世紀詩雜誌》　2009年3月

《中華日報》　2012年3月25日

《現代文學》　46期

《文藝月刊》　96期

《聯合報副刊》　1987年1月7日

兩 方 印 記
——論洛夫與商禽「超現實」之異同

李翠瑛

摘要

　　洛夫與商禽在超現實詩的表現上是兩大重要指標。本論文比較洛夫與商禽在「超現實」的創作理念、表現手法以及生命態度。

　　本論文第一節、前言，說明論文寫作的源起，第二節比較洛夫與商禽對於「超現實」詩觀的看法，洛夫認為他是修正的超現實主義，商禽則是否定超現實主義；第三節比較兩人在超現實詩作技巧上的類似手法，第四節從內容與形式上比較兩人的相異，見出兩個人相異的美學傾向，第五節為結論。

　　兩位皆是超現實詩人的重量級大家，對於超現實的寫作有著引領與指導的意義；本論文比較其相異與相同點，試圖呈現出兩人在超現實詩作的各種面向與價值。

關鍵字：超現實詩作、洛夫、商禽、虛實

一 前言

　　一九五〇年代超現實的寫作，《創世紀》的洛夫（1928-）透過《石室之死亡》把超現實詩的語句發揚到極致，另一位重要詩人商禽（1930-2010）則在散文詩的創作，將超現實的虛擬想像融入對現實環境的批判中。「超現實」寫作的想像力使現代詩的書寫不僅僅只有現實的白描，而能在虛擬與現實世界的想像時空中來回穿梭，詩的想像空間與心靈表現擴張了更多表現的可能。

　　超現實的想像與書寫，是在紀弦提倡現代主義的詩風下延展出來的一種寫作手法。超現實主義的詩風在學習西方「橫的移植」的氛圍下，覆蓋在詩的創作之中，雖然，超現實主義的引進一度使得詩呈現出晦澀的詩境，產生閱讀上的困境，但也扭轉詩句描寫實景的書寫技巧，添加更多對於虛境的想像。然而，此種寫作到了後來，洛夫將之與古典的詩境融合，減少超現實主義的晦澀，修正超現實的缺點而保留優點，並梳理成為清新的詩句內涵。而商禽的詩則是在詩界中模擬出虛構而奇詭的想像，將詩的境界與虛擬的世界構築為他自我的詩中世界，較之洛夫雖較為晦澀難懂，但也開創獨有的藝術想像境界。

　　洛夫與商禽都是《創世紀》的創社元老，洛夫的詩主要收集在二〇〇九年《洛夫詩歌全集》四冊[1]，約一千多首詩，商禽則是二〇〇九年收在《商禽詩全集》[2]，收有一百六十七首詩。對於現代的研究者而言，已經在詩作的收集上面具備基本的研究材料，學界對兩人的研究論文相當多，研究洛夫的博士論文有二篇，碩士論文有二十四篇；商禽研究的博士論文有三篇，碩士論文有五篇。筆者曾針對洛夫的詩研

1　洛夫：《洛夫詩歌全集》共四冊（臺北市：普音文化事業公司，2009年）。
2　商禽：《商禽詩全集》（臺北市：印刻文學生活雜誌出版公司，2009年）。

究，寫作六篇評論及期刊論文，商禽則有四篇評論，一篇論文。研究論文既多，則不易自出新意，本論文試圖站在既有的研究基礎上，比較兩人的異同，對於研究者而言，這無非是一項具有挑戰性的工作。

洛夫與商禽皆為超現實的詩人，但是對於這頂帽子，卻都持否定或修正的態度，此種矛盾就構成本文論述與思考的切入點。本文從兩人對於超現實的詩作與詩觀兩方面進行比較，重新釐清超現實主義的因素與表現手法，並試著從其他理論詮釋分析兩人詩作之更深意涵。

二　詩觀──修正的超現實主義與否定的超現實主義

一九二四年，法國安德列‧布勒東醫生的《超現實主義宣言》，以醫生的身分、心理學的背景，發表超現實主義的寫作實驗。他從佛洛伊德的潛意識與夢的研究觀點出發，認為創作者放開意識的主導，讓潛意識發揮作用，則潛意識將帶領創作者進入一個連他自己都不知道的領域，書寫出超乎想像的內容。超現實主義強調的夢境、夢幻以及記憶等，混雜著靈感的突如其來，想像的產物呈現出難以理解的幻境。《超現實宣言中》說：

> 超現實主義，陽性名詞。純粹的精神無意識活動。通過這種活動，人們以口頭或書面形式，或以其他方式來表達思想的真正作用。[3]

超現實主義強調潛意識作用，特別發掘夢境或幻想，具有超乎現實想

3　（法）安德烈‧布勒東（Breton, A.）著，袁俊生譯：《超現實主義宣言》（重慶市：重慶大學出版社，2011年），頁32。

像的畫面。以心理學立場嘗試創作,他和友人菲利普‧蘇坡《磁場》
(Champs magn'etiques)稱為超現實主義的最早作品,即以「自動書
寫」(automatic writing)的實驗,作家聽從內在聲音的指揮,「主體
必須超然於周圍的現實去思考,盡可能地關閉朝外部世界敞開的大門
(感官),讓自己的理性沉睡,使自己保持在接近夢幻的狀態,然後
傾聽(但不作有意識的努力)和寫,隨著思維加速的節奏寫。」[4] 此種
超現實的寫作方式以實驗性的開始,提出人們面對潛在心理的對話,
強調對內在的聲音的重視,雖然在一九三二年布勒東自己承認此種寫
作方式的不完美,但不可否認的是此種震驚的寫作方式結合心理學的
潛意識,開啟想像內涵的另一度空間。

　　一九五〇年代的臺灣現代詩,以橫的移植、學習西方理論的方
向,超現實主義的實踐者們以詭奇的想像擴展詩的空間,因此帶來詩
作中的晦澀與閱讀困境,洛夫說:「一九五九年我在戰火的硝煙中開
始寫《石室之死亡》,由於初次採用超現實主義的表現手法,讀者一
時不習慣這種過激的語式變形,而視為一種反傳統的怪物,但對我自
己而言,這是一個空前的、原則性極強的藝術實驗之作。」[5] 超現實帶
來語詞上的變革,啟發現代詩在語詞上一個大的彎度,這是超現實主
義的重要影響。

　　然而,超現實主義強調潛意識的書寫,甚至不受理性頭腦的控制
而訴諸於內在潛意識的自由發揮,此種源於心理學所發展的文學創
作,其意象的拼接組合與奇異性對讀者而言存在著閱讀上的困境。洛

4　(法)馬塞爾‧雷蒙(Marcel Raymond)著,鄧麗丹譯:《從波德萊爾到超現實
　　主義》(From Baudelaire to Surrealism)(開封市:河南大學出版社,2008年),
　　頁234。
5　洛夫:〈鏡中之象的背後──《洛夫詩歌全集》自序〉,收於《洛夫詩歌全集
　　I》(臺北市:普音文化事業公司,2009年),頁15。

夫在二〇一一年的書序中說：

> 潛意識本身不是詩，如果詩歌創作完全依賴潛意識而採用一
> 種不受理性控制的自動語言，其結果必陷於一片混亂。……
> 我始終認為：詩的本質應介於意識與潛意識，理性與非理
> 性，現實與超現實之間。[6]

超現實主義強調的「自動書寫」，在精神上透過潛意識的發揚，把意
識降低，讓潛意識自由流動的內在聲音成為書寫的意象，此種可能連
作者本身都未曾想到過的意象對於讀者更是難以理解。事實上，創作
者在寫作時，頭腦心志的作用、技巧的使用與修辭設計等，是潛意識
或是意識？或是兩者相互作用？恐怕連作者自己也弄不清。然而，可
以確定的是，若是任由潛意識的作用，那麼人人皆可成為作家，而意
象的流動是否具有美學的秩序，則成為一件難以捉摸的事。因此，創
作時的靈感與神來一筆確是作者無法掌握的，但技巧的訓練及有意的
寫作設想卻是意識的產物，創作應是介於意識與潛意識之間、理性與
非理性之間。洛夫從中找到超現實主義的缺口並進而試圖擇其優點而
捨其缺失。

　　其實，若以語句的想像與意象聯想的意義解之，仍可以發現洛夫
或商禽在語言表達還是具有邏輯與脈絡，此種超現實的寫法，本來就
不是西方超現實主義的本來面目。同時，超現實主義的手法雖然是創
作的營養或主調，但是創作者不可能服膺一種理論至死不渝，超現實
主義漸漸被某些更大的可能性取代或修正。以洛夫與商禽為例，一般
傳統說法認為他們是超現實主義的詩人，然究其內容並非超現實的服

6　洛夫：〈禪詩的現代美學意義——代序〉，收於《禪魔共舞——洛夫禪詩・超現
　　實詩精品選》（臺北市：秀威資訊科技公司，2011年），頁14。

膺者。洛夫的超現實是「修正的超現實主義」，修正並調和極端的內涵[7]。他說：

> 經過長時間的思想蛻變，當我日漸傾向於我所謂的「回眸傳統」，深入古典詩歌的內在靈視時，我竟赫然發現我的情感和心靈是多麼的接近傳統；更驚訝地發現，西方現代主義的某些觀點和表現技巧，居然可以從老莊哲學思想和唐詩宋詞中聽到意想不到的回聲，比如沙特與海德格關於存在的意義可以從莊子的篇什中找到呼應，超現實主義的某些特質，竟然可以在李白、李賀的詩中看到暗影。[8]

他從西方走入東方，試圖融會各方優點，並在禪境與傳統文化中找到他的道路。

在二〇一一年出版的《禪魔共舞——洛夫禪詩・超現實詩精品選》書序中說：「空靈為禪詩不可或缺的一種屬性。」[9]洛夫「引禪入詩」的作法在早期的創作中已經是「有意為之」，他說「我早年寫詩便有一種突破性的想法：企圖將禪的思維與生活中偶爾體驗到的禪趣引入詩的創作，為現代詩的內涵與風格開闢一條新的路向。……超現實主義的詩進一步勢必發展為純詩，純詩乃在於發掘不可言說的內心經驗，故發展到最後即成為禪的境界。」[10]四十餘年，洛夫從超現實

7　洛夫：〈鏡中之象的背後——《洛夫詩歌全集》自序〉，收於《洛夫詩歌全集 I》（臺北市：普音文化，2009年），頁16。

8　方明編：《大河的對話——洛夫訪談錄》（臺北市：蘭臺出版社，2010年），頁273。

9　洛夫：〈禪詩的現代美學意義——代序〉，收於《禪魔共舞——洛夫禪詩・超現實詩精品選》（臺北市：秀威資訊科技公司，2011年），頁11。

10　洛夫：〈禪詩的現代美學意義——代序〉，收於《禪魔共舞——洛夫禪詩・超現實詩精品選》（臺北市：秀威資訊科技公司，2011年），頁11-12。

主義的《石室之死亡》到禪宗的境界，以「純詩」作為內在經驗發抒之後的理想[11]，已經見出洛夫創作理念上的軌跡。

洛夫禪詩的寫作是建立在超現實的路線上，「無理」而妙的境界是洛夫找到東西方共通的連接點[12]。將西方的超現實主義手法轉化，修正方向，傾向於禪的「空」之境界，上接王維、李白、杜甫的唐詩傳統，而以超現實的想像結合古典的禪境，將超現實手法融合於現代語言的詩創作之中，他自己也說：

> 多年後，我從純詩到禪詩這一發展過程又有了新的論證，這就是我把西方超現實主義與東方禪宗這一神秘經驗予以融會貫通，而蛻變為一種具有現代美學屬性的現代禪詩，……其獨特之處，就是超現實主義與禪的結合，而形成一種既具有西方超現實特色，又具有中國哲學內涵的美學。[13]

對於創作者而言，這是洛夫自己對自我的創作有意識的反省與再出發，也是他在創作上不斷思考創作路線的體現。

然而，更細膩地說，洛夫是一位基督徒，受洗二次，卻還不是虔誠的信徒，與其說他是基督的教徒不如說他是詩的教徒，對於詩的信仰，更是他堅持五十多年頭的宗教。在此種多重的身分中，他書寫的內容卻是結合禪宗的美學趣味，上接傳統中國文人的傳統與古典詩詞的內涵，例如他寫〈我在水中等你〉是以莊子尾生的故事為題材，〈走向王維〉、〈觀仇英蘭亭圖〉、〈譬如朝露〉、〈大悲咒〉等

---

11 洛夫：〈禪詩的現代美學意義──代序〉，收於《禪魔共舞──洛夫禪詩‧超現實詩精品選》（臺北市：秀威資訊科技公司，2011年），頁12。

12 洛夫：〈鏡中之象的背後──《洛夫詩歌全集》自序〉，收於《洛夫詩歌全集I》（臺北市：普音文化事業公司，2009年），頁20。

13 洛夫：〈禪詩的現代美學意義──代序〉，收於《禪魔共舞──洛夫禪詩‧超現實詩精品選》（臺北市：秀威資訊科技公司，2011年），頁12。

詩，甚至後來寫的〈唐詩解構〉，都可以見出他以閱讀古人詩詞篇章典籍，涉獵禪佛經典的閱讀過程，他所接受的中國傳統文學的內涵超過他的基督徒的身分以及他對超現實主義的認同，可見他取用的不是禪宗的哲學或是宗教思想，而是禪宗的美學趣味，以超現實主義技巧結合禪的妙悟心法，表現物我同一的觀念[14]，並以超現實的手法融入禪宗以悟為主體，對萬物幽微的想像，以及對於禪宗說不出卻以指指月的「禪境」的模擬，對洛夫而言，詩是指向月亮的那根手指，透過詩（手指）指向的是月亮的潔淨世界。禪境的悟入適時化解了超現實主義疑問並轉為物我合一的禪境美學，啟發洛夫修正的超現實主義路線。大陸學者龍彼德於二〇一一年在《洛夫傳奇——詩魔的詩與生活》中說：

> 洛夫先選擇西方，後選擇東方，在西方的超現實主義與東方的禪宗之間尋找共同處，並將兩者結合起來，實現了西方與東方的互補、現代與傳統的統一。[15]

從超現實到禪境的創作表現體現在〈金龍禪寺〉一詩；洛夫說：「顯然這首小詩就是我採用超現實主義的技巧，結合禪的妙悟心法所做的一次詩歌美學的實驗，我所要表現的，乃是根據我的物我同一觀念，盡量消除個體的差異而使人與萬物融為一體。」[16]就〈金龍禪寺〉一詩而言，禪境的體悟已成為詩境的內涵，其中超現實的技巧並沒有像《石室之死亡》那般刻意而深濃，這類的小詩，融合現代之景及禪境

---

14 洛夫：〈禪詩的現代美學意義——代序〉，收於《禪魔共舞——洛夫禪詩‧超現實詩精品選》（臺北市：秀威資訊科技公司，2011年），頁16。

15 龍彼德：《洛夫傳奇——詩魔的詩與生活》（臺北市：蘭臺出版社，2011年），頁39。

16 洛夫：〈禪詩的現代美學意義——代序〉，收於《禪魔共舞——洛夫禪詩‧超現實詩精品選》（臺北市：秀威資訊科技公司，2011年），頁16。

的暗示,大陸詩評家沈奇稱之為「現代禪詩」,[17]此類禪詩是洛夫試圖將超現實的手法融於禪境的書寫方式,換言之,超現實主義的手法成為他寫作的技巧,禪境的悟入是整體詩作的境界。

洛夫後來的詩作一直與中國傳統的詩歌有所聯結,逐漸擺脫超現實主義的路線,無論是他早期說自己是修正的超現實主義或是後期越來越清晰的創作路線,都已經宣告洛夫距離早期較為純粹的超現實寫作路線越來越遠,超現實的手法被稀釋、轉化成融入禪境的一種寫作技巧與方式。

超現實主義的另一位詩人商禽,則呈現超現實的詭奇路線,但他卻否認自己是超現實主義詩人[18]。在孟樊與商禽的對話中,商禽說:「基本上,我仍然是一個所謂的現實、寫實主義者」[19],他否定他是超現實主義詩人,而從內容上認為自己是一個現實、寫實主義的詩人。陳芳明如此描寫商禽的詩與詩觀:

> 至少有兩種標籤習慣加在他作品之上:「散文詩」與「超現實主義」;前者是指形式,後者是指內容。……他認為自己的創作是以散文寫詩,而不是寫散文詩;重點在詩,與散文無關。同樣地,他也拒絕超現實主義的封號。對自己的詩觀他頗具信心,堅稱超現實的「超」,應該解讀為「更」。[20]

17　沈奇:〈詩魔之禪〉,收於《禪魔共舞——洛夫禪詩‧超現實詩精品選》(臺北市:秀威資訊科技公司,2011年),頁303。

18　陳芳明:〈快樂貧乏症患者——《商禽詩全集》序〉,《商禽詩全集》(臺北市:印刻文學生活雜誌出版公司,2009年),頁29。

19　須文蔚記錄:〈詩與藝的對話:商禽與孟樊——現代詩創作與理論的鴻溝〉,《創世紀詩雜誌》107期(1996年),頁55。

20　陳芳明:〈快樂貧乏症患者——《商禽詩全集》序〉,《商禽詩全集》(臺北市:印刻文學生活雜誌出版公司,2009年),頁29-30。

從內容上來說，商禽的現實是對生活與生命現實的叛逃、無奈、諷刺，從形式上來看，則商禽在超現實主義的表現上較洛夫更為超現實化。他以超現實的手法表現生命的虛無感，常在詩中以虛境的變化達到他反省生命、對抗現實、諷刺現狀的目的。

商禽否定超現實主義，他的詩觀強調一件事：詩就是詩，散文詩也是詩。「詩質」本身重於其他形式的表現；他說：

> 「詩」便是把「意象」繪出。（《商禽詩全集》，頁25）

簡單的一句話寫出商禽的詩觀：詩就是意象的表達，沒有過多的理論，詩就是把內心的意象表達出來。詩是否表達心志，對商禽而言恐怕也不是：「如果照古人的解釋，志是志向，是懷抱，寫出來的，雖有意義，恐怕就算不得是詩了。」[21]對商禽而言，詩與人的關係中，詩就是人們內心的心象表達，詩不是工具，更不是述懷、載道的工具[22]，詩就是詩，就是內心意象的外在表現。

當大家不斷討論商禽的散文詩到底表達些什麼？散文詩是散文或是詩？他說他的散文詩是：

> 近現代以來，人們開始使用散文寫歷史、小說、戲劇。自由詩於焉出線，用散文來寫詩。我要求的是本質的詩的充盈。用散文來寫詩，別人怎麼叫與我無關。（《商禽詩全集》，頁438）

散文對他而言只是一個形式，就是工具。無論是散文或是自由分行

---

21 商禽：《商禽詩全集》（臺北市：印刻文學生活雜誌出版公司，2009年），頁25。
22 商禽：《商禽詩全集》（臺北市：印刻文學生活雜誌出版公司，2009年），頁24-25。

詩，他的重點就是「詩的本質」，也就是「意象」，是詩人心中的心象，簡言之，是商禽心中的畫面與想像。他沒有洛夫對自我創作那樣不斷自我反思，站在理性的角度不斷修正創作方向；商禽認為他很單純地寫詩，否定超現實主義就如同否定詩是心志的表達一樣，他反對形式主義或是創作理論，他僅僅把詩當詩，詩就是詩的本質的充盈的表現。

比較洛夫與商禽，洛夫對他的創作一直保有某種程度上的理性與反省，他自覺地走向中國傳統詩歌，並從禪宗汲取營養，商禽則否定理論，否定超現實主義。事實上，洛夫在詩觀與他的創作表現之間呈現同時並前的狀態，兩條線不斷交會前進，所以他的詩觀與理論極力表現在創作實踐。商禽的「否定」是他的創作理念，然而就作品來看，超現實主義想像的成分還是佔據他大部分詩中意象，若說潛意識的意象是超現實的基調，則此種說法更符合商禽詩觀中「心象」的外現，同時，他否定自己的詩是「志」之表達，但他的詩中找到的思想，並非全然無「志」而不可辨識。

商禽在超現實的技巧與意象上，比洛夫更加超現實，他除了體現在虛境的表現之外，更以無厘頭的聯想，把意象的不可能與可能放在一起，使讀者在閱讀上更難以理解，此種諸多看似沒有關係的聯想，放在一首詩中成為多重意象，甚至不像系統的意象系統，而以非理性的成分、潛意識的表達成分更多一些。看起來商禽的否定，其實是為否定而否定。自我否定超現實主義的詩觀卻無法否定創作中的超現實，就像他詩中的標題：〈他想，故他不在〉[23]，否定形成的矛盾使得商禽不可能像洛夫一樣在創作理念與創作實踐上走向一致，而會呈現出理念與實踐相反的方向，這種矛盾也間接說明商禽在生命的困境

---

23 商禽：《商禽世紀詩選》（臺北市：爾雅出版社，2000年），頁102。

上走不出來的矛盾，與創作上不斷在背反、叛逃的變調思想。

三　相似的可能——超現實詩表現手法上的
　　虛實、擴張與切割

　　從形式上舉洛夫與商禽的詩作比較，洛夫重在詩句的煉字煉境，商禽則著重在詩境上的變化；洛夫的詩境以實境中帶有虛境，〈石〉詩之後大都在詩句中點綴部分超現實而非整首詩都是超現實，因而詩意走向清朗易懂，而商禽則在散文詩中架構虛擬的世界，從虛境中見出現實的情況，其詩境虛擬的成分多而在解讀上更加曲折。他們兩人在超現實手法上的運用有幾個類似的技巧，述說如下。

（一）超現實的虛實之境

　　超現實手法最重要而常用的就是在虛實之間的變化與想像，透過超乎現實的想像，把情節設想在虛境之中，在虛境中出現實境的內涵。例如洛夫《石室之死亡》是典型的例子：

> 在清晨，那人以裸體去背叛死
> 任一條黑色支流咆哮橫過他的脈管
> 我便怔住，我以目光掃過那座石壁
> 上面即鑿成兩道血槽（《洛夫詩歌全集Ⅳ》，頁26）

清晨的時候有一個裸體的死人，此人的血液脈管如黑色的支流。而「我」太驚訝，便怔住了，驚異的力道有如特殊能力般足以掃過牆壁之後，牆壁上便鑿出兩道血痕。前面是拗口的句子，「背叛死」就是不想死或是死得不像該死的樣子，後面目光的力量可以在壁上鑿出血

痕是超現實的想像，以示力道之大。龍彼德認為石室之死亡的基本主題是死亡與生存，他說：「筆者則認為它是『生存』與『死亡』的集中，是一個總體象徵。『石室』即人的生存環境，詩人在這個環境中感到禁錮與孤絕，他要衝破這個環境，擺脫這個環境，並詛咒這個環境的死亡，決心重建一個自由、理想的新環境……。『石室』的『死亡』，實際上表達了洛夫破壞舊世界、創造新世界的強烈願望與全部熱情。」[24]

此詩中的「死亡」有著詩人的逆向操作，透過瑰麗的想像把中國人視為禁忌的死亡，以超現實的書寫詮釋死亡美麗悲涼而親切的可能。洛夫寫此詩是一九五九年，在金門戰地擔任新聞聯絡官時所作，當他白天處在兩岸炮火猛烈的戰地，晚上處在地下碉堡中無法開燈的黑暗裡，除了睡覺，他就在胡思亂想中，各種瑰麗的意象紛紛而來，終於寫成以死亡為主題的《石室之死亡》一詩。

洛夫早期詩中的虛境與實境的想像，適度使用超現實主義的精神，並受到里爾克的影響。[25]以存在主義思考生命的存在問題，從灰燼中伸出手的重生意象代表希望，從死亡暗示新生的可能，死到生的過程並不可怕，洛夫把實中有虛、虛中有實的理念體現在詩的創作。如書名為《落葉在火中沉思》，火中的落葉不是死亡，而是在火中思考生命重生的可能，此畫面除了超現實的手法之外也表現詩人對於死與生的思考[26]。

洛夫的超現實手法一方面是在禪境暗示之指向，例如〈金龍禪

---

24 龍彼德：《洛夫傳奇──詩魔的詩與生活》（臺北市：蘭臺出版社，2011年），頁72。

25 龍彼德：《洛夫傳奇──詩魔的詩與生活》（臺北市：蘭臺出版社，2011年），頁66。

26 洛夫：《落葉在火中沉思》代序（臺北市：爾雅出版社，1998年），頁2。

寺〉以禪境為指向，另一方面則是在語言上的虛境指向，由虛境生發出來的朦朧美感與空白，以暗示的或是虛境的想像填補空白空間，在虛擬的時空中融以實境的情景，造成虛中有實的筆法，而因為在虛境中，則想像可以是不符合現實的超乎現實情狀的場景與內涵。

鏡子是一個虛實相間的事物，鏡子的意象反映的現實與超現實的共存性。

洛夫二〇〇八年寫他的《洛夫詩歌全集》的序，題為〈鏡中之象的背後〉[27]，鏡子是一個穿越超現實與現實之間的事物。超現實的手法就像現實世界與虛擬的鏡中世界兩者合而為一，洛夫有一首詩寫〈鏡〉：

> 鏡子笑了
> 我從它破裂的嘴裡走出
> 它第二次有笑了
> 我趑趄不前，在玻璃柵欄前停住
> 鏡子哭了
> 我從它冰冷的淚中走出

鏡子的笑或哭牽動著詩人的動作與情緒，笑的鏡子讓詩人在鏡中與鏡外穿梭，哭的鏡子也是，但重要的是：

> 這時我才明白
> 沒有一面鏡子甘願破裂
> 它堅持不破
> 我只好賴著不出來（《禪魔共舞——洛夫禪詩·超現實精品
> 選》，頁260）

---

27 洛夫：〈序〉，《洛夫詩歌全集Ⅰ》（臺北市：普音文化事業公司，2009年）。

當鏡子不破，意謂著虛境的存在是一種堅持，而詩人賴著不出來也說明虛境存在的事實。當現實世界反射在虛境時，鏡中出現的是另一個相同卻虛擬的世界，虛境可以任憑詩人想像，而實境的世界卻是務實的生活。「鏡」子的意象被運用在文學中，將本是「風月寶鑑」的鏡子，象徵《紅樓夢》中夢幻與真實的人生同時並存，在賈瑞單戀王熙鳳時，道人送他一面鏡子，叫他只能看背面不能看前面，鏡子的背面無可看，是實物實境，正面卻是鏡子裡虛境各種幻象產生的源由，虛境中充滿看鏡人的幻想與欲念，是真是幻，是正是邪？取決於看鏡人心中的正念或邪念，賈瑞心中的淫欲之念反映在境中世界，將真實世界中的肉體結合，最後在無盡的幻想中精氣喪盡而亡。

「鏡」中折射出現實世界，這鏡中的實境看起來真實，卻是虛幻的，虛境中的實境如果在觀看者的心中產生無限的幻想時，虛中帶實的想像世界或是扭曲變形，或者變化無窮，就為文學的創作添增無限的想像空間，《哈利波特》中的鏡子反映出人們內心最深沉的渴望，所以哈利波特在鏡中看到自己的父母親，佛地魔也透過鏡子讓人們看到自己的恐懼與貪婪。鏡子的世界與現實的世界有著相互依靠、拉扯或是變形的可能，鏡子虛境反應的實境，在虛境中創造彷如實境的情節，用來比擬超現實主義的手法實有深意。

另一個虛境的使用就是「夢」與「現實」，例如洛夫〈午夜鼾聲〉：「發動機開啟／妻的鼾聲飛身而起／繞著天花板轉了一大圈／又回到枕邊」，而深受鼾聲所擾的洛夫則是做了一堆夢，之後：

從棉被裡
抓出一條鯖魚，生猛得很
推開枕頭去上廁所
夢紛紛逃竄

掉了一地的鱗片（《禪魔共舞——洛夫禪詩・超現實精品
選》，頁276）

夢被擬人化，想像為棉被中抓出的生猛鯖魚，等詩人醒來，夢不見
了，如紛紛逃竄而掉了一地鱗片的那條鯖魚。夢被比擬為一條滑溜的
鯖魚，但詩人在現實之中，棉被中與那條鯖魚對抗的就是現實與夢的
對抗。虛境與實境交會書寫而讓虛境的夢變成實境中的魚，但此魚又
非真魚，是虛境中的夢，交錯著虛與實，讓讀者弄不清楚，詩人便達
到他在虛虛實實中以超現實／現實的交錯意象的書寫目的。又如〈歲
末〉：

那一刻，終於見到母親
我伸臂抱去
一陣寒風
穿胸而過（《禪魔共舞——洛夫禪詩・超現實精品選》，頁
279）

洛夫離開家鄉，與母親的再次相聚時，已是陰陽兩隔，所以那些想像
與母親相見而擁抱的畫面是虛擬的想像，如一陣風，穿胸而過，深深
刺傷內心的情感。意象開始於想像的擁抱，結束於不可能的假想的、
超現實的那陣穿胸而過的風。洛夫的散文篇名為〈在火燄中看到母親
的臉〉[28]，記載洛夫母親於一九八一年去逝，當時兩岸尚未開放，消
息由友人傳來，哀慟之情實難以忘懷，而因為洛夫離開母親三十年，
母親過世時也未在身邊，親人只能是存在夢中、回憶，想像中的，所
以虛擬的境中出現的實境的臉，或是「在火燄中看到母親的臉」以虛
實交錯書寫意象。

---

28 洛夫：《雪樓小品》（臺北市：三民書局，2006年），頁42。

　　而詩人商禽則是在超現實的虛實想像中，更添加誇張不實、荒謬詭異的想像內涵，例如虛境中的情節變化，如詩中：

　　　黑暗就將人們的聲音壓成一塊薑糖。（〈水葫蘆〉《商禽詩全集》，頁67）

　　　我們仰望一個女人，從花蕊中。以雙手握住自己的頭髮，將她自己提起來，上昇，好似正在燃燒。（〈溫暖的黑暗〉《商禽詩全集》，頁57）

　　　她的前胸凹陷，短疬的腿，瘦長的雙臂，使她像被這群外國慈善家的肥美的掌聲抬上去的一張矮竹凳（〈傷〉《商禽詩全集》，頁81）

　　　突然被那些宗教家由零落而趨熱烈的掌聲所擊傷。〈傷〉（《商禽詩全集》，頁82）

　　　它口中的唾液為我們描繪出一隻永遠收不回去的手（〈臺北・一九六〇〉《商禽詩全集》，頁90）

當黑暗將人們的聲音壓成薑糖，辣而甜的薑糖是黑暗的變身。花蕊中的女子渴望提昇自己燃燒的生命，黑色的髮是提昇的助力，黑暗是溫暖的，「黑暗」是他「心中追求的心靈解放與自由」[29]。掌聲是虛擬的，卻可以「擊傷」宗教家，諷刺著宗教家的虛榮；唾液是流質

29　奚密：〈「變調」與「全視」：商禽的世界〉，商禽《世紀詩選》（臺北市：爾雅出版社，2000年），頁11。

的，卻以實物般比擬為可以用來描繪出收不回的手，虛實交錯出現的
手法，無疑將現實扭轉為超現實世界中正在進行的種種可能情節。如
〈流質〉一詩：

> 逃避了秋的初次搜索的一條夏天的尾巴躲在候車室內，把一
> 個女子催眠為流質了。所有的男人都很惋惜，他們的眼睛都
> 說：「完了！這可憐的，可愛的女子。她再也不能把自己和
> 她的夢撿起來了，甚至用湯匙也不能……」
> 而我卻暗自歡喜。我想：「如果我能在這些液體還沒有被蒸
> 發之前得到一張上等的棉紙就好了。我可以把那浮在面表的
> 鉛粉以及口紅拓印下來，這樣，我在死後就有遺產了……」
> 若非突來一股冷風將我冷卻，我也已經融為液體了。（《商
> 禽詩全集》，頁64-65）

秋天剛來，女子被夏末炎熱的天氣融化為流質，說明天氣很熱而女子
臉上的妝因此被熱氣融化，可惜的是那張臉一旦失去面具的妝便失去
美的作用了。所以男人們惋惜再也看不見女子的姣好面容，但商禽
卻用眼睛說話，說女子無法撿起夢，因為失去了妝，間接失去了美
貌。而詩人進一步想著，如果有一張棉紙把濃妝畫出的美麗的臉孔拓
印下來，讓青春美貌留著作為死後的遺產，停留在棉紙上面，那該多
好呢？可惜，如果不是一陣涼風冷卻了想像，可能連作者也融化了。
其實這是詩人在車上的聯想，青春如果可以用棉紙拓印下來，該有多
好。一方面暗諷女子不是自然之美而是人為的妝扮之美，代表著不夠
真誠的，假面具的美，而這假象的美終究被看透的。另一方面也諷刺
著人們對於美貌的關注遠遠大過對內在的探索。

　一般人看世界，看到的是正常運作的一面，商禽的虛境與實境卻
是看到世人相反或悖離的那一面，反面、側面、甚至是背面。奇詭的

想像意象，使商禽的詩，異想著特有的、詭異的、扭曲的「變調」[30]
世界。商禽的〈躍場〉、〈長頸鹿〉等詩，在虛實之間的交錯運用，
奚密說的「有意的逆反和扭轉」，故意的「變調」，是商禽詩的特
質[31]。他以反向操作的超現實手法，將實境放在虛境中，讓虛擬的超
現實的世界中的人事物自行說話，以虛擬實，達到他對現實世界諷喻
的目的。商禽的超現實手法則是來自意象上的表現，筆者曾研究商禽
論文說：

> 此意象的存在只是心象的投射，或筆者稱為「概念意象」的
> 呈現，並非真實意象，這在虛境中創造出來的非象之象有如
> 境外之象，似有象而非象，而詩中同時並存現實之物與概念
> 意象，則是商禽的超現實創作手法中，運用虛與實變換其
> 位，同新排列後，找到新的意象次序的結果。[32]

「概念意象」是以超現實的表現手法，讓意象穿梭在虛境與實境之
中。商禽和洛夫都是《創世紀》同仁，早期也是寫詩的友伴，洛夫結
婚之初，《創世紀》五人到洛夫家作客，之後到溪中玩水拍下裸照的
其中之一就是商禽。洛夫的超現實主義後來走到修正的超現實，商禽
卻不一樣，商禽對於詩的意象，視之為詩是意象的描繪，而詩就是寫
心中的心象。商禽二〇〇〇年在《聯合報》副刊上〈對鏡〉中說：

> 頭髮，我都用手代替梳子；就如《用腳思想》封面上那副德

30　奚密：〈「變調」與「全視」：商禽的世界〉，商禽：《世紀詩選》（臺北市：
　　爾雅出版社，2000年），頁10。

31　奚密：〈「變調」與「全視」：商禽的世界〉，商禽：《世紀詩選》（臺北市：
　　爾雅出版社，2000年），頁11。

32　李翠瑛：〈水中之月與境外之象——論商禽詩中的虛實變幻意象〉，《臺灣詩
　　學》16期（2010年12月），頁52。

性；從眼睛裡長出手再去搔首而不弄姿。那副尊容並非目視下的結果，乃是「觀想」的成績。[33]

他對自己的自畫像以腳思想，眼睛中長出手來，用來搔頭，這些怪物似的形象是他的「心象」，是想像出來的超現實的畫面。從他的自我描述中透露著他的詩觀，鏡中反應的他是一個觀想的他，鏡中虛擬的世界中看到的是一個與現實世界完全不同的形象世界。當你站在鏡子面前，想像鏡中產生出各種形象，透過文字表達，意象的跳盪便成了詩，而變形的人物與扭曲的意象來自於鏡中的觀想，虛境中的實境，實境中的虛境，造就商禽超現實詩手法的虛實之境。

（二）超現實的時空擴張

超現實的手法擴大詩的時空意義，洛夫將超現實的時空擴張體現在傳統詩詞的現代詮釋，早期的詮釋古典詩詞的作品以及近期的《唐詩解構》等皆是。商禽則在虛境之中加入時間的縱軸，拉長詩的時空，而不停留在某個時間點上。

超現實的寫作對傳統文學，在語言上有後出轉精的創作意義，傳統文人在務實的現實與浪漫的想像中拔河，杜甫的憂國憂民與李白的浪漫狂放成為強烈的對比，然而，講求務實與對現實的關懷多為詩歌傳統之重鎮，想像與浪漫只有在某些生活現實不再有後顧之憂時，想像才有發揮的空間；而超乎現實的想像在語言的強烈振度上，比傳統的詩詞有更多的表現空間。在文言句型無法達到的轉折點或幽微之處，現代詩以超現實的手法提昇、轉化語言的可塑性，例如洛夫〈長

---

33 商禽：《商禽詩全集》（臺北市：印刻文學生活雜誌出版公司，2009年），頁439。

恨歌〉一詩，補充了另一種可能的想法，而不僅僅是帝王愛美人，美人誤江山的一貫思維。其詩中說：

> 她是
> 楊氏家譜中
> 翻開第一頁便仰在那裡的
> 一片白肉
> 一株鏡子裡的薔薇
> 盛開在輕柔的拂拭中

其詩把楊貴妃與玄宗的愛情從長恨歌中美麗的神話拉回人間，把愛情的可能想像從浪漫的真愛詮釋為肉欲橫流的算計。詩中說玄宗沉溺在肉體的歡愉中：

> 他開始在床上讀報，吃早點看梳頭，批閱奏摺
> 　　　　　　　　　　　　　蓋章
> 　　　　　　　　　　　　　蓋章
> 　　　　　　　　　　　　　蓋章
> 　　　　　　　　　　　　　蓋章
>
> 從此
> 君王不早朝

肉欲與愛情成為〈長恨歌〉的現代版詮釋，玄宗與楊貴妃傳頌的愛情在洛夫筆下成為沉溺愛欲的帝王一生最大的遺憾，而遺憾的本質卻是男女之欲，女人是政治的玩物，而男人是女人借以攀上枝頭當鳳凰的捷徑。洛夫在詩中第一節以超現實書寫歷史的現實：

> 唐玄宗
>
> 從
>
> 水聲裡
>
> 提煉出一縷黑髮的哀慟

從第一節中概括的意象，水聲是虛的聲音，提煉出黑髮的哀慟，此一超乎現實的想像將水與黑髮聯結，並從中暗示著愛情的悲劇與政治權力鬥爭的不堪。超現實的書寫可以在虛境與實境中提煉出更符合詩人之意的意象，而不必顧慮此種意象的可能性或是可行性，更不必在乎意象是否存在與否。超現實的手法在文學的創作上確能拉開想像的距離與空間，將思維的時空擴大並更精確地抓穩作者內在的詩思。李白寫「白髮三千丈」，用的不過是誇大的想像，但洛夫卻可以進一步把想像透過超現實的情境書寫，進一步寫成：

> 誰的來信？
>
> 居然寄來一束白髮
>
> 我把鏡子
>
> 連同裡面那幅鐵青的臉
>
> 反扣在桌上
>
> 就這麼扣著
>
> 什麼也不讓發生（〈如此歲月〉《禪魔共舞—洛夫禪詩‧超
>
> 現實精品選》，頁244-245）

因為不想讓頭髮變白，更不希望時間匆匆而逝，因此把鏡中的我的白髮反扣著，什麼都不讓發生，連時間也不讓流逝。對於時間與白髮的寫法，洛夫透過現代詩的超現實想像與其獨特的創意，讓語言與語境發揮最大想像空間。未來與過去的時間就在詩中透過白髮的寄送，把

過去與未來聯結，而當下的鏡子中的虛擬的鐵青的臉，則把過去未來的時空歸在此時，以「扣住」的動作，凍結時間。

商禽在超現實的表現上則是另有獨到之處，他的詩境想像空間詭奇而出其不意，與洛夫試圖把超現實與禪境結合的企圖心不同。〈躍場〉中的：

> 而當他載著乘客複次經過那裡時，突然他將車猛地剎停而俯首在方向盤上哭了；他以為他已經撞燬了剛才停在那裡的那輛他現在所駕駛的車，以及車中的他自己。（《商禽詩全集》，頁69）

躍場是透過計程車的車行動作，載的「他」或乘客，再次經過那一個地方時，空間仍在但時間不同，過去的與現在的他已經不同了，「哭」是他的懊悔，他以為過去的他已經死去，而且是在某一個時空中被他自己開車撞毀了。時空的轉移或是人物的變化在車子行駛的再次經過時，表現時空已非、人心不同的感嘆。又如〈行徑〉：

> 夜鶯初唱的三月，一個巡更人告訴我那宇宙論者的行徑，想起他日間折籬笆的艱辛，我不禁哭了：「因為你是一個夢遊病患者，你在晚上起來砌牆，卻奇怪為何看不見你自己的世界……。」（《商禽世紀詩選》，頁2）

三月春天，巡更的人告訴他宇宙論者的行徑，巡更人是數十年不會變動的職業，宇宙論者是廣大空間的設想者，日間折籬笆代表著以圍籬自我設限，「哭」的感嘆在於宇宙論者竟是一個「夢遊者」，他的廣闊空間是一個夢想虛境。白天造圍籬，晚上砌牆，都在為自己設下更多阻礙，把空間圍在狹小的範疇，圍在中間的人越來越小，就越看不見自己的世界。「宇宙論」是一個空想的自由，被圈在中間的悲涼才

是狹隘的自我世界。空間的設限是詩人哭的原因,但他用白天與黑夜
的時間穿梭在虛境中,看起來虛境的描述像是真實的世界,真假之間
模糊界限,人之活在夢中或在現實也就模糊掉了。

　　虛境與實境的空間因素加上縱向時間的變化,交錯成更加複雜的
超現實意象,洛夫以現代人的觀點重新詮釋古人,古代的事件被放在
現在的語境中,透過現代的時空與觀點,詩中的意象變化古今。商禽
則是融時空的變化與虛境實境的因素,詩的意象則更加複雜而變化多
端,當然在解讀上更加難懂。

（三）超現實的方塊切割

　　商禽在文字上的設境顛倒,切割分碎的形象,再重組意象的書寫
方式,像是畢卡索抽象畫中的人物,沒有完整的人物,每個方塊都是
組裝而成的,如〈事件〉:

> 一整天我在我的小屋中流浪,用髮行走。長腳蜈蚣。我用眼
> 行走;有幾公克的燐為此付出代價。我用腦行走,閉眼,一
> 塊磚在腦中運行,被阻於一扇竹門:然後運轉於四壁;在玻
> 璃瓦下面因發現這個問題而停住了;檢束室是沒有頭骨蓋的
> 思想;陽光——整個太陽的行為都是對蛛蛛的模仿。（《商
> 禽詩歌全集》,頁84）

商禽詩的身體觀是以切碎的、割裂的方式觀看世界,他把「髮」與身
體切開,視為獨立的「我」,髮於是在屋中行走;而髮如長腳的蜈
蚣,用「眼」行走,產生燐火,藍的色光因此發生,用「腦」行走,
因此磚塊產生,思想阻塞,如面壁而無法前行,於是再多的檢測都是
沒有用的,因為沒有大腦。

　　身體的拼裝與切割是商禽看世界的方式，對他而言，世界是破碎的再重新組合，是痛苦的也是無奈的，身體的切割是用來諷喻世界的荒謬，文字世界的荒誕組成也在宣告這世界荒謬的存在。又如〈塑〉：

> 她是一個雕塑家。她創造聲音在她自己的聽道裡；而我起始便說過：「我來，並非投入於你；乃是要自你的手中出去的。」但是，她把我的胸像倒置著塑。唉，被倒置著的我遂在黎明中醒來，並且勝過黎明。（《商禽詩全集》，頁64）

如果生命可以重塑，她雕塑自己，並創造聲音在她自己的聽道裡，切割聲音成為獨立的片段，聲音就可以自由創造新的地域。從虛境中的身體切割成各自獨立的片斷，虛與實的切割是商禽善用的筆法，使他的世界先切割再重組。生命也如此，既是碎片又渴望重生。〈前夜〉：

> 那時，我正越夜潛行。聽了自己的話，乃從黯黑的星空急急折返。歸來看見：在淚濕了的枕旁熟睡的我的，啊啊，那笑容猶是去年三月的。（《商禽詩全集》，頁65）

「他」聽了「自己」的話，具體實象的「他」與抽象的精神的「自己」是兩個獨立的主體，像李白與自己的影子對話，我可以是多個我，所以，急返回去的我，看見的是笑中帶淚的三個月前的我啊！時間的距離把三個月前的我與現在的我分別視為不同的主體，而我與自己也是不同的主體。以超現實的想像將身體的切割之後便可以在不同時間不同身體部位「發生」不同的情節，此種對於身體的超現實的想像使用超現實的手法進行詭異而離奇的情節表現。

　　超現實的技巧中，以身體為割裂切碎的組合，洛夫有時也會玩類

似手法,如〈無聊之外〉:

> 想到李白
> 為什麼他要跳進有月亮的河裡
> 而不跳進有河的月亮裡
> 的問題
> 我便順手抓起自己的頭
> 向上扔去
> 嘩啦啦整個天空
> 跌碎在
> 一群雛雞的身上(《洛夫詩歌全集Ⅰ》,頁121)

李白跳進有月亮的河裡或有河的月亮裡,這真是玩弄文字遊戲的無厘頭想像;頭被切割,丟到天空,天空嘩啦啦跌碎在雛雞身上,為何從李白與月亮到天空掉入雛雞身上?雛雞代表何種意義?而李白的詩或月亮最後聯想到雛雞,這一連串聯想充滿無條件、無線索的隨意組合。

在超現實主義的創作中,無限制的聯想與想像,將兩者事物之間聯結的線越拉越遠越好,從不相干的事物中造成某種可能的疑似的意義聯結,再從此意義聯結中尋找可能的意涵,詩的空間拉大時,自然增加解讀的困難與歧義性,這也是超現實手法造成晦澀的原因之一,但同時也是超現實寫作有如遊戲般具文字玩樂性的趣味所在。

四 肯定的與否定美學——洛夫與商禽的相異

洛夫與商禽雖是以超現實主義做為書寫的基調,但是兩人人生態度與創作手法的傾向相異而呈現出不同的內涵與風格。

　　就語言與意象的形式表現上，兩人在詩句「煉字」各有不同。洛夫的語言越來越清朗，而商禽散文詩卻塑造更玄奧的語境。洛夫〈騷動〉中說：「而是那些語字，章句／昨晚一直在枕邊／平平仄仄地不斷興風作浪／早餐前，全卡在喉嚨裡／以至無聲」[34]，那些語字，章句等，被擬物化，在虛擬的超現實世界中成為興風作浪的壞份子，卡在喉嚨無法發聲，洛夫對於詩的煉字是具有思考性的，斟酌與考量到精簡確實地符合詩境，他讚美杜甫的偉大來自於詩的語言與意象的經營，[35]比較兩人的詩語言，可以見出洛夫的超現實是表現在整體意象上的塑造，詩語言的使用是清朗的；而商禽則是善於「長句」，形成拗口的句型，如：

> 疾馳在鄉村公路上的一輛客運公車中的燈光被乘客們發熱的話語擠迫得顫顫畏縮：那是關於一齣平劇裡旦角喉中如何拉出一條鋼絲帶鏽以及某歌場中低音歌男難產了一頭小牛，（〈水葫蘆〉《商禽詩全集》，頁64）

> 在新公園的十字旋門上正踞坐著一個頑童以趕螞蟻的心情指揮夜從這面進來，白晝打那邊出去……（〈臺北・一九六〇〉《商禽詩全集》，頁91）

> 在沒有外岸的護城河所圍繞著的有鐵絲網所圍繞著的沒有屋頂的圍牆裡面的腳下的一條由這個無監守的被囚禁者所走成的一條路所圍繞的遠遠的中央，這個無監守的被囚禁者推開一扇門由他手造的祇有門框的僅僅是門。（〈門或者天空〉

34　洛夫：《禪魔共舞──洛夫禪詩・超現實精品選》（臺北市：秀威資訊科技公司，2011年），頁230。

35　洛夫：《孤寂中的迴響》（臺北市：東大圖書公司，1981年），頁2。

《商禽詩全集》，頁155）

長句而拗口的句式是商禽在形容事物時常常使用的筆法，其實第一個例子可以寫成：「一輛客運公車疾馳在鄉村的公路上，乘客們熱烈談論的話語讓燈光好像頓時失去原來的光亮」。可是商禽卻把主詞、動詞顛倒，話語與燈光這類非實物的事物透過擬人化成實物，話語便可以擠壓著燈光，將語句扭曲、變形、拉長等，使句子變形，彷如特意在拗口的句型中說明現實生活就是如此怪誕與荒謬，以長句產生無言的抗議。〈門或者天空〉一詩中以「圍繞著」重複三次，強調囚禁者被圍繞在鐵絲網中間，而此被囚禁者卻是一個「無監守的」，他推開一扇門是由他自己所造的沒有門的門，自我囚禁的意味濃厚。文字的拗口與長句的使用，使商禽的詩中有著無法掙脫的氛圍，連在閱讀的文字中，似乎讀者也被困在文字長廊裡面，與詩人同樣感受無法掙脫的感受。

洛夫的詩力求新的意象，他最關注「征服語言和經營意象」，他向杜甫、李白、李商隱、李賀、馬拉美、梵樂希、以及超現實詩人學習。[36]以傳統的詩詞為師，以《滄浪詩話》中詩非關理趣，契合詩中禪境。而商禽則是瀟灑不羈，他以內在的心聲作為書寫的來源，詩句使用反向操作，敘述怪異與扭曲變形的意象或文句，以逆向的、否定的、顛倒的、非正常的書寫方式體現他的感受。因此，兩人之間在理論與創作上像是背向著前進的線條，極端地表現出超現實詩的兩種不同美學傾向。洛夫的詩是符合美感的，力求更高更廣境界的路線，而商禽的詩卻走向了醜的美感，在怪誕與荒謬中找到自己極致的道路。

顛倒、相反地看世界，世界的另一面被揭開來。商禽的詩以不合常道的路線開闢著他的園地，「以腳思想」使用顛倒、非正常、不合

---

36 洛夫：《孤寂中的迴響》（臺北市：東大圖書公司，1981年），頁190。

常理的意象說明這世間的不合理不正常，間接表達他對世事的不以為然卻無可奈何的心情。他在文字中間創造更多的虛境之中的虛境，〈聊齋〉中說：

> 她用一雙辮子背對著我說：請把我的形象找回來，我把它遺失在黃昏之中了。（《商禽詩全集》，頁212）

女鬼的形象只是一段辮子，背對著人。而此「形象」卻可以像物一樣被丟失在黃昏中。

> 我倒退著向黎明奔去，穿越凌晨、午夜，翻遍了昨日所有的晚霞，立即折返，再次穿越午夜、凌晨，以為一腳踏進的應是朝雲之際，我高聲對她說：找到了。（《商禽詩全集》，頁212）

沒有形象的鬼魂似有形象，在「我」穿越虛擬的時間，回到過去，把晚霞當成實物翻來翻去之後，再穿越時空，腳仍在朝雲之中時，才找到她的形象，至此，她的形象如何？都在虛擬的時空穿梭以及雲霞等摸不到的物之中才被找到，找了半天究竟她的形象如何呢？從頭到尾都沒有真正看到過，因為不知道、沒有形象、似找非找，這就是鬼魂的定義。洛夫的聊齋女鬼就有聲有色了，〈女鬼（二）〉：

> 她
> 被一根繩子提昇為
> 一篇極其哀麗的
> 聊齋
>
> 循著蕭聲搜尋

> 每一個窗口都可能坐著
>
> 她那位進京赴試的
>
> 薄倖書生（《洛夫詩歌全集I》，頁387）

洛夫的〈聊齋〉是以悲情的故事為主體，文字清朗，同樣地兩人都不費筆墨在書寫女鬼的形象，都是側面寫女鬼，商禽詩在虛境中尋找女鬼的形象，洛夫的詩則是寫出女鬼的哀麗與被薄倖男子拋棄的悲涼情感。商禽的詩「尋」找女鬼的形象，洛夫詩是女鬼「尋」找男子或愛情，一個在虛境中找到虛的自我形象，一個是具有人格的鬼魂在現實世界中試圖尋找愛情。洛夫的詩不追求虛中之虛的哲學意涵，他以人性化的角度詮釋〈聊齋〉中的失去愛情的女鬼，顯得有情有義；商禽的女鬼在存在與非存在之間思考，否定鬼魂是否存在的訊息，形象找到之後仍無法解決生命的議題，兩人的思考方向不同而語言的表達上也各異其趣。

兩人都對生命提出過質疑，洛夫是以禪悟的境界找到生命安頓的哲學，商禽則是在卑微的日子中尋找自由，對生命的存在有著哭或者不哭的無奈。「苦」的悲涼，從商禽的詩中讀的出來，如〈站牌〉：

> 畢竟，開來又開走的都不是你所等候的，你等待的又老是不來。我祇得把疲憊的身軀倚著站牌瞑目想像一輛空空的彩虹新車之出現。不知道為什麼站牌竟越來越矮並且逐漸消失而我的身體也跟著不斷下沉，直到背部都快要觸及地平線時我美麗的女兒才將我扶起，說：爸，太陽已經下山了。（《商禽詩全集》，頁321-322）

生活是卑微而艱辛的，對於商禽而言，總是看到黃昏的景象。「我望

著遠方，雖只是早上九點／我彷彿已經看見了　落日　黃昏」[37]。他對生活期待的老是不來的公車，來了卻不是你期待的落空，只是想像著、冥想著生活的彩虹車，而這車卻始終不來，等待越來越低，希望越來越少（站牌越來越矮），等到太陽下山，彩虹車始終不來。他在城市中忍受的小市民的苦悶與簡陋的物質生活，〈風〉：

> 從永和騎回臺北
>
> 這橋頭引道的斜陡
>
> 已超過十五度
>
> 你老是打新店溪的上游
>
> 刮過來
>
> 我的破傘承受了
>
> 秒三十公尺的壓力
>
> 　（算算看，我輕微的咳嗽
>
> 要多久，才能在遠方
>
> 被暗夜中醒著的人聽見）（《商禽詩全集》，頁223-224）

詩人面對強烈刮來的風，只有破傘撐著，詩人的聲音要多久才能被聽見？「而生活的壓力不是秒公尺的／雖然也有險峻的坡度／卻奈我的雙手雙腳不合」，在風的強力刮來之下，生活充滿著壓力的風，而詩人仍堅持「我仍在向上爬啊，刮吧／風」。[38]活在黑暗中的生活，並且習慣了黑暗的苦悶。商禽在詩中書寫著對生活的壓力與生命的無奈。〈雞〉中說：

37　商禽：〈匹次堡〉，《商禽詩全集》（臺北市：印刻文學生活雜誌出版公司，2009年），頁277。

38　商禽：《商禽詩全集》（臺北市：印刻文學生活雜誌出版公司，2009年），頁224。

> 我試圖用那些骨骼拼成一隻能夠呼喚太陽的禽鳥。我找不到
> 聲帶。因為牠們已經無須啼叫。工作就是不斷進食,而牠們
> 生產牠們自己。(《商禽詩全集》,頁328)

當人活得沒有尊嚴也不自由時,人與雞何異?都是一些沒有聲帶的
雞,為了工作進食,生產自己。生命是拼裝的而不是完整的,所以拼
裝的生命無法呼喚太陽,沒有光明,「既沒有夢/也沒有黎明」[39]。
〈螞蟻巢〉中說:

> 我走在別人的後面,把男人們畢挺的褲管所劈破的空氣的碎
> 片以及女人的嘴唇所刨下來的空氣的片子予以縫合;但是,
> 我無能將他們的頭髮所染污的風澄清。(《商禽詩全集》,
> 頁62)

這是詩人商禽對於世事的無能為力與無可奈何。所以他像是螞蟻一樣
微小,詩說:

> 於是,我的嘆息被我後面的狗撿去當口香糖嚼,而狗的憂鬱
> 乃被牆腳的螞蟻啣去築巢。(《商禽詩全集》,頁62)

嘆息不重,很輕,連一隻小狗都可以啣走,而比狗更小的螞蟻再把狗
剩下的憂鬱搬去築巢,社會階級的層次,現實世界不值得詩人的詠
嘆,卻是諷喻。現實是艱辛的,卑微的,但人卻是剛強的。堅持理
念、挺直胸膛是商禽的驕傲,〈事件〉中說:

> 老天的前額突出,似欲前奔;而眼瞼欲垂。心中長出綠色地

39　商禽:《商禽詩全集》(臺北市:印刻文學生活雜誌出版公司,2009年),頁
　　329。

毯。我毋需傴臥。我來到一種，呀，這是何等令人驕傲的顏
色！天不張眼我自己張；黃。我走過，驕傲首先來到我的腳
上，又去束我的腰，然後，我不再是個斜肩膀；而我的嘴更
歪；在一段兩公尺高的空間我檢閱，這的確是那顏色；黃。
（《商禽詩全集》，頁86）

驕傲是商禽挺起胸膛走在世界的力量，雖然最後他說：「逃出欺人的
驕傲」。但「天不張眼我自己張」的豪爽心情，頗有江湖漢子的豪邁
氣勢。商禽的詩中意象雖是超現實，但內容卻是很現實的。商禽與陳
芳明都說他的詩的「超」現實，是「更」現實[40]。商禽對生命存在的
卑微感顯現在他的詩中，卑微而弱勢的感嘆是他對精神自由的渴望，
沙特《存在與虛無》說：

> 這個事實上存在於精神中，做為處理我們的知識並使之系統
> 化的肯定而具體的手段的範疇，是由於某些肯定判斷在我們
> 之中出現而突然產生的，如果承認它突然把它的印記打在這
> 些判斷中產生的某些思想上，人們就會出於這些想法而小心
> 地把否定具有的否定作用統統去掉。因為否定是對存在的拒
> 絕。一個存在（或一種存在方式）通過否定被提出來，然後
> 拋向虛無。[41]

「否定」以證明存在。此種思想說明商禽的詩作在「入」或「出」之
間掙扎的困惑與痛苦，以超現實寫現實，目的在於反應／諷刺現實的

---

40 陳芳明：〈快樂貧乏症患者——《商禽詩全集》序〉，商禽：《商禽詩全集》
（臺北市：印刻文學生活雜誌出版公司，2009年），頁30。

41 （法）尚－保羅·沙特（Jean-Paul Sartre）著，陳宜良等譯：《存在與虛無》（臺
北市：左岸文化出版社，2012年），頁37。

苦悶與無法解脫的痛苦。因此，商禽在內容與形式上以悖離，逆反、否定的世界，以超現實寫現實，以超乎想像的詭異情節表現生存定義，表達現實世界的可悲與無奈。

洛夫的創作路線是向著廣大的天空走去，意象是融合的圓融的，意境則試著提昇生命的高度與悟性；而商禽則是向內走，他的內在世界有著說不出的苦悶，透過詩歌表現出荒誕怪異的超現實內容。

所以他們兩人對待「物」的看法大相逕庭。當洛夫看到外物，他想的是物我合一的境界，他寫〈隨雨聲入山而不見雨〉：「眾山之中／我是唯一的一雙芒鞋」、「三粒苦松子／沿著路標一直滾到我的腳前／伸手抓起／竟是一把鳥聲」[42]，把空山不見人的「空」境寫出，鳥聲襯托出空山的寂靜。洛夫常常忘東西，丟東西，他寫隱題詩：〈買傘無非是為了丟掉〉：

> 為何人人都需要一把傘，為
> 了遮風擋雨？不，為了
> 丟
> 掉（《禪魔共舞──洛夫禪詩・超現實精品選》，頁92）

買傘是為了丟掉，有生就有死，洛夫思想與生活態度灑脫。洛夫迷糊的時候丟過傘，丟過錢包，在大陸桂林旅行時還把護照錢包等物丟在船上，差一點回不了家。所以後來他寫詩，乾脆大聲疾呼，買傘是為了丟掉，自嘲他的粗心。他的迷糊與他的豁達個性都是他的詩人本色。因此，他會走向詩中意象的廣大圓融，把超現實與禪境融合為他的寫作路線，也是有跡可尋。而商禽則另有風景，他寫竹子，竹子在

---

42 洛夫：《禪魔共舞──洛夫禪詩・超現實精品選》（臺北市：秀威資訊科技公司，2011年），頁41-42。

傳統文人眼中是清高骨節的代表，但是他卻寫著：

> 月光冷冷地把一叢竹子的影子照印在窗上
>
> 一個女詩人把它們寫在絹帛上；竹子的生命便被自己的影子
>
> 取代了。竹子變成語詞，分解成「人」字「个」字。
>
> （〈竹譜〉《商禽詩全集》，頁427）

竹子的美感被超現實的畫面切割了，想像竹子的死亡，以及剩下的影子，冷的月光，剩下影子的竹子，分解成「人」與「个」的竹子，商禽奇詭的想像把本可能是清高的意象寫成陰冷的超現實，切割的畫面與死亡的影子成了竹子成就竹譜的唯一可能。所以，看待生與死，他們的生命議題呈現不同的傾向，洛夫〈漂木〉中對於死亡的描寫：

> 刻在墓碑上的字
>
> 大同小異
>
> 刀痕與青苔
>
> 大同小異
>
> 躺在裡面的和跪在外面的
>
> 大同小異
>
> 深山中
>
> 還有什麼比黃昏的寺鐘更令人驚心（《漂木》，頁122）

寺鐘是警醒的力量，在墓碑上的字大同小異、刀痕與青苔也是，而活人與死人也是，只有醒悟的鐘聲才會令人驚心而有所不同。生命關注的是心靈的覺醒。〈漂木〉：

> 最後在上空守護的天使齊聲合唱
>
> 所有的門打開

所有的窗子打開

天光直射而下

遠處

死亡和重生的鐘聲同時響起（《漂木》，頁95）

生與死只是一線之隔，洛夫試圖從禪的體悟中看透生死，死亡是重生
的開始，天使美好的歌聲讚美的是重生的喜悅。天使是美好的想像、
希望，但商禽卻認為天使溺酒，希望落空，這世間沒有美好的事物，
卻多了許多荒謬的情節。〈溺酒的天使〉中說：

「……別人都喜歡綠色的天堂，而你鄙棄一朵臃腫的菊
花——」因為一個天使正溺在他自己所碰翻的酒中——或是
他方自盛酒的瓶中溢出亦未可知——他半透明的黃色的小
翅正被淺淺綠色的液體溶化著……（《商禽詩全集》，頁
159）

商禽的天使已經醉倒，象徵美好的純潔的事物不再，天使溺酒，而被
酒溶化了，這世界上沒有美好的可能。當洛夫對於雪的形容以「雪落
無聲」那樣絕美的意境時，與老莊的無聲之聲結合，創造出他獨有的
意象。「雪香十里」以移覺暗示雪的香與雪的純淨美好。
〈白色之釀〉：

把這條河岸踏成月色時

水聲更冷了

我便拾些枯葉燒著

且裸著身子躍進火中

為你釀造

雪香十里（《禪魔共舞——洛夫禪詩・超現實精品選》，頁

43）

雪在洛夫眼中是以美學的闡發作為書寫的意象，在他詩中沒有冷的感覺，卻有火的溫暖，有雪的香，如酒般醇濃。而商禽卻說：「我老是以為，雪是這樣造成的：把剪好的信紙展開來，還好，那人的字跡纖細一點也不會透過來，白的，展開，六簇的雪花就攤在臘黃的手掌上。然而」，雪不是真的，是信紙剪開來的：

> 在三千公尺或者更高的空中，一群天使面對下界一個大廣場上肢體的狼藉，手足無措，而氣溫突然降至零度以下，他們的爭辯與嗟嘆逐漸結晶而且紛紛飄墜。（《商禽詩全集》，頁332-333）

洛夫的雪是純白的，雪的香與落都暗示一個寂靜無聲的境界，雪雖然也是家鄉的雪，是洛夫對於家鄉的思念，但他的意象多為清朗而雪則傾向唯美的氛圍，但商禽卻以殘破的意象，以肢體的狼藉寫雪，用天使的爭辯墜落人間來形容雪，雪是殘破的負面形象。而當洛夫以「落葉在火中沉思」的意象把超現實寫得唯美時，商禽則是「悲哀是高溫也除不盡的雜質／火燄在爐中有唸不完的咒語」[43]。一個把「火」的意象寫的若有所思，彷如生命可能在其中沉思或是重生，但另一個卻把火寫得悲哀而可怖。所以商禽的天空是「逃亡的天空」，他的「太陽吶喊，天空驚叫」那樣的驚悚，卻「沒有人聽見」的[44]。

洛夫的超現實切入禪境的體悟，而商禽則是對人生現實的諷喻，

---

43 商禽：〈捏塑自己〉，《商禽詩全集》（臺北市：印刻文學生活雜誌出版公司，2009年），頁342。

44 商禽：〈默雷──某年某月某日觀陳庭詩畫展並和他筆談〉，《商禽詩全集》，（臺北市：印刻文學生活雜誌出版公司，2009年），頁348。

以及掙脫不出的無奈。一個透過出世的思想的契入，找到生命安頓的
哲學，一個是在入世的現實中，以詩安頓他的糾葛。這從洛夫的《漂
木》中更可見出：「生命裡的　道／生命外的　禪／莊子蝶的美學，
東方智慧／天涯美學／超理性的宇宙美學／無非都是你眼中的混沌／
和骨髓裡／凝固了的騷動／所共同建構的／一種高度穩定而圓融的
韻律」[45]，內在的心緒的抒發為詩，他的詩以體現禪境的徹悟：「據
說，詩要具正法眼，悟第一義／詩而入神／才能逼近宇宙的核心／找
到自我在萬物中的定位／於是我們便開始／神與物遊，與日，月，
山，川擁抱／共同呼吸／深山中的蟬鳴」[46]然後學習老莊，道家的忘
記一切之後，詩人在其中找到自我：

> 找到無數個的自己
> 我，忘了我
> 才在事物的深處找到真實的我
> 神，在形體的背後蜷伏
> 我的神不是形體
> 的確又存在萬物之中
> 清淨本源，即在山河大地
> 宇宙的美學
> 天涯的獨唱
> 安安靜靜地躺握在雲裡，水裡（《漂木》，頁153）

洛夫的生命美學與宇宙美學寄託在詩中，詩中境界的來源是與天地合
一、與物我相融的禪境。洛夫從萬物之中透過禪境的體悟，回過來看

---

45 洛夫：《漂木》（臺北市：聯合文學出版社，2001年），頁149-150。
46 洛夫：《漂木》（臺北市：聯合文學出版社，2001年），頁150-151。

到真實的自己，而商禽也試圖在詩中找尋自己，〈滅火機〉中說：

> 憤怒昇起來的日午，我凝視著牆上的滅火機。一個小孩走來
> 對我說：「看哪！你的眼睛裡有兩個滅火機。」為了這無邪
> 告白；捧著他的雙頰，我不禁哭了。（《商禽詩全集》，頁
> 71）

憤怒是火，滅火機是用來滅火，詩人心中憤怒，但牆上卻有著滅火
機，準備滅火，映照在他的眼中的是滅火機，他卻不覺，要由一個天
真的小孩來告訴他，提醒他，所以詩人不禁哭了。對那個忘記天真的
自己、那個原本可以看見真實世界的自己竟然不見了，竟要小孩提醒
他，所以「哭」了。為不再天真的憤怒的自己而哭：

> 我看見有兩個我分別在他眼中流淚；他沒有再告訴我，在我
> 那些淚珠的鑑照中，有多少個他自己。（《商禽詩全集》，
> 頁71）

眼淚是反省，也是悲傷。有二個「我」在流淚。一個是眼下的憤怒的
我，一個是過去曾經天真的我。然而，眼睛中再也無法映照出更多的
自己了。「小孩」與「火」的意象是衝突而具有張力的，小孩因為天
真無邪，所以不動怒，也不知道憤怒的來由，小孩是詩人內心的良
知，良知醒著，提醒他滅火機的存在，也提醒他過去的自己從眼睛中
回想、鑑照出來很多的自己。因為淚而清洗了污濁，也因淚水而重新
找到天真的自己。因為天真的孩子，才照出自我，沙特說：

> 自我性（selbstheit）的特點事實上就是人總是與他所是的東
> 西分離，而這種分離是由他所不是的存在的無現廣度造成
> 的。他從世界的另一面對其自身表明他自己，並且他又從這

地平線向自身望去以恢復他內在的存在：人是「一個遙遠的存在」。[47]

自我的存在從對自我的分離，從世界的另一端回頭看自己，「存在」這個虛無的領會就是人真實存在的展現，從眼睛的鑑照中，分離自我的身體而確定自我的存在。沙特在另一篇說：「當人們通過他固有的那類內心直覺達到意識的時候，人們最初是把身體做為其固有法則並可以從外部被定義的某種物（chose）提出來的。」[48]對於身體感官，他說：「我對於我的眼睛來說是他人：我認為它是以這樣那樣的方式在世界中構成的感覺器官，但是我不能『看見它在看』，就是說，在它向我揭示了世界的面貌時把握它。它或者是混雜於諸物中的一個物，或者是諸物賴以向我顯露的東西。」[49]透過自我切割的意象以尋找內在真正自我，商禽由內求自我，洛夫是忘了自我，而與天地合一，從中也見出兩人契入世界的角度完全不同的。

洛夫對待事物是寬和的，他以禪悟的高度看待世界，發之於詩，他的家庭圓滿，晚年移居加拿大還能以二度流放自我調侃，同時在加拿大的家中書房「雪樓」寫出長詩《漂木》以及《背向大海》等詩作。洛夫無疑在各方面是成功的，當然這與他的人格特質有關，而此人格也與他的詩作美學正相關，而商禽則顯得悲苦許多，他的詩與人傾向於內在的掙扎，他說他自己：

我判定自己是一個「快樂想像缺乏症」的患者。……生而為

47　（法）尚—保羅・沙特（Jean-Paul Sartre）著，陳宜良等譯：《存在與虛無》（臺北市：左岸文化出版社，2012年），頁43。

48　（法）尚—保羅・沙特（Jean-Paul Sartre）著，陳宜良等譯：《存在與虛無》（臺北市：左岸文化出版社，2012年），頁354。

49　（法）尚—保羅・沙特（Jean-Paul Sartre）著，陳宜良等譯：《存在與虛無》（臺北市：左岸文化出版社，2012年），頁355。

人，即使是「性」，也包含著幾許的悲哀。[50]

陳芳明說：「在他的時代，商禽當然不是寫實主義者，但是他的詩是內在心靈的真實寫照，寫出他在政治現實中的悲傷，孤獨，漂流。」[51]他的詩試圖更加現實地反映現實、諷刺社會，但洛夫則是在禪宗的悟道世界中，試圖在禪境的體悟中找到詩更高遠的境界，只是洛夫並非以禪自居，他是借用禪宗的思維方式修正詩的超現實路線，而商禽則不斷在自我拘禁與釋放中反覆經營[52]，這樣的主題在自我拘禁或者釋放中不斷掙扎，以「悖反的意象」[53]來書寫〈門或者天空〉、〈夢或者黎明〉此種入而出，出而入的兩相悖反的意象表現出拘禁或是解放的可能，所以產生意象上的兩種背反的對比。

　　洛夫從超現實主義的修正中融合中國傳統的禪境，試圖在禪悟中找到詩的創作路線，讓詩在如禪境的暗示與圓融的境界中，提昇詩作的高度；商禽的超現實是他自己否定的超現實，未必是手法上的絕棄超現實。否定的原因是為了更突顯現實人生的悲涼。他的創作路線走向切割分裂，把事物切割為小的切片，從小觀大中突顯人生的無奈與可笑，但在超現實中，他們的手法都在虛境與實境中交錯進行，在虛境的超乎現實的想像中，進行看似實境的情節（意象），只是洛夫向著更大融合的境界前進，而商禽則是透過細部的放大，以小觀大的方式表現他反諷現實的世界觀。

50　商禽：〈商禽詩觀〉，《商禽詩全集》（臺北市：印刻文學生活雜誌出版公司，2009年），頁26-27。

51　陳芳明：〈快樂貧乏症患者——《商禽詩全集》序〉，《商禽詩全集》（臺北市：印刻文學生活雜誌出版公司，2009年），頁30。

52　陳芳明：〈快樂貧乏症患者——《商禽詩全集》序〉，《商禽詩全集》（臺北市：印刻文學生活雜誌出版公司，2009年），頁34。

53　陳芳明：〈快樂貧乏症患者——《商禽詩全集》序〉，《商禽詩全集》（臺北市：印刻文學生活雜誌出版公司，2009年），頁35。

五 結論

　　超現實的手法在虛與實境中穿梭，在更多的虛境的想像中，虛中之虛或是虛中之實都是在虛境的想像中呈現超乎現實的情節與意象。無論洛夫或是商禽，都善於運用此中虛虛實實的手法把超現實寫出一片詩的好光景。

　　詩人對「超現實」的定義或見解未必等於他們的作品，理念與創作有時會有誤差，洛夫是對超現實的修正，而以禪境的圓融之境結合詩中境界，將超現實的手法運用在古典或現代的意象上，進而擴大詩的表現空間。商禽否定的超現實，並認為他的詩不是超現實主義，但他創作手法上的奇詭想像，虛實變幻的創作手法甚至比洛夫更加晦澀，說明他的創作表現還是在超現實的範疇中。

　　從兩人的創作內容與形式比較，洛夫是以禪悟入道，提昇生命的境界並試圖回到傳統的文化中，找到更多題材；商禽則是走向切割與分裂，透過詩歌書寫生命的苦悶，並試圖找到救贖的可能。詩的風格因此呈現出美與醜的兩個區別，否定的美學與肯定的美學走向兩個截然不同方向。

　　在生命的安頓上洛夫顯得豁達，商禽則是困在生活的無奈中，因此詩的風格就有了禪悟的喜悅或是生之苦悶的兩個極端，但是，不可否認的是，兩個人在詩的創作技巧上皆有令人佩服的成就，並能將超現實的手法呈現兩種不同的風貌，實為後學者參考學習的榜樣。

參考文獻

方明編　《大河的對話——洛夫訪談錄》　臺北市　蘭臺出版社　2010年4月

沈　奇　〈詩魔之禪〉　收於《禪魔共舞——洛夫禪詩超現實詩精品選》　臺北市　秀威資訊科技公司　2011年

李翠瑛　〈水中之月與境外之象——論商禽詩中的虛實變幻意象〉　《臺灣詩學》16期　2010年12月

洛　夫　《落葉在火中沉思》　臺北市　爾雅出版社　1998年

洛　夫　《孤寂中的迴響》　臺北市　東大圖書公司　1981年

洛　夫　《漂木》　臺北市　聯合文學出版社　2001年

洛　夫　《雪樓小品》　臺北市　三民書局　2006年

洛　夫　《洛夫詩歌全集》共四冊　臺北市　普音文化事業公司　2009年

洛　夫　《禪魔共舞——洛夫禪詩‧超現實詩精品選》　臺北市　秀威資訊科技公司　2011年

奚　密　〈「變調」與「全視」：商禽的世界〉　《商禽世紀詩選》　臺北市　爾雅出版社　2000年

商　禽　《商禽世紀詩選》　臺北市　爾雅出版社　2000年9月

商　禽　《商禽詩全集》　臺北市　印刻文學生活雜誌出版公司　2009年

陳芳明　〈快樂貧乏症患者——《商禽詩全集》序〉　《商禽詩全集》　臺北市　印刻文學生活雜誌出版公司　2009年

須文蔚記錄　〈詩與藝的對話：商禽與孟樊——現代詩創作與理論的鴻溝〉　《創世紀詩雜誌》107期　1996年

龍彼德　《洛夫傳奇——詩魔的詩與生活》　臺北市　蘭臺出版社

2011年10月

（法）尚–保羅·沙特（Jean-Paul Sartre）著　陳宜良等譯　《存在與虛無》　臺北市　左岸文化出版社　2012年

（法）安德烈·布勒東（Breton, A.）著　袁俊生譯　《超現實主義宣言》　重慶市　重慶大學出版社　2011年

（法）馬塞爾·雷蒙（Marcel Raymond）著　鄧麗丹譯　《從波德萊爾到超現實主義》（*From Baudelaire to Surrealism*）　開封市　河南大學出版社　2008年

時間/此在/之中及其他
——探向瘂弦詩歌內在時間意識與日常經驗性質

楊晉綺

摘要

　　本篇論文從現象學的角度探討瘂弦詩歌中的內在時間意識、「當下」時間結構類型以及作為詩歌表現主題之「日常經驗」的構成性質與不同樣態。詩人以其獨運之「內在時間意識」捕捉主客觀世界中各種自然景物、人物精神活動與日常生活情態，並結合詩歌意象、音韻節奏與語言形式等各色藝術表現技巧，將本來凝聚於詩人內在時間意識範疇之中的認識理解、感覺經驗、記憶想像轉化成一首首各具風貌的詩歌作品，詩作由此充分展現了豐富的意義層次、審美蘊含與風格特色。

關鍵詞：時間、空間、存在、現象、當下、意識、日常、經驗、審美、生活、結構

一 前言

　　瘂弦在〈遠洋感覺〉一詩裡這般描繪時間：「時間／鐘擺。鞦韆
／木馬。搖籃／時間。」時間，無聲無臭，無法被生命主體直接感
知，必須借助客體世界中鐘擺的搖動才能予以顯現並被加以掌握。船
隻航行大海時，先前猶如鐘擺左右來回搖動的方向感在狂風暴雨、波
濤翻騰的攪動中轉變為前後上下劇烈地搖晃，詩人譬擬這種搖晃感彷
如乘坐著鞦韆與木馬，接著，搖晃感再轉變為分不清前後、上下，抑
或是左右晃動的暈眩沈睡之感，致令詩人感覺彷如置身在搖籃之中。
風雨中的船隻猶如置身大海之中的搖籃，既搖晃於廣延的海流空間之
中，也搖晃於綿延的時間之流中，廣延的空間正是無盡綿延的時間。
船中之人，從置身搖籃的暈眩感，到憶起殘斷的記憶，再到飲啜咖啡
的日常，時間，安靜無聲地行走於搖籃、菠蘿蜜、鱒魚、女性旅客褪
色的口唇、對於土地的記憶以及種種日常之中，最終，它的履跡亦將
朝向生命最後的安息之所。[1]詩歌內容顯現出時間與存有之間的一種聯
繫關係：時間是存有的搖籃，它孕育生命，顯現此在，也朝著向死的
未來——〈深淵〉裡的時間遂因此含帶有一種死亡的腐朽氣味：「去
看，去假裝發愁，去聞時間的腐味」。[2]

　　時間，既與廣延的空間成為同一之物，它一方面以直線方式無止
盡地向前綿延伸展，一方面復在生命、存有之中／之間形成圓的循環

1　〈遠洋感覺〉全詩內容為：「譁變的海舉起白旗／茫茫的天邊線直立、倒垂／風
　　雨裡海鷗悽啼著／掠過船首神像的盲睛／（牠們的翅膀是濕的，鹹的）／／暈眩
　　藏於艙廳的食盤／藏於菠蘿蜜和鱒魚／藏於女性旅客褪色的口唇／／時間／鐘
　　擺。鞦韆／木馬。搖籃／時間／／腦漿的流動、顛倒／攪動一些雙腳接觸泥土時
　　代的殘憶／殘憶，殘憶的流動和顛倒／／通風圓窗裡海的直徑傾斜著／又是飲咖
　　啡的時候了」瘂弦：《瘂弦詩集》（臺北市：洪範書局，1981年），頁71-72。
2　瘂弦：《瘂弦詩集》（臺北市：洪範書局，1981年），頁240。

與回返現象——它帶來了春與冬、生與死、希望與空虛、光明與黑暗的永恆交替與循環。例如〈春日〉詩首段說：「主啊，嗩吶已經響了／冬天像斷臂人的衣袖／空虛，黑暗而冗長」，末段則說「嗩吶響起來了，主啊／放你的聲音在我們的聲帶裡／當我們掀開／那花轎前的流蘇／發現春日坐在裡面的時候」；而生活，總是在時間帶來的光明之中歡唱，歡唱於春天，於溪澗草坡的鳴響之中以及於太陽帶來的溫暖裡——「主啊，嗩吶已經響了／令那些白色的精靈們／（他們為山峰織了一冬天的絨帽子）／從溪，從澗／歸向他們湖沼的老家去吧」、「賜男孩子們以滾銅環的草坡／賜女孩子們以打陀螺的乾地／吩咐你的太陽，主啊／落在曬暖的／老婆婆的龍頭拐杖上」。[3]即此，我們可以發現，瘂弦詩歌中隨處可以見到時間的履跡，詩中的日常與生活、思考與存在，莫不伴隨著詩人對於時間的感知與沉思，共同顯現為詩中「此在」的特殊樣態與精神風貌。

當瘂弦概觀式地勾勒臺灣早期「在戰爭火浴中成長」的那一批詩人們時，指明他們的寫作「不是來自學問，而是來自生活，不是依仗分析的深度，而是依仗感覺的深度；除了感覺，他們沒有別的」。[4]當他切近地自我剖析自身的創作經驗時，進一步解釋了所謂「生活」的內容在詩歌中率常表現為「生存期間的一切，世界終極學，愛與死，追求與幻滅」，而感覺的具體蘊含則是「生命的全部悸動、焦慮、空洞和悲哀」，因此，「要鯨吞一切感覺的錯綜性和複雜性」——掌握一切存有現象的企圖心便時時驅動著詩人創作，並嘗試以「僅僅一首詩」的形式承載一切。[5]更具體地說，瘂弦所謂的「從感覺出發」，

3　瘂弦：《瘂弦詩集》（臺北市：洪範書局，1981年），頁3-6。
4　瘂弦：〈創世紀的批評性格〉，《創世紀四十年評論選》（臺北市：創世紀詩雜誌社，1994年），頁355-356。
5　瘂弦：〈現代詩短札〉，《中國新詩研究》（臺北市：洪範書局，1981年），頁49。

乃是從「前一小時低頭靜觀一株櫻草的茁長」、「後一小時在下等酒吧的高腳杯裡沉耽」的「生活」出發,「充分感覺他盡可能感受到的生活」,在生活之中抓緊「血管中喧囂著的慾望」、「疲憊」與「憤怒」,並在其中「追求」和「迷失」,接下來,「在酒醒後的第三日把它們記錄成分行的東西」。[6]在努力生活、體驗生活與抓緊各種感覺之際,「前一小時」、「後一小時」以及綿長為「第三日」,時間知感異常尖銳地穿透詩人的生活、感覺與創作等一切事物,成為詩歌創作中醒目的一種「存在」現象。由於日常生活及其感知莫不在時間之中進行,因此,時間、生活與存有之間的哲學蘊含,即如德國哲學家馬丁·海德格(Martin Heidegger, 1889-1976)曾經揭明之「日常狀態這個名稱所意指的其實無非是時間性,而正是時間性使此在的存在成為可能」。[7]職是之故,瘂弦詩歌中的「時間性」、「日常狀態」與「此在」之間的關係、面貌與特徵遂成為我們這篇論文觀察的重點所在。

　　在分析與闡釋的過程中,我們將廣泛地援用現象學的研究成果作為觀察的理論基礎。由德國哲學家胡塞爾(Edmund Husserel, 1859-1938)奠基於一九○○年的現象學(Phenomenology),無論在觀念或方法上皆為哲學研究帶來了重大的突破,成為二十世紀重要的哲學流派之一,影響所及,社會學、心理學、符號學、文學批評以及闡釋學、美學等各個研究領域莫不相繼提出異於傳統之新的見解與主張。由於現象學對於人類存在之時間意識、時間知覺、記憶、日常經驗、文學構成與審美態度等各種經驗現象之觀察已有極為深入之思考並且逐漸發展出成熟的理論體系,因此,適度地援借這些研究成果以之審

6　瘂弦:〈現代詩短札〉,《中國新詩研究》(臺北市:洪範書局,1981年),頁52。

7　(德)馬丁·海德格爾(Martin Heidegger)著,王慶節、陳嘉映譯:《存在與時間》(臺北市:桂冠圖書公司,2002年),頁487。

視、分析瘂弦詩歌內容,當能幫助我們更加清楚地把握瘂弦詩歌中關於時間知覺的表現特徵、日常經驗的顯現樣態以及詩人對於存有的思考與理解。從現象學哲學的角度來看,由於「內在時間意識之流」乃是人類主體感知內外在世界物象之時間順序最為根源、基礎的認識能力,詩人亦由此得以掌握、組織和變化詩中的事件順序,因此,我們的分析即由瘂弦詩歌中所顯現的「內在時間意識」作為開端,逐步探向幾種「『當下』時間結構」的構作形態,繼之觀察「日常經驗」作為一種表現主題之不同的性質樣態及其功能,並對其間所表露的審美品質與審美態度稍作闡釋,藉以辨明詩歌中之「日常經驗」與社會生活實踐中「日常生活」的區隔與差異。

二 三種時間結構與內在時間意識之流

在現象學論述脈絡中,對於時間結構的思考,一般將其區分為三個層次。第一個層次是「世界時間」(world time),即時鐘與日曆時間,又稱之為「超然或客體時間」(transcendent or objective time),這種時間可以被測量與檢驗,並落在人們所棲居的公共空間之中。第二個時間層次為私人的「內在時間」(internal time),也稱之為「內存或主體時間」(immanent or subjective time),屬於人類心理行動與經驗的層次,亦即是個我主體感知、意識與生活內容的綿延或是其前後順序,這種順序自有其脈絡與關聯性,而非由「世界時間」來加以測量;其中,主體通過回憶將先前的經驗召喚出來,令往日的知覺重新鮮明、生動的心理活動也隸屬於這個時間層次。第三個層次的時間則是「內在時間意識」(the consciousness of internal time),茲為對第二層次之「內在時間性」的覺察(awareness)或意識(consciousness),用於說明我們在第二層次所經驗的內容;

此種意識乃帶有一種不同於「世界時間」與「內在時間」之「流」（flow）。更細部地來說，第三層次的「內在時間意識」較諸第二層次之「內在時間性」更加地「內存」，它形構了人類意識生活中所發生的各般活動諸如知覺、想像、回憶與其他感受經驗的時間性，並且令這些內在的知覺經驗與感知對象獲得時間性的延伸與秩序。然而，主體內在的知覺經驗與情感意向又時時切實地顯現、烘映出與其互為對應之「指涉的對象」，意即聯繫著外在客觀世界之各般事物，因此，「內在時間意識」的影響不僅僅止於「內在時間性」，亦且不斷地向外延伸，擴及至那超然外在的客觀世界中的物象以及超然時間（即世界時間）上。質言之，就現象學的時間認識範疇而論，「內在時間意識」不但形構了人類意識生活的內在時間性，也形構了客觀世界中的客體時間性，茲為人類所有意向構作形式之時間性的核心。[8]美國哲學家羅伯‧索科羅斯基（Robert Sokolowski）曾將三個時間層次的模式以簡圖方式予以示意[9]：

內在時間意識	內在時間	超然時間
	包圍著知覺、感覺經驗、記憶、想像等等	包圍著樹、房子、競賽、雪崩等等

圖一

8　現象學三種時間性層次之相關論點與說明並參羅伯‧索科羅斯基（Robert Sokolowski）著，李維倫譯：《現象學十四講》（*Introduction to Phenomenology*）（臺北市：心靈工坊文化事業公司，2004年），頁192-196；楊富斌：〈一部具有穿越時空、歷久不衰生命力的巨制〉，收入（德）胡塞爾（Husserel, E.）著、楊富斌譯：《內在時間意識現象學》（北京市：華夏出版社，1999年），頁6-10。

9　見羅伯‧索科羅斯基（Robert Sokolowski）著、李維倫譯：《現象學十四講》（*Introduction to Phenomenology*），頁196。

　　如圖一所示,當我們依據現象學這三種時間結構概念衡諸瘂弦詩歌中的時間表現,首先可以指明的是,那作為時間結構核心之「內在時間意識」在瘂弦詩歌中率常藉由扮演全知角色的詩人之眼透出。其次,在瘂弦「側面」一卷刻畫人物的詩歌中,我們尤其能夠清楚地看見詩人的「內在時間意識」如何成為詩歌表現的時間性核心,以此主導、設計詩中人物內在時間感知方式,並依此匯聚、組織一切與時間知覺互為對應之外在世界事物與詩歌語言意象。

　　由於文學作品乃是一種「層次造體」,由以字音、意義、圖式以及再現客體及其命運為基礎之各種層次所組成[10],因此,我們在詩歌中所觀察到的時間結構層次乃封限在每一首詩歌所呈示之一個個獨立完足之文字形式與意義世界中,而非詩人活動的全部日常世界。循此,當我們援用圖一的時間結構模式作為分析基礎時,我們應當稍作修正的是,「內在時間意識」在本文中意指詩人與讀者的內在時間意識,詩人由此形構詩歌內部各種時間現象與感知,讀者依此理解詩歌之各種時間組織方式與意義層次;「內在時間」指述詩歌人物角色的內在時間感知狀態;「超然時間」則包含詩中一切與時間相關之外在世界事物,這些外在事物常常呈現為詩歌中的自然與社會生活意象。

10　波蘭文藝理論家羅曼・英加登(Roman Ingarden, 1893-1970)在《論文學作品》(*On Literary Works*)一書中指出:「文學作品基本構建的主要特徵之一表現在它是由幾個不同類型的層次構成的造體。……雖然每個層次的素材不一樣,但文學作品並不是一種由一系列的因素偶然拼湊起來的鬆散的結合體,而是一個有機的整體,其統一性就是它的每個層次的特有的屬性的表現」,而這些不同類型的層次意指文學作品「必不可少的層次」──「1.字音和建立在字音基礎上的更高級的語音造體的層次。2.不同等級的意義單元或整體的層次。3.不同類型的圖式的觀相、觀相的連續或系列觀相的層次。4.文學作品中再現客體和它們的命運的層次」。在這些層次中,「意義整體」的層次「形成了整個作品的結構的框架」。語見〔波蘭〕羅曼・英加登(Roman Ingarden)著、張振輝譯:《論文學作品》(*On Literary Works*)(開封市:河南大學出版社,2008年),頁48-49。

　　〈坤伶〉一詩雖然篇幅短小，但可以清楚地看到三個層次的時間結構與組織方式。分析之前，我們先徵引全詩如下：

> 十六歲她的名字便流落在城裡／一種淒然的韻律／／那杏仁色的雙臂應由宦官來守衛／小小的髻兒啊清朝人為他心碎／／是玉堂春吧／（夜夜滿園嗑瓜子兒的臉！）／／『苦啊～～～』／雙手放在枷裡的她／／有人說／在佳木斯曾跟一個白俄軍官混過／／一種淒然的韻律／每個婦人詛咒她在每個城裡。[11]（頁149-150）

將詩歌的時間層次予以區隔分類並依序填入，可以得到如下之圖示：

內在時間意識	（詩歌人物）內在時間	超然時間／物象
	伶人歌唱：「苦啊～～」	十六歲、杏仁色的雙臂、小小的髻、清朝、夜夜、嗑瓜子兒、有人說、曾經混過

圖二

11　本文所引瘂弦諸詩，文字內容與行句切分皆以（臺北）洪範書局於一九八一年出版之《瘂弦詩集》一書為據，為免繁贅，僅隨詩附註頁碼，不再另行標明出處。

　　無論是構設詩歌人物內在時間經驗的感知模式，或是從客觀世界物象中選取合適的詩歌意象以及安置詩行，皆有賴詩人內在時間意識的運作與組織。綜觀全詩，詩中位居意義核心的時間脈絡具體顯現為「一種淒然的韻律」，詩人即依此脈絡（既屬時間脈絡亦屬意義脈絡）匯聚、組織各種外在世界與客觀時間之中的相關事物與細節，並適時地在詩歌中段（第四節）以雙關修辭手法置入詩中人物「苦」的感覺經驗。此一種對於詩歌核心時間脈絡的構設與掌握，以及依此擇取、組織詩歌意象，布置詩歌段落順序之對於所有時間的認識能力，皆根源於詩人內在時間意識之流，並為此內在時間意識之流的具體顯現。

　　詩中，除了既顯示為「世界時間」事項又同時顯現為「內在時間」經驗的「苦啊～～」一句戲詞外，詩中其餘意象皆屬於「世界時間」之事件：清朝一位宮中女伶，十六歲淪落為戲子，夜夜唱戲，在佳木斯與俄國軍官有過一段情事，流落每一個城。除了由詩歌人物遭遇所顯現出來的「世界時間」之外，詩中尚有另一種「時間韻律」，即由詩歌內容安排所產生的情節性的「時間韻律」。這種內容安排上的「時間韻律」為詩歌時間結構表象，常常容易模糊「世界時間」順序。詳言之，詩歌共分為六小節，每一小節的出現與進行亦屬於「世界時間」範疇，意即先有第一小節，依序再有第二小節、第三小節的布置與延伸，但是詩人可以不必依照形式的時間順序重新編排、跳躍顛倒、來回穿插人物各種遭遇與事件。〈坤伶〉一詩在時間結構表象上展現為先後退（倒敘十六歲淪落為戲子之事），再向後退得更遠（更向後回溯到清朝時，她是一位宮中女伶），接著回到當前現在（夜夜唱戲），隨後出現眾人耳語中含混不明的時間段落——介於女伶離開宮庭與現在之間的一段時間（在佳木斯時與白俄軍兵之間一段情事），最後，顯現混合著過去、現在與未來的一個長段時間（她以前、現在和未來持續流落每一個城）。人物的生命歷程、事件遭遇與

詩行的形式展開皆是客觀世界裡的時間脈動，但在詩歌創作過程中，詩歌內容的設定與情節安排可以讓原先以客觀世界時間為依據的「詩歌故事」產生顛倒、錯落，穿插與跳躍的現象，但卻又不失條理與秩序。這種設定、安置事件時間順序的時間意識，即是那高居於「世界時間」與「內在時間」兩種時間脈絡之上的，詩人更為內在之對於時間的知覺意識與邏輯認知能力；讀者，亦有賴於這種時間認識能力才能重新串接起詩歌情節的客觀時間順序與意義脈絡。這一點本是所有文學創作與閱讀接受的共同理則，非為瘂弦詩歌所獨有，然而〈坤伶〉一詩乃以非常短小的篇幅完整而清晰地呈示了三種時間結構層次以及豐富多變的時間型態，由此可以得見詩人內在時間意識獨運與精強之處。

這首詩歌的時間表現值得留意之處尚有段落性停格與永恆綿延之時間意義的轉變與涵融。詩共十二句，兩句一段，分為六段，每一小段除了呈示為一個個獨立、完整的意義段落之外，也各自猶如一幅小小的人物畫片。六幀畫片分屬不同的時間片段，既各自獨立又互為環節。[12]其中，「『苦啊……』／雙手放在枷裡的她」一幅畫片，藉由

---

12 姚一葦先生以為此詩在組織與結構上「係脫胎於律詩，與律詩有某些血緣上的關係」，因此曾將此詩改寫為律詩之形態：「苣蒄華年窈窕身，鳳城風雨幾沉淪。香肩合共宮娥侍；寶髻曾迷遜國臣。佳木斯城憶滅燭；玉堂春曲最傷人。此情猶有淒涼處，蜚語流言漫海濱。」瘂弦〈坤伶〉詩中，以二句顯現一個獨立的時空情境與意義世界的構成方式與律詩雖有接近之處，然而，就詩歌情緒與人物內心的知感狀態來看，姚一葦先生改寫的律詩作品中「佳木斯城憶滅燭」一句極易令我們聯想起李商隱〈夜雨寄北〉「何當共剪西窗燭，卻話巴山夜雨時」中之「剪燭」與杜甫〈贈衛八處士〉「今夕是何夕，共此燈燭光」中的「共燭」人物活動。李、杜詩中不論「剪燭」或是「共燭」，「共感」與「回憶」的情事感知主體皆為詩人。因此，姚氏改寫之後的律詩，與瘂弦〈坤伶〉中那本來作為旁觀者的詩人之間遂有主客易位、觀看距離改變，以及情感由冷靜客觀轉趨濃烈主觀的「位移」現象。瘂弦〈坤伶〉一詩中的女子，神色但顯蒼白，情感與性格表現有扁平的特質，表情也予人木然無感的印象。這種如屏風上紙片一般的人物，表現

直接揭提〈玉堂春〉的唱詞「苦啊……」顯現出時間的流動與綿延。雙手放在枷裡的人物動作，看似僅在舞臺上持續了一小段時間，但其意義卻與重複出現在首段與末段之「一種淒然的韻律」一句及其所昭示之綿長的時間屬性——十六歲以後，乃至終其一生——互為呼應，因此，片刻的時間段落遂立時轉易為永恆的宿命狀態，成為坤伶此生難以擺脫的悲劇性命運。換言之，這種「雙手放在枷裡」的時間屬性乃含有雙重性質：它既歸屬客觀世界中具體的人物舞臺表演活動，時間長度可以被明確地測量與規範，然而，它同時亦屬於詩中人物內在時間中的感覺經驗，擁有自身的運行法則，因此，同時涵有空間與時間性質的「枷」彷若可以無限地延展，由此成為詩中各種時間斷片——女伶搬演戲劇之此刻／夜夜／過去／可預見之將來——的函收空間。此意即，詩人彷彿設計了一個時間函洞，詩中各種時間片段彷彿盡數被一個可以包羅各種短暫時間的函洞所接收、吸納。此外，劇裡劇外事件時間的反差亦烘托出詩歌的主題意義：女伶看似終將繼續流落每一座城市，永無止盡地搬演〈玉堂春〉此一劇碼；然而，她日日演出的戲劇裡那同為女伶身分的蘇三，最終乃獲得丈夫王景隆搭救，終止了她悲慘痛苦的生活與遭遇——蘇三的冤苦終有大白解脫之時，坤伶卻無。永無止盡的時空飄流與階段性之一時一地的淪落，二者在時空上的對照、反差乃從另一個面向突現了詩歌「淒然韻律」的

手法或許更接近晚唐溫庭筠〈菩薩蠻〉一系列描摹女子的詞作。例如溫詞〈菩薩蠻〉（寶函鈿雀金鸂鶒）一闋說「寶函鈿雀金鸂鶒，沉香閣上吳山碧。楊柳又如絲，驛橋春雨時。／／畫樓音信斷，芳草江南岸。鸞鏡與花枝，此情誰得知。」女子裝扮與容貌雖然金碧含香、艷色逼人，但亦如鑲嵌在屏風上的美麗仕女，鮮見內心活動與情感狀態。姚氏改寫之詩參見姚一葦：〈論瘂弦的〈坤伶〉——兼及現代詩與傳統詩間的一個問題〉，收入蕭蕭主編：《詩儒的創造》（臺北市：文史哲出版社，1994年），頁95-96。溫庭筠詞見鄭騫編注：《詞選》（臺北市：中國文化大學出版部，1995年），頁2。

主旨與意蘊。

張漢良曾經從戲劇的觀點——一種第三人稱的、全知的旁觀者角度分析〈坤伶〉一詩，認為「這種人物素描詩，很自然地迫使說話者的觀點凝聚於一外在實體，而非內心的心緒」。[13]就〈坤伶〉一詩來看，確實如此，詩中能夠反映伶人內心心緒的語詞只有「苦啊～～」一語，其餘觀點皆聚焦在坤伶的身世背景與生存處境上。「側面」同一卷詩作中，作於一九五九年的〈赫魯雪夫〉和一九六○年的〈水夫〉二詩亦有相同的特色，例如〈水夫〉一詩：

> 他拉緊鹽漬的繩索／他爬上高高的桅桿／到晚上他把他想心事的頭／垂在甲板上有光的地方／／而地球是圓的／／他妹子從煙花院裡老遠捎信給他／而他把她的小名連同一朵雛菊刺在臂上／當微雨中風在搖燈塔後邊的白楊樹／街坊上有支歌是關於他的／／而地球是圓的／海啊，這一切對你都是愚行（頁143-144）

這首詩的時間結構層次可以圖示為：

內在時間意識	（詩中人物）內在時間	超然時間／物象
		拉緊、鹽漬、爬上、晚上、月光、捎信、微雨、風搖白楊樹、街坊上的歌

圖三

---

13 張漢良：〈導讀瘂弦的〈坤伶〉和〈一般之歌〉〉，蕭蕭主編：《詩儒的創造》（臺北市：文史哲出版社，1994年），頁102、103。

　　如圖三所示，在「內在時間」一欄中，時間所對應的物象與事件是空白、懸缺的，詩歌的時間意象皆集中在「超然時間／物象」一層上。水夫拉緊繩索、爬上桅桿、晚上在桅桿上瞌睡，水夫的勞動成為日復一日的如常；妹子（情人）的來信內容成為他揮之不去的心事以及長烙手臂上的刺青；微風搖樹與街坊上的歌歇止之後還將復來，也帶有往復循環的時間特徵；詩中出現兩次且皆獨立成段之「地球是圓的」一語則將不同時空裡的人物、事件作了因果性的推論與聯繫。由於地球是圓的，世間所有的事物彷彿都將隨著地球的運轉回到原點，難以徹底逃離、擺脫，時間則隨著地球的運轉無聲靜默且如流地前進。圓的幾何空間遂由此孕含某種抽象的「圓」的時間感知，與那以直線方式前進的超然時間顯然有所乖隔、牴觸。詩末「海啊，這一切對你都是愚行吧」一句顯得異常突兀而跳躍。與「海」對話的「我」當是詩人而不為水夫。「海」靜覆地球表面，包孕在地球的運轉之中，與空間、時間同屬恆常的存有事物，因此「這一切的愚行」其意義內容便指向「水夫」和他那淪落煙花巷賣笑的情人，以及世界上其他想要逃脫悲哀痛苦卻總是徒勞的人們。「一切的愚行」涉及了人類普遍的生命歷程與存在經驗。這是詩人藉由速描「水夫」及其戀人的生活情境突顯自身對於存在的思考，「愚」的批判不僅指向「水夫」也指向詩人自身與一切被拋入世界之中掙扎、受苦的人類。

　　這是詩人將詩歌表現的焦點凝聚在人物外在世界實體時所獲致的意義與效果。然而，由於「內在時間」一層中乃包含著人物的知覺、感覺經驗、記憶與想像等等，因此，即使採取戲劇觀點，從全知的旁觀角度勾勒人物，依然可以通過對於人物內在時間經驗的設想、擬構，將外在世界的實體轉換為人物的內在經驗，藉此映射出人物的心緒情感與知覺狀態。例如瘂弦在〈上校〉一詩中對於人物內在時間知覺經驗的著墨便較諸〈坤伶〉與〈水夫〉二詩來得多一些。詩這般寫著：

那純粹是另一種玫瑰／自火焰中誕生／在蕎麥田裡他們遇見最大的會戰／而他的一條腿訣別於一九四三年／／他曾聽到過歷史和笑／／甚麼是不朽呢／咳嗽藥刮臉刀上月房租如此等等／而在妻的縫紉機的零星戰鬥下／他覺得唯一能俘虜他的／便是太陽（頁145-146）

詩歌的時間層次結構可以表列如下：

內在時間意識	（詩中人物）內在時間	超然時間／物象
	曾聽到歷史與笑、不朽、縫紉機的零星戰鬥聲、俘虜	記憶：火焰、遇見、會戰、訣別、一九四三 現在：咳嗽藥、刮臉刀、上月房租、太陽、縫紉機聲

圖四

即如黃維樑對於此詩題旨之揭明：「妻子的縫紉機聲，使他的意識之流，回溯到抗戰的往事」、「從前他（上校）參加的『戰鬥』是神聖的抗戰，現代的『戰鬥』則是求生的掙扎」。[14]以此作為理解基礎，我們可以將超然時間中的物象進一步區分為「記憶中的過往時間／物象」和「現在生活中的時間／物象」。嚴格來說，記憶屬內在時間經驗，因此，詩中真正反映超然時間的事物只有當前生活之事物，例如咳嗽藥、刮臉刀、上月房租與縫紉機；而「太陽」則由過去綿亙

---

14 黃維樑：〈瘂弦的「上校」〉，《怎樣讀新詩》（臺北市：五四書店，1989年），頁179。

至今，並且指向未來，為一綿延的時間意象。換言之，「太陽」的意象乃作為一綿延的時間感知對象而存在，是詩中人物獲致過去與未來之無限時間知覺的客觀世界之物。

除了「太陽」，「不朽」一詞亦含有綿延的時間指涉。與「太陽」此一顯現無限時間的客體對象相比，「不朽」指向人類歷史文明與精神價值界域，「太陽」則隸屬客觀世界之物，若非刻意形塑、附加，乃為一價值中立的大自然景物。由於戰爭事件的結束、對歷史的「（嘲）笑」，以及「不朽」之內容已然為日常生活瑣事所替代，上校心中歷史不朽的價值信念遂告終止，成為往日某一階段中的生命事件，取而代之的乃是日常生活的綿展與「不朽」。「不朽」之不同內容的持續與轉換時刻，它之過去、現在與未來的時間綿延特徵皆屬於人物內在時間之知覺經驗。上校眼前的「不朽」由不停止的咳嗽、一直長出來的鬍子、繳不完的房租等一件件重複出現、帶有時間延伸性質的生活事件疊加構成，而「不朽」的時間感知經驗又回頭作用到每一件日常瑣事之中，遂令各般生活瑣事似乎成為一種永續不歇之複沓迴旋、永無止盡的循環過程。縫紉機與戰鬥聲音的類比想像令詩中人物瞬間陷入回憶之中，接著，他的意識再度回到眼前並朝向未來。詩中時間的綿延、秩序和意義構成由「不朽」的內容轉換與象徵永恆的「太陽」予以流暢地銜接、完成。

即此觀之，詩中人物眼前現下的特殊存在既然有別於曾經「實在」的戰鬥的過去，也在某種程度上或多或少地有別於每一個日常片刻的曾經與過往，那麼，當下之每一個「現在」的本身和切實地處於「現在」此一時刻的各種感受，都將意味著這種「現在」的現實與經驗屬於人物此刻、當下的內在時間經驗，而非過去某一個當下的經驗。即由於詩中的時間意義已全然為此刻「內在時間」之知覺經驗所涵蓋、左右，因此，「太陽」意象的指涉內容遂亦有了多重詮釋的空

間與可能。例如黃維樑曾經指出「太陽」可能喻指日軍的太陽旗,為往事之回憶,亦可以是當下眼前酷暑的炎陽,或是予人愛情溫柔之感的冬陽,是眼前事物的實寫。[15]不論「太陽」是回憶中的可懼事物,或是當前世界可厭、可愛之物,要皆涵攝於人物的內在時間知覺經驗之中,不再僅僅作為客觀世界之物而存在。除此而外,黃維樑亦且提出了「因今及昔,從眼前的太陽憶起從前的太陽旗。而太陽和太陽旗已經難以分辨了,正如歷史和笑沒有什麼區別一樣」的見解。[16]對於此一看法,我們乃可以參考胡塞爾(Husserel, E.)對於時間、記憶與印象的思考,進一步深入推敲與闡明。

「上校」記憶中的「太陽旗」與客觀世界中的「太陽」,時空界域與形態樣貌之所以容易模糊、含混,乃緣於「印象」/「記憶」的特殊性質。胡塞爾(Husserel, E.)認為,「記憶」的性質茲為一種「感覺」或是「印象」,也包括了「想像」在其中;由於「記憶」的形式屬於一種想像的形式,「記憶」整體構成的表象正是想像──即構成記憶性質的整個記憶表象茲為想像,因此,記憶此一種意識,既然包含著會隨時存在與隨時消失的「想像」在其中,便必然具有可以「不斷被修正」的特質[17],人們關於記憶的內在知覺經驗也將由此一直處在變動,可以隨時更易、修正的狀態中。更深入地來看,基於「以瞬間回憶的顯現作為基礎,想像乃以某種程序構成了關於未來的觀念」,加上由於任何一種「感覺」都具有其「意向性」──所謂「感覺」皆是從現在開始,走向另一個新的現在,並將無窮地朝向未

15 黃維樑:〈瘂弦的「上校」〉,《怎樣讀新詩》(臺北市:五四書店,1989年),頁180。

16 黃維樑:〈瘂弦的「上校」〉,《怎樣讀新詩》(臺北市:五四書店,1989年),頁180。

17 參見(德)胡塞爾(Husserel, E.)著,楊富斌譯:《內在時間意識現象學》,頁110、111。

來，另一方面，它也朝向過去[18]，因此，詩中的「太陽」不僅僅是包含著過去、現在與未來之「整體時間」的代名詞，亦成為「上校」新的戰鬥對象。此意即，一九四三年前後的戰爭雖然已經成為「上校」遙遠的過往記憶，但是「俘虜」的感覺與認識卻存留了下來，因此現在與往後，能夠俘虜他的，只剩下時間，只有時間能夠俘虜他、打敗他，人生的戰鬥，成了與時間之爭鬥。

整體觀之，瘂弦「側面」一卷詩作中，諸如〈C教授〉、〈修女〉、〈故某省長〉與〈棄婦〉等詩，表現方式較為類近〈上校〉，而非〈坤伶〉與〈水夫〉。我們可以通過詩作中顯現出來的人物內在時間意象觀察到人物內在時間感知狀態與心緒情感，而令使我們能夠理解詩歌意義，自由地出入詩歌內在時間與世界時間之中的，乃是超越二者之上，那詩人與讀者所共同具有之流動的內在時間意識。

三　往復、向前、向後與退移：幾種「當下」時間結構

接下來，我們對於瘂弦詩歌時間特徵的觀察可以再聚焦到更為具體的面向上——即「當下」時間結構上，深入地理解詩人如何感知與表現時間。

18　胡塞爾曾經指出：當我們的想像以瞬間回憶的顯現作為基礎，並且通過某種程序構成了關於未來的觀念時，這種「程序」將類近於：在環境許可的情況下，人們將通過此一環境獲致某一種帶有新的顏色和聲音的多樣性觀念，並將之投向可預期的未來，例如，「從已知的聲音出發，我們很可能會達到我們從未聽到過的聲音」。而在得到此一觀念的同時，也將仍然保存著原來已知的形式和關係。胡塞爾對於人類如何「獲得未來和無限時間」的說明，適足以幫助我們理解〈上校〉一詩中「太陽」此一意象所昭示之各種層次之意義與蘊涵。胡塞爾之見解參見氏著、楊富斌譯：《內在時間意識現象學》，頁16、112。

　　現象學哲學對於「當下」時間性質以及「連續感」如何獲得的相關思索，曾以具體的「片格」概念加以譬擬、說明，認為：就一般現象而言，當人們嘗試解釋其如何經驗時間性對象時，總是傾向站在「當下」（現在）之中去說明一系列的感知狀態或是一個接替一個的「當下」。這些不斷出現的「當下」時間經驗與意象彷如一個個片格（即「一個現在」），一個接著一個前後有序地串接。但是，人們對於時間綿延經驗的感覺，卻不是來自於片格前後有序地出現與銜接，而是來自於當我們試圖說明、呈現某一個片格時，同時也會記得先前所呈現的片格——即藉由記憶，我們才能將此前的片格與當下的片格接續起來。詳言之，當時間片格一個接續一個地出現，我們所能擁有的，只是一個個單獨的時間片格，這些時間片格基本上乃顯現為一種各自獨立而非自然延續的狀態，每一個當下，我們將無法感覺到超過一個片格以外的事物。即此，如果我們想要從這個時間片格進入到下一個時間片格，那麼我們可能將透過「跳躍」的方式，才能從一個時間經驗移轉到下一個時間經驗之中，但是，這種時間經驗將會呈顯為一種片斷性的閃光與現在，難以令人們感知到他們自身在時間之中擁有一種綿延如流的感受。職是之故，當我們嘗試闡明時間經驗中的綿延感與連續感時，我們的確在每一個時刻僅能擁有、呈現一個片格，但在這個片格之中，我們將會記得先前所呈現的幾個片格，令其得與現下眼前的片格連接起來。藉由此一種伴隨著各種知覺經驗的記憶，人們才能感受到時間的連續性。此外，由於「記憶」的時間指涉之所以能夠顯現（讓我們感覺到）它是一種「過去」而不是另外一個「當下」，乃由於我們尚有一種對於「將要來到」（即「未來」）之預期。換言之，即因為我們的時間感知經驗不但向過去延伸，也延伸向未來，因此，「當下」之中乃同時包含著現下、過去與未來。就知覺狀態來說，三者之間，「現下」的部分將特別突出，接著，沿著「現

下」向兩邊蔓生而去。即因「現下突現」之時間感知的顯現，過去的世界時間對象才能在「當下」進入視野之中，也才有可能在「當下」隔著遙遠的距離預期它們的未來。質言之，即是「當下」──刻正進行中──的時間感知令我們反思我們的經驗時，才能知覺、發現到經驗總是含著切近的過去與未來。[19]

現象學中擬設了幾個專有名詞用以說明、闡釋這些關於時間的先後概念與存在經驗。首先，「當下」（the living present）指的是人們在任一時刻對時間所具有之完整立即的經驗，意即任一時刻的時間整體（temproal whole）經驗。做為一個整體的「當下」由三個環節組成，分別是「主要印象」（primary impression）、「持存」(retention)與「突向」(protention)。這三個環節緊密聯結，不可分割。換句話說，我們不可能只擁有個別、孤立的某一個「持存」，也不可能只擁有一個孤立的「主要印象」或「突向」。「當下」是由這三個環節所組成的一個整體。美國現象學者羅伯・索科羅斯基（Robert Sokolowski）曾以圖繪方式說明「當下」的結構：

突　向

持　存

主要印象

內在時間對象

世界時間對象

圖五

---

19 關於時間「當下」之結構以及過去與未來之感，參見羅伯・索科羅斯基（Robert Sokolowski）著，李維倫譯：《現象學十四講》（*Introduction to Phenomenology*），頁197-200。

　　「持存」(retention)一詞指向「過去」，它保持（retain）才剛消逝的「當下」與一些東西。這「剛消逝的『當下』」與「一些東西」並非意指一個才剛剛經驗到的時間對象諸如一段旋律或是憤怒的感覺，而是亦由主要印象、持存與突向所構成的「消逝的當下與時間經驗」。因此，在消逝之「當下」的持存中，也保持著先前才剛消逝的「持存」，而後者的這個「持存」又保持著在它之前的那個「當下」，因此，經由「持存」作為中介，我們才得有一系列之以如此方式串連起來的消逝的「當下」。若以圖像方式譬擬，「當下」總是擁有彷如彗星尾巴般，其後連接著一個個包含「持存作用」在內的「消逝的當下」。[20]同樣地，「突向」（protention）的構成性質與「持存」相似，但卻是朝向未來的部分。「突向」與人們一般想像自己正處在一個新處境之中的預期狀態或是時間投射有所不同，它乃是接連著「當下」，在現下的經驗中給予人們一種最為原初之有關有東西將要來到、發生的感覺。「突向」打開了以「現在」作為基礎之未來的面向，並且也因此使得完整、成熟的預期得以可能。綜合地來看，「突向」與「持存」跟隨著「當下」所呈現之「主要印象」（primary impression）向不同的方向展開，人們的存在經驗依此朝向過去與未來伸展開放，有類於一種存在經驗與時間感知之最原初的開放現象。德國哲學家馬丁・海德格爾（Martin Heidegger, 1889-1976），即命稱

20　就現象學理論而言，這種「持存作用」並不等同於「記憶」，它比「記憶」來得更為根本，屬於意識現象層面，而非感知經驗層面。羅伯・索科羅斯基（Robert Sokolowski）如此說明二者之間的差異：「我們必須強調，在每一個當下中的持存並不是一個一般的記憶動作；它比記憶還要根本許多。持存是在時間之綿延的初期建構中作用的，是在記憶作用之前的。它所保持的東西尚未落入遺忘的不再顯現，因此，一般熟悉的記憶根本還沒有作用的空間」。參見羅伯・索科羅斯基（Robert Sokolowski）著，李維倫譯：《現象學十四講》（*Introduction to Phenomenology*），頁201。

人們這種由現下向過去與未來伸展之感知時間的方式與特徵,為人類存有經驗中的「綻放特徵」(the ecstatic character of our experience),意即在最初始的時間經驗中,人們從來不是被鎖在一個個孤獨的現下之中,而是總向著過去與未來「站出去」。[21]

當我們援借當代現象學對於「當下」時間結構的思考觀察瘂弦詩歌時,我們仍應當稍作修正與調整的是,首先,無論在一般現象或是詩歌創作之中,「當下」的知覺經驗,固然是過去與未來預期的時間基點——詩人乃立於現在,才能呈現過去與未來,並為讀者所接受與理解。然而,詩歌的具體內容呈現,卻可以有所側重與偏倚,內容上出現的先後順序也可以有各種裁切、拼接與跳躍的表現方式。在上一小節的分析中,我們對此已有一些相關的討論與說明。雖則如此,當我們批評、分析與解釋詩作時,批評者對於詩歌時間構成的理解與分析,仍然要先立基於「現在」,再及於過去與未來,才能充分理解與掌握詩歌的「當下」結構。此外,由於詩歌中「主要印象」(primary impression)的形成與產生,乃緣於詩人對於「內在時間對象」與「世界時間對象」的綜合感知與提煉萃取,因此,其意義涵蓋範圍實乃包含著內在時間對象與世界時間對象。職是之故,當我們嘗試繪製瘂弦詩歌的幾種「當下」時間構成形態時,「主要印象」(primary impression)的框格雖然並不包覆著「內在時間對象」與「世界時間對象」,但意義上實有所涉及與涵蓋。

瘂弦較早之詩作,在「當下」時間結構的表現上多數顯現為較為簡易的結構樣態,詩作愈是晚出,「當下」時間結構的表現愈趨成熟與複雜。我們不妨以作於一九五七年二月六日之〈歌〉、一九五七

---

21 並參羅伯・索科羅斯基(Robert Sokolowski)著,李維倫譯:《現象學十四講》(*Introduction to Phenomenology*),頁201-202;(德)馬丁・海德格爾(Martin Heidegger)著,王慶節、陳嘉映譯:《存在與時間》,頁458-461。

年二月九日之〈一九八〇年〉、一九五七年十二月十九日的〈紅玉米〉，以及一九六五年四月的〈一般之歌〉為例稍作說明。

〈歌〉一詩顯現出一個簡易的「當下」時間結構。詩人立足於「現在」，向著過去與未來往復回眸與探詢，簡易之中含有層次上的巧妙變化。詩歌內容是：

> 誰在遠方哭泣呀／為甚麼那麼傷心呀／騎上金馬看看去／那是昔日／／誰在遠方哭泣呀／為甚麼那麼傷心呀／騎上灰馬看看去／那是明日／／誰在遠方哭泣呀／為甚麼那麼傷心呀／騎上白馬看看去／那是戀／／誰在遠方哭泣呀／為甚麼那麼傷心呀／騎上黑馬看看去／那是死（民國四十六年讀里爾克後臨摹作）（頁19-20）

我們可以將之繪製成圖六的結構模式：

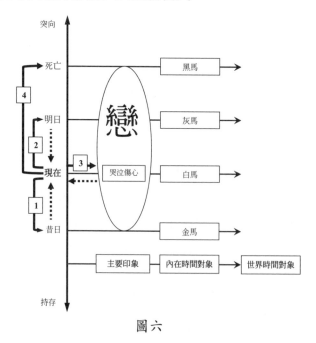

圖六

　　此詩由「主要印象」與「內在時間對象」之語彙構成詩歌整體，未曾出現與世界時間對象相關的名物與意象，其中，「昔日」與「明日」僅為相對的時間概念，難以標示確切的時間定點，所以亦不完全屬於世界時間對象。詩歌分為四節，由每節首句之「誰在遠方哭泣呀／為甚麼那麼傷心呀」，可以得知詩歌中不論探向時間之「昔日」、「明日」或「死日」，或是抽象的「戀」之感受，皆以「現在」作為時空基準點。意即，詩人每一次的探訪、尋覓都由「現在」出發，朝向過去、未來，或是「戀」——愛情與心靈的彼方。圖中，實線箭頭與阿拉伯數字表示探尋的先後順序，虛線箭頭則意指每一次探尋之後對「現在」時刻的自動回歸。而「哭泣」與「傷心」的印象則由「持存」綿延到「現在」並朝向「明日」與「死日」延伸，為貫串詩歌內容與時間感知的「主要印象」。對應著「昔日」、「明日」、「死日」以及「戀」的內在時間感知狀態，詩人變化「白駒過隙」的時間譬擬方式，摘提「馬」作為時間意象，分別以「金」、「灰」、「黑」與「白」四種顏色表現他對於時間的色彩感覺與內在情緒。詩歌意象雖然簡單明白，但由於詩人對於不同階段的時間知覺乃分別投以不同的顏彩設色，色彩中蘊含了詩人的情緒感知狀態，因此產生了融合視覺色彩與情感狀態的新穎趣味。第三節中，詩人跳脫原來單純之時間向前向後、往復來回的直線思考，逸出原有的時間軸線，朝向「戀」此一既屬心理情緒，時間上復又涵蓋所有過去、現在、甚至未來之「既屬時間又超出時間」之心理知覺現象作一歧出、跳躍之表現。由於「戀」呈示為一種包含記憶、印象、想像、情感與事件在內之有別於當前現實之另外一重心靈世界國度，因此在前二節中早已時間化的空間語彙「遠方」，其空間性質又在此一節中重新回復與獲得，並轉變為同時具涵時間與空間雙重性質之心理時空語彙。此一歧出與跳躍，令此一首小詩的時空表現靈活生動，富含層次變化。

　　〈一九八〇年〉一詩為詩人二十六歲時對於二十四年之後（五十歲時）生活內容的想像與描繪。時間設定在一九八〇那一年，地點在澳洲，他與妻兒過著溫馨恬靜、如詩如畫的田園生活。這首詩由現在向未來跨越二十四年，依著春夏秋冬四季的推移，單純地顯現想像世界中每一個「當下」不停地向前流逝的生活日常。詩歌這般描寫：

　　老太陽從蓖蔴樹上漏下來，／那時將是一九八〇年。／／我們將有一座／費一個春天造成的小木屋，／而且有著童話般紅色的頂／而且四周是草坡，牛兒在嚙草／而且，在澳洲。／地丁花喧噪著各種顏色，／用以排遣她們的寂寥。／／雲們／早晨從山坳裡漂泊出來，／晚上又漂泊回去，／沒有甚麼事好做。／／天空有很多藍色，／你問我能不能借一點下來染染珊珊的裙子呢？／（我怎麼會知道呀！）／／屋後放著小小的水缸。／天狼星常常偷偷的在那兒飲水，／獵戶星也常常偷偷的在那兒飲水，／孩子們的圓臉，也常常偷偷的在那兒飲水。／／牛們都很聽話；／刈麥節前一天／默默地贈給我們最最需要的奶汁！／奶汁裡含有青青的草味，／珊珊不喜愛那草味。／／山谷離我們遠遠的，／沒有甚麼可送我們，／送給我們一些歌，／一些回聲，／你說／這已經夠好了。／／冬天來時雪花埋著窗子／乃烘起秋天拾來的落葉，／毛毛拾的最多，／毛毛乖／毛毛拾得最多。／／我說要到小鎮上／買點畫片兒吧，／襪筒兒也該掛在門楣上了，／南方的十字星也該運轉到耶路撒冷了。／你說畫片兒有甚麼好看／我們不就住在畫片裡嗎？／我卻辯駁著說：／那也不要在麵包裡夾甚麼了，就夾你的笑吧。／／吵到最後你說唱歌吧！／唱唱總是好的。／孩子們都睡了，／燈花也結了

好幾朵了。／／我說你還趕做甚麼衣裳呀，／留那麼多的明
天做甚麼哩？／／第二天老太陽又從蓖蔴樹上漏下來／那時
將是一九八○年。（頁21-26）

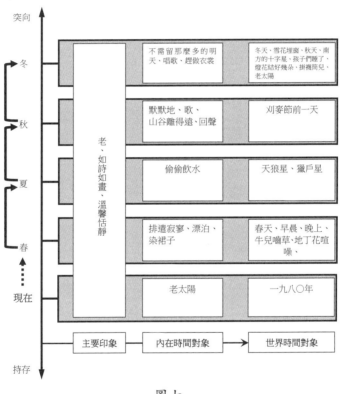

圖七

　　〈一九八〇年〉中，詩人感覺五十歲時的自己已「老」，「如詩如畫」與「恬靜溫馨」是年輕的、二十六歲的他對於「已老」生活的期盼與想像，三者共同構成「想像世界」的「主要印象」，並依此勾畫一九八〇年理想的生活藍圖。由於詩題之揭明，以及二句與末句之「那時將是一九八〇年」對於世界時間的重複申提，這首詩創作的時間以及詩人此時之年齡遂也同時被一再地強調、突出，因此，「老」一字顯現為年輕的詩人對於時間流逝的內在知覺經驗與判斷，此知覺經驗亦同時聯繫著身體經驗與感知想像。即此觀之，這種「老」的感覺，感知性質類同於想像中四季的生活與情景，皆只呈示為一種擬似經驗之態度，而非真實勞動世界中的切身感受與體驗。為令美好的想像世界得以顯現，所有恬美溫馨之情境所應具備的物質條件與環境要素俱由詩人自由選擇、控制與裁量，並略去了真實世界裡可能干擾、破壞溫馨情境的偶發事件、複雜的環境因素與社會人際關係。雖然詩人可以隨心所欲地控制、裁量詩中的地點、人物、自然、社會與物質環境，然而卻無法自由改造時間的綿延特徵。換言之，由前文之說明可知，時間綿延意識茲為人類心靈活動的構成要素，時間只能不斷地經由「當下」保持此前之「持存」並且持續地「突向」未來，因此乃具有不可回逆的特徵。因此，我們在〈一九八〇年〉的「當下」時間結構圖中，可以清楚地看到：詩人可以依據其個人之喜好與期盼自由地選取、組織各種「內在時間對象」與「世界時間對象」，以之敷衍其美麗的想像，塑造恬靜的情調和氣氛，但卻無法更改時間的基本結構。我們亦可以由此得知時間綿延意識構成中此一種「不可回逆性」茲為創作活動中想像與想像物（二者皆屬於心靈活動範疇）的基本構成要素，它可以適時地幫助我們避免一切想像活動中緣於各種特殊之

時間變異與改造所肇致的不可理解性。[22]

〈一九八〇年〉一詩，是由現在向前跳躍，「當下」時間結構顯現在想像中之一九八〇年的四季之中。〈紅玉米〉一詩，則是描寫記憶中的往事。詩中「我」的記憶裡包含著昔日的「當下」結構——昔日的感知與印象「持存」至「現在」，並繼續延伸向未來。詩云：

> 宣統那年的風吹著／吹著那串紅玉米／／它就在屋簷下／掛著／好像整個北方／整個北方的憂鬱／都掛在那兒／／猶似一些逃學的下午／雪使私塾先生的戒尺冷了／表姊的驢兒就拴在桑樹下面／／猶似嗩吶吹起／道士們喃喃著／祖父的亡靈到京城去還沒有回來／／猶似叫哥哥的葫蘆兒藏在棉袍裡／一點點淒涼，一點點溫暖／以及銅環滾過崗子／遙見外婆家的蕎麥田／便哭了／／就是那種紅玉米／掛著，久久地／在屋簷下／宣統那年的風吹著／你們永遠不懂得／那樣的紅玉米／它掛在那兒的姿態／和它的顏色／我底南方出生的女兒也不懂得／凡爾哈崙也不懂得／／猶似現在／我已老邁／在記憶的屋簷下／紅玉米掛著／一九五八年的風吹著／紅玉米掛著（頁61-62）

---

22 奧地利社會學者舒茲（Alfred Schutz, 1899-1959）對於「想像世界的時間觀點」有更為仔細、多方面的說明，可以參見。相關論點參見舒茲（Alfred Schutz）著，盧嵐蘭譯：《舒茲論文集（第一冊）》(*Collected Papers. Vol. I: The Problem of Social Reality*)（臺北市：桂冠圖書公司，1992年），頁264-265。

詩歌的「當下」結構可以構擬為：

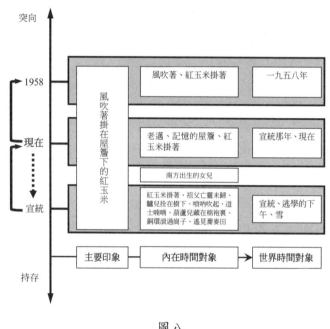

突向

1958　　風吹著、紅玉米掛著　　一九五八年

現在　　老邁、記憶的屋簷、紅玉米掛著　　宣統那年、現在

南方出生的女兒

宣統　　紅玉米掛著、祖父亡靈未歸、驢兒拴在樹下、嗩吶吹起、道士喃喃、葫蘆兒藏在棉袍裏、銅環滾過崗子、遙見蕎麥田　　宣統、逃學的下午、雪

風吹著掛在屋簷下的紅玉米

主要印象　→　內在時間對象　→　世界時間對象

持存

圖八

　　詩歌首句「宣統那年的風吹著」直接以「宣統」與指稱詞「那」揭示客觀世界的時間座標以及「今年／現在」的我在座標之中的位置。在「我」的回憶之中，宣統那年的當下知感以及對於掛在屋簷下的紅玉米的印象持存至現在，並且將繼續延伸至臨近現在（我們假設「現在」為詩歌寫成之一九五七年）的未來──一九五八年。圖八中，實線箭頭顯示詩歌內容展開的前後順序。「風吹著掛在屋簷下的紅玉米」為綿延時間中的主要印象，這一主要印象在過去、現在和未來之中保持著同一性，是詩中之「我」對於宣統那年家鄉日常生活的感知、記憶與印象。即此，我們遂可以在結構圖中清楚地看見宣統那年，內在時間對象乃為豐富、繁多的事物與事件所填滿。這些內在時間對象環繞著日常生活物品、事件以及家鄉自然環境而顯現，日常生

活中生老病死的各種知覺與印象最終又全數為一顆顆米粒飽滿結實的「紅玉米」所吸取、凝聚，此一北方常見的食物於是凝集了詩人對於家鄉所懷抱的豐實記憶與情感。「風」由宣統那年吹向一九五八年，「風」成為時間的喻指之詞。在風中，一切日常皆發生於屋簷下，因此詩人對於往日生活的印象，遂凝結為風、屋簷與紅玉米三種意象交綰錯結之特殊物象的樣貌與姿態，令詩中之「我」在往後的日子裡常常記起這同一印象，並被這印象所糾纏、縈繞。最終，在「你們永不懂得」、「南方出生的女兒也不懂得」的孤獨感以及設想它永遠存在於現在與未來記憶之中的「宣示」裡，顯見「我」已經無法停止看到屋簷下的紅玉米，過去將不斷地進入生活之中，終而在「我」之中，與「我」合而為一。要言之，過去的內在時間對象雖然顯現出多種樣態，但在主要印象上卻呈現出同一性的意向性結構。此一藉由「記憶」，由當下向後——向著昔日凝視再又突向未來的「當下」時間結構在〈秋歌——給暖暖〉一詩中亦可以清楚地見到。〈秋歌——給暖暖〉一詩作於一九五七年一月九日，比〈紅玉米〉約早一年左右。詩中顯現了三次「持存」，每一次皆近乎不著痕跡地被收攝於當下的時間知感之中[23]，接著，時間再由當下朝向可預期的未來綻放。這一首

---

23 因為除了必要之時間對象如「落葉」、「荻花」、「七月」、「雁子」與「秋天」外，詩中甚少出現帶有明確時間指涉的內外在時間對象，詩中其他意象若非屬於不帶有時間性質的名物，即屬純然的空間意象。雖則如此，由於詩人適時地點染、穿插為數不多的時間意象，令使詩歌的時間架構與層次依然清晰可辨，未嘗失去意義與時間的邏輯和順序，因此，文中方說此詩的「持存」乃「近乎不著痕跡地被收攝於當下的時間知感之中」。詩歌內容為：「落葉完成了最後的顫抖／荻花在湖沼的藍睛裡消失／七月的砧聲遠了／暖暖／／雁子也不在遼夐的秋空／寫牠們美麗的十四行了／暖暖／／馬蹄留下踏殘的落花／在南國小小的山徑／歌人留下破碎的琴韻／在北方幽幽的寺院／／秋天，秋天甚麼也沒留下／只留下一個暖暖／／只留下一個暖暖／一切便都留下了」。詩見瘂弦：《瘂弦詩集》，頁7-8。

詩的時間表現同於語言韻律節奏，俱皆清晰簡明，流宕自如。

作於一九六五年的〈一般之歌〉，「當下」時間結構較諸前面幾首詩作皆要來得複雜許多。詩中的「當下」有向後退移，並為另一個「當下」所取代的結構特徵。詩云：

> 鐵蒺藜那廂是國民小學，再遠一些是鋸木廠／隔壁是蘇阿姨的園子；種著萵苣，玉蜀黍／三棵楓樹的左邊還有一些別的／再下去是郵政局、網球場，而一直向西則是車站／至於雲現在是飄在曬著的衣物之上／至於悲哀或正躲在靠近鐵道的什麼地方／總是這個樣子的／五月已至／而安安靜靜接受這些不許吵鬧／／五時三刻一列貨車駛過／河在橋墩下打了個美麗的結又去遠了／當草與草從此地出發去佔領遠處的那座墳場／死人們從不東張西望／／而主要的是／那邊露台上／一個男孩在吃著桃子／五月已至／不管永恒在誰家樑上做巢／安安靜靜接受這些不許吵鬧（頁219-220）

詩歌的「當下」時間結構為：

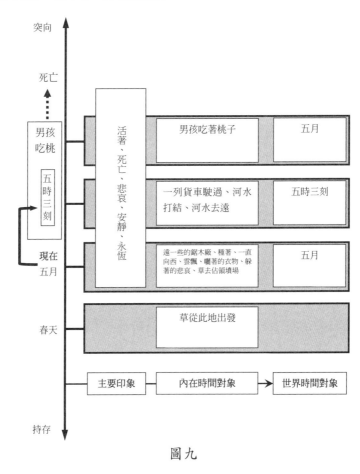

圖九

　這首詩只有兩節，每一節表現出一個完整的「當下」時間結構，
當第二個當下時間結構（五時三刻）出現時，前一個結構（五月的現
在）便向後退移，成為第二個結構的「持存」——先前消逝的「當
下」與時間經驗延續到下一個「當下」之中。在向後退移與持存的過
程之中，除了時間綿延如流的感受異常鮮明之外，也突現了「活著、
死亡、悲哀、安靜與永恆」的主要印象。這主要印象與存在感知亦

將「突向」未來，為即將到來之生活所能預期的存在感知與內容，並且將一直持續到死亡的那一刻。此中，尤為特殊的是第二節中「當草與草從此地出發去佔領遠處的那座墳場／死人們從不東張西望」兩句乃是一個過去之「持存」。五月之前的初春，青草開始滋長、繁茂與蔓生，這現象與感知並不曾在詩中顯現為一個正在進行的「現在」，而是作為一個先前的「持存」進入第一個「當下」結構與第二個「當下」結構之中，並持續朝著未來延伸。即此，「草」在詩中既喻指「綿延時間感知」，又同時包含了再生、死亡與循環不滅（意即永恒）等各種意義蘊涵，與墳場中的死人和吃桃的男孩形成語意上一概稱、一具指之對應、涵蓋關係。

當「五時三刻」的「當下」到來，詩中的「我」在一列貨車駛過、河水打結與河水去遠當中，感受到時間的流逝與一些猶如打了結般的各種存在的「美麗」。這存在上美麗的哀愁集中顯現在那正在露臺上吃桃的男孩身上 —— 稚氣青春的生命在可預期之即將到來的成長過程中也將會擁有許多個美麗的「結」，然而最後，這些結也終將如時間流水般去遠，男孩也必將（已經）搭上那時間的貨車朝著向死之路疾馳，最後，進入所有美麗與生命的安息之所；新的墳場亦將逐步地為初春蔓生的青草所覆蓋。即此，在露臺上吃桃的男孩究竟吃了多久？從什麼時候開始坐在那兒吃的？詩人未嘗給予一個清晰、確切的時間標示。在詩中「我」當下的感知經驗中，這一男孩似乎已經潛居在時間意識中好一段時候。表面上「吃桃的男孩」看似為一單純之世界客體對象的偶然捕捉與入畫，但這男孩亦彷如「我」之內在時間經驗中某種時間經驗的原型，此刻忽又來到並投映在眼前一

個五月春末的白日之中。死亡既是如此安靜、永恆之物，童稚、青春
與活著亦是一種安靜無聲的體驗，由生向死的路上，所有一切莫不為
安靜的時間履跡所輕覆。

即如張漢良曾經指明之「貨車原來扮演著生命到死亡這個過程的
象徵角色」[24]，張氏所謂「生命到死亡這個過程」的本質內涵即是我
們上文所揭明之「時間之流」。詩中，時間的角色不僅由草、貨車與
河水分以不同的形象、面貌粉妝登場，其中的「空間」與「空間間
隙」亦無一不是時間的居所，或說時間的化身。詳言之，鐵道邊躲藏
著的悲哀是時間所帶來的死亡之懼與悲哀，這悲哀也將躲藏在其他向
遠處延展的空間以及空間與空間「之間」。具體而言，詩中的空間構
成及其形成的緣域關係是：國民小學、鋸木廠、蘇阿姨的菜園、郵政
局、網球場與車站等顯示為清楚之地方或地帶的空間屬性；鐵蒺藜、
萵苣與玉蜀黍等植物菜蔬亦佔有一定的空間位置；這些空間由「遠一
些」、「隔壁」、「左邊」、「再下去」「一直向西」與「之上」的
方位和方向指示詞說明各個空間的位置與關係，並在關係之中顯現出
切近、裂縫與接縫的間隙現象。這些間隙的空間屬性既與「鐵道邊」
的緣域性質類同，那麼也將會是時間流經、悲哀躲藏的邊域與溝壑。
即此，詩中的空間緣域遂皆含有時間意涵，空間與空間之間的間隙和
距離盡數為時間觀念所涵攝，成為時間化了的空間。即此，時間既在
空間與空間相鄰的間隙之中行走，也即行走於空間之中，而非飄行於
空間之上，為一有別於空間之比空間與土地更為廣延、超越的存在之
物──時間，乃在空間之中。

---

24 張漢良、蕭蕭編著：《現代詩導讀・導讀篇（一）》（臺北市：故鄉出版社，
　 1979年），頁194。

四 擬似現實、審美態度與必要宣言：日常生活的此在、之中與回聲

　　詩人認識世界、思考存有並藉由詩歌予以呈現，此一存在的軌跡主要依循詩人在日常世界中活動的線索而有——詩人乃在日常之中探尋存在，並由此刻劃其存在的樣貌與軌跡。由於時間本身不能被主體直接感知與掌握，因此，日常生活中主體存居的空間（場所性質）、人物行為活動、發生事件以及日常狀態等生活現象莫不成為關注時間、存在以及二者關係的重要探究場域。換言之，詩人對於日常的關注乃與其對於時間和存在的思考密不可分。

　　瘂弦認為生活與詩的關係乃是「詩，有時比生活美好，有時則比生活更為不幸，在我，大半的情形屬於後者」，而詩人的工作「似乎就在於『搜集不幸』的努力上」；他補捉生活的方式則是「充分感覺盡可能感到的生活」並且抓緊它們，認為唯有紮根在生活中的作品才能夠避免「垂死」與「頹廢」之態。[25] 瘂弦這一段話語中的「生活」一詞乃有兩個不同層次的意義可談。所謂「詩，有時比生活美好」的「生活」，意指詩人的社會現實，以及對於這現實的感知與反省思考；「詩」中的生活，則是指以日常生活作為表現對象的詩歌題材。前者是詩人日常生活的世界，後者，則是詩歌創作的材料或是主題。依據奧地利社會學者舒茲（Alfred Schutz, 1899-1959）對於日常生活以及社會意義結構的闡釋，日常生活中的勞動世界乃是一個人體驗社會與世界實體的原型與基礎，其他諸如宗教世界、科學理論世界、哲學

25　前後文為：「他（詩人）充分感覺他盡可能感到的生活，他抓緊這些，在酒醒後的第三日把它們紀錄成分行的東西」、「紮根在藝術中而非紮根在生活中的作品是垂死的，雖然也可能完全，但卻是『頹廢』的」。二則引文參見瘂弦：〈現代詩短札〉，瘂弦著：《中國新詩研究》（臺北市：洪範書局，1981年），頁49、52。

邏輯世界、想像世界等「次宇宙」——或稱之為「有限的意義範圍」
（finite provinces of meaning）則可以視為對這一日常勞動世界的調
整，各有不同的認知型態、特殊的自我經驗形式、社會性形式以及時
間觀點。[26]依此檢視瘂弦此一段話語，我們可以進一步說明的是，詩
人觀察生活，感受日常，從中汲取創作的養分並援以為詩歌創作的題
材，兩種「生活」內容之間的關係與區別將展現在：對於日常生活的
注意與興趣茲為瘂弦詩歌創作的核心與焦點，然而，由於藝術創作的
特殊構成方式，使得某一些日常現實將被刻意地強調，一些則被淡化
壓抑，而詩歌中各種諸如語言、節奏、意象、形式符號等構作要素將
進入「日常生活」題材的意義範圍之內，成為新的經驗型態的構成要
素，共同形成另外一個有別於日常勞動的詩歌藝術世界，並由此獲致
另外一種對於（日常）現實（reality）的關注與強調。即此，詩歌之
中所呈現出來的日常與生活，乃是一個擬似現實之日常與生活，與真
正的日常生活世界仍然有所區別，而詩人對於時間、存在及其與詩歌
之間互動、聯繫關係的思考，正在這「有所區別」當中呈現。

　　讓我們試看〈庭院〉一詩。詩這般寫著：

　　　　無人能挽救他於發電廠的後邊／於妻，於風，於晚餐後之喋
　　　　喋／於秋日長滿狗尾草的院子／／無人能挽救他於下班之後
　　　　／於妹妹的來信，於絲絨披肩，於cold cream／於斜靠廊下
　　　　搓臉的全部扭曲之中／／並無意領兵攻打匈牙利／抑或趕一
　　　　個晚上寫一疊紅皮小冊子／在黑夜與黎明焊接的那當口／亦
　　　　從未想及所謂的『也許』／／所以海喲，睡吧／／若是她突
　　　　然哭了／若是她堅持說那樣子是不好的／若是她又提起早年

26　相關論點參見舒茲(Alfred Schutz)著，盧嵐蘭譯：《舒茲論文集》第一冊
　　（*Collected Papers. Vol. I: The Problem of Social Reality*），頁256-259。

　　與他表兄的事／你就睡吧，睡你的吧／渾圓的海喲（頁215-
216）

　　詩歌主要描寫主角「他」下班之後回到家中的生活。妻子晚餐之
後的喋喋不休、長滿狗尾草的屋子庭院（無暇打掃與整理）、妹妹的
來信、信中提到的日用物品如絲絨披肩、cold cream皆是生活裡的日
常瑣細，雖是瑣細卻已讓「他」疲於應付；而攻打匈牙利、熬夜寫傳
單等戰爭政治之事雖然也在「他」的認知範圍之內，但卻是「他」
無意參與與投身之事。「他」生活中一切刻正發生的日常瑣細或是認
知中的國家政治之事，皆是現實社會生活中屬於身體勞動之事，有著
實用或是實際的性質。反之，黑暗已逝黎明將至之時，一切對於設法
「挽救」生活困境之深沉的思考，或是僅僅抱持著一種反省的態度則
是「他」從未思及之事。最後，「他」面對夜裡另一椿「無可挽救」
的日常情事——妻子拒絕「那樣子」之事，依然僅能以日常的自然態
度「睡吧，睡你的吧」消極地因應和面對。

　　緣於日常生活世界茲為生命主體之間溝通、理解的主要場所，而
溝通之所以可能，乃在於日常生活世界乃是一種「互為主體性」的世
界，意即一個和他人共享、能被他人理解、經驗與詮釋的世界。[27]循
此以論，雖然詩中人物看似在自己獨特的傳記情境裡經驗著自己「搓
臉的全部扭曲之中」的日常種種，與詩人、讀者真實生活世界中的經
驗可能大異其趣，或是毫無相近之處。然而，基於日常生活世界之經
驗乃是一種「常識經驗」，這種詩中人物所經驗著的日常事項遂能夠
為詩人與讀者所共同感知與理解，並進入詩歌中那身處於一個「發電

---

27 日常生活世界中「互為主體」的概念，參見舒茲(Alfred Schutz)著，盧嵐蘭譯：
　　《舒茲論文集》第一冊（*Collected Papers. Vol. I: The Problem of Social Reality*），
　　頁340-342。

場後邊某一庭院」中，一位成年男子既獨特又普遍的傳記情境裡。這是通過日常生活世界本身所具有之一種「互為主體性」的性質，以及在溝通的共同環境中對他人產生一種「擬情」心理所形成的相互理解與再經驗。

雖然日常世界實體在自然態度與「互為主體性」上預設著常識基礎，令使日常生活即使進入詩歌藝術領域之中成為表現之對象與題材，我們依然得能依此感知、理解詩中人物的生存處境與日常種種，但是，我們難以忽略的是詩歌裡尚且孕含著一種對於日常生活的審美態度——一種詩人觀看日常所具有之獨特的審美視域。在意象取用上，這首詩藉由修辭的力量——通過隱喻手法令「海」與「渾圓的海」成為女子身體形態以及詩中主角體內慾望之譬擬，既擴大了讀者的想像空間，也為詩歌帶來意象及語言上的審美趣味。然而，此詩更為深層的審美品質與審美蘊含並不展現在語言與意象的形式美感特徵上，而在於詩歌所具有的統一意義上。

詳言之，詩人乃在詩中區分出日常生活中所可能採取之自然消極、關心社會（政治投入）與沉思反省三種不同的因應態度，或說三種不同面向的存有世界。如果說，日常生活與標準時間內的世界——「秋日」、「晚餐後」、「夜裡」發生的情事——既是詩中人物體驗著的現實，也是詩人與讀者所能共同感知之認識基礎，那麼，戰爭與政治宣傳的現實世界與時間感知——花費一個晚上抄寫紅皮小冊子（意指《毛語錄》），以及在那模稜不明、曖昧游移之時間地帶與心靈邊域，富含哲理性地沉思一切關於生命之假設性的因果關係——「所謂的『也許』」、「黑夜與黎明焊接的當口」，則是非為詩中人物所知，卻是詩人與讀者能夠「自我挽救」於日常生活困境的指引與出口——意即活在他種意義世界之中（或又因此陷入另一種困境中）的思考與選擇。詩中此一種帶有三種不同意義面向的日常構造，一方

面既令讀者體驗著詩中人物那「無人能挽救」的生活困境，一方面復又提供讀者得以脫離那無可挽救之日常情境的他種意義參照世界，這整體內容與意義的經驗過程，已是一種令使讀者在閱讀過程中完成一次短暫交流與淨化的審美經驗。即此，在詩人創作、讀者接受以及交流淨化的過程之中，審美態度乃逐步地介入了日常生活的現實經驗之中，不斷地擴大和發展出自身的意義領域。[28]即此，日常生活作為一種社會現實，其充分意義主要呈現為一種人類社會結構之原型與基礎意義，而在藝術創作此一範疇，即「有限的意義範圍」內，通過詩人觀察與沉思的目光，日常生活才能具現為一種「美的想像形式」，並自此與社會現實裡的日常生活世界有所區隔，成為一種「擬似日常」的日常構作形式。

至於〈復活節〉一詩，其審美特徵顯現在詩人將其想像與臆測投入對於人物日常活動的觀察之中，想像與日常的虛實交錯成為詩歌主要的審美品質。詩云：

> 她沿著德惠街向南走／九月之後她似乎很不歡喜／戰前她愛過一個人／其餘的情形就不大熟悉／／或河或星或夜晚／或花束或吉他或春天／或不知該誰負責的、不十分確定的某種過錯／或別的一些什麼／／──而這些差不多無法構成一首歌曲／雖則她正沿著德惠街向南走／且偶然也抬頭／看那成排的牙膏廣告一眼（頁217-218）

詩中人物「她」正行走在一條具名為「德惠街」的街上，也有明

---

28 「日常生活」與「審美經驗」之間的交互關係以及相關問題之討論，參見（德）漢斯‧羅伯特‧耀斯（Hans Robert Jauss）著，顧建光等譯：《審美經驗與文學解釋學》（*Aesthetic Experience and Literary Hermeneutics*）（上海市：上海藝文出版社，1997年），頁169-172。

確朝南的前進方向。持續向南延伸的街上，「成排的廣告牙膏」是明顯觸目的街景；時間則是詩題所揭示的「復活節」當天——接續著去年九月秋天與冬天之後的今年的春天。詩人以具體的時空物象勾勒人物周圍世界的樣貌。「她」是一個活動中的存在者，活動的時空環境顯現出人物的「世界性質」。

「復活節」是基督教徒重要的節日慶典，紀念耶穌復活之日，時間定在每年春分月圓之後的第一個星期日。由於春分之後開始晝長夜短，因此，耶穌復活於此日乃象徵光明戰勝了黑暗。遠在基督教慶典之前，復活節原來是古代人們慶祝春回大地，一切恢復生機的節日，節日崇祭的神祇可以追溯到古巴比倫的愛情、生育和戰爭女神「伊什塔爾」（Ishtar）；日耳曼民族則在每年春分之時祭拜「曙光女神（名為Sunner，又叫Eostre）」並舉行盛宴，此後，西歐的黎明和春天女神便以Eastre為名。[29]從詩題與內容的對應關係來看，詩題定為〈復活節〉，不僅交代人物活動的時間乃發生在大地春回之際，而復活節象徵重生、曙光、希望以及紀念愛情、生育和戰爭女神等節慶意義也與詩中人物「戰前愛過一個人」的愛情事件互為呼應，甚或隱隱指涉了「她」愛情對象的國籍、身分、事件發生的時間與經驗內容。然而，戰前某一年的「復活節」早已成為過往，年年依然復來的「復活節」只剩下日常如流、一再重複之「行走於街」的單獨活動以及伴隨著回憶而來的「不歡喜」情緒。詩中，「無法構成一首歌曲」的片段往事顯現出情事、時間的斷片屬性，而詩中人物持續走在街上的動作，雖然也屬於日常活動中某一個時間段落與環節，然而因為「環節」所具有的連續性特徵，也因為「她沿著德惠街向南走」一語的重複強調，

29　廖瑞銘主編：《1987新編大不列顛百科全書》（臺北市：丹青出版社，1987年），頁232。

因此，此一走在街上的動作一方面既顯現出人物生活與活動進行、展開的過程，一方面亦呈示了綿延如流的時間觀念——意即走在街上的行動將持續發生並伸展向可預期的未來。

即此觀之，如果說詩歌通過描繪人物日常生活中某一特定之行為活動，呈顯出一種「時間概念的表象結構」，即「當下（日常）→過去→當下（日常）→未來」的表象結構，那麼，過去與未來之時間皆將突聚在人物行走於街的日常「當下」之中。日常生活中身體「當下」的行動——走在街上、低頭陷入某種情緒狀態與回憶之中，以及抬頭看廣告——皆將不斷地顯現、對應著過去與未來無限的綿延時間。若此，這個時間觀念的表象結構將與詩中「那成排的牙膏廣告」之由「成排」而來之對於無限數列的想像，以及街道彷若將無限延伸的空間感知合而為一——時間、空間與抽象序列成為本質同一而面向各異之詩中人物「她」所在的「世界性質」。由此，我們乃可以進一步指明：詩歌始於「她沿著德惠街向南走」的行於街上，終止於行走之中她抬眼望向「那成排的牙膏廣告」——始於日常，也止於日常，日常乃主導、支配了一切時間與意義的世界。換言之，在詩歌形式之中，我們看到了「日常」作為主題意義的突顯與強調。而當我們以此作為理解基礎，回頭重新思索「復活」一詞之意義時，便可以獲致另外一種更為深入的理解與把握。「復活」一詞，一方面固然是詩中人物已然「死亡之愛情」的反喻之詞，另一方面，它更為積極的意義不展現在字詞表面意涵上，而在詩人對於「日常」意義的思考上。此意即，如果說，以「復活節」作為詩題乃具有一種更為深刻與積極的意義，那麼這意義將脫離詩歌人物的存在事件並進入詩人對於「此在」的一種思考當中：生命的復活、重生與再臨，一切關乎愛情、曲調、意義與生命之事，最初，始於日常，最終，也將歸於日常。在如流的時間線性過程中，「日常」的循環往復成了此在與時間的鳴響和回

聲，並由此展現出日常意義結構的整體性質。

　　詩中，審美要素對於日常生活的滲透，來自於詩人對於詩中人物過往愛情經驗的臆想與推測。詩人此刻觀察著走在街上的「她」時，已事先獲悉一些關於「她」的事——「戰前愛過一個人」，對於這件事，詩人自有其推想與判斷——「差不多無法構成一首歌曲」。至於她愛情的經驗內容，則全數來自於詩人的想像與猜測——「或河或星或夜晚／或花束或吉他或春天」。夜裡的星空與河流，春天裡的花束與音樂，這愛情經驗雖然零星、短暫，但卻曾經閃耀、浪漫、柔美而繽紛，緣此，即使有著「某種過錯」或是「別的一些什麼」，也為這些美麗的想像所飾裝、暈染，成為美麗的錯誤與哀愁。由於想像力的介入——在這個詩例中，僅是單純地投入美的想像，美的趣味與品質便在虛與實之間自然形成；也即是此一種審美想像的投射，讓此行走於街上的女子與真正在生活實踐中活動的「她」，有了審美與現實的區隔。

　　〈庭院〉與〈復活節〉二詩皆是以日常生活作為主題，對人物進行勾勒與描繪。這兩首詩中，人物「此在」的情態與樣貌之所以能夠顯現與呈露，乃緣於具體時間和空間環境的揭示與給予。換言之，人物之所以具有某一種「在場」的性質，要皆基於詩中所浮現出來的世界時間與空間環境，詩人即在呈現此一種帶有清晰之時空背景的日常生活主題中，對於詩中人物與自身的存在進行「在日常之中」與「日常之在」的觀察與思考。此中，詩歌的審美品質並非僅僅建立在以藝術的態度捕捉日常，並視日常生活的題材可以是一種創構的、生產的、接受的與意義給予之活動，而是，詩人亦認為審美態度本身早已存在於日常的某些現象之中，與生活中其他諸如政治、經濟、自然等社會活動，或是功利、現實等意義價值面向共有、並存。〈如歌的行板〉一詩即清楚地呈示了這樣的觀念。詩云：

温柔之必要／肯定之必要／一點點酒和木樨花之必要／正正
經經看一名女子走過之必要／君非海明威此一起碼認識之必
要／歐戰，雨，加農砲，天氣與紅十字會之必要／散步之必
要／溜狗之必要／薄荷茶之必要／每晚七點鐘自證券交易
所彼端／／草一般飄起來的謠言之必要。旋轉玻璃門／之必
要。盤尼西林之必要。暗殺之必要。晚報之必要／穿法蘭絨
長褲之必要／馬票之必要／姑母遺產繼承之必要／陽臺、
海、微笑之必要／懶洋洋之必要／／而既被目為一條河總得
繼續流下去的／世界老這樣總這樣：——／觀音在遠遠的山
上／罌粟在罌粟的田裡（頁200-201）

　　這些日常生活事項的揭提顯現了詩人以日常生活作為社會「基
本現實」（the paramount reality）的思考以及對於各種存有的肯定態
度。這些日常事項不僅範限在個人平日物質生活範疇之中，也包涵了
個體與他人互動之時所形成的社會關係，以及包括其他地域、國家
刻正發生之事。陳黎、張芬齡闡釋這首詩時指明「這十九種『必要』
勾勒出十九種生命活動、生活層面，或許也提供出十九種面對生命的
不同態度」。[30] 當我們對詩歌所揭提的「必要」內容稍作檢視，可以
明白所謂「面對生命的不同態度」包括了「溫柔」、「肯定」、「正
經」、「自我認識」、「逐利」、「勾心鬥角」等面向，審美，也自
然地存在於人們面對世界時所採取的各種立場與應對方式之中，與戰
爭、暗殺、死亡、謠言共同存在。此意即，自然地享受茶、酒、木樨
花、陽光、海、微笑、穿法蘭絨長褲，不拘以或溫柔或正經或悠閒或
懶洋洋的態度面對，皆是「審美」的自我表現，生活中不需要另外、

30　陳黎、張芬齡編著：《詩樂園——現代詩120首賞析》（臺南市：南一書局，2013
　　年），頁206。

明確地採取一種特別的審美態度以面對眾多屬性、價值與意義範疇俱皆不同，甚或是相反、衝突的日常與社會活動──「審美」已自然地存在於其中。

　　詩人在詩歌結尾提出了他認為日常種種之所以「必要」的理由──「而既被目為一條河總得繼續流下去的／世界老這樣總這樣：──／觀音在遠遠的山上／罌粟在罌粟的田裡」。許多面向、價值不一的生活事件之所以得能共同構成「一條河」，一方面緣於時間感知乃與日常生活緊密聯繫，日常經驗所具有的時間流動特徵令使時間之流即意同於日常事項之流；另一方面，一如舒茲（Alfred Schutz）所揭明之，在世界構成之中，雖然宗教、藝術等「次宇宙」（「有限的意義範圍」）各有其特殊內在意義構成之方式與時間秩序，要皆立基在日常生活此一「現實」上──日常生活世界乃是世界構成的「基本現實」（the paramount reality）。[31]即此，基本現實與「次宇宙」之間的關係遂得以顯現為既互有聯繫又能獨立運作、各不相屬，而各種意義世界之間（「觀音」與「罌粟」）無論是互不侵犯、無有交通（藉此勉力維持某種平衡），或是依然懷抱彼此對話、和諧共存的努力與企盼，要皆阻止不了世界繼續朝前運行的自然理則。[32]由此可見，瘂

31　參見舒茲（Alfred Schutz）著，盧嵐蘭譯：《舒茲論文集》第一冊（*Collected Papers. Vol. I: The Problem of Social Reality*），頁256-260。

32　蕭蕭對於此詩之核心意義有獨到之觀察：「觀音高高在山上，是神聖的徵象，罌粟卑微在下，是罪惡的代表，這兩者本來不相干，一聖一罪，竟能同生同存而不相悖，這是中國人一貫的生活態度，……既然被目為一條河，總得繼續流下去，這是中國人順天從命，與天地同生的哲理，『流下去』是生命力堅韌的表現，也是一種隨遇而安的處世態度」；陳黎、張芬齡對於此詩關於生命本質的思考亦有精要之闡述：「瘂弦在最後兩行點出了他對生命本質的認知：『觀音在遠遠的山上／罌粟在罌粟的田裡』。『觀音』代表神聖，宗教，光明，美善，形而上；『罌粟』代表世俗，物質，黑暗，邪惡，形而下。兩者雖代表截然不同的世界和互相衝突的價值觀，卻又並存於人類的生命中，各司其職，互不侵犯──都是生

弦在詩中對於生命本質、世界構成的認知實與他對時間流動的感知緊密結合在一起，詩人乃在時間之流中體會、思考日常存有之問題以及摸索世界意義的構成方式。

　　詩中對於日常經驗的思考，由於沒有安插某一特定且明確的人物，並令其活動於某一確切的時空之中──沒有「一個人」真正地「在場」，因此詩中的日常經驗或為詩人自身曾有之經驗，或者來自於他對周遭各種現實生活的認知與觀察，經驗主體指涉的可能性與涵蓋範圍容或眾多且廣泛。除此之外，詩人在揭提每一種經驗之後皆加上「必要」一語，形成「之必要」句型的長短複沓與輕重拍節。「必要」一詞在語義性質上茲為一意義推斷語，屬於意義價值認知範疇中呈示抽象概念之詞彙，而非指述客觀世界具體名物之詞。因此，詩中日常經驗的性質遂成為為表明某一觀念與認識的抽樣萃取事件，而非一種正在發生的經驗本身。換言之，詩中的日常事項屬於思考與觀念之中的日常，而非日常經驗樣貌如實的描述與呈現，與〈庭院〉和〈復活節〉中日常經驗乃作為一種「在場」的表現方式有所不同。即是由於此一種對於日常的推斷與認識缺少了具體時空所帶來的場所與經驗性質，以及特殊詞彙、句型之運用，日常生活的內容遂進入「認識」與「觀念」的範疇之中，成為思考的概念、對象，而此一種對於日常的抽象思考遂令日常經驗成為一種對於日常存有意義的宣明與申說，而非日常生活的如實感知與體驗。[33]

　　命之『必要』」。二說分別參見蕭蕭：〈瘂弦的情感世界〉，蕭蕭主編：《詩儒的創造》，頁242；陳黎、張芬齡編著：《詩樂園──現代詩120首賞析》（臺南市：南一書局，2013年），頁205。

33　游社煖在〈瘂弦〈如歌的行板〉與國王的新衣〉一文中曾經指出「無論前面是一件事情或物件，或者一種行動，加上『之必要』後即成為一個意念，不再是什麼現象的呈現。全詩自一至十六行，都是一個接著一個意念的閃現。」對此意見，我們可以進一步補充說明的是，諸般事物與行動加上「之必要」後之所以成為一

　　此外，值得一提的是，這首詩雖然在內容上揭明了生活中自然流露的審美態度乃與其他眾多行為活動中或現實功利或良善慈悲等態度共同存在的現象，但並非意味著我們即認為這一首詩的審美品質僅僅停留在詩中所呈現之一種在生活中自然流露的審美態度，而缺少了藝術製作面向的審慎思考與精心安排。即如詩題〈如歌的行板〉所昭明之意蘊：日常如歌，以行板的速度（較諸「急板」與「快板」皆來得稍緩的速度，並含有一種優雅的情緒）前進。[34] 詩題之含蘊作為詩歌整體意義之呈現，既呼應了詩歌結尾對於各種日常必要的理由說明，亦統攝全詩各個意義層次與形式構作層面。歷來評論者對於這首詩在形式表現與意義結合上的美感特徵，皆不吝於著墨並各有精要、獨到的見解。例如，陳義芝指出此詩「最特出的是那股流盪的音韻」、「十九種必要，各具輻射性，擴散性……由於瘂弦用了溫柔、江、香花……等舒緩的人事情態穩定這首詩的速度」，因此其間雖然插入了戰爭、殺戮等黑暗陰鬱的一面，「也不致亂了『行板』的章法」[35]；

個「意念」（將「意念」一詞更易為「概念」或「觀念」或許更為準確），即如本文所闡明之：「必要」一詞在語義性質上為意義推斷語，屬於抽象之價值認知範疇中的詞彙，而非描述客觀世界具體物象之詞。此外，從詩歌前後文來看，由於「而既被目為一條河總得繼續流下去的」一句中「既……總得……」在語言事理邏輯關係上，屬於條件因果推斷句型，詩中並作為各種「必要」主張的事實基礎，因此，詩中各種日常即為一認知概念上之日常而非經驗體悟性之日常。此乃從語言分析的層面補述說明本文之主張，並嘗試說明游社煖對於此詩使用「之必要」句型的理解乃有語言上之道理可說，並非純然主觀心證之意見。游氏之說，參見蕭蕭主編：《詩儒的創造：瘂弦詩作評論集》，頁140。

34　游社煖曾將此詩中長短緩急之句式與柴可夫斯基弦樂四重奏第一號中「如歌的行板」（Andante Cantabile）一段樂章中抑揚緩急的節奏作一比較，見解細緻獨到，可以參見。游氏之分析見游社煖：〈瘂弦〈如歌的行板〉與國王的新衣〉，蕭蕭主編：《詩儒的創造：瘂弦詩作評論集》，頁143-147。

35　陳義芝：〈瘂弦的三組詩——為「古今文選」賞析所寫〉，蕭蕭主編：《詩儒的創造：瘂弦詩作評論集》（臺北市：文史哲出版社，1994年），頁222-223。

何寄澎以為「瘂弦似乎很熟悉敲打樂器」，「也最擅於把敲打樂的節
奏溶入他的詩中」，「整首『歌』以『……之必要』的基調貫串」，
在此一貫的基調中，「仍有句法長短的參差，避免了流於單調與呆
板」[36]；陳黎、張芬齡分析此詩「在第十至十四行，語調一轉，氣氛
變得詭譎。詩人一口氣就開列了八個「必要」，而且有幾個句子變
得很長，充滿了緊張、焦慮（「自證券交易所彼端／／草一般飄起來
的謠言之必要」瘂弦在此處使用「奔行」營造懸宕的效果）」[37]；周
寧則留意到詩中標點符號所產生的美感趣味與形式／意義效果，「如
十八句中的『：——』符號，表達了河的形式，也有使十八句的意義
產生往下延伸的作用」。[38]

詩中由字音、句式、節奏、意象等各種詩歌創作元素與意義層次
交織組構所達至之秩序、形式與意義上的完滿和諧，令使〈如歌的行
板〉一詩中的日常經驗雖然屬於概念認知中的日常經驗，但亦不妨礙
其成為一個可以帶著距離觀視、投之以審美角度，並對之充滿各色懸
想，進行意義辯證的藝術客體世界。〈鹽〉一詩中的「日常」則被詩
人濃縮化約成為生活基本物質的象徵，概指人類所有生活物質層面與
基本生存之所需。詩人在〈鹽〉一詩中並未試圖引導讀者進入人物的
生活經驗與細節之中，也意不在藉此論理性地宣說自身對於日常所採
取的價值立場與觀點，而是藉由敘事性的藝術構作手法，將小人物的
日常所需置放在廣遠的時空座標之中加以觀察與定義。詩云：

---

36 林明德、李豐楙、呂正惠等編：《中國新詩賞析（三）》（臺北市：長安出版
　社，1981年），頁25-26。

37 陳黎、張芬齡編著：《詩樂園——現代詩120首賞析》（臺南市：南一書局，2013
　年），頁204-206。

38 周寧：〈試釋瘂弦〈如歌的行板〉〉，蕭蕭主編：《詩儒的創造：瘂弦詩作評論
　集》，頁127。

二孃孃壓根兒也沒見過退斯妥也夫斯基。春天她只叫著一句話；鹽呀，鹽呀，給我一把鹽呀！天使們就在榆樹上歌唱。那年豌豆差不多完全沒有開花。／／鹽務大臣的駱隊在七百里以外的海湄走著。二孃孃的盲瞳裡一束藻草也沒有過。她只叫著一句話：鹽呀，鹽呀，給我一把鹽呀！天使們嬉笑著把雪搖給她。／／一九一一年黨人們到了武昌。而二孃孃卻從吊在榆樹上的裹腳帶上，走進了野狗的呼吸中，禿鷲的翅膀裡；且很多聲音傷逝在風中，鹽呀，鹽呀，給我一把鹽呀！那年豌豆差不多完全開了白花。退斯妥也夫斯基壓根兒也沒見過二孃孃。（頁63-64）

詩歌首句說二孃孃壓根兒也沒見過退斯妥也夫斯基，因此沒有鹽的貧困日子，無法請文學家替她發聲；末句說退斯妥也夫斯基壓根兒也沒見過二孃孃，說明再如何能夠以人道精神描寫貧苦、卑微之小人物的俄國大文豪因為時空懸隔[39]，也無從為中國社會底層貧苦的小人物留下一些存在的蛛絲馬跡；而革命之前的朝廷命臣既總是遠離貧苦百姓於千里之外，一九一一年的武昌起義又難及時拯救貧困的二孃孃於生死輾轉之間（縱使新時代的來臨乃翻天覆地之大事，寫下中國歷史上嶄新的一頁，春風時雨，草木欣然，天地宇宙莫不歡聲同慶）；西方宗教世界裡天真、聖潔的天使更是毫無義務照看中國百姓的生活，加上難以祝禱溝通，自然無法理解他們痛苦殷切的哀告與呼求。

---

39 杜斯妥也夫斯基（1821-1881）為十九世紀俄國著名小說家，常常描繪那些生活在社會底層，想法異於常人的角色。許多研究者認為他是存在主義的奠基人，經典作品有《窮人》、《白痴》、《罪與罰》、《卡拉馬助夫兄弟們》。他的小說富含寫實主義的人道精神，對於窮困落魄者往往流露出高度的同情與強烈情感。參見彭鏡禧：〈杜斯妥也夫斯基略傳——代序〉，安德列‧紀德（André Gide）著、彭鏡禧譯：《杜思妥也夫斯基》（臺北市：志文出版社，1982年），頁1-8。

即此，在不朽的文學長河、巨大的歷史時空座標或是時間、空間俱皆無盡綿延的宗教世界中，小人物的日常若非不佔有任何位置，即是毫無機會一窺堂奧，甚或是死後升天，獲得救贖。即此，詩人寫作的意圖正如許多論者曾經揭明之「瘂弦寫這首詩就頗有以中國退斯妥也夫斯基自期的意味了」。[40]

從「鹽」在詩中的意義作用來看，鹽是柴米生活之中最為基本的物質，與「生存」幾乎互為等義詞，瘂弦以之總括社會民生之必須，便令其含有高度的象徵意義。詩中未嘗進入二嬤嬤的具體生活之中，仔細描寫她的社會關係網絡以及任何關於鹽之獲得、交換與謀求等日常勞動細節，只以她對鹽的呼求——「鹽呀，鹽呀，給我一把鹽呀」通貫全詩，藉此顯示二嬤嬤生活物質的極度匱乏與生存渴求。依此，物用民生成為詩歌敘事的主題，詩人以高度象徵化的方式突顯生活物質的重要性，並藉由各種藝術構作技巧，令日常物質生活成為詩歌敘事的重要實驗題材。此詩出色的藝術構作技巧展現在四個面向上。（一）情節轉折所形成的悲劇效果。風調雨順之新時代、新生活已然到臨，二嬤嬤卻已等不及；她死後無人替她收屍，屍身化為野狗與禿鷲的腹中食物；（二）截然相反之悲慘痛苦與嬉笑歡唱情境的強烈對比。目盲分不清是鹽是雪，最後在榆樹上上吊自殺的二嬤嬤以及高坐在同一棵榆樹上歡唱、惡作劇的天使；（三）冷靜、有距離之語彙運用。除了「傷逝」與「嬉笑」二詞，詩中動詞皆為一般動詞，不帶有任何心理情緒色彩，詩人並大量地以這些中性動詞作為語言敘述的軸

---

40 此為陳義芝之語，見氏著：〈瘂弦的三組詩——為「古今文選」賞析所寫〉，蕭蕭主編：《詩儒的創造：瘂弦詩作評論集》，頁217；陳黎、張芬齡也說「瘂弦似乎想說：他也未見過二嬤嬤，仍寫出了〈鹽〉這首詩，或許他以此期許自己成為詩人中的退斯多也夫斯基吧！」，參見氏著：《詩樂園——現代詩120首賞析》（臺南市：南一書局，2013年），頁208。

心，並結合人物相關生活場景之名詞，平鋪直敘地勾畫人物動作與事件。詩中除了幾個表示程度、大小、範圍的副詞如「壓根兒」、「差不多」、「完全」之外，形容狀態、表達情感的形容詞與副詞俱皆省略不用；（四）童話元素的大量出現。使用簡易明白之語彙，避免並改寫血腥暴力場景，以及採取口語式的、孩童般的敘述口吻。由於童話元素頻繁地出現在詩中，仿若這首詩乃特地為七、八歲的兒童所設計、佈置，詩歌中遂因此流露出許多兒童般天真的口吻情調與用語特徵。這些表現技巧的綜合運用令使詩歌充分呈現出內容意義、形式語言與情調風格熔煉為一的藝術審美品質。

然而，此詩更為深層的審美蘊含並不顯現在此，而在於「和諧秩序的恢復」與讀者接受上同情式的淨化與認同。通貫全詩之「她只叫著一句話：鹽呀，鹽呀，給我一把鹽呀！」一語，第一次出現時是遇著荒年的春天；第二次出現時乃為越過了夏季與秋季的冰雪寒冬，季節的更迭交替昭明二孃孃對於生存的渴求成了綿延時間中日日夜夜、時時刻刻的無盡折磨；第三次出現時，二孃孃已逝，這句話成為飄盪在春風之中一種關於存在的回聲，與荒年／豐年，革命／歷史之時間推移、人事交替以及大化運行結合在一起，成了「回聲的日子」與「日子的回聲」。人物的苦難從春天開始顯現，越過了一夏一秋，冬天時達到痛苦、騷亂的高峰（亦同時影射了歷史過程），春天再度來臨時，雖然二孃孃已經傷逝，但是春天復回、新時代來臨，所有的悲傷、死亡將被大地的復甦與再生、歷史的新頁與願景慢慢地吸收、消融，一切悲傷終將回歸大自然的循環消長與如流日常之中。藉由句子的重複出現，詩中的日常經驗遂呈示為一種有序的變化，有其特殊的形式與強度，並從緊張、騷亂轉入另一種新的和諧秩序之中。美國哲學家約翰·杜威（John Dewey, 1859-1952）即曾經指出，無論在自然世界或是藝術世界中，生命與生活的過程基本上乃是一種持續不歇之

與周圍環境相互作用的不規則運動，其中審美品質的獲得顯現在它恢復統一和諧的那一瞬間。[41]從閱讀接受的角度來看，當我們將注意力集中在詩中人物的遭遇上，逐步將自身置放在遭受生存困擾和苦難的二孃孃的處境中時，也即同時將自身從一己之社會生活的切身利益和情感糾葛中解放出來。此一種在閱讀過程中，藉由觀視一齣悲劇，使我們的心靈與情感一方面既得以從自身的實際存在之中獲得釋放，一方面又從居於社會底層、尋常平凡的小人物身上感受到相同之對於生存的普遍渴求、生活的磨難，並由此激發強烈的同情時，即獲致了同情式與淨化式的審美經驗與審美效能。[42]

即此觀之，詩人作為一創造詩歌世界的藝術家，當他將對於日常經驗的興趣與觀察移用為藝術創作的題材時，其意義並不僅止顯現在其是否成功地促使讀者意識到日常生活經驗作為一種「此在」的存有特徵與可茲掘發之新的藝術題材，而是在藝術創作的過程之中，也同時強化了日常經驗的哲學與美學潛力，並在某種程度上令此一種「日常經驗」逐步具有抽象化、概念化的特徵。

五　結論

瘂弦在〈所以一到了晚上〉中說「鳥和牠的巢，戰爭和它的和平／活著是一件事情真理是一件事情」、「而寫詩而玩牌而大發脾氣甚且這都不是問題／夢是一件事炸彈是一件事／所以一到了晚上」（頁

41　（美）杜威（John Dewey）著，高建平譯：《藝術即經驗》（北京市：商務印書館，2005年），頁13-17。

42　關於「同情式認同」與「淨化式認同」的情感特徵、審美態度等相關說明與闡釋，參見（德）漢斯·羅伯特·耀斯（Hans Robert Jauss）著，顧建光等譯：《審美經驗與文學解釋學》（*Aesthetic Experience and Literary Hermeneutics*），頁262-277。

212-214）詩中，各種世界分裂成了各種宇宙：生活的宇宙、哲思的宇宙、藝術的宇宙、夢的宇宙、血腥殘暴的宇宙，各種宇宙是各自為政的實體，彼此之間互不相干，而「市聲跳進鏡子裡」——連日常世界也成為投映在鏡子中那一幢幢虛幻的魅影。唯有時間，安靜地行走於斷裂、各自旋轉的宇宙實體之間，每一日重複到來的「晚上」既薄弱又強悍地串接起整體世界的意義。時間，成為存在唯一真實之物；而人的本來面目唯有在時間的流逝之中方能顯露無遺。換言之，在瘂弦的詩歌之中，存在問題無時不與時間問題聯繫在一起，時間性，無疑是解說瘂弦詩歌存在意義與存在問題的重要場域與課題。

輟筆之後，瘂弦屢屢提及面對「那樣一個再也無法回復的、充滿詩情的過去，是一種傷痛」、「思想鈍了、筆銹了，時代更迭、風潮止息，再鼓起勇氣寫詩，恐怕也抓不回什麼了。想到這裡，不禁被一種靜默和恐懼籠罩著」。[43]面對「離棄繆思」的空白與惆悵，詩人以「在努力嘗試體認生命的本質之餘」，「自甘於另一種形式的、心靈的淡泊，承認並安於生活即是詩」的哲思予以排遣、超脫，也認為一直未曾離開文學領域的報刊編輯工作乃是對於中止創作生活的一種救贖。[44]然而，即如詩人自陳之「世界上唯一能對抗時間的，對我說來，大概只有詩了」[45]，在漫長的時間沙河中，詩，畢竟成了詩人的聖經。詩人從詩的十字架上走下來，披上了使徒的衣袍，攜著聖經，走向市囂與紅塵。多年前，詩人蕭蕭曾經綜述瘂弦數十年來對於新詩的整理、播揚之功，「距離他最後發表的詩作已三十年，這其間他整理三十年代的新詩史料，編輯新詩年表，主持刊物、報紙副刊的編輯工作，為青年詩人詩集，寫序打氣，不曾一日離開詩，不曾一日不

---

43 瘂弦：〈序〉，《瘂弦詩集》（臺北市：洪範書局，1981年），頁4、5、6。
44 瘂弦：〈序〉，《中國新詩研究》（臺北市：洪範書局，1981年），頁3。
45 瘂弦：〈序〉，《瘂弦詩集》（臺北市：洪範書局，1981年），頁2。

讀詩，一日詩人，一世詩人」。[46]由詩歌創作而編輯而蒐集史料而評論，這乃是一種變化了的使徒、後裔與再生的觀念。當太陽落下之後，「有那麼一個人」總想著血濺衣袍，頭戴荊冠的事；當黑夜隱去，太陽又從東方升起，布散著烈焰朝輝之時，那早先在一棵老菩提樹下死去的少年[47]，化身為〈春日〉、〈斑鳩〉與〈紅玉米〉中那在草坡上滾著銅環的男孩、女孩們，靜聽斑鳩在遠方唱歌。太陽出來之後，春天來了以後，「小男孩滾著銅環」，「太陽也在滾著銅環」，那是詩人嗎？顯然，那不是詩人；但是，那真不是詩人嗎？這一切，總總，日常，都成了詩人的聖經與十字架。

---

46 蕭蕭：〈編者導言〉，蕭蕭主編：《詩儒的創造：瘂弦詩作評論集》，頁1。
47 瘂弦：〈詩集的故事〉，《瘂弦詩集》（臺北市：洪範書局，1981年），頁306。

葉維廉〈沉淵〉、〈孕成〉
現代詩手稿中的詩語言濾淨美學

解昆樺

摘要

　　檢視葉維廉《移向成熟的年齡》詩手稿，可以發現定稿的簡潔短句並非落筆即成，往往存在繁密刪修增補的跡軌，自成一文本空間，而易成為無意識囿於出版定稿作品的研究者所忽略。如果葉維廉《移向成熟的年齡》定稿呈現詩人氣質性格，朝向從容、自然、童趣的轉變；手稿則掘顯出詩人對過往現代主義語言的焦慮，以及辯證、濾淨的過程。使用「濾淨」指涉詩人此時期手稿現象，並不意味過往現代主義語言是一種髒污，而在指涉手稿的清樣過程。本論文即以「使館藏葉維廉詩手稿之研究得以活／深化」、「開展現代詩研究方法論新面向」、「體現葉維廉濾淨詩美學中涉及轉型與融會的運作細節」為問題意識，探述葉維廉《移向成熟的年齡》手稿文本空間中的詩語言濾淨美學。其中透過對〈沉淵〉、〈孕成〉兩首手稿的探述，可以具體發現詩人除有意識使用精簡語言，更超越字句層次，透過結構的調配、增省，完成對繁雜枝節的濾淨，其中對肉身自然語言結構的連貫，以及透過佛家「無明」反詰、辯證生命陰陽圓旋，都使得文本生命主題得以聚焦、深化。

關鍵詞：葉維廉、現代詩手稿、詩語言、濾淨美學、自然、如實、純粹性

使你能繼續看到一件實體。

　　　　——休謨（T. E. Hulme，1711-1776，英國哲學家）

一　前言：手稿學對葉維廉詩文本研究的探勘性

　　作為先鋒文類，現代詩長期對各種藝術思維進行迅速實驗。加之兩岸華文現代詩自身文類發展史，本身即有極強地向西方創作、理論文本進行引介參照的傳統[1]，遂使得研究論者也「召喚」各種理論，以發展出足以並轡詩人詩作申之論之的詮釋語言。然而，誠如簡政珍〈後現代的反思：藝術作品的身姿——評葉維廉《解讀現代‧後現代》〉所言：「理論的大框架時常使纖細繁複的現象同一化，所有的五官和身姿變成制式的歸類和數據。更悲哀的是，理論的引介者經常並不能體論理論家真正的語調。」[2]這自然也涵蓋了現代詩研究場域，可以發現當前現代詩研究主題往往在援引西方理論過程中，使得研究不出於現代、後現代、後殖民、性別、空間等幾組關鍵字，成為一系列可被預期的研究。甚至不時喧賓奪主，使得詩人詩作成為西方理論的展演、註腳。事實上，李豐楙〈山水‧逍遙‧夢：葉維廉後期詩及其詩學〉亦曾指出：「他（按：指葉維廉）有時也會善意提示詩評家：不要完全從他的詩學理論衡量他的作品！」[3]葉維廉除了詩人身分外，更是西方文學理論的重要傳譯者，並由此發展出一系列東西方比較文學研究，以及以西方理論檢視華人現當代文化（學）場域之論

1　當然這種引介「傳統」，也會形成一種「反傳統」的辯證。特別是在國族意識／論述張旗的時代，例如臺灣的一九七〇年代。

2　引見《中外文學》第24卷第7期（1995年12月），頁130。

3　引見《創世紀詩刊》第65期（1996年9月），頁73-80。

述。詩人葉維廉對理論學者葉維廉的自行辯證，更使筆者在葉維廉現代詩研究上發展出以下提問：有沒有在理論套路之外，掘顯詩文本層次的可能？精讀文本的方式除了檢視字面的弦外之音外，是否還存在著其他的論述可能？

詩人手稿正是上述提問的進路之一。

可以發現當前絕大多數現代詩研究，無論有無使用西方理論，其普遍存在的限制，就是無意識侷囿於「印刷定稿」進行研究。比起印刷定稿上所存在出版商對書市、詩人對詩壇典律，乃至於政治文藝管制的交叉運作，詩人手稿更能呈現詩人文字在紙面上的生活，以及所思與所慮。

手稿研究本身即意在與重視作品符號形式的結構主義進行思辯，因此著重於關注作品本身形式所存在之時間生成課題。是以，手稿學不只在關注作品「刊印後」對映延伸的現象，更包括了「刊印前」，特別是手稿文本的生成過程。具體來說，當結構主義文論家羅蘭・巴特《寫作的零度》指出：「現代詩的每個字詞下面都潛伏著一種存在的地質學式的層次。」[4]手稿學研究者則會說我們發現定稿中每個字詞，在手稿中所存在的演化史脈絡。進一步，從中發現作家文法變化邏輯，體現其文學美學發展。

可以說，文學研究者探究作家作品，卻對其前身的手稿無所意識，就像研究烏麗燈蛾，卻不研究牠的前身繭一般，實存在極大盲點。事實上，春蠶那細密吐絲包裹自我的過程，又何嘗不似作家伏案提筆在紙張之所為。手稿中織絲般錯雜字跡，重重如永夜包裹詩人文心。詩人於其中調理抒機，終能衝破寫作過程自我所身陷夜闇般的慮

4　羅蘭・巴特著，李幼蒸譯：《寫作的零度》（臺北市：時報文化出版公司，1991年），頁42。

憚，擱筆定稿，成就經典。

　　西方自十九世紀即形成手稿的研究傳統，其中尤以法國為盛。特別是一八八五年巴黎國家圖書館在收藏雨果手稿同時，開始思考現當代檔案新遺產的典藏原則，正式成立現代手稿部門。「現代文本與手稿研究中心」更結合法國國家圖書館與高等師範學院資源，於一九八二年成立。在華文圈中，大陸雖於一九九五年北京成立現代文學館有系統館藏現代作家手稿，然而誠如曾參訪法國國家圖書館現代手稿研究室的舒乙在〈呼喚手稿學〉所言：「聯想到我工作的中國現代文學館，情況就大不相同了。我們收藏了數以萬計的中國現、當代文學作品的手稿，卻基本無人利用。」[5]大陸手稿學研究仍尚待發展。而臺灣方面，在一九九〇年代雖有當代文學史料系統、詩路網站進行作家手稿數位化整理，二〇〇〇年以後則有「數位典藏國家型科技計畫」、臺灣文學館、臺大圖書館「臺大近代名家手稿系列」典藏計畫等，進行作家手稿整理。康來新、易鵬兩位教授於二〇〇七年獲教育部獎助之「在地與全球視野下的作家手稿專題研究」，是目前兩岸最具整合性與學術規模的手稿學研讀計畫。其中對王文興小說手稿研究，以及後續《開始的開始》（王文興手稿研究集）都揭示了臺灣現代小說手稿學的研究可能性。

　　相對來看，臺灣現代詩手稿研究顯然亟待開展。楊牧〈論修改〉（1988）後，一九九〇年代臺灣現代詩手稿研究發展緩慢。二〇〇九年筆者於國立中山大學文學院「海洋文化學術研討會」發表〈大洋濱城熱蘭遮：楊牧〈熱蘭遮城〉之手稿版本與海戰時空書寫意識研究〉，二〇一〇年筆者續於《臺灣文學研究學報》第十一期發表〈雛構新詩文體語言：賴和新詩手稿中的意象經營與修辭意識〉。二〇一

5　引見《人民日報》，2002年7月18日。

〇年何金蘭《法國文學理論與實踐》亦有相關手稿理論論述，而筆者則於臺灣文學館《考掘‧研究‧再現──臺灣文學史料集刊》發表〈除了現實，還有現代：陳千武〈野鹿〉詩手稿對笠詩社現實美學形象的辯證作用〉。二〇一三年筆者參與易鵬教授主持國科會中法幽蘭計畫「從文本發生學看中文手稿」，完成〈藏鋒的童話：顧城寓言故事詩手稿中的後遮蔽美學〉，並至法國巴黎高等師範學院進行發表，該文後於《中山人文學報》第三十七期（2014）刊登。

　　因為前述對王文興手稿研究的關注，以及執行國科會專題計畫「謬斯胎骨：兩岸現代詩手稿版本學」（NSC99-2410-h-05-053），筆者發現臺大圖書館館藏一系列葉維廉手稿資料。重視手稿實證的手稿研究，本身帶有極強的科學性與物質性。因為決定其能否推動拓展上，實在於作家手稿的有無。臺灣大學圖書館以其文學史識見，館藏當代重要詩人葉維廉之手稿。但這館藏手稿卻必須超越圖書館式，乃至博物館學式的文獻收藏展覽層次。若只是耽涸於對手稿的「擁有」狀態，並不能「開創」手稿中可能存在的經典性。必須耗費種種膠捲借閱審核手續，才得以在投影機上按著輪盤，耗費眼力、時間掃讀的葉維廉詩手稿，終然只是一封存的遺跡，而非流動的饗宴。

　　相對葉維廉手稿，同樣館藏於臺大圖書館的王文興手稿其推廣、研究處理，便堪稱典範。二〇一〇年十一月十七日臺大圖書館、臺灣大學出版中心與行人文化實驗室合辦「王文興手稿集：《家變》與《背海的人》」將其小說手稿精緻化的出版發行，使得讀者得以理解王文興創作小說的文字實況。另外，並同時出版王文興小說手稿的研究論文集《開始的開始》。其中臺灣、奧地利、德國、法國學者，包括易鵬、范華（Sandrine Marchand）、馮鐵（Raoul David Findeisen）、德‧畢亞齊（Pierre－Marc de BIASI）的五篇論文與一篇訪談，透過西方已成紮實研究傳統的手稿學觀點，以及臺灣已開始

發展的手稿研究，跨國式地從手稿學研究傳統、編定本概念、符號學、手稿異質空間等角度，多重展現王文興小說手稿的研究深度。

　　相較之下，對臺大圖書館館藏之葉維廉手稿的研究利用，除柯慶明寫於二〇〇二年〈千花萬樹之壯遊與哲思——為葉維廉教授手稿展而作〉進行開拓性的引介，直到二〇一一年澳門大學中文系舉辦「葉維廉與漢語新文學國際研討會」，大陸及香港學者石了英〈葉維廉繪畫思想對其中國詩論的影響〉、鄭蕾〈葉維廉與香港六〇年代現代主義批評〉之相關論述。但也僅止於利用葉維廉書信，進行相對外圍的文學史討論。但大陸香港學者，擁有實際葉維廉手稿資料的臺灣學界，在對葉維廉手稿方面的研究積累卻亟待開展。更重要的是，葉維廉在創作上終究以詩為其志業，臺灣學者實可參照目前對王文興小說手稿的研究進程，針對葉維廉現代詩手稿進行有效率的切入突破。因此唯有透過研究者對葉維廉詩手稿的精讀研究，方能解除手稿在圖書館文獻館藏室，以及前述在現代詩研究體系中的靜物狀態。進一步開展葉維廉手稿對其詩美學的建構動能，並發散其理解文本生成的意義強度。

二　臺大館藏葉維廉手稿之狀況與《移向成熟的年齡》在葉維廉詩書寫的轉型位置

　　作家在手稿上字跡增刪調移的運動，可以說，就是其內在書寫意識流動細節的最佳能指。在這第一篇對葉維廉詩手稿的研究中，筆者在對葉維廉現代詩手稿跡軌所隱涉「流動」書寫意識之考察中，特別鎖定在作家書寫史中具「轉型」意義的部分。

　　誠如推動臺大圖書館進行葉維廉手稿收藏的柯慶明教授所觀察：「葉先生初露頭角的早期詩作，側重複雜與多層次的表達，以憂國憂

世的現代情愫，藉感性與意象的語言，創出一種重新詮釋世界的個人神話來。後來受古典詩的淬鍊與啟發，轉向短語短句的物象自化的表現，走向宇宙真意的頓悟冥會。」[6]葉維廉以現代主義精鍊沉鬱的語式，構築再現冷戰年代的個人內在鬱結心理。因此詩語言之形式、意象越濃縮嵌合，密如團線，越在指涉主體面對國族政治、文化母體崩毀後，被迫離散而亟欲回返的身心歷程。葉維廉在《賦格》（1963）、《愁渡》（1969）中藉一系列時代與主體，心靈與語言間縱橫隱喻交織的詩文本，縫補被切斷的母體臍帶，並為自我游離之感定位，實亦可為王德威現代「後遺民寫作」之範疇。然而葉維廉在冷戰時期這樣弓張弦緊的高力度、密度文本，固然完成對世界結構的審美評斷，但在一九七〇年代以後終受個人學思歷程，以及對道家自然美學與中國古典詩之研究轉而舒淡，連帶使詩文本朝精簡短句的形式改變。我們不禁如此提問：對比葉維廉其前沉鬱詩作，這樣詩語言的舒淡是代表詩意的稀釋嗎？對此古添洪〈名理前的視境：論葉維廉詩〉論析最深刻：

> 所謂「名理前的視境」，就是詹姆士所謂的只覺其「如此that」，而不知其是「什麼what」。換句話說，就是只覺萬物形相的森羅，而不加以「名」及「理」的識別。所謂「名」的識別，就是賦形相以名，如賦某形相以「樹」的名稱，某形相以「屋」的名稱。[7]

道家以為道無常名生生萬化的現象，不只在語言文字的創發之前

---

6   http://www.lib.ntu.edu.tw/cg/manuscript/yip/review/review.htm（查閱時間：2013年5月9日）

7   古添洪：〈名理前的視境：論葉維廉詩〉，《中外文學》第4卷第10期（1976年3月），頁104-105。

便已發生，其生生之遷變速度，更是語言文字所不能追狀。故老子言
「道可道，非常道」，又言「道隱無名」、「道常無名」。在人我
之間語言傳述、溝通需求上，將萬化運轉名為道，已是勉強不得然
之舉。因此復再以更多、更繁複之「名」去形容萬化，本身就是在以
人類的語言去定義，或者狹義萬化。這在西方近代詩人中亦深有所反
省，諾貝爾文學獎桂冠詩人辛波絲卡〈一粒沙看世界〉即如此寫到：

> 我們稱它為一粒沙，
> 但它既不自稱為粒，也不自稱為沙。
> 沒有名字，它照樣過得很好，不管是一般的，獨特的，
> 永久的，短暫的，謬誤的，或貼切的名字。
>
> 它不需要我們的瞥視和觸摸。
> 它並不覺得自己被注視和觸摸。
> 它掉落在窗臺上這個事實
> 只是我們的，而不是它的經驗。
> 對它而言，這和落在其他地方並無兩樣，
> 不確定它已完成墜落
> 或者還在墜落中。

　　物在主體的感知意識世界中，雖然依賴被主體經驗才得以存在。
但在整個生生萬化世界中，物的自我存有，並不依賴人的感知。亦
即：因為某物曾為我所認識、接觸，因此而存在我的感知世界。但事
實上，整個世界比我的感知世界還大，在我未知的世界中，還有他
物存有活動著。因此以名，甚至名所連帶衍生的價值判斷，乃至引發
的執取，都在在傷害著萬物的本真。是以老子曰：「天下皆知美之為
美，斯惡已；皆知善之為善，斯不善已。故有無相生，難易相成，長

短相形，高下相傾，音聲相和，前後相隨。」因此葉維廉詩作的短句，可說是因此節制對萬化添加人為「形名」後的自然現象，例如葉維廉〈曉行大馬鎮以東〉一詩：

> 秋
>
> 減入冰
>
> 冰霜壓草
>
> 草漸
>
> 稀
>
> 沒有戛戛的輪聲的
>
> 早晨
>
> 斜向
>
> 失徑的野地
>
> 忽覺
>
> 黃葉溢滿谷
>
> （中略）
>
> 我們
>
> 不要去
>
> 驚動
>
> 那試步的
>
> 麋鹿

　　詩人此詩中如實陳述時間的變化，但是這「如實」，並非隨意勾勒，而存在著主體與時空間之共感意識。詩人在詩中擷取冰霜，這個擷取所以能如實，乃在於他不妄加形容詞，更不召喚奇想雕琢異化。

所以可以發現詩中絕大多數是無形容詞、副詞添加的名詞與動詞，如「秋」、「冰霜」、「麋鹿」，至於「黃葉」則為四季遷變中綠葉自然變化。足見詩人純然是對主體、景物之指涉，也純然是要對主體、景物進行不落價值判斷的本質指涉。如此低減言詮對事物判斷，使得詩作之詩意不在單一字句詞的折拗雕琢顯現，而在物與物間的互動中，在詩文本整體結構中呈現。

葉維廉〈中國古典詩中的一種傳譯活動〉中即言：「景物演出可把枯燥的說理提昇為戲劇的聲音」[8]。在〈曉行大馬鎮以東〉葉維廉雖如實呈顯「景物」而非「靜物」，詩中存在多重景物的流／運動。首段「秋／滅入冰」暗示時序由秋流動入冬，「冰霜壓草」呈顯生命力層層收到的壓力，「草漸／／稀」更透過拉展分段方式，既將「稀」予以聚焦，更呈現生命那緩慢消逝的速度感。第三段的運動是以虛實方式進行，也存在深沉的辯證。表面看來在寫陽光深入失徑野地，但實則「路徑」乃人所開闢、所成形。是以這一片斷徑的野地，既呈顯自然受人主／身體足跡涉入破壞的狀況，但又細膩呈現其中入而未深的狀態。所以已在其中的「我們」該如何抉擇？繼續挺進？退卻？或者其他？這一份抉擇代表了詩人應對自然的態度。從詩最後結尾溫柔的「我們／不要去／驚動／那試步的／麋鹿」，已暗示詩人靜靜參與、呵護自然，但不介入破壞的立場。葉維廉〈曉行大馬鎮以東〉從柳宗元〈秋曉行南谷經荒村〉的詩境中延伸，透過極簡但內在飽蘊意味的語言，以一個直觀但又有反思的方式，傳達感受自然季轉這生命戲劇的經驗。

但值得注意的是，葉維廉這樣純粹書寫，並不只在自然山林中發生。唐文標曾在〈什麼時候什麼地方什麼人——論傳統詩與現代

8　葉維廉：《歷史、傳釋與美學》（臺北市：三民書局，2002年），頁86。

詩〉、〈詩的沒落——臺港新詩的歷史批判〉中，除了批判臺灣以
晦澀語言是尚的現代主義末流，也批判一九六〇、七〇年代現代詩中
專寫山林自然的抒情逃避作品。唐文標希望現代詩能接繫《詩經》、
《楚辭》的現實傳統，有意識與五四新文學運動反傳統文學之論形成
辯證。葉維廉在《醒之邊緣》後的轉型，雖走向純淨語言進行創作，
但除能在山林自然中呈顯其思維，也能以此形式特質處理現實議題，
最具代表性的莫過於〈簫孔裡的流泉〉，「如實」呈現城市中鳥聲與
各種洗濯物件的馬達人聲間穿織，至於〈永樂町變奏〉前段部分呈顯
城隍廟永樂市場場景，但在最後一段「永恆的是世代相傳的／腥羶」
則涉入了言詮評判。

　　葉維廉〈永樂町變奏〉中這樣混雜「客觀如實」、「言詮評
判」，雖可用風格不統一進行論斷。但若從下引葉維廉對於自身詩語
言的轉型時間點的自述相對照，卻也開啟我們對詩人風格遷變在認識
論上的反省：

> 我鬱結得太久了，所以我寫完《愁渡》之後已經開始放鬆自
> 己，我不希望再陷在這種深沉的憂時憂國的愁結裡面，所以
> 我自己衝出來……在《醒之邊緣》裡面是否完全已經脫離
> 呢？事實上並不是這樣的，很多主題和感受都重新出現，只
> 是比較放鬆一點。[9]

　　透過前引文可以發現，除了確切說明《愁渡》在葉維廉轉型上所
具有的樞紐位置，但更點出詩人破除論者結構主義式的分期想像。自
陳其後沉鬱、疏淡兩種語言系統在《愁渡》之後的詩文本中並現交融

9　引見梁新怡：〈與葉維廉談現代詩的傳統和語言——葉維廉訪問記〉，《葉維廉
　　文集》第7卷（合肥市：安徽教育出版社，2003年），頁356。

之事實。臺大圖書館所藏葉維廉詩手稿中，最能體現此兩種話語系統協商運作細節者，莫過收於《移向成熟的年齡》（1993）的作品。詩人以「成熟」命名，正點明自我對此階段作品詩話語運作，已能將過往自我書寫史所實驗的各種詩美學面向，以一從容調和的姿態進行嫻熟運用。因此，錯雜難辨的手稿，正是一理解詩人詩話語系統協商細節的捷徑。手稿中的修改跡軌具體點明文本在生成過程的重心所在，在葉維廉詩語言轉型中，我們看到簡潔短句成為定稿作品的骨幹風格。

　　手稿內跡軌規模固然可粗窺作者的意圖，但在重視時間性的手稿學研究傳統中，更視手稿跡軌之次序，為作者書寫意識流動之實證。在文學研究中「書寫意識」成為特定批評術語，藉此指涉作者在書寫時知覺、記憶、想像等精神活動。然則書寫意識，乃至於其變化如何表現？手稿學研究主要探究作品的起源與後續發展的時間跡軌，正能提供這樣的實證。手稿學研究既以手寫之記號、符號為研究對象，在推動上則以「手寫軌跡之判讀標明」、「版樣的判斷界定」為核心研究方法，藉以探述文本生成的寫作歷程。但這兩大研究方法的前提，都需透過對手稿的地毯式精讀。臺大圖書館館藏的葉維廉手稿現處於半公開的狀態，館方將資料整理為微卷，必須親洽櫃檯填寫相關表單，並需通過審核才能借閱。微卷檢閱不易，每卷又僅開放五頁影印。透過光學儀器久看極為傷眼，如需進行地毯式閱讀，乃至於進一步檢核其手稿軌跡，進行前後詩作之比較，都需要極大的時間與體力。因此在時間空間的限制下，更需要有效率的研究方法操作，以得事半功倍之效。

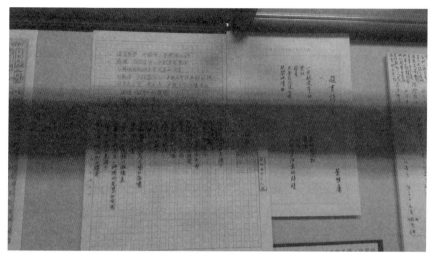

圖一：臺大圖書館展示部分葉維廉手稿（解昆樺攝）

在臺灣大學中，除圖書館五樓展示櫃展示有葉維廉〈沉淵〉、〈題畫詩二首〉、〈道家美學、中國詩與美國現代詩等〉（論文題綱），以及另外收藏葉維廉所捐獻的期刊詩刊外，必須透過微卷才能得見葉維廉關鍵手稿。臺大圖書館資料檢索系統對葉維廉所捐贈之手稿僅標列「葉維廉教授手稿資料」[10]，然經筆者四次地毯式閱讀，可以發現其內容並非全然是手稿，其中還有已刊印出版之初版《愁渡》詩集、論文、手繪聖誕卡、中英論文打字稿等資料，在資料命名上似乎並不嚴格。其中真正屬於詩手稿部分，包括葉維廉年少筆名為藍菱時期的詩手稿[11]、「網一把星」系列作、「紀元末重返巴黎詩組」以及零

---

10 為國立臺灣大學圖書館二〇〇三年攝製，索書號為「總圖五樓微卷 reel.1」、「總圖五樓微卷 reel.1」。

11 其中包括〈海裡一朵花〉、〈魔笛的變奏〉、〈微雨曲〉等詩，在此早期手稿集開頭，葉維廉特別表註：「這些軟弱的詩／當然不是後來的／女詩人藍菱寫的」。

星詩作匯集，這些手稿資料多為手寫定稿，部分則有寶貴的修改跡軌與不同版本，極富研究價值。然而，在這些詩作手稿中，以《移向成熟的年齡》在篇數為多，且也較多修改與不同版本。具體來說，微卷資料第一卷為詩集《移向成熟的年齡》部分手稿[12]，包括有〈沉淵〉、〈軀殼之頌〉、〈轉折〉、〈遠航〉、〈早春重臨美中西部伊州小城〉、〈著花這個事實〉、〈氣候如插畫〉、〈Hawaii記事〉、〈遲夏的□□〉[13]、〈春雨記事〉、〈趁暴風稍歇〉、〈全城都在默思〉、〈詩的聲音〉、〈陶之詩片斷〉、〈孕成〉。這些手稿在形式上，多為手寫直書，僅幾首為橫寫，書寫工具則為原子筆或鉛筆。

其中〈沉淵〉有兩個版本，其一為手寫定稿，沒有修改；其二則為手寫修改稿，有大量修改。大抵來看〈沉淵〉手寫修改稿的 I 部分，第二、三句有刪去的地方，第十三句則有用畫圈標示重點。II 部分的第九句有增補之處，用類似「＜」的符號以插入文字，呈現詩人在書寫過程中，必然出現的回看前文動作，以及夾註詩句之意欲。〈沉淵〉III 部分最末，亦有相關修改。〈轉折〉一詩亦有分組分段，其中 II 部分有插入增補的痕跡。〈早春重臨美中西部伊州小城〉、〈Hawaii記事〉二詩為橫書。〈遲夏的□□〉的第九句及第十四句有畫圈修改的痕跡，第十、十一句有插入增補。〈春雨記事〉的第十八句有修改過，最後一句則是以「Ｓ」型的形式以更改字詞順序。〈春雨記事〉之後大概有四頁左右的手稿似乎是用鉛筆寫的，非常模糊，幾不可辨。〈全城都在默思〉這首比較特別，微卷中的手稿有兩個版本。第一個版本為橫書，字跡較草，而且修改的部分甚多，情形如下：第二頁大概有五處修改的地方，第三頁則有兩處，第四頁則為五

---

12 微卷資料第二卷則是葉維廉對唐詩的英譯稿，但皆為打字稿，僅題名是手寫。之後則是《道家美學、中國詩與美國想像》一書的手稿。

13 此首詩名由於字跡潦草，後兩字不確定為何，不過據推測當為「訪客」二字。

處。而第一個版本未題詩名，是要透過比對第二版本之後，才能發現二者為同一首詩。第二個版本則為直書，全詩無改動之處，字跡也較整齊清晰。

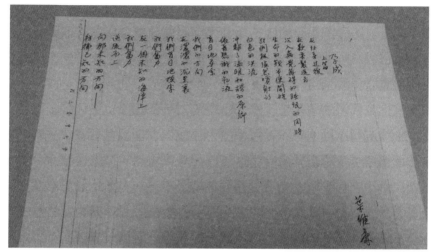

圖二：葉維廉〈孕成〉手寫定稿

在這一系列葉維廉手稿中〈孕成〉一首最為複雜，有三個手稿版本。第一個版本情況為橫書，字跡甚草，第一頁跟第二頁都有五個以上的修改處。第二個版本，直書，字跡較清楚，修改痕跡易判讀。第三個版本字跡已較清楚，直書，略有字跡修改，比較特別的是，除大致重複第一及第二手稿的內容，並將之命名為「上篇」，還多出「下篇」部分為前兩者不見之內容。

三 由錯位到生生之運動：〈孕成〉、〈沉淵〉 中葉維廉文字篩濾細節的隱喻

針對葉維廉手稿資料特性，在研究方法上具體可分為「詩手稿版

本形式之整理」、「手稿跡軌之判讀與標示」兩大部分進行推動。以下，筆者即分別進行探述。

先論「詩手稿版本形式之整理」部分。取得詩手稿，最先應比對與詩集定稿之同異，理解所獲得手稿在詩人詩集中的分佈狀況。其次更重要的是區分詩手稿的版本特性，梳理出此份手稿在文本生成歷程的「位置」，以利分析與定稿的關係。考量當前電腦輸出列印已臻普及的現象，筆者認為手稿可區分成「草稿」、「謄修稿／列印修改稿」、「謄稿／列印稿」、「刊印樣稿」、「刊印稿」、「刊印修潤稿」、「新刊印稿」。無論何種詩手稿版本，都以存有修改跡軌者為佳，葉維廉詩手稿正具有此特性。然而葉維廉詩手稿的修改跡軌不免雜亂，除以肉眼辨識，亦可以電腦進行雜訊清理、強化對比，甚至可將不同手稿之文字軌跡分類剪輯。在整理跡軌、版本過程中，需注意跡軌與整體文本的結構、生成現象，例如檢視前引葉維廉〈沉淵〉詩手稿與定稿，可以發現定稿第一段在手稿中沒有，是後續增寫出的。面對手稿第一段移為定稿第二段的現象，便需注意兩段落在結構上的接榫關係。

再論「手稿跡軌之判讀與標示」部分。手稿跡軌可分成「替代字句」、「輔助符號」兩類，其中輔助符號所發展對替代字句之刪替、移動，正展現詩人書寫意識的流動細節。葉維廉詩手稿中的字句替代往往不只一次，因此可將各替代字句並列比較，進而跨作品分析歸納。從中可具體呈顯詩人以何詩美學邏輯擇選字句，完成關鍵性分叉扭轉，使文本趨於定型。是以詩手稿實為具有時間感的精神空間，其斑駁並不單純引發論者對時間的悵惘，而在誘發論者建構其跡軌的微型編年史，並以之與外在歷史語境與詩美學典律進行比對探討。

在具體落實上，手稿與定稿的比較中，為避免論述因手稿各式多樣零碎的修改細節，而不知從何啟動論述。在論述策略上，可以具體

分成「作品主題」、「字詞形式」、「文本結構」三個部分進行觀察。但是必須注意的是，這三部分環環相扣，因此也必須注意彼此牽一髮而動全身的連動現象。事實上，在手稿中越具詩思概念的作品，其牽動幅度越大，超越單一字詞修飾層次，也因為這樣的連動，更能突顯文本生成的歷程性與生命性。

　　〈孕成〉為葉維廉一九九〇年代初用力極深的一首詩，這可從前述對臺灣大學圖書館所館藏葉維廉手稿中〈孕成〉的三個版本，特別是其中潦草繁複到幾乎不可辨識的現象得知。葉維廉〈孕成〉定稿分成上、下兩篇[14]，就題旨來看，上篇呈顯生命的結合流轉，以及生命層次；下篇則帶入「我」的視角，如開頭「不必問我／如何知道他的到臨」，反詰／觀生命發生歷程。

　　相較極難辨識的〈孕成〉第一版，以及接近定稿化的第三版，第二版字跡可辨，修改畫去的內容亦可見，且具第一第三版間的過渡地位，因此以下即專就此進行考察分析。

葉維廉〈孕成〉（定稿）	我們被猛然噴射的
	白色的洪流
上篇	沖離了溫暖和諧的原鄉
	依著熟識的乳液
在狂喜過後	盲目地尋索
在歡樂製造者	我們的方向
沉入無覺無礙的睡眠的	在濃濃的沉黑裡
同時	我們盲目地摸索
生命的戰爭便開始	我們奮力

14　從〈孕成〉三版本手稿得知，葉維廉初寫時並未設定上下篇結構，是在寫作此詩後期才發展出如此結構。

在一個未知的海岸上
我們奮力
逆流而上
向那未知的方向──
彷彿已知的方向
像地殼下
在黑暗的岩層間
在黑暗泥土的夾縫間
在不見天日的沙石間
沁沁然的一些水
那樣自動被動地
流行
盲目地尋找一個歸宿
找一條溪而失路
找一條河而受阻
乾死在地球的中央
蒸發在岩池裡
消失在沙漠中
盲目地尋找一個歸宿
找一條溪
找一條河
或澎澎然
進入落谷千仞的瀑布

而歸向湖
歸向海

像一些脫韁的語字
有意義無意義地
匯合又分開
或因撞擊而意外死亡
或因新的結合而離異
顫抖
飄盪
流離失跡
死亡
當倖存的語字
奮力前進
乘風
破雨
穿雲
撥霧
在黑暗中
找一個片語
參加一隊剛成形的句子
尋索一個氣勢

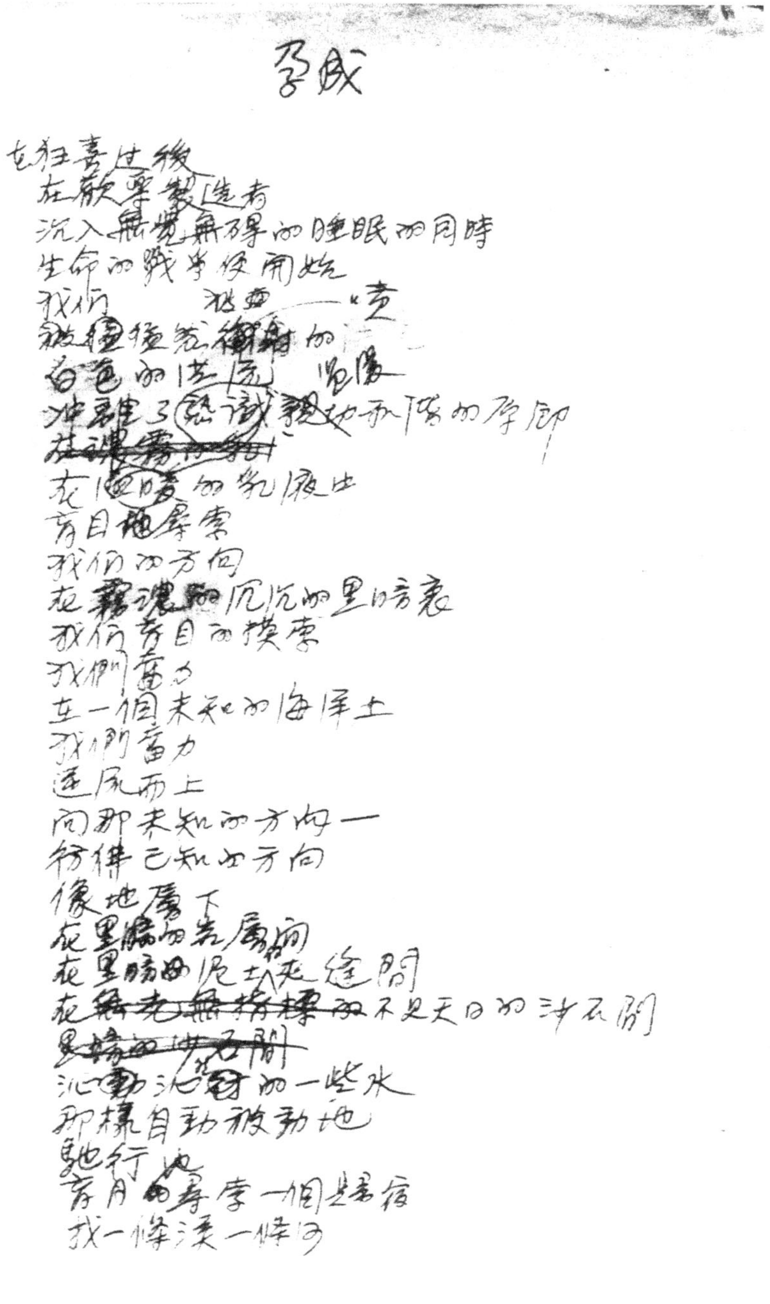

孕成

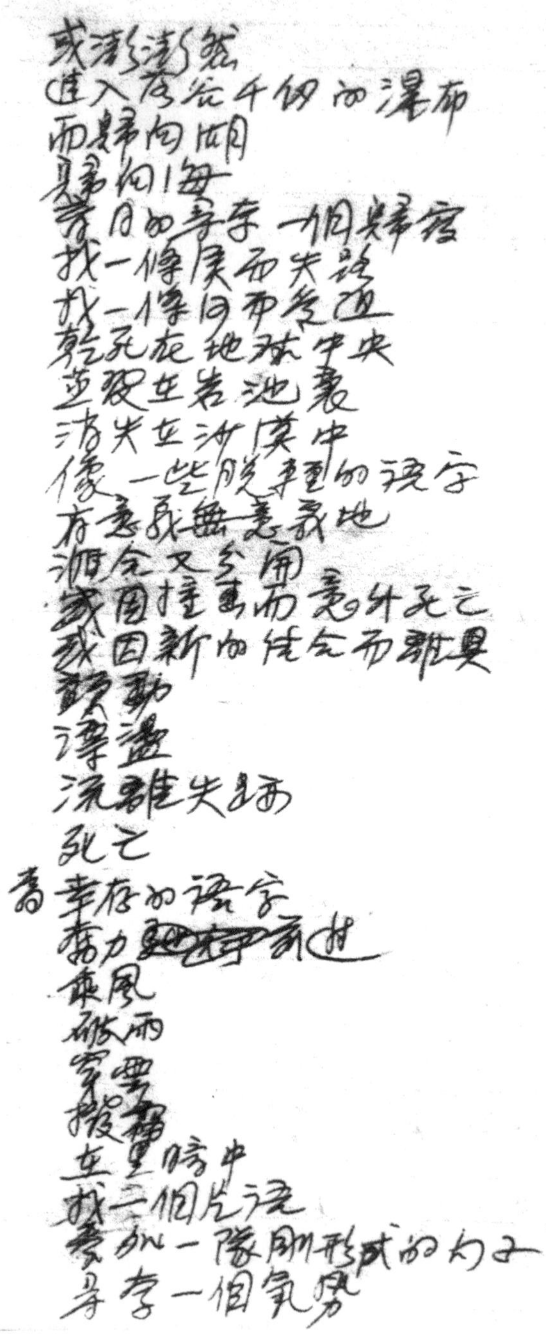
或漸漸然
進入層谷千仞的瀑布
而歸向湖
歸向海
等月的尋索一個歸宿
找一條長而失路
找一條自而急道
乾死在地球中央
並殁在岩池裏
消失在沙漠中
像一些脫軌的語字
有意與~~無~~意義地
滙合又分開
或因撞擊而意外死亡
或因新的結合而雕異
顫動
滲溢
流離失歸
死亡
為幸存的語字
努力~~[illegible]~~前進
乘風
破雨
穿雲
撥霧
在黑暗中
找一個片語
要加入一隊剛形成的句子
尋索一個氣象

圖三：葉維廉〈孕成〉手寫修改稿（續）

　　葉維廉〈孕成〉上篇之定稿對生命孕成是透過三個層次依序表現，分別為：（1）精子在子宮中向卵子的艱困游動，（2）水由地底岩層突破而出後向大海的流動，（3）從口脫韁的語字在時空氛圍中的拼／散動。在葉維廉〈孕成〉上篇之定稿文本結構上，這三層次乃是透過「像地殼下」、「像一些脫韁的語字」進行文本層次的連組過渡。因此在檢視〈孕成〉手稿上，對於詩人對這連綴過渡地帶的處理，便成為一開始介入的起點。

　　從葉維廉〈孕成〉手稿（2）「像地殼下」一段可以發現，詩人對於此一段落的開頭進行大量的修改，筆者將之與定稿進行比較，並整理為下表「表1：葉維廉〈孕成〉定稿與手稿段落比較表」。

表一：葉維廉〈孕成〉定稿與手稿段落比較表

葉維廉〈孕成〉定稿	葉維廉〈孕成〉手稿
像地殼下 在黑暗的岩層間 在黑暗泥土的夾縫間 在不見天日的沙石間	像地殼下 在黑暗的岩層間 在黑暗的泥土夾縫間 在無光無指標的不見天日的沙石間 黑暗的沙石間

說明：手稿中字體上加雙槓刪除線代表葉維廉之刪除修改

　　從上述定稿與手稿的比較可知，葉維廉在書寫水在地殼岩層的伏流時，不斷琢磨呈顯岩層的黑暗、狹細。特別是定稿「在不見天日的沙石間」，詩人原本一口氣寫下「在無光無指標的不見天日的沙石間」，後在短句意識下刪節掉「無光無指標的」這樣指涉、說明意

味強烈的描述詞語。「指標」屬於人主體意識的用語，實則萬化牽動任其自然，以此述水之生發流動，本身便潛存了擬人辭格的運用。因此排除這樣帶擬人辭格延伸效用的詞語，即在去除人對萬化的語言干涉，這可說維持前述一九七〇年代後葉維廉去繁重形名之「如實寫法」的運作。事實上，這樣的寫法在葉維廉自身詩創作以外的其他寫作類型中，亦斑斑可見，例如葉維廉曾以翻譯刪改方式，討論過史提芬斯（Wallace Stevens）〈Of Mere Being（1995）〉，以下筆者亦透過比對表方式呈現：

表二：史提芬斯（Wallace Stevens）〈Of Mere Being（1995）〉原
作與葉維廉刪改創作版本比對表

Of Mere Being（1995） 史提芬斯（Wallace Stevens）	Of Mere Being（1995） 史提芬斯（Wallace Stevens）原作，葉維廉刪改創作版本
一撮棕櫚樹，在心的盡頭 The palm at the end of the mind, 最後的思維之外升起	一棵棕櫚樹升起 The palm rices
Beyond the last thought, rises 自桐色的遠處 In the Bronze distance	自桐色的遠處 In the Bronze distance.
一隻金羽鳥 A gold-feathered bird	一隻金羽鳥 A gold-feathered bird

在棕櫚樹裡鳴唱，沒有人的意義 Sings in the palm, without human meaning, 沒有人的感受，唱一首異國的歌 Without human feeling, a foreign song.	在棕櫚樹裡鳴唱一首歌 Sings in the palm a song.
如此你便知道這不是 You know then that it is not the reason 使我們愉快或不愉快的緣由 That makes us happy or unhappy, 鳥鳴唱，羽毛閃耀 The bird sings. Its feathers shine.	鳥鳴唱，羽毛閃耀 The bird sings. Its feathers shine.
棕櫚樹站在空間的邊緣上 The palm stands on the edge of space 風緩慢的在樹枝間移動 The wind moves slowly into branches. 鳥的火晃的羽毛搖搖墜下 The bird's fire-fangled feathers dangle down.	棕櫚樹站在空間的邊緣上 The palm stands on the edge of space. 風緩慢的在樹枝間移動 The wind moves slowly into branches. 鳥的火晃的羽毛搖搖墜下 The bird's fire-fangled feathers dangle down.

說明：手稿中字體上加雙槓刪除線代表葉維廉之刪除修改

　　葉維廉以自身詩學觀念對史提芬斯（Wallace Stevens）〈Of Mere Being（1995）〉之刪改，最主要乃是刪除人之主體（觀）意識在其中的運作。例如將「一撮棕櫚樹，在心的盡頭／最後的思維之外升起／自桐色的遠處」詩句，去掉「，在心的盡頭／最後的思維之外」，就純粹寫「一棵棕櫚樹升起」。而下一段也排除「沒有人的意義／沒有人的感受」，如實客觀地寫「一隻金羽鳥／在棕櫚樹裡鳴唱一首歌」。原本史提芬斯（Wallace Stevens）〈Of Mere Being（1995）〉詩句中主體意識不只涉入了棕櫚樹、金羽鳥，棕櫚樹更在主體內心盤根錯節，使主體內心為物所役，進而更役物評斷金羽鳥的鳴唱有無人的意義與感受。然則棕櫚樹在萬化中獨立存有，金羽鳥之鳴唱更無須依賴人的審美，其自然不依賴於人為。

　　對應葉維廉〈孕成〉手稿第二層次「像地殼下」開頭起始，〈孕成〉手稿第一層次開頭起始也具有非常明顯的繁複修改意圖。第一層次定稿「白色的洪流／沖離了溫暖和諧的原鄉／依著熟識的乳液」寫來平順，但實則在手稿中可知詩人對於原鄉，反覆琢磨「熟識」、「親切」、「溫度」等形容詞彙的調動，並且連動著對下行乳液的思考。原本詩人寫到「在濃霧的乳」但未寫完，即將之劃去，重寫時以「溫暖」代替「濃霧」，明顯在於避免濃霧帶寒冷與茫眼之特質，對上一行原鄉氛圍的破壞。透過如此修辭運作，恰聚焦出〈孕成〉第一層次與第二層次之間共有「發生－受限－突破－尋覓」[15]之生命歷程。可以說這份聚焦，是透過詩人以下兩個策略予以輔助完成的：

15　因此也可以發現在手稿第二層次中，在結構上原本「盲目地尋找一個歸宿／找一條溪而失路／找一條河而受阻／乾死在地球的中央／蒸發在岩池裡／消失在沙漠中」是置於該層次的最後部分，但在定稿中則往前調動。而原本位於手稿第二層次結構中段的「而歸向湖／歸向海」，則在定稿中調至第二層次的最後，藉以呈現「受限──突破──尋覓」的層次感。

第一、刻意節制對物像場景之形容，例如手稿中刪去「黑暗的沙石間」。第二、專注於準確呈顯生命衝出、轉型的動態感，例如手稿中「被猛猛然衝射」歷經大量修改，定稿改為「被猛然噴射」。而「找一條溪一條河」，定稿則分成兩行「找一條溪而失路／找一條河而受阻」強化主體轉型遭遇的門檻。此外，為避免重複，詩人有意識地修改「馳行」這個動詞，例如定稿中第二層次中的「流行」，在手稿中原本寫為「馳行」。而手稿第三層次中的「奮力前進」，原本則寫為「奮力馳行」。這可見詩人對於「馳行」這個動詞的個人喜好，但最後為了〈孕成〉作品風格最後都予以刪改掉，而在《移向成熟的年齡》中另獨立創作〈馳行〉一詩。

在前兩個層次肉身與自然之生命突破流動的基礎上，在第三層次中詩人轉以「語言」作為書寫對象，本身即在暗示語言不只是一種符號，其本質亦是生命的能指，是主體生命氣質的延伸。透過手稿中分行並列的動詞，如「顫抖／飄盪／流離失跡／死亡」、「乘風／破雨／穿雲／撥霧」，詩人即有韻致地呈顯語言在萬化空間的活動樣態。從葉維廉〈孕成〉手稿中對三個層次的建構與連綴經營，可以探見此時詩人對精神生命的觀照，不只如早期般注目於精神生命錯位掙扎的痛苦狀況，而更在於探索精神生命如何分娩、完熟。

在另一首以「生命」為主題的詩作手稿〈沉淵──希望隨著成熟而脫落〉，也同樣是於結構調動上，呈顯出詩人在詩作手寫過程中，其內在詩意識的細膩轉折。

葉維廉〈沉淵——希望隨著成熟
而脫落〉

一

在快速的滑落中
火焰狂奔，傷痕
如記憶反刺
此刻
盲目失侶的鳥
在黑沉沉影幢幢的林木間
猛撞
生命，在快速焦灼的滑落中
忽然
竟似
停息在
沒有方向的活動裡
如此令人措手不及
決定和猶疑
縱的線，橫的線
在垂天的雲間
織織放放
結結解解
而亂成一個不收不灑的羅網
從天的一邊
伸到天的另一邊

盲目的記憶
衝刺啊不衝刺啊
幢幢的網影下
生命移下了成熟的年齡
而方位卻
中斷在
無法預見的崖岸
然後
在快速的血的瀑瀉裡
我努力去搜索
炸碎在沉淵的碎片
我拼命去拼
而拼不出
夢的門
拼不出你我仰望的
活潑潑的騰躍……

二

在那旋轉的黑色的牆底下
在那沒有光沒有色的水中央
當巨大的生命
驅著海潮逐著時間
把它們迫成一個
逐漸緊縮的漩渦
你我相擁成環

以陰陽的威力
敵住
那激濺萬里陷落千噚的海嘯
相吸相引的環
如是在生命的微隙裡
維護著一種存在一種完整
如是在旋轉的黑牆下
訴說著一種難得的傳奇

三

是什麼一種內在的腐爛
像愚昧像狂野的一種知識
在一夜之間
竟讓緊縮的水漩把環迫裂
而你啊
就如此突然地
被漩到我呼喊無從觸及的天邊
在旋轉的黑牆下
在沉淵的極底
我的呼喊呼喊
如急速的水沫
流失、逸滅
而漂浮、湧盪中的你啊
可聽見
我行將歇止行將失滅的呼喊？

可看見
我努力從水底深向天邊的手影？

四

緣生是什麼？
無明是什麼？
痛即無痛、生即無生是什麼？
教我如何用思想
去制服
此刻狂蠻的漩湧與激濺？
教我如何
在浩浩然的一片黑色的風暴裡
找回未失散的水滴

找回未灰化的沙石？

五

沉默
比耳邊的銅鑼一響
還要震盪
也許
爆炸才是
看見自己破碎後
真實的形相

六

一切就如此棄我們而去嗎？
撃水千噚的風
兼天湧滅的浪
占有著我
支使著我
而我
握住一管漂浮的流枝
在礁石間
沖激
或者
淹
沒

七

那裡是
夢的
接合的邊緣？

崩裂
是一種新的知識？
遺忘
是一種新的開端？

沉淵裡
思想耐心地等待著成為情感

一九八七年七月

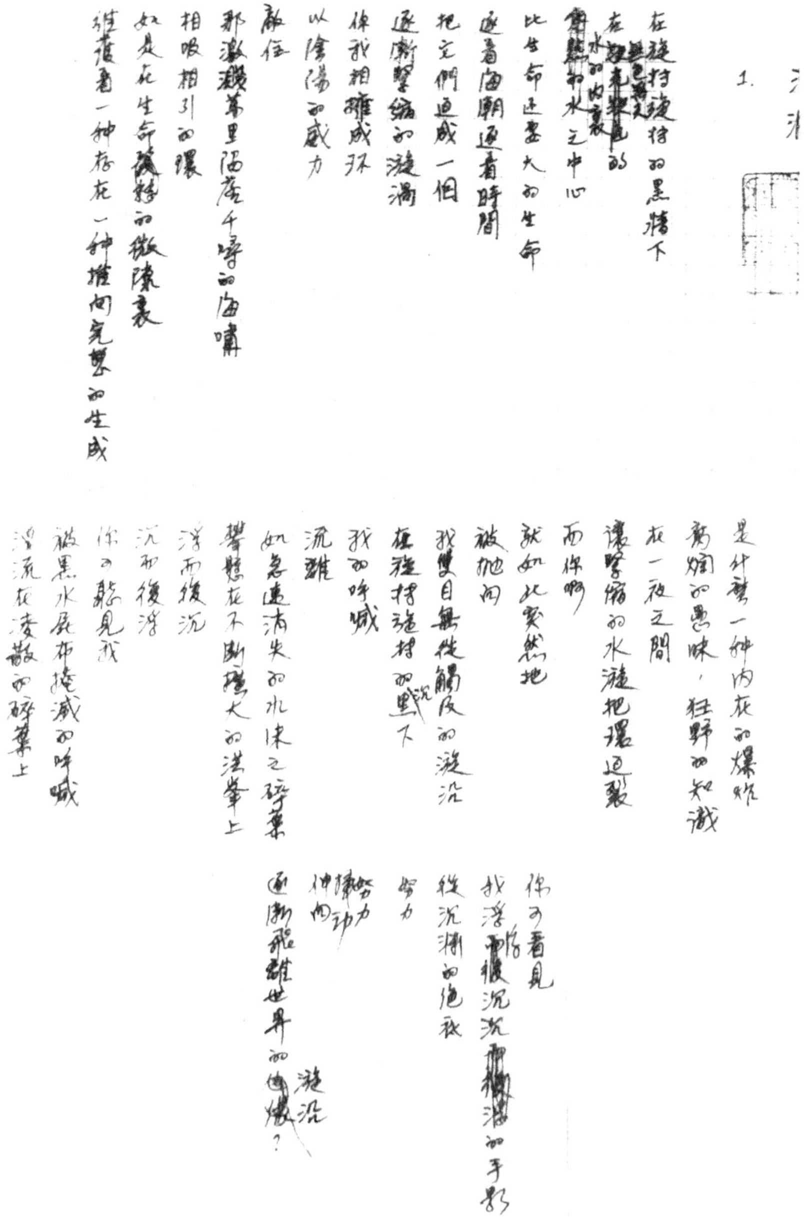

圖四：葉維廉〈沉淵〉手稿

　　葉維廉〈沉淵〉為《移向成熟的年齡》一詩集中的第一首詩作，其重要性不言可喻。檢視葉維廉〈沉淵〉手稿，若僅就「字詞形式」層次來看，會以為葉維廉〈沉淵〉是詩人只在單一字詞上琢磨的作品。但比對葉維廉〈沉淵〉的手稿與定稿，可以發現看似相當乾淨，沒有複雜符號、取代字詞穿插塗抹的手稿，實則已存在詩人詩思的運作。

　　具體來看，手稿中的「1.」、「2.」段，實則只是定稿中「二」、「三」部分。因此就「文本結構」上，便啟動以下的提問：為何葉維廉在〈沉淵〉定稿向前發展出手稿中所未見的「一」？而此一對「文本結構」的提問，則又可回從手稿「1.」、「2.」段的「字詞形式」與定稿比對中，得到梳理的契機。

　　初看葉維廉〈沉淵〉手稿「1.」、「2.」其儘管試圖用較白話方式處理，但其濃烈多複合的字詞，實有似詩人早期《賦格》、《愁渡》的沉鬱風格。我們不妨比表格方式，比對〈沉淵〉定稿「三」與手稿「2.」相對應的開頭四行：

表三：葉維廉〈沉淵〉定稿「三」與手稿「2.」開頭四行比較表

葉維廉〈沉淵〉定稿「三」部分	葉維廉〈沉淵〉手稿「2.」部分
是什麼一種內在的腐爛	是什麼一種內在的爆炸
像愚昧像狂野的一種知識	腐爛的愚昧，狂野的知識
在一夜之間	在一夜之間
竟讓緊縮的水漩把環迫裂	讓緊縮的水漩把環迫裂

　　說明：定稿與手稿間存在差異處，以弧線特別標註予以突顯。

　　可以發現在葉維廉〈沉淵〉手稿「2.」第一、二行「一種內在的爆炸／腐爛的愚昧，狂野的知識」在定稿中被改寫為「一種內在的腐爛／像愚昧像狂野的一種知識」，手稿中「內在的爆炸」、「腐爛的愚昧」、「狂野的知識」為並列詞，對一般讀者來說，要想像三者並列關係，並進一步注意到三者交集合一之處，可說並不容易。於是在定稿中這三者並列融合現象，被修改成一明喻的譬喻詞格中，透過「像」此喻詞運作下，詩人將「內在的爆炸」轉為要具體說明的喻體對象「內在的腐爛」，並透過喻依「像愚昧像狂野的一種知識」進行解釋，突顯「偽知識」對生命轉化的破壞。就「字詞形式」角度來看，在手稿中的「內在的爆炸」、「腐爛的愚昧」、「狂野的知識」除了「爆炸」一詞外，其他詞彙都在定稿中透過譬喻詞格予以再現。但這個「爆炸」並不是為詩人所捨棄、遺忘，而是歸於手稿與定稿中的「迫裂」予以表現，這實展現了詩人節約、有效率使用文字的修辭意識。

　　而在手稿〈沉淵〉「1.」則更屬於細節化的調動，例如開頭原本「在缺光缺色的／零點的水之中心」後在手稿上改為「在無色無光的／水的內裡之中心」。將「缺」改為「無」較為口語，至於原本的「零點」可能係指數學方位象限的起點，也可透過零點的「0」符號「象形」一窪水池的中心點，甚至是帶有吸納性的水渦，這比較屬於現代主義式的意象概念。為求易解明朗，詩人在修改中，直指出此「零點」所要隱射的「水的內裡」，最後在定稿中為避免「水的內裡水之中心」在表現上過於累贅重複，直接將之與手稿中的上一行整合，成為「在那沒有光沒有色的水中央」。乃至於手稿中的「在旋轉旋轉的黑牆」在定稿中也省去重複的「旋轉」，改為「旋轉的黑色的牆」。這都可見詩人在如實明晰呈現物象的概念下，同時另存在避免文字鋪張，強調文字有效率應用的書寫意識。

　　可以說，〈沉淵〉定稿「一」的出現，便是在前述明晰呈現物像的概念下，為詩人增寫而出，除具有點染、烘托詩境氣氛之效，更重要的還是藉以建構拉展出定稿「二」，同時也是全詩關鍵詞「巨大的生命」的層次。可以說相對定稿「二」開頭所描述的於黑牆、水渦中陷落的巨大生命，定稿「一」更為具像地建構出「盲目失侶的鳥／在黑沉沉影幢幢的林木間／猛撞」以及「在快速的血的瀑瀉裡／我努力去搜索／炸碎在沉淵的碎片」兩個意象。這兩個意象的共同之處，便在於突顯孤絕的生命主體現下所遭逢的限制，而這限制之感正是「二」中的「黑牆」所要隱喻的。但在定稿「一」中，也寄寓了生命的突破、揚升之力，例如盲目孤鳥對羅網的衝刺，陷溺於沉淵的我搜索碎片後活潑騰躍。定稿「一」中這生命「陷落—騰躍」的力量發展，也正呼應手稿「2」的「浮而後沉／沉而後浮」，並成為全詩的主題所在。

　　因此，在手稿書寫寫畢後，即有意識地對「浮而後沉／沉而後浮」一段落透過修改重寫，進行結構上的放大。一方面向前發展出上述之定稿「一」，另一方面則向後，進行兩種修改擴寫：

　　第一、將手稿「2」中「浮而後沉／沉而後浮」之後詩句進行精粹化，例如手稿中的「你可聽見我／被黑水屍布掩滅的呼喊／浮流在凌亂的碎葉上／你可看見／我浮浮沉沉的手影／從沉淵的絕底／努力／努力／轉動／伸向／逐漸飛離世界的漩沿」在定稿中依聽覺與視覺兩個脈絡，精簡為「可聽見／我行將歇止行將失滅的呼喊？／可看見／我努力從水底深向天邊的手影？」

　　第二、向後發展出定稿的「四—七」部分，透過組詩方式，分層深化探索生命在沈陷與揚升拉扯中的主題意義。特別是承接定稿「三」的「四」，詩人以「無明」反詰扣問此在主體生命的陷落情境。由此可見，詩人對生命深沉的反思，自《愁渡》後仍持續不斷，

詩人不只是從現代主義，更從哲學、宗教體系進行探詢。

　　「無明」者何？係佛教解釋物我生命生化消滅歷程的「緣已生法」中的第一階段，生命由無明起，經歷行、識、名色、六處、觸、受、愛、取、有、生，最終老死，可知佛教是從「無／滅」去認知萬化流轉。儘管葉維廉引用「無明」，但從詩人「教我如何用思想／去制服／此刻狂蠻的漩湧與激濺？」可知詩人認為「無明」只是一種思想，並無法應對主體現下所處的危境，以及對生命的生生渴望。此尚不在於對佛家思想否定，而更在突顯詩人本身是從「有／生」來肯認萬化的真，亦即道家尊重生命各種生化樣態，肯定生命的有無循環。因此在定稿「四」結尾詩人不斷尋索「未失散的水滴」、「找回未灰化的沙石」，若從佛教視角來看，本來無一物，此乃我執之執取；但在詩人道家自然美學觀點下，反而是在尋索純粹本真。而這份尋索，在詩人看來，是主體內在生生的本能。是以在〈沉淵〉全詩的結尾，儘管主體在上下力量的掙扎衝突中，最後仍墜落深淵裡，而另一與主體共結環圓以抵抗「激濺萬里陷落千噚的海嘯」的「你」，則早已「被漩到我呼喊無從觸及的天邊」。但主體仍企圖讓「思想耐心地等待著成為情感」，亦即以有情超越前述佛家無明思想，也以有情平撫主體尋覓恢復「你我相擁」所成之環圓，其內在所存之焦慮。

　　事實上，「環圓」一直是葉維廉應對生命流動困境的美學象徵。例如詩人寫於一九八一年的〈追尋〉：「所有的浪遊都是一個圓」，乃至於更前的〈愁渡〉（1967）：

　　　　在門復門，關復關的
　　　　轟轟烈烈的公園裡
　　　　我們散髮為旗
　　　　　赤身而歌：

豐滿的圓旋呀旋

你在圓外

我在圓內

豐滿的圓旋呀旋

圓旋為點

你我同眠

豐滿的點旋呀旋

　　因此在〈沉淵〉中的你我共成之圓旋，並非此時詩人驟然得之的意象，而是詩人長久以自身放逐經驗，以及對生命流離現象重重反思後的象徵。對於「圓」，中國自古即對之有圓滿、完滿的思考。但不獨中國如此，在西方亦有對圓的現象學思考，例如加斯東‧巴謝拉（Gaston Bachelard）《空間詩學》「圓的現象學」即整理梵谷、喬耶‧布斯奎、拉封登等之論見，指出：「『充實圓整』（rondeur pleine）的相關意象能夠幫助我們，讓自己凝聚起來，讓我們能夠為自己找到一種原初的形構作用（constitution），也讓我們能夠從內部、很私密地確認出我們的存有。」[16] 由此圓更具有生命力凝聚擴展的象徵，而葉維廉在〈沉淵〉中，相較其前相關詩作，將共成圓的你我以陰陽定義，如自然之正負極般「相吸相引」。由此遂能「敵住／那激濺萬里陷落千噚的海嘯」，即便相隔天邊與深淵，都隱隱存在著你我與陰陽之間的有情召喚。

16　加斯東‧巴謝拉（Gaston Bachelard）：《空間詩學》（臺北市：張老師文化公司，2003年），頁342。

四　小結：濾淨作為純粹的修辭

在前行研究者對葉維廉的現代詩研究中，已指出詩人在《愁渡》後鬆解沉鬱詩境，語言形式走向簡單短字句的現象。然而在〈與葉維廉談現代詩的傳統和語言──葉維廉訪問記〉中，詩人自言其後續詩作仍承衍過往主題與感受，只是語言上有所放鬆。但若再細部精讀臺大圖書館所特藏葉維廉教授手稿資料，可以發現在《移向成熟的年齡》中，詩人無數精簡的神來之筆，實則錘鍊以得。解讀文字跡軌之動靜，恰正在釋放、重現詩人如何重新辯證過往使用的現代主義語言，以創發指向永恆的一瞬之光。

筆者本文即在超越潔淨的定稿版面，透過微觀過往缺乏研究的葉維廉詩手稿，了解其詩書寫意識歷程；並特別注意葉維廉已度過轉型陣痛期的成熟詩語言，在手稿濾淨過程中與過往現代主義詩語言，所進行種種語言系統的協商細節，藉此建構其詩語言濾淨美學。

對照葉維廉《移向成熟的年齡》中的〈沉淵〉、〈孕成〉詩手稿，可以發現定稿的簡潔短句並非落筆即成，往往存在繁密刪修增補的跡軌。詩人重層并現的靈感付諸於字句，在稿紙上茂密如藻荇，必然經歷種種刪裁增補，方得定稿中簡潔精粹的詩句／境。如果定稿呈現作家氣質性格朝向從容、自然、童趣的轉變；手稿則掘顯出詩人對過往現代主義語言的焦慮，以及辯證、濾淨的過程。筆者使用「濾淨」指涉詩人此時期手稿現象，並不意味過往現代主義語言是一種髒污，而在指涉手稿過程中細膩的清樣過程。

具體從「作品主題」、「字詞形式」、「文本結構」三部分，交叉考察〈沉淵〉、〈孕成〉之詩手稿與定稿，可以發現葉維廉現代詩濾淨美學三個細節實況。首先，在「如實」的純粹概念下強調物象呈現而非解釋，但是在呈現上強調文字的節制、有效率性。其次，

在詩語言細膩、複雜處的呈現上，則使用譬喻方式進行。最後，則是在語言濾淨過程中，詩人已從字詞層次，轉向對結構調動上引動、聚焦詩主題。因此〈孕成〉手稿透過精修譬喻辭格，整合連貫肉身、自然、語言三種生命層次，並突顯出各層次開始部分生命所遭逢的擠壓。〈沉淵〉則以手稿「2」的「*浮而後沉／沉而後浮*」為核心，進行向前向後的結構開展，特別是以「無明」啟動的一系列反詰，突顯出「我」生命在失卻「你」的交互圓環後，彼此陷入的上拋下沈之困境。

　　整體來看，藉分析葉維廉〈沉淵〉、〈孕成〉詩手稿刪修跡軌細節，可以發現葉維廉在一九九三年出版的《移向成熟的年齡》時期，其詩語言濾淨不只是字詞層面上，更意圖透過結構組織逐次鍛鍊，傳達生命由受限而突破的力量。而葉維廉為我們體現主體對這生命力量的意識，方是生命成熟的印證，此即詩人濾淨美學真義所在，特別是對襯著那世紀末的華麗。

參考文獻

王建元　〈戰勝隔絕：葉維廉的放逐詩〉　《創世紀詩刊》第107期
　　　　1996年7月

加斯東‧巴謝拉（Gaston Bachelard）　《空間詩學》　臺北市　張老
　　　　師文化公司　2003年

古添洪　〈名理前的視境：論葉維廉詩〉　《中外文學》第4卷第10
　　　　期　1976年3月

石了英　〈葉維廉繪畫思想對其中國詩論的影響〉　2011年澳門大學
　　　　中文系舉辦「葉維廉與漢語新文學國際研討會」http://blog.
　　　　sina.com.cn/s/blog_5f9cf24a0102e2xg.html（查閱時間：2013
　　　　年8月4日）

何金蘭　《法國文學理論與實踐》　臺北市　秀威資訊科技公司
　　　　2011年

李豐楙　〈山水‧逍遙‧夢：葉維廉後期詩及其詩學〉　《創世紀詩
　　　　刊》第65期　1996年9月

李豐楙　〈論詩之純粹性：兼論葉維廉詩論及其作品〉　《大地詩
　　　　刊》第11期　1974年12月

辛波絲卡（Wislawa Szymborska）著　陳黎、張芬齡譯　《辛波絲
　　　　卡》　臺北市　寶瓶文化公司　2011年

易鵬主編　《開始的開始：王文興手稿研究集》　臺北市　臺大圖書
　　　　館、臺大出版中心、行人文化實驗室　2010年

柯慶明　〈千花萬樹之壯遊與哲思──為葉維廉教授手稿展而作〉
　　　　http://www.lib.ntu.edu.tw/cg/manuscript/yip/review/review.htm
　　　　（查閱時間：2013年5月9日）

唐文標　〈什麼時代什麼地方什麼人──論傳統詩與現代詩〉　《龍

族詩刊》第9期　1973年7月

唐文標　〈詩的沒落——香港臺灣新詩的歷史批判〉　《文季》季刊第1期　1973年8月

梁新怡　〈與葉維廉談現代詩的傳統和語言——葉維廉訪問記〉《葉維廉文集》第7卷　合肥市　安徽教育出版社　2003年

舒　乙　〈呼喚手稿學〉　《人民日報》　2002年07月18日

楊　牧　《一首詩的完成》　臺北市　洪範書店　2004年

葉維廉　《移向成熟的年齡：1987——1992詩》　臺北市　東大圖書公司　1992年

葉維廉　《葉維廉五十年詩選》　臺北市　國立臺灣大學出版中心2013年

葉維廉　《解讀現代・後現代——文化空間與生活空間的思索》　臺北市　東大圖書公司　1992年

葉維廉　《歷史、傳釋與美學》　臺北市　三民書局　2002年

解昆樺　〈除了現實，還有現代：陳千武〈野鹿〉詩手稿對笠詩社現實美學形象的辯證作用〉　《考掘・研究・再現——臺灣文學史料集刊》　臺北市　臺灣文學館　2011年10月

解昆樺　〈藏鋒的童話：顧城寓言故事詩手稿中的後遮蔽美學〉《中山人文學報》第37期　2014年

解昆樺　〈雛構新詩文體語言：賴和新詩手稿中的意象經營與修辭意識〉　《臺灣文學研究學報》第11期　2010年10月

德・畢亞齊（Pierre－Marc de BIASI）　La génétique des textes, Paris, Armand Colin　2011年

鄭　蕾　〈葉維廉與香港六〇年代現代主義批評〉　2011年澳門大學中文系舉辦「葉維廉與漢語新文學國際研討會」http://blog.sina.com.cn/s/blog_5f9cf24a0102e1qs.html（查閱時間：

2013/8/4）

簡政珍　〈後現代的反思：藝術作品的身姿——評葉維廉的《解讀現代・後現代》〉　《中外文學》第24卷第7期　1995年12月

羅蘭・巴特著　李幼蒸譯　《寫作的零度》　臺北市　時報文化出版公司　1991年

朵思與羅英詩中的情與欲比較

白　靈

摘要

本文由男女左右腦和胼胝體的不同，並結合拉康三域和幻象公式，對朵思和羅英兩人的詩作略作掃描比較，以見出她們對待情與欲的不同展現方式，和其可能迥異的精神意涵。並得出她們詩的相異處在於：語言與意象的使用—節制—奔放、情感的表達—執著—迷離、欲望的展現—想像—行動、逃逸的方式—行腳—出走、以及小說的介入—融合—分離。而詩的相異處，或即二人情與欲的不同呈現方式。

關鍵詞：朵思、羅英、情與欲、幻象

一　引言

　　若在小說與詩之間做選擇，大半的女性詩人通常會把小說當首選。高敏銳度、自動化影像式的記憶是女性遠遠超越男性的特長，因此對女性作者而言，說故事、寫小說、甚至記錄歷史，應是輕而易舉的，她們到後來會去寫詩通常是不得已，詩多半是她們的第二個選擇。在一九四九年後，長達一甲子的臺灣詩史中，佔絕大多數之男性詩人中寫詩又寫小說的極少，算一算也只有陳千武、隱地、林燿德等少數幾位，而只佔一成左右的女性詩人[1]中就至少有朵思、羅英、馮青等三位。即使在詩壇中，她們類似隱形人，受到的注目不若男性詩人，其殊異的特質卻難以抹滅，尤其在女性世紀即將萌發的年代，她們先行者的腳印值得一一去點數和重新檢視。

　　前行代詩人群中，朵思、羅英兩位皆是《創世紀》詩社最重要的女性成員，但其參與或活動力卻非皆出於主動、自主、與積極，[2]而且由於婦女職責、家庭因素，寫作常遭長期中斷，比如朵思（1939-）算是早慧的詩人及小說家，十四歲即在《公論報》副刊發表第一篇小說，十六歲於《野風》月刊發表第一首詩〈路燈〉，一九六三年出版詩集《側影》，一九六五年出版短篇小說集《紫紗巾和花》，之後詩筆中輟十餘年，轉向小說和散文的經營[3]，直到一九七九年重回詩

1　朵思做的統計，各種選集中女性入選的比例約在6.6%至16%之間，見李元貞：《女性詩學——臺灣現代女詩人集體研究》第八章及附錄二朵思提供的表格（臺北市：女書文化事業公司，2000年），頁351、393-394。

2　比如朵思曾說：「男詩人進入選集，爭得很厲害，女詩人消極，沒有進也就算了」、「各行各業均如此」，見李元貞：《女性詩學——臺灣現代女詩人集體研究》（臺北市：女書文化事業公司，2000年）第一章，頁351。

3　比如第一、二本詩集相隔之二十七年中，一九六九年出版長篇小說《不是荒徑》（皇冠），一九八二年出版短篇小說集《一盤暮色》，一九八三年出版散

壇，卻要到一九九〇年已五十一歲時才自印出版第二本詩集《窗的感覺》，與第一本詩集中間竟相隔了二十七年。此後朵思即以詩為創作重心，其後又出版了詩集《心痕索驥》（1994）、《飛翔咖啡屋》（1997）、《從池塘出發》（1999）、《曦日》（2004）、《凝睇》（2014）等，在詩路上算是走得漫長而堅持。

羅英（1940-2012）與朵思走的路有些不同，當然她也是早慧的，自高中時代她即開始寫詩，一九五六年紀弦發起的現代派大集合的百位元詩人名單中她的名字也在其中，起初她發表作品在《現代詩》和《野風》雜誌上，一九六一年與沉冬（朱沉冬，1933-1990）由現代詩社出版詩合集《玫瑰的上午》，她先後參加了現代詩社、《創世紀》詩社，之後停筆十年，一九八一年前後又重新開始詩的創作，一九八二年已四十二歲的她才出版第一本個人詩集《雲的捕手》（林白），離詩合集《玫瑰的上午》已長達二十二年，一九八七年出版另本詩集《二分之一的喜悅》（九歌）。此後則以出版散文集及小說集為主，詩的作品則大量銳減，如在《年度詩選》及二〇〇三年的《中華現代文學大系》詩卷中才可找到小量的作品，此後即以散文及小說為創作重心，如一九八八年一口氣出版散文集《盒裝的心情》、《跟仙人掌握手》（1989年更名為《那天看海》）、《明天買隻貓》，小說《羅英極短篇》、《今天星期幾》，一九八九年出版《橡樹上的男人》後，[4]不久移居南非，作品銳減，此後只出版了《咖啡店的遊牧民族》（1993）、《貓咪情人・PUB》（2004年，2007年更名

文集《斜月遲遲》（黎明）、一九八七年出版散文集《驚悟》（敦理）。參見莫渝編：〈朵思寫作生平簡表〉，《朵思集》（臺南市：國立臺灣文學館，2008年），頁130-132。

4　參見羅英：《今天星期幾》所附〈羅英寫作年表〉（臺北市：駿馬文化事業公司，1988年），頁182。

《羅英極短篇2：貓咪情人》）等兩本小說集。因此可看出女性的寫作路徑走得比男性更為艱辛、顛簸，且易因家庭職責養兒育女牽累而中斷、也易因情感的糾葛而備感困頓而時起時挫、乃至改變或轉換創作跑道，其他女性詩人席慕蓉、馮青、葉紅、江文瑜、洪淑苓等人身上也可發現類似的寫作現象。

　　朵思、羅英兩人詩寫作的路徑與小說始終有藕斷絲連似的瓜葛，朵思創作的前三十餘年（1953-1987）以散文、短篇及長篇小說為多，小說三本、散文集二本，卻只出了一本詩集，重新出發後較專注於詩的創作，迄今已出版七種詩集。女性學者鍾玲稱讚朵思「在臺灣眾女詩人中，能以寫實的筆觸，深入探索在激情領域中的女性心理，首推朵思」[5]、「在表現激情和痛苦方面，其真實動人在臺灣女詩人中無出其右者」[6]。而因朵思對小說的形態不能忘懷，在後來的分行詩與散文詩中均不忘加入小說元素，不但不斷改變視角，多用第三人稱，增加精簡敘事和跳躍情節，使得詩「兼具抒情與敘事的筆法」[7]，且因視角不侷限女性，因此「使她在詩人與女詩人的雙重身分上，獲得雙重的認證與肯定」[8]；甚至長詩《曦日》「在敘述與敘述的銜接」上也常能「藉由意象並置所造成的空隙蘊釀詩的氛圍」[9]，因此詩的濃度保持不墜，且由於小說手法大量運用在詩中，使其詩質和內容形式有了

5　鍾玲：《現代中國繆司——臺灣女詩人作品析論》（臺北市：聯經出版事業公司，1989年）第四章，頁125。

6　鍾玲：《現代中國繆司——臺灣女詩人作品析論》（臺北市：聯經出版事業公司，1989年）第六章，頁251-252。

7　洪淑苓：〈靈魂深處的節奏——朵思《從池塘出發》評介〉，《文訊》172期（2000年2月），頁24-25。

8　洪淑苓：《思想的裙角——臺灣現代女詩人的自我銘刻與時空書寫》（臺北市：國立臺灣大學出版中心，2014年）第三章，頁114。

9　簡政珍：〈長詩的意象敘述——評朵思的《曦日》〉，《文訊》231期（2005年1月），頁29-31。

更強大轉圜空間，拓展了詩的寫作範疇和可能性，乃與其他詩人寫作方式拉開了距離，遂有越老越辣的向上趨勢。

　　羅英最初的三十餘年（1956-1989）先是寫了兩本詩集，繼而出了六本小說及散文集，後來繼續寫了兩本小說集，因此詩也比朵思較早受到詩壇的注意，甚至被鍾玲稱讚是「開創了一個神話領域，其成就沒有其他臺灣詩人能相比」、「她的詩歌具有神話時代詩咒的魔術力量」，乃至以「現代詩壇上的巫后」稱之。[10]只可惜「巫后」就在一九八九年鍾玲出版其論著前後，將詩質轉嫁至散文和小說，即使其極短篇：「長於佈局，巧於承轉，奇峰突兀，和詩一脈相通」（王鼎鈞），比如小說的片段：「橡樹上的男人已把他全身都支解散亂地掛滿了一樹，他自己瞧著，很欣賞地哼著一支如夜蜜蜂之嗚咽的歌。女人不喜歡這過於浪漫的人間情懷，而且那越看越覺陌生和平凡的掛在樹梢的跟一般人沒有兩樣的男人的面孔這時也令她感到疲倦和憎惡」[11]，筆法有詩意且以超現實呈現，但畢竟它被寫進小說裡，因而難以歸類為詩，加之後來她為情出走非洲，而和臺灣詩壇有了難以嫁接的隔閡和距離。當然對她的評價也出現過雜音，李元貞說羅英「詩的語言在雕飾的能力上，不下於現代派的男詩人，故甚受男詩人們器重」，言下之意，似乎是男詩人過度追捧，且李氏說她「雕飾」，但羅英初稿經常就是定稿，少有修飾。李氏又說「她在詩中面臨愛情已死的痛楚，與席慕蓉語言淺白，有時失之幼稚的詩，有異曲同工之處」、「羅英與席慕蓉雖然哀喊愛情的死亡與落空，但基本上追求愛情的心志不變，面對愛情荒涼的現實，努力以『無怨』處之」，[12]李

10　鍾玲：《現代中國繆司——臺灣女詩人作品析論》（臺北市：聯經出版事業公司，1989年）第六章，頁218。

11　羅英：《橡樹上的男人》（臺北市：皇冠出版社，1989年），頁31。

12　李元貞：《女性詩學——臺灣現代女詩人集體研究》（臺北市：女書文化事業公

氏顯然站在女性主義的角度論述羅英如傳統女性不斷在情愛裡屈服、受苦，而非全然以詩論詩，也忽略了她兩度離婚、最後遠走異域，而輕易以「無怨」定之，因此不免過度貶抑了羅英勇於追求情愛的勇氣，和出於幻覺式的曲折詩藝。

　　然則不論是詩或小說，女人本來就有很多話想說，她們要說的，自然不與男性同個範疇，她們在詩中展現的語言形式與內容，尤其是情與欲的呈現自然為男性所不易理解，我們只能根據她們的詩作試圖加以揣測，或可提供有如來自另一星球的男性參酌和有所認知。本文擬由男女左右腦和胼胝體的不同，並結合拉康三域和幻象公式，對朵思和羅英兩人的詩作略作掃描比較，以見出她們對待情與欲的不同展現方式，和其可能迥異的精神意涵。

二　詩在左右腦和拉康三域中的運作

　　女性在父權結構一時仍難以崩解的時代，採取隱忍的姿態，不論採取的是靜默或嘮叨，洪淑苓所謂無效的「雙聲陳述」（即不論有聲無聲均不被理睬）角色均仍低微於男性[13]，這固是男女不平等的社會化使然，也有其生理性的結構與特質所致，尤其是大腦。一般男女大腦在結構主要有三點不同：[14]（1）下視丘前端的性雙態核或1NAH3神經核（簡稱SDN），男性的SDN比女性大2.5倍，且此神經核負責男女性的性狀態和行為。因此男性的性慾比女性強烈得多。（2）胼

　　司，2000年）第一章，頁11。

13　洪淑苓：《思想的裙角——臺灣現代女詩人的自我銘刻與時空書寫》（臺北市：國立臺灣大學出版中心，2014年）第三章，頁96。

14　麗塔‧卡特(Rita Carter)著，洪蘭譯：《大腦的祕密檔案》（臺北市：遠流出版事業公司，2002年），頁112-113。

胼體：有神經纖維束用來溝通兩個左左右半球的大腦。即使胼胼體運作仍具爭議性，[15]但女性的腦胼胝體比男人較大且厚，且神經纖維集結成球狀的厚結，靠近枕葉處女性呈圓形，男性比較薄，[16]女性所佔比例比男性高，也的確是事實，它們如成千上萬之細銅線束成一條大電纜，因而以功能磁共振掃描儀來測量左右腦思考時好運作情況，發現女性常同時用左腦與右腦思考，而且用右腦能自動記錄的影像和五感比男性多得多，而男人則大多只用左腦思考，也因此女性比男性更適合寫小說。對女性敏銳感性之右腦，胼胝體是可輸送更多訊息至左腦進行分析，而且可使情緒易以左腦的語言即時反應，這使得女性的思考常是全腦運作，有研究指出：在左、右兩個大腦半球聯絡活動方面，女性比男性高出30%。（3）大腦尺寸及大腦細胞的存活長短：男女性腦部大小與體型相似，約10比9，神經細胞數卻幾乎一樣，且為彌補尺寸差異，女性有較多的皺褶。[17]且在老化的過程中，腦細胞會逐漸死亡，但男性會發生得早些，死亡數目也較高。男性的前葉及顳葉區的組織最容易死亡，這部位負責思考及感情，所以老男人有時候會性情大變；女性的海馬迴及頂葉的組織較易死亡，所以老婦人的記憶力及方向感較差，這跟動情激素的分泌有關。上述三項不同中，仍以胼胝體對左右腦兩半球的運作協調最具關鍵性，其他的研究結果也顯示女性因而能處理資訊量比男人多很多，男人雖較有空間概念、較重視動態情境，較能掌握三度空間概念，但卻對靜態、要觀察的事物不感興趣。而女人對「痛覺」就較敏銳，忍受力也較高，聽覺敏銳

---

15 萊斯莉・羅潔絲（esley Rogers）著，王紹婷譯：《男生女生大腦不同？》（臺北市：新新聞文化公司，2002年），頁142-151。

16 米山公啟（Kimihiro Yoneyama）著，王麗芳譯：《女男大戰從頭說起》（臺北市：聯經出版事業公司，2007年），頁20。

17 石浦章一著，洪菁鈞譯：《別再說你不聰明：東大教授的64堂大腦聰明課》（臺北市：世和印刷公司，2012年），頁26-27。

度與辨識度都較高，口語表達能力也較好，較為重視他人的感覺與情緒反應，同情心、同理心及觀察力都較高。另外還有研究指出：音樂家比非音樂家、慣用左手者比慣用右手者的胼胝體較大，在在都顯示胼胝體大小與人類個體差異的關係。[18]

　　由於男女行事作風大大不同，宛如兩個不同星球的生物，可以圖一顯示男女左右腦運作模式、胼胝體、和拉康三域的關係男人待在左腦耽於屈服甚至幫助建構拉康三域中所謂的象徵域，包括典章、制度、禮儀、邏輯、社會秩序，以科學與民主為普世價值，卻在世上不斷製造矛盾、衝突、和戰爭，愛情和性對他們而言是一時的，由於與母親互動較短、斷裂較早，雖然也有回到與母合一的渴望，卻往往以激情快速起伏、或得手後即失去欲望，是明知回不到真實域的幻滅

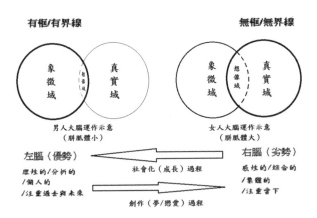

圖一　男女左右腦運作模式與胼胝體、拉康三域的關係

18　參見http://highscope.ch.ntu.edu.tw/wordpress/?p=31437，二〇一四年八月八日查詢。

（與母合一的不可能，相當於進到右腦無框化極致的不可能），因而往往只短暫進入想像域（相當於較薄的胼胝體及邊緣系統[19]），即快速回到象徵域的左腦，尤其是新皮質層中，那裡讓他們有秩序化自身的安全感，或是透過創作、夢、新的愛戀而短暫從象徵域逃脫，如圖一下方的箭頭所示。此時詩找到了可以連串其間的位置：

> 詩是新皮質與邊緣系統之間的橋樑，是種令人難以置信卻又極端強烈的事物。佛洛斯特寫道：「詩起於哽咽之時、委屈之處、思鄉之情、相思之苦，而絕非起於想法之中。」
> 愛也非起於想法之中。解剖學錯誤的起點使得理智無法了解愛，就像用叉子無法喝湯一樣。[20]

「哽咽之時、委屈之處、思鄉之情、相思之苦」是右腦的專長，尤其在邊緣系統中，「想法之中」則是指抽象思考認得文字的右腦，尤其在新皮質層上。詩所以說是「兩者的橋樑」，是因語言屬於新皮質，而情感屬於古老的邊緣系統，人類的情與欲均深陷其中，因此詩就像站在左腦與右腦之間的胼胝體，或站在象徵域與與真實域之間的想像域般，把無法表達的想辦法表達出來：

> 邊緣系統就如同其本身所啟發的藝術一般，能夠使我們超越邏輯，達到語言難以描述的境界，而新皮質層則僅懂得語言。

---

19 包含海馬迴、穹窿、杏仁核、中隔、扣帶回、嗅腦與海馬迴周圍區域。撫養、社交、玩耍等行為源自於此。見湯瑪斯・路易斯（Thomas Lewis）、法里・阿明尼（Fari Amini）、理察・藍儂（Richard Lannon）著，陳信宏譯：《愛在大腦深處》（臺北市：究竟出版社，2002年），頁39、47。

20 湯瑪斯・路易斯等著，陳信宏譯：《愛在大腦深處》（臺北市：究竟出版社，2002年），頁50。

因此情感若要透過語言呈現出來，便需要經過困難的轉變。
也因此人類必須將感受硬套進語言的緊身衣中。我們充滿感
情的時候，通常會語無倫次、比手畫腳、或是深感挫折地靜
默不語。[21]

因為語言文字屬於左腦，是制約學習而來的，詩以左腦語言說右腦的
情感，的確有「經過困難的轉變」、「硬套進語言的緊身衣中」，
因此詩只能接近，而並非其本身，真正的狀況「語無倫次、比手畫
腳」、或是「靜默不語」，深感挫折乃成必然，女性比較勇敢，願一
而再再而三的向情感本身靠近、乃至停留其中，即使粉身碎骨，因此
對女性而言，一舉指一投足皆深具意涵，它們皆是「前語言」的，比
如朵思的〈肢體語言〉說的即是語言面對身體的不足和不可能：

　　消除語言重量
　　世界便從腳底開始歌唱
　　從指尖飛翔
　　從毛細孔張合的空間創造新義

　　選擇浪漫或傷痛或快樂
　　讓它們擁擠在平滑肌膚
　　以心靈比重等同的揮灑
　　扭動最耐咀嚼的骨骼文化

　　聲帶絕緣

---

21 湯瑪斯・路易斯等著，陳信宏譯：《愛在大腦深處》（臺北市：究竟出版社，
　　2002年），頁49-50。

　　眼睛、眉毛、唇角

　　左肢、右肢

　　都是密碼[22]

說「肢體語言」與「心靈比重等同」，卻是言語所不能，因此「語言重量」是最無能的，很多「密碼」說不了，卻是女性最能以肌膚或骨骼去感受。男性對此當然遜色多為，於是男性寧可躲入詩中，也不願長久待在女性的懷中，這是他們在行為上總是以「想法」和「理智」去了解女性的愛，遂遭致極大的怨懟。因此真正的真實域始終是匱乏的，無法有另一人可以與你永遠同行或合一，只能暫留想像域，最終都要退回象徵域中，因此圓滿的匱乏是恆久的，即便詩的創作、夢、戀愛、情與欲的追尋，無不如此，右腦最終是悲劇腦。

　　象徵域的架構從來是父權建構的，女性可以對其認同卻往往要想自枯燥乏味的邏輯與理性中逃逸，而由於她們自幼即與母親互動頻繁和漫長，成長後會要比男性要求更多更好的與人聯結、親密、和共鳴，且胼胝體厚大，聯結的邊緣系統發達，因此女人極易社會化的影響「神化了男人」，卻很快發現「沒有一個男人是神」（西蒙波娃），結果就如鍾玲所說：

　　　　許多女性在深墜情網時，她們會無條件地投入，但通常男方卻不一定會有同等強烈的回應，也許青少年男子會同樣地熾熱，但過了這個階段，男人會追求其他的生活目標。在這種情感的天平傾向一邊的情況下，女性就必須承受內心的痛苦。此外，她必須要面對理想的幻滅。[23]

22　朵思：《飛翔咖啡屋》（臺北市：爾雅出版社，1997年），頁142-143。

23　鍾玲：《現代中國繆司——臺灣女詩人作品析論》（臺北市：聯經出版公司，1989年），頁121。

男性對女性情感「強烈的回應」即使有也常是一時的、或是階段性的，使得「情感的天平傾向一邊」的現象幾乎極為普遍，偏偏左腦「象徵域」是受控的，胼胝體「想像域」與右腦「真實域」是不受控的，也無法真正追尋到，但舊皮質的邊緣系統是祖傳的人類深沉渴求，在女性身上特別明顯，如此不對等的天平，悲劇是必然的了。

三　詩的直覺與朵思羅英的語言

　　女性聯絡左右腦能力強大的特質，使得她們對社會化強勢的左腦有種天生往「非社會化」的右腦逃逸的特性，前者的理性左腦像講究倫理秩序禮儀典章制度的儒家，後者的感性右腦像順應自然無爭無執能無嬰兒乎的道家，因此男性看到的世界常是必須爭可以爭不爭無以活的看似積極性、卻也常被過度理想化的部分，女性看到的則常是不必爭無須爭所有爭終究化成無的另一方向，像是消極的部分，卻有可能是更本能、更具時空長遠性、更真實不虛的部分。如同羅英說的；「貓像極了女人因此女人多喜歡貓」，因為：

> 貓牠全部的精神都凝聚在眼睛裡面，貓的生命像牠的身體那樣柔軟有韌性，貓可以望見無限的遠虛幻的裡裡外外望見變相的從前和未來。[24]

貓即使「柔軟有韌性」，也不可能（或為人類所難確知）有女人「可以望見無限的遠」、「虛幻的裡裡外外」和「變相的從前和未來」這樣的大腦直覺，但多數的女人卻常有此直覺的本能和能耐。她收在詩

24　羅英：〈黑貓E〉，《咖啡店的遊牧民族》（臺北市：時報文化出版公司，1993年），頁145。

集《雲的捕手》中的散文詩〈貓〉即寫到：

> 在夜的一隻眼裡，我是貓。在黑色的闊葉樹下。樹上長著羽
> 狀的迷離；以及那種開了又謝的野菊花。而我的倦意是尋找
> 衣殼的田螺。——夜晚，復用另一眼看着。
>
> 那牧童用淚說，看到我的羊嗎？那太陽色的穿吉卜西鞋的唱
> 歌的羊嗎？羊真是死了，我說，死在月光沒有堤岸的海裡，
> 你亦是死的，你是那走去的水上的星光。
>
> 在夜合上的雙眼中，我是貓。是池中的蝶，是枕着甜夢的不
> 開花的仙人掌，是影子和影子畫出來的——貓。[25]

這首詩很難句解，因為非常意識流和直覺，很像自動書寫寫出來的，第二段與一、三段關係似乎不大，卻非常關鍵，牧童像是她要批判的對象、或是早就不愛或想戲謔的對象，而「羊」就影射詩中的「我」了。那麼前後兩段的「我」或「貓」就是懶散地俯臥夜色中瞥眼所視或心中掠過的光影了。「我的倦意是尋找衣殼的田螺」、「池中的蝶」、「枕着甜夢的不開花的仙人掌」等句中的螺、蝶、仙人掌與貓均同，皆為自我影像的不同呈現，表達充滿「倦意」如死去的情感美誠美矣當下卻需要「衣殼」的包裹。全詩在擬人化的夜眼下進行，其實與她的散文所寫兔子因懷孕「變得痴呆而肥胖，眼神中的孤獨和寂寞好似是夜色，更深也更濃」[26]無異，羅英在詩中的跳躍式的抒情、乃至極端式的情的表達（羊死了，牧童也死了），在她的散文和小說中就人間多了、也平易近人多了，但鍾玲所謂「神話」或咒語式的色彩就淡了。

---

25 羅英：《雲的捕手》（臺北市：林白出版社，1982年），頁151。
26 羅英：《盒裝的心情》（臺北市：九歌出版社，1988年），頁211。

　　上節說詩介在新皮質與邊緣系統之間，既不是此也不是彼，只是
借此向彼靠近的方式，羅英的詩即是那樣極度想靠近彼的詩，即使最
終的彼是不在的。比如〈臘月記〉一詩也是：

　　那些玫瑰都昇起來

　　在風裡紛飛

　　並且歇在雲上

　　──太陽正在長大

　　有時她的髮裡躲著冰凍的月亮

　　以及樹下影子的細碎

　　睡神常走在她的腳下

　　我說：請把天堂推得高一點吧

　　走進那小小的葵樹

　　把烘熱的秋天

　　繫住我一千零一個飛遠的期待[27]

非常尋常的語言，卻省略了很多細節，詩中的「她」可能指太陽，也
可能指我，羅英對她所指的對象經常是不確定，可以是此也可以是
彼，「紛飛」因此可以是玫瑰，也可以是期待或是繽紛的往事或戀，
即使其後面是「冰凍的月亮」或「影子的細碎」，黑總跟隨白，死總
跟隨戀，羅英情與欲起落幅度之大，使得現實夾雜超現實，宛若一連
串拉康所說的能指鏈，意旨（所旨）則不可尋。

27　羅英：《雲的捕手》（臺北市：林白出版社，1982年），頁161。

對照朵思的散文詩〈她穿牆而入，而出〉則是另一番景象：

> 人走到假日飯店指定的房間，說著：路沖，便將鑰匙插入心
> 臟般插入鎖孔。女人以飄盪的腳步行過冷颼而散發久置封閉
> 空間黴濕陰森的家具，穿越客廳，擦身衛浴，再發現臥室落
> 地長窗面對的一排明鏡，正映照出坎培拉窗外富麗奪目的
> 陽光午夜時分，魅影穿牆而入：紅紗曳地睡衣。黑髮。背對
> 女人，閃躲明鏡，女人口誦佛號，然後，看她斜斜穿牆而
> 出……導遊翌日莫名揣測：會不會是前夜從賭場追隨回來的
> 賭友？女人第六感卻知覺：似乎是自己佔用她的床舖[28]

此詩像靈異詩，說的是女人的直覺或「第六感」，第一個直覺的「路
沖」與其後「冷颼而散發久置封閉空間黴濕陰森的家具（原詩寫做傢
俱）」預示了午夜「魅影穿牆而入」的戲劇性演出，但對作者而言卻
是千真萬確的旅行經驗，那是經常發生在她們身上之「虛幻的裡裡外
外」和「變相的從前和未來」的一種日常經驗，只不過很難讓一般人
明白其究竟是事實或神經過敏，但可以看出朵思比羅英使用了更多的
事實或事件。朵思的〈第六感〉一詩說明了女性不可解的直覺和因此
產生的自信，詩的後半說：

> 我的觸覺於多次元詭異轉折後，直奔
> 未來可能發生事端的現場
> 我是紊亂思緒中，透明頻道上，可預先
> 洞悉一切的一注前衛光照。
> 我的靈視以潛意識滑行
> 我是一則滲透現實無邏輯可尋的神話

---

28 朵思：《朵思集》（臺南市：國立臺灣文學館，2008年），頁114。

　　　　從感官外的感覺出發
　　　　再引爆口腔將現場翻覆
　　　　我被巧妙接引到情節拼裝完成的
　　　　各種樞紐[29]

這一段話很像「大地母親」的宣告，像古代巫女對她的信徒說的話，
是神諭，不須也無法以理性分析的，是「無邏輯可尋的神話」、「從
感官外的感覺出發」均是前邏輯前語言的，向真實域探索，雖然永遠
無法觸及，卻離左腦象徵域遠遠的，像是世間的另一套系統。這也是
拉康所說語言的缺憾，那另一套系統是語言遠遠無法觸及的，不能說
的說不出的比說出的能說的多得太多了，於是朵思與羅英乃只能以她
們的直覺和語言系統小小說了一些。

四　朵思和羅英詩中的說與不說

　　詩如其人，詩中所現，即世間所見之詩人，不管在詩中說了或沒
說。朵思和羅英的詩與她們的情或愛一樣，非起於想法之中，而始終
起於「哽咽之時、委屈之處、思鄉之情、相思之苦」的邊緣系統，那
是語言不可說的，非得說時，乃滲入了詩人的個性、氣質、教養、與
成長背景和環境。其間卻也可能充滿了複雜的社會性或象徵域的侵
蝕，尤其是語言，它代表了象徵域大他者巨大的控制，詩是對此控制
的抵抗，越節制的語言是對控制有限度的抵抗和反射，越奔放的語言
代表無意識的不受控，甚至是有意以意象不斷的移轉或變幻，展現內
在的情緒或欲望，沮喪或興奮、憂鬱或幻覺、生的本能與死的本能，
都能追蹤到一二，也代表了要自象徵域（社會性，被大他者劃了一道

29　朵思：《朵思集》（臺北市：林白出版社，1982年），頁44-45。

痕的主體＄）逃脫，藉助想像域（心理性，要追索的小他者a）向真實域（生物性，圓融合一的主體Ｓ）　追索的欲力和不自主要向之靠攏的力量，即使最終它是個幻象（Ｓ不存在），因此拉康的幻象公式說：

$$\$ \diamond a$$

此處◇是阻礙，追索的對象或詩就是那個a，此a看起來暫時扮演了不在場之Ｓ的，因此a不能輕易獲得，一獲得幻象就消失，如此反覆循環，人的生之欲因a而被挑起了情，以為有那麼一個人存在，一生可能「淪陷」其中，於是要自「＄的狀態」中尋求機會，不斷逃脫，欲望因之而生、夢即因之而做、創造因之而生、詩為之而寫，即使那個a有可能被社會、大他者（尤其是父親）事先設定好，此追求仍然沒完沒了，成了永恆的情挑。

由於每個人都被大他者在身上劃了一道痕＄，其痕的深淺不一，面對◇的阻礙也不同，要追求的a的對象皆相異，亦即人人的氣質、背景、環境、際遇乃至基因差距均極遠，因此在面對情與欲的書寫時，朵思與羅英遂有了頗大的差異，比如：

（一）語言與意象的使用─節制─奔放

由於男性比女性要社會化的厲害，通常在使用語言上比較節制，詩中亦然，因此朵思與羅英比起大部分的男性詩人、一部分的女性詩人在使用語言或意象時都要來得奔放。而朵思相對羅英而言，則要節制得多，比如她的〈影子〉一詩：

我親密的伴侶

時長、時短、時隱於無形

光源來自的方向
塑造了許多不同變形
的我
有時我拖著它行走
有時我踩著它
踩著自己的心，自己的頭顱
自己的思想

從年輕一直踩向年老
我的影子，用大地的容器
盛著，猶之
花缽盛著花姿的枯榮[30]

此詩寫的不只是影子，而是一個人被不同的大他者社會化（來自不同方向甚至不同強弱的光源）的過程中，自我變形的姿態（塑造了不同的我），以及我如何與之相處的歷程和感受，「拖著」是被他影響、「踩著」是抵抗，卻經常使自己受傷（思想和心均受限制）。由於人都無法抵禦光源（如權威或太陽），只能與他的代言人（影子）對抗，最後還將之內化成自己的一部分（「我的」影子，如「以父之名」般影響一生，代表父親或上位者權勢者藝人的欲望悄悄成了我們欲望的一部分），[31]如此則不得不壓制自己，忍受它（年輕到老）、

---

30 朵思：《朵思集》（臺北市：林白出版社，1982年），頁12-13。
31 齊澤克（S. Zizek，即紀傑克）、格林・戴里(G. Daly)，孫曉坤譯：《與齊澤克對話》（南京市：江蘇人民出版社，2005年），頁95。

甚至美名它（如花缽盛著花姿的枯榮），猶如不是我活著而是它活著一般。這裡我們看到了朵思有節制的抵抗，以及父親（還有社會）對她時隱時顯的影響，她最強有力的抵抗則是透過後半生詩的持續追索和書寫。

羅英則是奔放性、咒語式、念珠式的書寫方式，其語言和意象常一瀉不可終止，如〈雲的捕手〉：

> 曾經衰敗過的
>
> 虹
>
> 自泥沼中
>
> 又伸出它
>
> 手那般的
>
> 新芽
>
> 招喚着鐵軌自山中
>
> 步出
>
> 而且伸延着
>
> 那平行卻永不致相遇的
>
> 遐思
>
> 不時也會
>
> 耳鳴且默數着年歲的
>
> 鐵軌
>
> 不時地在途中
>
> 留些眼淚
>
> 自煙囪放走

　　成為鴿子

　　成為秋後之

　　雲的

　　捕手[32]

包括題目在內，此詩的題旨並不清楚，全是一連串自然或人造的景象，虹、新芽、眼淚、鴿子、雲是自然的，不願也不能受規範的，而鐵軌和煙囪（來自老式火車）則是有方向有規範的，「平行卻永不致相遇的／遐思」即是鐵軌（象徵域／大他者／超我）的世俗道德規範造成的，人只能順著鐵軌的方向前行（時間的年歲被安排在人造的空間方向裡），但無論如何也要「不時地在途中／留些眼淚／自煙囪放走」，即自人為的限制裡逃逸，回到天空成為鴿成為雲的捕手，又與首段的「衰敗過的虹」回到同一位置。

　　至於「虹」是何物，羅英並未說，就如「捕手」欲接或捕何物也未說，其間只是一個能指只指向另一個能指，永遠無法指向一個所指。拉康說人就是這樣一個永遠漂移不定的驅力和欲求的混沌的王國，能指鏈就永遠處於遊戲之中，不停地滑動、漂移循環於迴圈中[33]，如此詩由天上「虹」到地上「新芽」，再到再度坐上「鐵軌」到「默數年歲」到流「淚」到由「煙囪」放走而成天上「鴿」和「雲的捕手」，其間是無法停下來的一系列動態景象，想使之得以固定卻又永不可能。因此羅英的詩不只是超現實的，也是後現代的，她的意象很少有意成為象徵，至少是個人的象徵，就像她無法固定、穩定自己一樣，因為所有一切的背後，都指向那是一個幻象。

32　羅英：《雲的捕手》（臺北市：林白出版社，1982年），頁3-4。

33　嚴澤勝：《穿越「我思」的幻象——拉康主體性理論及其當代效應》（上海市：東方出版社，2007年），頁152。

（二）情感的表達―執著―迷離

　　朵思在詩中情感的表達要比羅英其實更大膽，卻也更執著，她詩中情的書寫對象至少較易「對號入座」，而且其執著程度彷彿有著鳥類的「銘印現象」，執著了一生，使其不停地自我質疑，如長詩〈歲月的節奏〉的第九節的一段：

　　　認真的病著喪失女性主義意識的疾病
　　　我回到好幾個輪迴之前的年代
　　　模糊幻爍畫面上
　　　我提著被一個日本浪人砍下的頭顱
　　　四處尋找我自己[34]

忘卻了「女性主義意識」，頭顱在手上仍四處尋找，只因「遇見你／我看到你穿越歷史向我走來」因而阻礙了新女性的知覺，像「很幸福」卻「非常疲倦」，因無法自拔，於是作者一再自我提醒：

　　　我可以追隨你的睡眠而睡眠
　　　我更應該追隨自己的清醒而清醒[35]

那個提醒顯然是無效的，因為不需語言的邊緣系統比使用語言的新皮質力量強大得多。何況那來自十三歲迄今仍未完成的同一書寫對象。[36]

　　相對的，羅英詩中的情感對象則甚難捉摸，表面上皆是不相關的小事小物小景，卻又變幻莫測，細節常省略，意旨不易摸透，尤其在

34　朵思：《曦日》（臺北市：爾雅出版社，2004年），頁106。
35　朵思：《曦日》（臺北市：爾雅出版社，2004年），頁107。
36　朵思：《飛翔咖啡屋》（臺北市：爾雅出版社，1997年），頁190-191。

《雲的捕手》詩集中，迷離如入霧中，比如〈菩提樹〉：

> 圍困在
> 月那枚由悲清所結成
> 蓬鬆得
> 情話似的繭內之
> 菩提樹
> 突被移植在
> 我
> 夢的窗前
>
> 我的夢是河
> 是它全部豐盛的葉
> 菩提樹
> 忽在我流失的夢裡
> 消逝[37]

「菩提樹」意旨為何，顯得迷離難測，有可能是戀是美（豐盛的葉）是情又不得舒展（繭），其出現和流失和「月」和「豐盛的」究竟何指，難以揣摩，其詩中的對象常被模糊化到只餘景致或物件。

（三）欲望的展現－想一行

女詩人對情的謳歌對欲的渴望有人到詩為止，有人詩只是宣示，亦即有止於詩的，有不止於詩的。止於詩的常在詩中自我反省自我警

37　羅英：《雲的捕手》（臺北市：林白出版社，1982年），頁73。

示、鞭策、乃至自我批判，讀者較易摸竿向上，對其所示略有惕勵或鼓舞作用。不止於詩的，詩是她們事後的記錄、張貼、隱晦的懊惱或竊喜，讀者只能看她們表演，對其美姿予以嘆賞或對待自我的勇氣予以鼓掌。由此也可略見出大他者在她們身上或大或小的影響。比如朵思的著名的〈石箋〉組詩中的幾首：

20

人該清醒幾次才能活出自己？

春天，碑石在曠野訴說自己冰涼的心意

湛藍的天空，不過

以另一種俯視取代另一種分離[38]

32

　重叮嚀自己：濾清心境，止於一種思念。

我把悲哀像油漆一樣傾倒在夜色中

再畫自己為一種暗綠色

夾在月色和燈光之間[39]

33

清淺的河流因追不到落花的腳蹤

而消瘦。酒，流在旋轉的內心舞臺

或者慢慢蒸發

或者決意在背向自己以前和塵埃對話[40]

38　朵思：《飛翔咖啡屋》（臺北市：爾雅出版社，1997年），頁134-135。

39　朵思：《飛翔咖啡屋》（臺北市：爾雅出版社，1997年），頁139-140。

40　朵思：《飛翔咖啡屋》（臺北市：爾雅出版社，1997年），頁140。

「清醒幾次才能活出自己？」是對自我的一再警示，要清醒，但背後可能大他者的超我在監視，個人過不了這個關卡，而天空之所以能湛藍，是因能「以另一種俯視取代另一種分離」，意思是俯視（保持距離）才能廣闊而清澈，面對自身良知比背對更有價值，否則「分離」的痛苦是遲早要發生的，不分離就要保持安全距離。「濾清心境，止於一種思念」可解釋上一首的距離感之重要，則可以「把悲哀像油漆一樣傾倒在夜色中」，站在「暗綠色」就是恰好的曖昧關係，而「決意在背向自己以前和塵埃對話」更是對「背向自己」的嚴厲忠告，因為那會成為「塵埃」和灰燼。在此朵思的情與欲處在一種緊張拉扯的關係上，最終情勝過欲，在詩完成時，又退回到安全有秩序的象徵域中。

羅英的詩則不然，我們看到原始的生之欲與死之欲相併發展，愛與死、情與欲必須合而為一而後已，比如〈絲襪〉：

> 那時
> 慾望端正地坐著
> 望見
> 炎炎的太陽
> 自她腳底向身上升起
> 襪子內的黑夜
> 便迅速
> 凋零[41]

此處欲望的強大和「端正地坐著」，表示其嚴正不可忽略、不可違抗，「炎炎的太陽」像火焰般「自她腳底向身上升起」，身體中那無

41　羅英：《二分之一的喜悅》（臺北市：九歌出版社，1987年），頁99。

法消除的「襪子內的黑夜」（陰暗卻端正坐著的欲望），乃有機會解圍，羅英甚多的詩皆與此情與欲處在一種緊張拉扯卻最終崩斷，否則無以自處或解決的關係上，最終欲往往勝過情，聽從了原始的欲力、無從以語言或象徵域的超我加以規範包圍，而這可能是人真誠地勇敢地聽到了內在的聲音，那是外人或讀者不能隨意加以置喙的。

（四）逃逸的方式一行腳一出走

　　沒有人不想自被規範的象徵域底下逃逸，朵思是本省嘉義人，醫生世家的嚴格家教，使得她的大他者近在眼前，時時要與之對抗甚至不惜與之決裂（斷離父女關係），情與欲的挑釁是最佳的違抗方式，自十三歲起到其晚境，此大他者其實並不沒有消失，只是時近時遠，父愛的匱乏使其鍾愛者仍是父親另一形式的替身，由此超我像影子般時短時長時淡時濃終生跟隨著她，那其中包含了家世、門風、社會規範，她的詩即是她不斷逃逸又不斷返回的歷程和記錄。而到世界各地的旅行使她至少可一而再再而三地對前半生的境遇和逃逸方式有了反省和全然釋懷之感。比如〈企鵝模式〉的前二段：

> 在菲利普島上，從海面席捲而至的激寒冷風，凜冽颼著看台
> 上靜坐的人潮肌膚，女人垂下雙腳，渴望讓雙腳和沙灘有最
> 貼近的接觸，更盼望在天暗下來的第一刻，能藉由幾柱大燈
> 看到企鵝成列鑽出白鍊似的波潮，上岸，排隊回巢一隻上岸
> 後不堪孤獨而又沒入海浪的企鵝，終於找到牠的同伴，抖抖
> 翅翼，儼然穿著大禮服的紳士，搖搖擺擺，擦掠過看台上成
> 群的眼神[42]

42　朵思：《飛翔咖啡屋》（臺北市：爾雅出版社，1997年），頁67。

此處「上岸後不堪孤獨而又沒入海浪的企鵝」是普世的、人類亦然的,「終於找到牠的同伴,抖抖翅翼,儼然穿著大禮服的紳士」,是孤獨感暫時解除獲得的勇氣,卻是必須以再度「沒入海浪」為代價,像回到有秩序易安全的卻也易被社會規範住的象徵域,其意是說a(想像域╱小他者・此處是指上岸)與 \$(象徵域/大他者,此處指海浪)都不能久待,來來回回成了人的常態。

朵思的另一首〈筆〉可看出情在面對大他者(超我)的掙扎:

> 女人在雪梨歌劇院看完一段舞蹈彩排之後,默聲踱到進口處
> 商品╱店,她選購了幾枝白底湛藍歌劇院造形的簽字筆栩栩
> 如生的歌劇院紀念圖案,其實並不具任何意義,因為她知道
> 他必然來過,送他筆,實際的寓意是要他把心中對她的感覺
> 坦然表露曾經,童年時代最殷切的夢想之一是:有朝一日,
> 在舞台上,看到他坐在最後一排欣賞她的演出。然而,女人
> 未曾走上舞台,甚至她旅遊歸來把購買的筆分送朋友之後,
> 留下一枝,卻始終沒有將它送出。[43]

「筆」像是彼此的暗記般,可以把「感覺坦然表露」的象徵物,但女人買回(想送出╱逃逸)最後還是「留下一枝,卻始終沒有將它送出」,又回到安全的範疇,這樣的矛盾,使得情與欲終生無法面對面、無法有完成感,詩也就有機會寫不盡了。

羅英在詩中寫到面對欲挑釁情時,常寧可縱身其中,與之俱焚或沒頂,展現了現代女性意識的勇氣,而其實多少也與她自小遠離家鄉(湖北人),大他者(象徵域)未時時盯住她有關。她的〈對鏡〉一詩是代表作之一:

---

43 朵思:《飛翔咖啡屋》(臺北市:爾雅出版社,1997年),頁69。

面對
鏡子
她看自己
看燈光在衣服上
灑下
淚的雪花

在凜冽的視域裡
那一襲
黑色衣裳
竟在渴的烈焰中
燃燒起來

脫下那未曾述說哀傷的
衣
她將裸露的
身體
投進
河那般的
鏡子裡
河水正
洶湧著

她在河中泅游

流失[44]

「鏡子」是人面對自我要做出選擇的最有力也最不堪一擊的工具，其實是超我的俯視，「凜冽的視域裡／那一襲／黑色衣裳」是社會化的象徵和束縛，欲望要不斷與之對抗、拉扯、爭吵，到末了「竟在渴的烈焰中／燃燒起來」，聽從了原始的需求，在別的版本中，她在「身體」與「投進」二詞之間多加了「原石般」三字，說明了身體內在的重量和磁引很難違抗，別的版本則在後四行改動了「河水正／洶湧著」為「河／是更洶湧的」，意味一但投入慾河中，一切將不聽使喚，「泅游」也會「流失」，鏡成了河，靜成了動，「面對」時反而必須「出走」（流失），這是個人氣質個性使然，也是人的命運的撿擇，而沒有哪一種撿擇是對或錯，只有當事人才能了然。

（五）小說的介入一融合一分離

由於兩人均曾熱中於小說形式，因此其詩的小說味均甚濃，比如下列二首：

〈薔薇〉　／朵思

女人把花種在男人丟棄的鐵盒裡，渙散的菸草味，隨侍越長越挺立的那株薔薇，在空氣和水分灌溉下愉快的成長

把薔薇的刺統統剪下的那個早晨，女人把花朵一瓣瓣放入嘴裡慢慢咀嚼，一如用力在啃咬那個曾讓她著迷卻沒有一絲菸草味的男子[45]

44　羅英：《雲的捕手》（臺北市：林白出版社，1982年），頁36-37。
45　朵思：《飛翔咖啡屋》（臺北市：爾雅出版社，1997年），頁59。

〈抽煙人〉 ／羅英

逃逸的激情

滲進逐漸衰老的

煙霧

她用細瘦的手指

撥弄窗玻璃上

深秋枯黃著的

憂愁

煙從她心的底層

升起又匆匆地消逝[46]

一個把「著迷」（情的猶存）當花瓣一片片吃掉、把「沒有一絲菸草味」（欲的消失）當薔薇的刺剪掉，是對自我的修正，面對情與欲嚴正的態度。另一個是把「逃逸的激情」當「煙霧」看待，「升起又匆匆地消逝」，看似較為輕鬆。其後羅英中年後轉而寫散文和小說為主，與詩終於分了家，只偶有小作，似乎激情消失後，再度勇於面對真相，對人生就如實對待。而朵思的未完成式終生影響著她，遺憾、懊惱與自我救贖相互掙扎，小說式的人生加入詩後，其詩的質與量越晚年就越豐盛了。

五 結語

人的個性、氣質、家庭背景、社經環境、情感際遇乃至基因，差距本來就極遠，因此在面對情與欲的書寫時，人人均不同，男男不

---

46 羅英：《二分之一的喜悅》（臺北市：九歌出版社，1987年），頁31-32。

同、女男不同、女女也不同，這是朵思與羅英在詩中書寫情與欲時，必然有頗大的差異，因此可拿來比對互參，以見出人類情感的豐富性，和社會大他者對人的掌控和影響。而女人本來喜歡小說就多於詩，因為她們要說的能說的比男性天生就多得多，何況大腦結構在自然上本就不與男性相同，思維方式也非同個範疇，她們在詩中展現的語言形式與內容，尤其是情與欲的呈現常為男性所不易理解，我們只能根據她們的詩作試圖加以揣測，或可提供有如來自另一星球的男性參酌和有所認知。本文即由男女左右腦和胼胝體的不同，並結合拉康三域和幻象公式，對朵思和羅英兩人的詩作略作掃描比較，以見出她們對待情與欲的不同展現方式，和其可能迥異的精神意涵。並得出她們的相異處在於：語言與意象的使用—節制—奔放、情感的表達—執著—迷離、欲望的展現—想像—行動、逃逸的方式—行腳—出走、以及小說的介入—融合—分離。

從上升下降到駕馭兩極

——辛牧新詩的想像及其「誤讀」

余境熹

摘要

「上升」與「下降」的想像或各自、或聯合地呈現於辛牧新詩諸作中，其表現亦不一而足，如「上升」涵蓋騰浪、飛翔乃至躍為星體，「下降」觸及地面、深水乃至鑽進人心，兩者互聯時則或產生對比，或扭轉情境，或眩人眼目，或改變視點，千姿百態，足證其為辛牧新詩之重大關目。順「上升」、「下降」在辛牧詩中之慣見性、顯要性申論，向事物的二極伸手實乃詩人的謀篇特技，而「對峙」、「互融」也浸成辛牧新詩的兩道鮮明聲音。掌握了有關現象，除有助於認識辛牧新詩的藝術特色外，還可對〈蛹〉及〈梯子〉作出另類的「誤讀」。

關鍵詞：辛牧、新詩、上升、下降、兩極、誤讀

一 引言

　　辛牧（楊志中，1943- ），臺灣宜蘭人，一九七一年與林煥彰（1939- ）、喬林（周瑞麟，1943- ）、施善繼（1945- ）、蕭蕭（蕭水順，1947- ）等共組「龍族詩社」，該社一九七六年解散後長期停筆，至一九九九年方再度發表新作，現任《創世紀詩雜誌社季刊》主編，曾出版詩集《散落的樹羽》[1]、《辛牧詩選》[2]及《辛牧短詩選》[3]，嘗獲優秀青年詩人獎、臺北市公車捷運詩文徵選首獎等。

　　加斯東‧巴什拉（Gaston Bachelard,1884-1962）在詩人夢想的探討中，引入了「地」（earth）、「火」（fire）、「水」（water）和「大氣」（air）四種物質元素為研究域，開啟了號稱詩與科學互補的「四元素詩學想像理論」。[4]按照巴什拉的理解，作品中的死亡過程或儀式最能透露作家的元素屬性，而辛牧詩作中的死亡，則常與「氣」、「風」、「天空」相涉，實與四元素中的「大氣」有著頗稱緊密的聯結。例如〈懸棺〉一詩，涉及「風葬」，詩人又謂懸棺的用意是更接近天空，並借兀鷹之口道出死者「去其皮囊／也許可以御風而行」的想像；〈生老病死〉「生」的一節寫此生匆匆，「一堆人從旋轉門擠進來／經過後門／從煙囪一溜煙逃出去」，最後的離世乃以氣化的煙表示；〈變調的海──獻給艾爾西〉第一首寫死亡，也說「你勢必成為轟炸後的那具屍體／在無風之大氣中瀟洒成一把自我風化的灰」，屍體全然消失，化入大氣之中，同詩更有咽咽喃喃的「晚

1　辛牧（楊志中）：《散落的樹羽》（臺北市：林白出版社，1971年）。

2　辛牧：《辛牧詩選》（臺北市：創世紀詩雜誌社，2007年）。

3　辛牧著，許志培英譯：《辛牧短詩選》（香港：銀河出版社，2013年）。

4　張旭光：〈巴什拉的「想像哲學」探析〉，《淮南師範學院學報》2001年第3卷第1期，頁28；〈論巴什拉的科學辯證法〉，《寧夏大學學報》（人文社會科學版）2002年第24卷第1期，頁12。

風」朗讀出祭文，棺槨中的死者則因仰向夜空而被形容為「月光饕餮者」；〈焚寄——給阿姨〉寄語死者「離這個地球越遠越好／不要回頭／不要回來」，亦隱見靈魂飛離大地的想像；至於動物離世，〈給小貓〉裡說道：「我雙手合十／目送你在雲端消失」，其逝也是升入天空的。另外，〈風〉寫一名在海上工作的男人剛一登岸，即急不及待投進第三街女子的懷抱，徵逐酒色，企圖獲取甜蜜的感覺，卻終因停在攝影館門前，想到自己的價值、存在的意義，頓覺空虛，而「便萎頓成／／風」——在這裡，「風」指涉的也是一種歸寂的狀態。

　　本文無意證明辛牧是「大氣詩人」——真正的詩人，其想像從來都不拘於一種物質類型，[5]如辛牧〈逝〉之所示：「午時一刻那人雲一般在街上流浪／一任陽光恣肆的煎熬／如海水中的岩石／腐蝕腐蝕腐蝕」，大氣（雲）、水（海水）、火（陽光）、土（岩石）可以交集一詩，各呈姿態。然而，由辛牧與「大氣」的勾連拓展開去，聚焦於「大氣詩人」常見的「上升」、「下降」書寫議題，[6]似確可從一嶄新角度發掘辛牧想像的「情結」，有助於更深入地認識其創作之面貌。

5　「四元素詩學想像理論」的缺陷，見金森修（KANAMORI Osamu），武青艷、包國光譯：《巴什拉——科學與詩》（石家莊市：河北教育出版社，2002年），頁283-84；余境熹：〈水火融合與魔法師之路——周夢蝶八首「月份詩」的「解／重構」閱讀〉，黎師活仁、蕭蕭（蕭水順）、羅文玲主編：《雪中取火且鑄火為雪——周夢蝶新詩論評集》（臺北市：萬卷樓圖書公司，2010年），頁384-387。

6　Gaston Bachelard, *L'Air et les Songes*（Paris: Libraire José Corti, 1943）17；姜宇輝：〈「思想－意象」：從德勒茲到巴什拉〉，《雲南大學學報》（社會科學版）2009年第8卷第4期，頁23。

二　辛牧新詩的「上升」與「下降」

（一）上升

　　「上升」在辛牧新詩中有著頗為豐富的表現，往往能擺脫物理法則，消解現實的制約，予讀者不少驚喜。其中一種奇特的展示，乃借助浪的力量上騰，如〈忘題〉形容海浪奮起如歡呼的眾手，把「我」高舉於「滾浪之上礁石之上珊瑚之上」乃至「世界之上」，不禁使「我」有了「逍遙」之想，「頓覺我是／最飄逸的／一朵／雲」，拔海而飄，御浪而行，有類於武俠敘事的水上輕功，澎湃磅礴，筆鋒凌厲。

　　再往上攀升，辛牧乃欲展開翅膀，活動於天空。在〈飛〉裡，辛牧便連番道出：「我們還要／飛」、「我們還要／飛」。由於「飛」在辛牧詩裡有較強的渴望脫離現實的意味，這「飛」的動作很可能指辛牧自認鮮少實際考慮、「不問收穫」、跟「名與利」無涉的詩創作。[7]停筆二十多年而復出寫詩後不久的〈夢〉，即陳說辛牧對「飛」──詩創作──的信仰：「玻璃櫥窗內／一隻展翅的蒼鷺／已過半百的我／猶懷著想飛的夢」。即使現實中詩的經濟價值甚微，令詩人「肚子還沒填飽」，在〈候鳥〉中，他依然堅持「除了／飛／還是／飛」的單純，受到生活所需如「線」一般地把自己牽絆時，他始終樂於飛翔，像〈紙鳶〉所說：「你用一條線／絏住我／把我拉上天／和雲比高」，用對詩的熱「愛」為動力，持之以恆地創作，如〈紙鶴〉所言：「把愛／層層摺疊／一隻鶴／在夢中飛翔」，其「上升」的想像，每多言志的風影。

7　辛牧：〈卷末小跋〉，《辛牧詩選》（臺北市：創世紀詩雜誌社，2007年），頁237。

　　更有進者，辛牧的「上升」想像實又不單單限於地球之內，他甚至會越出大氣層，上升為天體，想像無拘無檢。在〈你可以再靠近一點〉中，辛牧即化身為「太空中一顆／有點遠在／太空望遠鏡的視限之外」的星，雖然不易被察見，較少受注目，卻自認發光發電，能讓耀眼的太陽、月亮孤獨。辛牧自云個性「狷介耿直」，「不喜經營人際」，與詩壇「一直保持若即若離的關係」，[8]〈你可以再靠近一點〉大概是他對自己並非詩壇熱點、實力卻不遜於人的夫子自道——詩人的自信，確如星般光可鑒人。

　　在辛牧的詩中，「上升」有時在想像裡自然而然，彷彿諸多外力，皆會前來相助，如上述〈忘題〉之浪，或〈葫蘆竹〉裡的太陽，有牽引竹子拔高之勞：「埋藏的心／出土之後／便隨著太陽／節節高升」；但有時辛牧的「上升」想像也比較明顯地伴隨著對下吸力的抵抗，像〈雨語〉一首，「雨」在急降，「我」卻逆反客觀的環境，有「躍躍鼓翅的不耐」，拒絕當落在墳地上的一員，選擇「轉身，統交給背後的風」，盼著御風飛離，穿過雨季，穿過帶下吸力的「泥沼的路」，抵達理想的他方，其頑強的姿態，實使辛牧新詩的「上升」表現更添異彩。

（二）下降

　　「上升」在辛牧新詩的想像裡隨時變化，百態千姿，「下降」亦不遑多讓，為辛牧詩集的文學魅力貢獻頗大。「下降」不僅作為一種運動而客串式出現（如〈落櫻後遊陽明山〉寫「花已落」等），它更

8　辛牧：〈卷末小跋〉，《辛牧詩選》（臺北市：創世紀詩雜誌社，2007年），頁236-237。

往往擔當起詩的底層線索，貫通全篇，像〈四月雪〉不獨寫降雪，更言其威力恐怕會將一片嫩芽初吐的花草「覆埋地底」，「下降」的傷害使人愈益憂心；〈囚〉連寫了「帷幕落下」、「步下舞台」、「卸妝」、流淚而「雙泉汨汨」，一連串的「下降」儼如詩的主宰，鋪展出戲台上的花俏、亢奮在現實裡無以為繼乃是主人公的悲哀之源；〈紀念九月〉的表現則至為亮麗，當中詩人選用了眾多「下降」的片段，如「八月的最後一片落葉」、「九月帶來了一陣濛濛的寒雨」，連容易令人想起高翔於天的老鷹，在詩中也是「時做俯衝遊戲」，向下運動，而詩的敘述主體則沿途撿拾自己掉落的頭髮、牙齒和指甲，隨後又「統統把它們埋在／枕下」，以「下降」抑制任何可能的昂揚，使全詩瀰漫著一片低沉氣氛。據此觀之，「下降」的想像不僅轉化為辛牧新詩的題材，甚至能作為一種謀篇的技巧，加以深入探究。

　　就表現的多元而論，「下降」在辛牧詩中也突破東西墜地的簡單範疇，而可以沉入水中，掉入空洞的深處，乃至降而入於事物的內部，如進入人心等，[9]其例子有〈午茶〉、〈甕〉及〈落葉〉。〈午茶〉的茶葉在杯底「沉甸」，作者的詩心卻不在寫其沉於水而已，當茶葉遇水而慢慢潰開，其鎖住的「整年的心事」也無法繼續隱藏，於是乃「不經意的感染／飲者的心」，「下降」為心事的「沉甸」，通往人心的內部，構思可謂別出心裁。〈甕〉謂：「把你們的淚水拋給／我的口恒張／把你們啃過後的果核拋給我／我是甕，你們心中的井」，苦澀的淚水與如同殘餘情感、邊角廢料的果核拋向甕中，已是「下降」的表現，詩人猶未滿足，以「井」的比喻使淚與果核墜落更深的空洞中，而且此「井」乃眾人「心中的井」，種種心事還是鑽入

9　金森修著，武青艷、包國光譯：《巴什拉——科學與詩》（石家莊市：河北教育出版社，2002年），頁182。

了人心底部，其「下降」有層次，境界亦層層拓開，啟人深思。至於
〈落葉〉，辛牧先是寫葉子遇風而墜如彩蝶，慢慢降在庭園的地面，
末了，他卻補充一句：「我的心中」，說「下降」的落葉由客觀的表
象轉化成主觀的心念，令人唏噓於諸法之無常、萬物之榮枯——由樹
上到風中，由地上到心中，葉子逐漸地降落，最終進入人心內部，使
辛牧的「下降」想像絕不止於地表，實亦足見其多姿。

　　說至此，不妨試觀辛牧的〈流向二題〉，其一作「風向」，隱
有「上升」意味，詩中人果然也「站在稍高的地方」；其二作「水
向」，水往低流，具有「下降」的趨勢，主人公也亦「彎下腰」來舀
一把水。這兩詩例，配合前述各證，或正道明「上升」與「下降」便
是辛牧想像的兩種主要「流向」。如果不嫌過度詮釋，辛牧二〇〇七
年七月一日在大安森林公園連寫三詩：〈蓮霧〉、〈聽蟬〉、〈問
魚〉，其取材的方向也是「風向」、「水向」，也即「上升」、「下
降」，這純粹出於巧合嗎？無論如何，更多驅策升、降想像力的例
子，容於下文繼續提出。

（三）並聯的「上升」和「下降」

　　綜前所論，辛牧的想像力上逾乎銀河，下及於深淵，「上升」與
「下降」各自皆有精彩的展現。與此同時，「上升」、「下降」在同
詩互見的例子更多，兩者的並聯實頗使讀者目不暇給。

1　產生對比的「上升」、「下降」

　　「上升」、「下降」在辛牧詩中共同出現，其一種作用是製造對
比，有時能加大詩的張力，如〈紅鶴〉、〈落井下石〉的「落」、
「井」二章，便是如此。〈紅鶴〉首節寫紅鶴落下，第二節寫紅鶴飛

起，前後映照，而一群紅鶴落下使得湖裡如同開滿紅花，爭發向上，「下降」中實寓有「上升」之勢；一群紅鶴飛起而致天空彷彿流血，洶湧噴灑，「上升」裡又有「下降」的想像，同節之內、節與節之間皆有上下運動的對比，極富張力。另外，〈落井下石〉的「落」說「不要怪地心吸力／其實你也可以／／飛」，向下的拉力與騰上的飛力兩相對峙，建構出暫未獲解的矛盾情境，能夠啟發讀者延緩接收、持續聯想；「井」一章的視點落在井深處，卻說井有觀天之想，現實中填塞垃圾的低微，對映著理想中思維自由的高遠，反差強烈，亦足以令人慨然興歎。

可以略作補充的是，同屬〈落井下石〉的「下」一章運用擬人筆法，說「下」字被寫翻了，故它其實常想轉「下降」為「上升」，翻身成「上」——其間上優下劣的對比，也透露出詩人的幽默機智，諧而多趣。

復舉一例，〈給屈原〉也有水底、臺上的「上升」、「下降」並聯：「雖說水底睏無一位燒／總比被人家架著上臺／說些五四三好吧？」蓋謂無事的「下降」比生非的「上升」還算得上理想，透過比照，極言了「說些五四三」的多事、無聊。那些「五四三」或是指無意義的話，或是指詩獎名次，按同詩辛牧也寫道：「大家發動人肉搜索／找您都幾千年了／無非借您大名／給自己人頒個詩獎」；在〈端午——給屈原〉裡又寫道：「找你出來召開一個詩人節慶祝大會／或男女老少南腔北調的詩歌朗誦會／或頒給某人一個詩獎」，指向現實，教人倍覺「辛」辣。

2 以換置產生扭轉的「上升」、「下降」

在辛牧詩裡，最常有的「上升」、「下降」並見乃以扭轉情境為目標——借用小說分析的術語，即「下降」和「上升」的換置很多時

擔任起了詩中「核心事件」的角色，負責具關鍵性的情節推動，確保了敘事的銜接自然。[10]

〈雁〉的首節寫雁翔高空的情景，因群雁排出「人」字的隊列，到第二節，辛牧乃順勢推出「人」的主題，由天空降回地面，轉而道：「人／生命中最難寫的一個字／生命中最沉重的痛」，關注人生的諸種無常與苦難，其中「沉重」似也可與「下降」的活動隱隱勾連、互相呼應。同樣以鳥類為主人公的〈圈地〉也有「上升」、「下降」的兩極互聯：老鷹在天空畫著圈圈，其活動當歸於「上升」之列，唯視點落到地面之時，「下降」發生，敘述亦開始轉向，原來按母雞的解讀，老鷹乃在圈地——如果背後不涉對現實政商集團之諷喻，實當是饒富趣味之一作。在這兩首中，「上升」、「下降」的換置都推動了敘事，並為情境帶來扭轉。

〈放生〉的構圖接近漫畫，前半篇由「下降」轉「上升」，被囚的鳥獲得釋放，似乎能安享自由，後半篇升降換置，賣鳥人原來在郊外早掛起一張大網，又把鳥兒捕捉回來，再次出售圖利，「上升」復成「下降」，情節亦添上波瀾；〈殺生〉前節記倚天劍劈下，為下向運動，後節則以「上升」帶出，寫一碗溫熱的腦漿被「捧起」來，藉升降動作的換置，述明了山產店吃猴腦事件的主要細節，為批判做好了鋪墊；〈黑心症〉大半篇在談論「海拔一千公尺以上」、置身「雲來霧去」包圍之中的柳杉，指它們因空氣氧化而染上黑心症，作家的關心彷彿以高入雲霄的「上升」世界為主要對象，詩的最後才「下降」而著於地，謂柳杉尚且如此，「況／終日競逐／於塵土油煙之人乎」，對社會人心的「黑化」有其敏銳的觀察。

---

10 史蒂文‧科恩（Steven Cohan）、琳達‧夏爾斯（Linda M. Shires）著，張方譯：《講故事：對敘事虛構作品的理論分析》（*Telling Stories: A Theoretical Analysis of Narrative Fiction*）（臺北縣：駱駝出版社，1997年），頁58。

3 不停換置的「上升」、「下降」

　　有時辛牧同一首詩中，「上升」、「下降」輪番換置，變化莫測，令人眼花繚亂，驚喜連連。舉例來說，〈昔日〉在下向運動的「午夜汐落」後，一支被生疏的曲子卻「悠揚悠揚地／揚起」，經歷了一波升與降；繼而詩中又見「下降」：「鋅鍍的月光輕輕下落／下落一疋冷冽的倦意」，緊隨的「昔日」，則被寫成是「烏鴉色的」，烏鴉令人自然聯想到會飛、「上升」，而接下來的「自瓷瓶，無涯的落寞中／瀰出」，則肯定是上漲升起的形容，至此全詩共有兩波的升降。

　　除此之外，辛牧〈才不會忘記你呢〉先是「一朵雲輕輕的飄逸」視點向上，繼而「一陣雨悄悄的落下」，轉為下向運動，接著「雲是一條船／在雨水上行走」，又浮於落下之水上而緩升，到「你的影子在急流中／不斷的沖印」，乃忽然急速下降，起伏跌宕，一如心潮之湧動；〈五更鼓〉頻繁換置「上升」和「下降」，第一首是「下降」的「海洋」和「黃昏」（以日落為標記）正等待「上升」的「夢」或者「黎明」（以日出為標記），第二首是「彩虹」自夜空「垂下」，第三首是「夢」逆「下降」的「恆河」而「上升」，如放出一盞盞水燈逆流飄蕩，第五首則有「一顆胚胎」（按指太陽）自濕冷的海床「上升」，而「夢」這刻卻呈「下降」之姿，埋首沙堆之中，其間轉換，頗稱耐人尋味。

　　〈在書桌上撿到一根頭髮〉寫一根髮絲「像一枚落葉／在季節的更替／地心吸引力的誘惑拉扯下／悄然落地」，以「下降」為背景。不過，自詩人撿到了它，把它「放在手心上」，「上升」的運動則似乎一發不可收拾，使得詩人連問「云何應住／云何降伏其心」，卻依然難擋「握著它竟能／感覺漸次升高的熱氣」，這熱氣甚至「直貫

掌心抵至頭頂」。然而，彷彿戲劇的「反轉」[11]，當「上升」臻至最高點時，〈在書桌上撿到一根頭髮〉猛然以沉於水的急速「下降」煞尾，說熱氣又「氾成一潭刺骨冷泉／沿著額頭錯綜複雜的溪圳／汩汩而流了」，以水的姿態重新下墜，其變化叫人措手不及，閱讀的驚喜感得以刷新。

〈午後一場雷雨〉以一連串的「下降」書寫開篇，如寫了「大雨」、「悲愴的淚水」等，觀察的視點也由「窗口」漸漸下移至較低的「草木和建築」，再下移至「下水道」、「河川大洋」，至詩的末節，忽然爆出來一道「虹橋」，勾在天空上，大有轉而「上升」之態勢，但在後一行詩人即以富於「下降」意味的「逐漸暗淡沉重」來形容天色，大環境還是恢復以下墜為趨向。若以「雨」、「淚」為負面象徵，「虹」為正面，全詩所寫乃否極而泰只短暫來，或亦有更深遠的寓意在。

與〈午後一場雷雨〉相反，〈清明〉的開端全是「上升」：沿山路而上、冥幣翩飄、煙篆裊裊、人們舉目問蒼天；第二節則兼有升與降，降是「爬在案牘的墳墓上」，身姿轉而伏低，升是側耳向上，「聽祖先在遙遠的山頭哭我們」；最後一節主要寫「哭」與「淚」，如所周知淚水下垂，則是全然的「下降」類動作。

4　作為視點與被視點的「上升」、「下降」

比較簡單的，是「上升」、「下降」在辛牧同一首詩裡出現，而

11　Viktor Shklovsky, "The Relationship between Devices of Plot Construction and General Devices of Style," *Theory of Prose*, trans. Benjamin Sher（Elmwood Park, Illinois: Dalkey Archive Press, 1990）39；中譯見維克托‧什克洛夫斯基著，劉宗次譯：〈情節編構手法與一般風格手法的聯繫〉，《散文理論》（南昌市：百花洲文藝出版社，1994年），頁55。

兩者分別屬於觀察點和被觀察點。例如〈上擎天崗〉寫在雨霧中登山，拾石階而上，一路是「上升」的敘述，「至最高處」後，則「下降」，放眼山下，乍見一片「燈海」；〈登聖王廟〉寫上千階而達山頂，級級「上升」，除詩末記出廟後「一路直下」外，也有在頂峰「望去／紅塵驚濤駭浪」的「下降」片段。值得注意的是，無論是〈上擎天崗〉抑或〈登聖王廟〉，辛牧下望所見，皆以「水」的意象呈現，或為燈之「海」，或為「濤」「浪」，均符合詩人「下降」想像突破地面而沉於水的表現。

與上述二首相類，〈天盡頭〉先以山東省成山頭頂為觀察點，繼而「下降」，來到平地的「渡口」，再望向遠方，凝視「與天同闊／暗潮洶湧的大海」。較之〈上擎天崗〉、〈登聖王廟〉，〈天盡頭〉的望海固然更近於實寫，但三者的「下降」同沉於水，也不可不謂冥契暗合，為辛牧習慣以「上升」、「下降」謀篇提供了重要的參考。

5 細部的「上升」、「下降」書寫

再稍稍次要，辛牧詩作中亦常有字、詞、句的細部同時兼容「上升」和「下降」的想像，如〈歲次丙戌秋重登萬聖巖〉有「拾級而上或下」；〈放水燈〉以「紙船」比水燈，謂其航行於「天河」，既有下行之水，又有高掛穹蒼的天河；〈給小貓〉有「我用淚水為你開鑿／一條銜接天河的航道」，向下流動的淚竟能開通上達天河之路，融合兩極，堪稱奇思；〈蟬禪〉寫有「蟄伏只為／站在最高點」，一伏低，一高企；〈問〉有「群塔插地／指天」，塔腳踏實地，又上窺碧落。這些細部雖不一定「微言大義」、極富深意，但就如〈問〉所寫的「聚沙成塔」，它們均顯示出「上升」、「下降」在辛牧詩集中的重要性，印證了「上升」和「下降」的想像是讀辛牧新詩時不得不留意的事項。

三　兩極想像的對峙與互融

　　順以上所論再加發揮,「上升」與「下降」可視為辛牧創作的「情結」——雖然辛牧曾說自己寫詩「常是隨興、隨情而為」[12],其想像力實則深受這一兩極化的潛在衝動、潛在範式所影響。「上升」與「下降」驅使辛牧恆常向兩極發展,但若只有縱向的「飛」與「潛」、物質的「天」與「海」,詩的題材、表現力都會受到限制和削弱,辛牧新詩於是高密度地向各種兩極化的情境伸手,如「主」「客」、「生」「死」、「內」「外」等。陳芳明(1947-)曾評辛牧說:「他擅長雙軌式的思考,那也是一種辯證的思維。正反對比,加深詩的意義空間。」[13]所論的便是辛牧兩極想像的辯證「互融」與比較「對峙」。

(一)「分」的張力:兩極的對峙

　　先談「對峙」——兩極化的想像在辛牧新詩中有時確實各樹門庭,難以共融。例如〈致李白〉:「這個世界╱要麼夠紅╱要麼夠黑╱偏偏你是太白」,熾熱的紅擅於經營關係,壞極的黑不問是非對錯,才能當道橫行,恬淡清白則無法躋身名利場,無法成為贏家。在這裡,「太白」與「紅」「黑」有著不能調和的矛盾,「特立獨行╱刻意鑽營」、「狷介耿直╱寡廉鮮恥」的兩極如雙峰並峙,無法歸一。

　　在〈聖誕節〉一詩中,無法歸一的則為「感恩」與否的主題。辛

---

12 洛夫(莫洛夫)等著,辛鬱(宓世森)等編:《他們怎麼玩詩?:創世紀五十週年精選》(臺北市:二魚文化公司,2004年),頁115。

13 陳芳明:〈以透明抵住苦悶——《辛牧詩選》序〉,《辛牧詩選》(臺北市:創世紀詩雜誌社,2007年),頁7。

牧引來「主」「客」兩極，一邊是主宰的、吃食的人類，一邊是被主宰的、被吃食的火雞，節日對前者來說大抵值得慶祝，但對後者而言則不啻一場災難。正如詩的首節所暗示，「燈飾點亮一株／枯樹的存在」，粉飾佈置始終無法賦已死的以生命，人們的喜慶對夭亡的火雞毫無用處，「主」「客」的對立位置，使得「感恩」蒙上了陰影，令讀者不得不順著詩的文字追問：人們是否懷著感恩之心，實際上做了些不該做的事？發動了許多自以為「柔性」的戰爭？

少壯與老邁的對峙亦時見於辛牧詩作之中，如〈旋轉木馬〉一詩云，主人公才眴了一下，就彷彿歷遍幾生幾世，深嘆時光飛逝，已經回不去了，木馬也由「輕輕地旋轉著」，變為「緩緩地旋轉著」，心情之輕鬆與沉重，對照頗稱強烈。若說〈旋轉木馬〉寫的是時間對比，〈聽雨〉則專寫空間對比：「阿炳那把二胡／從街頭／／拉……／／整整一晚／還不到街尾」，空間的侷限無法突破，一如人的際遇，似乎也難改變，個人與環境、命運的對峙難以言和。

〈觀音──大安公園所見〉復為對峙較明顯之一例：在空間上，有一前一後的「紫竹林前」、「身後」；觀音的活動，在詩的前半為「說法」，在後半則「不語」，截然相異；「不語」的觀音，復與「喧嘩」的眾蛙形成對比；眾生之「渾渾噩噩」、「藏染納垢」，又跟觀音說法中「凡卵生胎生濕生……／皆有佛性」不盡般配。無論是空間、活動、靜噪、佛眾生，「不二」之法似乎仍覓之無門，在種種兩極事物的爭持裡，對峙的不協調乃成為全詩之基調。

（二）「合」的詩思：兩極之互融

「上升」、「下降」各在一極，但正如〈忘題〉所示，辛牧有「超越一切」、「歸納一切」的奇志，二元對立實則可以打破，可以

消融。〈關於……〉亦載:「詩人則說／如冰之炭火／在水中燃燒／於火中冷卻／冷卻為芒刺／芒刺著快樂／快樂的死亡／死亡的再生」,辛牧一邊伸手向兩極,一邊也以破格的想像拉攏兩極合而為一,往往給予讀者新的體驗,堪稱「奇異化」書寫的能手。[14]

1 死生

「生」和「死」狀態的歸一,是辛牧詩融合兩極的亮麗一筆。例如,〈生老病死〉「死」的一章以「埋在地下的／一株冬蟲夏草」應題,含義非常豐富。一來,就物質層面言,落紅不是無情物,化作春泥更護花,人的屍體埋在地下,其養分確也可滋育、轉化成包括冬蟲夏草等的其他生命,故「死」可以視為另一種「生」的開始,兩者並非對立;二來,冬蟲夏草不單具有生命,且會隨季節變化自身,冬則如老蠶能動,夏則連身俱化為草,故辛牧借之指涉「死亡」,除帶著「死」中有「生」的見解外,亦注入嶄新的、對「死寂」中有「變化」的強調,其意象選用誠屬超卓不群。

同樣結合「生」、「死」兩極的作品,還有〈兀鷹之歌〉、〈塚〉等。〈兀鷹之歌〉寫「我」的死亡引來兀鷹落下奪食,但一轟而散的兀鷹又隨即「四處傳播／我的重生」,由於作者視「生」「死」並無二致,「死亡」與「重生」之間亦幾無任何縫隙。又,如所周知,乳房應為嬰孩供奶,使生命茁壯成長,墳塚則用來停置已經終結的生命,兩者「死」、「生」本殊途,但因辛牧劃一了「生」、「死」,其〈塚〉一詩乃以「在月光下發亮的／喔,母親的乳房」比喻墳塚,在本體、喻體的形貌相似中,使得「死」、「生」兩極有了

---

14 Shklovsky, "Art as Device," *Theory of Prose* 6;什克洛夫斯基著,劉宗次譯:〈作為手法的藝術〉,《散文理論》(南昌市:百花洲文藝出版社,1994年),頁10。

圓滿的結合。

2　空即有

　　「空」與「有」的辯證關係雖非辛牧獨得之秘，[15]在其詩中卻有著頗為精彩的表現，可以自成一家之言。例如〈晨中花瓶〉寫新插的花枯了，琉璃質花瓶變成中「空」，由此激起人的愁緒，無邊無際，卻因之「把一室盈滿」，轉而為「有」，巧妙地融合了「空」「有」。

　　〈茶杯〉的情況亦相類似，杯子盛著茶葉、盛著高粱酒，都容易理解，但辛牧又寫它「有時盛著一只空空的大口」，意謂杯中無物時仍然盛著「空」，「空」於是即「有」，兩極因之互通，誠可謂別出心裁矣。

3　主客互

　　前述〈聖誕節〉一詩有「主」「客」對立的表現，而在辛牧其他詩作中，也可見「主」「客」融而為一的寫法。較為驚心的，當推〈籠子〉一作：「有人養寵物／在籠子裡／／在籠子裡／一群鳥驚慌振翅／一群人倉卒奔走」，從物到人，轉接無縫，陷在籠子裡的既指鳥，也指身不由己的凡人，人們既是豢養寵物的「主」，也是失去自由的「客」，兩極的「主」「客」關係在詩人豐沛的想像力中歸於無有。

　　〈給某不知名的棄嬰〉一如題目所示，敘述的乃是嬰兒被遺棄的事情。一般人慣於譴責拋棄嬰孩的母親，辛牧則同情起她的必有苦衷，在詩的最後兩節並置母、嬰二人為主體，兩面考慮，謂嬰孩長大後，當有傷心時，仍應感到安慰，「因為現在或者以後／你不是唯

15　例如蕭蕭曾作〈空與有三款〉，見蕭蕭：《凝神》（臺北市：文史哲出版社，2000年），頁102-107。

一」，「在天涯海角的某處／正有一個哭泣的母親」。於是乎，像詩開首提到的「臍帶」，母、嬰二人的牽連迄未中斷，悲哀是二人同悲哀，詩所聚焦的嬰孩與消失於視野的母親亦無分「主」「客」，分軌的兩極得以合而為一。

與上述二作相比，〈星星月亮太陽〉的「月亮」一章在內容方面可說輕鬆得多：「半夜／她在池邊攬鏡自照／哇！甚麼時候長了皺紋／／她望著湖中的影子／正當出神之際／湖問：我漂亮嗎」，詩中的「她」乃指月亮，是主動的映照活動的主體，而湖則本是被動的、用以顯影月亮的客體，兩者角色分明，但月既映入湖中，客體就有了主體，二者開始混同，辛牧更神來之筆地寫湖開口說話，無論指的是湖本身還是湖中的月影在提問，湖都因而有了主動性，「主」「客」的對位進一步消融——湖月之間，達成了完美的「天水合一」。

4　內外通

不唯「死」「生」、「空」「有」、「主」「客」兩兩歸併為一，辛牧新詩裡事物的內部、外部也常常自然融合，足見詩人的奇思妙想，此可舉〈霧景〉等作為例，加以說明。

〈霧景〉云：「每天每天／早晨我都獨愛躑躅，在室內／隔著一片毛玻璃窗看風景／／唔，好朦朧的景物啊／／就猶如我腦際裡／一片不甚明晰的／記憶之構圖」，外界的景物與腦際的記憶因著「朦朧」、「不甚明晰」而相通，明明是凝視窗外，漸漸地卻變成觀照自身，「內」與「外」的界線其實也一樣「朦朧」且「不甚明晰」起來，打破了空間的對立。

〈晚景〉的寫法也與之相似，主人公通過玻璃窗外望，入夜後看見如灑上水晶質淚珠的風景，驚歎為「多美的圖案」之餘，許是睹物而動情，想起曾交往的女子，於是在「外」的風景，化而為「久久鑴

刻在我心中／一幅悲哀的版畫」，轉入於「內」，內心、外景，二而為一；〈農舍〉的「我」也在單調的生活中細看著外界的風景，當凝視「蓬蓬亂亂的茅草」，「我」覺著它們是「多麼多麼的像我」，反照自身的內部，為孤獨寂寞所苦苦折磨，心中原也是「茁長著／一叢叢糾纏的黑藻」，外內略同，消解對立。

〈農舍〉寫於一九六一年，〈霧景〉寫於一九六二年（二〇〇一年改訂），〈晚景〉寫於一九六三年，三首均屬辛牧早期的作品。復出後的辛牧是否還有融通「內」「外」的佳作？前論辛牧詩中「上升」想像時所引的〈夢〉即是一例──通過玻璃櫥窗而看見展翅的蒼鷺，喚醒了猶存的欲飛之夢，在「外」的飛同於在「內」的飛，外間與心象聯成了一體。

5 悖論及其他

在詩中大量發揮「上升」、「下降」想像的辛牧，伸手於其他各種兩極情境而予以融合的例子除了上述四種情形外，實在尚有多端，其一乃為多元化的「悖論」呈獻。舉例來說，〈愛的進行式〉寫了多種所謂「表達愛的方式」，其實均為人的心靈與肉體帶來傷害，其文謂：「劈腿，是情侶表達愛的方式／摧花，是男女表達愛的方式／燒炭，是生命表達愛的方式／殺戮，是人類表達愛的方式／毀滅，是上帝表達愛的方式」，除了因內容的反差而建構出莫大的張力外，這首詩的悖論也確能引起讀者對人類不專情、漠視生命等劣根性乃至宗教問題等作出反思。另外，〈雪祭〉最後三行「而冷鋒無預警的突襲／灑下蒼白虛構的雪花／／我感到全身膨脹燥熱」，兼容了冷熱；〈越到越晚時〉說「越到越晚時／天空就越澄亮了」，兼寫了黑與亮；〈散落的樹羽〉有「活著死死著活」等，都在在顯出辛牧駕馭兩極物事的能力。克林斯・布魯克斯（Cleanth Brooks,1906-94）曾對悖論作

出深入研討，認為優秀的詩就是要違反常識，把互不協調、各各矛盾的東西融會一氣，[16]以此比讀辛牧之詩，自然應對後者作出極高度的評價。

其他融通兩極的例子，仍有甚多，此處僅舉三例，以供認知。其一、〈情人節〉寫道：「送妳／一朵花／然後／把花瓣／剝光」，說的是情侶中的一方以花奪得愛人芳心，然後得與對方發生肉體關係，以為回報，詩中「送」其實即「取」，「付出」實即「佔有」，辛牧處理兩極物事之長，隱見其中。其二、〈茶壺〉打破了時間的限制：「一隻古老的茶壺／我用今日的開水／泡開一壺陳年的普洱」，融「古」「今」於一壺，消化了兩極的對立；固然，〈變調的海——獻給艾爾西〉中辛牧所寫的「上古在現代現代在上古」也有異曲同工之妙。其三、〈鄰家女孩〉的主人公眼不能視物，「除了黑／這一生／從未見過其他顏色」，但其心思卻異常明亮，能把一切「都看穿了」，肉眼之「失明」與心靈之「明」並存，也敉平了「殘障」與「健全」、「蒙蔽」與「洞見」等的重重對比。凡此種種，悉見辛牧除「上升」、「下降」的想像風姿綽約外，擴大到各種兩極情境中，或出之以「對峙」，或安之以「融合」，辛牧都處理得游刃有餘，其詩藝實值得更充分的肯定。

四　〈蛹〉與〈梯子〉的「誤讀」

在概括性的總結以先，且蕩開綿長的一筆，藉對兩極想像乃辛牧重要「情結」的掌握，就詩人的特定作品做一「誤讀」的詮釋。[17]辛

16　Cleanth Brooks, *The Well Wrought Urn: Studies in the Structure of Poetry*（New York: Reynal & Hitchcock, 1947）17.

17　「誤讀」是一種後現代的詮釋策略，作者的意圖讓位於讀者個性化的解讀，後者

牧大概不太喜歡遭到「誤讀」，如在〈關於……〉中，他以「指鹿為馬」——「你指它為鹿／他說他是馬」——比喻無有確指的闡義活動；在〈達摩〉一詩後他亦補充：「達摩為國蘭的品種之一，葉片遍佈金線，十分貴氣；為恐誤讀特予加註。」辛牧有降伏群魔的金剛怒目，[18]不過作出「誤讀」者似也不必畏縮，因為詩人同樣說過：「你無須遲疑／你可以再靠近一點／我將因你的溫柔／而蛻盡／身上的芒刺」。

（一）〈蛹〉的「誤讀」：預言書

〈蛹〉，一九六五年四月一日寫於左營港，「誤讀」之，該作實已預言三十多年後辛牧再次執筆寫詩，並出任《創世紀》主編之事。該詩首節云：

> 驀然轉身
> 世界即蛻化成另一種樣子
> 一襲晨衫自你肩際滑落
> 猶之，鳥之換羽

有時愈出格、愈與慣常的理解離水萬丈，則愈激越、豐富、有趣、愈有效果，能視為一種「再創造」。此前筆者已「誤讀」陳夢家（1911-1966）、周夢蝶（周起述，1921-2014）、商禽（羅顯烱，1930-2010）、張默（張德中，1931-）、鄭愁予（鄭文韜，1933-）、唐文標（謝朝樞，1936-85）、陳映真（陳永善，1937-）、蕭蕭、杜十三（黃人和，1950-2010）、白靈（莊祖煌，1951-）、陳義芝（1953-）、成碧（1975-）、楊寒（劉益州，1977-），各論散見於《文學評論》、《臺灣詩學學刊》、《韓中言語研究》、《吹鼓吹詩論壇》、《野薑花詩刊》及以各家為論述對象之新詩論評集。

18　見辛牧自二〇一三年六月十五日起使用的臉書（Facebook）頭像。

龍族詩社解散後，辛牧意冷心灰，停止寫詩，也不參加藝文活動，直至一九九九年，他才「驀然轉身」，回首詩壇。「世界即蛻化成另一種樣子」可作數解，一是昔日詩的同伴已星散，龍族「已很少有人回到詩的道路」[19]；二是辛牧加入了曾經的「假想敵」、《創世紀》的編輯陣容，「對於早期所堅持的詩觀，顯然已因為社會條件的改變而得到突破」[20]——總之，在辛牧重新活躍時，其周遭的環境確是有了甚大的轉變。接下來，「你」指詩人自己，滑落的「晨衫」則指早年，這除了能對應辛牧之轉進《創世紀》外，更可以對應於其多年後詩作關懷的轉移：「年輕時，他酷嗜觀察自己的生命；向晚時，他對於黑暗的人性反而有了澈悟。」[21]於是，辛牧宣佈：鳥已「換羽」！如前論其「上升」想像時所說，飛翔隱指詩創作，這待飛的「鳥」自然也是詩人自況。

如果說〈蛹〉的第一節已事先張揚尚未封筆的辛牧會有復出的一天，到了詩的第二節，被預言的則是辛牧重回詩壇並成為《創世紀》主編之事。其文是：

> 投出去，迎向虛寂中的虛寂
> 孤寞中的孤寞
> 當撥開蟬翼之後，拭目
> 蒼山千翠突然洶湧而至
> 花溢香，鳥歌唱，風走過

---

19 陳芳明：〈以透明抵住苦悶——《辛牧詩選》序〉，《辛牧詩選》（臺北市：創世紀詩雜誌社，2007年），頁5。

20 陳芳明：〈以透明抵住苦悶——《辛牧詩選》序〉，《辛牧詩選》（臺北市：創世紀詩雜誌社，2007年），頁6。

21 陳芳明：〈以透明抵住苦悶——《辛牧詩選》序〉，《辛牧詩選》（臺北市：創世紀詩雜誌社，2007年），頁7。

> 極目是千綠萬綠無邊際的綠
>
> 你立其間，錦繡在你掌中

辛牧重「投」詩壇，自退隱的狀態「出去」，但因他素來不喜經營人際關係，長年「與詩壇保持罕有的疏離」[22]，甚至對詩界某些特重利益、不問是非的現象不無意見，故在又一次「迎向」詩壇的熱鬧時，辛牧反形容為「虛寂中的虛寂／孤寞中的孤寞」，自然也不難理解。然而，事實證明辛牧根本不用擔心。他「撥開蟬翼，拭目」，於是有了新的視野——在《創世紀》編輯崗位上接觸到昔日未及或未能細閱的、如潮的新舊作品時，他頓覺「蒼山千翠突然洶湧而至」，「花溢香，鳥歌唱」，百卉競艷，百家爭鳴，美不勝收；他發動「上升」想像而變化成「風」，欣喜地發現所到之處皆是「千綠萬綠無邊際的綠」，各式創作生機盎然，其致力於詩的理想獲得了前所未有的滿足。這種「錦繡」滿目的經驗，當然是來自於辛牧「立其間」、以雙「掌」編輯《創世紀》的機遇了。

〈蛹〉的最後一節是這樣寫的：

> 看千浪翻動
>
> 托出太陽
>
> 猶之你，在一伸一握間
>
> 拋出一個全然的世界

辛牧在編輯《創世紀》的過程中獲得了精神的愉悅不錯，但更重要的，是他沉浸於眾聲喧嘩如「千浪翻動」的詩稿中，有了新的激情，

---

22 陳芳明：〈以透明抵住苦悶——《辛牧詩選》序〉，《辛牧詩選》（臺北市：創世紀詩雜誌社，2007年），頁10-11。

要創作，要發出自己的聲音。[23]他像〈忘題〉中騰浪而起的那人，「上升」成「太陽」，矢志「在一伸一握間／拋出一個全然的世界」，若只簡單地理解，「伸」「握」指伸手握筆，文意為藉由寫詩創造一個獨立自主的世間。更深入地研閱，首先，辛牧像「太陽」般隱而復出，援引關於「太陽」的神話學知識，是預示自己必將綻放更耀目的光芒，彰顯自信；[24]此外，放鬆的「伸」與緊實的「握」實可喻指各類兩極狀態，說的是辛牧要駕馭「上升」、「下降」乃至諸式二極情境，以「全然」的方位——正反的「對分」與結合的「互融」——書寫帶上自己想像標記的詩的「世界」。

千萬記住，〈蛹〉是一九六五年的作品，加進一點對辛牧「上升」、「下降」想像力的認知，卻清晰地「預示」了今日之事。「誤讀」之奇，在此穿越了時空的規限。

（二）〈梯子〉的「誤讀」其之一：情色詩

辛牧新詩少繁瑣而多顯豁，常用「明朗的語言」、「語言簡潔」是其特徵。[25]像〈茶壺〉、〈放生〉、〈蚊子〉等，大抵上歧義甚少，讀者可往「深」處發掘其意旨內涵，卻不易往「廣」處拓展其詮釋可能。一些詩作，如〈候鳥〉、〈爆米花〉、〈致李白〉等，或

---

23 陳芳明即說「辛牧的熱情較之過去還要高漲，縱然他是以冷眼觀察這個世界」。見陳芳明：〈以透明抵住苦悶——《辛牧詩選》序〉，《辛牧詩選》（臺北市：創世紀詩雜誌社，2007年），頁6。

24 米爾恰・伊利亞德（Mircea Eliade）著，晏可佳、姚蓓琴譯：《神聖的存在：比較宗教的範型》（Patterns in Comparative Religion）（桂林市：廣西師範大學出版社，2008年），頁130。

25 陳芳明：〈以透明抵住苦悶——《辛牧詩選》序〉，《辛牧詩選》（臺北市：創世紀詩雜誌社，2007年），頁5-6。

具象徵意涵，或者語帶雙關，或是借古喻今，比較多義，但其對應的解釋皆不難藉思索得出，故絕不予人費解晦澀之感。相比之下，〈梯子〉當算是辛牧新詩中較為難懂之作，其全詩如下：

> 我以為我已經進入
> 並且分享你底
> 喜怒哀樂但是
> 我忽略你隱藏的
> 病毒程式
>
> 每當我沉溺於自瀆的竊喜以為
> 我已窺到你層層包裹的奧秘但
> 不多久便有一隻
> 挫折的病毒
> 把我辛勤建立的檔案吃掉了
>
> 我們雖稱莫逆秘友
> 你精心營造的防火牆
> 我還是缺少一支鑰匙
> 雖然我願意像一隻雄螳螂
> 在事後被你吃掉
>
> 你一點也不心動妥協
> 你仍堅持你是唯一
> 晦澀曖昧乃是你一貫的策略
> 排斥消滅乃是你最終的目的

我始終只是個過客不是歸人

　　在《辛牧詩選》中，〈梯子〉下接情色之詩〈香爐〉，兩首創作時間僅差一日，[26]或不妨以「色情」角度「誤讀」之：〈梯子〉的主人公其實正在下載黃色電影。第一節中，「喜怒哀樂」代指激烈之情，通過「分享」軟件，主人公彷彿能「進入」他人情感之秘密，但快將有所收穫、下載快要完成之時，電影「隱藏的／病毒程式」卻發起突襲，主人公功虧一簣，願望落空。過度詮釋，「底／喜怒哀樂」的「底」不作「的」字解，而是指身體的下部。

　　從興奮到失望，中間的落差太大，沮喪的主人公感慨繫之，於是在第二節發出了相同的怨嘆：二節首行直言下載電影的目的在自行發洩生理慾望，而那種釋放是令人「沉溺」且「竊喜」的；次行言電影主角「奧秘」的、「層層包裹」的肉體已被稍稍「窺到」，快將全面展露；可惜，三至五行說，電腦病毒無預警地發難，主人公不但當前的下載項目無法開啟，連之前儲藏的、「辛勤建立的檔案」亦慘遭波及，被病毒「吃掉」——眼見心血毀於一旦，主人公在巨大的「挫折」前痛苦萬狀。

　　到詩的第三節，主人公稱他下載的電影為「秘友」。何以故？友而秘，因為他們的交往只在暗室進行，主人公的「自瀆」不容旁人窺視。因「缺少一支鑰匙」而破解不了「防火牆」，或是指欠缺檔案解壓縮的密碼，無法打開電影；或是指「防火牆」在電腦中毒後協助封鎖色情檔案，而主人公無法解封；或是用比喻義，病毒架起了一

26　詩集《辛牧詩選》所收諸作乃按寫作順序編次，據辛牧自謂，乃「為了方便讀者對作者寫作的心路歷程的了解」。見辛牧：〈卷末小跋〉，《辛牧詩選》（臺北市：創世紀詩雜誌社，2007年），頁237。以情色詩目〈香爐〉，原因頗多；如有機會，當以另文詳申之。

堵「防」慾「火」之「牆」，主人公難以穿越。無論何意，主人公距離願望的實現還是差了一大步。第三節的最後兩行，也可有二解：其一、主人公放低姿態，向電腦懇求，說他其實願意「事後」即看片後中毒，起碼當下的生理需求能獲滿足；其二、「雄螳螂」是交配過後被雌螳螂「吃掉」的，故「事後」指發洩過後，即主人公願意付出生命力減少的代價，如體力虛耗、精神變衰等，以換來一刻貪歡。[27]

可是，即使主人公再怎樣懇求，無法開啟的電影檔還是無動於中，「一點也不心動妥協」，說一不二，「堅持」著「唯一」的答案，這實在令主人公苦恨交纏。主人公開始埋怨：這些電影「一貫」都「晦澀曖昧」，下載不了自然如是，即使能打開恐怕還是畫質朦朧、厚碼擋遮；而且多看確實無益身心，「排斥消滅」呼應被「吃掉」，實指精力的浪費。如是者，主人公轉而自慰：「只是過客不是歸人」，還是找個愛情的歸宿，不必傷神於讓人短暫洩慾的肉體幻影之上——若嫌這一結局太過光明，那麼，〈梯子〉的末句明顯轉化自鄭愁予（鄭文韜，1933-）〈錯誤〉的「我不是歸人，是個過客……」[28]，主人公可能一悲到底，內心猶自吶喊：檔案還是無法啟動，電腦屏幕上只冒出Error（錯誤）一詞！

然則末了，〈梯子〉的題目當如何釋義？「梯子」是軟件的名稱嗎？以「上升」、「下降」為切入點，梯子是結合升降兩種用途之物，或者能為題目提示以下意義：一、「翻」越道德之「牆」，舉措上似是「上升」，以節操言則屬「下降」；二、主人公若是女生，「上升」而「出牆」，做了逾禮之事，乃是道德「下降」；三、主人公下載的電影或可預期有升升降降的交合動作；四、主人公的

---

27 略作補充，「螳螂」的意象也使人想到「螳螂捕蟬，黃雀在後」。病毒之忽然來襲，與隱伏在後的黃雀也有一些相似。

28 鄭愁予：《鄭愁予詩集I》（臺北市：洪範書店，2011年第二版），頁8。

心情由期待的高亢沉至絕望的沮喪，如同在梯子的兩端「上升」、「下降」；五、主人公升起的慾望最終平伏，亦是像使用梯子先升後降。五種釋義皆能很好地配合「誤讀」之後的詩文情節，或足證「上升」、「下降」充分地支援了此一釋義版本。

（三）〈梯子〉的「誤讀」其之二：創作談

「上升」、「下降」想像既是辛牧的「情結」，兼有升降功能的梯子實可隱喻其自身創作，以此切入，進行「誤讀」，將不難發現〈梯子〉內可能的、詩人矛盾心情的流露——相較於上段的嘗試，這一釋義版本應更為人所喜見樂聞。

在新的詮釋中，可假設：辛牧處處在談自己的創作。詩的首節，他認為自己沉浸既久，已一定程度地「進入」到詩藝的深處，既能被詩所激動，也能寫出牽引讀者情緒的佳構，雙向地「分享」詩的「喜怒哀樂」。然而，總差一點點，在創作中他暫仍未能把握某些最奧妙的「道」，如「忽略」了「隱藏的／病毒程式」，使自己的作品恆存著一些「小毛病」（bug），未得臻於至善。

所以，當辛牧「沉溺」地讀著自己的作品而備感興奮和「竊喜」時，[29]他一度以為「已窺到」藝術女神「層層包裹的奧秘」。可是，這狀態並不持久，他很快又清晰地意識到詩作的缺陷，「挫折」之感一如病毒襲來，令他覺著自己的某些作品微不足道，甚至可能捨棄掉

---

29 喬賽・薩拉馬戈（José Saramago, 1922-2010）的《里斯本圍城史》（*The History of the Siege of Lisbon*）有如下情節：校稿人將史實記載中的「是」改成「不」，一字之差使得里斯本圍城事件徹底改寫，歷史敘述遭到解構。由此發想，〈梯子〉中「自瀆的竊喜」，其實是不是「自讀的竊喜」的誤植呢？然，則這番「誤讀」將更天衣無縫。薩拉馬戈上引小說的中譯，可參考秦於理譯：《里斯本圍城史》（臺北市：時報文化出版企業公司，2001年）。

一些稿子，此即「辛勤建立的檔案」被「吃掉」之謂。

到了〈梯子〉第三節，辛牧先稱詩和自己是「莫逆秘友」，雙方接觸頻繁，關係親密。但再一次，他嘆息於「缺少一支鑰匙」，無法穿越「精心營造的防火牆」，在詩國中他自感登堂而未能入室，得骨而未能獲髓。即使他願為跨越這重障礙奉上一生、耗盡精力，如「雄螳螂」為達成繁殖任務而不避吞噬，但「螳」的一雙臂似乎無法使藝術女神的心思驀然回轉。

確實，下接第四節，首行便說藝術女神「一點也不心動妥協」，「堅持」其「唯一」，不願與辛牧結伴成雙。而在眾多稱言受藝術女神啟發而生成的詩觀或詩文本中，辛牧亦未能洞見詩的究極奧義，只感到「晦澀曖昧」，各種意見無法統一。如此下去，藝術女神將繼續借著歷史長河「排斥消滅」眾多的寫作者，立言不朽難於登天。詩的結尾說：「我始終只是個過客不是歸人」，創作如是，生命如是，悵惘之情，溢於言表。

當然，這是「誤讀」，此一章節的「辛牧」或許都應加上引號——詩人本身的意圖並不在「誤讀」考慮的範疇內。若讀者尚未見慣「誤讀」的展示，容於此再說一次：「誤讀」的釋義版本與事實是盡可無涉的，它只捕捉、發揮藝術創作的不確定性，在無限的空間中提供文本的可能意涵；而發現「上升」、「下降」想像在辛牧詩中的重要性，則確實有助對〈梯子〉一篇進行另類的、各種各樣的「誤讀」。

且斷章取義地引用辛牧〈頓悟〉收結此一環節，供讀者會心：「我原不甚明白這句話的意思／直到有一天／我從那棟白色的建築循著原路回家／打開樓下的大門／當我的腳踏上一樓的第一個階梯／想到我仍須抓著樓梯的扶手／一階一階慢慢的爬上數十個梯階才能抵家／那一刻／我頓悟了」。原來對「話」的領悟，有時真得先經「上升」與「下降」。

五　餘話

　　總括而言，「上升」與「下降」的想像或各自、或聯合地呈現於辛牧新詩諸作中，其表現亦不一而足，如「上升」涵蓋騰浪、飛翔乃至躍為星體，「下降」觸及地面、深水乃至鑽進人心，兩者互聯時則或產生對比，或扭轉情境，或眩人眼目，或改變視點，千姿百態，足證其為辛牧新詩之重大關目。順「上升」、「下降」在辛牧詩中之慣見性、顯要性申論，向事物的二極伸手乃詩人的謀篇特技，「對峙」、「互融」也浸成辛牧新詩的兩道鮮明聲音，標記出詩人創作的特性，有助讀者更全面地掌握《散落的樹羽》、《辛牧詩選》、《辛牧短詩選》諸集的藝術魅力。

　　構思本篇之際，活躍於臉書（Facebook）的辛牧正好發出兩則具備「上升」、「下降」精神的帖子，茲複製網上圖象，張貼如後，以供閱覽，其一為：

辛牧
July 25

第一批稿件發出去了
但遺失手稿還未現蹤
我看明天我要先站在101的頂樓
再給作者打電話

　　事緣辛牧編排《創世紀》六十週年紀念專號，驚覺收到的好幾篇手寫稿不見了，感到難以向作家交代，乃聲言「上升」至臺北摩天大樓的頂層，再致電作者，等候發落，幾有「下降」以謝天下的亡命演出，幸而虛驚一場，手稿終以找著，回首一切疑惶，俱成趣聞，無復足憂，而辛牧最初宣說稿子遺失的臉書帖也「上升」至九十九讚，人氣鼎盛（寫至此，我按下了第一百讚）。

其二為：

辛牧
July 27 🌐

我家正好在航道下
飛機低低的從頭頂飛過
一根竹竿就能打下來
每次孫子來的時候
我都會帶他上頂樓看飛機
孫子說：好大的飛機
我說：喜歡嗎？阿公打給你

「上升」的飛機辛牧揚言要令它「下降」，用竹竿打它下來。帖文想像奇特，加上童趣元素，雖受發帖前後空難消息的陰霾影響，按讚數仍臻至一百一十二。稍作聯想，《辛牧詩選》收有〈許願〉一作：「阿公牽著我的手／在屋前曬穀場上／望著天空／／突然一顆流星劃空而過／阿公說：許個願吧／／我牽著阿孫的手／在屋頂陽台上／望著天空／／突然一顆流星劃空而過／我跟阿孫說：許個願吧」，不知多年以後，辛牧的孫子會否發話，說要為辛牧的玄孫打落低低飛過的航機，一如〈許願〉之祖孫相承？

從詩文本到以日常語言出之的臉書片言，談資豐富，誰能說辛牧的想像力不包含「上升」、「下降」、且以之為極其重要的一環呢？藉由「上升」、「下降」，乃至「對峙」、「互融」產生的藝術效果，又如何不教人願意「駐」目細賞呢？

你可以再靠近一點

參考文獻

一　中文著作

辛　牧（楊志中）著　許志培英譯　《辛牧短詩選》　香港　銀河出
　　　版社　2013年

辛　牧　《辛牧詩選》　臺北市　創世紀詩雜誌社　2007年

辛　牧　《散落的樹羽》　臺北市　林白出版社　1971年

余境熹　〈水火融合與魔法師之路——周夢蝶八首「月份詩」的「解
　　　／重構」閱讀〉　黎活仁、蕭蕭、羅文玲主編　《雪中取火
　　　且鑄火為雪——周夢蝶詩論評集》　臺北市　萬卷樓圖書公
　　　司　2010年

洛　夫（莫洛夫）等著，辛鬱（宓世森）等編　《他們怎麼玩詩？：
　　　創世紀五十週年精選》　臺北市　二魚文化公司　2004年

姜宇輝　〈「思想－意象」：從德勒茲到巴什拉〉　《雲南大學學
　　　報》（社會科學版）第8卷第4期　2009年

張旭光　〈論巴什拉的科學辯證法〉　《寧夏大學學報》（人文社會
　　　科學版）第3卷第1期　2002年

張旭光　〈巴什拉的「想像哲學」探析〉　《淮南師範學院學報》第
　　　3卷第1期　2001年

鄭愁予　《鄭愁予詩集I》第二版　臺北市　洪範書店　2011年

蕭　蕭　《凝神》　臺北市　文史哲出版社　2000年

二　翻譯著作

伊利亞德，米爾恰（Eliade, Mircea）著　晏可佳　姚蓓琴譯　《神
　　　聖的存在：比較宗教的範型》（*Patterns in Comparative*

Religion） 桂林市 廣西師範大學出版社 2008年

金森修（KANAMORI Osamu）著 武青艷 包國光譯 《巴什拉——科學與詩》 石家莊市 河北教育出版社 2002年

什克洛夫斯基，維克托（Shklovsky, Viktor） 劉宗次譯 《散文理論》（*Theory of Prose*） 南昌市 百花洲文藝出版社 1994年

科恩，史蒂文（Cohan, Steven）、琳達·夏爾斯（Linda M. Shires），張方譯 《講故事：對敘事虛構作品的理論分析》（*Telling Stories: A Theoretical Analysis of Narrative Fiction*） 板橋市 駱駝出版社 1997年

薩拉馬戈，喬賽（Saramago, José） 秦於理譯 《里斯本圍城史》（*The History of the Siege of Lisbon*） 臺北市 時報文化出版企業公司 2001年

三 外文著作

Bachelard, Gaston. *L'Air et les Songes*. Paris: Libraire José Corti, 1943.

Brooks, Cleanth. *The Well Wrought Urn: Studies in the Structure of Poetry*. New York: Reynal & Hitchcock, 1947.

Shklovsky, Viktor. *Theory of Prose*. Trans. Benjamin Sher. Elmwood Park, Illinois: Dalkey Archive Press, 1990.

旅人的當代抒情
——須文蔚與嚴忠政詩作色彩美學析論

王文仁、李桂媚

摘要

　　本文聚焦於創世紀中生代詩人須文蔚（1966-）與嚴忠政（1966-），觀看這兩位分別成長於臺灣北部、中部的詩人，如何藉由詩作中的色彩及其美學運用，建構觀看這個島嶼的當代抒情與想像。從實際的文本分析來看，須文蔚與嚴忠政確實是偏好運用色彩的詩人，他們詩集中所收錄的詩作，幾乎有超過一半的作品使用到色彩詞。進一步從所運用的色彩分布來看，兩位詩人作品都以「黑色」和「白色」出現的頻率最高。此外，須文蔚還大量的使用「青」或「綠」，嚴忠政的詩作中則可以廣泛地看見「海」（藍）的蹤跡。透過文中的考察我們可以發現，須文蔚之鍾情於綠，乃在於其深厚的人文關懷與作為當代旅人的抒情之所在。至於嚴忠政其熱愛於海，實在於透過海的表述聯結生命與創作的體驗，以及描繪島嶼上值得記憶與回眸的一切。這兩人的創作既回應了「創世紀詩社」的傳統，也發展出與前行代詩人不同的風貌。

關鍵字：創世紀、須文蔚、嚴忠政、色彩意象

一 前言

本文以「旅人的當代抒情——須文蔚與嚴忠政詩作色彩美學析論」為題,聚焦於創世紀中生代詩人[1]須文蔚(1966-)、嚴忠政(1966-)的詩作色彩意象及其運用,透過相應的創作背景與文本分析,探索兩位詩人如何透過詩作中的色彩及其美學運用,建構觀看這個島嶼的當代抒情與想像。本研究議題的生成,主要導因於以下三點思考:

第一,現今學界對創世紀中生代詩人,諸如須文蔚、嚴忠政等的研究,尚有相當大的學術空白。歷來對「創世紀詩社」的研究,大多關注於洛夫(1928-)、管管(1929-)、商禽(1930-2010)、張默(1931-)、瘂弦(1932-)、辛鬱(1933-)、葉維廉(1937-)等前行代詩人所樹立的精彩傳統;相形之下,後起中生代詩人的相關討論則顯得較為匱乏。事實上,發展已有六十年傳統的「創世紀詩社」,早擁有不少後起之秀,且已陸續交出亮眼的成績單。建構「詩路:臺灣現代詩網路聯盟」的靈魂人物須文蔚,一九九一年加入這個社群,隔年即獲選為中華民國新詩學會「優秀青年詩人」[2],並於一九九六年三月至一九九八年六月負責《創世紀》詩刊編務[3],他不僅是簡政珍眼

1 　據孟樊《臺灣中生代詩人論》中所進行的界定,「中生代詩人」指的是約略出生於一九四九至一九六九年之間,在一九七〇至九〇年代陸續在詩壇嶄露頭角的詩人。因其崛起的社會背景差異可再分為「前中生代」與「後中生代」。前中生代詩人約莫崛起於一九七〇年代初期,年齡約為五十至六十歲之間;後中生代詩人則多數成長於一九八〇年代以後,年齡約為四十到五十之間。並以出生於一九五九或一九六〇年前後,作為兩個次中生代的分水嶺。參見孟樊:《臺灣中生代詩人論》(臺北市:揚智文化事業公司,2012年),頁4-7。

2 　洛夫、沈志方主編:〈須文蔚詩選〉,《創世紀四十年詩選:1954-1994》(臺北市:創世紀詩雜誌社,1994年),頁333。

3 　解昆樺:〈隱匿的群星:八〇年代後創世紀發展史與一九五〇年世代詩人的新典

中「值得重視的『詩壇新姿』[4]」，也被評價為創世紀「年輕一代中的
佼佼者[5]」。另外，曾獲《中國時報》、《聯合報》兩大文學獎的嚴忠
政[6]，雖然遲至二〇〇六年才加入「創世紀詩社」，卻早被莫渝譽為不
可忽視的「崛起的新勢力[7]」。這兩人在「創世紀詩社」的中生代詩人
中，有其不可忽略的代表性。須文蔚兼具詩人與評論家雙重身分，對
現代詩、數位文學、報導文學多有著墨，然而他的學者光環遠大於詩
人桂冠，現今提及他的評述文字多集中於談述他在數位文學領域上的
表現，少見對其詩作的專論。至於屢獲文學獎肯定的嚴忠政，雖被譽
為「大獎詩人[8]」，但評論他詩作的資料一樣不多，相關評述文字以書
評和單一詩作析論為主，大多篇幅不長。因之，兩位詩人皆有值得後
續研究者探索的空間。

　　第二，從世代、背景等層面來看，須文蔚與嚴忠政二人具有一定
的同質性。須文蔚與嚴忠政同樣出生於一九六六年，都是「創世紀詩
社」中生代詩人，早年也都曾參與過「曼陀羅詩社」。此外，須文蔚
目前為國立東華大學華文系主任，嚴忠政則是靜宜大學兼任助理教
授，並曾在南華大學文學系兼課，兩人都屬於學院詩人，具有學院詩
人精通文學理論的特點，熟悉現代詩的發展史，部分作品也特見知識
性，整體表現有明顯的書卷氣[9]。在創作上也相當符合陳義芝在論述學

　　律性〉，《創世紀詩雜誌》第140、141期（2004年10月），頁77。

4　簡政珍：〈須文蔚簡介〉，《幼獅文藝》第468期（1992年12月），頁97。

5　張默、蕭蕭主編：〈須文蔚（一九六六—　　稻草人〉，《新詩三百首（下）》
　　（臺北市：九歌出版社，2007年），頁907。

6　嚴忠政曾獲第24、25屆聯合報文學獎，第27、30屆時報文學獎。

7　莫渝：〈鋪設一條福爾摩沙詩路〉，《臺灣詩人群像》（臺北市：秀威資訊科技
　　公司，2007年），頁432。

8　林德俊：〈大獎詩人面對面：李進文V.S.嚴忠政〉，《乾坤詩刊》第34期（2005年
　　4月），頁107-111。

9　李瑞騰：〈「學院詩人」遊走門牆內外　結合多位「教書詩人」的作品聯手推廣

院派詩人時，列舉的幾個共同的特色：形式體制的追求、抽象意念的玩賞、文化意識與信仰基礎的開展、學術行話與典籍的運用等[10]。

第三，顏色元素在須文蔚與嚴忠政的詩作中皆佔有一席之地。創世紀前輩詩人張默認為，須文蔚詩作具有「聲色意」緊密結合的特色[11]。年經詩人楊寒在討論須文蔚的詩作時，也指出其精細綿密地在詩中運用意象，調合聲、色、意的詩境[12]。進一步來看，須文蔚的第二本詩集取名為《魔術方塊》（2013）[13]，「魔術方塊」是翻轉六面色彩的益智遊戲，顯現的正是詩人擅用各式意象組成文字調色盤，勾勒人生風景的重要特色。另外，李進文曾以「偏愛立體與色彩強烈奇譎的抽象藝術，美術與雕塑的美感經驗融於筆端[14]」來形容嚴忠政，指出色彩意象運用是其詩創作上的一大特徵。

綜合上述三點思考，本文嘗試透過文本細讀的分式，藉由色彩學的觀點分析須文蔚與嚴忠政詩作中的顏色運用。觀看這兩位分別成長於臺灣北部、中部的詩人，在塗繪個人抒情色彩與記錄島嶼真實時，究竟透顯出怎樣的詩觀與創作美學；而這又將提供何種觀看「《創世紀》詩社」與中生代詩人的角度。

新詩〉，《民生報‧讀書週刊》，1997年4月3日。

10 陳義芝：〈臺灣「學院詩人」的名與實——《學院詩人群年度詩集》綜論〉，《當代詩學》第3期（2007年12月），頁8-20。

11 張默：〈創發「聲、色、意」的新景〉，《創世紀詩雜誌》第160期（2009年9月），頁39。

12 楊寒：〈雙重向度的詩旅程——讀須文蔚《旅次》〉，《創世紀詩雜誌》第170期（2012年3月），頁54-55。

13 須文蔚：《魔術方塊》（臺北市：遠流出版公司，2013年）。

14 李進文：〈意象的激進分子——評介嚴忠政《黑鍵拍岸》詩集〉，《臺灣日報》，第17版，2004年5月7日。

二　須文蔚與嚴忠政詩作的色彩圖譜

　　從西洋美術發展史的角度來看，色彩形式的經營早成為現代美術發展的重心。俄國抽象藝術家康丁斯基（Василий Кандинский, 1866-1944）在談論色彩於繪畫中的重要性時，便曾指出：「色彩是一個媒介，能直接影響心靈[15]」。色彩不只是感官作用的生理感受，更牽引著精神世界的想像與經驗，換言之，「我們對於色彩的認識，不應僅止於物理現象或機能方面，同時必須注意色彩對心理的影響及意象方面的問題[16]。」所謂的「色彩意象」，根據李銘龍的論述，指的是「色彩引起的感覺，經過心理的直覺反應、經驗聯想及價值判斷等綜合運作之後，所形成的對色彩的『印象』[17]。」色彩雖是一種生理感覺，但加入了個人經驗後，色彩意象將具備個人傾向。同時，當色彩採取文字的形態來表情達意，讀者所觀看到的也非色彩本身，而是經由色彩詞彙的表達，喚醒讀者記憶中的色彩樣貌與感覺，進而引發聯想，形構出色彩想像。正因色彩有此特性，觀察作品中的色彩呈現，將有助於了解作者的精神世界。

　　相較於繪畫領域中對色彩意象的探討，色彩在文學作品中所發揮作用的相關研究，仍有待於學者們的開發。就詩歌領域而言，色彩在詩作中運用的研究以古典詩為要。黃永武在《詩與美》一書中，對古典詩中的色彩設計就有著精彩的著墨：

　　　　把色彩巧妙地應用在詩中，如果色彩的調合與色彩的秩序，

15　Kandinsky, Wassily原著，吳瑪悧譯：《藝術的精神性》（臺北市：藝術家出版社，2006年），頁48。

16　李銘龍編著：《應用色彩學》（臺北市：藝風堂出版社，1994年），頁11。

17　李銘龍編著：《應用色彩學》（臺北市：藝風堂出版社，1994年），頁16。

　　能符合色彩學的原則，那麼所引起的色彩感覺一定格外靈
　　動，所造成的氣氛就非常美。所以詩中的色彩字，對意象的
　　視覺效果，有著強烈的顯示功能。因而如何選擇色彩字，是
　　詩人下筆時必爭的技巧之一。至於詩人對色彩的偏愛，以
　　及詩人生活的時代環境等等，都影響到詩中明麗或黯淡的
　　色澤，這就從色彩字中自然流露出個人的性情與時代的風
　　尚。[18]

　　對黃永武來說，「色彩字在詩中的價值，不啻是繪采設色的外表
工夫，還可以透視詩心活動的內層世界[19]。」蕭蕭論及古典詩歌的色
彩時，則指出現代詩和古典詩一樣充滿色彩，「欣賞詩不可忽略了
色彩力量[20]」，其認為：「以色彩激引讀者視覺，再進而觸發意識聯
想，以達成情意交流、感染的效果，古今詩人似乎有志一同[21]。」這
樣的「有志一同」點出的是，現代詩中不乏運用色彩意象來加強詩作
效果的創作者，若能將古典詩中色彩研究的成果擴及現代詩，色彩具
多樣意涵的特質將提供現代詩更寬廣的詮釋可能。誠如宋澤萊所言：
「文學家也是一個美學家[22]！」詩人在詞彙與意象中對色彩的運用，
經常讓詩更往美學的高峰前進。論者如謝欣怡在談論新詩的意象美
時，就曾提醒我們：「色彩詞在詩中佔有舉足輕重的地位[23]。」
　　從實際的文本分析來看，須文蔚與嚴忠政確實是偏好運用色彩

18　黃永武：《詩與美》（臺北市：洪範書店，1987年），頁21-22。
19　黃永武：《詩與美》（臺北市：洪範書店，1987年），頁21。
20　蕭蕭：《青紅皂白》（臺北市：新自然主義出版公司，2000年），頁201。
21　蕭蕭：《青紅皂白》（臺北市：新自然主義出版公司，2000年），頁200。
22　宋澤萊：〈論詩中的顏色〉，《宋澤萊談文學》（臺北市：前衛出版社，2004
　　年），頁42。
23　謝欣怡：《色彩詞的文化審美性及其運用——以新詩的閱讀與寫作教學為例》
　　（臺北市：秀威資訊科技公司，2011年），頁287。

的詩人。他們詩集中所收錄的詩作，幾乎有超過一半的作品使用到
色彩詞。其中，須文蔚的《魔術方塊》與嚴忠政的《黑鍵拍岸》
（2004）[24]，更是高達七成以上的詩作運用色彩。平均來看，須文蔚
詩作出現色彩的比例約百分之六十五，嚴忠政詩作出現色彩的頻率則
是百分之五十九（請參見表一和表二），顯見色彩運用在兩位詩人的
作品中不容忽視。

表一：須文蔚詩集使用色彩比例

詩集	使用色彩篇數	總收錄篇數	使用色彩比例
《旅次》	45	76	59.2%
《魔術方塊》	33	43	76.7%
總數	78	119	65.5%

表二：嚴忠政詩集使用色彩比例

詩集	使用色彩篇數	總收錄篇數	使用色彩比例
《黑鍵拍岸》	36	50	72%
《前往故事的途中》	32	55	58.2%
《玫瑰的破綻》	27	56	48.2%
總數	95	161	59%

　　進一步從所運用的色彩分布來看，須文蔚和嚴忠政詩作使用的色
彩詞種類相當多樣化。須文蔚筆下曾出現黑、白、綠、青、黃、紅、
藍、灰、銀、金、紫、褐、透明等色澤（請參見表三）；嚴忠政詩作

---

24 嚴忠政：《黑鍵拍岸》（臺中市：綠可出版社，2004年）。

則可見到白、黑、金、青、紅、藍、黃、綠、銀、透明、灰、咖啡、
紫、橘、粉紅、卡其等色彩（請參見表四）。不謀而合的是，兩位詩
人作品都以「黑色」[25]和「白色」[26]出現的頻率最高。

25　須文蔚使用「黑」字的詩作依序為：〈那些張望著你的靈魂〉、〈劇終〉、
〈連環圖畫書〉、〈千百個夜〉、〈妳的沉默是我的冬天〉、〈這是我們的平
原〉、〈夜曲〉、〈晨曦〉、〈或許〉、〈黑暗〉、〈頭條笑料〉、〈歌〉、
〈兩岸〉、〈你沉默如雷〉、〈自由與特菲爾的舞者〉、〈西撒〉、〈旅次〉、
〈當代繪畫回顧展〉、〈滬寧高速公路上聞蟬聲〉、〈解凍懷念〉、〈沉睡在七
星潭〉、〈蛙鳴〉、〈當機〉、〈非常性男女〉、〈在子虛山前哭泣〉、〈木蘭
辭〉、〈煙花告別〉、〈與流動相遇〉，共二十八首，計四十三次。嚴忠政使用
「黑」字的詩作依序為：〈如果黑鍵拍岸〉、〈破譯虛空〉、〈童話聽寫簿〉、
〈老人與牆〉、〈攝於市民廣場〉、〈懺情書〉、〈如果遇見古拉〉、〈警察手
記〉、〈將軍的病房手記〉、〈放下〉、〈愉悅（II）〉、〈未竟之書〉、〈行
道樹與故事的構成〉、〈一場古典的雨〉、〈焚林的煙火〉、〈雨夜花〉、〈死
亡向我展示他的權力〉、〈白馬，不是馬〉、〈人質〉、〈星期一的聚餐〉、
〈回到光中〉、〈我們的晦澀〉、〈蹉跎如火柴的美學姿態〉、〈蕭邦的女
人〉、〈黑色奇萊〉、〈大盜之行〉、〈七月條件〉、〈霧中航線〉、〈同學
會〉、〈回到直覺〉，共三十首，計四十一次。

26　須文蔚使用「白」字的詩作依序為：〈如果星星都不見了〉、〈劇終〉、〈晨
星〉、〈舞會〉、〈燭光〉、〈連環圖畫書〉、〈沈吟〉、〈秋夜瑣言〉、〈域
外夜讀〉、〈頭條笑料〉、〈證言〉、〈南陽劉子驥言〉、〈酒泉街〉、〈西
撒〉、〈旅次〉、〈魔術方塊〉、〈解凍懷念〉、〈雲樣的誓言〉、〈悄聲〉、
〈橄仔樹〉、〈懷想淡水〉、〈玉山學第0章〉、〈苦澀〉、〈攔截風華的左
外野手〉、〈打嘴砲〉、〈盲夢〉、〈在子虛山前哭泣〉、〈木蘭辭〉、〈與
流動相遇〉，共二十九首，計四十三次。嚴忠政使用「白」字的詩作依序為：
〈衣架〉、〈聽人說起妳〉、〈窺伺〉、〈一隻斑馬，死在斑馬線上〉、〈複製
畫〉、〈單腳練習〉、〈老人與牆〉、〈懺情書〉、〈時差〉、〈在和平的長
廊讀畫〉、〈將軍的病房手記〉、〈住址〉、〈單行道〉、〈放下〉、〈愉悅
（I）〉、〈未竟之書〉、〈復活〉、〈前往故事的途中〉、〈再致亡夫〉、
〈巴別塔〉、〈臭鼬〉、〈南灣〉、〈海〉、〈白馬，不是馬〉、〈玫瑰的破
綻〉、〈狙擊手在看我，2049年11月〉、〈骰子的信徒〉、〈回到光中〉、〈她
的出現〉、〈蕭邦的女人〉、〈東遊要到琵琶湖，他說〉、〈虞兮，虞兮〉、
〈大盜之行〉、〈太歲〉、〈王老先生〉、〈在一些自由裡，看山〉、〈備份蹤
跡〉、〈海的選擇和遺忘〉，共三十八首，計四十五次。

表三：須文蔚詩作色彩使用統計

顏色	《旅次》出現次數	《魔術方塊》出現次數	總計
黑	26	17	43
白	23	20	43
綠	20	11	31
青	17	7	24
黃	12	8	20
紅	8	12	20
藍	7	5	12
灰	5	4	9
銀	4	4	8
金	2	3	5
紫	1	0	1
透明	1	0	1
褐	1	0	1

※統計範圍：《旅次》、《魔術方塊》兩本詩集。

表四：嚴忠政詩作色彩使用統計

顏色	《黑鍵拍岸》出現次數	《前往故事的途中》出現次數	《玫瑰的破綻》出現次數	副刊出現次數（詩集出版後）	總計
白	16	11	13	5	45
黑	12	9	14	6	41
金	14	5	7	1	27
青	5	8	5	3	21
紅	7	6	5	2	20
藍	4	7	6	3	20
黃	9	3	7	0	19
綠	5	4	3	2	14
銀	7	0	0	0	7
透明	2	2	1	0	5
灰	2	1	1	0	4
咖啡	0	1	1	0	2
紫	1	1	0	0	2
橘	1	0	0	0	1
粉紅	0	0	1	0	1
卡其	0	0	1	0	1

※統計範圍：《黑鍵拍岸》、《前往故事的途中》、《玫瑰的破綻》三本詩集，以及二〇〇九年四月後發表在報紙副刊的十四首詩作。

　　參照前述統計可以發現，嚴忠政與須文蔚詩作中的常用顏色元素有其雷同性，卻也各自發展出不同色彩運用上的喜好。須文蔚雖然和嚴忠政一樣常用黑白，但詩作卻更常出現「青」或「綠」[27]。在中文的傳統語彙中，「青」有時候指的是綠色，有的時候則意指藍色。須文蔚的「青」經常以「青苔」、「青翠」等詞彙出現，因此更靠近於「綠」。如果把他詩作中的「青」歸類進「綠」，那麼須文蔚筆下的「綠」，出現次數更勝於黑白。由此可以推論，須文蔚的色彩圖譜是以綠、黑、白為主。至於嚴忠政的詩作中，可以廣泛地看見「海」的蹤跡[28]。「海」所代表的藍色意象，在三本詩集中都曾出現二十次以

---

27 須文蔚使用「綠」或「青」字的詩作依序為：〈流程〉、〈讓我們停止追逐繽紛的聲色〉、〈啟航儀式的致詞〉、〈答友人書〉、〈連環圖畫書〉、〈沈吟〉、〈秋夜瑣言〉、〈枯井〉、〈曬太陽的詩〉、〈這是我們的平原〉、〈樹〉、〈春日寓言〉、〈年少日記的火葬禮〉、〈證言〉、〈南陽劉子驥言〉、〈征夫〉、〈酒泉街〉、〈迪化街〉、〈你沉默如雷〉、〈自由與特菲爾的舞者〉、〈西撒〉、〈旅次〉、〈料理〉、〈當代繪畫回顧展〉、〈魔術方塊〉、〈解凍懷念〉、〈奧義〉、〈橄仔樹〉、〈苦澀〉、〈木頭人〉、〈吾等皆是夢的產物〉、〈在子虛山前哭泣〉、〈煙花告別〉、〈與流動相遇〉、〈鑄風於銅〉，共首三十五，計五十五次。

28 嚴忠政使用「海」字的詩作依序為：〈如果黑鍵拍岸〉、〈玉山薄雪草〉、〈破譯虛空〉、〈窺伺〉、〈一尾游離梵音的木魚〉、〈城鄉的末梢神經〉、〈奇萊碑林〉、〈南投奏鳴曲〉、〈遙遠的抵達〉、〈警察手記〉、〈流亡〉、〈未竟之書〉、〈死亡向我展示他的權力〉、〈你為海洋命名的時候〉、〈前往故事的途中〉、〈再致亡夫〉、〈寫給遠離〉、〈一枚核彈在胸前投下〉、〈鞋帶或者蚯蚓〉、〈讀者反應理論〉、〈南灣〉、〈水晶音樂〉、〈海〉、〈屬於太平洋〉、〈作品，一九七八〉、〈三十年〉、〈人質〉、〈地下化運動〉、〈狙擊手在看我，2049年11月〉、〈星期一的聚餐〉、〈新本土論〉、〈回到光中〉、〈海外的一堂中文課〉、〈內海〉、〈東遊要到琵琶湖，他說〉、〈海角的海角〉、〈有時我也聽簡單的歌〉、〈七月條件〉、〈備份蹤跡〉、〈妳應該被愛〉、〈認識〉，共四十一首，計七十一次。

上[29]，比其使用頻率最多的白色更常見。其對海洋意象的偏好，從第一本詩集以《黑鍵拍岸》命名，已可窺見一二。在二〇一一年獲國藝會補助的詩集創作計畫，更是直接選用《海的選擇和遺忘》為名[30]。由此來看，海所開展的藍色意象，亦是嚴忠政詩作的色彩基調，他的色彩圖譜可說是藍、白、黑的搭配運用。

　　翻閱須文蔚和嚴忠政的詩集，可以發現在色彩的塗繪下，兩位詩人對於所生所長的土地都有一份特殊的情感，透過色彩美學與意象圖景大量書寫了這個島嶼的種種。在這樣的共通性下，兩人雖然都以黑白當基礎，卻搭配著綠與藍的色彩美學，開展出不同的書寫面貌。以下將針對其具有同質性的黑白美學與具歧異性的綠藍美學，分別進行相應的分析與討論。

三　須文蔚、嚴忠政詩作的黑白美學

　　在所有的顏色中，黑與白是生命最基礎的原色，也是最接近內省的兩種顏色。黑與白的色相描繪一如繪畫中的炭筆素描，用無彩度的顏色去調和大自然的景物，在簡單的勾勒中就能突顯詩人對生命議題最原初的思考。從相應的色彩學相關資料中[31]，我們可以發現，黑、

29　嚴忠政詩作海字使用統計：

色彩意象	《黑鍵拍岸》 出現次數	《前往故事的途中》 出現次數	《玫瑰的破綻》 出現次數	副刊出現次數 （詩集出版後）	總計
海	21	21	24	5	71

　　※統計範圍：《黑鍵拍岸》、《前往故事的途中》、《玫瑰的破綻》三本詩集，
　　　以及二〇〇九年四月後發表在報紙副刊的十四首詩作。

30　國家文化藝術基金會／各期常態補助分享／詩集《海的選擇和遺忘》創作計畫，
　　網址http://www.ncafroc.org.tw/Content/subsidy-online-content.asp?show_no=1&ser_
　　no=11404

31　參見：何耀宗：《色彩基礎》（臺北市：東大圖書公司，1984年），頁71；吳東

白兩色的色彩意涵大致呈顯如下（請參見表五）：

表五：黑色、白色的色彩意涵

顏色	情感	象徵與聯想	屬性
黑	嚴肅、深沉、端莊、悲哀、寂寞	錯誤、罪惡、惡魔、骯髒、汙點、死亡、凶兆、恐怖、黑暗、邪惡、閉鎖、絕望、冷酷、壓迫、重壓、陰鬱、孤獨、悲哀、悲哀、畏懼、不安、陰氣、不幸、苦、後悔、病、犯罪、不安全、沉默、深沉、嚴肅、嚴格、莊嚴、優雅、穩重、高級、高貴、科技、力、神祕、秘密、異次元、地獄、深淵、無、無限、靜、結束、北方	無彩度[32]
白	純潔、坦蕩、輕快	純潔、樸素、清潔、乾淨、涼爽、寂靜、真誠、善良、單純、新鮮、率直、信仰、虔誠、神聖、空靈、虛無、空白、空洞、透明、光明、明亮、正確、完全、未來、幸福、天真、自由、可能性、無限、和平、正義、原點、永遠、空間、冷淡、柔弱、寒冷、投降、背叛、恐怖、冷峻、西方	無彩度

平：《色彩與中國人的生活》（北京市：團結出版社，2000年），頁18-24；李銘龍編著：《應用色彩學》（臺北市：藝風堂出版社，1994年），頁32-35；谷欣伍編：《色彩理論與設計表現》（臺北市：武陵出版社，1992年），頁184；林昆範：《色彩原論》（臺北市：全華科技圖書公司，2005年），頁103-104；林書堯：《色彩認識論》（臺北市：三民書局，1986年），頁169-171；林磐聳、鄭國裕編著：《色彩計劃》（臺北市：藝風堂出版社，1999年），頁66。

32 色彩飽和度或色彩純粹程度稱為彩度，黑、白、灰三色屬於無彩度的顏色，給人中庸、穩健的感覺。

　　從上述色彩意涵的分布來看，不難理解黑與白為何經常成為一種顯明的對比；同時，這種對比經常以「黑暗／光明」、「黑夜／白天」、「邪惡／聖潔」、「絕望／幸福」的方式出現。然而，黑與白的相互關係並非只是大家熟常理解的那樣。黑在負面的引申外，還含括了高級、高貴、優雅、穩重等正面詮釋，至於白在光亮的解釋外，尚有柔弱、寒冷、恐怖等負面譯解，其關係顯然比一般人所認知的還要複雜。論者如李蕭錕認為：「黑與白存在著一種極不尋常的連帶關係，彼此輝映、彼此消融、互為表裡、互為內外[33]。」換言之，黑與白的關係亦有相互流動，互為解構的多元情狀，端賴創作者與詮釋者如何賦予其意義。

　　從附表的詩例來看，在須文蔚的諸多詩作中，黑色的運用呈顯出兩種明顯的意義傾向。一是與黑暗、黑夜劃上等號，表現出一種僵固的、無法掙脫的生命情境。像是〈劇終〉的「黑暗壓上了山坡[34]」、「紡織娘在黑夜的梧桐樹下低鳴[35]」，〈連環圖畫書〉裡「枯坐的雪人被頑童鎖在黑暗中[36]」、「最後凝聚成黑暗[37]」，〈千百個夜〉中的「引領妳出入黑暗固守的夜晚[38]」、「黑暗固守的欲念的悵望的死亡中的快樂[39]」，〈滬寧高速公路上聞蟬聲〉裡「無數的車輪潑墨在黝

---

33 李蕭錕：《臺灣色》（臺北市：藝術家出版社，2003年），頁86。

34 須文蔚：〈劇終〉，《旅次》（臺北市：創世紀詩雜誌社，1996年），頁46。

35 須文蔚：〈劇終〉，《旅次》（臺北市：創世紀詩雜誌社，1996年），頁47。

36 須文蔚：〈連環圖畫書〉，《旅次》（臺北市：創世紀詩雜誌社，1996年），頁63。

37 須文蔚：〈連環圖畫書〉，《旅次》（臺北市：創世紀詩雜誌社，1996年），頁67。

38 須文蔚：〈千百個夜〉，《旅次》（臺北市：創世紀詩雜誌社，1996年），頁85。

39 須文蔚：〈千百個夜〉，《旅次》（臺北市：創世紀詩雜誌社，1996年），頁85。

黑的畫軸上[40]」、「那是夏蟬蟄伏在黑暗中十七年後[41]」等等，都是相
當顯明的例子。最具代表性者，是名為〈黑暗〉的這首詩：

> 風織雲成一面蔽天的大網
> 月弓、星子似昏迷的身姿
> 墜入——
> 黑暗深聚為一濃稠
> 輕聲泛著一層層誘惑的淵藪
> 子夜才剛吊在網上
> 潮水已漲到胸膛了
> 多撥開一叢草茨，遂有
> 多一分觸覺上的認識
>
> 夜說：風莫散去[42]

在詩作〈黑暗〉中，黑既為誘惑的淵藪，那麼夜更為其無可逃脫
的棲息地。黑色在這些詩作中的運用，經常是作為一種需要解脫、渴
望被救贖的生命情境出現。但是，詩人並未固守於此，在不少詩作中
也可以看到，其利用黑色代表蟄伏的生命要衝出限制的前哨站，或者
用以強化感情的堅定。像是〈自由與特菲爾的舞者〉裡「特菲爾的舞
者們在黑暗中憩息[43]」，〈旅次〉中「一個個無夢的黑夜我懷舊地祈

40　須文蔚：〈滬寧高速公路上聞蟬聲〉，《魔術方塊》（臺北市：遠流出版公司，
　　2013年），頁50。
41　須文蔚：〈滬寧高速公路上聞蟬聲〉，《魔術方塊》（臺北市：遠流出版公司，
　　2013年），頁50。
42　須文蔚：〈黑暗〉，《旅次》（臺北市：創世紀詩雜誌社，1996年），頁120。
43　須文蔚：〈自由與特菲爾的舞者〉，《旅次》（臺北市：創世紀詩雜誌社，1996
　　年），頁196。

望彩繪宗周的智慧於天地[44]」，〈沉睡在七星潭〉裡「讓黑潮不斷淘洗上岸的鵝卵石上[45]」。在〈這是我們的平原〉裡，則可以看到須文蔚如何運用黑色的意象迎接即將要到來的光明：

> 火車鑽進黝暗的山洞
>
> 我握著妳皺紋編成的雙手
>
> 一如多年前妳驚慌地拉起
>
> 我強作鎮靜的手掌，陪我闖進
>
> 我們從未經驗過，在前方
>
> 如此漆黑又漫長的隧道
>
> 火車穿過一陣又一陣的風雨
>
> 返鄉途上，早秋的蘆花
>
> 泛上河畔的蒼綠
>
> 妳的側影疊映在車窗內急速變幻的光影中
>
> 一霎時，風停雨息
>
> 妳說：這是我們的平原
>
> 無風無雨的所在[46]

詩作第一行以「黝暗」來描摹山洞裡的不見天日，首段末句繼以「漆黑」象徵充滿著未知的將來，誠如莫渝所言：「山洞是實景，隧道是虛景，暗喻人生旅程的不可知。[47]」然而，黑的存在並不是為了

---

44 須文蔚：〈旅次〉，《旅次》（臺北市：創世紀詩雜誌社，1996年），頁207。

45 須文蔚：〈沉睡在七星潭〉，《魔術方塊》（臺北市：遠流出版公司，2013年），頁75。

46 須文蔚：〈這是我們的平原〉，《旅次》（臺北市：創世紀詩雜誌社，1996年），頁90-91。

47 莫渝：〈須文蔚‧這是我們的平原〉，《新詩隨筆》（臺北縣：臺北縣文化局，

要強調「黑色」，而是利用「黑」這個背景，突顯白茫茫的「早秋的蘆花」、綠意盎然的「河畔的蒼綠」，以及詩中我不斷注視著的「妳的側影」，傳達夫妻多年來始終如一的愛情。

與須文蔚相較，嚴忠政在黑色的運用上相對較為多元。在〈死亡向我展示他的權力〉裡，是「烏雲」的存在；在〈同學會〉中，是教室裡頭的「黑板」；在〈星期一的聚餐〉裡，則是「漆黑的臉」與「漆黑的炭」；在〈回到光中〉又有「黑色石膏像」、「黑色維納斯」與「黑函」。當然，在這種多元的運用中，也有兩個較為明顯的趨向：一是，與須文蔚相同的是，也有不少「黑夜」與「黑暗」的色彩意象出現，但是其正向的詮釋多於負面；二是，黑所指涉的意象或物件，經常作為該詩的詩眼或其情節鋪展的關鍵所在。就第一點來說，黑暗與黑夜對嚴忠政而言，顯然是更具神祕氣息與曖昧暗示的場景與存在。在〈蹉跎如火柴的美學姿態〉中，詩人以擦亮火柴看細小木條緩緩延燒，比喻愛情與生命中許多美好的事物，本該細細琢磨、品嚐與醞釀，而非如打火機的便利與匆促。詩中，他以「我們要蹉跎，不以電光火石摩擦黑夜[48]」作為全詩最重要的警句。「黑夜」在這裡既是曖昧滋生的場景，也是其蹉跎美學姿態的原發之處。

另外，在〈黑色奇萊〉一詩中，嚴忠政透過描摩一冊武林傳奇，描寫神秘莫測的奇萊山。由於從合歡山的角度望向奇萊山，其主峰經常因為背對陽光以及其複雜的氣候變化，顯得闃黑與千變萬化，因此素有「黑色奇萊」之稱。詩人在描摩其神秘的姿影時，是這麼寫的：

該是一冊古老的武林傳奇

2001年），頁305。

48 嚴忠政：〈蹉跎如火柴的美學姿態〉，《玫瑰的破綻》（臺北市：寶瓶文化公司，2009年），頁111。

稜線裝訂了頁岩

人物拔地而起

無以復刻，因為是你

……

眼見側峰露出半截胳臂

那是時間的肌腱，陡峭，有力

出掌是雲，收掌是霧

要挑戰你好不容易

好不容易到了這個章回

從驚悸這頭望去

龐大的黑色身影

沒有一件披風比你還武俠

除了喧囂

你還會有什麼江湖仇家[49]

　　在這首詩中，題目本身的「黑」既是奇萊山的慣稱，也暗示著這座山的奇特之處。在詩行的後段，詩人再以「龐大的黑色身影」的具體武俠形象來呼應題目，奇萊山的姿影也更加清晰地為讀者所理解。

　　就第二點而言，嚴忠政對黑色的偏好，顯現在他的首本詩集即名之為《黑鍵拍岸》。論者如賴芳伶曾經指出，嚴忠政的這一本詩集就是「以如浪的『黑鍵』拍擊『生命海岸』的音頻[50]」。「黑鍵」這樣一個意象對於嚴忠政，顯然有其特殊的意義。這本詩集的第一首詩，

49　嚴忠政：〈黑色奇萊〉，《玫瑰的破綻》（臺北市：寶瓶文化公司，2009年），頁134-135。

50　賴芳伶：〈若遠處的距離等於青春——《黑鍵拍岸》讀後〉，收錄於嚴忠政：《黑鍵拍岸》（臺中市：綠可出版社，2004年），頁6。

即名為〈如果黑鍵拍岸〉，詩作末段寫道：

> 你來論述我的詩嗎
>
> 如果暗潮可以決定洶湧，那是你
>
> 撐起海床的脊柱；譬如
>
> 如果黑鍵拍岸
>
> 那是某種音準，或斷句
>
> 擊中
>
> 我的胸膛[51]

「如果」描繪的是某種生命狀態的假設，表露的也是詩人詩意／詩藝的想像。在這首詩裡，詩人運用海洋意象傳達對寫詩深層的渴望。其中，「黑鍵」指的是創作者的筆墨，當然也是評論家的鉛字。「黑鍵拍岸」實際上是詩人以鍵盤對生命發出的叩問，更是作品動人心弦的象徵。此外，「黑鍵」也出現在刻畫死亡的詩作〈放下〉中，現實中的鋼琴是白鍵比黑鍵多的，在這裡詩人卻刻意營造「只有黑鍵沒有白鍵的鋼琴[52]」，用黑鍵的單一來強化黑的視覺感受，用黑來作為生命中不可承受之重－死亡－的隱喻。

除了顯明的黑色之外，兩位詩人對於「玄」、「墨」、「烏」的運用也有值得一看之處。論者黃仁達在《中國顏色》一書中曾經指出：「黑與玄、幽、皁（皂）字義相通，是泛指北方天空長時間黯然深邃與神秘的色調」，並進一步將黑色系，細分為黑色、玄色、墨色、漆黑、皁色、烏黑、黛色[53]。兩位詩人眼中的黑色同樣不單是

---

51 嚴忠政：〈如果黑鍵拍岸〉，《黑鍵拍岸》（臺中市：綠可出版社，2004年），頁13-14。

52 嚴忠政：〈放下〉，《黑鍵拍岸》（臺中市：綠可出版社，2004年），頁158。

53 黃仁達編撰：《中國顏色》（臺北市：聯經出版公司，2011年），頁252-271。

「黑」，也以「玄」、「墨」、「烏」等色彩詞呈顯。須文蔚的〈西撒〉穿插了「玄鳥」的靜觀、嘶鳴與飛去，隱喻歷史人物的起落。嚴忠政筆下的「玄」，則幾乎都是「玄黃」。〈愉悅（II）〉一詩透過「此時玄黃早已轉為蔚藍[54]」，描摹未明的天色已隨著時間亮起，〈懺情書〉則以「墨色」的夜呼應男孩用毛筆寫下的留言。此外，須文蔚的〈滬寧高速公路上聞蟬聲〉、〈解凍懷念〉、〈蛙鳴〉、〈在子虛山前哭泣〉，嚴忠政的〈放下〉、〈一場古典的雨〉、〈死亡向我展示他的權力〉、〈星期一的聚餐〉、〈回到光中〉等詩，也都可見到「烏雲」的蹤跡，用以呈顯哀傷、陰鬱或沈悶的場景。

　　與黑色相較，白色在須文蔚與嚴忠政的詩中，都顯得更加靈活多變。蕭蕭曾經指出：「色彩不可能單獨存在詩句中，必定附著於一件具體的事物上[55]」。以此來檢視須文蔚詩作中的「白」，剛好可驗證此一論述。在他的詩中，「白」時而是「白紗」、「白袍」、「白衫」、「白傘」、「白銀項鍊」，時而是「白雲」、「白髮」、「白鍵」、「白楊」，有時則是「白鷺鷥」、「白鳥」、「白豬」。整體來看，在這些作品裡頭，「白」所聯繫的事物與意象，大多具有單純、美好、飄逸的形象。它們或是具有顯明的童趣，或是在詩人抒情的筆法中成為聯繫情感與回憶的重要樞紐。

　　以須文蔚的〈沈吟〉為例，詩人以分布在前面三段的三次「一襲白衫」，作為貫串全詩的關鍵意象，白衫是你慣常穿著的衣服，自然也是你的代稱。最後，以「我的雙瞳因缺少一襲白衫子而黯然[56]」，來表達對你的思念。同樣的，在〈雲樣的誓言〉中，詩人也透過白點出生命的純粹之處。該詩詩行以「是誰？／以利刃自船舷卸下一行詩

54　嚴忠政：《前往故事的途中》（臺中市：臺中市文化局，2007年），頁18。

55　蕭蕭：《青紅皂白》（臺北市：新自然主義出版公司，2000年），頁30。

56　須文蔚：〈沈吟〉，《旅次》（臺北市：創世紀詩雜誌社，1996年），頁69。

句／幻想著，以誓言劃過冰封的江面／一行白鷺銜起潋灩的餘音／衝上雲端[57]」作為起始，用「白鷺」衝上雲端來點出詩句的美好，接著在第二段透過「白雲」、「白鳥」指出鷺鷥的需要伴侶，以雲的誓言暗喻著人對情感的渴求。在相當具代表性的〈魔術方塊〉中，詩人如此以白來帶出生命值得回味與美好之處：

> 於是我暗暗決心
>
> 不再用蒼白來博取妳的愛戀
>
> 當妳再次旋轉到天體的對面
>
> 隔著春日注滿綠光的水田
>
> 我會珍惜時空歪斜的一剎那
>
> 化身千萬隻白鷺銜給妳會發光的花朵
>
> 讓妳種在夢中的荒原　照亮
>
> 妳珍惜孤寂的幸福[58]

當然，在須文蔚的詩中，白色也不全然是光明美好的，有時候也是對某種現實情境的殘酷揭示。在〈證言〉中，詩人以「保持史冊上緘默般的空白[59]」以及「崔杼冷白的面容[60]」，活靈活現地再現現實，帶我們一窺齊崔杼弒君的歷史事件。再者，在〈木蘭辭〉中則是寫道：「馬克杯裡／漂浮在番茄汁上的冰塊／是一張張戰死沙場的士兵／蒼白的臉孔／把淚融入血中[61]」，詩人將透明略帶白色的冰塊與紅

57　須文蔚：〈雲樣的誓言〉，《魔術方塊》（臺北市：遠流出版公司，2013年），頁62。

58　須文蔚：〈魔術方塊〉，《魔術方塊》（臺北市：遠流出版公司，2013年），頁52-53。

59　須文蔚：〈證言〉，《旅次》（臺北市：創世紀詩雜誌社，1996年），頁150。

60　須文蔚：〈證言〉，《旅次》（臺北市：創世紀詩雜誌社，1996年），頁155。

61　須文蔚：〈木蘭辭〉，《魔術方塊》（臺北市：遠流出版公司，2013年），頁160。

色的番茄汁，擬人化為傷亡士兵蒼白的臉，以及殺戮的鮮血，一點一滴融化的冰塊，彷彿正流著眼淚，控訴戰場的無情。此處的白是慘白的面容，更是蒼白的心情。

　　有別於須文蔚對於白有更多純情的召喚，嚴忠政對白色的運用則大量集中於多層次的狀態描繪與不同類型物件的擺設。白色雖然是沒有彩度的顏色，但嚴忠政的詩人之眼卻看見「白」的多層次。他的詩作中白色除了以「白」的形式出現，還有「蛋白色」、「錫白」、「琺瑯白」、「雪白」等變化，甚至是比白色更潔白的色澤。在〈復活〉一詩裡，他寫道：「妳的純潔是一種染料，比白還白[62]」。白色原本就具有純潔、乾淨、完美等意涵，詩人透過「比白還白」的重複，達到增強的效果，強調詩中妳的無比純潔，幾乎比完美更加完美。

　　另一方面，像是〈單行道〉一詩，則是利用文字的歧義性賦予白更多的想像空間：

> 自由路
> 和媽媽站在遠東百貨門口等計程車的那個小孩
> 將車泊在白白的大樓招租廣告前面，憋了許久
> 終於沿地磚裂縫撒出幾個人字。這些「人」，
> 騎樓底下就只有這些　　　　　　　　　　　人[63]

　　詩人透過小孩的視角觀看，點出「將車泊在白白的大樓招租廣告前面」，「白白的」可能是指大樓玻璃反射著白光，或者是招租廣告本身使用了大量的白色，也可能是招租廣告乏人問津的空白。陳威宏

62　嚴忠政：〈復活〉，《前往故事的途中》（臺中市：臺中市文化局，2007年），頁51。

63　嚴忠政：〈單行道〉，《黑鍵拍岸》（臺中市：綠可出版社，2004年），頁147。

論及此詩時，就曾指出：「遠東百貨台中店於一九六九年開業，二○○○年結束營業，此處的『白白的大樓招租廣告』，暗示百貨倒閉的事實[64]。」其實白色和黑色一樣，在某些情況底下也會被用來代表死亡，像是嚴忠政的〈王老先生〉一詩，透過「最白的菅芒告別最紅的夕陽[65]」的紅白對比，讓白色的菅芒象徵白髮蒼蒼的老先生告別了人世。至於〈在和平的長廊讀畫——讀陳澄波先生〉裡頭，卡車上的「白旗子」指的不是投降，而是死刑的宣判。

此外，我們還需注意的是，在所有的物件中嚴忠政相當偏好運用「白鳥」與「白鴿」的意象，這一點在須文蔚的詩中同樣可見。這樣的意象隱喻來自於《聖經》「諾亞方舟」的故事。在這個故事的最末，諾亞放出白鴿去看洪水是否消退，白鴿銜著冒出新葉的橄欖枝條飛回，諾亞因而得知大地已獲重生[66]。這個典故讓「白鴿」與「橄欖葉」成為和平、新生、希望的象徵。在嚴忠政的〈骰子的信徒〉一詩裡，「一排小學生跟著白鴿踏上紀念館石階／他們進到骰子裡[67]」，白鴿沒有在天空自由飛翔，反而帶著小朋友進入紀念館，這個大人與社會製造出的框架，此處的白鴿可說是對自由的嘲諷。須文蔚的〈橄仔樹〉末段，同樣以白鴿和橄仔樹（西洋橄欖樹）來傳達失而復得的幸福：

> 從來我們就以橄仔樹當作紀念碑

---

64 陳威宏：《臺灣戰後出生第三代詩人（1965-1974）之都市書寫》（桃園縣：國立中央大學中國文學研究所碩士論文，2008年），頁113。

65 嚴忠政：〈王老先生〉，《聯合報》，第D3版，2009年11月23日。

66 廿一世紀研究會原著，張明敏譯：《色彩的世界地圖》（臺北市：時報文化出版公司，2005年），頁129。

67 嚴忠政：〈骰子的信徒〉，《玫瑰的破綻》（臺北市：寶瓶文化公司，2009年），頁82。

颱風也吹不走流浪的碑文

教白鴿在枝枒間朗誦且棲止出一叢叢美夢

教野百合在濃蔭下歡唱且綻開出

去而復返的幸福[68]

　　橄仔樹是噶瑪蘭族的聖樹，是族人共通的記憶，從祖先到後代，噶瑪蘭族經歷幾番流浪遷移，終於能夠安居。誠如林明理所言：「當白鴿的出現、野百合在濃蔭下歡唱的畫面，其象徵含意是族人已找到靈魂庇護之所[69]」，白鴿象徵著和平，同時意味著苦難已離去。此外，〈與流動相遇〉中的「白鴿」，是和平之鴿與警鴿的結合。須文蔚寫道：「有人為每一隻白鴿繫上監視器／宣稱和平與秩序時時盤旋在城市上空[70]」，白鴿是和平的代表，警徽中間有鴿子圖案，因此警察也被稱為鴿子，詩人將這兩種象徵意義，搭配鴿子的飛行，讓白鴿成為掛著監視器的城市秩序維持者。

　　在兩位詩人的筆下，黑和白偶爾也會相繼出現或產生互動。比如須文蔚的〈頭條笑料〉，以「黑白」來表示是非；〈連環圖畫書〉一詩裡，「枯坐的雪人被頑童鎖在黑暗中[71]」，雪人的白對應上四周的黑，形成鮮明的對比；「緊緊相擁的白鍵與黑鍵沉默在鵝黃的光影中[72]」，則是運用鋼琴的黑鍵、白鍵，以及月亮的鵝黃色光暈，呼應

68　須文蔚：〈橄仔樹〉，《魔術方塊》（臺北市：遠流出版公司，2013年），頁73。

69　林明理：〈希望與愛：讀《橄仔樹》〉，《創世紀詩雜誌》第160期（2009年9月），頁36。

70　須文蔚：〈與流動相遇〉，《魔術方塊》（臺北市：遠流出版公司，2013年），頁194。

71　須文蔚：〈連環圖畫書〉，《旅次》（臺北市：創世紀詩雜誌社，1996年），頁63。

72　須文蔚：〈連環圖畫書〉，《旅次》（臺北市：創世紀詩雜誌社，1996年），頁

德布西的月光曲。又如嚴忠政的〈放下〉，詩人以「看白雲和烏雲如何對弈[73]」，表現兩端的拉鋸；〈蕭邦的女人〉一詩寫道：「你很小心。在白鍵與黑夜之間[74]」，詩末更點出「因為唯有夢著／現實才有和弦[75]」，白與黑訴說著琴人與情人間的距離。整體來說，這樣的例子不多，顯見兩位詩人還是喜歡讓黑白各自為政，而非使其互補交融。

四　須文蔚、嚴忠政詩作的綠藍美學

色彩意象的形成不僅與心理經驗相關，同時受到文化背景的影響，色彩意象存在著共通性也隱藏著歧異性，因而色彩意象並非是單一色彩對應單一意涵，更多時候是同一色彩負載著多種意涵。比方說，在中文的語境裡頭，「青色不只是藍色，也包含綠色。但是，不變的是它們都具有傳達生命感的意象。[76]」《色彩的世界地圖》一書中曾談論到「青」的語源：

> 日文中的「青」（音為ao），據說是由古代日本被當作染料的「藍」（ao，中文為「靛」）而來。日文漢字的「青」，是表現植物萌芽的「生」和井裡面蓄有清水的「井」兩字組合而成，是代表新綠、嫩芽的顏色。不過，現在日文中一般

64。

73 嚴忠政：〈放下〉，《黑鍵拍岸》（臺中市：綠可出版社，2004年），頁157。

74 嚴忠政：〈蕭邦的女人〉，《玫瑰的破綻》（臺北市：寶瓶文化公司，2009年），頁114。

75 嚴忠政：〈蕭邦的女人〉，《玫瑰的破綻》（臺北市：寶瓶文化公司，2009年），頁115。

76 呂月玉譯：《色彩意象世界》（臺北市：漢藝色研文化公司，1987年），頁122。

　　使用的「青」（ao），在藍到綠之間，範圍相當廣泛。[77]

　　上述對「青」字的語源回溯，一來揭示了「青」與「生」的關聯，二來談到了「青」所指涉的色彩其實是相當廣義的。李蕭錕在《臺灣色》一書亦對「青色」有所論及：「藍色被稱作青色，青色代表新生、新鮮、萌芽、初生、新手、新人[78]。」雖然，「青色」的本義是「藍色」，但在「青草」、「青梅」、「青苔」等詞彙裡，「青」都用來指稱綠色，所以不少人認為「青」是綠色。誠如李蕭錕所言：「藍色和綠色常是臺灣人眼中的青色[79]」。在這樣的情況底下，我們檢視一系列須文蔚詩作中的「青」，可以發現其多以「青」來指稱綠色，因此本文採用較為寬廣的界定方式，將其詩作中的「青」、「綠」皆接納入綠色美學系統來討論。根據相應的歸納，綠色與藍色的色彩意涵如下（請參見表六）[80]：

77　廿一世紀研究會原著，張明敏譯：《色彩的世界地圖》（臺北市：時報文化出版公司，2005年），頁104。

78　李蕭錕：《臺灣色》（臺北市：藝術家出版社，2003年），頁54。

79　李蕭錕：《臺灣色》（臺北市：藝術家出版社，2003年），頁57。

80　參見何耀宗：《色彩基礎》（臺北市：東大圖書公司，1984年），頁71；吳東平：《色彩與中國人的生活》（北京市：團結出版社，2000年），頁18-24；李銘龍編著：《應用色彩學》（臺北市：藝風堂出版社，1994年），頁24-27；谷欣伍編：《色彩理論與設計表現》（臺北市：武陵出版社，1992年），頁183；林昆範：《色彩原論》（臺北市：全華科技，2005年），頁99-101；林書堯：《色彩認識論》（臺北市：三民書局，1986年），頁163-167；林磐聳、鄭國裕編著：《色彩計劃》（臺北市：藝風堂出版社，1999年），頁66。

表六：綠色、藍色的色彩意涵

顏色	情感	象徵與聯想	屬性
綠	安詳、親愛、爽快、溫順、善良	青春、和平、遙遠、生命、安全、長生、清爽、春風、新鮮、安穩、輕快、正義、健康、理性、安息、清潔、誠實、沉著、成長、安靜、安心、友人、安定、初夏、休息、永遠、自然、未熟	中性色[81]
藍	沉著、冷漠、可憐	青春、平靜、深遠、貧寒、堅實、希望、理性、涼爽、瀟灑、爽快、清潔、正義、前進、悲傷、憂鬱、年輕、深遠、廣大、過去、憧憬、沉默、靜寂、陰氣、孤獨、疲勞、虛偽、自由、冷淡、理想、幸福	冷色調沉靜色消極色

　　通過表六，可以理解綠色與藍色在意涵上其實是有互相交疊之處的。事實上，綠色和藍色都是生命的顏色，「海水孕育了地球上的生命，但是綠色植物，供給地球上生物所需的食糧[82]。」不過，需要注意的是，相較於藍的滲透進憂鬱的色彩，綠則更令人感覺到輕快和安定，在詩作中廣泛使用這兩種趨向略有不同的顏色，自然也會呈顯出

---

81 紅、黃、藍、綠等色彩名稱，稱之為「色相」，即色彩的相貌。色相可分為暖色調、冷色調和中性色三種，暖色調帶給人溫暖、積極、興奮的感覺，如紅、橘、黃色；冷色調則給予人寒冷、消極、沉靜的感覺，藍青色系屬之。綠、紫、灰三色不暖亦不寒，讓人有種溫和、安靜的感覺，被稱為「中性色」。

82 賴瓊琦：《設計的色彩心理：色彩的意象與色彩文化》（臺北縣：視傳文化公司，1997年），頁179。

詩人不同的創作風味。

　　從整體詩創作的歷程上來看，須文蔚對「綠／青」的使用，在兩個不同的階段上略有不同。《旅次》時期的「綠／青」，是對青春的歌詠與愛情的呼喚，到了《魔術方塊》，則更加入了旅途奔忙中的對島嶼書寫，這樣的變化大抵也符合須文蔚的創作路程。他的首部詩集《旅次》結集出版於一九九六年，彼時詩人還是政大新聞系博士班的學生。這本詩集集結了他自大學以來一九八四至一九九五年間的早期作品，充斥著「對年少青春的穎悟，某些人物的心儀與悼念，季節風物的契刻，親情純真的披瀝，古典礦源的假借，與夫對現實未知世界的追逐與探索等等[83]」，相當能夠顯露詩人早期創作上的特色。至於《魔術方塊》出版於二〇一四年，此時詩人已於大學任教多年，因為教學的需要在十多年間不斷穿梭於臺北與花蓮之間。因之，在這本最新的集子裡也就有著更多關於這塊土地的行旅與思考。

　　在《旅次》的階段裡，須文蔚詩中的「綠／青」主要有兩個指向：一是「青綠的竹節」、「青翠誘人的綠洲」、「濃鬱的綠蔭」、「深綠的藤蔓」、「溪水湛綠著」，是大自然的色澤、是草木的外觀，更是生命的象徵；二是「青春」、「青年」，象徵年少的情感與夢想的追尋。這兩者有時也會相互聯結、互有指涉。就前者而言，詩人關注於書寫大自然的美好之「綠」，無疑顯露出其雖為臺北人，卻有著一顆嚮往自然、書寫自然的心。在〈讓我們停止追逐繽紛的聲色〉中，詩人以「讓我們停止追逐繽紛的聲色／終結沙發椅上的自助旅行」作為起始，要我們學會「關上電視／以十指去辨識／稻禾與稗草的差異／以雙腳去諦聽／暴雨與泥土的媾和」，最後他說：「批倒

83　張默：〈巡戈在風起雲湧的聲色裡——試探須文蔚的《旅次》〉，《旅次》（臺北市：創世紀詩雜誌社，1996年），頁1。

一叢青草／安然坐下，雨后／一幅潑墨山水畫／會迤邐開展在平野之上[84]」。原來，當人進入平野、安然坐於青青草原之上，這樣的畫面本身就是一幅美麗的潑墨山水畫。

〈答友人書〉則是寫到：「陽光掀開晨霧的窗帘／庭院中青綠的竹節接引著青綠的竹節向上生長／遠方的山脈抖落了纏綿的雲，注視著／一絲瘦弱溪水引領著生靈穿過山谷重重設下的排障與傷害／航向廣闊而神秘的流域，鋪綠／無涯蔓生的草原[85]」，不只竹節是青綠色的，山脈、溪水、草原也都屬於綠色意象，重複兩次的「青綠的竹節」，成為詩中最顯目的近景，而遠方「鋪綠」的草原則是詩人的夢幻之地。最能代表詩人綠色情懷者，當推〈樹〉這首詩：

> 綠是種渴，不需臉紅
> 對生的葉片若開啟的唇
> 吸吮著陽光
> 禁錮住時間的秘密
> 只有記憶最真實
> 憩息於心中的年輪
> 一圈又一圈擴散出
> 樹梢雀鳥的舞蹈
> 蟬的嘶鳴
>
>
> 在陽光的季節裡還多些莊嚴

---

84 須文蔚：〈讓我們停止追逐繽紛的聲色〉，《旅次》（臺北市：創世紀詩雜誌社，1996年），頁29。

85 須文蔚：〈答友人書〉，《旅次》（臺北市：創世紀詩雜誌社，1996年），頁37。

多些莊嚴的擷取與驕傲的成長

伸展出龐大的庇蔭給大地

挺起更堅實的枝幹

負擔一個巢[86]

「綠是種渴」，表達了蓬勃旺盛的生命力，記載著一圈圈年輪的增長，也記憶了「雀鳥的舞蹈」、「蟬的嘶鳴」。樹不僅在陽光的季節裡莊嚴著，更庇蔭了整個大地，擔負孕育生命的重要工作。青綠的自然對年少的須文蔚來說，顯然是美好不過的事物。像是〈沈吟〉一詩裡以「火紅的木棉轉綠了[87]」的自然景觀，象徵春天過去、夏季來臨。〈枯井〉一詩中「青苔密密覆蓋的／枯井[88]」，用生機盎然的青苔，來突顯井的乾涸。即便在〈年少日記的火葬禮〉寫到「青苔」，也是「猶似驚見積雪下萌生的青苔[89]」，透過青苔表現生命力與希望。

綠與青的旺盛生命力，進一步帶出的就是上述第二種指向的「青春」和「青年」。在詩人的詩作中，直接採用「青春」一詞的只有少數，如〈流程〉中的「青春在露珠與草茨[90]」，但是「青年」一詞卻在不少作品裡頭都扮演了重要的角色。在〈啟程儀式的致詞〉中，詩人以「愈聚愈多的青年學者對自己的命題下定義[91]」，描繪青年學子在學院裡頭學習思辯，而在畢業之後，這些琢磨的智慧都必須在現實

86 須文蔚：〈樹〉，《旅次》（臺北市：創世紀詩雜誌社，1996年），頁102-103。

87 須文蔚：〈沈吟〉，《旅次》（臺北市：創世紀詩雜誌社，1996年），頁69。

88 須文蔚：〈枯井〉，《旅次》（臺北市：創世紀詩雜誌社，1996年），頁79。

89 須文蔚：〈年少日記的火葬禮〉，《旅次》（臺北市：創世紀詩雜誌社，1996年），頁118。

90 須文蔚：〈流程〉，《旅次》（臺北市：創世紀詩雜誌社，1996年），頁28。

91 須文蔚：〈啟程儀式的致詞〉，《旅次》（臺北市：創世紀詩雜誌社，1996年），頁35。

的考驗中獲得驗證。迎接著啟程的青年們的，是宇宙星系般無數的考驗，卻也是無限的飛行與可能。在〈迪化街〉裡，作者藉由「大稻埕的青年不再在街頭以生命與義氣狂賭[92]」，暗示著在歲月的淘洗中，迪化街走過清末民初的革命，以及日人殖民戰敗後的離去。時光荏苒，風華不再，卻依舊保留了許多令人駐足的回憶。在須文蔚的筆下，「青年」的形象似乎是更接近於「憤青」，因而不免在〈你沈默如雷〉中讀到：「衰老的國度中，青年們／等待著死亡終結絕望，每天／聆聽推陳出新的辭彙描述／一成不變的遠景，早夭的孩子[93]」；在〈旅次〉中看到：「延宕的律法被驕縱的官吏遺卻在權力的爭奪中／青年們被飢餓與慾望放逐後背棄禮法／盲動在無邊無際的滿足中，不自覺／又被真正的幸福永遠放逐[94]」。在〈自由與特菲爾的舞者——紀念中國土地上一場未竟的民主運動〉一詩裡，甫起始就是這樣一段沈重的文字：

> 一次龐大的葬禮是魔咒，綑綁了
> 熾熱肉體內的尊
> 嚴，夢想和希望。
> 為了躲避死亡的恫嚇
> 青年們拋去靈魂的重量
> 卸下懷疑和與生具來的引力，比肩
> 凝結成大理石雕像[95]

---

92 須文蔚：〈迪化街〉，《旅次》（臺北市：創世紀詩雜誌社，1996年），頁182。

93 須文蔚：〈你沈默如雷〉，《旅次》（臺北市：創世紀詩雜誌社，1996年），頁192。

94 須文蔚：〈旅次〉，《旅次》（臺北市：創世紀詩雜誌社，1996年），頁210-211。

95 須文蔚：〈自由與特菲爾的舞者——紀念中國土地上一場未竟的民主運動〉，

　　這首發表於一九九二年的詩作,所寫的無疑就是一九八九年的六四天安門事件。詩行中「青年們拋去靈魂的重量」,表面上似乎是意指社會主義的洗腦成功,實際上是透過反語,直指憤怒的知識青年們決心以死喚醒被禁錮的夢想與希望。血淚的畫面猶在,當青年們肩並肩,成為大理石雕像般的堅守信念,一場龐大的喪禮正震撼著表面壯盛實則虛腐的帝國,燃燒著尊嚴與愛的火花。

　　如果說在《旅次》時期,看到的是須文蔚更多情感的表露與對青年的呼喚,那麼到了《魔術方塊》階段,從對「綠／青」的色彩運用中,則能進一步看到他對這個島嶼細密、具體的關注。在代表作〈魔術方塊〉裡,詩人以「我摩登了好幾座摩天大樓的倒影／在礦泉水招牌上的綠洲小憩[96]」,描寫在如魔術方塊的都市之中,不論怎樣翻轉總還會有一片可供小憩的餘蔭之地,幻影的藍圖雖然總被現實所傷,但是「我」仍暗暗發誓,「當妳再次旋轉到天體的對面／隔著春日注滿綠光的水田／我會珍惜時空歪斜的一剎那／化身千萬隻白鷺銜給妳會發光的花朵[97]」。「綠光的水田」是春日的美好,而白鷺鷥則是其中不容忽視的存在。這樣的詩作既寫魔術方塊的巧妙,也將觀看的角度擺放到現實臺灣的鄉間風景。在〈苦澀——給古坑〉中,詩人同樣也以「白鷺鷥踏步在水田間／彈奏著一首碧綠色的鋼琴奏鳴曲[98]」,描繪雲林古坑存在的那些美好與生機盎然。上面曾經提及的〈橄仔樹〉,則是以「高大俊拔的樹幹不斷貼近上蒼／風與綠葉密語著翻譯

　　《旅次》(臺北市:創世紀詩雜誌社,1996年),頁194。

96　須文蔚:〈魔術方塊〉,《魔術方塊》(臺北市:遠流出版公司,2013年),頁51-52。

97　須文蔚:〈魔術方塊〉,《魔術方塊》(臺北市:遠流出版公司,2013年),頁52-53。

98　須文蔚:〈苦澀——給古坑〉,《魔術方塊》(臺北市:遠流出版公司,2013年),頁86。

出的不是遺忘／是光和作用後的哀嚎　鮮血　淚水／讓時光寬容地收
納入甜美的果實中[99]」，藉由橄仔樹的綠色形象，描繪宜蘭葛瑪蘭人
對馬偕醫師的紀念。

　　至於，詩人從小生長的城市臺北，也是其急欲記錄與描繪的對
象。在〈與流動相遇〉中，儘管現實裡「公車是一個缺氧的魚缸／乘
客是一束束漂浮的綠藻[100]」，但是總有匿藏在這個城市的、無法被遺
忘的美好，一如「思念與不安在河岸天空不停輪轉／日光大作，月桂
樹鋪綠了臺北的春天[101]」，以及詩人在最後一個小節所要我們懷想的
這一切：

> 黎明時，玉蘭樹梢的青斑鳳蝶
> 以靈魂輪迴的力量蛻去蛹
>
> 街道把昨夜行人的足印和絮語
> 悄悄種植在紅磚道下的春泥裡
> 與野兔和梅花鹿的蹤跡盤根錯節成
> 一條沒有盡頭的秘徑[102]

　　玉蘭樹上的綠葉、黑綠相間的蝴蝶斑紋、人行道的紅磚與泥土，
這些色彩的運用讓整首詩充滿鮮明的色調與具體性。在詩的末尾，沒

99　須文蔚：〈橄仔樹〉，《魔術方塊》（臺北市：遠流出版公司，2013年），頁
　　73。
100　須文蔚：〈與流動相遇〉，《魔術方塊》（臺北市：遠流出版公司，2013年），
　　頁178。
101　須文蔚：〈與流動相遇〉，《魔術方塊》（臺北市：遠流出版公司，2013年），
　　頁176。
102　須文蔚：〈與流動相遇〉，《魔術方塊》（臺北市：遠流出版公司，2013年），
　　頁202。

有盡頭的密徑究竟通往何處？詩人並沒有告訴我們。但是他要大家理
解的是，這塊土地仍有許多原初的美好，以及值得記憶與追尋的過
去，等待讀者邁開腳步與回顧歷史的過往。

　　與須文蔚偏好於綠與青的運用相較，嚴忠政眼中海的藍色美學，
則又呈現出另一番不同的風貌。從他的第一本詩集《黑鍵拍岸》開
始，詩人對於海的關注便始終沒有停過。這本詩集的首詩〈如果黑鍵
拍岸〉，運用大量的海洋意象，透過恣意的想像與開闊的眼界，表達
航行在詩海域的心情：

> 燈塔以它日常的週期
> 一支船隊正緩緩靠近陸地
> 那是一個語系，偶爾也聽德布西
> 而我，只是其中一艘
> 像海龜揹負著大海的秘密
>
> 最初，我的水手也賴以遙測的那束
> 他們相信會有九十九朵浪花必然在岸邊綻放
> 但光束未曾發現
> 有些水手在游完十四行之前
> 已經在魚骸裡壯烈多年。
> 後來，我開始懷疑，並演算
> 鷗鳥的鼓翅：一首詩或一個可以撬開遠方的弧度
> 在一個意象的斜角，終於
> 我又壓傷手指
>
> 誰用快速的琶音奏出月光的閃爍

不是我，我的詩還在海平面以下
有時像礁石，但也可以鮮活如鰻，如果
你願意傾聽
我要大海的秘密一一答數。然而
航線已修正向寶瓶的最深處
沒有光害的星野啊，文字特別嘹亮

你來論述我的詩嗎
如果暗潮可以決定洶湧，那是你
撐起海床的脊柱；譬如
如果黑鍵拍岸
那是某種音準，或斷句
擊中
我的胸膛[103]

　　「像海龜揹負著大海的秘密」，表現而出的是詩人面對詩的虔誠——將自我比喻成海龜，讓詩成為遼闊的海。詩中，壯烈的多年表達了詩道路的執迷不悔，「要大海的祕密一一答數」則是詩人對詩藝精湛的追求。在這樣的鋪述中，「黑鍵拍岸」的意象融合了黑的神祕與海的遼闊，而末尾琴音的準確則恰似震動人心的詩句，擊中讀詩與寫詩者的胸膛。從這樣的詮釋來看，詩題「如果黑鍵拍岸」正是詩人面對創作，最企盼與凝然的告白。在《黑鍵拍岸》這本詩集中，「海」無疑扮演了關鍵性的角色。在層層疊疊的詩行中，我們總能望見海的出現。在〈奇萊碑林〉中他高呼：「和海岸公路的浪花一同

103 嚴忠政：〈如果黑鍵拍岸〉，《黑鍵拍岸》（臺中市：綠可出版社，2004年），
　　頁12-14。

抵禦喧囂[104]」，〈城鄉的末梢神經〉裡他要我們注意「漁火在巴士海峽自成星座[105]」，〈南投奏鳴曲〉則要我們傾聽「舊枝拉動海拔的高音[106]」，在〈流亡〉裡頭，「海，仍然高過我的憂鬱[107]」、「海善於畫出邊陲的弧度[108]」。嚴忠政眼中念茲在茲的「海」，無疑是臺灣的海，是這個島嶼多變而美麗的海。詩人鍾情於海的情愫來自於何處？《玫瑰的破綻》〈序 時間的後面〉裡的這段文字，或許可以提供我們一些重要的線索：

> 我總是在往事不散的陰天，總是在局勢不利書寫時，退回到屋內，寫著我所相信的事，以及我所懷疑的瑰麗。相信時間久了，祂就能在雪中，在火中，排練真理。如同相信，我站在太麻里而寫下的〈屬於太平洋〉，那海藍藍的蒙起我的眼，要我去捉四面八方的故鄉與聲音。[109]

回歸於內在的真理排練，一如「海藍藍的蒙起我的眼／要我去捉四面八方的故鄉與聲音」。這兩個句子出自詩人發表於二〇〇八年〈屬於太平洋〉。這首廣為論者所討論的詩作，從詩題就已經明確地「讓人感到與海洋的關係和感情[110]」。在詩行裡頭，詩人與海洋與自

104 嚴忠政：〈奇萊碑林〉，《黑鍵拍岸》（臺中市：綠可出版社，2004年），頁175。

105 嚴忠政：〈城鄉的末梢神經〉，《黑鍵拍岸》（臺中市：綠可出版社，2004年），頁71。

106 嚴忠政：〈南投奏鳴曲〉，《黑鍵拍岸》（臺中市：綠可出版社，2004年），頁80。

107 嚴忠政：〈流亡〉，《黑鍵拍岸》（臺中市：綠可出版社，2004年），頁160。

108 嚴忠政：〈流亡〉，《黑鍵拍岸》（臺中市：綠可出版社，2004年），頁162。

109 嚴忠政：〈序 時間的後面〉，《玫瑰的破綻》（臺北市：寶瓶文化公司，2009年），頁14-15。

110 張堃：〈玄思與夢境的無限延伸——淺談嚴忠政的四首詩〉，《創世紀詩雜誌》

己不斷的進行著對話：

> 浪沒有在前方止息
> 我被沒有盡頭的遠方邀請
>
> 海藍藍的蒙起我的眼
> 要我去捉四面八方的故鄉與聲音
> 其中有人與我面對
> 像兒時玩伴單純站著
> 等待我觸身
> 但不置一語[111]

　　不停拍打岸邊的浪花，就像遠方傳來的呼喚，當藍藍的海包圍視線，詩人並沒有因此失去方向，而是更清晰地聽見內在的聲響。廖建華論及此詩時即言：「詩人反而看見了他不曾主動去回想的記憶，以及故鄉的聲音。[112]」落蒂也說：「作者表面寫太平洋，其實是藉太平洋表達精神主體的『心靈原鄉』。[113]」事實上，海之於嚴忠政不僅是心靈的原鄉，其所伴隨著的也是現實所生活、存在的島嶼故事。諸如〈未竟之書〉中，詩人以「在黑潮北上的途中狩獵／季風啊，你擒住了甚麼？擒住航海的故事了嗎[114]」作為起始，透過一個航海的故事，

第162期（2010年3月），頁38。

[111] 嚴忠政：〈屬於太平洋〉，《玫瑰的破綻》（臺北市：寶瓶文化公司，2009年），頁32-33。

[112] 廖建華：〈淺沙底下——我讀嚴忠政四首小詩〉，《創世紀詩雜誌》第162期（2010年3月），頁41。

[113] 落蒂：〈五味雜陳讀新詩〉，《創世紀詩雜誌》第162期（2010年3月），頁36。

[114] 嚴忠政：〈未竟之書〉，《前往故事的途中》（臺中市：臺中市文化局，2007年），頁22。

鋪述臺灣先民千海年來的演化史。從布農族或排灣族開創了這個島嶼的傳說，荷蘭人透過海權打造這個島嶼，到唐山過臺灣的登陸故事，這一冊的歷史伴隨著風雨，成就了現在的我們。〈作品，一九七八〉裡，小女孩的搬家讓交換文具成為過去式，被留下來的「我」以及陪伴著臺灣花東地區「東線鐵路第四月台」的，「只有陽光和海[115]」。

　　兩首榮獲時報文學獎的作品，同樣有著「海」的蹤跡。第二十七屆時報文學獎評審獎作品〈前往故事的途中〉，開頭寫道：「等待的海盜還沒來／夢的侍者說服了白天，以碇泊的意志／要羊皮與珠寶全都沉入大海——[116]」創作者透過書寫，將個人的寶物藏在文字海裡，等待讀者前來打撈，大海是作品的象徵，但光有海無法構成故事，還需要海盜（即讀者）的加入，方能挖掘書寫背後的寶藏。誠如丁威仁所言：「在創作者構築故事的過程中，如何不會失控，如何不會脫落書寫的腳步，那是因為讀者的存在[117]」。得到第三十屆時報文學獎評審獎的〈海外的一堂中文課〉，詩人也以「島因為被海遺棄而不再是島[118]」，點出我們生活在這個島嶼，從來就與海劃分不出關係。

　　最能代表這種現實／想像之海與島嶼／創作雙重關係的，當推〈內海〉一詩。「內海」的詩題指的不僅是現實中的臺灣內海，亦是詩人內在造詩所醞生的那片海。這首詩以「妳給的陸塊已經停止造

---

115 嚴忠政：〈作品，一九七八〉，《玫瑰的破綻》（臺北市：寶瓶文化公司，2009年），頁34。

116 嚴忠政：〈前往故事的途中〉，《前往故事的途中》（臺中市：臺中市文化局，2007年），頁58。

117 丁威仁：〈典律的生成（下）·兩大報文學獎新詩獎得獎主題研究〉，《戰後臺灣現代詩的演變與特質：1949-2010》（臺北市：新銳文創出版社，2012年），頁290。

118 嚴忠政：〈海外的一堂中文課〉，《玫瑰的破綻》（臺北市：寶瓶文化公司，2009年），頁102。

山／神和神停止碰撞[119]」作為起始，鋪述文字的創造過程一如造山運動，在不為人知的曲徑中緩慢運行，最終以「未料，祂們自動回來找我／趕在髮浪退潮的第一時間／和我一起面對大海，一起踏浪／在額際[120]」，讓現實的海與意識之海相互指涉與交融，讓我們一窺嚴忠政對於海的鍾愛，也表露了他對於詩創作本身的密切關注。

五 小結

本文嘗試以須文蔚、嚴忠政為觀察對象，說明創世紀中生代詩人在塑造自我詩學形象與色彩美學上的運用。在本文的第二小節中，首先從黑白色彩的角度切入，並挖掘兩位詩人創作上的共同性。美國人類學者布蘭特柏林和保羅凱曾針對九十八種語言進行色彩詞研究，他們觀察到：「沒有一種語言只具有一種色彩表現語，至少具有兩種以上。只有兩種時，通常是白色和黑色。」[121]這兩種色彩的重要性，除了是語言上的顯現，在臺灣現代詩的發展脈絡上，亦有值得我們思考之處。余欣娟在《一九六〇年代臺灣超現實詩——以洛夫、瘂弦、商禽為例》中曾經提醒我們：「臺灣超現實詩的色彩濃烈灰暗，主要是黑白灰與血色[122]」。常用黑、白、紅意象的特徵，在瘂弦、洛夫、商禽三位創世紀詩社前行代詩人身上確實可見。然而通過本文對須文蔚和嚴忠政兩位中生代詩人的討論，可以發現，他們雖然同樣以黑白為

119 嚴忠政：〈內海〉，《玫瑰的破綻》（臺北市：寶瓶文化公司，2009年），頁106。

120 嚴忠政：〈內海〉，《玫瑰的破綻》（臺北市：寶瓶文化公司，2009年），頁107。

121 呂月玉譯：《色彩的發達》（臺北市：漢藝色研文化公司，1986年），頁14-15。

122 余欣娟：《一九六〇年代臺灣超現實詩——以洛夫、瘂弦、商禽為主》（臺中市：東海大學中國文學系碩士論文，2002年），頁135。

基調，卻也進一步借用了綠藍色調的意象塗佈，觀看、描繪所生所長的這個島嶼，並發展出與前行代詩人不同的風貌。

事實上，「色彩本身是很知性的，是人們從經驗中發揮了想像力，才加諸於它這麼多感情[123]」。在黑與白的應用之外，兩位詩人分別透過對綠（青）與藍的經營，呈顯出各自寫作上的風格和特色。這樣的色彩選擇是有其背後原因的，須文蔚之鍾情於綠，讓我們看見一位年少出發的創作者，在臺北的天空下如何勉力表達自我的情感，並思索著青山綠水的美好。以至走出學院後，他特意前往花蓮參與東華中文系的開創，而後又與志同道合的同事共同開創了東華華文系。這種來往的行旅似乎在其年輕時代的《旅次》中便已提前預告。在十多年的奔波於花蓮與臺北之中，他早養成了拋開學院思維的束縛，發掘島嶼山川美好的習慣。因此，綠色美學裡頭其實包含著詩人的人文關懷，也是他作為當代旅人的抒情之所在。至於出生於中部的嚴忠政其熱愛於海，自然也是骨子裡頭早已銘刻之事。或許海在詩人成長的過程中，曾經扮演過怎樣重要的角色，從其他周邊的史料中不得而知，但從作品中確實可以深切地體會到，詩人之於海的固著，並大量透過海的表述聯結生命與創作的體驗；而其所念茲在茲的，亦是這島嶼上值得記憶與回眸的一切。

黑與白、綠與藍，顏色參與我們的世界，又被這個世界以不同的意義所捕捉與詮釋。可以說，所有詩人的創作最終都需面對「回歸自我」與「面對世界」的這兩個議題。透過相應與不同的色彩表述，須文蔚與嚴忠政這兩位「創世紀詩社」中生代詩人，意欲在前人的步伐中走得更遠。在科技當道的現今，他們的思考也都不再僅是平面，而

---

123 劉珏採訪：〈楊成愿——美・來自心靈的感動〉，收錄於心岱主編：《談色》
（臺北市：漢藝色研文化公司，1989年），頁128。

是更立體、更多元、更互動地呈顯了當代旅人抒情的表式，並且在詩路上始終懷抱著火種的浪漫與精神。

參考文獻

一　文本

須文蔚　《旅次》　臺北市　創世紀詩雜誌社　1996年

須文蔚　《魔術方塊》　臺北市　遠流出版公司　2013年

嚴忠政　《黑鍵拍岸》　臺中市　綠可出版社　2004年

嚴忠政　《前往故事的途中》　臺中市　臺中市文化局　2007年

嚴忠政　《玫瑰的破綻》　臺北市　寶瓶文化公司　2009年

嚴忠政　〈七月條件〉　《聯合報》　第D3版　2009年7月27日

嚴忠政　〈王老先生〉　《聯合報》　第D3版　2009年11月23日

嚴忠政　〈在一些自由裡，看山〉　《聯合報》　第D3版　2010年4月8日

嚴忠政　〈霧中航線〉　《聯合報》　第D3版　2010年6月23日

嚴忠政　〈同溫層〉　《聯合報》　第D3版　2010年10月10日

嚴忠政　〈備份蹤跡〉　《自由時報》　第D7版　2011年1月9日

嚴忠政　〈妳應該被愛〉　《聯合報》　第D3版　2011年2月14日

嚴忠政　〈海的選擇和遺忘〉　《聯合報》　第D3版　2011年8月3日

嚴忠政　〈同學會〉　《聯合報》　第D3版　2011年11月25日

嚴忠政　〈你和我蒐集的鎖〉　《聯合報》　第D3版　2012年2月27日

嚴忠政　〈南華鐘聲〉　《聯合報》　第D3版　2012年5月25日

嚴忠政　〈認識〉　《聯合報》　第D3版　2012年10月4日

嚴忠政　〈回到直覺〉　《聯合報》　第D3版　2013年3月21日

嚴忠政　〈履歷表〉　《聯合報》　第D3版　2013年11月19日

二　專書

Kandinsky, Wassily原著，吳瑪俐譯　《藝術的精神性》　臺北市　藝
　　　術家出版社　2006年

丁威仁　〈典律的生成（下）‧兩大報文學獎新詩獎得獎主題研究〉
　　　《戰後臺灣現代詩的演變與特質：1949-2010》　臺北市
　　　新銳文創出版社　2012年　頁271-298

廿一世紀研究會原著，張明敏譯　《色彩的世界地圖》　臺北市　時
　　　報文化出版公司　2005年

何耀宗　《色彩基礎》　臺北市　東大圖書公司　1984年

吳東平　《色彩與中國人的生活》　北京市　團結出版社　2000年

呂月玉譯　《色彩的發達》　臺北市　漢藝色研文化公司　1986年

呂月玉譯　《色彩意象世界》　臺北市　漢藝色研文化公司　1987年

宋澤萊　〈論詩中的顏色〉　《宋澤萊談文學》　臺北市　前衛出版
　　　社　2004年　頁32-42

李銘龍編著　《應用色彩學》　臺北市　藝風堂出版社　1994年

李蕭錕　《臺灣色》　臺北市　藝術家出版社　2003年

谷欣伍編　《色彩理論與設計表現》　臺北市　武陵出版社　1992年

孟　樊　《臺灣中生代詩人論》　臺北市　揚智文化事業公司　2012年

林昆範　《色彩原論》　臺北市　全華科技圖書公司　2005年

林書堯　《色彩認識論》　臺北市　三民書局　1986年

林磐聳、鄭國裕編著　《色彩計劃》　臺北市　藝風堂出版社　1999年

洛　夫、沈志方主編　〈須文蔚詩選〉　《創世紀四十年詩選：
　　　1954-1994》　臺北市　創世紀詩雜誌社　1994年　頁333-
　　　339

張　默、蕭蕭主編　〈須文蔚（一九六六——）　稻草人〉　《新

詩三百首（下）》 臺北市 九歌出版社 2007年 頁904-907

莫　渝　〈須文蔚・這是我們的平原〉 《新詩隨筆》 臺北縣 臺北縣文化局 2001年 頁303-305

莫　渝　〈鋪設一條福爾摩沙詩路〉 《臺灣詩人群像》 臺北市 秀威資訊科技公司 2007年 頁429-439

黃仁達編撰 《中國顏色》 臺北市 聯經出版公司 2011年

黃永武 《詩與美》 臺北市 洪範書店 1987年

劉玨採訪 〈楊成愿——美・來自心靈的感動〉 收錄於心岱主編 《談色》 臺北市 漢藝色研文化公司 1989年 頁126-128

蕭　蕭　《青紅皂白》 臺北市 新自然主義出版公司 2000年

賴瓊琦 《設計的色彩心理：色彩的意象與色彩文化》 臺北縣 視傳文化公司 1997年

謝欣怡 《色彩詞的文化審美性及其運用——以新詩的閱讀與寫作教學為例》 臺北市 秀威資訊科技公司 2011年

三　學位論文

余欣娟 《一九六〇年代臺灣超現實詩——以洛夫、瘂弦、商禽為主》 臺中市 東海大學中國文學系碩士論文 2002年

陳威宏 《臺灣戰後出生第三代詩人（1965-1974）之都市書寫》 桃園縣 國立中央大學中國文學研究所碩士論文 2008年

四　期刊

林明理 〈希望與愛：讀《橄仔樹》〉 《創世紀詩雜誌》第160期 2009年9月 頁36

林德俊　〈大獎詩人面對面：李進文V. S. 嚴忠政〉　《乾坤詩刊》第
　　　　34期　2005年4月　頁107-111

張　堃　〈玄思與夢境的無限延伸——淺談嚴忠政的四首詩〉　《創
　　　　世紀詩雜誌》第162期　2010年3月　頁36-39

張　默　〈創發「聲、色、意」的新景〉　《創世紀詩雜誌》第160
　　　　期　2009年9月　頁39-40

陳義芝　〈臺灣「學院詩人」的名與實——《學院詩人群年度詩集》
　　　　綜論〉　《當代詩學》第3期　2007年12月　頁1-23

楊　寒　〈雙重向度的詩旅程——讀須文蔚《旅次》〉　《創世紀詩
　　　　雜誌》第170期　2012年3月　頁52-57

落　蒂　〈五味雜陳讀新詩〉　《創世紀詩雜誌》第162期　2010年3
　　　　月　頁35-36

解昆樺　〈隱匿的群星：八〇年代後創世紀發展史與一九五〇年世代
　　　　詩人的新典律性〉　《創世紀詩雜誌》第140、141期　2004
　　　　年10月　頁68-98

廖建華　〈淺沙底下——我讀嚴忠政四首小詩〉　《創世紀詩雜誌》
　　　　第162期　2010年3月　頁41-42

簡政珍　〈須文蔚簡介〉　《幼獅文藝》第468期　1992年12月　頁97

五　報　紙

李進文　〈意象的激進分子——評介嚴忠政《黑鍵拍岸》詩集〉
　　　　《臺灣日報》　2004年5月7日　第17版

李瑞騰　〈「學院詩人」遊走門牆內外　結合多位「教書詩人」的作
　　　　品聯手推廣新詩〉　《民生報・讀書週刊》　1997年4月3日

六　網路資料

國家文化藝術基金會／各期常態補助分享／詩集《海的選擇和遺忘》
　　　創作計畫，網址http://www.ncafroc.org.tw/Content/subsidy-
　　　online-content.asp?show_no=1&ser_no=11404

附錄

須文蔚詩作使用「黑色」之詩例

編號	詩名	詩句	分類	詩集	頁數
1	〈那些張望著你的靈魂〉	陽光喚醒披著黑紗般的樺樹	黑	《旅次》	45
2	〈劇終〉	黑暗壓上了山坡	黑	《旅次》	46
3	〈劇終〉	紡織娘在黑夜的梧桐樹下低鳴	黑	《旅次》	47
4	〈劇終〉	並且努力學習抵抗黑暗	黑	《旅次》	47
5	〈連環圖畫書〉	枯坐的雪人被頑童鎖在黑暗中	黑	《旅次》	63
6	〈連環圖畫書〉	緊緊相擁的白鍵與黑鍵沉默在鵝黃的光影中	黑	《旅次》	64
7	〈連環圖畫書〉	最後凝聚成黑暗	黑	《旅次》	67
8	〈千百個夜〉	引領妳出入黑暗固守的夜晚	黑	《旅次》	85
9	〈千百個夜〉	黑暗固守的欲念的悵望的死亡中的快樂	黑	《旅次》	85
10	〈妳的沉默是我的冬天〉	孤獨和黑夜輪番觸碰下就蜷伏萎頓	黑	《旅次》	89

編號	詩名	詩句	分類	詩集	頁數
11	〈這是我們的平原〉	如此漆黑又漫長的隧道	黑	《旅次》	90
12	〈夜曲〉	黑夜追躡著徐徐的船行	黑	《旅次》	95
13	〈夜曲〉	黑夜覆蓋著寂寂的船行	黑	《旅次》	96
14	〈晨曦〉	氾濫在黑夜的隄防外	黑	《旅次》	97
15	〈或許〉	飢餓因為懼怕黑暗因為	黑	《旅次》	100
16	〈黑暗〉	黑暗深聚為一濃稠	黑	《旅次》	120
17	〈頭條笑料〉	顛倒黑白	黑	《旅次》	124
18	〈歌〉	當霓虹燈逐次被黑暗淹沒	黑	《旅次》	142
19	〈兩岸〉	在黑暗中	黑	《旅次》	188
20	〈你沉默如雷〉	人們躲進黑暗中	黑	《旅次》	193
21	〈自由與特菲爾的舞者〉	特菲爾的舞者們在黑暗中憩息	黑	《旅次》	196
22	〈西撒〉	當黑夜的陰謀繁衍在日光下	黑	《旅次》	197
23	〈西撒〉	一只玄鳥飛來簷間靜覷	黑	《旅次》	198
24	〈西撒〉	化成簷間玄鳥一聲嘶鳴	黑	《旅次》	199

編號	詩名	詩句	分類	詩集	頁數
25	〈西撒〉	驚嚇著玄鳥於是牠就飛去	黑	《旅次》	200
26	〈旅次〉	一個個無夢的黑夜我懷舊地祈望彩繪宗周的智慧於天地	黑	《旅次》	207
27	〈當代繪畫回顧展〉	黑色的煙花不往天上噴散	黑	《魔術方塊》	47
28	〈當代繪畫回顧展〉	是黑夜與火藥的密謀要讓我們	黑	《魔術方塊》	47
29	〈滬寧高速公路上聞蟬聲〉	無數的車輪潑墨在黝黑的畫軸上	黑	《魔術方塊》	49
30	〈滬寧高速公路上聞蟬聲〉	烏雲上開始飛翔著遼遠的神話	黑	《魔術方塊》	49
31	〈滬寧高速公路上聞蟬聲〉	那是夏蟬蟄伏在黑暗中十七年後	黑	《魔術方塊》	50
32	〈解凍懷念〉	在一攤躺著烏雲的水窪裡	黑	《魔術方塊》	58
33	〈沉睡在七星潭〉	讓黑潮不斷淘洗上岸的鵝卵石上	黑	《魔術方塊》	75
34	〈沉睡在七星潭〉	一波浪頭一把將夕陽擾入黝黑中	黑	《魔術方塊》	76
35	〈蛙鳴〉	寂靜暗殺了狂風與烏雲	黑	《魔術方塊》	99

編號	詩名	詩句	分類	詩集	頁數
36	〈當機〉	黝黑螢幕張開一張漩渦般的深邃大嘴	黑	《魔術方塊》	104
37	〈非常性男女〉	重新面對黑夜	黑	《魔術方塊》	118
38	〈在子盧山前哭泣〉	所有的黑豬與白豬都化身山豬	黑	《魔術方塊》	141
39	〈在子盧山前哭泣〉	曲折的迷航在烏雲無止盡的迷幻中找到句點	黑	《魔術方塊》	152
40	〈木蘭辭〉	左弧面單于肩上站著黑鷹	黑	《魔術方塊》	160
41	〈煙花告別〉	我們共有的夢想穿透黑夜的屏風	黑	《魔術方塊》	165
42	〈與流動相遇〉	拍打出島民的黑心與貪婪	黑	《魔術方塊》	192
43	〈與流動相遇〉	總有亡靈在夢裡突襲黑牢	黑	《魔術方塊》	193

嚴忠政詩作使用「黑色」之詩例

編號	詩名	詩句	分類	詩集	頁數
1	〈如果黑鍵拍岸〉	如果黑鍵拍岸	黑	《黑鍵拍岸》	14
2	〈破譯虛空〉	一切回到玄黃的母胎	黑	《黑鍵拍岸》	26
3	〈童話聽寫簿〉	黑夜在胃裡溶解	黑	《黑鍵拍岸》	40

編號	詩名	詩句	分類	詩集	頁數
4	〈老人與牆〉	黑夜與白天	黑	《黑鍵拍岸》	53
5	〈攝於市民廣場〉	季節在黑板樹精彩的演算	黑	《黑鍵拍岸》	59
6	〈懺情書〉	天地玄黃	黑	《黑鍵拍岸》	88
7	〈懺情書〉	那攤墨色的夜被沾染之後	黑	《黑鍵拍岸》	88
8	〈如果遇見古拉〉	如黑洞的邊境	黑	《黑鍵拍岸》	100
9	〈警察手記〉	不怕臺灣黑熊	黑	《黑鍵拍岸》	116
10	〈將軍的病房手記〉	盡是少年黑髮	黑	《黑鍵拍岸》	120
11	〈放下〉	看白雲和烏雲如何對弈	黑	《黑鍵拍岸》	157
12	〈放下〉	只有黑鍵沒有白鍵的鋼琴	黑	《黑鍵拍岸》	158
13	〈愉悅（II）〉	此時玄黃早已轉為蔚藍	黑	《前往故事的途中》	18
14	〈未竟之書〉	在黑潮北上的途中狩獵	黑	《前往故事的途中》	22
15	〈未竟之書〉	是湘君跋涉的黑水溝	黑	《前往故事的途中》	23
16	〈行道樹與故事的構成〉	黑板樹寫下其中的一段	黑	《前往故事的途中》	32
17	〈一場古典的雨〉	而烏雲正在下墜	黑	《前往故事的途中》	46

編號	詩名	詩句	分類	詩集	頁數
18	〈焚林的煙火〉	從黑板裡跳出一隻貓來	黑	《前往故事的途中》	48
19	〈雨夜花〉	要在黑夜身上射出窟窿	黑	《前往故事的途中》	52
20	〈死亡向我展示他的權力〉	其實等同烏雲的全部	黑	《前往故事的途中》	54
21	〈死亡向我展示他的權力〉	這樣的高原，烏雲	黑	《前往故事的途中》	55
22	〈白馬，不是馬〉	以及黑馬	黑	《玫瑰的破綻》	43
23	〈人質〉	黑眼睛	黑	《玫瑰的破綻》	44
24	〈星期一的聚餐〉	一張漆黑的臉	黑	《玫瑰的破綻》	72
25	〈星期一的聚餐〉	看著一塊漆黑的炭	黑	《玫瑰的破綻》	72
26	〈星期一的聚餐〉	烏雲被高樓剪接	黑	《玫瑰的破綻》	73
27	〈回到光中〉	不再是黑色石膏像	黑	《玫瑰的破綻》	89
28	〈回到光中〉	黑色維納斯	黑	《玫瑰的破綻》	89
29	〈回到光中〉	躺著看信仰被烏雲重抄一遍	黑	《玫瑰的破綻》	91
30	〈回到光中〉	誰在這裡抄寫黑函	黑	《玫瑰的破綻》	96

編號	詩名	詩句	分類	詩集	頁數
31	〈我們的晦澀〉	像黑暗盜走了火把	黑	《玫瑰的破綻》	108
32	〈蹉跎如火柴的美學姿態〉	不以電光火石磨擦黑夜	黑	《玫瑰的破綻》	111
33	〈蕭邦的女人〉	在白鍵與黑夜之間	黑	《玫瑰的破綻》	114
34	〈黑色奇萊〉	龐大的黑色身影	黑	《玫瑰的破綻》	135
35	〈大盜之行〉	牛棚蜘蛛也在構思黑暗的燦爛與	黑	《玫瑰的破綻》	139
36	〈七月條件〉	青春又瘦又黑	黑	《聯合報》2009年7月27日	D3版
37	〈七月條件〉	天這麼黑	黑	《聯合報》2009年7月27日	D3版
38	〈霧中航線〉	在黑盒子記錄過的四月天	黑	《聯合報》2010年6月23日	D3版
39	〈同學會〉	黑板	黑	《聯合報》2011年11月25日	D3版
40	〈同學會〉	認識黑板以外的牆	黑	《聯合報》2011年11月25日	D3版
41	〈回到直覺〉	用大量的黑掩飾自己的張望	黑	《聯合報》2013年3月21日	D3版

須文蔚詩作使用「白色」之詩例

編號	詩名	詩句	分類	詩集	頁數
1	〈如果星星都不見了〉	每一個白晝中	白	《旅次》	31
2	〈劇終〉	幻想老友抱著白紗新娘涉水	白	《旅次》	47
3	〈晨星〉	晨星被太陽以白袍覆蓋	白	《旅次》	49
4	〈舞會〉	用白晝翻譯夜晚的夢境	白	《旅次》	52
5	〈燭光〉	縱使黎明在長夜與白晝間躲藏	白	《旅次》	54
6	〈連環圖畫書〉	雪一樣的白髮如飛瀑	白	《旅次》	60
7	〈連環圖畫書〉	妳畫了一樹銀白的積雪	白	《旅次》	63
8	〈連環圖畫書〉	緊緊相擁的白鍵與黑鍵沉默在鵝黃的光影中	白	《旅次》	64
9	〈沈吟〉	常喜歡看你著一襲白衫	白	《旅次》	68
10	〈沈吟〉	你著一襲白衫輕輕地細述	白	《旅次》	68
11	〈沈吟〉	我的雙瞳因缺少一襲白衫子而黯然	白	《旅次》	69

編號	詩名	詩句	分類	詩集	頁數
12	〈秋夜瑣言〉	自一片白楊枝梢的蕭瑟中	白	《旅次》	75
13	〈域外夜讀〉	李白的霜被桌燈消融在案前	白	《旅次》	121
14	〈頭條笑料〉	顛倒黑白	白	《旅次》	124
15	〈證言〉	保持史冊上緘默般的空白	白	《旅次》	150
16	〈證言〉	崔杼冷白的面容	白	《旅次》	155
17	〈證言〉	仰望微弱的晨星於星河中宣示白晝的開始	白	《旅次》	157
18	〈南陽劉子驥言〉	一渦白沫漩入湍急的溪流中	白	《旅次》	164
19	〈南陽劉子驥言〉	又一渦白沫漩入湍急的溪流中	白	《旅次》	169
20	〈酒泉街〉	遠上白雲間	白	《旅次》	177
21	〈西撒〉	風揚起一襲白布袍	白	《旅次》	197
22	〈西撒〉	他那灰白惑人的髮絲且宣示	白	《旅次》	197
23	〈旅次〉	一個個無夢的白晝我孤弩的意志與浩渺的紛亂抗爭	白	《旅次》	207
24	〈魔術方塊〉	不再用蒼白來博取妳的愛戀	白	《魔術方塊》	52

編號	詩名	詩句	分類	詩集	頁數
25	〈魔術方塊〉	化身千萬隻白鷺鷥給妳會發光的花朵	白	《魔術方塊》	53
26	〈解凍懷念〉	在人群中找不到額頭綁著白布條	白	《魔術方塊》	58
27	〈雲樣的誓言〉	一行白鷺鷥起瀲灩的餘音	白	《魔術方塊》	62
28	〈雲樣的誓言〉	還是白雲幻化	白	《魔術方塊》	62
29	〈雲樣的誓言〉	無數白鳥愚弄	白	《魔術方塊》	62
30	〈悄聲〉	我調皮地吹開小白傘讓妳的寂寞	白	《魔術方塊》	65
31	〈橄仔樹〉	教白鴿在枝枒間朗誦且棲止出一叢叢美夢	白	《魔術方塊》	73
32	〈懷想淡水〉	是白鷺鷥斂起雙翼	白	《魔術方塊》	80
33	〈玉山學第0章〉	白雲跳躍過稜線纏綿住視線	白	《魔術方塊》	83
34	〈苦澀〉	白鷺鷥踏步在水田間	白	《魔術方塊》	86
35	〈攔截風華的左外野手〉	注視冷氣團染白了的平原	白	《魔術方塊》	88
36	〈打嘴砲〉	練習剪輯名嘴的口白當格言	白	《魔術方塊》	101
37	〈盲夢〉	白鳥在夢的曠野上飛翔	白	《魔術方塊》	113

編號	詩名	詩句	分類	詩集	頁數
38	〈在子虛山前哭泣〉	所有的黑豬與白豬都化身山豬	白	《魔術方塊》	141
39	〈在子虛山前哭泣〉	高蛋白	白	《魔術方塊》	143
40	〈在子虛山前哭泣〉	高蛋白	白	《魔術方塊》	143
41	〈在子虛山前哭泣〉	檳榔樹林間懸掛著一條白銀項鍊般的公路	白	《魔術方塊》	144
42	〈木蘭辭〉	蒼白的臉孔	白	《魔術方塊》	160
43	〈與流動相遇〉	有人為每一隻白鴿繫上監視器	白	《魔術方塊》	194

嚴忠政詩作使用「白色」之詩例

編號	詩名	詩句	分類	詩集	頁數
1	〈衣架〉	懸置暗夜的獨白	白	《黑鍵拍岸》	22
2	〈聽人說起妳〉	一頭白髮將我染成靜默	白	《黑鍵拍岸》	29
3	〈窺伺〉	海床與白沙	白	《黑鍵拍岸》	34
4	〈一隻斑馬，死在斑馬線上〉	幾枚鎳幣煎熟路人翻白的魚尾紋	白	《黑鍵拍岸》	36
5	〈複製畫〉	雙臂和白色桌巾構思的三角形頂端	白	《黑鍵拍岸》	44

編號	詩名	詩句	分類	詩集	頁數
6	〈單腳練習〉	白鷺鷥才能單腳平衡天際線	白	《黑鍵拍岸》	51
7	〈老人與牆〉	黑夜與白天	白	《黑鍵拍岸》	53
8	〈懺情書〉	在白堊紀化石為不再暴動的血肉	白	《黑鍵拍岸》	93
9	〈時差〉	如果白幡是改革的風向指標	白	《黑鍵拍岸》	109
10	〈在和平的長廊讀畫〉	美化了插白旗子卡車經過的那一天	白	《黑鍵拍岸》	113
11	〈將軍的病房手記〉	白色小船驅逐的魚尾紋若潛若颺	白	《黑鍵拍岸》	118
12	〈住址〉	白天掛著外交辭令的衣架	白	《黑鍵拍岸》	138
13	〈單行道〉	將車泊在白白的大樓招租廣告前面	白	《黑鍵拍岸》	147
14	〈放下〉	看白雲和烏雲如何對弈	白	《黑鍵拍岸》	157
15	〈放下〉	心房一道繁殖白蟻的門檻	白	《黑鍵拍岸》	157
16	〈放下〉	只有黑鍵沒有白鍵的鋼琴	白	《黑鍵拍岸》	158
17	〈愉悅（I）〉	蛋白色的人生	白	《前往故事的途中》	16

編號	詩名	詩句	分類	詩集	頁數
18	〈未竟之書〉	錫白的儀式才剛開始	白	《前往故事的途中》	24
19	〈未竟之書〉	或許大里杙的小木樁正牢牢繫住一頭白髮	白	《前往故事的途中》	24
20	〈復活〉	早發的白楊因為動物的走蹄	白	《前往故事的途中》	50
21	〈復活〉	比白還白	白	《前往故事的途中》	51
22	〈復活〉	比白還白	白	《前往故事的途中》	51
23	〈前往故事的途中〉	夢的侍者說服了白天	白	《前往故事的途中》	58
24	〈再致亡夫〉	白了我們的三月	白	《前往故事的途中》	61
25	〈巴別塔〉	滯留高空的二道白煙	白	《前往故事的途中》	96
26	〈臭鼬〉	釋放白天	白	《前往故事的途中》	124
27	〈南灣〉	琺瑯白的貂呼之欲出	白	《前往故事的途中》	132
28	〈海〉	奔放的白馬	白	《玫瑰的破綻》	27
29	〈白馬，不是馬〉	白馬，不是馬	白	《玫瑰的破綻》	43

編號	詩名	詩句	分類	詩集	頁數
30	〈玫瑰的破綻〉	從一疊詩稿裡鑽出她白皙的韻腳	白	《玫瑰的破綻》	56
31	〈狙擊手在看我，2049年11月〉	站在白內障裡我更模糊	白	《玫瑰的破綻》	62
32	〈骰子的信徒〉	一排小學生跟著白鴿踏上紀念館石階	白	《玫瑰的破綻》	82
33	〈骰子的信徒〉	一排等著公證的肋骨繫著更白皙的肩帶	白	《玫瑰的破綻》	82
34	〈回到光中〉	果醬跋涉於白吐司	白	《玫瑰的破綻》	94
35	〈她的出現〉	不讓白髮阻止花序	白	《玫瑰的破綻》	112
36	〈蕭邦的女人〉	在白鍵與黑夜之間	白	《玫瑰的破綻》	114
37	〈東遊要到琵琶湖，他說〉	在此氤氳白晝	白	《玫瑰的破綻》	116
38	〈虞兮，虞兮〉	不曾見識的雪白	白	《玫瑰的破綻》	136
39	〈大盜之行〉	以白髮助燃的速度	白	《玫瑰的破綻》	138
40	〈太歲〉	過隙白駒終於倒臥時鐘裡	白	《玫瑰的破綻》	143

編號	詩名	詩句	分類	詩集	頁數
41	〈王老先生〉	最白的菅芒告別最紅的夕陽	白	《聯合報》2009年11月23日	D3版
42	〈在一些自由裡，看山〉	她不規則地撕開一張白紙	白	《聯合報》2010年4月8日	D3版
43	〈在一些自由裡，看山〉	白雲也只隨便走走	白	《聯合報》2010年4月8日	D3版
44	〈備份蹤跡〉	是我向李白索吻	白	《自由時報》2011年1月9日	D7版
45	〈海的選擇和遺忘〉	紙飛機的白色格子裡	白	《聯合報》2011年8月3日	D3版

須文蔚詩作使用「綠／青」之詩例

編號	詩名	詩句	分類	詩集	頁數
1	〈流程〉	青春在露珠與草茨	青	《旅次》	28
2	〈讓我們停止追逐繽紛的聲色〉	批倒一叢青草	青	《旅次》	29
3	〈啟航儀式的致詞〉	愈聚愈多的青年學子對自己的命題下定義	青	《旅次》	35
4	〈答友人書〉	庭院中青綠的竹節	青	《旅次》	37
5	〈答友人書〉	庭院中青綠的竹節	綠	《旅次》	37

編號	詩名	詩句	分類	詩集	頁數
6	〈答友人書〉	接引著青綠的竹節向上生長	青	《旅次》	37
7	〈答友人書〉	接引著青綠的竹節向上生長	綠	《旅次》	37
8	〈答友人書〉	鋪綠	綠	《旅次》	37
9	〈連環圖畫書〉	年少黛綠便化作	綠	《旅次》	60
10	〈連環圖畫書〉	妳畫了塵沙外青翠誘人的綠洲	青	《旅次》	61
11	〈連環圖畫書〉	妳畫了塵沙外青翠誘人的綠洲	綠	《旅次》	61
12	〈沈吟〉	溪水湛綠著	綠	《旅次》	68
13	〈沈吟〉	火紅的木棉轉綠了	綠	《旅次》	69
14	〈沈吟〉	天空水藍著溪水湛綠著	綠	《旅次》	69
15	〈秋夜瑣言〉	熒熒青燈	青	《旅次》	76
16	〈秋夜瑣言〉	一世的塵綠不也是忽忽去來	綠	《旅次》	77
17	〈枯井〉	青苔密密覆蓋的	青	《旅次》	79
18	〈曬太陽的詩〉	濃鬱的綠蔭密密地	綠	《旅次》	87
19	〈這是我們的平原〉	泛上河畔的蒼綠	綠	《旅次》	90
20	〈樹〉	綠是種渴	綠	《旅次》	102
21	〈春日寓言〉	新綠的葉在樹梢開展鮮嫩的胴體	綠	《旅次》	104

編號	詩名	詩句	分類	詩集	頁數
22	〈春日寓言〉	解開了綠樹向上生長	綠	《旅次》	105
23	〈年少日記的火葬禮〉	猶似驚見積雪下萌生的青苔	青	《旅次》	118
24	〈證言〉	去青的竹簡是孩提的夢土	青	《旅次》	153
25	〈證言〉	上蒼在南山播植綠竹	綠	《旅次》	153
26	〈證言〉	完成綠樹萌芽	綠	《旅次》	160
27	〈證言〉	上蒼在南山播植綠竹	綠	《旅次》	161
28	〈南陽劉子驥言〉	綠溪行	綠	《旅次》	164
29	〈南陽劉子驥言〉	不停囓咬我有限的青春	青	《旅次》	169
30	〈征夫〉	輕掩上青青柳色	青	《旅次》	173
31	〈酒泉街〉	深綠的藤蔓纏住炎夏	綠	《旅次》	177
32	〈迪化街〉	大稻埕的青年不再在街頭以生命與義氣狂賭	青	《旅次》	182
33	〈你沉默如雷〉	衰老的國度中，青年們	青	《旅次》	192
34	〈自由與特菲爾的舞者〉	青年們拋去靈魂的重量	青	《旅次》	194
35	〈西撒〉	石柱下的青苔	青	《旅次》	198

編號	詩名	詩句	分類	詩集	頁數
36	〈旅次〉	等待煦陽敲落積雪後盡立出始終如一的蒼綠	綠	《旅次》	209
37	〈旅次〉	青年們被饑餓與慾望放逐後背棄禮法	青	《旅次》	210
38	〈料理〉	青菜正要下鍋時	青	《魔術方塊》	41
39	〈當代繪畫回顧展〉	對面牆上的酷兒綠著一張絕美的臉	綠	《魔術方塊》	47
40	〈魔術方塊〉	在礦泉水招牌上的綠洲小憩	綠	《魔術方塊》	52
41	〈魔術方塊〉	隔著春日注滿綠光的水田	綠	《魔術方塊》	52
42	〈解凍懷念〉	把自己坐成一片野百合花田的那群青年	青	《魔術方塊》	58
43	〈奧義〉	在新綠的芽尖挺立時	綠	《魔術方塊》	60
44	〈橄仔樹〉	風與綠葉密語著翻譯出的不是遺忘	綠	《魔術方塊》	73
45	〈苦澀〉	彈奏著一首碧綠色的鋼琴奏鳴曲	綠	《魔術方塊》	86

編號	詩名	詩句	分類	詩集	頁數
46	〈木頭人〉	二十年的青春歲月是大地一聲驚雷	青	《魔術方塊》	91
47	〈吾等皆是夢的產物〉	遲到的綠燈	綠	《魔術方塊》	112
48	〈在子虛山前哭泣〉	青山的脊椎骨就被滾滾滔滔的洪水折	青	《魔術方塊》	145
49	〈在子虛山前哭泣〉	青澀的檳榔種子灑在草原上	青	《魔術方塊》	145
50	〈在子虛山前哭泣〉	翠綠	綠	《魔術方塊》	150
51	〈煙花告別〉	綠光　炸射出我無法供給你索求的情感	綠	《魔術方塊》	166
52	〈與流動相遇〉	月桂葉鋪綠了臺北的春天	綠	《魔術方塊》	176
53	〈與流動相遇〉	乘客是一束束漂浮的綠藻	綠	《魔術方塊》	178
54	〈與流動相遇〉	玉蘭樹梢的青斑鳳蝶	青	《魔術方塊》	202
55	〈鑄風於銅〉	你可以把風鑄進青銅	青	《魔術方塊》	203

嚴忠政詩作使用「海」之詩例

編號	詩名	詩句	分類	詩集	頁數
1	〈如果黑鍵拍岸〉	像海龜揹負著	海	《黑鍵拍岸》	12
2	〈如果黑鍵拍岸〉	大海的秘密	海	《黑鍵拍岸》	12
3	〈如果黑鍵拍岸〉	我的詩還在海平面以下	海	《黑鍵拍岸》	13
4	〈如果黑鍵拍岸〉	我要大海的秘密——答數	海	《黑鍵拍岸》	13
5	〈如果黑鍵拍岸〉	撐起海床的脊柱	海	《黑鍵拍岸》	14
6	〈玉山薄雪草〉	不是高海拔	海	《黑鍵拍岸》	18
7	〈破譯虛空〉	如谷壑坵之為江海	海	《黑鍵拍岸》	26
8	〈破譯虛空〉	海倒退	海	《黑鍵拍岸》	26
9	〈窺伺〉	海床與白沙	海	《黑鍵拍岸》	34
10	〈一尾游離梵音的木魚〉	指間如海豚戲球般律動	海	《黑鍵拍岸》	64
11	〈一尾游離梵音的木魚〉	沒有自己的海域	海	《黑鍵拍岸》	65
12	〈一尾游離梵音的木魚〉	界定自己的海域	海	《黑鍵拍岸》	66
13	〈城鄉的末梢神經〉	漁火在巴士海峽自成星座	海	《黑鍵拍岸》	71

編號	詩名	詩句	分類	詩集	頁數
14	〈奇萊碑林〉	和海岸公路的浪花一同抵禦喧囂	海	《黑鍵拍岸》	75
15	〈南投奏鳴曲〉	管他誰先渡海來台	海	《黑鍵拍岸》	78
16	〈南投奏鳴曲〉	是舊枝拉動海拔的高音	海	《黑鍵拍岸》	80
17	〈遙遠的抵達〉	在摩梭族歌聲拉高的海拔	海	《黑鍵拍岸》	84
18	〈遙遠的抵達〉	海角背著天涯	海	《黑鍵拍岸》	85
19	〈警察手記〉	我到雲海掬水	海	《黑鍵拍岸》	116
20	〈流亡〉	海，仍然高過我的憂鬱	海	《黑鍵拍岸》	160
21	〈流亡〉	海善於畫出邊陲的弧度	海	《黑鍵拍岸》	162
22	〈未竟之書〉	擒住航海的故事了嗎	海	《前往故事的途中》	22
23	〈未竟之書〉	海盜亮出潮汐	海	《前往故事的途中》	22
24	〈未竟之書〉	海權打造的島嶼啊	海	《前往故事的途中》	23
25	〈未竟之書〉	從北海道到南洋	海	《前往故事的途中》	23
26	〈未竟之書〉	台江內海變成陸灣	海	《前往故事的途中》	23
27	〈死亡向我展示他的權力〉	想像中的私人海灘	海	《前往故事的途中》	54

編號	詩名	詩句	分類	詩集	頁數
28	〈你為海洋命名的時候〉	你為海洋命名的時候	海	《前往故事的途中》	56
29	〈你為海洋命名的時候〉	我不知道這樣的海	海	《前往故事的途中》	56
30	〈前往故事的途中〉	等待的海盜還沒來	海	《前往故事的途中》	58
31	〈前往故事的途中〉	要羊皮與珠寶全都沉入大海	海	《前往故事的途中》	58
32	〈前往故事的途中〉	等待的海盜還沒來	海	《前往故事的途中》	59
33	〈再致亡夫〉	導覽海誓與山盟的原址	海	《前往故事的途中》	60
34	〈寫給遠離〉	而妳和他歡喜擱淺於人工海岸	海	《前往故事的途中》	72
35	〈一枚核彈在胸前投下〉	被另一個海洋澆溉	海	《前往故事的途中》	81
36	〈一枚核彈在胸前投下〉	隔海的抗議聲爆破一台軍車	海	《前往故事的途中》	81
37	〈鞋帶或者蚯蚓〉	午后的南法國海	海	《前往故事的途中》	98
38	〈鞋帶或者蚯蚓〉	矽膠是我們的海灘假期	海	《前往故事的途中》	98
39	〈鞋帶或者蚯蚓〉	隔海才有真相	海	《前往故事的途中》	98
40	〈讀者反應理論〉	怎麼不是想像中的海鮮	海	《前往故事的途中》	114

編號	詩名	詩句	分類	詩集	頁數
41	〈南灣〉	只有海浪打著相同節奏	海	《前往故事的途中》	132
42	〈水晶音樂〉	於星河的海埔新生地	海	《前往故事的途中》	136
43	〈海〉	有豐腴的海	海	《玫瑰的破綻》	26
44	〈海〉	海怎麼不讓人讚美她	海	《玫瑰的破綻》	27
45	〈屬於太平洋〉	海藍藍的蒙起我的眼	海	《玫瑰的破綻》	32
46	〈作品，一九七八〉	只有陽光和海	海	《玫瑰的破綻》	34
47	〈三十年〉	在體外緩緩拉高海拔	海	《玫瑰的破綻》	39
48	〈人質〉	你加工過的海的氣味	海	《玫瑰的破綻》	44
49	〈地下化運動〉	四海搬家	海	《玫瑰的破綻》	59
50	〈狙擊手在看我，2049年11月〉	狙擊手爬上一座被海報廢的燈塔	海	《玫瑰的破綻》	62
51	〈狙擊手在看我，2049年11月〉	槍膛和胸膛都回到有海風吹拂的日子	海	《玫瑰的破綻》	62
52	〈狙擊手在看我，2049年11月〉	這裡已經沒有海岸線	海	《玫瑰的破綻》	62

編號	詩名	詩句	分類	詩集	頁數
53	〈星期一的聚餐〉	魚翅保有海洋的壯闊	海	《玫瑰的破綻》	72
54	〈新本土論〉	意識中必然瞭望的海洋性格	海	《玫瑰的破綻》	76
55	〈回到光中〉	在海權高漲的時／代	海	《玫瑰的破綻》	88
56	〈回到光中〉	它們一個個陳列為人權的海圖	海	《玫瑰的破綻》	90
57	〈回到光中〉	在海權高漲的時代	海	《玫瑰的破綻》	90
58	〈回到光中〉	在飛魚和海鳥都譴責詩人的時代	海	《玫瑰的破綻》	91
59	〈回到光中〉	航海家不知道	海	《玫瑰的破綻》	94
60	〈海外的一堂中文課〉	島因為被海遺棄而不再是島	海	《玫瑰的破綻》	102
61	〈內海〉	和我一起面對大海	海	《玫瑰的破綻》	107
62	〈東遊要到琵琶湖，他說〉	海將距離說成遙遠	海	《玫瑰的破綻》	116
63	〈東遊要到琵琶湖，他說〉	海岸線確實在這裡打了一個毛線球	海	《玫瑰的破綻》	116
64	〈海角的海角〉	前方是七星潭的海	海	《玫瑰的破綻》	118
65	〈海角的海角〉	在這個曾經我們過的海角	海	《玫瑰的破綻》	118

編號	詩名	詩句	分類	詩集	頁數
66	〈有時我也聽簡單的歌〉	走到一個有木麻黃的海邊	海	《玫瑰的破綻》	120
67	〈七月條件〉	海把天空搬到墾丁大街	海	《聯合報》2009年7月27日	D3版
68	〈七月條件〉	迷信海和七月	海	《聯合報》2009年7月27日	D3版
69	〈備份蹤跡〉	浪漫在一個有體溫的海	海	《自由時報》2011年1月9日	D7版
70	〈妳應該被愛〉	我在妳額前瀏海拋錨	海	《聯合報》2011年2月14日	D3版
71	〈認識〉	比被航行的海洋浩瀚	海	《聯合報》2012年10月4日	D3版

試論首二屆「創世紀詩獎」得主書寫風格之異同

嚴敏菁

摘要

「創世紀」詩社創立於一九五四年，至今年剛好屆滿一甲子，在這六十年的悠長歲月中，該詩社為臺灣詩壇發掘出許多優秀的詩人以及重要的詩評家，成為臺灣現代詩發展史上的重要啟蒙者。「創世紀」詩社對於詩的發展，除了提供發表創作的場域外，也以頒發「創世紀詩獎」的方式，獎掖並肯定作者們辛勤不懈之筆耕。

本文即擬自該詩獎創設以來首二屆的創作獎得主，葉維廉及蘇紹連兩位先進之作品為觀察文本，並以《創世紀》頒發獎項時之得獎評論作為基礎，以回顧在臺灣現代詩發展初期時，作為一個詩壇先行者的詩刊，是如何以開闊與前瞻的眼光，將獎項頒予在詩文創作上卓有才華並具實驗與發展性的作者，這樣的觀點又是如何將臺灣在六、七〇年代時，現代詩的發展風貌與真相深刻展現，並同時以兩位得獎者之早期作品作為輔參，進行寫作風格之交互比較，期能自不同角度理解並深化此一議題之內涵意義。

關鍵詞：創世紀詩社、創世紀詩獎、葉維廉、蘇紹連

一 前言

　　《創世紀》於一九五四年創刊，迄今正好屆滿六十週年，回顧其青春歲月，對於詩的追求與理想，至今熾然。《創世紀》自創刊後，以十年（其後曾更改為五年）為期設立一次詩獎，拔擢詩壇優秀新生，除了替詩壇掘發人才，也期能為詩社注入新血。《創世紀》詩獎設立至今，無論是在詩創作或者評論方面，皆已探發不少優秀人才，至今已有多人卓然自成一家，創作勃發，更顯出詩社當年慧眼獨具的視野。今年適逢《創世紀》屆滿六十大慶，本文擬回顧最初創立詩獎的信念與動機，從對獲獎詩人創作風格的解讀，與評析當時六、七〇年代的詩壇風氣兩方面做一探討比較，期能由詩獎的評選面向及得獎詩人的作品比較中，探梳《創世紀》對現代詩追求開創的精神。

　　《創世紀》於一九五九年第十一期擴版後，強調詩的「世界性」、「超現實性」、「獨創性」與「純粹性」[1]，對現代詩的吸收領域，已由以往「新民族詩型」的國族訴求，擴展為外延的越域探索。此時期前後開始有譯詩與詩評論出現、並著手詩選的選錄收編，展現《創世紀》對擴版後理念的革新與實踐。葉維廉於一九六一年三月加入《創世紀》[2]，自第十五期開始發表詩作，同時成為社內編輯群之一。此階段島外詩人如葉維廉、崑南、李英豪等人的加入，以及社內詩人季紅、葉笛、葉泥、葉維廉等人大量譯介國外詩人作品，看得出《創世紀》的確努力於建立詩跨界的「世界性」；同時與學院派及島

1　張默：〈創世紀的發展路線及其檢討〉，原載於《現代文學》第46期（1972年3月），本文選自《創世紀——創刊卅週年紀念號》第65期（1984年10月），頁72。

2　參見張默、張漢良主編：《創世紀四十年總目》（臺北市：創世紀詩雜誌社，1994年），頁256。

外詩人的橫向聯繫，藉由對現代文學理論的吸收，進而強化詩的「超
現實性」；而在評論的撰寫方面，也呈現《創世紀》追求「獨創性」
與「純粹性」的持續力。

　　《創世紀》於創刊後十年辦理首屆詩獎時，對於得獎人的資格應
亦有上述之類似衡量，是以在評選辦法中有「海外一名，國內兩名」
的名額認定。一九六四年葉維廉以〈降臨〉一詩榮獲「創世紀十週年
創作詩獎」（國內），時年二十七歲，另一位（海外）得獎人為金炳
興。此次詩獎的頒發或可視為《創世紀》對學院派與島外優秀詩人的
發掘，及其對詩「世界性」的真實實踐。以此，《創世紀》努力將詩
的觸角伸出島嶼之外，正如張默所言：「我們今後的計畫，是在逐漸
加重譯作的成分，我們認為翻譯與創作實具有同等價值。」[3]

　　同時《創世紀》自首屆詩獎後，一直到舉辦第二屆詩獎的十年
間，歷經停刊又復刊的辛苦經營過程[4]，也曾因詩壇上對於「晦澀」詩
風的批評而遭受波及，洛夫於創刊二十週年紀念感言中曾言：「『超
現實』與『純粹經驗』是現代詩發展過程中兩種實驗性的理論，自有
其包容性與限制性……《創世紀》的力量乃建立在堅定不移的美學信
仰，和誠誠懇懇，實實在在的創作態度上。」[5]《創世紀》之「實驗精
神」一直是其能走向西化復又回歸的基調與關鍵，在創作上如此，對
於詩壇新聲的發掘亦如是。如洛夫在《創世紀》復刊詞中所言：「我
們永遠自覺、永遠清醒，我們一直保持著求新求變的彈性，也一直注
視著詩壇的客觀情勢與發展，我們不僅未忽視年輕一輩在成長中的力

3　張默：〈革新擴版「編輯人手記」〉，原載於《創世紀》第11期（1959年4月）。
　　本文選自《創世紀四十年總目》，頁161。

4　《創世紀》於第二十九期（1969年1月）後由於經費籌措困難宣布休刊，於一九七
　　二年九月復刊，出版第三十期，期間相隔三年多。

5　洛夫：〈我們的信念與期許——本刊創刊二十週年紀念感言〉，《創世紀》第38
　　期（1974年10月），頁2。

量，而且深以協助他們建設自己乃是我們應有的責任。」⁶以此理念推向詩獎，不難看出《創世紀》對於栽培詩壇新秀的期望。且《創世紀》自第十一期擴版後，也積極加強詩評寫作與推廣，無論詩社內外的詩人多有作品刊登，因此，「創世紀創刊廿週年紀念詩獎」除原有「詩創作獎」外，又新增「詩評論獎」，應與其力推詩評寫作的方向有關。

到了《創世紀》舉辦第二屆詩獎前後，正是臺灣詩壇各新興詩社風起雲湧之七〇年代。本屆四位得獎者在當時皆為青年才俊，今日閱讀《創世紀》評論之得獎評語，可以看到評審多以得獎者其作品具創見為肯定之語⁷，而今這幾位得獎者早已是詩壇卓然詩家與評論重鎮，更顯見《創世紀》伯樂慧眼。如其中蘇紹連榮獲「創世紀創刊廿週年紀念詩獎」時，年僅二十五歲，換言之，這些詩人初踏入詩壇，作品已受《創世紀》所注目，因此詩獎的頒發，符應了《創世紀》復刊後對詩壇新血的鼓勵與期望。

由於詩創作與詩評論實為研究之兩大場域，且諸位得獎者如今皆為文壇名家，筆者以此短論簡敘，難以盡述，難免不夠詳實。因學力有限，本文擬以《創世紀》最初創社二十年、以新詩建構與實驗的精神為綱，並僅以首二屆詩創作獎得主當時作品之比較中，能窺見《創

6　洛夫：〈一顆不死的麥子〉，《創世紀》第30期復刊號（1972年9月），頁5。

7　詩創作獎蘇紹連得獎評語：「蘇紹連的出現，意味著中國詩壇一種新的可能；他利用多變的意象，和戲劇性的張力，為現代人繪出一顆受傷的靈魂。」，季野得獎評語：「季野的詩輕柔中帶有蒼鬱，常在寂靜中突然爆出一閃灼熱的火花；他如一支曠野中的牧笛，韻律輕快而又淒涼；詩評論獎蕭蕭得獎評語：「蕭蕭以其幽秘恬靜的筆調寫詩，以其精闢獨到的思辨力寫評論而崛起詩壇；如果詩人是新秩序的建造者，則他是此一新秩序的發現者與詮釋者。」，張漢良得獎評語：「張漢良是當代極具靈慧的年輕評論家之一，對現代詩懷有同情的了解；立論精確而客觀，將是中國現代詩史中最為雄辯的證人。

世紀》最初詩風格的建立及寄望，以及得獎者在詩創作上的貢獻與能力。

二 《創世紀》詩獎沿革與首二屆得獎者簡述

（一）《創世紀》發刊十週年詩創作獎

《創世紀》於創刊即將屆滿十年時，自一九六三年六月開始籌備首屆詩獎，創辦之宗旨與辦法刊載於第十八期如下：

> 明（五十三）年十月，為「創世紀詩刊」（The Epoch Poetry Quarterly）發起創刊十週年紀念，本刊為鼓舞當代優秀詩人，選出最具藝術價值之代表詩作，特舉辦「《創世紀》發刊十週年詩創作獎」其辦法如次：
>
> 1、凡於民國五十年元月至五十三年三月底止，於國內外各報刊發表之中文詩作或單行本，均列入評選範圍。
>
> 2、自本年七月一日至五十三年三月底止，我們竭誠歡迎海內外各詩社，出版社，雜誌社及作者給本社提供資料，本社收到後當妥慎保存並於評選後寄還。
>
> 3、評選委員——國內・季紅、洛夫、商禽、瘂弦、張默。海外・李英豪、崑南。[8]
>
> 4、獲獎詩人及作品（海外一名，國內兩名）於五十三年詩人節在本刊及「好望角」半月刊同時刊布。每位得獎詩人將獲雕塑品一座（由本社聘請香港青年雕塑家張義先

8　葉維廉原列名海外評委之一，後於一九六三年十二月來函《創世紀》，表示退出海外評委職務，因此未將其列入。

生精心設製）。評選委員會將同時發表聯合公報，指出得獎作品緣由。[9]

辦理詩獎之動機在於「鼓舞當代優秀詩人」，在當時文壇上詩獎尚未普及[10]、兩大報系[11]、及各縣市廣泛舉辦之文學獎未面世前，《創世紀》可說以先行者之姿，為獎勵詩壇新秀，在詩社創辦的第一個十年，舉辦了首屆詩獎。這期間，正屬於《創世紀》面臨第十一期重新改版後，由一至十期的「試驗期」進入到「創造期」階段[12]，誠如當時主編張默所言：「如果談到《創世紀》今後的計畫，這是一個十分遼遠的而且也不是我們所願馬上說出的，總之，今後我們將使它更精美、更純粹、更具代表性與影響力。」[13]

詩獎的成立，雖未於改版宣言中提出，但作為《創世紀》對未來詩壇的期許，實具里程碑之意義，它標示著一個詩社十年生根、朝向詩壇繼續發展的決心，而「創世紀詩獎」的設立也同時成為詩壇遴選作品的參考指標。以對象而言，海內外公開甄選，呈現《創世紀》的視野與涵容；評選過程也有別於現今以投稿或主題式書寫要求，而由評

9　本辦法刊登於《創世紀》第十八期（1963年6月）。

10　與《創世紀》於一九六四年同時舉辦文學獎者，有吳濁流成立之「臺灣文學獎」（1969年更名為「吳濁流文學獎」），當時僅有小說獎，一九七二年與一九七三始分別設立漢詩獎與新詩獎。

11　聯合報文學獎創立於一九七六年，當時稱為聯合報小說獎，一九九一年增設新詩獎，一九九四年更名為聯合報文學獎。中國時報於一九七八年創立時報文學獎，

12　「試驗期」與「創造期」之說，源於洛夫：〈詩壇春秋三十年〉一文，原載於《中外文學》第一二〇期（1982年5月）「現代詩三十年回顧專號」，後收入《創世紀》第六十五期《創刊卅週年紀念號》，頁76-77。試驗期所指為一九五四年至一九五九年（創世紀1-10期），創造期所指為一九五九年至一九六九年（創世紀11-29期）。

13　張默：〈革新擴版「編輯人手記」〉，原載於《創世紀》第11期（1959年4月）。本文選自《創世紀四十年總目》，頁162。

選委員「先覓得優異詩作然後再提名原作者」[14]，不以單一主題為規
範、側重作品書寫面向的自由；評委名單事前的公開，作為負責認真
的評選宣告，表達對作品的重視與誠意。其時社務經濟並不充裕，無
價之獎酬，表彰的是詩人們以創作為志業之理想，非獎金所能左右，
以雕塑作品為獎座，同表藝術創作之無價。本屆詩創作獎國內得主為
葉維廉，海外得主是金炳興。

（二）《創世紀》創刊廿週年紀念詩獎

　　《創世紀》在首二屆詩獎相隔的十年中艱苦經營，同時也逐漸從
「創造期」跨越至「自覺期」。[15]在此階段中，他們對過去的發展重
新省視，如洛夫在復刊號中所言，「在批判與吸收了中西文學傳統之
後，將努力於一種新的民族風格之塑造，唱出真正屬於我們這一時代
的聲音。」[16]其後洛夫在〈請為中國詩壇保留一份純淨〉一文中，提
出「反對粗鄙墮落的通俗化」、「反對離開美學基礎的社會化」、
「反對民族背景的西化」、「反對三十年代的政治化」[17]等主張，同
期名為詩論專號，也以相當多的篇幅回應了《創世紀》對詩的觀點以
澄清外界的誤解。而文學界對於《創世紀》詩風「晦澀」的認定與批
判，洛夫的回應是：

　　　　這時期《創世紀》的同仁多已進入中年，思想日趨冷靜，作

14　詳見〈創世紀發刊十週年詩創作獎揭曉〉《創世紀》第20期（1964年6月），頁1。

15　「試驗期」與「創造期」之說，源於洛夫：〈詩壇春秋三十年〉一文，原載於
　　《中外文學》第一二〇期（1982年5月）「現代詩三十年回顧專號」，後收入《創
　　世紀》第六十五期《創刊卅週年紀念號》，頁77，自覺期所指為1972年復刊後。

16　洛夫：〈一顆不死的麥子〉，《創世紀》第30期復刊號（1972年9月），頁5。

17　《創世紀》第37期（1974年5月），頁4-9。

風也穩健多了，但詩觀更趨開放。問起什麼是「現代詩」
時，我們的答覆可能是：詩本來就是那種樣子，就是那本來
的樣子，無所謂傳統與現代，無所謂橫植與縱承，無所謂現
實與超現實，無所謂晦澀與明朗，無所謂知性與感性，只要
有一顆詩心，四處都是春暖花開，天地一片錦繡。[18]

此時《創世紀》創作上走向現代與傳統融合的狀態，面對外界批評也
以積極的態度回應，堅持一貫對詩的信仰，是以在廿週年紀念號中提
到「我們在紀念這個既驕傲又辛酸的日子之時，除了發行紀念專號，
頒贈詩獎及舉辦朗誦會之外，我們深以為更富意義的莫過於面對今天
批評的彈幕，提出嚴肅的檢討，重申我們的信念與期許。」[19]

因此廿週年紀念詩獎的設立，除了堅持首屆詩獎「鼓舞當代優秀
詩人，選出最具藝術價值之代表詩作」的精神，也可視為《創世紀》
在發展過程中，持續其「在廣義的人文主義基礎上創造純粹文學」[20]
的信念與無畏外界批評聲浪的凝聚性格。第二屆詩獎其辦法刊載於第
三十五期，節錄如下：

《創世紀》創刊於民國四十三年十月，迄至明（六十三）年
十月，恰為創刊廿週年紀念。本刊在其預定舉辦的一連串活
動中，頒贈詩獎為其主要項目之一（本刊十週年曾頒詩獎一
次）。

18 「試驗」與「創造期」之說，源於洛夫：〈詩壇春秋三十年〉一文，原載於
《中外文學》第一二〇期（1982年5月）「現代詩三十年回顧專號」，後收入《創
世紀》第六十五期《創刊卅週年紀念號》，頁77。

19 洛夫：〈我們的信念與期許──本刊創刊二十週年紀念感言〉，《創世紀》第38
期（1974年10月），頁20。

20 洛夫：〈我們的信念與期許──本刊創刊二十週年紀念感言〉，《創世紀》第38
期（1974年10月），頁4。

> 本刊廿週年詩獎預定頒贈三名。（即詩創作獎二名、詩評論
> 獎一名）。
>
> 凡在民國五十三年元月一日起至六十三年三月底止，在國內
> 外中文雜誌報刊所發表的詩的創作，詩的評論，均在推薦的
> 範圍之列。
>
> 凡中華民國國民均有推薦資格，推詩創作以一首為限（行數
> 多少不限），推薦詩評論以四篇以上為限（總字數應在三萬
> 字以上）。[21]

第二屆詩獎除保留原有的創作詩獎，另增加詩評論獎，原先徵稿辦法所擬「詩創作以一首為限」以及「詩評論獎一名」，後來在召開複評會議時[22]，修正為「近五年之內之優秀創作與評論，而不限於某一首詩或某一篇評論，並決議增加詩創作獎及詩評論獎各一名。」[23]此屆詩作在遴選條件中略做調整，由首屆以單篇作品作為選取標準，修正為「獲獎作品為近五年內之優秀創作與評論」，可能對單篇得獎有偏重之虞，因此修正為五年的觀察時間，延長對作品的透視與跨度，以期遠眺詩人對其作品的書寫性格與耐力。此屆詩獎改以各方推薦方式、再交由評審小組進行初審與複評投票決定，在公平一致的評選條件下，人才涵納更廣，也顯示《創世紀》對詩壇新秀的拔擢，由尋覓轉為招募之形態。第二屆詩獎得主於一九七四年十月號《創世紀》第

---

21 〈創世紀創刊廿週年頒贈詩獎接受推薦啟事〉，《創世紀》第35期（1973年11月），頁5。

22 複評會議召開於一九七四年九月二十日下午四時，評審小組假臺北市市漢中街「大鴻運」咖啡座。相關資料見〈創世紀創刊二十週年頒贈詩獎揭曉〉，《創世紀》第38期，頁6。

23 複評會議召開於一九七四年九月二十日下午四時，評審小組假臺北市市漢中街「大鴻運」咖啡座。相關資料見〈創世紀創刊二十週年頒贈詩獎揭曉〉，《創世紀》第38期，頁6。

三十八期公布，詩創作獎得主為蘇紹連、季野，詩評論獎得主為蕭蕭、張漢良。

（三）首二屆得主書寫風格及得獎作品簡述

　　首屆詩獎得主於一九六四年六月公布，葉維廉以詩作〈降臨〉榮獲國內詩獎，金炳興則以詩作〈齊〉、〈橫〉榮膺海外得獎人。[24]

　　葉維廉雖以單篇詩作〈降臨〉獲獎，然事實上《創世紀》評選作品的起點，如獎勵辦法所言、應回溯至一九六一年元月，換言之，評選觀察應涉及作者三年多的創作歷程，故雖以單篇詩作得獎，應也觀察了創作者幾年間的書寫脈絡。葉維廉於得獎前在港臺詩壇已相當活躍，除了本身學院派背景、理論基礎紮實，詩作亦極具實驗性。他於一九五五年與王無邪、崑南等人在香港創辦《詩朵》，同年來臺就讀臺大外文系時，認識商禽、紀弦與沈冬，而後就讀師大英語研究所時，於一九五九年至一九六一年間認識了瘂弦、洛夫，此後開始在臺灣大量發表作品，多刊於《創世紀》、《現代文學》等雜誌。[25]

　　葉維廉於《創世紀》之作品，最早見於第十五期之詩作〈追〉、〈逸〉、〈元旦〉[26]，第十六期譯介T.S.艾略特〈荒原〉[27]，於一九六一年三月加入《創世紀》，第十七期刊登詩評〈詩的再認〉[28]，其後得獎作品〈降臨〉亦同載於此期。葉維廉以學院派研究者身分加入，其後並擔任編委、譯詩、評論等社內活動的參與，除代

24　詳見〈創世紀發刊十週年詩創作獎揭曉〉《創世紀》第20期（1964年6月），頁1。

25　參見〈葉維廉年表〉，收入葉維廉：《雨的味道》（臺北市：爾雅出版社，2006年），頁266。

26　《創世紀》第15期（1960年2月），頁10-12。

27　《創世紀》第16期（1961年1月），頁28-37。

28　《創世紀》第17期（1962年8月），頁1-6。

表詩人群整體面向的擴充，也反映出《創世紀》在創作以外，努力吸收海外作品以及詩理論的自覺與企圖，而葉維廉在《創世紀》奠基過程中，也同時兼具港台詩學傳播的重要角色。獲獎時他已於師大英語研究所畢業，赴美深造，由於與《創世紀》之淵源，獲獎時難免遭受質疑，然在詩獎揭曉時，以公開評委名單的方式說明：

> 葉氏本為本社編委及海外評委，去年十二月葉氏來函辭去海外評委。其次是我們要說，不能因為葉氏是本社編委，而就剝奪他得獎的權利，一個詩人的「偉大」與「恒久」，是往後無數時間的累積上，而本刊把獎給葉氏、這不僅是對他個人有著莫可言形的期冀，即對本刊評委來說亦是一種最大的「挑戰」。我們的評選，均保持絕對無偏私之公正。[29]

把詩獎頒贈給社內同仁並非易事，然而面臨質疑挑戰之際，《創世紀》總是護持著對詩純粹的追求與勇氣，這種勇於負責、「仰吞天下責難」[30]的詩社性格，由此可見。

一九六四年十月二十七日，《創世紀》慶祝創刊十週年，於臺北市松江路中國青年反共救國團四樓，由瘂弦主持、舉行聯誼茶會、座談與詩朗誦，並頒贈十週年詩獎得主獎牌。[31]當時葉維廉與金炳興兩位得主均在國外，未能出席頒獎，而由其親友代為領獎。其後《創世紀》於創刊二十週年紀念會時補贈十週年評語：

---

29 複評會議召開於一九七四年九月二十日下午四時，評審小組假臺北市市漢中街「大鴻運」咖啡座。相關資料見〈創世紀創刊二十週年頒贈詩獎揭曉〉，《創世紀》第38期，頁6。

30 洛夫：〈一顆不死的麥子〉，《創世紀》第30期復刊號（1972年9月），頁4。

31 參閱〈靈魂的語言敲響了我們——《創世紀》詩刊10週年茶會紀盛〉，原載於《幼獅文藝》第133期（1965年1月），本資料由張默先生熱心提供。

> 葉維廉利用文字的音樂性，及意象的擴展性，造成一首詩的
> 無限延伸；他在詩中抓了秩序，也就抓住了巍峨。[32]

此為〈降臨〉一詩之得獎評語，明確地掌握了葉維廉早期作品的精神。〈降臨〉是一首交響樂般的組詩，評語以「文字的音樂性」、「意象擴展性」、「巍峨」形容之，頗中肯綮。

試看其第一段「裂帛之下午」：

裂帛之下午披帶著
黃銅的聲息
　　　　一切應該齊備了
　　　　　　　　　　追逐
我們心之欲達，指及旭陽劍的廣路
臣服於
我們升起的塵薰之足
文雅濡濕的星之金礫臣服於
野蠻的銅鑼之一響
如雲的樹木
拉下高天明徹的憂鬱，淹沒我們的
計算無間的滴嗒之夜
而青春的穀粒從風鼓的斜梯落下
　　　　　　　　　歡樂的箭簇
從孩童凝神的果臉射出，閃爍於
另一個孩童奔迎的墜落中

---

32 洛夫：〈我們的信念與期許——本刊創刊二十週年紀念感言〉，《創世紀》第38期（1974年10月），頁7。

> 裂帛之下午　出征的馬踏聲
>
> 如年節　鞭炮高揚明滅之波……（《愁渡》，頁1-2）

這個擲地金聲、降臨的下午，空氣中似乎飄浮著晶亮的微塵，那是因追逐（或者放逐？）而揚起的風霜，而「裂帛」聲之清麗、「黃銅」反射出烈陽逼視與小號音聲洪量的雙重意象，「旭陽劍」之剛猛、「金礫」與「銅鑼」刺耳又刺眼的聲影，讓一切懸而不靜。「銅鑼之一響」與「如雲的樹木」具視覺與聽覺扭轉力，成為詩句的首度轉折關鍵，它使讀者心神一震、視線不自覺拉往高處，然後「高天明徹的憂鬱」墜落了，如瀑的滔滔淹沒了仰望與等待的人，如穀粒點滴流逝的青春，一下又化為「箭簇」，光陰自孩童臉上身上迅速閃逝，一切如「出征的馬踏聲」、「鞭炮明滅」，高揚的歡樂，都將驟然消亡。此詩「充溢著降臨、出航、節慶等高昂的情緒」[33]，而評語所言「音樂性」以及「意象擴展性」，也是其作品中相當重要的特質。葉維廉以〈降臨〉一詩獲獎，時年二十七歲，當時詩作多收錄於第一本詩集《賦格》[34]中，惟《賦格》已絕版多日，但部分詩作亦收入第二本詩集《愁渡》[35]之中，本文擬以《愁渡》、《三十年詩》[36]、《葉維廉五十年詩選》[37]所收錄、得獎前之作品為依據，以觀察詩人青年時期之書寫風格。

　　第二屆詩獎於一九七四年十一月八日晚上於臺北市耕莘文教院頒

33　梁秉鈞：〈葉維廉詩中的超越與現象世界〉，收入廖棟樑、周志煌編：《人文風景的鐫刻者——葉維廉作品評論集》（臺北市：文史哲出版社，1997年），頁193-194。

34　葉維廉：《賦格》（臺北市：現代文學社，1963年）。

35　葉維廉：《愁渡》（臺北市：仙人掌出版社，1969年）。

36　葉維廉：《三十年詩》（臺北市：東大圖書公司，1987年）。

37　葉維廉著、柯慶明主編：《葉維廉五十年詩選》（臺北市：國立臺灣大學出版中心，2012年）。

贈，由施友忠博士舉行頒獎，當時到場之詩文友五百多人，會中並舉辦詩朗誦會，首屆得主葉維廉也到場補領十週年詩創作獎，同時合影留念。[38]本屆詩創作獎得主蘇紹連於一九六九年踏入詩壇，以〈茫顧〉一詩發表於「詩宗社」發行第一號叢書《雪之臉》，於一九七四年獲獎，以當時「近五年內之優秀創作與評論」的評選規定，應為一九六九年至一九七四年間的作品觀察，恰為踏入詩壇最初五年。由此推論，蘇紹連初入詩壇，作品即已受《創世紀》注目，其最初刊登於《創世紀》的作品為〈陰影之床〉[39]，其後詩作與評論也曾數度刊登於《創世紀》，而「創世紀創刊廿週年紀念詩獎」也是蘇紹連生命中第一座詩獎。洛夫曾說：

> 蘇紹連跨進詩壇不久，即以一系列的「驚心」散文詩眩人耳目，震驚一時，但最早抓住我注視焦點的，是他在一九七五年，發表於《創世紀》詩刊三十九期上的〈驚心三首〉。當時，我身為《創世紀》的總編輯，在選稿方面特別重視年輕一代的創作潛力，故發現蘇紹連就形同發現一座新的礦藏，對他期望之殷切，不言可喻。其後，他果然獲得了「《創世紀》二十週年紀念詩創作獎」。[40]

張默在剖析蘇紹連作品時，也曾表欣賞：

> 民國六十三年，我和沈冬等人主編的《新銳的聲音》，在座蕭蕭、渡也作品入選外，更以相當大的篇幅選入蘇紹連作品

38　見《創世紀》第39期封底（1975年1月）。

39　《創世紀》第31期（1972年12月）頁32-36，後收入《茫茫集》（臺中市：大昇出版社，1978年），頁112-128。

40　洛夫：〈蘇紹連散文詩中的驚心效果〉，收入蘇紹連：《驚心散文詩》（臺北市：爾雅出版社，1990年），頁1。

　　若干首，同時我在序言中對他的作品加以讚揚。其二，民國
　　六十五年十一月號的《幼獅文藝》，我在介紹當代詩壇新銳
　　時，也特別提出他的作品。換言之，今日中年一代的詩人，
　　對當代特別優秀的年輕詩人的作品，絕不會輕易放過欣賞與
　　讚揚的機會。[41]

《創世紀》對蘇紹連的作品諸多讚許，除表示其創作備受肯定，同時
也呈現《創世紀》對新人的期許與鼓勵。

　　蘇紹連榮獲「創世紀創刊廿週年紀念詩獎」時，當時的主編洛夫
所寫的評語是：

　　蘇紹連的出現，意味著中國詩壇一種新的可能，他運用多變
　　的意象和戲劇性的張力，為現代人繪出一顆受傷的靈魂。[42]

從洛夫的評語中，一方面捕捉了蘇紹連詩風格「意象多變」與「戲劇
張力」的特色，「現代人」的「受傷靈魂」也點出其詩風的悲劇特
質，獨樹一格。《創世紀》在得獎者的定位上，似有著重啟詩路、開
創新詩脈絡的企圖。蘇紹連非《創世紀》同仁，但回顧其踏進詩壇的
契機，也與《創世紀》有些關聯。他在出版第一本詩集《茫茫集》後
曾提到：

　　因這本詩集的出版，使我回憶起民國六十年前後的那段日
　　子，那時候，正是詩壇的一大結合與一大變動，了解詩史的

41　參見1978年9月由蕭蕭記錄、於臺北市全壘西餐廳舉辦——十三位詩人剖析蘇紹連
　　作品：〈刀的歌聲吞遙遠〉（1978年9月），收入蘇紹連：《驚心散文詩》，頁
　　129-130。
42　洛夫：〈我們的信念與期許——本刊創刊二十週年紀念感言〉，《創世紀》第38
　　期（1974年10月），頁2。

人亦知道：一大結合是指「詩宗社」的成立，一大變動是指
「龍族詩社」的崛起。當時，我先於「詩宗社」刊物發表個
人給詩壇的第一首詩作，後即加入「龍族詩社」共同創社。
介於這樣的情況，我展開了我寫詩的生命。[43]

蘇紹連從一九六九年踏入詩壇至一九七四年間，作品大多收錄於第一
本詩集《茫茫集》中，筆者擬以其踏入詩壇的前期作品為觀察文本，
並與首屆得主葉維廉作品作一比較，呈現兩位不同世代詩人青年時期
的作品風格。

三　書寫風格之比較

（一）鬱結與蒼茫的青春情調

葉維廉一九三七年出生於廣東省中山縣，一九四九年隨父母自中
國撤至香港，一九五五年來臺就讀臺灣大學外文系、師範大學語言研
究所，一九六一年赴美攻讀比較文學博士，後任教於美國加州大學，
曾客座中、美、港、臺等地多所大學，協助比較文學之發展，屬於文
化空間移動性強烈之學者與詩人；蘇紹連一九四九年出生於臺灣，屬
於戰後出生一代，臺中師專畢業，於沙鹿國小任教美術。其成長、求
學、工作，一直以來皆以臺中為其根據地，為土地釘根性深化的教師
與詩人。兩者作品之內心靈視與外境觀照自有不同，國族定位與土地
認同也各自有別。然而以詩為出發，不約而同呈現了年輕時不同的憂
鬱氣質。

43　蘇紹連：〈茫茫集初版後序〉，此文於詩集出版後才寫，並未刊出，為作者接受
　　筆者訪問時熱心提供。

　　葉維廉曾言：「寫詩，在現代世界裡，是一巨大的孤獨和痛苦的事。化孤獨和痛苦為詩，有時盡非詩人一身的事。」[44]此等痛苦展現於詩作中，絕非輕盈飄逸之美感，詩句總在壓倒性的美麗之下，浮現蒼涼。例如〈降臨〉一詩在起始時，詩作有明亮的質感，而後進行至中段，最初的寬敞氣象倏地消散，由蕩闊的空間感轉瞬為剎那毀滅的時間感，構成作品之開闊。作者之憂鬱來自無常的瞬息，意象在浮沈間潛藏著生命的起落，如第四節中：

> 從我們的指間爬出，你一下便鎮住
> 彪大的年齡和季候，從水中湧出船隻便也鎮住了
> ⋯⋯
> 哥哥，當一個女子在你肩上入睡
> 她是否也知道你巨大袍裾之戲劇已鎮住
> 一切的年齡和季候，她是否知道那夜
> 你提燈送我出喜悅的梯級去撿拾
> 祭殺過的月亮與焚毀的星群去海葬（《愁渡》，頁7）

此段三度以「鎮」字鎖住流動中的時空，作者用「彪」「巨」、「群」、「海」等字張大讀者目光，然後忽以凝固的「鎮」字，讓動靜瞬間撞擊，產生如攝影般剎那的停格。「提燈」原有「指路」之意，其後詩句卻轉折為「祭殺」、「焚毀」與「海葬」之下場，帶著驚悚出格的畫面，又為喜與驚兩種情緒強烈碰撞。作者以各種動靜、出入、時空的對立，表達一種無可抗拒的「降臨」狀態，讀者彷彿也看見了沛然而曠闊的意象起伏。〈降臨〉儘管解讀者眾，將之視為「變亂的時代促使他的作品，如〈賦格〉、〈降臨〉等，都出現了一

---

44 葉維廉：〈前言〉，《愁渡》（臺北市：仙人掌出版社，1969年）。

種憂時憂國的沈鬱風格。」[45]如此我們似乎可以理解，作為兵荒馬亂時代中的飄泊者，一生該經歷多少紛亂難辨的畫面，何者為詩何者為現實，也許非清平之年代能想像。而作者從語言的鍛鍊中，凝鑄了讀者的閱讀情緒，每一行詩句都是一道風景，每一道風景都可能在下一面風景來臨前戛然而止，或者瞬間躍開。

　　相較於葉維廉以重重意象包圍著作品，蘇紹連的詩作有種伸入體內抓取、見血的驚心，這種動人心魄的超現實場景，彷彿代表了年輕時代極欲掙脫卻事與願違的憂鬱，以〈茫顧〉來看，作者以第一人稱自述強烈的失落：

> 我原想長成月亮或者太陽，但我種下的卻是一粒不會發芽的星，在心中慢慢成屍，化為燐火而已。化為燐火而已。樹的爪沒料到它永遠抓不著落葉，而山只能靜觀群樹蔚成悲哀的天候，那紛落的葉子。只是前面的路程紛落。（《茫茫集》，頁8）

陰錯陽差，讓期待希望的芽萌長成屍（或者詩？），再化為「燐火」，最後僅有也即將消失，宿命的錯過促使一切成空。「樹的爪」「抓不到落葉」，「山只能靜觀」「落」與「空」的別離情緒一直在讀者眼前浮動。

> 流浪的房屋向來是——風築的牆壁，雲蓋的屋頂——那種於地平線拋弧便家鄉非家鄉。便家鄉非家鄉的。我從毫無相對的意義裡走出來，超速地走過冷冷的洪水又是冷冷的齒音，一齒一齒的，啃碎了母親的叮嚀。

---

45 李豐楙：〈葉維廉近期詩的風格及其轉變〉，《人文風景的鐫刻者——葉維廉作品評論集》（臺北市：文史哲出版社，1997年），頁155。

蘇紹連曾說：「我用文字編織了繩索，一端繫著白馬，一端繫著我的青春歲月／是的，我們戀著詩。我們堅持騎著白馬／我在一九七〇年代的流浪意念一直延續下去；詩，變成我的鄉愁／精神上，我是一名憂鬱的異鄉人」。[46]此語回顧著七〇年代與洪醒夫、蕭文煌成立《後浪》詩社、隨蕭蕭一同進出《龍族》，而後又重整《後浪》之青春時光，充滿對過往的懷念。此詩於一九六九年發表，正值蘇紹連積極籌組《後浪》前後，是以詩中「流浪」、「隨風而逝」的「家鄉」與「鄉愁」，也許就是作者詩路上的另一種感受。「冷冷的洪水」是時代的洪流，「冷冷的齒音」也許就是不知情者看待詩人奮力於文學途中的冷言冷語。母親的叮嚀或許就是失落時唯一的依靠，鄉愁重疊著青春志向與母親的叮嚀，如地平線般遙遠，似有若無地存在。

蕭蕭在評論〈茫顧〉時，曾提及蘇紹連作品具有「超現實主義的方法」、「散文詩的形式」、「人與物變形的驚悚設計」、「生命的悲劇情調」等特質。[47]蘇紹連以〈茫顧〉一詩踏入詩壇，蕭蕭即洞見其作品特質，以此特質來認識其後之作品，亦頗相符。身為蘇紹連之知音與貴人[48]，蕭蕭對其近身觀察之深刻，是透澈而中肯的。

（二）綿密悲涼的變奏小調與繁音複沓的交響長詩

兩人當時作品多以長詩或組詩型態呈現，如蘇紹連〈茫的微粒〉、〈陰影之床〉、〈月亮的民謠〉為組詩，〈廢詩拾遺〉則屬長

---

46 蘇紹連：〈騎上白馬看看去〉，《我牽著一匹白馬》（臺中市：臺中市立文化中心，1998年），頁6-8。

47 蕭蕭：《臺灣新詩美學》（臺北市：爾雅出版社，2004年），頁411。

48 蘇紹連於〈文學初遇／回憶我的第一本書〉曾言：洪醒夫和蕭蕭為其創作生命上的貴人。資料來源：聯副電子報，http://paper.udn.com/udnpaper/PIC0004/214178/web/#2L-3802538L

詩；而葉維廉〈賦格〉、〈降臨〉、〈公開的石榴〉、〈遊子意〉、〈愁渡〉等為組詩，〈生日禮讚〉、〈我們祇期待月落的時分〉、〈夏之顯現〉則為長詩。蘇紹連曾自言〈茫的微粒〉「是悲情而激昂並趨向寫實與本土的創作形態」[49]，如前述蕭蕭所言是「生命的悲劇情調」，這種悲劇情調的彈奏，蘇紹連以綿密意象來完成，如〈地上霜〉：

> 飛旋的一張單光玻璃紙，繞過簷角，叫出蝙蝠，繞過門框，叫出白蟻，繞過你身，叫出雙腳，繞過床前，竟跌成一地的霜。……（《茫茫集》，頁17）

此詩以飛翔且逼近的視野，讓意象接連出現，讓讀者視覺在飄動間有著穩定搖擺的節奏，如一首小步舞曲。只是「玻璃」、「蝙蝠」、「白蟻」、「霜」皆是冰冷或無情的象徵，作者所譜出的是憂傷的小調。再看第二段：

> 你提了一盞燭燈走著血路，一步於窗下，照出花的聲音，三步於階上，照出廊的冗長，五步於鏡中，照出臉的冰冷，七步於床前，竟照見一地的霜。……（《茫茫集》，頁17-18）

意象跟隨著步履前進，依然是一幕接著一幕的場景，作者似挪用了曹植的典故，將之幻化為七步成霜。踩踏著血淚，意象因「燭火」的閃爍而跳躍不定，步步驚心的經營，詩的節奏並未趨緩，但旋律已經變奏，轉趨具威脅與緊張感的配樂。

---

49 蘇紹連於〈文學初遇／回憶我的第一本書〉曾言：洪醒夫和蕭蕭為其創作生命上的貴人。資料來源：聯副電子報，http://paper.udn.com/udnpaper/PIC0004/214178/web/#2L-3802538L

再如〈茫的微粒6〉：

> 我們躲聚在夜的瞎去的角落裡，聽見
> 寒露從四處襲來，向著同胞的傷口
> 襲來一支殘暴的民謠（《茫茫集》，頁55）

「夜」、「瞎」、「角落」，是實─虛─實的意象、依次的轉換交錯，使讀者擁有想像空間。其後「我們脫下破爛的外衣蓋在同胞受傷的身上／一呻吟我們就流淚／而在遙遠的世界裡聽見笑聲／於是我們用不眠的眼翻閱夜的私處／竟發現世界就在我們身邊」。再度運用虛實相應的手法處理傷口與眼淚、戰爭與和平的主題，此詩的綿密已轉成虛實相疊、秩序輪替的堅實結構，有別於〈地上霜〉裡空間與畫面的追逐，而在同一詩句中有不同層次且多變的綿密展現。這也是蘇紹連擅用的超現實手法中，頗為特殊的展現方式。

葉維廉的長詩中，詩句間往往銜接著「濃縮」的意象，他自述其背後帶著「文化的鬱結」。這個解不開的「結」有著「個體群體大幅度的放逐、文化的解體和無力把眼前渺無實質支離破碎的空間凝合為一種有意義的整體的廢然絕望、絞痛、恐懼和猶疑的巨大文化危機感」，因此「鬱結」的情緒，「從《賦格》到《愁渡》間的作品最為濃烈。」[50]

然而，因「文化鬱結」而衍生的長詩，葉維廉卻極少用淒楚悲涼的語調入詩，反而帶著「交響」般豐富的情緒交疊。如梁秉鈞所言，他從「《賦格》到《愁渡》兩本詩集中的各詩音色鏗鏘、意象華美，處理的亦多是宏大的題材。……而貫徹在這些詩作中的，是一種尋

---

50 葉維廉：〈增訂版序〉，《中國詩學》（北京市：人民文學出版社，2006年），頁8。

覓與追索的主題。」[51]從〈賦格〉、〈降臨〉、〈「焚毀的諾墩」之世界〉、〈公開的石榴〉、〈河想〉中大多可見這樣的例子。以〈賦格〉作為觀察：

> 一排茅房和飛鳥的交情圍擁
> 我引向高天的孤獨，我追逐邊疆的
> 夜禱和氈牆內的狂歡節日，一個海灘
> 一隻小貓，黃梅雨和羊齒叢的野煙
> 那是在落霜的季節，自從我有力的雙手
> 撫摸過一張神聖的臉之後……（《愁渡》，頁19-20）

「茅房」與「飛鳥」、「高天」與「邊疆」、「夜禱」與「狂歡」、透明的「霜」與「有力的雙手」，每一詩句各自成事、繽紛成景，景與景間逐漸構成龐大的氣象，作者有帶領讀者遠觀的企圖，頗具「印象派」繪畫風格。若以音樂性而言，則像一首合奏共鳴的交響樂。而這種如交響長詩般豐富意象的產生，梁秉鈞認為是其「見到種種對外在繁複變幻的世界感到無法企及，由此產生了種種如何理解及超越的焦慮」[52]，而意象在疊加間，其表現方法和秩序流動，蕭蕭從中發掘了兩個特點：一為「因句生句」，二是「秩序的對等」。[53]蕭蕭所言「因句生句」，類似將詩句轉為樂音，即為於賦格曲式中，同樣主題

---

51 梁秉鈞：〈葉維廉詩中的超越與現象世界〉，收入廖棟樑、周志煌編：《人文風景的鐫刻者——葉維廉作品評論集》（臺北市：文史哲出版社，1997年），頁193。

52 梁秉鈞：〈葉維廉詩中的超越與現象世界〉，收入廖棟樑、周志煌編：《人文風景的鐫刻者——葉維廉作品評論集》（臺北市：文史哲出版社，1997年），頁194。

53 蕭蕭：〈論葉維廉的秩序〉《人文風景的鐫刻者——葉維廉作品評論集》（臺北市：文史哲出版社，1997年），頁5-8。

以不同方式於他段再現，從而具有繁音複沓的特質，而產生承先啟後的賦格句式。再者如「秩序的對等」，蕭蕭認為詩人的「內在秩序」與「外在秩序」彼此要能「流動」且「對等」，且在對等之間，有著「虛實」、「強弱」、「明暗」之別。他以〈仰望之歌〉中「你們可知道稻田怎樣被新穗所抓住／我怎樣被故事，河流怎麼被兩岸／兩岸怎樣被行人／行人怎樣被／龍舌蘭的太陽」提出驗證：

> 不論內在秩序最初的湧現如何，從無意識到潛意識，當它復現於外在秩序時，必須透過意識作用。進一步說，外在秩序－亦即詩人再創造的內在秩序，應該完整地受到意識的全權安排。……[54]

而「因句生句」以及「內外秩序的完整」兩種特質，的確是葉維廉意象巍峨的詩作中，進入其作品並細細體會的極佳方式。

蘇紹連以長詩展現生活的驚心，葉維廉則以長詩展現自然與人文交織的壯闊風貌，以呈顯其背後的文化鬱結。如果葉維廉的詩如一襲織錦的彩衣，那麼他於文句中細細縫入的豐富意象間，在燦爛耀眼的華麗背後，交織著沉鬱蒼涼；而蘇紹連的詩是貼身的緊衣，浸滿汗水與生活質地，當你順著詩句的肌理剪開，會一寸寸撞見真實血肉的驚心，重啟生命歷經撞擊後之了解與清醒。

（三） 取古之經，頌今之詩

兩位作品實驗性極高的詩人，無論以象徵、超現實或取法音樂

---

54 蕭蕭：〈論葉維廉的秩序〉《人文風景的鐫刻者──葉維廉作品評論集》（臺北市：文史哲出版社，1997年），頁12-16。

與繪畫之特質寫詩，皆曾自傳統元素中提煉，作品中皆有古典詩裡的吉光片羽。葉維廉採用「西洋和傳統的表達手法構成一種新的調和」[55]，由於對於古典詩的愛好，使其從古典詩的傳統意象中，在閱讀過程能有「心靈上的交往」，希望通過詩的創造，能夠使讀者進一步對傳統有所愛好[56]，帶著傳統文化的關懷；蘇紹連「從古詩取火，燃燒新形式的光影」[57]，點出唐詩中關鍵意象，而後將之完全改造，從傳統的陶土中，捏塑新的詩風貌。

以〈賦格〉第一段為例，雖以西方音樂曲式為名，作品中「邊城」、「胡馬」、「烽火」、「龍髯」等詞語，充滿了古典詩中的北方意象，而第二段中「予欲望魯兮／龜山蔽之／手無斧柯／奈龜山何」，引用了孔子〈龜山操〉，「薰和的南風／解阜民財的南風」則引用舜帝的〈南風歌〉，而「我來等你，帶你再見唐虞夏商周」、「我們是世界最大的典籍」等句，都藉古抒發了文化回歸的希冀。第三段「君不見……」來自樂府詩的口吻，「江楓堤柳」、「千花萬樹」、「遠水近灣」明顯具有唐詩宋詞之意象，〈賦格〉可視為其最初將中西詩學努力調合的成果。

除了直接引用，或者句式的模仿，作者也會有自唐詩裡信手拈來，添加於作品中的手法。例如〈河想〉中「白日啊／當你依山而

---

55 梁新怡、覃權、小克訪問，小克記錄：〈葉維廉訪問記〉，《創世紀》第38期，頁15。

56 梁新怡、覃權、小克訪問，小克記錄：〈葉維廉訪問記〉，《創世紀》第38期，頁17。

57 蘇紹連於〈文學初遇／回憶我的第一本書〉曾言：洪醒夫和蕭蕭為其創作生命上的貴人。資料來源：聯副電子報，http://paper.udn.com/udnpaper/PIC0004/214178/web/#2L-3802538L

盡」[58]、〈舞〉之中「白玉盤無任地／盛茫茫眾目」[59]，此手法的運用，有畫龍點睛之妙；或者點滴無痕、略略抽換唐詩的句子，如〈花開的聲音〉中「借問歌聲何處盡？／青色的山間？黃鳥路呢？」[60]與「蓬萊此去無多路，青鳥殷勤為探看」相互輝映，具既視感，〈遊子意〉之句式與意象皆非古典詩，卻採用「浮雲遊子意」作為鄉愁的象徵。葉維廉在其後深研道家美學思想之前，於此階段已隱約看出其對傳統文化之熱愛，在其中發掘出唐詩意象中的特殊視野，並試圖融匯中西，因此唐詩裡的意象運用，也成為其「純粹經驗」的最佳代言。

蕭蕭認為「就蘇紹連而言，古典詩也是一種可以變形轉位的客體，可以顛覆、解構、重組、再塑。」[61]蘇紹連對古典詩之提煉，多取材自唐詩，例如〈春望〉一輯中〈霧〉、〈江雪〉、〈比翼鳥〉、〈月亮的民謠〉、〈歸途〉皆是。若葉維廉提煉的方式是物理性的，那麼蘇紹連則是化學性、具破壞力，以變形方式，重整新姿。以〈春望〉為例：

山山河河為國
在，
草草木木為城
深。

凋落的瓶瓶瓶瓶瓶瓶瓶瓶
是那陣花開，

---

58 葉維廉：《愁渡》（臺北市：仙人掌出版社，1969年），頁57。
59 葉維廉：《愁渡》（臺北市：仙人掌出版社，1969年），頁58。
60 葉維廉：《三十年詩》（臺北市：東大圖書公司，1987年），頁113。
61 蕭蕭：《臺灣新詩美學》（臺北市：爾雅出版社，2004年），頁439。

> 飛起的籠籠籠籠籠籠籠籠
>
> 是那聲鳥叫。
>
> 烽火只剩一天一天一天的時間,
>
> 家書只剩一張一張一張的郵票。(《茫茫集》,頁70)

前段先以倒裝句法,互換古詩原有的主客位置,但意象仍是杜甫式。第二段開始以字尾重複的延伸句式,加強詩句的效果,逐漸形變為蘇紹連式,「瓶」與「花」、「籠」與「鳥」、「烽火」與「時間」、「家書」與「郵票」,其中意象大多屬唐詩,但作者已將之重組,呈現出圍困與削弱的無力感。最後「尋髮的/白頭/搔出血血血血血血血血/絲/絲/紅/紅/血流成的髮髮髮髮髮髮髮髮」,「搔出血」一句衝破了唐詩含蓄內斂的蘊致,成功轉化了屬於蘇紹連式的驚心意象,迴音式的結尾,彷彿詩人的吶喊,盪漾於歷史的迴廊。

再看〈江雪〉末段「江血/孤走/獨吊/而/死」[62],「江雪」因諧音而成「江血」、「釣」轉為「吊」,最後帶山「死」之顫慄效果。〈比翼鳥〉中,由原來象徵雙宿雙棲的鳥類,變成「齊飛東南,在東南遇雲暗/隨後天暗/齊飛西北,在西北遇雲亮,隨後天亮/齊飛而都自臺灣升空齊飛/齊飛而都化雲彩齊飛」[63]似乎也暗示著當年與蕭蕭之間、惺惺相惜的情誼。[64]改寫自〈靜夜思〉的〈地上霜〉,以散文詩形式呈現:

> 那是哭著要回去的月光。青空升高,形影模糊,蠟淚能照出的該是一條時間。誰不回去?

---

62 《茫茫集》(臺中市:大昇出版社,1978年),頁75。

63 《茫茫集》(臺中市:大昇出版社,1978年),頁101。

64 蔡佳月:《蘇紹連及其現代詩研究》(高雄市:國立高雄師範大學國文教學碩士論文,2008年),頁100-101。

> 我不回去，我是你的現在。
>
> 你看何處，月在極處，你已是不乾的水跡。（《茫茫集》，
> 頁17-18。）

作者只留下「地下霜」、「月光」等關鍵字作為古詩之線索，「月
光」成為擬人的主角，與作者、作者的影子（詩作中的「你」），對
影成三人般的對話與思維。而「你」已不再是唐詩中的「影」，而化
為超現實中的「過去」、「現在」與「未來」三重身分，疊影在作品
中，形成回不到過去、無法面對現實、不願朝未來前進的矛盾僵局。

（四）人物延展的鍛造錘鍊與以物觀物的無言獨化

葉維廉擅長以自然風貌表述無言獨化之情境，作品有以物觀物的
無我狀態，其深刻的道家美學思想，此時期已萌發；蘇紹連擅長以物
或人的動作傳遞驚心與悲傷之效果，從有我的內在出發，達致外在的
變形與戲劇性的荒謬。蕭蕭曾言蘇紹連擅用平凡日常之物，並將之轉
為驚悚的意象，他說：

> 挖掘「物」之悚慄本質，蘇紹連除了以「物」原有的特性去
> 擬設外，還可能延伸想像，變本加厲，製造謬劇式的錯愕，
> 哈哈鏡式的荒誕，就像放大鏡（也有哈哈鏡的效果）改變人
> 與物的比例關係，蘇紹連也改變了人與物的比例關係。[65]

簡政珍也曾說：「《茫茫集》裡風格上另外有兩點值得注意，一是
具象名詞＋動詞＋抽象名詞；另一種是主客體位置的替調。」[66]以此

---

65 蕭蕭：《臺灣新詩美學》（臺北市：爾雅出版社，2004年），頁422。
66 簡政珍：〈蘇紹連論〉，收入《童話遊行》（臺北市：尚書文化出版社，1990

看〈廢詩拾遺〉，則處處充滿這種特質：「肥的槍聲／在天的一邊瘦去」[67]、「正上演著戰爭的鏡頭／有一顆砲彈／出其不意地飛出影幕」是超現實的，「戰鬥歌在每個人的口中／轟成白色的牙齒」、「路在鞋裡」是主客體的換替，「寫信的右手／不經意地／與家書同折疊在信封裡」有動靜詞類的交替；「那棵髮的後面或許是斷崖」、「樹有腳／一森林一森林地在野外暴動著」是物的變形，「一種落伍的眼淚／擴散成我軀體中新的年輪」、「救護車／把紅色的十字／拋錨在人民的屍體上」則是人的糾葛，「雨焚到骨髓裡／驚起房屋的叫冷」則充滿生活底層的驚心。如蕭蕭與簡政珍所言，「物」的擠壓變形、「人」的扭曲糾葛、主客體的替換、詞類間的轉變，確實是蘇紹連拿手的超現實技巧。

岩上認為「蘇紹連的詩似擬置於實境，實則為虛設，或從實境中分裂衍化；或置自身於詩的現實，又從現場中抽身退離，蛻變為旁觀者，再回顧注視自我在現象世界中所浮沈的命運。」[68]蘇紹連擅以人、物入詩，再將之重構，葉維廉多捕捉自然景物，儘量以「純粹經驗」的視角自然呈現，兩者在觀物上各展其長。以〈公開的石榴〉為例：

> 東城的河流梳著繞繞的紅草。西城的樹傾散著黑黑的鳥聲。
> 不死的太陽在花園的牆頭上，按照汲汲的蛇的騷動指證：石
> 榴已被層層地公開。（《愁渡》，頁51）

作者從客觀的視角，在萬物的呈現中，淡淡嵌入超現實的形容，使詩句呈現出流動的意象。張默說：「〈公開的石榴〉的確是一篇

年），頁228。

67　《茫茫集》（臺中市：大昇出版社，1978年），頁22-35。

68　岩上：〈一座座驚心的迷宮〉，收入《驚心散文詩》，頁109。

不可多得的純粹的詩，它美麗而冷冽，跳躍而固實，從清新的風格中透閃出一片繁複與蒼茫，……所展示和瀰漫的是一片『生之歡愉』。」[69]作品中其他句子，如「而栗樹上潮汐的歌聲沈澱後／獨立在一川煙霧飄洗的屋角／風信雞以未被日光污漬的早晨／把山河印透在／曾是強弩曾是風的／滿溢著淒其的女瞳」，也是一幅又一幅自然美景的穿透，這種「外在秩序」的和諧，是透過「內在秩序」的理性捕捉，而形成的「秩序統一」與完整。

葉維廉曾自言「我覺得自己的詩是略為離開日常生活的觀看方法，而是在出神狀態下寫成的。」[70]此種「出神狀態」並非完全脫離對現實事物的觀照，而是讓詩人具有「另一種聽覺，另一種視境，對所觀之物保持距離。他聽到我們尋常聽不到的聲音。他看到我們尋常所看不見的活動和境界。」[71]因此，「敘述性」與「分析性」成分的去除，也讓詩成為有別於散文或其他文類之重要因素。而蘇紹連也主張詩必須「消除詩中的文意」，在詩與文之間必須有明確界定。[72]兩者在書寫策略上，有著共同的想法。無論「以物觀物」或「物性延展」，兩人皆以各自特殊的視角，對書寫與觀察作了最佳的發揮。

69　張默：〈飛騰的象徵〉，收入《人文風景的鐫刻者──葉維廉作品評論集》（臺北市：文史哲出版社，1997年），頁244-245。

70　梁新怡、覃權、小克訪問，小克記錄：〈葉維廉訪問記〉，《創世紀》第38期，頁15。

71　葉維廉：〈中國現代詩的語言問題〉，《秩序的生長》（臺北市：志文出版社，1971年），頁178。

72　管點（蘇紹連當時寫詩評之筆名）：〈消除詩中的文意〉，《創世紀》第37期，頁90。

四 結論

　　《創世紀》在最初的奠基過程中，內面臨經濟的困窘，外曾面臨詩壇責難與誤解，然而詩人們仍堅守最初對詩的試驗與仰望，謙虛而團結地回應各方批評，同時辦理詩獎持續鼓勵詩壇新秀。此二屆詩獎之後，於一九八四年、一九八九年、一九九四年、一九九九年至今二〇一四年，續辦理三十年、三十五年、四十年、四十五年及六十年詩獎，誠如「《創世紀》六十年詩獎」宗旨所言：「邁入承先啟後的新時代，鼓舞全世界新一代的華文新詩創作者，創作出各種風格的優秀作品。」[73]鼓勵新詩創作一直是《創世紀》設立詩獎的目的，而在「海內外人士均可參加」的應徵條件，也一直是詩獎創立至今、選拔人才的氣度與眺望。而今於六十週年詩獎頒發前，回顧創立之初，其對詩壇新秀之期待與掘發之初衷不變。以下歸納出兩點作為本文之總結：

　　一、「創世紀詩獎」之設立，一方面標誌著一個詩的團隊紮根基礎已然穩固，因此能以先行者的視野，對於後進或是已具貢獻的詩人們給予榮耀與肯定，代表詩社對於自我地位的期許，而在選擇得獎者的評斷中，也能尋覓出一個階段性的時代詩歌風格之趨向，雖然得獎者是否必然受到普遍認同，卻能由此略窺詩社評審對於當時作者產出的作品之喜好，以「創世紀」詩社在臺灣詩壇的地位來看，無疑地仍然具有一種指標性的作用。

　　二、首二屆詩創作作獎的得主，其實在書寫風格以及個人的成長與專業背景上大有不同，葉維廉以西方文學理論作為其基礎，但也帶進許多實驗與世界性的創作風格，文字中的意象深刻而富思考性，帶

---

73 《創世紀》第177期（2013年12月），頁191。

給讀者閱讀經驗中滿懷的沉潛與思考；而蘇紹連雖根基於本土，但在文字的創作上，一如其詩集之名「驚心」一般，在文字運用上力求突破，使讀者猶若在翹首期盼天空的煙火一般，在眼底為隨時可跳躍滿目的驚喜與璀璨而充滿等待與探索的興味，兩人文采並麗，文字活耀，帶著所有的讀者在詩的文字中涵詠低迴，風格表面迥異，卻又一樣讓人難以釋卷。

　　筆者在本文析論兩人作品時，由於兩位作者皆有長詩、組詩或散文詩等各種形式作品，在引用時無法將其詩作完整列舉以作為討論之基礎，甚為遺憾，雖說由於片斷的觀察，難免有客觀精神不足之處，但事實上在兩位作者當年未屆而立就能獲獎的角度上，或許充滿青春飛揚的詩意，才是更可以於今懷想的風骨，兩位詩人現皆為詩壇重鎮，本文評述雖有不足，相信亦無損其作品之恢宏與價值。

參考文獻

《創世紀詩雜誌季刊》　臺北市　創世紀詩雜誌社　16-38期、65
　　　期、177期

張　默、張漢良主編　《創世紀四十年總目》　臺北市　創世紀詩雜
　　　誌社　1994年

廖棟樑、周志煌編　《人文風景的鐫刻者——葉維廉作品評論集》
　　　臺北市　文史哲出版社　1997年

蕭　蕭　《臺灣新詩美學》　臺北市　爾雅出版社　2004年

解昆樺　《臺灣現代詩典律與知識地層的推移：以創世紀、笠詩社為
　　　觀察核心》　臺北市　秀威資訊科技公司　2013年

蔡佳月　《蘇紹連及其現代詩研究》　高雄市　國立高雄師範大學國
　　　文教學碩士論文　2008年

葉維廉　《愁渡》　臺北市　仙人掌出版社　1969年

葉維廉　《秩序的生長》　臺北市　志文出版社　1971年

葉維廉　《三十年詩》　臺北市　東大圖書公司　1987年

葉維廉　《雨的味道》　臺北市　爾雅出版社　2006年

葉維廉　《中國詩學‧增訂版序》　北京市　人民文學出版社　2006年

葉維廉　《葉維廉五十年詩選》（上）（下）　臺北市　國立臺灣大
　　　學出版中心　2012年

蘇紹連　《茫茫集》　臺中市　大昇出版社　1978年

蘇紹連　《童話遊行》　臺北市　尚書文化出版社　1990年

蘇紹連　《驚心散文詩》　臺北市　爾雅出版社　1990年

蘇紹連　《我牽著一匹白馬》　臺中市　臺中市立文化中心　1998年

主編簡介

蕭蕭（蕭水順，1947-），臺灣彰化人，輔仁大學中文系畢業，臺灣師範大學國文研究所碩士。現任明道大學中文系講座教授、人文學院院長，臺灣詩學季刊社社長。一生戮力於詩、散文的創作，現代詩的推廣與理論的建構。一九七九年與臺大教授張漢良編著臺灣第一套現代詩賞析書《現代詩導讀》（五冊，故鄉版）；一九八九年出版臺灣第一本新詩詩話《青少年詩話》（爾雅版）；二〇〇四年出版臺灣第一部新詩美學論述《臺灣新詩美學》（爾雅版）。創作、評論、編選書籍已達一百三十五冊，仍在文學路上繼續挺進。

論者簡介

曾進豐

曾進豐（1962-），臺灣臺南人，臺灣師範大學文學博士。曾任中正大學、屏東教育學院，現任職高雄師範大學國文系。著有《聽取如雷之靜寂──想見詩人周夢蝶》、《經驗與超驗的詩性言說──岩上論》、《晚唐風騷──以社會詩及風人體為例》，編選《臺灣古典詩詞讀本》、《臺灣文學讀本》、《周夢蝶詩文集》等，發表〈論羊令野〈貝葉〉組詩的「象」與「意」〉、〈「今之淵明」周夢蝶──一個思想淵源的考察〉、〈論羅門都市詩中的存在與死亡〉等論文近卅篇。

謝三進

謝三進（1984-），生長於彰化縣北斗鎮，臺灣師範大學國文系、臺灣語文學系碩士班畢業。曾任師大噴泉詩社社長、跨校文藝社團《波詩米亞》企劃組長、詩歌評論免費報《詩評力》（遠景）主編。編有《臺灣七年級新詩金典》（釀出版）、《我們所說的這個名字──然詩社兩週年作品輯》。現為《風球詩雜誌》總編輯、文學評論電子月刊《秘密讀者》同仁、《創世紀詩社》社員、世界詩人運動組織（Poetas del Mundo）會員。著有詩集《花火》。

須文蔚

須文蔚（1966-），臺北市人，東吳大學法律系比較法學組學士、政

大新聞研究所碩士、博士。現任國立東華大學華文文學系教授兼系主任，花蓮縣數位機會中心（DOC）主任，新臺灣人文教基金會執行長，財團法人中央通訊社董事。 曾獲國科會八十九年度甲種研究獎勵、《創世紀》四十五週年詩創作推薦獎、五四獎（青年文學獎）、九十四年度中國文藝協會文藝獎章（文學評論）、九十二學年度東華大學教學特優教師、九十八年電子化成就獎（優選）、國立東華大學一〇二學年度研究優良教授。 著有詩集《旅次》與《魔術方塊》（遠流）、文學研究《臺灣數位文學論》、《臺灣文學傳播論》（二魚）、編著《文學＠臺灣》（相映文化）、《那一刻，我們改變了世界》（遠流，第四屆國家出版獎入選獎）、《臺灣的臉孔》（遠流）、《臺灣報導文學讀本》（二魚，與林淇瀁合編），以及多種現代詩選。

白 楊

白楊（1968-），祖籍河南許昌市。文學博士，吉林大學文學院教授、博士生導師，世界華文文學學會常務理事。二〇〇五年獲中國現當代文學專業博士學位，二〇〇七至二〇一〇年期間在復旦大學中文系從事博士後課題研究。曾赴臺灣國立師範大學、日本神戶市外國語大學訪學，主要研究方向為「臺港澳及海外華文文學研究」、「二十世紀中國現當代文學思潮研究」，著有《穿越時間之河──臺灣「《創世紀》」詩社研究》、《臺港文學：文化生態與寫作範式考察》等專著，在《中國現代文學研究叢刊》、《文藝爭鳴》、《當代作家評論》、《創世紀》（臺灣）、《香港文學》（香港）、《城市文藝》（香港）等學術期刊上發表論文五十餘篇。

盼 耕

陳藩庚（1946-），筆名盼耕、盼更，籍貫福建省福清市。一九六九年畢業於福建師範大學中文系，一九七九年定居香港。香港大世界出版公司總編輯，北京師範大學珠海分校文學院教授、高級編輯，國際華文文學發展研究所常務副所長，香港《當代詩壇》副主編。著有：詩評集《一百個怪月亮》；詩集《綠色的音符》、《盼耕短詩選》（中英文對照）、《盼耕世紀詩選》；小說集《紫荊樹下》；文集《生與活的洗禮》；電視劇《舞者愛舞》、《辛辣的鞭炮》、《人間煙火》（與顏純鉤合著）等。

姜耕玉

姜耕玉（1947-），生於江南東壩，長於鹽城。現為南京東南大學藝術學院教授、博士生導師，世界華文詩歌研究所所長。主要著作有《新詩與漢語智慧》、《藝術與美》、《藝術的位置與創造》、《紅樓藝境探奇》等八部，詩集《我那一片月影》、《雪亮的風》等，大型編著《20世紀漢語詩選》等。詩歌作品《漁舟唱晚》被選入全國義務教育課程標準實驗教科書語文課本。著作《藝術辯證法——中國藝術智慧形式》獲第四屆中國高校人文社會科學研究優秀成果獎二等獎，並被評為中國圖書對外推廣交流重點書目。併發表有三十餘篇中短篇小說、散文，電影劇本《河源》獲首屆「鐘山獎」電影劇本徵集評選優秀獎。

陳素英

陳素英（1956-），筆名墨韻，祖籍浙江，東吳大學中文博士。曾獲青年優秀詩人獎，歌詞創作獎、散文獎，五十三屆五四文藝獎章。

著有博碩論《王船山情景說研究》、《文心雕龍對後世文論之影響》等。學術論著有：〈從劉勰到王船山的情景說〉，〈隨生態運轉的視覺聽覺感覺〉等國際會議論文，〈東坡易傳及其詞中易境之詮釋〉、《曲評》等古典詩學曲學論文、〈創世紀的天涯美學〉等現代詩歌評論。詩創作有《陳素英中英文短詩選》、《閱讀》、《水心詩岸》，將出版《歷史的轉角》，音樂與文學著有《古典的新聲》製作及撰稿，黃友棣音樂數位博物館《樂風泱泱》等。曾任教北藝大等校、空大文學專題詞選演唱，目前為東吳大學副教授。

李翠瑛

李翠瑛（1969-），筆名雲朵、蕭瑤，臺灣臺中縣人。政大中文系博士，現為元智大學中國語文學系副教授。臺灣詩學季刊編輯委員、臺灣詩學季刊社務委員、乾坤詩刊社務委員。散文創作曾獲二〇〇五年第四屆全國宗教文學獎二獎，書法創作曾獲全國書法比賽聖壽杯第一名、全國書法比賽慕陶杯第一名、國父紀念館全國青年書法比賽第二名等。著有詩集《玫瑰的國度》（2012），詩論《雪的聲音——臺灣新詩理論》、《細讀新詩的掌紋》、《孫過庭書譜中書論藝術精神探析》、《六朝賦論之創作理論與審美理論》、與王昌煥合編《散文仙境傳說》、《實用應用文》等書，發表現代詩論之期刊論文及篇章著作五十餘篇。

楊晉綺

楊晉綺（1969-），出生於臺灣屏東市，臺灣師範大學國文所博士（2006）。曾任教於臺灣清華大學中文系，現任教於臺灣師範大學國文系。著有古典文學評論：《《清真集》文體風格暨詞彙風格之研究——以構詞法為基本架構之研究》、《晚明文化論述中倫理與審

美論題之交涉及審美意識之開展〉、〈論周邦彥《清真集》「層折逆
反」之創構型態〉；現代文學評論：〈塵的旋舞與蝶的復歸──隱地
小說中的文本互涉與詩性特徵〉、〈論王禎和〈嫁妝一牛車〉「底」
字的語法功能與修辭效果〉；寫作教育：〈大專院校「學院報告寫
作」問題層次與組織架構說明示例〉、〈勾畫人物／一抹時間和空間
的剪影／緩慢和細節／說一個抽象的道理〉等。

解昆樺

解昆樺（1977-），臺灣苗栗人，臺灣師範大學國文所博士，目前為
中興大學中文系助理教授，以現代文學、現代詩手稿學、小說電影劇
本改編、影像互文研究為專業。著有：《轉譯現代性》、《臺灣現代
詩典律與知識地層的推移：以《創世紀》、笠詩社為觀察核心》、
《青春構詩：七〇年代新興詩社與一九五〇年世代詩人的詩學建構策
略》等。現代詩、散文、小說創作曾獲：教育部文藝創作獎、文建會
臺灣文學獎、梁實秋文學獎、臺北文學獎、新北市文學獎、全球華文
星雲獎等。

白　靈

白靈（莊祖煌，1951-），生於臺北萬華。美國新澤西州史蒂文斯理
工學院化工碩士，現任臺北科技大學副教授。《詩的聲光》創始人，
曾擔任過《臺灣詩學季刊》主編。作品曾獲國家文藝獎、二〇一一新
詩金典獎等十餘項。著有詩集《昨日之肉》、《五行詩及其手稿》、
《愛與死的間隙》、《女人與玻璃的幾種關係》等十一種，童詩集兩
種，散文集三種，詩論集五種。編有《新詩三十家》等十餘種。建置
個人網頁「白靈文學船」、「布演臺灣」等十二種（http://www.ntut.
edu.tw/~thchuang/）。

余境熹

余境熹（1985-），筆名牧夢、書山敬、秦量扉，香港大學中文學院哲學碩士，現任美國夏威夷華文作家協會香港代表、東亞細亞文化研究中心秘書及副研究員、國際文藝研究中心代總裁、香港專業進修學校講師、國際金庸研究會副會長，著有《漢語新文學五論》，主編《島嶼因風而無邊界：黃河浪、蕭蕭研究專輯》、《追溯繆斯神秘星圖：楊寒研究專輯》、《詩學體系與文本分析》等，發表論文逾七十篇，並獲文史哲及宗教研究首獎共三十餘項、全港青年學藝大賽新詩組優異獎、中文文學創作獎新詩組優異獎等。專務「誤讀詩學」，聯絡電郵：yoshiyukh@yahoo.com.hk。

王文仁

王文仁（1976-），筆名王厚森，臺灣省高雄縣人，從小生長於府城。國立東華大學中國語文學系博士，現任國立虎尾科技大學通識中心副教授。研究興趣兼及臺灣文學、近現代中國文學、文學史理論等。著有詩集《搭訕主義》、《隔夜有雨》，傳記散文《那一刻，我們改變了世界》（與須文蔚等合著），論著《現代與後現代的游移者——林燿德詩論》、《啟蒙與迷魅——近現代視野下的中國文學進化史觀》、《日治時期臺人畫家與作家的文藝合盟——以《臺灣文藝》（1934-36）為中心的考察》等。

李桂媚

李桂媚（1982-），彰化縣人，中國文化大學印刷傳播學系工學士，國立臺北教育大學臺灣文化研究所文學碩士，現服務於大葉大學。曾發表學術論文〈瘂弦詩作的色彩美學〉、〈錦連詩作的白色美學〉、

〈康原台語詩的青色美學〉、〈詹冰圖象詩的文本性訊息〉、〈日治時期臺灣新詩標點符號運用——以賴和、楊守愚、翁鬧、王白淵為例〉、〈蕭蕭新詩標點符號運用〉等；並曾為《逗陣來唱囡仔歌Ⅰ、ⅠⅤ》、《親近作家‧土地與人民》、《番薯園的日頭光》、《搭訕主義》、《隔夜有雨》等書繪畫插圖。

嚴敏菁

嚴敏菁（1974-），筆名岩青、岩錦，籍貫臺灣省嘉義市。淡江資管系、南華文學所畢，現就讀暨南大學中文所博士班，朝陽科技大學、南開科技大學兼任講師。寫作散文、小說，作品曾收入《南投文學記遊》四、五輯、《巡禮草鞋墩》、《草鞋墩鄉土事》等書。參與南投縣文化局「向大師致敬系列——岩上詩人珍貴手稿及文學資料保存計畫」（2013），曾獲玉山文學獎散文組新人獎（2013）。

文學研究叢書·現代詩學叢刊　0807008

創世紀 60 社慶論文集

策　　　劃	明道大學中國文學系暨國學研究所
主　　編	蕭蕭
責任編輯	邱詩倫
特約校稿	林秋芬

發 行 人	陳滿銘
總 經 理	梁錦興
總 編 輯	陳滿銘
副總編輯	張晏瑞
編 輯 所	萬卷樓圖書股份有限公司
排　　版	浩瀚電腦排版股份有限公司
印　　刷	百通科技股份有限公司
封面設計	斐類設計工作室

發　　行　萬卷樓圖書股份有限公司
　　　　　臺北市羅斯福路二段 41 號 6 樓之 3
　　　　　電話 (02)23216565
　　　　　傳真 (02)23218698
　　　　　電郵 SERVICE@WANJUAN.COM.TW
大陸經銷　廈門外圖臺灣書店有限公司
　　　　　電郵 JKB188@188.COM

ISBN 978-957-739-883-3
2014 年 10 月初版
定價：新臺幣 660 元

如何購買本書：

1. 劃撥購書，請透過以下郵政劃撥帳號：
　　帳號：15624015
　　戶名：萬卷樓圖書股份有限公司
2. 轉帳購書，請透過以下帳戶
　　合作金庫銀行　古亭分行
　　戶名：萬卷樓圖書股份有限公司
　　帳號：0877717092596
3. 網路購書，請透過萬卷樓網站
　　網址 WWW.WANJUAN.COM.TW

大量購書，請直接聯繫我們，將有專人為您服務。客服：(02)23216565 分機 10

如有缺頁、破損或裝訂錯誤，請寄回更換

版權所有·翻印必究
Copyright©2014 by WanJuanLou Books CO., Ltd.
All Right Reserved　　　　　**Printed in Taiwan**

國家圖書館出版品預行編目資料

創世紀 60 社慶論文集 / 蕭蕭主編.
　-- 初版. -- 臺北市：萬卷樓，2014.10
　　面 ；　公分. --
ISBN 978-957-739-883-3(平裝)
1.創世紀詩社　2.新詩　3.詩評

820.64　　　　　　　　　　103017638